O SOBREVIVENTE QUER MORRER NO FINAL

O SOBREVIVENTE QUER MORRER NO FINAL

THE SURVIVOR WANTS TO DIE AT THE END

ADAM SILVERA

TRADUÇÃO DE CARLOS CÉSAR DA SILVA
E VITOR MARTINS

Copyright © 2025 by Adam Silvera

Não é permitida a exportação desta edição para Portugal, Angola e Moçambique.

TÍTULO ORIGINAL
The Survivor Wants to Die at the End

PREPARAÇÃO
Alice Cardoso
Ilana Goldfeld

REVISÃO
João Pedroso

DIAGRAMAÇÃO
Ilustrarte Design e Produção Editorial

ARTE DE CAPA
© 2025 by Simon Prades

DESIGN DE CAPA
David Curtis

ADAPTAÇÃO DE CAPA
Julio Moreira | Equatorium Design

CIP-BRASIL. CATALOGAÇÃO NA PUBLICAÇÃO
SINDICATO NACIONAL DOS EDITORES DE LIVROS, RJ

S592s

Silvera, Adam
    O sobrevivente quer morrer no final / Adam Silvera ; tradução Carlos César da Silva, Vitor Martins. - 1. ed. - Rio de Janeiro : Intrínseca, 2025.
    624 p. ; 21 cm.   (Central da morte ; 3)

Tradução de: The survivor wants to die at the end
Sequência de: o primeiro a morrer no final
ISBN 978-85-510-1332-8

1. Ficção americana. I. Silva, Carlos César da. II. Martins, Vitor. III. Título. IV. Série.

25-96771.0   CDD: 813
                    CDU: 82-3(73)

Gabriela Faray Ferreira Lopes - Bibliotecária - CRB-7/6643

[2025]
Todos os direitos desta edição reservados à
EDITORA INTRÍNSECA LTDA.
Av. das Américas, 500, bloco 12, sala 303
22640-904 – Barra da Tijuca
Rio de Janeiro – RJ
Tel./Fax: (21) 3206-7400
www.intrinseca.com.br

1ª edição
MAIO DE 2025
impressão
LIS GRÁFICA
papel de miolo
LUX CREAM 60 G/M^2
papel de capa
CARTÃO SUPREMO ALTA ALVURA 250 G/M^2
tipografia
BEMBO STD

*Para quem se sente uma fraude quando fala do futuro.
Viva um dia de cada vez.*

*Agradeço ao meu cachorro, Tazzito, e à minha psicóloga,
Rachel, por salvarem minha vida inúmeras vezes.*

*E a Luis Rivera. Eu não teria sobrevivido no
final se não fosse por você. Te amo muito.*

NOTA DO AUTOR

Este livro aborda ideação suicida, contém descrições explícitas de automutilação e menciona suicídio. Se decidir continuar com a leitura, a seguir dou um spoiler sobre se há ou não atos de suicídio na história. Entretanto, se não quiser prejudicar a experiência de leitura, é só passar para o próximo parágrafo. (SPOILER) Embora haja personagens que morrem neste livro, por ser a natureza da série, os protagonistas não cometem suicídio. (FIM DO SPOILER)

Se estiver passando por um momento difícil e precisar de ajuda, entre em contato com o Centro de Valorização da Vida (CVV) pelo telefone 188 ou pelo site cvv.org.br. Caso ainda não se sinta bem após a primeira tentativa, insista. Busque ajuda mais duas, três, quatro vezes até perceber que os pensamentos nocivos estão menos persistentes. Eu mesmo já liguei para um serviço de apoio emocional e por isso estou aqui para falar sobre isso.

Vamos presenciar o amanhã juntos.

PARTE UM
DIAS NÃO FINAIS

A Central da Morte não mudou apenas a forma como vivemos antes de morrer, mas também a vida das pessoas que contemplam a própria morte. Se não receber uma ligação, significa que não é seu Dia Final, por mais que esteja sofrendo. Simples assim. É triste ver pessoas tentando desmentir a Central da Morte. Meu maior desejo é que, vivendo, as almas se curem para que não aguardem nossa ligação.

— Joaquin Rosa, criador da Central da Morte

LOS ANGELES
22 de julho de 2020
PAZ DARIO
7h44 (Horário de verão do Pacífico)

A Central da Morte nunca me liga para dizer que vou morrer. Mas eu queria que me ligassem.

Todos os dias, entre a meia-noite e as três da manhã, quando os mensageiros alertam as pessoas sobre seus Dias Finais, fico acordado encarando o celular, desejando que ele toque com aquele som sinistro que vai anunciar minha morte prematura. Ou minha morte tardia, se levar em conta minha falta de vontade de viver.

Sonho com o dia em que poderei interromper os lamentos do mensageiro por eu estar prestes a morrer e declarar: "Obrigado por me dar a melhor notícia da minha vida."

E então, de algum jeito, finalmente vou morrer.

Meu celular não tocou ontem à noite, então sou obrigado a aguentar mais um Dia Não Final.

Sempre finjo que quero muito viver para as pessoas que se esforçam para me manter vivo — minha mãe, lógico; meu padrasto, que antigamente era meu orientador educacional na escola e ainda age como tal; minha psicóloga, para quem eu minto nas tardes de sexta-feira; e minha psiquiatra, que receitou os antidepressivos com os quais tive uma overdose em março. Quase me sinto mal por fazer todo mundo desperdiçar tempo, já que sou uma causa perdida. Mas se ninguém acreditar que só tentei me matar por causa daquele documentário sobre o que aconteceu na minha infância, vou ser mandado para uma clínica onde não só terei ainda mais gente se esforçando para me manter vivo como também não vou ter a menor chance de tentar me matar de novo.

Se tudo der certo com esse Dia Não Final, como espero, talvez eu até queira continuar a viver.

Pela primeira vez em quase dez anos, fui chamado para um callback. E não é um callback qualquer. Na verdade, é um teste de química para interpretar o interesse romântico em um filme. E não é qualquer filme — é a adaptação do meu livro de fantasia favorito, *Coração de ouro*. Só precisei gravar um vídeo arrebatador para a inscrição e mentir sobre mim mesmo.

Agora preciso conquistar o papel dos meus sonhos.

Ando de um lado para o outro no quarto, repassando o roteiro da audição, embora já tenha decorado as falas. Tudo ao meu redor é preto ou branco, exceto os livros, os textos teatrais e os videogames que tornam meus Dias Não Finais menos monótonos. Minha mãe me deu uma planta-zebra, que, apesar do nome, não combina com o quarto. Foi uma boa ideia trazer um pouco de verde para cá, mas não dou conta de cuidar dela sozinho, então as folhas estão ressecadas pela negligência. Preciso jogar ela fora, porque me recuso a ver uma planta morrer antes de mim.

Beleza, é hora de me arrumar. Enfio o roteiro dentro do meu exemplar em capa dura de *Coração de ouro*, um amuleto de boa sorte de 912 páginas, e depois coloco o livro dentro da mochila que uso para fazer trilha. Pego a camiseta e a calça jeans, ambas pretas a pedido da equipe de elenco, e estou prestes a ir para o banho quando vejo meu diário no chão. Coloco-o depressa na gaveta da mesa de cabeceira, já que me esqueci de fazer isso por volta das três da manhã. Não posso deixar que ninguém fuxique as minhas coisas.

Abro uma fresta da porta e ouço uma música em espanhol vindo do rádio velho que botei em cima da geladeira depois que a gente se livrou das garrafas de bebida alcoólica que ficavam lá. Minha mãe e Rolando estão rindo, fazendo o café da manhã antes de ela ir para o trabalho no abrigo para mulheres. São pequenos momentos assim, quando minha mãe não está me entregando plantas nem supervisionando minha dosagem de antidepressivos, que me dão esperança de que ela vai, sim, ficar bem se eu morrer. Ainda que tenha dito o contrário após minha tentativa de suicídio — estou me referindo apenas à que aconteceu em março, já que ninguém sabe da segunda.

Antes de interpretar o Paz Feliz para minha mãe e Rolando, tenho que me arrumar, como qualquer outro ator que passa pela maquiagem e faz o cabelo. Só estive em um set de filmagem uma vez na vida, quando tinha seis anos, mas me lembro de pensar no quanto era legal ter pessoas me ajudando a entrar no personagem antes do diretor gritar "ação!". Agora faço tudo isso por conta própria antes de lançar mão da minha atuação de felicidade.

Eu me apresso e entro no banheiro, que ainda está quente por causa do vapor do banho de Rolando. Passo a mão pelo espelho embaçado, tentando ver o vilão que todo mundo vê, mas só encontro o garoto que descoloriu o cabelo para conseguir esse papel, cujos cachinhos estão crescendo para esconder o rosto que ficou mais conhecido pela série documental sobre o primeiro Dia Final do que pelo papel pequeno, mas promissor, no último filme de Scorpius Hawthorne.

Com um susto, a água fria do chuveiro me desperta, então giro tanto a torneira que a água quente deixa minha pele vermelha. Tento aguentar, mas meu corpo se esforça para fazer com que eu me afaste. Depois de um tempo, o corpo ganha e eu saio.

A pia está cheia de coisas da minha mãe e de Rolando, como a escova de cabelo dela com uma floresta de fios pretos e grisalhos, o pente dele e o gel, o sabonete de cacto que compraram no Melrose Market e o prato de porcelana em que ela deixa o anel de noivado quando vai hidratar a pele. Nem sinal da minha existência, exceto pela escova de dente junto às deles dentro do copo de plástico laranja. Faço isso de propósito. Quando eu morrer, quero que minha mãe se esqueça de mim o quanto antes. Por isso, evito deixar meus pertences nos espaços compartilhados da casa. Se minha morte a abalar muito, ela vai ser obrigada a se mudar de novo para fugir do meu fantasma, como fizemos depois da morte do meu pai. Só que esta pequena casa que minha mãe e Rolando compraram juntos é o lugar favorito dela em Los Angeles. A casa representa nosso recomeço.

Pelo menos, era para ter sido um recomeço.

Além de uma carta de suicídio para minha mãe, eu deveria deixar uma para Rolando também, pedindo que ele faça um bazar, porque sei que minha mãe não vai ter coragem de vender minhas coisas. O trabalho dela é o ganha-pão da casa — e olhe lá, porque é um pão velho e duro. Eles devem conseguir uma boa grana se venderem meu exemplar autografado do último livro de Scorpius Hawthorne, assim como as fotos Polaroid que ela tirou de mim com o elenco.

A viagem que fiz ao Brasil com minha mãe para filmar minha cena foi absolutamente maravilhosa, e ainda não acredito que pude visitar o set icônico do Castelo Milagro e...

Não. Eu não vou ficar pensando sobre a época em que dei vida ao jovem Larkin Cano, ainda mais porque tenho outro papel a interpretar agora. E não é o da audição. Mas sim o papel que interpreto em todos os meus Dias Não Finais.

Vestido, seguro a maçaneta e sussurro:

— Ação.

Então me torno o Paz Feliz.

— Bom dia — digo, entrando na sala de estar com um sorriso digno do Oscar.

Minha mãe e Rolando estão comendo tacos de café da manhã na nossa mesa de jantar e jogando *Otelo*, um jogo de tabuleiro que eu amava quando era criança. Os dois olham para mim com sorrisos genuínos, porque Mãe Feliz e Rolando Feliz não são papéis que estão interpretando.

— Bom dia, Pazito — cumprimenta minha mãe.

Ser chamado de Pazito era mais uma das coisas que eu amava quando era pequeno.

— Pronto para a audição? — pergunta ela.

— Aham.

Rolando faz um prato para mim.

— Manda ver, Paz-Man. Você precisa ficar forte.

Eu me obrigo a comer porque, se recusar, vou levantar suspeitas. A verdade é que, embora eu não tenha lá um grande apetite para comida, sempre me sinto faminto de vida. Às vezes me sinto tão vazio que meu estômago dói, como se estivesse implorando por felicidade, mas nunca tem nada para comer, ou nada me apetece, ou quando enfim fico com vontade de comer parece que ninguém quer anotar meu pedido.

— Quer ajuda para decorar as falas? — pergunta Rolando.

Balanço a cabeça.

Quando gravei o teste, Rolando leu as falas comigo, e ele foi dramático demais, como se estivesse tentando entrar para o elenco de uma novela mesmo estando atrás da câmera. Precisei dispensá-lo e regravar as falas dele com uma voz mais grave, preenchendo os silêncios que deixei para o meu personagem. A performance no vídeo me garantiu o callback. É melhor não repetir a dose com Rolando.

— E uma carona para a audição? — oferece ele, desesperado para mostrar o quanto é diferente do meu pai, o que, bem, eu já sei.

— Vou a pé. Queria tomar um ar fresco.

Rolando ergue as mãos, desistindo.

— Estou de folga hoje, caso mude de ideia...

— Ué, só tem folga quem tem emprego, não? — Dou uma risada falsa para soar como uma piada.

Minha mãe me olha feio mesmo assim, e Rolando ri. A risada dele também é falsa.

— Hoje estou de folga de *procurar* emprego — retruca ele, fazendo um chá.

Rolando começa a falar dos consertos que vai fazer aqui em casa, e eu fico perdido em pensamentos.

Mês passado, Rolando foi demitido da faculdade em que trabalha por problemas orçamentários. Foi péssimo, porque ele adorava ter voltado a trabalhar fora, ainda mais depois de ser meu tutor de ensino domiciliar pela maior parte do ensino médio, mas a hipoteca e as despesas médicas são a pior parte. Só que ele está cheio de dedos com o próximo trabalho que vai aceitar.

— Não quero nada que me deixe apegado emocionalmente — diz o tempo todo.

Trabalhar como conselheiro de carreira era perfeito, porque não passava de um emprego para falar sobre outros empregos, e era uma forma de sanar sua vontade de ajudar as pessoas. Ao contrário de seus anos exaustivos como orientador educacional do ensino fundamental.

— Quem diria que crianças têm tantos problemas?

Foi o que ele falou mais de uma vez, inclusive perto de mim, alguém que enfrentou muitos problemas na infância. E teve, é óbvio, o trabalho mais curto da carreira dele, mas também o mais extenuante, como um dos primeiros mensageiros da Central da Morte. Já faz quase dez anos desde que ele se demitiu em seu primeiro Dia Final. O mesmo dia que mudou minha vida tão depressa que eu me tornei justamente essa criança com muitos problemas.

Vai ser uma loucura se eu conseguir entrar para esse filme antes de ele arrumar um emprego.

Rolando leva chá para minha mãe e dá um beijo nela.

— Aproveite, minha Gloria Gloriosa.

— Obrigada, *mi amor*.

Fico muito feliz por minha mãe estar apaixonada, e dá para ver que, desta vez, é amor verdadeiro. Mas às vezes é difícil vê-los, ainda mais sabendo que vou morrer sem conhecer o amor. Todas as noites, quando me deito sozinho, torcendo para a Central da Morte me ligar, fico me perguntando se eu temeria a morte se tivesse alguém ao meu lado. Alguém me abraçando. Alguém me beijando. Alguém me amando.

Mas quem se apaixonaria por um assassino?

Ninguém, se quer saber.

Lavo meu prato, deixando a água quente me queimar de novo. Desligo a torneira antes que alguém possa perceber que minhas mãos estão mais limpas do que o prato.

— Pazito?

— Oi, mãe?!

— Perguntei se você está bem.

Para ser um grande ator, é preciso saber escutar, mas eu estava tão imerso em pensamentos que não ouvi minha colega de cena. Agora estou com o olhar vazio, como se tivesse esquecido as falas. Estou saindo do personagem, como se a máscara e o figurino do

Paz Feliz estivessem sendo arrancados de mim, me expondo como um ator desempregado que nem merece trabalhar. Não. Sou um ótimo ator, e, sim, ótimos atores precisam ser bons ouvintes, mas também é necessário ser honesto. Então decido contar a verdade — quer dizer, *uma* verdade.

— Foi mal, mãe, só estou nervoso por causa da audição — explico, encarando o chão como se estivesse envergonhado. Essa parte pode ser atuação, mas estou transmitindo a verdade de que, sim, estou meio estranho, mas olhe só para mim, estou desabafando em vez de esconder tudo como da última vez. — Estou bem — minto, encerrando minha fala.

Ouço as pernas da cadeira da minha mãe rangerem, e então pararem. Ela está desesperada para me confortar, mas eu já expliquei que preciso de um pouco de espaço quando me expresso, porque, quando ela fica em cima de mim, tudo parece muito maior do que de fato é. Na época, usei todas as palavras que a psicóloga me recomendou para transmitir isso, e está funcionando, mas sei que é difícil para a minha mãe não poder me paparicar.

É difícil para mim também. Quem dera um abraço pudesse me ajudar.

— O melhor que você pode fazer é ser você mesmo — aconselha ela.

— Mas ele não tem que entrar no personagem? — pergunta Rolando.

— Ele vai dar vida ao personagem do jeito que só ele faz — responde minha mãe. Ela incentiva meus sonhos desde que eu era criança. — Vai lá fazer desse teste sua volta por cima, Pazito.

— Pode deixar — digo.

Nunca houve tanta coisa em jogo. Se eu não conseguir esse papel, não terei motivo para viver.

Estou quase saindo de casa, mas então minha mãe me chama.

— Deixa só eu pegar o seu... — A voz dela some quando entra no quarto.

Já sei que ela vai pegar meu antidepressivo. O frasquinho de fluoxetina está escondido em algum lugar no quarto dela, já que ninguém confia que vou respeitar a dosagem desde a primeira vez que tentei me matar.

Tive minhas razões.

Em meados de janeiro, entrou no catálogo do Piction+ a série documental *Chamadas perdidas mortais*, sobre os Doze da Morte, os doze Terminantes que morreram no primeiro Dia Final sem serem alertados, por conta de um erro misterioso no sistema de previsões igualmente misterioso da Central da Morte. Os episódios entravam no streaming toda semana, e cada um focava em um Terminante. O último foi sobre meu pai, que não acreditava na Central da Morte. A produção queria incluir a gente, mas minha mãe recusou a proposta e implorou para que não tocassem o projeto adiante, porque reabriria uma ferida terrível (como se um dia ela tivesse fechado). As súplicas foram ignoradas porque "a história precisa ser lembrada". Não ficamos surpresos quando descobrimos que os produtores eram pró-naturalistas, pessoas que desejam preservar a forma como sempre vivemos e morremos antes da Central da Morte. A intenção da série nunca foi lembrar a história. Era uma provocação à Central da Morte. E eu estava ali no fogo cruzado.

Como se minha ansiedade já não estivesse agravada pela proximidade do lançamento do último episódio, ele foi ao ar na mesma semana em que o governo ordenou que as pessoas ficassem em casa para diminuir o avanço do coronavírus, fazendo com que todo mundo não tivesse mais nada a fazer senão entrar em pânico e assistir à TV. Foi assustador ver a coletiva de imprensa com o Centro de Controle e Prevenção de Doenças e a Central da Morte, em que projetaram que mais de três milhões de pessoas poderiam morrer no mundo todo se não fizéssemos nossa parte na quarentena, e a série documental só piorou a situação ao questionar a Central da Morte por causa de seu erro fatal de quase dez anos atrás.

Independentemente do que aconteceu — com ou sem pandemia —, meu mundo estava fadado a se tornar inóspito depois da estreia do último episódio. Nunca assisti, mas parece que os produtores retrataram o incidente traumático da minha infância e o julgamento de um jeito sensacionalista, me pintando como um assassino psicótico treinado pela mãe para que ela pudesse ficar com o amante, Rolando. Milhões de pessoas acreditaram nisso.

Então, no quarto dia de isolamento social, uma hora depois do fim das ligações da Central da Morte, tentei provar que estavam errados e engoli todos os comprimidos do frasco de antidepressivos com o uísque do meu padrasto.

E então esperei a chegada da morte, o que está se tornando a história da minha vida.

Minha visão ficou embaçada, comecei a ter febre alta e a desmaiar, chocado por pensar que enfim estava morrendo. Fiquei muito fraco, drogado, bêbado e próximo demais da morte para sequer chorar por ser horrível ter chegado àquele ponto. Mas também me senti feliz por estar indo embora de vez. Eu teria morrido se minha mãe não tivesse acordado de mais um de seus pesadelos com meu pai e encontrado algo ainda pior: seu filho inconsciente em uma poça do próprio vômito.

Até hoje não me lembro de ter caído da cama, de ir para o hospital em uma ambulância ou da lavagem estomacal que fizeram, mas ainda sou aterrorizado pela lembrança de acordar na emergência algemado às grades da cama como se eu fosse o criminoso perigoso que a série documental fez parecer que eu era, com minha mãe retirando a máscara cirúrgica descartável para me implorar para nunca mais fazer aquilo.

— Você sabe que eu adoro planejar as coisas — falou ela em meio às lágrimas, segurando minha mão. — Mas não vou fazer planos de viver em um mundo sem você, Pazito. Se você tirar a própria vida, vou fazer isso também.

Passei três dias na ala psiquiátrica pensando no que minha mãe disse. Eu a amo muito, mas odeio essa ameaça de ela também se matar se eu cometer suicídio. Ela tem tantos motivos para viver... mesmo se não for mais mãe depois que seu único filho tiver morrido.

Não aguento esta pressão para continuar vivendo, ainda mais porque não tenho razão para isso.

Quero viver minha vida — e minha morte — como eu bem entender.

Estou esperando o momento certo porque aprendi minha lição ao tentar provar que a Central da Morte era uma fraude. Houve a tentativa de suicídio em março, durante a quarentena, mas a do meu aniversário no mês passado precisa continuar em segredo, ou não vou conseguir tentar de novo daqui a dez dias no aniversário de dez anos da morte do meu pai.

Minha mãe volta e me dá um comprimido.

Engulo a fluoxetina e sorrio como se o remédio já tivesse feito seu papel de tirar toda a depressão do meu corpo.

Em seguida, minha mãe fica me encarando, quase como se fosse uma diretora de elenco que não está levando a sério minha atuação como o Paz Feliz e estivesse vendo apenas um ator exagerado, o que é a última coisa que qualquer ator de respeito deseja. Mas não é isso. Ela me vê como seu bebê, seu único filho, a criança que ela levava para audições, o menino em quem ela fazia cócegas ao ajeitar as fantasias para o Halloween, o garoto que costumava acreditar em profecias porque, quando era menor, acreditava no futuro.

A criança que achou que estava sendo um herói quando salvou a vida da mãe.

O menino que cresceu e agora quer morrer.

— Espero que você melhore, Pazito.

— Eu também, mãe. — Estou dizendo a verdade, mas sei que não é bem assim.

E então saio de casa.

— E corta — sussurro.

Não sou mais o Paz Feliz. Não sou mais o Paz Feliz desde o primeiro Dia Final, quando matei meu pai.

NOVA YORK
ALANO ROSA
11h00 (Horário de verão da Costa Leste)

A Central da Morte não me ligou, porque não vou morrer hoje, mas recebi chamadas de outras pessoas com ameaças apenas porque sou o herdeiro do império da Central da Morte. Ao menos estão me dando um alerta. Afinal, isso é um clássico da Central da Morte.

Ao longo dos últimos anos, já me disseram que eu não deveria me incomodar com ameaças de morte porque cresci sabendo qual seria meu Dia Final. Só que isso não é verdade. Recebo muitos privilégios por meu pai ter criado a Central da Morte, mas descobrir quando vou morrer não é um deles. Na verdade, meu pai adiantou meu treinamento para herdar a empresa no Dia Final dele. Quando exatamente isso vai acontecer continua sendo um mistério para ele e para mim, mas com a Guarda da Morte forçando a causa pró-naturalista em nome do candidato à presidência que está apoiando, meu pai sabe que é um alvo, já que esse grupo exige o fim da Central da Morte. Estamos cientes da ironia que seria meu pai não conseguir organizar os próprios negócios antes de morrer.

Precisamos ter cuidado, mesmo aqui em Nova York, onde era raro encontrar propagandas pró-naturalistas pela cidade até ano passado. Tudo mudou no domingo, 29 de março, quando o isolamento social de duas semanas chegou ao fim e as pessoas voltaram para as ruas, encontrando cartazes com os dizeres A CENTRAL DA MORTE NÃO É NATURAL no metrô, em pontes, igrejas, mercados e todos os lugares públicos imagináveis. Se a Guarda da Morte conseguisse o que queria, milhões de pessoas ao redor do mundo teriam morrido sem aviso por causa do coronavírus, sob o único pretexto de que eles acreditam que essa seria a ordem natural das coisas.

A ordem natural da vida e da morte mudou em uma quinta-feira, 1º de julho de 2010, quando o presidente Reynolds anunciou a criação da Central da Morte para todo o país. O que eu não sabia aos nove anos era que as pessoas se dividiriam entre as que acreditam na missão da Central da Morte e as que se opõem a ela. O presidente também não fazia ideia. No segundo mês de seu segundo mandato, ele recebeu uma ligação da Central da Morte e passou o Dia Final se escondendo em um abrigo subterrâneo; acabou sendo assassinado por seu agente secreto de maior confiança, que decidiu se aliar aos pró-naturalistas em vez de proteger seu presidente.

Hoje de manhã, quando eu estava terminando de ler a biografia do presidente Reynolds em vez de dar uma olhada na cópia antecipada da biografia do meu pai, recebi a ligação de um número desconhecido.

— Eu vou matar você, Alano Angel Rosa — ameaçou o homem.

— Valeu pela consideração em avisar, amigo — falei antes de desligar.

Foi minha quadragésima sétima ameaça de morte, seguida por mais seis ligações de outros assediadores durante a hora que levei para desativar a linha e configurar um celular novo. É chato precisar entrar na minha conta da Central da Morte e atualizar meu número cada vez que ele é vazado, mas isso logo será resolvido pela última criação do meu pai. Não me resta muito a fazer a não ser desistir de vez de ter um celular. Meus pais sempre me pedem para bloquear números desconhecidos e denunciar as ameaças sem respondê-las, mas eu não me aguento. Se alguém quer me ver morto, preciso saber quanto sabem a meu respeito. Caso tenham apenas meu nome e meu número, então pode ser qualquer pessoa em qualquer lugar. As ameaças nunca deram em nada, mas se alguém disser que está me vendo no Central Park e for perigosamente perto de meia-noite, vou levar a sério e sair correndo para salvar minha vida.

A parte mais desconcertante sobre o primeiro homem que ligou é que a voz dele pareceu familiar, mas não identifiquei de onde a conheço. Soava jovem, mas não jovem demais. Pode ser qualquer um que queira se vingar da Central da Morte, mas acho que pode ser um parente de um dos Doze da Morte.

Tem Travis Carpenter, cuja irmã mais velha, Abilene, foi atropelada por um caminhão em Dallas, no Texas. Em uma sexta-feira, 27 de agosto de 2010, meu pai se desculpou pessoalmente com a família dela, mas foi ameaçado com uma arma pelo pai da mulher, também chamado Travis. Fiquei me perguntando se ambos os Travis estavam trabalhando juntos para fazer meu pai sentir na pele a perda de um filho, mas, de acordo com as minhas pesquisas, Travis Filho parece estar ocupado estudando ciências políticas na faculdade. Além disso, ele continua inscrito em nossos serviços, ao contrário de Mac Maag, cujo tio, Michael Maag foi assaltado e levou uma facada, morrendo no primeiro Dia Final. Não faço ideia se Mac Maag é a favor da Guarda da Morte, considerando que seus perfis nas redes sociais estão inativos há três anos, mas prefiro pensar que ele só está levando uma vida pró-naturalista quieto na dele. E, por fim, tem Paz Dario, que eu conhecia antes do primeiro Dia Final, porque ele era o menino bonitinho de *Scorpius Hawthorne e os funestos imortais*, mas hoje em dia é conhecido como o garoto que matou o pai, Frankie Dario. Eu sempre dava uma olhadinha nas redes sociais dele antes de Paz desativá-las por causa da represália injusta que a série *Chamadas perdidas mortais* causou. Espero que ele esteja bem.

Não estou preocupado com as ameaças de mais cedo, sobretudo porque estou na sede da Central da Morte, onde tenho a melhor segurança que o dinheiro pode bancar. Aqui posso me concentrar nos meus afazeres, o que no momento envolve estar como ouvinte na sala de conferência, assistindo a uma reunião entre meus pais e Dalma Young, a criadora do aplicativo Último Amigo.

— A Central da Morte reescreveu a morte, mas o propósito sempre foi mudar vidas — diz meu pai.

— E vocês fazem isso — responde Dalma, sentada de frente para os meus pais.

Fico parado no canto segurando meu tablet.

—Você também, minha jovem — acrescenta minha mãe.

Dalma tem vinte e oito anos, mas poderia muito bem passar por vinte e um, talvez até dezenove como eu. Ela parece uma deusa com sua trança preta grossa, formando uma tiara na cabeça, a pele marrom iluminada e o vestido kaftan branco.

— Gentileza sua, mas a dor nas minhas costas diz que não sou tão jovem assim.

Meu pai ri.

— O trabalho árduo dói — retruca ele. — Gostaríamos de honrá-la por tudo que fez.

Os olhos castanhos de Dalma avaliam meus pais.

— Como assim? Vocês já fizeram tanto por mim. O financiamento, a divulgação do aplicativo. Sem falar no seu discurso na minha formatura, sr. Rosa.

Meu pai tem um ego complicado, algo que minha mãe tenta domar há anos. No entanto, ele é uma criatura muito particular, como um dragão voando entre pombas no céu — não há meio de fazê-lo colocar os pés no chão enquanto ele for a única alma viva que tem uma empresa tão especial quanto a Central da Morte.

— As conexões formadas no aplicativo Último Amigo me inspiraram inúmeras vezes. E é por isso que, no Baile da Década na semana que vem, você será a primeira pessoa a receber o Prêmio Vidas Transformadas da Central da Morte.

Lágrimas escorrem pelo rosto de Dalma.

— É sério? Não tem ninguém que mereça mais? E quanto às fundadoras da Faça-Acontecer?

— As irmãs Holland estão entre as mentes brilhantes que ajudaram a construir essa era da Central da Morte, mas foi você quem mudou a vida de todos os Terminantes que precisam de ajuda em suas últimas horas de vida.

Dalma balança a cabeça e tenta controlar o choro.

— Mas vidas também foram perdidas por minha causa.

O app Último Amigo vai completar cinco anos em 8 de agosto, e com isso tem surgido algumas matérias bem detalhadas reconhecendo todo o bem que ele fez, mas também relembrando os crimes cometidos no histórico da plataforma. Terminantes convidando

Últimos Amigos para suas casas e sendo roubados. Pessoas pedindo nudes e favores sexuais como se fosse o app Necro. O assédio incessante de Guardiões da Morte, que afastam Terminantes da plataforma. Terminantes sendo tratados como saco de pancadas por pessoas que precisam aliviar o estresse. E o pior acontecimento da história com certeza foi no verão de 2016, quando o serial killer do Último Amigo assassinou onze Terminantes. Todos achavam que ele tinha morrido, pois a matança parou por vários meses, mas o homem assassinou suas últimas vítimas em uma sexta-feira, 13 de janeiro de 2017, e em uma quinta-feira, 25 de maio de 2017, antes de ser pego.

Sei muito a respeito do serial killer do Último Amigo. O irmão do meu melhor amigo foi a primeira vítima.

O olhar de Dalma assume uma expressão familiar de espanto, como se fosse impossível para ela não enxergar o sangue em suas mãos, embora não tenha sido a assassina daqueles treze Terminantes.

Os olhos castanhos do meu pai também ficam distantes, e ele encara o canto vazio do cômodo.

— É admirável da sua parte se responsabilizar pelas tragédias que acometeram sua empresa, como nós também fizemos — fala meu pai —, mas você precisa entender que o serial killer desprezível que se aproveitou de Terminantes inocentes não é culpa sua, assim como os Terminantes morrerem após a ligação da Central da Morte não é culpa minha.

Dalma assente, mas não parece acreditar.

— Sr. e sra. Rosa, fico muito honrada, mas não me sinto confortável em aceitar o prêmio. Às vezes acho que seria melhor para os Terminantes se eu desativasse o app. Assim, nada tão horrível aconteceria de novo.

Meus pais trocam um olhar, sem palavras.

— Você tem feito tanta coisa boa, srta. Young — comento, surpreendendo a todos. Ouvintes não deveriam falar, afinal. — Fiquei muito emocionado com a matéria na revista *Time* sobre as pessoas que escolhem ser Últimos Amigos para os Terminantes que buscam companhia. Não tive a honra de me voluntariar, mas quero fazer isso, pelo menos uma vez, para alegrar o Dia Final de alguém.

Puxo uma cadeira e me sento ao lado de Dalma.

— Você não pode trazer de volta aqueles treze Terminantes — continuo —, assim como não podemos ressuscitar os Doze da Morte, mas as duas empresas merecem continuar na ativa, porque fizemos mais coisas boas do que más às pessoas. O recordista do seu app, Teo Torrez, se voluntariou como Último Amigo mais de cento e trinta vezes desde janeiro de 2018 para honrar o filho dele, Mateo, que viveu o melhor Dia Final possível graças a seu Último Amigo, Rufus Emeterio. O mesmo Rufus cujos amigos, conhecidos como os Plutões, criaram uma tradição anual em 5 de setembro de 2018, na qual os três se voluntariam como Últimos Amigos para celebrarem a vida dele. Essa gama de conexões só existe por sua causa, srta. Young. Desativar o aplicativo não vai acabar com as mortes. Só vai colocar um ponto-final nesses Dias Finais que mudam vidas.

Dalma coça os olhos marejados, e eu passo uma caixa de lenços para ela.

— Você fala igual minha psicóloga — comenta ela, assoando o nariz.

— Li alguns livros de autoajuda.

— Tempo bem gasto.

— Isso quer dizer que aceita o prêmio? — pergunta meu pai.

Dalma assente.

— Vou escrever um discurso — declara ela.

— Maravilha — fala minha mãe, dando a volta na mesa para dar um abraço apertado em Dalma. — Estamos ansiosos para celebrá-la. Fique à vontade para convidar sua família toda.

— Minha mãe e meu padrasto estão passando o verão em San Juan, mas minha irmã e a namorada dela... quer dizer, noiva... estão na cidade. Vou convidar as duas. Dahlia ama um coquetel.

Meu pai se levanta da mesa.

— Parabéns para sua irmã e a parceira dela. Mande o contato das duas quando puder para enviarmos os convites oficiais.

Na verdade, o que ele quer dizer é que precisamos dos nomes completos para que nossa equipe de segurança, a Central de Proteção, possa fazer uma busca extensa antes de admiti-las no prédio.

— Acredito que seu amigo Orion Pagan já tenha confirmado a presença — continua meu pai. — É isso mesmo, Alano?

Conferi a lista de convidados mais cedo com a líder da equipe de funcionários.

— O sr. Pagan está confirmado — respondo.

Dalma franze os lábios antes de sorrir.

— Que ótimo — diz ela, mas não parece muito convincente.

Eu achava que Dalma Young e Orion Pagan eram melhores amigos. Afinal, foi a conexão de Orion com um Terminante —Valentino Prince, para quem meu pai ligou pessoalmente no primeiro Dia Final — que inspirou a criação do app Último Amigo. Agora parece que vai haver uma torta de climão no Baile da Década. Preciso lembrar de pedir para a segurança ficar de olho neles a noite toda.

Após um funcionário aparecer para escoltar Dalma até o térreo, atravesso o corredor com meus pais até o escritório dele, seguidos por nossos guarda-costas: Ariel Andrade, Nova Chen e Dane Madden. Este prédio é o lugar mais seguro que conheço, mas cautela extra não faz mal a ninguém.

— Você lidou muito bem com a situação, filho — elogia meu pai.

— Não acha que fui invasivo demais?

— De jeito nenhum. A matéria da *Time* que você mencionou estava na sua pauta?

É meu trabalho saber tudo sobre todo mundo. Quando marcamos uma reunião com alguém, passo horas pesquisando sobre a pessoa e escrevendo relatórios detalhados. Dou conta de tudo, desde a cidade natal até a profissão e os passatempos favoritos dela, incluo até mesmo quais tópicos evitar durante a conversa. Preparei um desses documentos sobre Dalma Young, e agora me sinto qualificado para ser seu biógrafo.

— Estava — respondo.

Acrescentei até um resumo, que não foi lido.

— Estarei mais bem-preparado da próxima vez — garante ele, me dando um tapinha nas costas. — Mas seu compilado de informações atualizadas salvaram a situação. Fiquei impressionado com a sua compaixão pelos receios de Dalma e sua capacidade de motivá-la a continuar o trabalho necessário para que os Terminantes não precisem morrer sozinhos. Você será um grande líder um dia, *mi hijo*.

Cresci sabendo que, quando meus pais se aposentarem, vou herdar a Central da Morte. Mas meu pai sempre foi incisivo em defender que devo subir de cargo gradativamente na empresa em vez de assumir a posição mais alta sem mais nem menos. Ele pode me explicar tudo que preciso saber a respeito de ser um CEO, mas é a experiência que vai garantir meu sucesso. Por isso trabalhei como assistente durante o verão do ano passado e entrei efetivamente na empresa em uma segunda-feira, 6 de janeiro, depois de passar o Ano-Novo/meu aniversário no Egito. Não sou muito fã dos afazeres administrativos, como organizar informações em planilhas e fazer pedidos de materiais, mas não foi para isso que meu pai me contratou. O motivo é que aprendo rápido e amo pesquisar. Acho que fui historiador em uma vida passada, porque me orgulho muito desse trabalho e o faria de graça.

Não que isso seja grande coisa, porque minha família é tão rica que vamos morrer antes de conseguir gastar todo o dinheiro. Só que isso não impede meu pai de tentar progredir. Na maior parte do tempo, moramos numa cobertura com vista para o Central Park, mas ele também comprou uma casa em Chicago, uma casa ainda maior em Orlando, e a maior de todas fica no bairro nobre Hollywood Hills, com uma vista arrasadora do centro de Los Angeles. Ah, e também temos uma casa em San Juan. Infelizmente, faz uns bons anos que não vamos lá, mas pelo menos a família da minha mãe está morando no imóvel, ao contrário das nossas outras residências, que continuam vazias desde que descobrimos que antigos amigos da família vasculharam tudo para tentar descobrir o método secreto da Central da Morte para prever as mortes.

Além disso, temos a sorte de poder devolver o dinheiro às pessoas. Minha família doou e investiu tantos milhões que o mundo todo soube que meu pai foi rebaixado de bilionário a milionário.

Todos celebraram as ações dele, embora tenha sido minha mãe quem fundou a Central de Doações, mas ela não tem o ego do meu pai. Minha mãe se esforça muito para manter meus pés no chão em meio a essa vida luxuosa. O objetivo dela é que um dia eu herde a empresa do meu pai, mas não o ego dele.

É por isso que temos uma regra de suma importância: nunca aceitar de graça regalias pelas quais podemos pagar. Nada de jantares de cortesia, não importa o quanto a chef seja grata por a Central da Morte ter permitido que ela tivesse um Dia Final belíssimo com o marido, que poderia ter morrido inesperadamente. Nada de camarotes no Super Bowl às custas do treinador que, no ano anterior, colocou seu atleta mais valioso em campo apesar do médico alertar sobre um ferimento possivelmente fatal, e o jogador acabou marcando quatro vezes, incluindo o *touchdown* que desempatou a partida. E nada de ingressos gratuitos para o último Met Gala, embora estilistas lendários da Saint Laurent quisessem nos vestir para o tapete vermelho. Implorei para poder ir, porque amo moda desde sempre, e seria uma honra inigualável. Nunca peço muita coisa, então meus pais aceitaram, e eu comprei meu ingresso. Passei pelo tapete com um blazer escuro de lantejoulas e uma camisa de seda branca de gola laço, construindo um relacionamento com o diretor criativo da marca, que também vai criar minha roupa para o Baile da Década.

A regra de pagar por tudo também se estendeu à faculdade. Ganhei uma bolsa em Harvard por causa do meu boletim impecável, mas todo mundo achou que minha família tinha subornado a banca de admissão, já que estudei por ensino domiciliar (como se alunos como eu não tivessem o direito de concorrer a bolsas), e que meus pais tinham subornado meus professores particulares para manipularem minhas notas (como se eu não fosse naturalmente brilhante). E tudo só piorou quando recusei a bolsa por pura cortesia. A única forma de fazer todo mundo parar de me acusar de ser um folgado foi aparecer na primeira semana de aula sabendo tudo que os professores estavam ensinando depois de ter passado meses estudando a ementa das disciplinas do começo ao fim — isso enquanto estava de férias em Ibiza, onde tem uma *paella* vegetariana de matar no La Brasa. (Quer dizer, não literalmente. Não vale a pena morrer por nenhuma comida, mas eu comeria aquela *paella* no meu Dia Final sem pensar duas vezes.)

Precisei sair da faculdade depois do primeiro semestre. Não conseguia me concentrar nos estudos com tanta gente interesseira querendo se aproximar de mim ou me importunando em busca dos segredos da Central da Morte. Apesar de eu dizer para todo mundo que meu pai só iria compartilhar comigo como era possível prever as mortes quando eu fosse mais velho, ninguém acreditava em mim. Mas deixei a faculdade principalmente por questões de segurança. Em uma segunda-feira, 2 de dezembro de 2019, voltamos do recesso do Dia de Ação de Graças, e assim que cheguei fui atacado por um aluno, Duncan Hogan. A mãe do garoto morreu à 00h19 do feriado, antes que os mensageiros pudessem alertá-la quando ligaram à 00h35. Entendo Duncan ter ficado com raiva ao ser pego de surpresa e sentir que lhe roubaram a chance de se despedir da mãe. Ele lidou com o luto me espancando no Burden Park, depois começou um clube pró-naturalista no campus que me atormentou por um mês inteiro. Meu guarda-costas ter passado a me acompanhar nas aulas piorou a situação, então não voltei depois das férias. É uma pena, porque eu adorava os professores e era bom viver como um estudante comum, mas não é como se a faculdade de fato fosse me preparar para ser o CEO da Central da Morte.

Meu comprometimento com o cargo me fez ser promovido a assistente executivo em uma quarta-feira, 1º de julho, e agora frequento todas as reuniões e estou presente em todas as ligações, seja com o conselho de diretores, empresários, seguranças, beneficiários, políticos ou mesmo o presidente dos Estados Unidos.

— Seu trabalho é saber tudo que for possível — orientou meu pai quando me promoveu. — Até chegar a hora de você saber o que um dia foi impossível.

O segredo da Central da Morte.

Saberei que meu treinamento estará encerrado quando ele me chamar para ter essa conversa.

Por enquanto, voltamos ao escritório do meu pai, onde tem costelas-de-eva de frente para uma janela com vista para a Times Square, um sofá grande para os raros convidados, uma estante cheia de livros de não ficção da qual pego exemplares emprestados com certa frequência — nos últimos tempos, biografias sobre o presidente Reynolds, Ada Lovelace e Vincent van Gogh —, uma mesa inspirada na da Casa Branca, só que com a ampulheta da Central da Morte esculpida na superfície em vez do brasão presidencial, e um globo de latão em que ficava o carrinho de bebidas do meu pai antes de ele decidir ficar sóbrio em uma terça-feira, 11 de fevereiro, em seu aniversário de cinquenta anos, porque estava sofrendo apagões.

— A reunião das onze e meia foi adiada para uma da tarde, então vai encontrar Aster em vez do sr. Carver — lembro meu pai.

A líder da equipe de funcionários tem uma longa lista de tarefas a serem feitas antes do baile da semana que vem e antes do meu pai encontrar o fabricante para receber atualizações sobre a produção de sua nova brilhante criação. Codinome: Projeto Meucci.

— Acho que está na hora, Alano.

Confiro o relógio duas vezes.

— Ainda faltam doze minutos — informo.

— Não estou falando da reunião.

Minha mãe também fica confusa.

— Está na hora de quê, então, Joaquin? — questiona ela.

— Do Alano colocar as mãos à obra na Central da Morte — fala meu pai. Ele me fita, se preparando para me pedir para fazer algo que passei anos evitando, algo de que eu ficaria feliz em continuar me esquivando pelo resto da vida. Uma coisa que ele mesmo só fez uma única vez. — Hoje você vai ligar para o seu primeiro Terminante.

LOS ANGELES
PAZ
8h38 (Horário de verão do Pacífico)

Faz um ano que me mudei de Nova York para um bairro em Los Angeles chamado Miracle Mile. Para ser sincero, para um lugar que tem "milagre" no nome, ele está bem longe disso.

Uma pesquisa feita de madrugada no Google e com a cabeça quente me ensinou que esta parte de Los Angeles é conhecida assim por conta de sua "improvável ascensão" de estrada de terra a propriedades milionárias. Não sei nada sobre a construção de prédios, só imagino que seja difícil. Mas será que é mais complicado do que reconstruir minha reputação depois de eu ter matado meu pai? Não é mais complexo para mim "ascender" do que erguer todos esses museus, restaurantes e parques? E seria tão difícil assim alguém me dar um milagre para que eu pudesse colocar minha vida de volta nos eixos?

Minha mãe chama nossa casa de milagre. Ela assinou o contrato antes mesmo de nos mudarmos de estado, e foi amor à primeira vista: uma casa de um andar, de tijolos brancos no estilo neocolonial hispano-americano e teto de telhas de cerâmica igual ao de todos os vizinhos; dois quartos, o que era uma necessidade inquestionável depois de passarmos anos vivendo feito sardinhas enlatadas no apartamento de Rolando; um quintal pequeno, mas grande o suficiente, que minha mãe amava quando ainda era verde em vez de parecer um pedaço de estrada de terra. E dá para ir a pé a todos os milagrosos museus, restaurantes e parques, o que é ótimo, pois ainda não temos carro. Minha mãe acha que o maior milagre de todos foi quando os donos decidiram vender a casa para ela em dezembro, mas acho que o verdadeiro milagre foi o antigo proprietário não ter dado um pé na bunda dela e de Rolando por abrigarem um assassino.

Para chegar mais cedo na audição, corto caminho pelo Rancho do Poço de Piche de La Brea, embora odeie o cheiro de enxofre do parque. A primeira vez que ouvi falar dos poços de piche, achei que seriam muito mais legais, já que são o único sítio de fósseis da Era do Gelo em área urbana. Na verdade, é só um parque com modelos de animais pré-históricos presos no piche borbulhante. No fórum de sobreviventes de suicídio, o Quase-Terminantes, li a respeito do homem que tentou se matar no poço de piche, mas levou tanto tempo para ele afundar que mudou de ideia e se debateu até sair. Já pesquisei diversas formas de morrer, mas me jogar em um poço de piche não é algo que eu faria depois da minha primeira tentativa fracassada. Precisa ser rápido, sem tempo para mudar de ideia.

Tudo isso me dá vontade de pegar um cigarro.

A maioria das pessoas para de fumar em janeiro, mas foi justamente quando eu comecei. Fim de ano é sempre deprimente, e esse foi o pior em muito tempo. Não tinha como entrar no meu Instagram secreto sem ver famílias felizes vestidas com suéteres de Natal, nem abrir o TikTok, já que minha página estava cheia de *unboxings* de presentes. Enquanto isso, tivemos um Natal com uma árvore simples que eu odiei decorar, porque nunca consigo passar por essa data comemorativa sem me lembrar das vezes em que meu pai me levantou nos ombros para colocar a estrela no topo da nossa árvore. E aí, no Ano-Novo, depois de minha mãe e Rolando se beijarem à meia-noite enquanto eu, como sempre, fiquei sozinho, ela se ajoelhou e perguntou se Rolando queria ser seu parceiro de vida. Eu não sabia que minha mãe ia pedir Rolando em casamento, nem que ele choraria de felicidade. Foi lindo saber que ela se sentia segura o bastante para ficar com Rolando depois de ter sido tão traumatizada pela relação com meu pai, mas isso também fez com que eu me sentisse ainda mais solitário.

Foi então que comecei a fumar para desestressar. Às vezes, quando estou fumando, imagino meus pulmões rosados escurecendo a cada tragada, só para me lembrar do porquê estou fazendo isso, embora odeie o gosto e o cheiro. Não é rebeldia, minha mãe e Rolando ainda não fazem ideia de que fumo porque disfarço com balas de menta e sempre levo uma camisa extra. Fumo porque quero atrair a morte. Fumar não é o jeito mais rápido de morrer, mas se morrer vai ser um jogo longo, preciso ser estratégico nas minhas jogadas para vencer.

Mas não vou fumar agora. Não posso ficar fedendo e preciso de pulmões saudáveis para este papel que vou conseguir.

Quando saio do parque, pego a esquerda na 6th Street e vou até Fairfax, onde o Academy Museum of Motion Pictures, idealizado pela Academia de Artes e Ciências Cinematográficas, está em construção. Antes de ser chamado para o callback, eu jurava que nunca teria a chance de conquistar, como ator, algo digno de ser incluído nesse museu que parece a Estrela da Morte, mas quem sabe.

Algumas quadras depois, do outro lado da rua da Associação de Escritores da América, chego ao escritório Hruska, onde, se der tudo certo, meu nome se tornará conhecido.

Um nome diferente e melhor.

— Nome? — pergunta a recepcionista.

— Howie Medina — minto.

Ela me manda para a sala de espera no andar de cima.

Veja bem, eu amo meu nome, mas aquela série documental foi assistida por centenas de milhões de pessoas, e não é como se existissem centenas de milhões de Paz Darios por aí. Se eu quiser o papel dos meus sonhos, vou precisar de uma nova identidade. Por isso, estou honrando minhas raízes com o nome de solteira da minha mãe e prestando homenagem ao ator Howie Maldonado, que morreu em um acidente de carro três anos atrás. Ele interpretou o rival cruel de Scorpius Hawthorne, e quando eu estava no set interpretando a versão mais nova de seu personagem para uma cena de flashback, ele foi superlegal. Além disso, depôs como testemunha abonatória no meu julgamento (não que alguém saiba disso, já que a série documental pelo jeito excluiu qualquer coisa que passe uma boa impressão a meu respeito). Eu acho que Howie gostaria do fato de eu homenageá-lo com meu nome artístico.

Saio do elevador, e tem outro garoto na sala de espera. Ele está vestido de preto dos pés à cabeça, como eu, mas é lindo de morrer — cabelo loiro natural, os olhos verdes mais brilhantes que já vi na vida, a mandíbula definida e musculoso na medida certa. Aposto que ele consegue papéis só com a foto que envia para os testes. O garoto, meu concorrente, sorri por educação, e, para o meu azar, ele tem uma covinha.

— E aí? — diz ele com uma voz muito mais grave do que eu esperava, como se talvez fosse mais velho do que aparenta, o que é perfeito para o personagem.

Torço com todas as minhas forças para que ele não saiba atuar muito bem, não que isso faça tanta diferença em Hollywood quando se é bonito assim, mas se ele for bom mesmo, eu estou ferrado.

— Tudo bem — minto, me sentando no sofá de frente para ele. — E você?

— Animado. Meu nome é Bodie.

— Pa… Howie — corrijo, pigarreando. — Howie.

— Eu estava mesmo querendo fazer um filme grande de fantasia — comenta ele. — Mal posso esperar.

É quase como se ele achasse que já conseguiu o papel. Talvez o sorriso não tenha sido por educação. Vai ver foi de vitória, porque não me vê como um adversário à altura.

— Vai ser épico — respondo, como se o papel fosse meu.

Ele semicerra os olhos, me medindo de cima a baixo. Ou tentando me reconhecer.

— Você já atuou antes?

Sim, na maior franquia de fantasia de todos os tempos, babaca, é o que quero responder.

— Só um papel pequeno — digo, por fim.

Isso parece deixar Bodie aliviado.

— E você? — pergunto.

— Em algumas coisas — replica Bodie, como se tivesse uma página popular no IMDb. — Mas nunca fui o protagonista. Parece que esse projeto vai ser gigante.

— Aham, é baseado em um livro best-seller. Você devia ler.

—Tem umas mil páginas. — Ele dá de ombros. —Vou dar meu próprio toque ao personagem.

Como fã, já sei que eu odiaria assistir à interpretação dele.

— Boa sorte, então — retruco.

A porta se abre, e um funcionário avisa a Bodie que a diretora de elenco está pronta para recebê-lo.

—Valeu — fala Bodie para nós dois e entra na sala empertigado, como se estivesse prestes a ir buscar seu destino.

A adaptação merece atores que se importam com o material de origem. Alguém como eu.

Coração de ouro é uma história de amor épica entre o Imortal e a Morte. É sobre um personagem, Vale Príncipe, que, aos dezenove anos, cai em um túmulo sem identificação enquanto observa um eclipse, e, ao sair de lá, recebe um coração de ouro que o torna imortal. Ele passa sua vida longa e solitária cuidando dos outros, principalmente doentes e pessoas à beira da morte. No primeiro século de sua imortalidade, Vale recebe a visita de Orson Segador, a mais recente encarnação da Morte, que não entende a imortalidade de Vale. Eles vão se conhecendo melhor toda vez que Orson aparece para tomar as almas dos companheiros de Vale. Até que chega um ponto em que Orson começa a morrer de um jeito misterioso, e precisa do coração de ouro de Vale para sobreviver e coletar almas, como a ordem natural determina. É quando a narrativa fica intensa, porque o Imortal precisa escolher entre deixar a Morte falecer, assim todos os doentes e pessoas de quem ele trata receberiam a imortalidade também, ou entregar seu coração de ouro para salvar a única alma que ele já amou, mesmo que isso signifique que o Imortal tenha que morrer para que a Morte sobreviva.

O romance é maravilhoso de verdade. Vai dar um filme incrível e partir milhões de corações. A cena em que Vale descobre que é imortal vai ser a primeira a fisgar as pessoas; com certeza me pegou de jeito. Para resumir, Vale volta para casa depois de seu primeiro encontro com um garoto que cuidava do jardim de sua família, e, quando ele conta a novidade para os pais, o pai de Vale o espanca até a morte. Só que não exatamente. Vale acorda durante um temporal horrível, e seus pais estão arrastando-o pela floresta em direção ao mar. Os dois ficam chocados ao descobrirem que o filho está vivo. A mãe percebe que os cortes ensanguentados sumiram, mas o pai não dá importância, diz que a chuva deve ter lavado o sangue. O homem prende as mãos de Vale às costas com linha de pesca, enche os bolsos do filho de pedras e o joga de um penhasco. O garoto cai em uma onda e é jogado para lá e para cá antes de afundar. Minutos se passam, e Vale sabe que deveria estar sem ar, mas de alguma maneira continua vivo... e então ele vê a Morte pela primeira vez. A princípio, a Morte é apenas um borrão escuro na forma de um esqueleto, e nada ao redor de Vale, esperando que ele morra, mas, contrariando as expectativas, o garoto continua vivo. Ele se solta da linha de pesca, tira as pedras dos bolsos e nada de volta à superfície, onde a tempestade já passou, o sol brilha e a Morte se foi.

O ator que vai interpretar Vale precisa de nuances, o que acho que tenho, mas além de o papel já ter sido oferecido a um jovem ator em ascensão, ele não é meu personagem dos sonhos.

Estou fazendo teste para a Morte.

Quando li o livro, senti uma conexão muito grande com a Morte, porque a personagem era temida e vista apenas como uma tomadora de almas desalmada, a maior inimiga de todos os seres vivos. E essa identificação só aumentou quando a história da Morte foi revelada. Era um garoto que cometeu suicídio, e, por escolher a morte, foi justamente o que ele se tornou — e se matou observando o mesmo eclipse que tornou Vale imortal.

Uma alma suicida que é tratada como assassina... É, eu nasci para interpretar a Morte.

Também tenho mais uma conexão profunda com o livro. Eu meio que conheço o autor, mas é uma história bem complicada.

Orion Pagan está vivo porque se apaixonou por um garoto, Valentino Prince, que literalmente deu a ele seu coração no primeiro Dia Final. E Orion escreveu o romance para manter a memória dele viva.

Conheci Valentino na inauguração da Central da Morte, quando ele se mudou para o antigo prédio que meu pai administrava. Só falei com ele por alguns minutos, mas era um garoto bem legal. Corajoso também.

Estou ficando ansioso, como se estivesse prestes a estragar tudo, como se eu não fosse tão bom para o papel. Tento me concentrar no roteiro, mas estou nervoso demais, as palavras ficam embaralhadas. Tudo está em jogo, essa audição é literalmente questão de vida ou morte para mim. Deveria ser um cenário apenas positivo, porque, se eu não conseguir o papel, vou poder morrer, mas já li histórias demais no Quase-Terminantes para saber que as coisas não são tão simples, ainda mais porque ninguém conseguiu provar que a Central da Morte está errada, e eu vou ter que ser a pessoa mais sortuda do mundo para ser a primeira. E, cá entre nós, minha vida pode ser qualquer coisa, mas cheia de sorte definitivamente não é uma delas.

A porta se abre, e Bodie sai com um sorriso.

— Divirta-se — fala ele para mim, indo até o elevador.

Será que Bodie disse para eu me divertir interpretando a Morte enquanto ainda posso, já que ele acabou de conseguir o papel? Não posso permitir que isso me afete, mas quando o assistente de elenco me chama, estou cem por cento surtado, embora não devesse estar, porque eu já sabia que não seria o único fazendo a audição; só não imaginei que meu concorrente seria um ator experiente que se parece mais com uma fanart de Orson do que eu.

É melhor eu dar meia-volta.

Não, preciso fazer a audição. Não posso escrever na minha carta de suicídio que dei tudo de mim se nem ao menos tentar. Para ser sincero, qual é a pior coisa que pode acontecer? Não é como se eu pudesse ficar ainda mais triste do que já estou.

Mostro para a minha ansiedade quem é que manda e entro. Entrego à diretora de elenco, Wren Hruska, minha foto e meu currículo, repleto de mentiras sobre meu nome, experiências de trabalho e a agência que me representa. Mas estou bem confuso. O estúdio é bastante familiar comparado a outras audições — uma mesa para a equipe de escalação de elenco, um pedaço de fita no chão para demarcar onde devo ficar, uma câmera montada em um tripé, softbox. Só que não é uma audição comum, é um teste de química com outro ator, mas sou o único ali. Será que houve alguma mudança? Será que a diretora de elenco ou a assistente vai ler a cena comigo? Era para eu ter trazido um monólogo? Alguém mandou um e-mail para a conta falsa que criei para minha agente falsa?

Ou talvez Bodie tenha de fato conseguido o papel.

— Ainda vamos fazer o teste de química? — pergunto, olhando ao redor.

— Vamos, Zen só está se trocando. A outra camisa estava deixando ele meio apagado — explica Wren. — Você vai ficar na marca verde hoje.

Vou para a minha marca, aliviado por ainda estar na competição.

Uma porta se abre, e o garoto astro de cinema, Zen Abarca, sai com uma camisa preta de gola rulê que abraça seu peitoral e seus braços com perfeição. Seu porte musculoso vem de anos interpretando o agente Early na franquia de filmes *Os jovens Smith*, sobre espiões adolescentes. É, ele é lindo, mas também é um ótimo ator, e eu já assisti a várias entrevistas em que fica nítido o quanto ele ama o trabalho. Além disso, acho que Zen nasceu para interpretar Vale. Ele é abertamente gay, tem a pele bronzeada, o cabelo bagunçado tão preto quanto o piche no parque, e até mesmo as olheiras sob seus olhos azuis sugerem que ele viveu uma longa vida, mas sem perder a jovialidade.

E então outra pessoa sai do vestiário, usando um suéter largo de caxemira branca, calça jeans azul, botas escuras e com cachos castanhos saindo de debaixo de um boné desbotado dos Yankees. Entro ao mesmo tempo em surto e em pânico ao ver Orion Pagan.

Tem muitos motivos pelos quais sou a escolha perfeita para a Morte, mas tem uma razão enorme pela qual eu posso acabar nem chegando perto desse projeto.

Meu pai não era só o administrador do apartamento de Valentino. Ele também foi seu assassino.

NOVA YORK
ALANO
12h16 (Horário de verão da Costa Leste)

Quando eu tinha nove anos, queria muito ser mensageiro, mas já faz tempo que deixei para trás esse sonho de infância e não estou nem um pouco animado para fazer minhas primeiras ligações da Central da Morte mais tarde.

Acho que os mensageiros têm o trabalho mais importante do mundo. Antes da Central da Morte, os médicos eram o mais próximo que a sociedade tinha de mensageiros, porque apenas eles podiam estimar o tempo de vida de um paciente. Horas, dias, semanas, meses, às vezes anos. Nem sempre acertavam. Os mensageiros, por outro lado, sempre estão certos quando ligam para os Terminantes. Com o passar do tempo, percebi o quanto isso era triste. Um paciente que recebe a notícia de que está morrendo ainda pode ter esperança de sobreviver, mas os Terminantes não têm esse privilégio. O destino deles está selado.

Eu não seria capaz de passar anos contando às pessoas que elas estão à beira da morte sem ser assombrado por isso. Não sei ao certo nem se consigo fazer esse trabalho por mais de três horas, mas meu pai acha que estou pronto, por causa de como agi com Dalma Young.

— Você foi empático, mas certeiro. Talentos verdadeiramente necessários para um mensageiro — disse ele.

Posso não querer ser mensageiro para sempre, mas meu pai acha primordial para a sucessão que eu entenda o peso do luto que os mensageiros carregam noite após noite. Não me dei ao trabalho de comentar que ele deve estar leve feito uma pluma, considerando que fez apenas uma ligação há dez anos, porque sei que ele retrucaria:

— Já lido com fantasmas demais.

Eu também. E hoje à noite vou ganhar mais alguns.

Por ora, decidi me distrair com outras tarefas da Central da Morte. Estou no escritório do meu pai com ele, minha mãe e a líder da equipe de funcionários, Aster Gomez, que foi a primeira pessoa contratada como engenheira de sucesso do cliente durante a criação da empresa, devido a suas habilidades interpessoais — que poderiam ter sido utilizadas trabalhando como mensageira, mas ela também não quis. Agora, aos trinta e cinco anos, Aster supervisiona todos os líderes de departamentos, um cargo que meu pai quer que eu assuma quando promovê-la mais uma vez.

Ela ficou os últimos quarenta e cinco minutos repassando as informações e solicitações mais recentes para o Baile da Década: Scarlett Prince pediu um valor maior antes de concordar que seu estúdio fotografe o evento; fizemos uma revisão da lista de convidados, com o acréscimo da meia-irmã de Dalma Young, Dahlia Young, e da noiva de Dahlia, Deirdre Clayton; solicitamos de última hora para fazerem a gravação no troféu que Dalma vai receber; confirmamos o cardápio final dos chefs na Arena de Viagens pelo Mundo e a quantidade de funcionários para o bufê; a contratação de seguranças à paisana; saquinhos de brinde que incluem viagens pagas para o Paraíso Rosa, nosso resort em Culebra, em Porto Rico; o leilão silencioso valendo uma semana em nosso iate, o *Terminante do Raio de Sol*; a escalação de um novo ator para o comercial do Projeto Meucci depois de o primeiro ter se recusado a assinar o termo de sigilo; a aprovação dos trailers promocionais dos nossos patrocinadores, os roteiros e as rotas para os guias turísticos, além das fotos e dos instrumentais para a nossa cerimônia *in memoriam*; e, por fim, a tomada das decisões finais para o cronograma do evento.

— Quer que o Prêmio Vidas Transformadas seja apresentado antes ou depois da revelação do Projeto Meucci? — indaga Aster.

Meu pai pondera.

— Quando acha que seria o melhor momento, Alano?

Fico confuso quanto à razão de ele estar me perguntando isso, mas então lembro que coordenei uma surpresa para os três funcionários que estão com a empresa desde o início: a mensageira-chefe, Andrea Donahue; a pessoa responsável pelo onboarding, Roah Wetherholt; e Aster Gomez.

— O prêmio antes — sugiro.

Pedi cinco minutos por pessoa para que minha mãe dê algumas palavrinhas e entregue as placas de homenageado, licenças remuneradas e os cheques com quantias suficientes para realizar alguns sonhos.

— Muito bem. Vai ser bom honrar a inovação de Dalma antes de apresentar a próxima fase da empresa — comenta meu pai.

Aster anota a decisão em seu tablet antes de levantar a cabeça de novo.

— A cerimônia está resolvida, então. Continuando, falei com o setor de marketing, e a campanha da Loteria Vida Longa começa amanhã cedo.

Vamos lançar uma loteria no aniversário da Central da Morte, na qual dez famílias vão ganhar assinaturas vitalícias do serviço, e anunciaremos também nossa intenção de repetir isso todos os anos. O serviço pode não ser gratuito, mas meu pai está sempre buscando maneiras de reduzir o custo. Dez anos atrás, a Central da Morte custava 20 dólares por um único dia, 275 por mês, 1.650 por seis meses e 3.000 dólares por ano. À medida que mais pessoas contratavam o serviço, o preço baixava; oferta e procura. Isso trouxe muita credibilidade para o meu pai, porque a maioria dos empresários teria aumentado a taxa em uma empresa que não só é bem-sucedida, como também a única no mercado. Hoje, as inscrições custam 12 dólares por dia, 90 por mês, 500 por seis meses e 900 por ano. Se tudo correr bem, até eu assumir a empresa o valor será ainda mais acessível, se não gratuito.

Ouço meu celular tocar. Deixo o modo "não perturbe" ligado quando estou no trabalho para que ninguém me ligue, exceto contatos da empresa; faço isso principalmente para que meus melhores amigos não fiquem me distraindo com memes. É nossa diretora de marketing, Cynthia Levite, mandando uma mensagem para mim e Aster com um link da NBC. *Como o sr. Rosa gostaria de responder?*, pergunta ela.

A matéria trata de um Guarda da Morte de vinte e um anos que foi preso depois de se passar por Último Amigo para assassinar um Terminante de dezenove anos. A vítima foi esfaqueada três vezes enquanto o homem alertava — ou ameaçava:

— Seu tempo está acabando, Central da Morte!

Estamos aqui planejando o futuro da empresa e alguém a está ameaçando.

— Com licença — falo, interrompendo Aster, que compartilhava os números da pré-venda da biografia do meu pai. — Houve mais um ataque da Guarda da Morte. Um Terminante foi assassinado.

Compartilho as informações mais importantes da matéria — quem, o quê, onde, quando — e a ameaça.

— Como assim nosso tempo está acabando? — questiona meu pai, cerrando o punho sobre a mesa.

— Como gostaria de responder? — indaga Aster, com a caneta a postos.

Ele fecha os olhos e se recompõe.

— Publique uma declaração no feed de notícias. Diga que vamos continuar lutando contra os ataques da Guarda da Morte e que investigaremos a ameaça do criminoso. — Ele abre os olhos, desviando-os como se estivesse distraído com alguém atrás de mim, mas não tem ninguém. — E ressalte os pêsames da empresa pelo Terminante. Tiraram dele um longo Dia Final e uma vida mais longa ainda.

Aster anota tudo.

— Gostaria de revisar o texto antes de ser publicado? — questiona ela.

— Não — responde meu pai.

Ele confia nela.

— Vou postar depois da nossa reunião...

— Poste agora.

— Sim, senhor — responde Aster, saindo do escritório.

Minha mãe suspira.

— Morto aos dezenove anos. A vida daquele rapaz estava só começando...

— O Dia Final também — fala meu pai. — Espero que ele tenha aproveitado ao máximo.

—Vou ver como Dalma está e pedir para a segurança pesquisar o histórico do criminoso — acrescenta minha mãe, retirando-se também.

Será que cometi um erro ao convencer Dalma Young a manter o app Último Amigo?

Meu pai encara o globo de latão, onde antes ficava seu carrinho de bebidas.

— Quer alguma coisa, pai? — pergunto, torcendo para distraí-lo da vontade de beber. —Talvez um saco de pancada com o rosto de Carson Dunst? Me dá uma hora que consigo arrumar algo do tipo.

— Eu preferiria de fato bater no rosto de Carson Dunst por incentivar esse culto, mas obrigado por oferecer. — Meu pai dá a volta na mesa e coloca a mão sobre meu ombro. — Peça para o agente Madden acompanhar você até em casa e descanse um pouco, *mi hijo*. Vai precisar estar desperto para o expediente hoje à noite. Mortes dependem disso.

A pressão está aumentando. Preciso me divertir um pouco para me distrair da tarefa que me aguarda. Desligo o modo "não perturbe" do celular. O grupo de mensagens com meus melhores amigos está agitado, com os dois mandando listas para o apartamento onde queremos morar juntos, mas é segredo.

—Vou sair com Ariana e Rio.

— Aonde vocês vão?

— Talvez comer alguma coisa no Cannon Café.

É o restaurante favorito de Rio, fica a uma quadra da casa dele, e os atendentes não ligam se passarmos horas lá, conversando e jogando cartas; talvez seja por causa das gorjetas generosas que deixo. Mas percebo que essa não é a resposta que meu pai queria escutar, muito menos hoje.

— Um garoto da sua idade acabou de ser assassinado, e a sua vida foi ameaçada mais cedo.

— Mas não vou morrer hoje — retruco.

Sabemos disso justamente por causa da criação dele.

— Isso não significa que você possa provocar a Morte.

Um fogo cresce dentro de mim, mas eu o abafo, assim como meu pai faz quando eu tento acender meus próprios palitos de fósforo. É uma pena que eu esteja sendo preparado para assumir uma empresa que incentiva as pessoas a viverem ao máximo, mas eu mesmo não tenha essa liberdade.

Invejo os Terminantes. Eles vivem mais em seus Dias Finais do que eu vou poder viver durante toda a minha vida.

LOS ANGELES
PAZ
9h17 (Horário de verão do Pacífico)

Não faço a menor ideia se Orion Pagan me odeia, mas estou prestes a descobrir.

Nos quase dez anos desde que meu pai matou Valentino, só estive no mesmo ambiente que ele duas vezes. A primeira foi durante meu julgamento, quando Orion depôs e chamou meu pai de monstro. A segunda vez foi em novembro do ano passado, quando ele veio a Los Angeles na turnê de lançamento de seu livro e eu estava na fila para conhecê-lo, mas fiquei nervoso e fui embora. Orion nunca entrou em contato comigo, nem quando a série documental fez a internet inteira ficar contra mim. Entendo Orion odiar meu pai, mas por que ele também me odiaria? Na verdade, ele não deveria me agradecer?

É por minha causa que o assassino de Valentino está morto.

Não acredito que Orion veio de Nova York para as audições. Não, na verdade, não acredito é na minha burrice de ficar surpreso por ele ter viajado para acompanhar a escolha do elenco. A história significa tudo para ele. Orion até escreveu o roteiro porque não queria que Hollywood destruísse tudo, como vemos acontecer com tantos livros incríveis. É claro que Orion ia querer se certificar de que o ator escolhido para interpretar sua versão fictícia fosse a pessoa certa.

— Como vai? — fala ele, me cumprimentando com a mão sobre o peito.

É ali que está o coração, o que Orion recebeu em um transplante depois de declararem a morte cerebral de Valentino, e tudo por culpa do meu pai, que o chutou escada abaixo por tentar salvar minha mãe.

Se eu tivesse conseguido pegar a arma um pouco antes...

— Howie? — chama Orion.

A princípio, acho que ele está questionando minha identidade, mas Orion está apenas tentando chamar minha atenção.

— Foi mal, só estou um pouco nervoso. Não sabia que você estaria aqui. Sou muito fã do seu livro.

A mentira é meio que verdade, mas na realidade estou mais nervoso com a possibilidade de Orion me reconhecer do que com o teste de química.

— Fico muito feliz — responde Orion, levando a mão ao peito de novo. — Vimos milhares de pessoas para este papel, e sua gravação nos impressionou bastante. Fiquei arrepiado vendo você incorporar Orson. Sua performance foi visceral, muito forte.

A diretora de elenco assente.

— Você tem uma força sincera para a emoção, algo difícil de encontrar em jovens talentos hoje em dia — comenta Wren.

— Não fique nervoso — fala Orion. — Você vai arrasar.

— Não fique nervoso por isso aqui também — diz Zen, se posicionando na marca dele com uma faca na mão. — É cenográfica.

Certo, então ninguém sabe de fato quem eu sou, o que é ótimo, mas vou mesmo precisar fazer a melhor atuação da minha vida antes, durante e depois desta audição, se quiser ficar com o papel da Morte. Vou contar a verdade para Orion quando eu garantir o trabalho... ou talvez depois de assinar o contrato... ou quando estivermos no set... ou no final das gravações... ou durante o tapete vermelho da estreia... ou posso levar a verdade para o túmulo e ser enterrado como Howie Medina.

— Quando estiver pronto — anuncia Wren.

A cena para o teste de química é uma das minhas favoritas do romance.

Entro no personagem usando uma técnica em que penso no momento anterior à cena, detalhando tudo que eu — no caso, a Morte — estava fazendo logo antes: apareci na floresta para tomar a alma de uma órfã de quem Vale tinha passado a cuidar depois que os pais dela morreram em uma guerra. Quando as súplicas de

Vale para que eu não levasse a garota não surtiram efeito, chegamos a este momento da minha cena com Zen. Ele se transforma em Vale — sua postura murcha, como se estivesse carregando o peso do mundo, sua respiração fica ofegante, seus olhos azuis se tornam oceanos e suas mãos tremem quando ele leva a faca ao coração. A lâmina falsa se retrai para dentro do cabo, mas não sou um ator vendo um objeto cenográfico nem um garoto suicida que queria desarmar seus reflexos para que ele de fato se matasse. Sou a Morte assistindo à tentativa de suicídio do Imortal. Inclino a cabeça, imaginando luzes douradas emanando de seu coração.

Vale joga a faca para longe e cai de joelhos, chorando.

— Para de me provocar, Imortal — desdenho.

— Não estou provocando você. Estou implorando para você me levar.

Há centenas de outras almas aguardando para serem tomadas por mim enquanto rondo o Imortal, todas ameaçando se tornar fantasmas violentos a cada segundo que permanecem neste plano, mas não entendo como este garoto continua a me desafiar. Ajoelho diante dele e seguro seu rosto, tremendo, embora ele esteja quente. Não posso levá-lo para a vida após a morte. Ele está hiperventilando; o garoto não sabe por que isto está acontecendo com ele. Se não é minha responsabilidade confortar os mortos, certamente não preciso cuidar de um imortal que não consegue respirar direito, ainda mais porque ele sobreviverá da mesma forma que sobreviveu a afogamentos, quedas de torres altas e agora adagas fincadas no coração. Estou pronto para partir quando ele me pergunta se isto está acontecendo devido ao eclipse. O mesmo eclipse que me transformou na Morte. É estranho que nossas jornadas como seres extraordinários tenham começado no mesmo dia, mas também é menos solitário assim. O universo pode ter agraciado Vale com a imortalidade porque sua vida estava sendo ameaçada por pais que não o amavam, mas o que aconteceu comigo não parece ter sido um presente.

— Se matar e acabar preso à vida eterna é um castigo — digo.

— A vida é dolorosa, mas não precisa ser uma maldição.

— Não tenho vida. Sou a Morte — respondo, me virando para sumir nas sombras.

O Imortal agarra minha mão, seu toque agora queimando minha pele.

— Ter virado a Morte não significa que você não mereça uma segunda chance para viver — insiste ele. — Na verdade, tenho medo de vagar sozinho pelo mundo. Se estamos mesmo fadados a cruzar nossos caminhos para sempre, talvez nós possamos nos conhecer melhor.

Olho para nossas mãos e gosto da sensação de ser tocado, desejado, mas não há como isto acabar bem. Se eu nem sempre fui a Morte e ele nem sempre foi o Imortal, talvez isso signifique que algo terrível vai acontecer. Não cometerei o mesmo erro de permitir que partam meu coração.

— Não estou vivo, e não cairei nas armadilhas da vida — declaro, arrancando minha mão da dele.

Analiso o Imortal de cima a baixo e me viro, sabendo que não conseguirei ficar longe desta alma, de cuja companhia sentirei falta se um dia eu levá-lo à vida após a morte.

E então aplausos ecoam. A floresta se torna o estúdio de novo. Vale se transforma de volta em Zen. E eu volto a ser eu mesmo.

— Puta merda! — grita Orion, mais alto que suas próprias palmas. — Gente, foi incrível pra cacete. Desculpem os palavrões. Ah, porra, quer saber? Que se dane, é isso mesmo!

— Você estava completamente imerso — elogia Zen, me dando tapinhas nas costas como se estivesse impressionado.

Sinto como se tivesse dissociado e me tornado o personagem. Ainda estou voltando a mim. Sou Paz, tenho dezenove anos, sou um ator que acabou de arrasar nessa audição.

— Que química absurda, gente — comenta Orion.

A diretora de elenco concorda.

— Assim, nós meio que somos um par predestinado — brinco.

— Nossos nomes querem dizer "tranquilidade"

Zen parece confuso.

— Howie significa "tranquilidade"? — pergunta ele.

Fico tenso. Acabei de falar uma idiotice que pode colocar minha carreira em risco. Orion não está mais olhando para mim como se eu fosse a escolha perfeita para interpretar a Morte, e sim como se eu fosse um buraco no enredo que ele não consegue ajustar. Será que Orion sabe espanhol? Teria como ele saber que meu nome, o verdadeiro, remete a tranquilidade? Preciso mudar de assunto.

— Quer dizer, não, seu nome significa tranquilidade, calmaria e tal... — explico para Zen, envergonhado. — Mas o meu tem muitos significados. Meu favorito é "coração corajoso". Perfeito para essa história, né? Só descobri porque Howie Maldonado me contou.

— Perfeito mesmo — comenta Zen, me observando como se eu tivesse voltado a ser um ator estabanado.

Orion parece que não acreditou na desculpa esfarrapada, mas a diretora de elenco sim, e me avisa que vai entrar em contato seja qual for o resultado.

— Obrigado pela oportunidade — digo e saio correndo antes que Orion desvende o mistério.

Estou esperando o elevador, apertando o botão um milhão de vezes para que suba mais rápido, quando Orion sai da sala e grita:

— Espera aí!

Não posso mais fugir, nem quando a porta do elevador se abre.

— Oi, Orion.

— Olha, sua atuação foi realmente fenomenal — diz ele. — É o sonho de qualquer autor ver um personagem tão pessoal ganhar vida de um jeito tão bonito.

Espera. É uma oferta?

Sinto meu coração disparar.

— Seria uma honra. Eu mataria alguém pela oportunidade de fazer esse papel.

— Você meio que já fez isso — responde Orion. — Não fez, Paz?

NOVA YORK
ALANO
12h40 (Horário de verão da Costa Leste)

Meu guarda-costas está me ensinando a lutar na academia da Central da Morte.

O agente Dane Madden tem o dever de me proteger desde 1º de junho de 2019, porque meu pai queria que eu tivesse um guarda-costas jovem, para que ele chamasse menos atenção comigo na faculdade. O agente Dane (como o chamo, já que ele se recusa a parar de me chamar de sr. Alano) tem vinte e um anos e foi contratado porque trabalhava na segurança de afiliados da Central da Morte, como a Cemitério do Clint, uma boate para Terminantes, e a Faça-Acontecer, uma rede de estações de realidade virtual onde os Terminantes podem viver emoções sem risco. Ele é devoto à causa, ao contrário do guarda-costas do presidente Reynolds, que o assassinou.

Desde 16 de março, uma segunda-feira, o agente Dane começou a me ensinar muay thai durante o isolamento social.

Golpeio um saco de quarenta quilos depois de o agente Dane me mostrar diferentes técnicas, mas meu chute circular com salto está vacilando na parte do salto. Por fim, entendo o momento certo de jogar o braço não dominante para baixo para dar impulso ao chute, mas não encontro o equilíbrio para girar o quadril e golpear com o pé dominante. Um oponente me derrubaria no ringue sem dificuldade, não que eu esteja fazendo isso para competir. Tudo começou como um exercício mental para expulsar a energia negativa que andava perturbando meu juízo, mas nos últimos tempos tem sido um treinamento físico para o caso de eu precisar lutar para me salvar.

O agente Dane cruza os braços tatuados sobre o peito largo.

— Você não está concentrado.

— Eu estou muitíssimo concentrado — rebato, ofegante.

— Então está concentrado na coisa errada.

Estou acostumado a aprender sem muito esforço — história, administração, línguas, outras habilidades e até mesmo detalhes sobre a vida das pessoas —, então não estar nem perto de dominar esse golpe está me estressando.

— No que eu deveria estar me concentrando, então?

— Em sobreviver — responde o agente Dane.

— Minha sobrevivência é tarefa sua.

— Só porque o sr. Rosa sabe que o perigo ainda existe, mesmo não sendo seu Dia Final.

Penso em meu pai, que há pouco me aconselhou a não provocar a Morte.

— Mas cautela demais também não é bom — argumento.

— Não existe isso na minha profissão — retruca o agende Dane. Quando trabalhava na Cemitério do Clint e na Faça-Acontecer, ele precisou reprogramar o cérebro para se lembrar de que não receber o alerta da Central da Morte não significava que ele estava seguro, ainda mais trabalhando com Terminantes cujas mortes eram ameaças diárias a seu próprio bem-estar. Até mesmo a sua própria vida.

— Eu encaro meu trabalho como se você fosse um Terminante que ainda pode ser salvo — continua ele. — Preciso que comece a pensar assim também.

— O que isso tem a ver com eu não conseguir acertar o chute?

— Tem tudo a ver — responde. — Se você não colocar na cabeça que precisa lutar para se defender, não vai dar tudo de si.

O agente Dane me afasta do saco de pancada com o suor pingando de seu cabelo loiro curtinho e demonstra o passo a passo do chute mais uma vez.

— Agora, em vez de se concentrar na força ou na rapidez com que você vai atingir o alvo, se concentre em tudo que você pode perder se morrer — acrescenta ele.

O agente Dane vira um borrão ao executar o chute circular com salto, o pé tatuado batendo no saco com tanta força que não consigo imaginar que um crânio humano sobreviveria ao impacto.

Sei muito a respeito do agente Dane, mas ele é reservado quanto a algumas coisas. O que ele próprio pode perder se morrer é uma delas.

Eu me aproximo do saco de pancada de novo, tentando acertar o chute mais algumas vezes. Mas estou irritado demais com o meu pai por me obrigar a ter esta vida tão afetada pela criação dele e por me preparar para um destino que nunca pedi para ter, um destino que só me sinto obrigado a seguir por expiação — e só por isso. Caio de joelhos, ofegante, com a cabeça apoiada no saco. Meus pulmões e abdômen ardem, e meu coração parece partido pela inutilidade de lutar para salvar uma vida tão restrita quanto a minha.

— Tudo bem — fala o agente Dane, me ajudando a levantar. — É para isso que estou aqui.

Minha sobrevivência é tarefa dele.

Quem me dera as pessoas cujas vidas eu arruinei tivessem guarda-costas também.

LOS ANGELES
PAZ
9h41 (Horário de verão do Pacífico)

Orion Pagan está imóvel, como se o coração que lhe salvou, o coração de Valentino Prince, tivesse parado de bater.

Estamos na quadra do escritório de escalação de elenco, sentados no meio-fio. Ele queria conversar em particular, mas está em silêncio, me encarando como se eu fosse um fantasma.

Volto a me sentir com nove anos de idade e cheio de boas intenções, mas com um péssimo discernimento.

— Acho melhor eu ir nessa — declaro.

Orion balança a cabeça.

— Não, eu quero falar com você — diz ele, mas o semblante de espanto não deixou seu rosto. — Só fui pego de surpresa, ainda mais porque você está loiro.

A descoloração queimou meu couro cabeludo, meus banhos quentes também, e a situação só piorou quando o cabeleireiro enrolou meu cabelo em papel-alumínio e me botou sentado sob uma lâmpada de calor. Não consigo me esquecer da sensação da cabeça em chamas. Não dava para desligar o chuveiro ou pular da banheira como meu corpo sempre me obriga a fazer. Mas valeu a pena suportar aquela dor para mostrar a Orion que sou o ator perfeito para interpretar a Morte, e também para que eu seguisse um caminho no qual não procuraria mais sentir dor.

— Pintei o cabelo para fazer jus a Orson — conto. Marquei muitas frases no livro, mas cito minha favorita sobre o cabelo loiro cacheado do personagem. — "O cabelo da Morte era de ouro, assim como o coração do Imortal, e tão rebelde quanto o amor de um pelo outro." Ou algo assim.

— Exatamente assim — responde Orion. — E, só para constar, você não precisava ter pintado o cabelo para fazer jus a Orson. Você acertou em cheio a essência do personagem.

— Isso significa muito vindo de você.

Orion desvia o olhar.

— Desculpa eu não ter te procurado para saber como você estava, mas juro que pensei muito em você ao longo dos anos, Paz. Antes e depois do julgamento, do documentário, toda vez que alguém falava do seu pai... Eu até já me perguntei feito idiota se você tinha lido o livro. Imaginei que uma hora ou outra nossos caminhos se cruzariam fora do tribunal.

— A propósito, obrigado por isso.

— Você só estava salvando sua mãe de um homem que a teria matado como matou Valentino. Não poderia deixar você apodrecendo na cadeia como era para ter acontecido com seu pai, mas às vezes torço para que o inferno exista mesmo e ele esteja queiman... — De repente, Orion hesita. Respira fundo, suas bochechas coradas, mesmo cobertas pela barba. — Foi mal. Uma coisa é eu carregar essa raiva, mas não tenho por que jogá-la em você. Odeio aquele homem, mas provavelmente você não sente o mesmo.

Tem dias em que odeio meu pai por causa do quanto ele torturou e amedrontou minha mãe. Em outros, eu o odeio pelo tanto que matá-lo arruinou minha vida. E então tem os dias em que eu me sinto culpado, porque não o odeio de verdade.

Ver o quanto Orion detesta meu pai por um único momento trágico só me faz pensar em como todo mundo me trata como se eu fosse um monstro devido a um único incidente.

— Mas então, quantos anos você tem agora? — pergunta Orion, como se estivesse se lembrando de que ele é o adulto na conversa.

— Fiz dezenove no mês passado.

— Dezenove. É a idade que Valentino tinha quando...

Quando meu pai fez com que ele não envelhecesse nem mais um dia.

Agora é minha vez de quebrar o silêncio constrangedor.

— Quase fui ver você em uma sessão de autógrafos, só que desisti na última hora. Mas fiquei feliz em saber o quanto esse livro ajudou você a se curar. A história me ajudou em momentos bem difíceis também.

Tagarelo sobre algumas das minhas partes favoritas: Vale confortando Orson, que estava deprimido depois de acompanhar os pais até o Reino Eterno; a parte em que Vale ficou bêbado e cantou uma música da infância para um homem com Alzheimer que estava à beira da morte, e como Orson cantou com ele, apesar de sempre ter evitado interagir com os vivos até chegar a hora de levar suas almas; e quando Orson levou Vale a uma caverna para um piquenique e desabafou sobre os sofrimentos que o fizeram cometer suicídio.

— Eu, hã, tenho tido ideações suicidas — admito. É a primeira vez que falo disso com alguém que minha mãe não está pagando para me ajudar. — Desde que matei meu pai, sou tratado como alguém perigoso. Sofri muito bullying quando era criança. Vi meus sonhos morrerem. Foi difícil ler Vale se tornar imortal, porque a ideia de viver para sempre é tão sufocante... Para ser sincero, encarei a Morte como o verdadeiro herói, já que salvava as pessoas de viverem nesse mundo horrível.

Orion assente, mesmo depois de eu terminar de falar, como se estivesse imerso em pensamentos.

— Não toco muito nesse assunto, mas viver foi bem complicado depois que Valentino morreu. Nem sempre fazia sentido para quem olhava de fora, nem mesmo para a minha melhor amiga, porque nós dois só tivemos um dia juntos, mas a perda do Valentino ainda é bastante difícil para mim. Escrevi sobre Orson se tornando a Morte porque minha depressão e meu luto eram muito intensos, como se eu jamais fosse conseguir escapar desses sentimentos, nem mesmo na próxima vida. Ficou difícil de viver, mas Valentino queria que eu vivesse, então vou fazer de tudo para continuar vivendo. — Ele estica o braço e dá um tapinha no meu ombro. — Você precisa fazer o mesmo, Paz.

Orion conseguiu, por meio da escrita, superar a depressão. Para mim, vai ser na base da atuação.

— Depois de tempos, encontrei vontade de viver quando vi que seu livro seria adaptado para filme. Desculpa ter mentido sobre meu nome, mas eu precisava conseguir uma audição para fazer a Morte. Eu sabia que seria de matar... quer dizer, de arrasar. — Preciso tomar cuidado com o que digo, ainda mais na frente de Orion, que pode ser minha única chance de sobreviver. — Olha, aquele documentário me retratou como um assassino psicopata, mas sou uma boa pessoa. Só estou tentando viver a vida sem ser tratado como vilão. Seu filme poderia ser minha volta por cima. — É como se eu estivesse implorando de joelhos. — Por favor, me dá uma força.

A forma como Orion olha para mim me faz pensar que estraguei tudo. Eu deveria ter ficado quieto e deixado o processo de audição se desenrolar sem pressioná-lo ou pedir uma forcinha.

— Tudo bem, mas tenho que contar para a equipe quem você é de fato. Pode ser?

— Sim. Entendo completamente.

— E vai ser um prazer falar bem de você para eles.

É uma droga que, mesmo depois de uma boa audição, eu ainda possa ser rejeitado por causa de como o incidente e a série documental estragaram a minha reputação. Mas Orion comprar a briga por mim significa muito.

Fico me perguntando se essa esperança foi o que Orion sentiu quando Valentino lhe ofereceu seu coração.

— Obrigado, obrigado, obrigado!

Orion fica de pé e me ajuda a levantar.

—Vou fazer tudo que estiver ao meu alcance — garante ele. — Você não merece passar por tudo isso.

Fico tão feliz que parece que morri.

Pego minha mochila e tiro dela meu exemplar de *Coração de ouro* e a caneta que já usei para escrever coisas horríveis sobre mim mesmo.

— Posso pegar seu autógrafo?

Orion folheia meu exemplar de capa dura, encontrando muitos trechos grifados e comentários rabiscados nas margens. Ele então assina meu livro, mas, antes de devolvê-lo, para e admira a capa como se já não a tivesse visto um bilhão de vezes. A arte representa dois corações sobrepostos — um preto fosco e o outro em um papel dourado que brilha à luz do sol — sobre um fundo branco com o título no topo e o nome dele na parte inferior. Quando a capa do romance foi revelada no programa de TV *Today*, ele mencionou que as ilustrações foram inspiradas nos raios X de seu coração e de Valentino, tirados no primeiro Dia Final.

— Prontinho — fala Orion, devolvendo meu exemplar.

Sinto que o livro foi magicamente abençoado, como se tivesse sido encantado com um feitiço para a felicidade, sei lá, mas estou me sentindo ótimo.

— Muito obrigado mesmo por essa história. E por tudo.

Ele sorri.

— Certo, agora é melhor eu voltar — diz ele. — Mas você precisa me prometer uma coisa. Se o filme não rolar, você precisa se cuidar.

— Prometo — minto.

— Fechou — fala Orion, me dando um soquinho. — A gente se vê.

Ele vai em direção ao escritório de escalação de elenco e eu sigo pelo caminho oposto.

Quem diria que a tragédia que mudou nossa vida para sempre acabaria aproximando Orion e eu?

Eu me lembro de conhecer Valentino na inauguração da Central da Morte, quando ele se mudou para o apartamento no fim do corredor. Perguntei se ele seria nosso vizinho novo, e nós nos apresentamos. Ele comentou que eu tinha um nome legal. Não lembro de falar o mesmo para ele, mas queria ter dito. Meu pai ficou bravo por eu não estar na cama, embora eu não conseguisse dormir porque estava procurando por ele, já que sentia muito medo do que falavam sobre a Central da Morte. Ele me contou que nada daquilo era verdade, como se não passasse de um monstro debaixo da cama. Depois disso, só vi Valentino na noite seguinte, quando meu pai estava batendo na minha mãe e em Rolando no nosso apartamento e Valentino apareceu na escada. Não sabia que ele era um Terminante quando gritei pedindo ajuda, mas ele correu para dentro do apartamento mesmo assim, como um herói, apesar de provavelmente saber que aquilo resultaria em sua morte. Eu só queria parar a briga, então corri para o armário para pegar a arma. Quando voltei, Valentino já estava morto.

Essas lembranças me fazem dar meia-volta e correr pelo quarteirão.

— Orion!

Ele para bem na porta do prédio.

— O que foi? Está tudo bem?

— Sinto muito por não ter conseguido salvar Valentino — falo, trêmulo.

Orion respira fundo, sem palavras.

— Sinto muito mesmo — digo em meio às lagrimas.

Eu me viro e saio chorando pelas ruas depois do que, sem dúvida alguma, foi um dos dias mais promissores da minha vida.

Parte meu coração que o Paz de nove anos tenha demorado alguns segundos para matar o pai antes que ele pudesse assassinar Valentino. Queria que as coisas tivessem sido diferentes, mesmo que isso significasse que Orion jamais escreveria *Coração de ouro* se Valentino não tivesse morrido, e talvez o próprio Orion morresse de insuficiência cardíaca. Mas não posso ficar pensando nesses cenários alternativos. Não posso voltar atrás e consertar o que fiz ou deixei de fazer, mas posso me responsabilizar pelo meu passado, em especial por Orion, que está preocupado com meu futuro.

Quando chego a um semáforo, pego meu livro e me emociono com a mensagem simples que Orion escreveu: *Paz, continue vivendo.*

Espero que Hollywood me ligue em vez da Central da Morte.

NOVA YORK
ALANO
17h35 (Horário de verão da Costa Leste)

Mesmo com dezesseis anos de lembranças sem meus melhores amigos, não gosto de lembrar da minha vida antes de conhecer Ariana Donahue e Rio Morales. Eles são meus amigos para a vida toda, com certeza.

Tem sido difícil fazer amizades nesses últimos dez anos sem ficar me questionando se a outra pessoa quer me conhecer por quem eu sou ou pelos segredos da empresa. Já falei muito sobre isso com o filho do presidente Page, Andrew Júnior, que morou na Casa Branca nos últimos doze anos, porque o pai assumiu como vice do presidente Reynolds antes de ele mesmo ser eleito. Nossas conversas em diversas cerimônias e comícios faziam eu me sentir menos solitário, mas ele era alguns anos mais velho e morava em Washington, D.C.

Então conheci Ariana em um domingo, 25 de dezembro de 2016, quando ela acompanhou a mãe, Andrea Donahue, que foi à Central da Morte trabalhar na véspera e na noite de Natal para ganhar o salário premium das festas de fim de ano. Eu também estava na empresa naquele dia porque o mensageiro-chefe, Henry Tumpowsky, estava deprimido tanto pelo fim de ano quanto pelo trabalho em si, então pediu demissão horas antes do expediente. Meu pai abandonou nossos planos de assumir tarefas, e minha mãe e eu ajudamos no que foi possível. Depois de algumas horas, fui dar uma volta no refeitório, onde Ariana estava sentada sozinha por não ser autorizada a entrar no call center.

—Você é filha da sra. Donahue, não é? — perguntei, reconhecendo a garota da festa de fim de ano.

— Srta. Donahue — corrigiu ela. — Meu pai abandonou a gente.

— Sinto muito.

— Tudo bem. Azar o dele, porque eu sou incrível — falou, dando de ombros.

Mesmo naquela época admirei a autoconfiança dela. Não me surpreendeu nem um pouco descobrir que ela fazia o ensino médio na LaGuardia, onde treinava para a Broadway. Ariana se formou no mês passado e vai para a faculdade dos sonhos, Julliard, no fim do ano.

No momento, como estou proibido de existir no mundo exterior, nós dois estamos na minha cobertura, pegando sol no jardim do terraço com meu pastor-alemão, Bucky, sentado ao pé da minha espreguiçadeira.

— Meu bem, com certeza vou ganhar um Tony, porque sou uma ótima atriz, mas nem eu consigo fingir que você ligar para Terminantes hoje é uma boa ideia — fala Ariana depois de me ouvir desabafando sobre a tarefa que meu pai me deu. — Vai ser inesquecível. Tipo, inesquecível do jeito *ruim*, Alano. Acho que nem minha mãe conseguiria ajudar você a treinar o desapego.

Não é segredo que Andrea Donahue é conhecida no trabalho por ser emocionalmente desapegada. Ela admite para quem quiser ouvir que sua regra número um, que a fez sobreviver ao trabalho nessa última década, é se recusar a pensar nos Terminantes como pessoas. Minha família não endossa essa mentalidade, mas Andrea não se importa em considerar isso uma habilidade necessária para evitar a rotatividade de funcionários, algo que ela contou à minha mãe quando estava se candidatando à vaga de mensageira-chefe. O luto não a atinge como acontecia com o chefe anterior.

Mas Ariana tem razão. Nenhum tipo de preparação vai me transformar em um mensageiro sem coração. Eu corro o risco de o luto acabar comigo, sem dúvidas.

Faço carinho entre as orelhonas marrons de Bucky, algo que sempre faço quando estou estressado, mas desta vez olhar para ele não distrai minha mente da morte.

Descobri no dia 29 de fevereiro que meu cachorro, Bucky, está morrendo.

Meus pais estavam ocupados coordenando esforços com o Centro de Controle e Prevenção de Doenças para conter o coronavírus, mas em uma quinta-feira, 20 de fevereiro, percebi que Bucky também estava doente, então essa se tornou minha maior prioridade. Depois de nove anos e meio, eu me acostumei com a rotina de Bucky adoecer e precisar passar uns dias dormindo quietinho até melhorar, mas dessa vez era diferente. Ele não vinha mais correndo quando ouvia o tilintar da coleira de passeio. Não comia mais a própria comida, nem a minha, e até mesmo recusava brócolis e morangos, que ele amava. Depois de dois dias assim, fui à emergência veterinária. A dra. Tracy tirou sangue de Bucky, fez uma ultrassonografia e coletou fluidos. Uma semana depois, ela me ligou diagnosticando Bucky com hemangiossarcoma, um câncer altamente invasivo que é mais proeminente em raças de cães maiores, incluindo pastores-alemães. Como Bucky.

Uma ligação assim é a coisa mais próxima de um alerta da Central da Morte que um animal pode receber.

A veterinária estimou de cinco a sete meses de vida para Bucky. Isso foi cinco meses atrás.

Ao contrário das ligações da Central da Morte, ainda há esperança para que Bucky viva um pouco mais. Eu estava disposto a fazer qualquer coisa para aumentar o tempo de vida dele, mesmo se fosse só mais um mês ou uma semana. Ou mesmo um único dia. Bucky fez uma cirurgia em um sábado, 14 de março, pouco antes do isolamento social. Tivemos sorte de a nossa quarentena ter sido aqui, onde Bucky podia aproveitar o ar fresco do jardim durante a recuperação. Quando o isolamento social terminou, voltamos ao hospital para ele fazer quimioterapia. Agora ele está curado do câncer.

Mesmo assim, ninguém sabe ao certo quanto tempo ainda tenho com Bucky, então estou aproveitando ao máximo. Eu o mimo com brinquedinhos novos, mesmo ele sempre preferindo a cenoura gigante que faz um barulhinho agudo. Continuo dando a comida mais saudável possível, e também biscoitinhos. E ele vai comigo aonde quer que eu vá. Nunca mais vou deixar a cidade ou o país sem ele. Tem a questão da atividade física, é claro, e embora os passeios andem demorando mais este ano, eu não me importo. Dedico esse tempo para Bucky, porque, quando ele morrer, vou ter certeza de que dei a melhor vida que ele podia ter.

Quem dera meu pai me tratasse como trato meu cachorro.

— Oi — diz Rio, passando pelas portas duplas da sacada. — Pode pedir para Dane dar uma aliviada na revista? Estou começando a achar que ele deveria me levar para jantar.

Meus pais só permitiram que eu recebesse visitas depois da quarentena, assim meus amigos e eu teríamos um lugar seguro caso precisássemos nos isolar de novo. Mas não importa o quanto a minha família seja próxima de alguém, a pessoa sempre precisa ser inspecionada para garantir que ninguém mais vai plantar escutas aqui em casa. Mas isso vai mudar quando meus amigos e eu formos morar juntos.

— Por que demorou tanto? — pergunta Ariana, trançando o cabelo castanho longo.

— Ele estava jogando *Sumiço Sombrio* — falo.

Rio arregala os olhos.

— Como você sabe? Colocou um grampo na minha casa? Talvez eu também devesse revistar você.

A ideia de Rio me apalpar me deixa com o rosto quente, mas também com uma sensação esquisita, porque nesses três anos de amizade, as pessoas sempre perguntaram se somos irmãos, primos e até gêmeos. Eu achava que era puro racismo, já que nós dois somos latinos altos de pele clara e cabelo escuro, mas, para falar a verdade, também vejo a semelhança. Fico honrado com a comparação, porque Rio é muito bonito, mas também enojado por acharem que somos parentes, porque definitivamente nunca agimos como irmãos.

— Não precisei disso. — Aponto para a camiseta de Rio, que diz PAUSEI MEU JOGO PARA VIR AQUI.

Ele ri.

— Três motivos pelos quais você está muitíssimo enganado. Número um: na verdade, eu estava jogando a continuação, *Sumiço Sombrio: Um novo alvorecer*. Número dois: é muito simplista dizer que eu estava "jogando" quando, na verdade, eu estava protegendo o reino de uma rainha demoníaca ressuscitada. No modo difícil, ainda por cima. Número três: não coloquei essa camiseta para dar uma indireta. Eu estou com ela desde ontem.

— Doente. — Ariana aponta para a espreguiçadeira mais próxima de mim. — Senta aí.

— Só vim pelo cachorro mesmo — retruca Rio, batendo na coxa. — Vem cá, Buckinho.

Eu preferiria que Rio usasse qualquer um dos outros apelidos que dei a Bucky ao longo dos anos — Buck, Buck-Buck, Buckaroo, BuckBolada, Buckingham —, mas a esta altura já superei. De qualquer forma, Bucky em geral o ignora, e, para ser sincero, só fico aliviado por Rio ter parado de chamá-lo de Buck-Bafudo.

— Bom garoto, não dê ouvidos para o tio Rio — falo, coçando a cabeça de Bucky.

Quando recebi o diagnóstico de Bucky, Rio ficou irado ao descobrir que a gata endemoniada de Ariana, Lucyfer — que na verdade se chama apenas Lucy — viveria mais que Bucky, embora tenha o dobro da idade dele e metade do charme. Ariana ficou ofendida, apesar de saber que ninguém vai sentir falta de sair da casa dela com arranhões. Ela e Rio me fizeram companhia durante a cirurgia de Bucky, me distraindo com suas opiniões controversas — por exemplo, Ariana acha os filmes de Scorpius Hawthorne melhores do que os livros, e que as séries deveriam parar de usar a Central da Morte como recurso narrativo. Os dois seguraram minhas mãos quando a veterinária saiu da sala de cirurgia para me contar o destino de Bucky.

Sempre posso contar com eles.

Exceto quando se trata de Rio ser pontual ou responder mensagens em tempo hábil.

— Viu o que eu mandei no grupo? — pergunto.

— Vi — responde ele.

Eu e Ariana o encaramos. É só quando ela ri que Rio percebe que estávamos esperando ele falar mais alguma coisa.
— O que foi? — questiona ele.
— O que achou? — indago.
—Você falou que não quer, então não faça.
— Meu pai acha que vai ser bom para a empresa.
— Então faça.
— Mas eu não quero.
— Então não faça.

Rio tem muitas opiniões, mas em geral não diz o que pensa. Acho que é porque ele cresceu sendo o filho do meio que não gostava de causar problemas. Porém, eu o incentivo a ser sincero para que nada de ruim fique guardado, como quando o irmão mais velho dele, Lucio, morreu. Ele se inclina para a frente com as mãos unidas, o que indica que está prestes a compartilhar um de seus pensamentos meio sem filtro.

— Acho uma loucura que mensageiros ainda existam — comenta ele. — É como se os arautos da Inglaterra medieval vagassem por aí dando notícias às pessoas. A Central da Morte deveria disparar mensagens à meia-noite para todos os Terminantes, em vez de ligar para cada um. Isso não só economizaria um dinheirão como também seria melhor para os Terminantes que se ferram perdendo tempo quando só recebem a ligação tarde da madrugada.

— Na teoria, faz sentido — responde Ariana. — Mas meu lado egoísta não gostaria nada do fato de minha mãe ficar desempregada, porque seria péssimo para mim, já que ela não conseguiria pagar a Julliard. Então sou do Time Mensageiros, mesmo que isso signifique que Alano vai ter que sacrificar a própria saúde mental por um bem maior. Foi mal, meu bem.

Não é a primeira vez que a Central da Morte é criticada por não enviar mensagens automáticas.

— Ninguém deveria descobrir que vai morrer por uma máquina — defendo.

Ao longo dos anos, meu pai foi abordado por inúmeras empresas de inteligência artificial que queriam programar alertas automáticos, e ele sempre disse para tirarem o cavalinho sem coração da chuva e darem o fora da Central da Morte.

— Você pelo menos vai receber hora extra por trabalhar tanto em um único dia? — pergunta Rio.

— Ele vai herdar uma empresa da Fortune 500 — retruca Ariana.

— Pior ainda! Aí mesmo que ele deveria demitir os mensageiros e ficar com a grana.

Ariana mostra o dedo do meio para Rio, e ele sopra um beijo de volta.

Amo esses dois, ainda que às vezes eu me sinta o filho do meio. Os dois quase nunca saem sem mim; mas eu tenho minha própria relação com cada um. Ariana e eu assistimos a peças e musicais, vamos a museus, nos inscrevemos para aulas aleatórias na 92nd Street Y e visitamos brechós sempre que conseguimos. Rio e eu fazemos caminhadas e jogamos conversa fora enquanto tentamos não nos beijar. Em geral, conseguimos evitar essa última parte, mas seres humanos precisam de conexão, e nosso passado torna isso mais fácil.

Rio tira os óculos de sol do meu rosto e coloca no dele.

— Esqueci os meus em casa.

— E eu lá tenho culpa?

— A culpa é sua que a gente precisa ficar preso aqui em cima, Rapunzel.

— Não fui eu que me ameacei de morte.

Ariana estremece.

— Essas ameaças são tão bizarras. Conseguiram rastrear?

— Não. A segurança diz que sempre leva a celulares descartáveis. Deve ser um pró-naturalista.

— Guarda da Morte — corrige Rio.

— Guarda da Morte — repito.

É uma correção necessária. A Ordem Pró-Naturalista é um movimento composto em sua maioria por pessoas que preferem viver sem saber seu destino. Isso pode ser determinado por idade, fé ou apenas preferência pessoal. Os pró-naturalistas geralmente não causam mal aos defensores da empresa. A Guarda da Morte, por outro lado, consiste em extremistas que querem ver a ruína da empresa. Espalham conspirações sobre a Central da Morte se apresentar como uma empresa de serviço público e nos acusam de bancar Deus e decidir quem morre. Inventam e gravam ligações falsas da Central da Morte, e os vídeos viralizam, quando, na verdade, a pessoa nem morre; esse nicho de conteúdo é conhecido como "Central da Morte está morta". Eles provocam até Terminantes que postam sobre seu Dia Final nas redes sociais, o que os faz abandonar o compartilhamento de suas histórias, diminuindo a circulação de narrativas verdadeiras que encorajam as pessoas a se inscreverem no serviço. Agora os Guardas da Morte chegaram ao ponto de matar Terminantes e ameaçar minha vida.

— Quem quer matar você não passa de um hater — fala Ariana.

— Um hater perigoso — acrescenta Rio. — Você deveria demitir Dane.

— Por que você está tão cismado em demitir as pessoas? — indaga Ariana.

— Ainda mais alguém que é bom no que faz — digo. — Olha só para mim: estou vivo.

Rio não para de olhar para a cidade.

— Se a Central de Proteção não vai investigar quem está querendo matar você, então eu vou.

— O detetive Rio vai voltar com tudo? — questiona Ariana.

Rio sonhava em ser investigador, na época em que ainda esperava profissionais solucionarem o mistério do serial killer do Último Amigo.

— Se for preciso, para mantê-lo vivo. Alano, me passa os dados da ligação e me conta tudo que você lembra. O homem da primeira ligação tinha sotaque? Havia algum barulho ao fundo? Ele tentou extorquir você?

Estendo as mãos, gesticulando para Rio parar.

— Eu agradeço, mas está tudo bem. A Central de Proteção está levando isso a sério. Prometo.

Rio assente.

— Beleza — responde ele, dando-se por vencido.

Não me surpreenderia se, na próxima vez que for à casa dele, eu encontrasse um mural cheio de alfinetes e linhas conectando fotos de suspeitos a outras pistas.

— Mudando de assunto para algo mais otimista — cantarola Ariana, trançando o cabelo. — Comprei o terno mais brilhante do mundo para o baile.

Eu deveria ser direto a respeito das atualizações de hoje de manhã.

— Sobre o baile...

— É bom que você não nos desconvide — protesta Ariana. — Comprei num brechó, e não foi barato!

Rio dá de ombros.

— Posso devolver o terno que aluguei — declara ele.

— Vocês dois ainda vão. Pelo menos, espero que sim — digo, tranquilizando Ariana, e então me viro para Rio. — Meu pai decidiu que vai homenagear Dalma Young no baile com o primeiro Prêmio Vidas Transformadas.

Queria que Rio não estivesse usando meus óculos de sol para que eu pudesse ver sua reação, mas sei que ele nunca vai celebrar a criação de Dalma Young. Não quando o aplicativo dela é o motivo de seu irmão ter morrido.

Em um domingo, 19 de junho de 2016, Lucio Morales recebeu seu alerta da Central da Morte, às 2h51 da manhã. Ele dividia o quarto com Rio e o irmão mais novo dos dois, Antonio, então todos pularam da cama ao ouvirem a ligação, sem saber para quem a Central da Morte estava ligando. Rio e Lucio pensaram que o mais novo estava pregando alguma peça de mau gosto. Mas ninguém deu risada quando Lucio entrou no portal da Central da Morte e confirmou seu destino. Os Morales fizeram um velório de madrugada, e, quando todos terminaram seus discursos fúnebres e começaram a planejar um roteiro para os lugares favoritos de Lucio para que ele vivesse o melhor Dia Final possível, Rio encontrou o irmão saindo escondido para ir ficar com um Último Amigo em vez dos parentes.

— Lucio não queria que a morte dele deixasse uma cicatriz na família — explicou Rio.

Só que era impossível a morte de Lucio não deixar uma ferida quando seu cadáver foi descoberto, machucado, inchado, marcado e desmembrado. Tudo por causa de um assassino que tinha se passado por amigo — um Último Amigo.

Rio tira os óculos de sol e seus olhos quase pretos me encaram.

— Como vocês podem homenagear Dalma Young se o aplicativo dela matou mais uma pessoa hoje? — pergunta ele.

— Foi uma ameaça do Guarda da Morte à Central da Morte.

— Ainda assim, uma vida foi perdida por conta disso — rebate Rio.

Defender o app Último Amigo para o irmão de uma vítima nunca vai acabar bem.

— Foi uma tragédia terrível — falo sobre a morte de hoje. Eu deveria ter perguntado mais cedo como ele estava com a notícia. — Vou entender se assistir à fala for desconfortável demais para você.

— Não, eu não vou deixar Dalma se meter no meu caminho de novo. Só não espere que eu bata palmas.

— Justo — comenta Ariana.

— Eu também não me importaria se Dalma Young aparecesse na sua lista de chamadas mais tarde — emenda Rio.

— Pesou o clima, hein? — responde Ariana.

— É brincadeira — diz ele.

Mas sei que não é.

Rio tem muitas opiniões com as quais não concordo. Inclusive a maneira como, em um estágio de raiva em seu luto, ele dizia que Dalma Young era tão culpada quanto o serial killer do Último Amigo, H. H. Bankson. Ou que achava que a pena de morte deveria ser aplicada em todos os assassinos.

— Prisão perpétua significa que vão continuar vivos — argumentou Rio na época. — Se uma pessoa tira a vida de outra, deveria perder a própria. Olho por olho, vida por vida.

Mas isso não é justiça. É vingança, e vingança é o que Rio quer às custas do assassino de seu irmão, que está vivo na prisão em vez de a sete palmos na terra. Não me surpreende ele querer que Dalma Young morra também.

— O app Último Amigo deveria ser desativado — decreta Rio.
Fico em silêncio.

Nós nos aproximamos depois da morte do irmão dele, mas se Rio um dia descobrir que convenci Dalma Young a manter o app ativo, nossa amizade é que estaria morta.

LOS ANGELES
PAZ
20h12 (Horário de verão do Pacífico)

Continuo imaginando como será minha vida quando eu for escalado como a Morte. Talvez eu ressuscite minha conta antiga no Instagram para compartilhar o anúncio, feito um grande dedo do meio para todo mundo que fez tanto bullying comigo a ponto de me levar a abandonar as redes sociais. Vou poder viajar para Porto Rico para gravar o filme, e durante o tempo que ficar lá vou me conectar melhor com minhas raízes, conhecer minhas tias e aprender um pouco de espanhol. Vou me aproximar de Zen Abarca ao longo das nossas infinitas horas no set e, vai saber, talvez a gente até vire amigo. Quem sabe até mais que isso. Sobretudo, mal posso esperar para me tornar meu personagem dos sonhos. A ideia de ser famoso por algo bom parece tão legal.

Apesar de ainda não ter conseguido o papel, minha mãe e Rolando fizeram um jantar de comemoração até com pudim de sobremesa. Em geral, me escondo no meu quarto a esta hora da noite, mas estou com a energia tão lá em cima (agravada pelo açúcar do doce) que continuo com os dois na sala de estar.

Estamos tentando encontrar algo para assistir. O canal HGTV está passando um de seus especiais do Saldão do Cemitério do programa *Desafio da renovação*, no qual as pessoas têm forte ligação emocional com os objetos que estão vendendo porque pertenciam a Terminantes queridos. Fico aliviado por não fazer minha mãe passar por essa dor. Como ela já assistiu ao episódio, continuamos passando e passando os canais até terminarmos na TV aberta. Tem aquele drama bobo *Um corte na morte*, sobre uma mensageira da Central da

Morte chamada Beth que usa seus poderes psíquicos para salvar a vida dos Terminantes para quem ela liga. Estou tão desesperado para trabalhar que poderiam me pagar para atuar nessa porcaria, mas não para assistir. Acabamos na NBC, com o âncora do jornal noticiando o assassinato de um Terminante de dezenove anos que foi enganado por um Guarda da Morte no app Último Amigo.

— Caramba — fala minha mãe.
— Coitado do garoto — comenta Rolando.

Sei como é ser enganado nesse aplicativo, mas o abuso que sofri foi mais psicológico do que físico, embora tenha sido um tanto físico também. Não que as pessoas saibam o que aconteceu nessa noite, uma das mais tristes da minha vida.

Tem sido difícil fazer amizades duradouras, então depois que tentei me matar, comecei a entrar em contato com Terminantes no app Último Amigo. Estavam tão desesperados por companhia em seu Dia Final que topavam sair com assassinos como eu.

Fui o Último Amigo de seis Terminantes.

Meu primeiro Último Amigo foi Amos, que era bem legal, muito nervoso (o que era compreensível) e estava bastante doente por causa de um câncer. Quando estávamos na sinagoga dele, tivemos uma longa conversa sobre a vida após a morte — o próximo mundo, como ele chamou — e seu desejo de ser enterrado junto ao irmão assim que possível, para que sua alma encontrasse paz. Nunca descobri como ele morreu, mas senti inveja dele e de sua alma, seja lá o que tenha acontecido. Meu segundo Último Amigo foi Carter, um cara um ano mais velho que eu, lindo e horrível exatamente na mesma medida. Não gosto de falar dele. Meu terceiro Último Amigo foi Darwin, um dos meus favoritos. Não tive nenhuma conversa profunda com ele, mas nos divertimos em um fliperama onde conversamos sobre videogames, animes e filmes de fantasia de que ele mais gostava. Darwin não curtia muito os filmes de Scorpius Hawthorne, e eu achei as críticas dele engraçadas. Ele não só morreu aos dezesseis anos como também foi parar no site de Mortes Idiotas por ter se engasgado com uma colherada de canela, no desafio para o canal de algum influenciador. Minha quarta

Última Amiga foi Robin, uma garota que se afogou na Arena de Viagens pelo Mundo. Minha quinta Última Amiga foi Marina, que acabou me dispensando em meia hora durante o nosso café da manhã porque a melhor amiga dela finalmente tinha acordado e visto as chamadas perdidas e as mensagens que ela havia mandado. Respeitei a decisão dela, mas fiquei triste porque nunca tive alguém para chamar de melhor amigo. E meu sexto Último Amigo, Kit, foi o pior de todos. Ele era mentiroso, um brutamontes, e as duas horas que passei com ele me fizeram voltar para casa e me cortar, porque o cara me fez sentir que eu não tinha valor algum.

Jurei para mim mesmo que nunca mais seria o Último Amigo de outra pessoa. Mas, talvez, se as coisas ficarem ruins de novo, eu me inscreva para que algum Guarda da Morte faça o trabalho sujo por mim.

Meu celular toca, e toda a tensão e a tristeza são engolidas.

— Orion acabou de mandar mensagem.

Minha mãe desencosta do sofá, atenta.

— Ele tem seu número? — pergunta ela.

O número do meu celular era uma das poucas informações verdadeiras no meu currículo.

— Ele quer que eu ligue — falo, o coração disparado. — Acham que é para me dar uma notícia ruim? Ou boa? Talvez não tenha novidade nenhuma.

— Só tem um jeito de descobrir, Pazito — responde minha mãe, tentando conter o entusiasmo, mas vejo o brilho em seus olhos.

Encaro os dígitos que formam o número de Orion. Só pode ser notícia boa. Que outro motivo o autor do meu livro favorito e roteirista do filme teria para me mandar mensagem tarde assim depois de eu ter ido bem na audição?

— Grava minha reação — peço.

Amo assistir a vídeos em que os atores descobrem que conseguiram o papel a que estavam concorrendo. Posso usar o meu na postagem de retorno às redes sociais.

Ligo para Orion no viva-voz e fico perambulando pela sala enquanto espero ele atender, cruzando os dedos ao passar pela câmera da minha mãe.

— Oi, Paz — fala Orion em meio ao barulho do aeroporto. — Como vai?

— Estou bem, só estou... É, estou bem.

— Olha, vou pegar meu voo de volta para Nova York agora, mas queria que ficasse sabendo por mim. Mandamos suas gravações para os parceiros do estúdio da See-All, e todos os produtores amaram você. Você estava tão imerso na Morte, e sua química com o Zen foi inegável. Fiquei arrepiado todas as vezes em que revi seu vídeo hoje.

Começo a chorar. Tudo de horrível pelo que passei me levou a usar minha dor para realizar meu sonho. Bem está o que bem acaba, né? Minha mãe está tremendo, e ela e Rolando não param de sorrir um para o outro. Não consigo nem ficar irritado pelo fato de isso talvez estragar o vídeo, de tão feliz que estou. Pela primeira vez em muito tempo, o Paz Feliz não é uma farsa, porque...

— Mas ficaram com o pé atrás — revela Orion.

Congelo.

— Com o quê?

— A verdade é que está todo mundo tentando se resguardar, proteger seus empregos. Ouvi muita merda por escrever o roteiro quando os estúdios tinham uma lista enorme de gente que ganhou o Oscar para adaptar o livro. É assim que funciona em Hollywood, e eu odeio isso, mas eles estão inseguros quanto a como seria escalar você.

Minha coxa já está coçando, como se soubesse o que está prestes a acontecer com ela.

— Mas gostaram da minha audição — falo.

— Amaram, Paz. Se fosse só pela atuação, o papel seria seu, mas Hollywood odeia correr riscos, então querem seguir com uma escolha mais segura. Estão com medo de que o filme em que estão investindo dez milhões de dólares seja boicotado porque...

— Porque eu salvei minha mãe de ser assassinada? Porque eu fui declarado inocente no julgamento? — rebato, o que não ajuda muito, mas que se dane.

As pessoas só querem me enxergar como assassino mesmo.

Minha mãe para de gravar e tenta me acalmar, mas continuo andando de um lado para o outro e tiro a ligação do viva-voz.

— Fala sério, não tem nada que você possa dizer? Sei lá, marcar uma reunião para que eles vejam que sou uma boa pessoa? Pode falar que eu faço o filme de graça. Por favor!

Orion fica em silêncio. Só escuto a atendente do aeroporto anunciando o embarque de um voo para Nova York.

— Sinto muito, Paz, mas fiz tudo que estava ao meu alcance.

Fico em silêncio, só respirando e respirando, embora não queira. Estou prestes a jogar o celular contra a parede, mas Orion chama meu nome.

— O que foi?

— Entendo que esteja irritado, mas não se esqueça da sua promessa — lembra Orion. Só que não acredito que se importe mesmo comigo. Ele também quer ficar na zona de conforto, assim como os idiotas do estúdio. — Te ligo em breve para ver como você está.

Em breve? O que isso significa? Um dia? Dois? Uma semana? Agora uma semana parece uma vida longa e imortal.

— Beleza. Valeu, Orion — digo, e desligo enquanto ele se despede.

Encaro o celular da minha mãe no sofá, apático. Quero que esse vídeo seja excluído.

— Sinto muito, Pazito — fala minha mãe, bloqueando meu caminho para que eu pare de perambular.

— Não é culpa sua.

— Nem sua — responde ela.

— É sim, você ouviu o que ele disse.

Minha mãe segura minhas mãos.

— Não. Orion e essa gente de Hollywood não sabem do que estão falando. Tudo que aconteceu foi somente culpa de Frankie.

— É, mas meu pai está morto.

— Só que você não está, Pazito, porque você e eu somos sobreviventes — retruca minha mãe, me puxando para um abraço. — A gente passou por tanta coisa, filho, e você vai superar isso também.

Odeio que me chamem de sobrevivente, como se isso fosse algo bom. Mas minha mãe está certa. Vou superar isso.

Só preciso esperar até que eu esteja sozinho. Desta vez, ninguém vai ficar em cima de mim para eu não tentar me suicidar de novo.

NOVA YORK
ALANO
23h25 (Horário de verão da Costa Leste)

Estou na sala de treinamento do Salão dos Mensageiros com três funcionários recém-contratados e a pessoa responsável pelo onboarding.

Estamos sentados a uma mesa branca comprida e reluzente, uma das quatro que estavam na inauguração da Central da Morte; minha mãe achou que seria legal dar um novo propósito a esse móvel do passado, ocupando o mesmo espaço em que a próxima geração de mensageiros vai receber treinamento. Os novos mensageiros — Fausto Flores, Honey Doyle e Rylee Ray — estão fazendo anotações durante a explicação. Embora eu saiba tudo por ter lido cada um dos manuais que publicamos na empresa desde a criação, também faço anotações para que eles não se sintam ainda mais constrangidos por estarem sentados ao lado do filho do criador.

Roah Wetherholt está sempre viajando pelo país para o recrutamento e o onboarding de mensageiros, mas meu pai pediu que elu ficasse em Nova York até o fim do mês para o baile da semana que vem e para supervisionar o treinamento dos novos funcionários. Se Roah não estivesse na cidade, isso ficaria por conta da pessoa responsável pelo departamento dos mensageiros, só que Andrea Donahue não tem muito tato. Por isso Roah recebeu uma promoção atrás da outra, deixando o cargo no call center para gerenciar o departamento de mensageiros e depois entrando para a gestão de treinamento — tudo isso no primeiro ano de operação da empresa —, e, por fim, assumindo a direção do setor no quinto ano de Central da Morte. Elu até contribuiu nas últimas edições do manual para mensageiros.

Antes de contratarmos alguém como mensageiro, fazemos uma longa investigação e conduzimos uma entrevista com o RH ou com a líder da equipe de funcionários. Em seguida, o candidato passa para a última etapa, na qual faz uma série de ligações de teste, gravadas e supervisionadas pelo mensageiro-chefe do turno. Os vídeos são encaminhados para meus pais, que tomam a decisão final, por não quererem deixar o trabalho mais importante do mundo nas mãos do acaso.

Recebi informações de todos antes de vir encontrá-los.

— Assegure-se de que eu e sua mãe acertamos na escolha — falou meu pai.

Ele quer que eu ajude no processo de contratação daqui a um ano.

O treinamento de hoje é uma brecha para todos nas palestras pré-admissão — habilidade de comunicação, escuta ativa, técnicas de gestão de conflitos — e trata de mais algumas questões importantes, como a duração ideal para cada ligação, como falar com o responsável de um Terminante (o guardião de uma criança, por exemplo), o que fazer quando o Terminante não atende, o acionamento da polícia em caso de situações suspeitas, a logística de fuso-horários quando os Terminantes estão viajando, entre outras coisas.

Roah entra em um novo tópico.

— E se um Terminante perguntar como funciona a Central da Morte? Quem pode me dizer qual é a resposta mais apropriada?

Eu, mas aí não vale.

Honey Doyle levanta a mão, envergonhada. Entendo a hesitação; duvido que ela tenha tido que lidar com questões de vida e morte em seu antigo trabalho de atendimento ao cliente em uma empresa de comunicação.

— Digo que não sei como a Central da Morte funciona — responde ela.

— Quase isso, mas recomendo que sejam mais específicos e incisivos para evitar outras perguntas. Pode ser algo simples como "infelizmente, essa informação não é disponibilizada para os mensageiros" ou "não sei como a Central da Morte funciona, apenas que nossas previsões nunca estão erradas". Depois, voltem a atenção para o Dia Final, tanto pelo bem da pessoa quanto para o das que ainda estão esperando a ligação.

Todos fazem anotações; eu rabisco um comentário ou outro.

— Tenho uma pergunta — diz Rylee Ray, uma antiga representante de vendas que se mudou da Geórgia para Nova York com o marido, Brian Ray, que está desempregado atualmente, mas sendo avaliado para um cargo de segurança aqui, devido à sua experiência na área. — O que acontece se encontrarmos um conhecido na nossa lista de Terminantes?

— Está falando de alguém que você conheça pessoalmente ou uma celebridade? — pergunta Roah.

— Que eu conheça pessoalmente.

Se ela estivesse perguntando a respeito de celebridades, eu repassaria a informação aos meus pais. O RH em geral identifica quem quer trabalhar como mensageiro pelos motivos corretos e quem está tentando receber informações privilegiadas sobre figuras públicas prestes a morrer para vendê-las a veículos de notícias, abusar do poder passando trote por meio de nossas linhas (crime institucionalizado desde 2013) ou apenas entrar na equipe para descobrir o segredo da Central da Morte. Se a pessoa levanta suspeitas de ser culpada por um crime, nós a consideramos um risco para todos.

— Ver o nome de alguém que você conhece pode ser difícil — prossegue Roah. — Recomendamos que passe a chamada para outra pessoa. Já tivemos casos de Terminantes que tinham uma conexão com o mensageiro. Isso pode levar à suspeita de que talvez a pessoa não esteja morrendo, conduzindo ao prolongamento do estágio de negação e até mesmo ao risco de que a pessoa não acredite em seu Dia Final. Após o alerta, o mensageiro-chefe pode dar um momento para que vocês entrem em contato pessoalmente para dar os pêsames.

Uma quietude recai sobre o cômodo, como se todos estivessem pensando sobre quais nomes teriam medo de ver na lista. Eu ficaria louco se visse meus pais ou meus melhores amigos.

Roah pergunta se alguém tem mais alguma dúvida, para que possamos ir à sala de bem-estar, onde poderemos nos preparar para a meia-noite.

Fausto Flores tem uma pergunta.

— O que acontece se estivermos trabalhando e for nosso Dia Final?

Aposto que as pessoas pararam de pensar no nome de um ente querido na lista e começaram a imaginar o próprio nome.

— Assim que descobrimos que é o Dia Final de um funcionário, tiramos a pessoa do trabalho e damos a notícia pessoalmente — explica Roah.

Isso já aconteceu seis vezes na história da Central da Morte.

— Tem como vocês descobrirem isso antes do início do expediente? — questiona Fausto.

Roah balança a cabeça.

— A lista só é disponibilizada à meia-noite de cada fuso-horário, nem um segundo antes. Todos os dias, o mensageiro-chefe responsável pelo departamento tem o dever de ler a lista geral da noite assim que possível para que, se necessário, outra pessoa assuma seu turno, permitindo que aproveite seu Dia Final.

— Bom saber.

Fausto Flores tem dezoito anos, é o mensageiro mais jovem na história da Central da Morte. Apesar da dureza do trabalho, a empresa não é contra a contratação de pessoas jovens. Entre a franqueza com que tratamos a realidade enfrentada pelos mensageiros e o apoio que oferecemos com psicólogos a postos, confiamos que todas as pessoas devem saber suas limitações. O motivo pelo qual nunca tínhamos contratado pessoas tão jovens antes é simplesmente porque ninguém dessa idade quis de fato trabalhar aqui. Exceto Fausto Flores, que não tem experiência no currículo, mas Aster Gomez foi a favor de sua contratação.

Roah pergunta mais uma vez se restam dúvidas, e ninguém responde, então somos levados até o corredor para o nosso descanso.

Inalo o aroma de lavanda e eucalipto que permeia o cômodo, e uma música tranquilizadora de harpa ecoa pelos alto-falantes. As pessoas sempre ficam surpresas por esta ser uma parte obrigatória do trabalho, porque as empresas não costumam pagar os funcionários para relaxar por meia hora antes do expediente. A Central da Morte quer nossos mensageiros em seu melhor estado mental, o que significa proporcionar condições para que fiquem bem antes de exercer suas tarefas desafiadoras. Para ajudar a liberar endorfina e aliviar a ansiedade, temos uma sauna, banheiras para banhos de gelo, estúdios de ioga e dança, uma sala de artes para a criação de obras, uma sala de espera com lanchinhos saudáveis e uma zona de silêncio para relaxar com uma máscara de olhos em uma jornada de meditação guiada.

Todos os mensageiros escolhem como se preparar da melhor forma para as próximas três horas da madrugada, as três horas da própria vida preparando outras pessoas para o fim da delas.

Roah Wetherholt vai para a sala de artes; Honey Doyle entra na sala de espera; Rylee Ray corajosamente vai para o estúdio de dança, o que ninguém faz no primeiro dia; e Fausto Flores fica só de cueca e decide dar um mergulho na água gelada. Dá para aprender muito sobre alguém com base na escolha de como passar esse tempo antes do expediente.

Pego uma máscara de olhos e fones de ouvido e entro na zona de silêncio. Não tem mais ninguém na sala, então posso escolher onde quero ficar. Como se eu fosse a Cachinhos Dourados, pulo do pufe para a cadeira de balanço de veludo, depois para a poltrona giratória e em seguida para a cadeira de couro para massagem, mas é a cama de pele animal falsa, como se fosse uma caminha de cachorro feita para humanos, que estranhamente me parece o lugar ideal. Dou uma olhada nas opções de áudio e fico mais tentado pelas gravações de tempestade na floresta, canto de pássaros no rio e ondas quebrando na praia com crianças rindo ao fundo, mas escolho a meditação guiada na esperança de impedir que minha mente foque nas ervas daninhas da minha vida em vez de nas flores.

Na escuridão da máscara de olhos, começo a meditar, sendo guiado por uma voz suave. Fico em uma posição confortável, tentando encontrar paz. Como se a voz que está guiando pudesse ler minha mente, ela diz que meu estresse é normal. Respiro fundo por cinco segundos e solto o ar por oito, me conectando com minha respiração, mas é inevitável pensar que esse exercício não basta para pessoas que estão prestes a descobrir que são Terminantes. Como alguém poderia respirar profundamente depois de receber essa informação? Será que não aumentou a taxa de mortes por infarto por causa do alerta ensurdecedor? Tento voltar a me concentrar na meditação, a voz dizendo para ser empático comigo mesmo, mas sempre fui melhor em ter empatia pelos outros. Faço muito esforço para ser compreensivo comigo por me distrair mesmo depois de ouvir que nossos cérebros são habilidosos em nos tirar do presente; meu cérebro não só me tira — ele sempre me transporta, me arranca das situações. Volto a pensar nesta tarde, quando o treino com o agente Dane me fez sentir como se não valesse a pena lutar para salvar minha vida. Preciso parar de me imaginar como um Terminante derrotado e recalibrar meus pensamentos como um mensageiro que deve enfrentar o pior para que nenhum Terminante morra sem ser avisado. Repito isso para mim mesmo diversas vezes, começando a esvanecer. A meditação finaliza com uma última mensagem sobre permitir que a gravidade mantenha nossos pés no chão, para que eu consiga dar conta da madrugada.

São dez para a meia-noite quando todos os mensageiros se reúnem em frente à porta da sala de bem-estar.

Eu me misturo a eles, todos nós já com o uniforme: uma camisa branca de botão com a logo da Central da Morte — uma ampulheta com ondas sonoras no lugar da areia — e uma gravata cinza para combinar com a calça. Este é o uniforme desde a inauguração. Já fiz alguns esboços de novas roupas que poderiam deixar os mensageiros mais confortáveis durante o expediente, que já é bastante angustiante, mas meu pai diz que quer criar uma separação entre o trabalho e a casa das pessoas.

— Pode ser difícil, mas não é impossível — argumentou ele. — Se bombeiros, policiais e médicos deixam seus uniformes e seus pensamentos sobre a profissão no local de trabalho, nossos mensageiros também podem fazer isso.

Quando estamos prestes a sair em fila para o call center, Andrea Donahue entra com um leve cambalear devido a um ferimento antigo que a fazia precisar de uma bengala de madeira decorada com flores de camomila. Os brincos dourados de argola se destacam em meio ao cabelo preto bagunçado. Ela está parecendo uma espiã, mas essa impressão diminui depois que Andrea tira os óculos de sol e o sobretudo bege. Ariana se parece tanto com a mãe que olhar para Andrea é como ver minha amiga aos cinquenta e cinco anos. Mas espero que a personalidade não seja a mesma. Andrea apenas acena com a cabeça para os novos mensageiros, sem se dar ao trabalho de conversar ou dar as boas-vindas. Ela só começa a investir energia em colegas de trabalho após eles sobreviverem a um mês na Central da Morte. Ainda assim, não parece ter uma vida social fora a filha. Está prestes a liderar a fila até o call center quando passa o olho por mim e volta a me olhar.

— Alano?

— Boa noite, srta. Donahue.

— Vai trabalhar com a gente hoje? — indaga ela, olhando para o meu uniforme.

— Sim, senhora. Foi um pedido do meu pai. — Com certeza Roah Wetherholt avisou Andrea de antemão, mas o que mais me surpreende é que a própria filha não mencionou isso para ela. — Ariana não contou no jantar?

Ela balança a cabeça.

— Não, não a vi. Eu não estava em casa.

Fico esperando Andrea dizer mais alguma coisa, mas a julgar por todas as minhas tentativas de conhecê-la melhor, ela não costuma comentar muito sobre sua vida particular.

— Já conseguiu falar com os mensageiros novos? — pergunto.

Primeiro ela fica ofendida, depois parece se lembrar de que sou o herdeiro da Central da Morte.

— Ainda não. Vou dar uma passada para ver como eles estão durante as ligações — explica ela, depois olha para o relógio em seu pulso. — É bom irmos logo para não nos atrasarmos.

Falou a mulher que se atrasou uma hora e meia sem avisar ninguém. Não é a primeira vez, mas Andrea já contou à minha mãe e ao RH que o tempo de descanso de seu turno não a faz entrar no estado mental ideal. Sempre a perdoaram por causa de sua produtividade, mas ligar para os Terminantes com atraso seria uma situação bem pior.

As vinte e uma pessoas do nosso grupo saem enfileiradas do Salão dos Mensageiros e pegam o elevador do nono até o décimo andar.

A decoração dos call centers evoluiu desde o começo da Central da Morte, e minha mãe sempre fez o design de interiores. Primeiro havia um espaço aberto com as mesas brancas reluzentes e fontes de água espalhadas pelo escritório para que o som da água caindo acalmasse os mensageiros entre uma ligação e outra. Mas o ambiente claro demais se tornou frio, fazendo os funcionários se sentirem cobaias em um experimento para ver em quanto tempo um emprego pode acabar com alguém. Foi depois disso que todas as instalações da Central da Morte receberam móveis coloridos e pinturas alegres, com bastante azul, porque os psicólogos disseram que era a cor da produtividade e da tranquilidade. Os call centers foram atualizados novamente em janeiro com plantas saudáveis e felizes ocupando cada canto do espaço, papéis de parede elegantes que parecem uma foto aérea de um mar em movimento, lâmpadas que simulam a luz do sol, para que o expediente da madrugada pareça mais iluminado, e baias com mesas de carvalho preto e grandes divisórias de vidro para que, embora os mensageiros tenham mais privacidade e menor interferência de barulho durante as chamadas, ainda vejam seus colegas de perto e saibam que nunca estão sozinhos.

Minha estação de trabalho fica entre Andrea Donahue e Fausto Flores. Ao contrário dos demais mensageiros já instalados, minha mesa não tem itens pessoais à vista, algo que o manual incentiva para que os mensageiros possam se lembrar da vida particular deles entre uma ligação e outra. Só tenho o headset, o telefone, o monitor fino do computador, um teclado e um fichário com sugestões do que dizer aos Terminantes, que há muito tempo já decorei.

Uma mão aperta meu ombro, e é um toque familiar.

Não imaginei que meu pai passaria para me ver antes do turno.

— Oi, pai.

— Pronto, *mi hijo*? — pergunta ele, baixinho, como se sua presença já não tivesse sido notada pelos mensageiros, em especial por Andrea, que endireita a postura.

— Na medida do possível.

—Você vai se sair bem.

Vou mesmo, porque preciso me sair bem. Falhar como mensageiro significaria falhar com a vida e a morte das pessoas.

Andrea gira na cadeira para olhar para o meu pai.

— Boa noite, sr. Rosa.

— Boa noite, Andrea. Tudo certo com os novos funcionários?

— Com certeza. Vou supervisioná-los.

— Excelente. Vou me apresentar rapidamente e parar de incomodar vocês.

Meu pai cumprimenta Fausto Flores, Honey Doyle e Rylee Ray, sem fazer ideia de que Andrea não teve nada a ver com a preparação deles para a primeira madrugada. Mesmo se tivéssemos tempo para falar sobre isso, eu não gostaria de ter que tocar no assunto. Ela é a nossa mensageira-chefe, e mais importante ainda, é a mãe da minha melhor amiga. Deixo meu pai ir embora do call center e me concentro.

Estou aqui para trabalhar. E as ligações começam em menos de um minuto.

Coloco o headset, ligo o computador e preparo o telefone para que eu possa ligar para as pessoas e dizer que a vida delas chegou ao fim.

LOS ANGELES
PAZ
21h00 (Fuso horário do Pacífico)

A única vez que ficaram em cima de mim para que eu não tentasse me suicidar de novo só piorou a situação.
  Minha mãe e Rolando ficavam acordados comigo de madrugada esperando até que a Central da Morte concluísse as ligações. Assim, eles se certificavam de que eu não iria me matar. Não que isso tenha me impedido de tentar da última vez. É justamente por isso que minha mãe dormiu na cama comigo e Rolando ficou acampado do lado de fora do quarto em um saco de dormir, caso eu tentasse fugir. Eu não planejava fugir, mas se tornou uma vontade maior a cada segundo que eu passava sem privacidade. Rolando tirou as maçanetas de todos os cômodos da casa para que eu não pudesse me trancar, embora fosse impossível ter outra overdose, já que ele tinha jogado fora todas as bebidas alcoólicas que havia em casa e meus antidepressivos estavam escondidos em algum lugar. E não parou por aí. Uma vez tive dor de cabeça e fui até o armário de remédios para pegar um paracetamol, mas vi que tinham tirado tudo das prateleiras. Restaram apenas tubos de pasta de dente e bolas de algodão. Levou muitas semanas para que alguns remédios fossem colocados de volta, e que bom que ninguém percebeu que eu comecei a me queimar com a água quente do chuveiro, do contrário minha mãe provavelmente teria passado a me dar banho no quintal com a mangueira do jardim.
  Só aliviaram um pouco a obsessão com o meu bem-estar quando criei o Paz Feliz.
  Às vezes é triste ser tão bom ator. As pessoas que me amam acreditam mesmo que estou bem.

Do outro lado do país, as ligações da Central da Morte estão começando, mas ninguém pode saber que estou contando os minutos das próximas três horas até que almas sortudas recebam suas chamadas em Los Angeles. Estou torcendo para ser uma delas.

NOVA YORK
23 de julho de 2020
A L A N O
00h00 (Horário de verão da Costa Leste)

A Central da Morte não me ligou para dizer que vou morrer hoje, mas estou prestes a ligar para as pessoas que vão.

Recebi a missão de ligar para trinta Terminantes nas próximas três horas. Cada ligação deve terminar em cinco minutos. Há uma margem para descanso entre as chamadas, mas não é grande coisa.

Nas reuniões com os mensageiros, sempre surgem reclamações, principalmente dos recém-contratados, de que cinco minutos não são suficientes, mas a verdade é que, se atribuíssemos mais tempo a cada Terminante, a Central da Morte teria que estender a janela de contato em uma hora (como já tivemos que fazer no segundo ano de serviço para cobrir a demanda), e isso aumenta as chances de alguém morrer antes de receber o alerta. Impedir que os Terminantes morram sem serem avisados é o único dever de um mensageiro.

Minha lista de Terminantes aparece com os trinta nomes em ordem aleatória, para que ninguém receba tratamento especial. Ao longo dos anos, milionários e bilionários papariacaram e tentaram convencer meu pai a oferecer um serviço premium, no qual os inscritos pagariam mais para que seus nomes fossem automaticamente colocados no topo das listas.

—Você faria uma fortuna com as pessoas comprando mais tempo — apontou um bilionário.

Mas meu pai se recusou mesmo assim, respondendo com o que sempre diz para todo mundo:

— Em vida, somos todos iguais, mas não somos tratados assim. O mínimo que posso fazer é garantir o equilíbrio para que sejamos iguais na morte.

E então ele sempre pega as planilhas para mostrar que não precisa explorar ninguém para aumentar a fortuna da empresa.

O primeiro Terminante na minha lista é Harry Hope. O fato de seu sobrenome significar "esperança" é ao mesmo tempo bonito e triste. A única esperança que ele poderá ter ao fim da ligação é um longo Dia Final. Nossos estudos mostram que os Terminantes em geral morrem antes das cinco da tarde, mas Harry vai sair na frente dos demais. Fico tenso, consumido pela ideia de que estou prestes a dar a notícia derradeira que vai mudar a vida dele. Eu me arrependo de não ter feito o treinamento com as chamadas de teste, como os outros funcionários. Isso poderia ter me preparado melhor do que ter decorado o manual. Quando vejo Andrea Donahue já dando os pêsames em nome da Central da Morte para seu primeiro Terminante da noite e Fausto Flores ligando para o dele, aceito que vou ter que dar péssimas notícias, e só posso esperar que Harry aceite da melhor forma possível.

Clico no nome para acessar o perfil e pegar o número do celular do Terminante. Enquanto toca, desejo que houvesse mais informações a respeito das pessoas, fora o fato de ele ser um rapaz de vinte e nove anos que mora no Brooklyn e que seu contato de emergência é a mãe. Queria saber seus interesses, o que ele detesta, até mesmo ver uma foto para que ele seja mais do que uma voz sem rosto do outro lado da linha.

E então eu o ouço falar:

— Alô?

Harry Hope parece surpreso, mas eu não estou.

— Olá, aqui quem fala é Alano, da Central da Morte. Estou ligando para falar com Harry Hope.

Ele responde apenas com uma fungada. Estou prestes a continuar com a mensagem padronizada, mas me lembro que preciso confirmar a identidade dele.

— É com Harry que estou falando?

— Isso — responde ele, agora soluçando alto.

Quero consolar o rapaz, mas o manual recomenda que a gente aproveite o silêncio.

— Harry, sinto muito em lhe informar que em algum momento ao longo das próximas 24 horas você terá um encontro prematuro com a morte. E, embora não haja nada que nós possamos fazer para evitar isso, você ainda tem a oportunidade de viver.

Clico para abrir a janela com informações sobre a previsão do tempo para hoje, atividades especiais e cupons para diversos serviços para Terminantes, instruções para a organização do velório e muito mais.

— Você por acaso tem planos para seu Dia Final? Se não tiver, posso sugerir algumas ideias.

— Não acredito — fala Harry, ofegante. — Não... eu n-n-não acredito.

Ele ainda não está pronto para ouvir sobre atividades para o Dia Final. Preciso fazer a gestão de crise.

— Entendo que essa é uma notícia difícil de se receber, Harry, mas tudo é feito para que você possa se planejar enquanto há tempo. Peço que respire fundo junto comigo para que...

— Vai dar certo — murmura Harry. — Não acredito que vai mesmo dar certo.

Os pelos da minha nuca se eriçam.

— O que vai dar certo?

Há certo alívio no choro de Harry. Quase como se ele estivesse chorando de felicidade.

Repito a pergunta:

— O que vai...

Ouço o som de um tiro. Caio no chão e me escondo embaixo da mesa. Fico com medo de estarmos sob ataque, mas então percebo que o tiro foi do outro lado da linha.

Será que alguém matou Harry ou ele se matou?

"Não acredito que vai mesmo dar certo", falou Harry Hope.

Ele estava falando sobre suicídio? Por isso estava chorando de felicidade?

Será que dei uma boa notícia?

O tiro ecoa na minha cabeça. Será que ele já estava com a arma na mão quando liguei ou a pegou depois da confirmação de que morreria? Não sei como ele se parece, mas isso não me impede de imaginar o cérebro do rapaz explodindo de dentro do crânio.

Levanto a cabeça e vejo Andrea me observando de sua cadeira; ela está em uma chamada com um Terminante. Fausto está ajoelhado na minha frente, me oferecendo a mão. Continuo debaixo da mesa, tentando não vomitar ou chorar. Talvez eu tenha entendido errado. Harry ainda pode estar vivo. A explicação óbvia para ele ter atirado não é nem um pouco melhor, mas talvez ninguém tenha levado tiro nenhum. Talvez ele tenha atirado para o alto, como quem dispara uma pistola ao dar início a uma corrida, só que talvez para celebrar seu Dia Final.

— Harry, você está aí? Harry? Harry, está me ouvindo? Por favor, Harry...

O protocolo manda que eu alerte as autoridades e o contato de emergência dele. Mas uma coisa é ligar para as pessoas e contar que elas vão morrer, outra é ligar para uma mãe e contar que seu filho acabou de se matar com uma arma.

Não consigo falar.

Não consigo *respirar*.

Estou tendo uma crise de asma. Vasculho meus bolsos, mas esqueci a bombinha na outra calça. Será que vou morrer? Andrea deveria ter me informado se eu for um Terminante hoje, mas não sei se ela leu a lista antes de começar a trabalhar. Fausto grita para pedir ajuda, e Roah vem até mim, mas meu pai aparece, ofegante. Ele pega uma bombinha de emergência no bolso do casaco, algo de que ele nunca se esquece depois do meu aniversário de dez anos, quando eu não estava com a minha bombinha e tive uma crise de asma que suspeitamos que fosse levar à morte, embora eu não tivesse recebido um alerta da Central da Morte.

Bombeio o remédio entre um soluço e outro.

Sinto meu coração martelar na cabeça, e aquele tiro está sendo disparado de novo e de novo, sem parar, ainda mais alto. Eu sabia que Harry Hope morreria hoje, mas eu precisava mesmo ouvir isso acontecer?

Quando recupero o fôlego, desejo que eu não tivesse conseguido continuar a respirar depois daquela ligação inesquecível e assustadora.

00h25

— Você fez tudo que estava a seu alcance — garante meu pai, apoiando a mão nas minhas costas.

Estamos sozinhos na sala de bem-estar, e choro no ombro da minha mãe. Não há sons da natureza, banhos frios ou coreografias que me façam esquecer aquela ligação traumática da Central da Morte. Se eu não tivesse lido todas as seis edições do manual para mensageiros, recorreria a ele agora para procurar sobre como me recuperar dessa situação, mas não há nada sobre o raro caso de um Terminante chorar de felicidade ao tirar a própria vida ainda durante a chamada.

— Tudo o que fiz foi dar permissão para ele morrer — falo.

— Não foi culpa sua — rebate minha mãe.

— Se ele tiver se matado mesmo, é porque não estava bem — consola meu pai.

Não sabemos de fato se Harry Hope cometeu suicídio, mas suas palavras finais sustentam essa teoria.

Na última década, a Central da Morte revolucionou a forma como as pessoas vivem antes de morrer, o que inclui aquelas que desejam tirar a própria vida, que tentam provar que nossas previsões — ou a falta delas — estão erradas. Porém, à medida que ganhamos a confiança do público, houve uma baixa nas tentativas de suicídio, já que as pessoas começaram a temer o que poderia acontecer com elas quando — e não *se* — a tentativa falhasse. Só podemos torcer para que os casos diminuam e para que o suicídio não seja mais a principal causa de morte nos Estados Unidos como é hoje em dia, com números duas vezes maiores que os homicídios. O lado ruim é que houve também um aumento na automutilação, como uma forma de as pessoas que possuem comportamento suicida lidarem com seus Dias Não Finais, um termo cunhado por quem sofre por não receber o alerta da Central da Morte.

Ao anunciar sua candidatura à presidência em 18 de junho de 2019, Carson Dunst culpou a Central da Morte pelo aumento de casos de automutilação.

— Que ultraje — protestou meu pai ao assistir o vice do presidente Page basear sua campanha no ataque à nossa empresa. — Este país, o que Dunst quer governar, nunca reconheceu o suicídio pela epidemia que de fato é.

Mais tarde naquele dia, depois de se recompor e talvez até aceitar que de fato a Central da Morte poderia ser responsável pelo aumento da automutilação, ele me falou:

— Meu maior desejo é que, vivendo, as almas se curem para que não precisem mais aguardar nossa ligação.

Não foi o caso de Harry Hope, que recebeu a informação de que morreria em algum momento nas 24 horas seguintes e se matou três minutos depois da meia-noite.

— O que me diz de ir ver Tamara? — propõe minha mãe.

Balanço a cabeça. Não quero falar com a psicóloga da empresa.

— E Roah? Elu é mais experiente do que seu pai e eu.

Antes de trabalhar na Central da Morte, Roah Wetherholt trabalhava em um centro de prevenção ao suicídio. Se elu tiver alguma história sobre pessoas se matando durante uma ligação, não quero ouvi-las.

— Então converse comigo — pede meu pai. — Sei o que está sentindo.

Tento lembrar quando meu pai falou com um Terminante que tenha se matado, mas nada me ocorre.

— Sua única ligação foi para um Terminante que viveu um Dia Final que entrou para a história — retruco.

— Uma ligação na qual um homem levou um tiro.

O homem foi William Wilde, o primeiro Terminante dos Doze da Morte, que levou um tiro de um cara mascarado na Times Square quando meu pai estava no telefone com Valentino Prince. É perturbador, mas nem de longe a mesma coisa.

— Você nem sabe como era a voz daquele homem — rebato.

Só conheci Harry por três minutos, mas jamais vou me esquecer dele.

Meu pai está prestes a responder, mas se detém.

— Vá para casa, se não quiser conversar com ninguém — declara ele.

Seria bom ficar abraçado com Bucky até eu dormir, ou ligar para os meus amigos, mas preciso trabalhar.

— Vou terminar as ligações — falo, saindo depressa da sala de bem-estar com os meus pais correndo atrás de mim no Salão dos Mensageiros.

— Alano, para — pede minha mãe.

— Você não vai trabalhar neste estado — diz meu pai.

Paro em frente a escada rolante, enfurecido.

— Você me mandou fazer isso — protesto, apontando para o meu pai. — O que imaginou que fosse acontecer? Que eu só conversaria com idosos centenários que viveram felizes e por bastante tempo? Era óbvio que isso iria me marcar para sempre, o senhor sabe que eu não...

Paro de falar por causa das câmeras. Temos que tomar cuidado com o que falamos, já que somos uma família com tantos segredos. De qualquer forma, meu pai não me deixa terminar a frase; vejo a culpa em seus olhos pela dor à qual me submeteu.

— Me desculpe por não ter conseguido proteger você, *mi hijo*.

Ele me oferece um abraço, mas dou um passo para trás e subo a escada rolante para voltar ao call center.

Meu pai disse que eu fiz tudo ao meu alcance com Harry Hope, mas ainda tem outros vinte e nove Terminantes contando comigo, e preciso compensar o tempo perdido.

Se este for meu único turno como mensageiro, vou fazer com que os Terminantes não morram sem receber o alerta.

Nem que isso seja a última coisa que eu faça na Central da Morte.

LOS ANGELES
PAZ
22h00 (Horário de verão do Pacífico)

Com sorte, faltam só mais duas horas até a Central da Morte me ligar e acabar com esse sofrimento.

NOVA YORK
ALANO
2h15 (Horário de verão da Costa Leste)

O único dever de um mensageiro é impedir que Terminantes morram sem serem avisados. Mas não vou conseguir fazer isso.

Já é difícil para mim aguentar tanta coisa na vida... Não posso deixar que isso aconteça também.

Faltam quarenta e cinco minutos para a janela de ligações terminar na Costa Leste, e só fiz vinte das minhas trinta ligações. Eu deveria ser demitido por não saber administrar meu tempo, mas os demais mensageiros estão tão ocupados que precisamos de todo mundo a bordo, até de mim. Roah Wetherholt também precisou intervir para que a equipe dê conta.

Das vinte ligações, a que fiz para Harry Hope continua sendo a pior, mas os outros dezenove Terminantes também foram um pesadelo. Imploraram por mais tempo, que eu não posso dar a eles, e imploraram por respostas sobre como vão morrer, que também não tenho. O último Terminante, Niall McMahon, até mesmo ameaçou me esperar do lado de fora da Central da Morte para me matar por eu ter ligado tão depois da meia-noite. A menos que Andrea Donahue tenha se esquecido de contar que meu nome estava na lista geral, não tenho por que levar o que Niall McMahon disse a ferro e fogo, mas eu o denuncio de qualquer maneira para que não sejamos responsabilizados caso ele seja violento em seu Dia Final.

Antes que eu possa ligar para o meu próximo Terminante, Andrea bate no vidro da minha estação de trabalho. Primeiro acho que ela está enfim passando para ver como estou depois de eu ter voltado para a sala quase duas horas atrás. De tanto que ela me ignorou depois da minha ligação traumática, nem parece que sou o melhor amigo da filha dela, um mensageiro que ela está supervisionando ou o filho do chefe dela.

— Acho que conheço esse nome — diz Andrea, apontando para o monitor. — Ele é ator?

Leio o nome na tela dela e conto que Caspian Townsend é medalhista de ouro nas Olimpíadas. Entendo ela confundi-lo com um ator, porque ele virou o favorito nas Olimpíadas durante os jogos e foi chamado de "Michael Phelps da esgrima". Vão até fazer um filme sobre ele. Mas agora Caspian Townsend não vai estar aqui para assistir.

— Nunca tinha me surgido um medalhista de ouro das Olimpíadas — comenta Andrea, como se estivesse colecionando Terminantes importantes. Em seguida, ela liga para ele. — Alô, estou ligando da Central da Morte para falar com Casper Townsend.

— Caspian — corrijo.

— Caspian Townsend — fala Andrea com um remorso falso em sua voz, mas não em seu rosto, que parece irritado porque o nome dele não é como ela pensava.

Fico incomodado com isso, mas volto à minha mesa e me concentro na minha própria lista.

A próxima Terminante, Régine D'Aboville, é uma *au pair* de Paris que não quer passar seu Dia Final com a família para a qual trabalha, então sugiro o app Último Amigo.

Vejo Andrea se levantar de sua mesa. Imagino que ela vá fazer mais uma ronda, como meia hora atrás, quando chamou a atenção de Honey Doyle por não falar mais alto ao dar a notícia mais devastadora da vida de uma pessoa, de Rylee Ray por chorar no telefone com um Terminante e fazer a ligação girar em torno dela própria e de Fausto por passar oito minutos em uma chamada porque estava consolando o pai de uma criança de cinco anos que vai morrer hoje. Mas ela não fala com ninguém, só sai do call center. Quase bisbilhoto a tela dela para ver se Andrea já acabou a própria lista, mas me concentro no meu trabalho.

Depois de desligar com Régine D'Aboville, telefono para a próxima Terminante, Glenda Lashey, e fico preocupado por ainda ter mais oito pessoas na minha lista depois dela. Mesmo se eu acabar cada ligação nos cinco minutos desejáveis, ainda vou estar cinco minutos atrasado. Eu poderia fazer tudo direito e, mesmo assim, não conseguir completar meu trabalho. Isso não teria acontecido se Harry Hope não tivesse atirado em si mesmo no começo da madrugada. Se eu não tivesse me afastado por meia hora. A lembrança do tiro é vívida demais, como se estivesse acontecendo tudo de novo. Mal consigo me concentrar em Glenda Lashey, que lamenta por sua mãe ter morrido quando ela era criança e por não saber onde seu pai está.

— Hum. Estou pronta para seguir para o meu Dia Final — fala ela. — Agora eu só desligo?

— Se é o que deseja — digo.

Eu me odeio por pensar isso, mas gostaria que ela desligasse. Já estamos conversando há cinco minutos, a poucos segundos de bater seis. É o minuto de outro Terminante.

— Na verdade...

Glenda Lashey pergunta sobre eventos especiais que vão acontecer hoje, e eu me xingo mentalmente por não a ter encorajado a desligar quando perguntou. Falo sobre o Mercado da Madrugada no Brooklyn e suas refeições dignas de um Dia Final; um passeio de barco pelo rio Hudson e o East, em que ela vai ter que usar um colete salva-vidas e ser acompanhada por um guia turístico ou guarda-vidas; e uma nova instalação de arte no Museu Metropolitano de Arte, representando Valentino Prince na proa de um navio para celebrá-lo como o primeiro Terminante do mundo. Nada disso chama muito a atenção dela, e Glenda desliga depois de tomar mais três minutos.

Estou perdendo a corrida contra o tempo.

Afrouxo a gravata, tentando respirar. Sinto o peito apertar de novo. Pode ser outra crise de asma, ou até mesmo um ataque de pânico. O último pode levar ao primeiro. Não estou com a minha bombinha, porque saí correndo da sala de bem-estar para impedir que Terminantes morram sem receber o alerta. Como pude esquecer a bombinha? Fala sério. Meu pai disse para eu não provocar a Morte, e cá estou eu fazendo exatamente isso.

Meus pais não atendem quando ligo do telefone da minha mesa, e não posso mandar mensagem pedindo para trazerem a bombinha, porque dispositivos eletrônicos particulares são proibidos no call center. Os celulares ficam trancados nos armários da sala de bem-estar, onde minha bombinha também está. Paro de perder tempo e corro para ir buscá-la. É irresponsável da minha parte, sabendo o quanto já estou atrasado com as ligações, mas preciso de paz de espírito e de pulmões funcionais para que eu não caia morto ao conversar com os Terminantes.

E se eu for um Terminante e meu corpo estiver me dizendo que vou morrer, já que ninguém me alertou?

Seria justo, de certa forma, levando em conta o tanto que eu estou metendo os pés pelas mãos.

Quando enfim chego à sala de bem-estar, estou tonto. Abro meu armário com um esforço descomunal, pego a bombinha e bombeio o remédio na boca. Apoio a cabeça no armário, respiro por cinco segundos, depois solto o ar por oito, como fiz mais cedo, repetidas vezes, a harpa ressoando nas caixas de som me ajudando a relaxar. É tão bom que eu queria não voltar para o call center, mas os Terminantes precisam de mim.

No caminho até o Salão dos Mensageiros, ouço alguém falando na zona de silêncio. Imagino que seja um segurança, mas reconheço a voz. Andrea Donahue. Parece difícil de acreditar, mas fico me perguntando se ela passou por uma situação complicada em sua última ligação que fez com que precisasse de mais privacidade do que a estação de trabalho. Não posso culpá-la, porque fiz a mesma coisa. Abro a porta devagar para não a assustar.

Andrea Donahue está sentada na cadeira de balanço de veludo, rindo ao celular como se estivesse em casa. Ela deveria estar no Salão dos Mensageiros falando com Terminantes. Nós dois deveríamos, mas principalmente Andrea.

— Você nunca vai virar o próximo TMZ se não tirar o escorpião do bolso — fala Andrea, zombando. — Se não quiser pagar, será um prazer vender a informação a um tabloide que não seja tão mesquinho.

Eu me escondo fora da zona de silêncio, escutando, apesar do medo do que vou ouvir.

— Você pagou quatro mil dólares pelo furo daquela atriz de novela na semana passada, e quer que eu aceite metade por um atleta olímpico querido pelo país? — continua, com deboche. — Não tem vergonha, não?

Isso só pode ser um mal-entendido. Não é possível que Andrea Donahue esteja deixando Terminantes esperando porque está ocupada demais vazando informações para tabloides. Não é possível que ela esteja fazendo algo ilegal em pleno expediente da Central da Morte.

— Aceito cinco, Gus, mas não estou satisfeita — declara Andrea, balançando para a frente e para trás na cadeira. — Aham... Aham... Bem, não surgiu mais nenhum outro nome importante hoje... Tenho outra informação, mas não quero perder meu tempo quando sei que alguém no TMZ vai pagar mais... Beleza. Quanto me pagaria por uma informação sobre Alano Rosa?

Ouvir meu nome é tão chocante quanto o tiro de mais cedo, só que dessa vez é ainda mais intenso. A mãe da minha melhor amiga está vendendo uma informação sobre mim. Andrea me viu crescer durante o tempo que trabalha aqui, e passou a me ver ainda mais nesses últimos três anos quando Ariana começou a me chamar para o apartamento delas. Será que falei demais quando estive na casa de Andrea e agora ela quer vender alguma história a um tabloide? Será que Ariana contou o segredo que apenas ela e meus pais sabem? Será que Andrea descobriu o segredo que ninguém sabe?

— Por dez mil a mais eu dou prioridade a você no próximo furo que surgir — fala Andrea.

Era para eu estar no call center, mas agora preciso descobrir o que ela sabe.

— *Esse sim* é um valor que me agrada — diz ela, relaxando na cadeira e apoiando os pés no pufe.

Em seguida, conta a Gus sobre minha primeira vez atuando como mensageiro hoje. Ela diz que fiquei tão assustado depois que o Terminante se matou que me escondi debaixo da mesa. Que meu pai me salvou de uma crise de asma. Que eles me tiraram do call center por meia hora.

— Só dá para ser ruim assim no trabalho quando o papai é dono da empresa — desdenha ela.

Agora parece que está falando diretamente comigo. Andrea ri de novo.

— Não, ninguém vai descobrir que fui eu. No máximo, vão suspeitar dos novos contratados. — Ela dá uma olhada no relógio. — Preciso voltar e dar péssimas notícias a mais quatro Terminantes, mas volto a entrar em con...

Ela me vê bisbilhotando pela porta e desliga no mesmo instante.

Eu me afasto e vou até a porta, mas quando ela grita meu nome da zona de silêncio, fico paralisado.

Andrea sai da sala.

— O que está fazendo aqui? — pergunta ela, me olhando como se *eu* fosse o suspeito.

Um lampejo de perigo reluz em seus olhos.

E se for assim que eu morro? Assassinado por uma mensageira--chefe depois de flagrá-la vendendo os segredos da empresa?

Mostro a bombinha.

—Vim buscar isso e ouvi você.

— O que... O que você ouviu?

A ficha cai. Não sei tudo o que Andrea compartilhou com os tabloides. Por fim, o que digo é:

— O necessário.

Nenhum de nós dois sabe o que o outro sabe.

Andrea me encara, tentando pensar em seu próximo passo, como quando está jogando xadrez com Ariana.

—Você é um garoto inteligente, Alano, então não vou insultá--lo com mentiras sobre aquela ligação não ser o que pareceu. Repórteres de tabloides são abutres que ficam rondando Terminantes famosos, tentando dar a primeira bicada para que noticiem o Dia Final de alguém. Só estou alimentando os urubus.

—Você está violando a confiança dos Terminantes, a quem prometemos privacidade.

— O mundo descobriria de um jeito ou de outro, como acontece com tudo que envolve a vida de uma celebridade. Por que deveria ser diferente na morte?

— Justamente por isso. Passaram a vida inteira com uma câmera na cara. Que possam ao menos viver um Dia Final em paz.

— Não se preocupe demais com os mortos — aconselha Andrea com doçura, como se eu fosse uma criança inocente.

— Os Terminantes ainda não estão mortos. Nem eu.

A tensão aumenta entre nós dois.

— Por que está vendendo histórias sobre mim? — questiono.

— Sou o melhor amigo da sua filha.

— E tudo que eu faço é por ela — responde Andrea Donahue, como se isso fosse motivo para não tratar pessoas como seres humanos. — Preciso do dinheiro para a educação dela, para o futuro dela. Ariana não nasceu em um berço de ouro, então vi uma oportunidade de realizar os sonhos dela e aproveitei. Não estou fazendo mal a ninguém.

As informações vazadas podem não só comprometer minha posição na empresa como também arruinar a reputação da Central da Morte, ainda mais quando a Guarda da Morte está criando todo tipo de história sobre a empresa. Não precisamos do nosso pessoal apoiando a narrativa deles. Por outro lado, se conseguimos manter a confiança do público depois dos Doze da Morte, minha reação razoável a uma ligação traumática não vai ser o fim do mundo. Ainda mais se o dinheiro for para o futuro de Ariana.

— O que vai fazer, Alano? — indaga Andrea.

Estou me perguntando a mesma coisa. Só faltam dezessete minutos para o fim da janela de contato. Ainda tenho que ligar para oito Terminantes, e Andrea para quatro — doze Terminantes no total. Sinto um arrepio na espinha, preocupado com o risco de a história dos Doze da Morte se repetir. Todo mundo saberia que a mensageira-chefe e o herdeiro são responsáveis pela catástrofe, mesmo se Andrea tiver que vazar a informação por conta própria. A pressão de salvar os Terminantes contando a eles sobre seus destinos é sufocante, e tenho medo de ter que desumanizá-los como Andrea faz há dez anos para conseguir aguentar.

—Vamos voltar ao trabalho — digo.

Andrea pega meu braço.

— Não vou a lugar algum até saber o que você vai fazer.

Se não fosse por Ariana, essa conversa acabaria de outra forma. Ela seria demitida e retirada do prédio pela segurança antes mesmo do expediente acabar. Mas eu aguento fofocas sensacionalistas.

— Se prometer nunca mais violar a privacidade dos Terminantes, não vou contar para o meu pai.

O momento que Andrea Donahue leva para pensar nisso parece durar uma eternidade.

— Não conte nada para a minha filha também, e negócio fechado — concede ela, como se fosse Andrea me fazendo o favor de encobrir seus crimes. — Não quero que a vida de Ariana seja arruinada pelo tanto que a amo.

Até que enfim alguma coisa em que estamos de acordo.

LOS ANGELES
PAZ
23h50 (Horário de verão do Pacífico)

Dez minutos até começarem as ligações da Central da Morte.

Se eles não acabarem com meu sofrimento, eu mesmo vou fazer isso.

NOVA YORK
ALANO
2h59 (Horário de verão da Costa Leste)

Estou na minha última ligação.

Não teria conseguido sem a ajuda dos outros mensageiros — incluindo Andrea Donahue —, que acabaram suas listas antes. Meus pais quase foram obrigados a se envolver também depois de voltarem de uma reunião de última hora com a segurança para discutir a ameaça da Guarda da Morte de mais cedo. Porém, no fim das contas, Fausto Flores se revelou um mensageiro excelente, ainda que às vezes tenha sido lento demais para o gosto de Andrea. Também tive uma sorte trágica quando liguei para um Terminante, Leonor Pollard, e percebi que seu irmão, Levi Pollard, era a pessoa seguinte na minha lista, então conversei com os dois ao mesmo tempo. Eles desligaram em três minutos, prontos para enfrentar o destino juntos.

Agora estou terminando a chamada com Morgane Kilbourne, uma jovem mãe adorável. Eu a ajudei a contratar um serviço de apoio urgente no abrigo mais próximo para que seus filhos não fiquem desamparados caso ela morra no segundo seguinte. Só consigo pensar no universo alternativo em que ela morre sem aviso e todas as outras tragédias infinitas que poderiam acontecer a seus filhos.

Repasso os pêsames da empresa pela última vez hoje:

— Em nome da Central da Morte, sentimos muito a sua perda. Aproveite este dia ao máximo.

— Obrigada, Alano — agradece Morgane antes de desligar.

São três da manhã. O call center fica em silêncio ao encerrar a janela de contato da Costa Leste.

Os mensageiros recolhem seus pertences e seguem Andrea Donahue de volta à sala de bem-estar para relaxar, mas eu continuo sentado, exausto por este dia cheio de acontecimentos. Estranhos ameaçaram a minha vida e a Guarda da Morte ameaçou a Central da Morte. Descobri que a mãe da minha melhor amiga é mais uma ameaça à empresa. Liguei para vinte e cinco pessoas hoje para contar que elas vão morrer, e a primeira acabou com a própria vida antes que eu pudesse desligar.

Tiro o headset e invejo os Terminantes para quem liguei.

LOS ANGELES
23 de julho de 2020
PAZ
00h00 (Horário de verão do Pacífico)

É bom que a Central da Morte me ligue dizendo que vou morrer hoje.

00h34

A Central da Morte ainda não ligou.

1h15

Por que estão demorando tanto para ligar?

2h30

Estou começando a ficar com medo de a Central da Morte não ligar.

2h49

A Central da Morte não vai me ligar hoje, né?

3h00

A Central da Morte não ligou, o que me deixa tão mal que preciso me machucar.

Quero queimar em água fervente como se eu estivesse me cozinhando vivo.

Quero sentir dor a ponto de morder o lábio e sair sangue.

Quero chegar o mais próximo possível da morte nesse mundo que me odeia, mas não quer me matar.

Pego meu diário grosso que está na mesa de cabeceira. Tirei tudo que tinha nele para esconder minha faca da minha mãe e do meu padrasto, deixando que eles acreditem que estou melhor. Abro a capa piegas, pensando em como este objeto dava mais medo quando era um diário em vez do estojo de uma faca. As citações inspiracionais, as entradas em branco para os meus sentimentos, as centenas de páginas que precisei suportar para perceber que não quero viver até precisar comprar outro diário.

Pego a faca, trêmulo, mas me detenho.

O medo me paralisa desde a infância, mas às vezes ele toma tanto espaço que eu reajo e faço coisas horríveis. Que arruínam minha vida. Então, independentemente do quanto seja satisfatório me machucar, sei que não é uma sensação boa.

Continuo segurando a faca, mas não sigo em frente.

Preciso não ceder ao impulso de fazer essa coisa terrível.

Tem milhões de coisas que eu poderia fazer em vez disso. Eu poderia acordar minha mãe ou Rolando e pedir ajuda. Ligar para a minha psicóloga ou até mesmo para o serviço de prevenção ao suicídio. Devolver a faca à cozinha, que é o lugar dela. Jogar fora todas as facas para que jamais voltem para o meu quarto ou para o meu corpo. Sorrir e rir forçado, para enganar meu cérebro e fingir que estou bem. Dançar sozinho. Reler meu livro favorito ou assistir a mais uma comédia horrível. Ou só ficar debaixo do meu cobertor ponderado como se ele fosse alguém me impedindo de entrar numa briga — uma briga comigo mesmo. Tem milhões de coisas que posso fazer, mas quero fazer a única que eu não deveria. Porque isso é o mais próximo que posso chegar de fazer aquilo que *sei* que não vou fazer, já que a Central da Morte não ligou.

Cansei de tentar me segurar.

Coisas ruins deveriam acontecer com pessoas ruins.

E, por metade da minha vida, ouço que sou uma delas.

Tiro o cobertor ponderado de cima de mim, mas ele não reluta muito para me impedir de brigar comigo mesmo. Acho que está mais para um cadáver do que para alguém que se importa comigo.

Pego a faca, segurando o cabo com tanta força que minhas unhas fincam na palma da mão. Dói, mas nem se compara à sensação que a serra da lâmina vai me proporcionar. Não posso pensar nisso. Reviver essa dor me faz voltar atrás; só preciso fazer o melhor que posso para dissociar, essa sim é a melhor maneira de me proteger e me atacar.

Na primeira vez que me automutilei, pensei na minha cena de flashback no filme, que mostra por que Larkin Cano se tornou o inimigo de alma de Scorpius Hawthorne, o Draconian Marsh. Larkin teve uma infância tão difícil que precisou parar de usar feitiços de defesa para se proteger e começar a lançar feitiços violentos para atacar os outros. Na terapia, eu falava muito sobre como as pessoas ao redor do mundo tinham empatia para perdoar um vilão fictício que cometeu crimes horríveis contra pessoas inocentes, mas não para *me* perdoar, um garoto de verdade que matou o pai violento para salvar a mãe. Mas agora entendo. Larkin Cano não é real e eu sou, e é por isso que mereço ser atacado pelos outros e por mim mesmo.

Penso no instante em que me tornei um assassino, quando mirei a arma no meu pai e apertei o gatilho, e, com essa mesma impulsividade, faço um corte.

Arrasto a faca pela parte interna da coxa, onde ninguém vai ver a ferida que causei. Meu corpo se contorce quando raspo as cicatrizes que estavam formando casquinha, de quando me machuquei cinco dias atrás. É tão insuportável que fecho com força meus olhos marejados, mas não paro de enfiar a faca na coxa, como se estivesse tentando torná-la parte do meu corpo, nem mesmo quando o sangue começa a sujar os nós dos meus dedos à medida que passo a lâmina para cima e para baixo, para cima e para baixo. Não tenho clemência comigo mesmo ao levar a faca para mais baixo ainda, mais longe do que eu já tinha chegado, cortando a pele intocada em vez da área com as cicatrizes e as casquinhas. Mordo a gola da camiseta para não gritar, porque se minha mãe e Rolando entrarem, nunca mais vou poder voltar a fazer isso. Por mais insuportável que seja, sei que vou precisar disso novamente.

Conforme meu corpo reluta contra o próximo suspiro indesejado, abaixo a faca.

Já chega por hoje.

E um dia será para sempre. Falta apenas a Central da Morte ligar para a droga do meu celular.

NOVA YORK
ALANO
6h05 (Horário de verão da Costa Leste)

Abraço Bucky e choro em seu pelo, assombrado por tudo que preciso processar.

A Central da Morte salva Terminantes, mas também pode arruinar sobreviventes.

LOS ANGELES
PAZ
3h17 (Horário de verão do Pacífico)

Visto roupas limpas e troco os lençóis, escondendo tudo que está sujo de sangue no closet.

Em seguida, me deito na cama e fico desejando que a Central da Morte tivesse ligado.

NOVA YORK
ALANO
10h03 (Horário de verão da Costa Leste)

Amo ler sobre outras pessoas, mas não consigo ler sobre mim mesmo. É fácil demais e nada saudável absorver opiniões que mais parecem fatos, apesar de estarem distantes da verdade. Por isso evito ler a matéria sensacionalista do *Spyglass*, o tabloide para o qual Andrea Donahue vendeu a história do meu primeiro dia como mensageiro. Estou ainda mais bravo do que ontem à noite, porque não sabia que isso seria publicado por um veículo pró-naturalista, o que é uma traição ainda maior à empresa. Apenas imagino tudo o que foi transformado em mentira, porque jamais lerei o conteúdo.

Mas meu pai leu.

Estamos em seu escritório em casa, de onde ele está trabalhando agora de manhã. Tirei o dia de folga para descansar, mas ele me acordou depois de quatro horas de sono para falar de trabalho.

— Sabe quem fez isso? — pergunta ele, segurando o tablet com a matéria aberta.

Grogue, encaro o aparelho, sem conseguir olhar para meu pai.

— Não, senhor.

Ele fica em silêncio por tanto tempo que olho de novo e vejo que ele está agarrando o tablet como se pudesse parti-lo em dois.

— Foi o mensageiro do seu lado?

Primeiro acho que está falando de Andrea Donahue, mas ele quer dizer Fausto Flores.

— Não, senhor, ele foi bem gentil.

— O que isso quer dizer? Ele pareceu interessado na sua vida?

Odeio que o fato de alguém se aproximar de mim faça minha família suspeitar de tudo.

— Ele só estava sendo educado e prestativo.
— Como pode ter certeza disso? — questiona ele.
Porque sei de quem é a culpa, mas não posso dizer isso.
— É o que eu sinto.
Meu pai joga o tablet na parede, e o choque do gesto agressivo me desperta.
— Sentimentos não bastam, Alano! Contratamos um traidor que está vazando informações para pessoas que querem nos arruinar. Recebi ligações a manhã toda de membros do conselho que estão questionando seu cargo, sua força e seu futuro. Todos os mensageiros serão convocados para um interrogatório. Se não encontrarmos o culpado até a meia-noite, ninguém vai botar os pés no call center, nem que eu precise demitir todos eles e fazer eu mesmo todas as ligações.

LOS ANGELES
PAZ
11h34 (Horário de verão do Pacífico)

Estou sozinho em casa, planejando minha morte.

Uma hora atrás, fiz Rolando acreditar que eu estava bem para que ele pudesse procurar emprego em paz, ainda mais agora que não vou ganhar dinheiro fazendo aquele filme. Mas, sério, eu só precisava que ele saísse de casa para que eu pudesse alvejar as roupas e lençóis que sujei de sangue.

Estou na sala de estar, abrindo meu notebook para acessar meu site favorito e planejar meu futuro a curto prazo. Logo de cara, me distraio com a área de trabalho do computador toda bagunçada. Eu costumava ser mais organizado, não queria ícone nenhum bloqueando minha imagem favorita do filme, em que sou o jovem Larkin Cano segurando a varinha de aço, mas aquela lembrança começou a me magoar demais, então troquei por uma foto de uma noite chuvosa, já que não temos muitas dessas em Los Angeles. Agora, há apenas uma tempestade de arquivos e pastas: fanfics do Scorpius Hawthorne com o Larkin Cano, porque eu adoro tramas "de inimigos a amantes"; fanarts picantes que eu gosto mais do que pornô para os momentos em que meu pau está implorando por um alívio rápido; os cinco rascunhos finais dos curtas que escrevi, mas nunca filmei; rascunhos do que queria dizer ao meu pai até enfim escrever a carta para ele no meu aniversário; e a maioria da bagunça fica por conta das dezenas de reportagens que relataram meu incidente ao longo dos anos, incluindo aquelas que vieram à tona nos últimos meses por causa do documentário e da proximidade do aniversário de uma década da tragédia.

Estou tentado a deletar todos os arquivos porque, no fundo, qual é o sentido de organizar tudo isso? Não é como se eu fosse gravar esses curtas. E essa fanart de *Coração de ouro* com Vale e Orson se beijando sob o céu prateado vai mesmo me animar? E aquela fanfic em que Larkin e Scorpius completam um torneio, mas um não está disposto a matar o outro na última rodada? Não, reler aquela história só vai me lembrar que matar é sempre uma escolha, mesmo que eu não tenha me sentido assim quando atirei no meu pai antes que ele pudesse matar minha mãe de tanto bater nela.

Quase dou um murro no teclado, irritado por não conseguir fazer algo simples como ligar o computador sem acabar me lembrando do assassino que sou. Em vez disso, seleciono todos os ícones e os arrasto até a lixeira, deixando apenas o céu chuvoso.

Minha psicóloga quer que eu tenha mais controle sobre meus impulsos. Quase consigo ouvir Raquel, com seu tom gentil, me lembrando que existem outras opções além de jogar tudo para o alto, como colocar todos os arquivos numa pasta para que o caos fique fora de vista; afinal, vai que eu fico sentimental lá na frente e bate uma vontade de olhar tudo aquilo de novo? Ela faz isso tudo para que eu não tome nenhuma atitude precipitada, como ingerir comprimidos, o que está meio que funcionando, mas não do jeito como ela gostaria.

A verdade é que, embora o ato do suicídio fosse muito mais impulsivo antes de a Central da Morte existir, agora ele exige certa premeditação. É por isso que eu passo tanto tempo no Quase-Terminantes, o fórum on-line para pessoas que tentaram se tornar Terminantes e falharam, estudando todos os erros dos seus planos de suicídio para que, quando eu for me matar no final do mês, não acabe voltando ao fórum para contar minha história.

Depois das minhas tentativas de suicídio, infelizmente tive todo o tempo livre do mundo, então acabei indo parar no Reddit para ver se outras pessoas também se sentiam um fracasso total por não conseguirem se matar. Com certeza, eu não estava sozinho (esse comentário, que as pessoas sempre fazem quando você diz estar deprimido, é verdade), mas só fui ter uma visão geral disso quando um usuário do Reddit recomendou o Quase-Terminantes como um recurso que até a própria Central da Morte estava começando a promover para aqueles que lutavam contra pensamentos suicidas.

Quase-Terminantes é um fórum cheio de vulnerabilidade, onde os sobreviventes analisam suas tentativas: um jovem que não sabia nadar alugou um jet ski e se jogou na água, só que o dono do jet ski o salvou antes que ele se afogasse, e o garoto ficou muito grato por ter mais uma chance de viver; uma médica estressada pulou de um viaduto, causando fraturas e outras lesões internas, mas foi ressuscitada pelos colegas e sobreviveu para salvar outras vidas; e um rapaz estava determinado a morrer depois que sua irmã recebeu a ligação no Dia Final, mas, quando tentou se sufocar, seus instintos de sobrevivência apareceram e ele rasgou o saco plástico; de primeira, ele se odiou por não ter conseguido ir até o fim, mas agora estava orgulhoso por estar vivo e escrevendo aquela mensagem. Eram tantas outras histórias, algumas com métodos tão terríveis que eu nem conseguia continuar lendo, mas, dentre as que eu terminei, todos os sobreviventes deixavam o mesmo alerta: a Central da Morte nunca erra.

Acesso o Quase-Terminantes. Uma notificação pula no centro da tela dizendo para eu ligar para um serviço de apoio emocional caso esteja passando por um momento difícil. Fecho a notificação, porque não vou ligar para ninguém pedindo ajuda, a não ser que seja para me ajudar a morrer. O site é bem bonito, como um céu digital, com tons de azul e detalhes brancos. Há uma opção de áudio que ativa um ruído branco, música tranquila ou meditações que acalmam os usuários, mas não boto nada para tocar. Não estou aqui pela vibe nem pelo exercício de respiração; estou aqui para me certificar de que não existe nenhuma falha no meu plano de suicídio. Até o momento, nenhum relato deu indícios de que minha ideia seja idiota, mas não tem como saber se é porque ninguém que tentou meu plano decidiu compartilhar o resultado aqui ou se é porque de fato conseguiram se suicidar. Espero que tenham conseguido, porque se eu sobreviver ao que estou planejando, minha vida ficará significativamente pior.

Abro uma das publicações que está em alta no fórum.

AindaAqui6790
E SE EU CANCELAR MINHA ASSINATURA DA CENTRAL DA MORTE?
(Alerta de gatilho: suicídio)
Sei que parece idiota colocar um alerta de gatilho num site em que só falamos de suicídio, mas muita gente aqui parece ter se curado e, tipo, aprendido a gostar de viver nesse planeta. Ainda estou por aqui também, mas eu não gosto. Quero morrer, então se você não quer ler esse tipo de coisa, pare agora. Tenho uma pergunta. Não sei se tem problema perguntar, caso tenha, podem deletar, mas o que acontece se eu cancelar minha assinatura da Central da Morte? Será que eu iria me sentir mais corajoso para tentar o suicídio? Teria medo de tentar? Sei lá. Tenho 30 anos, então eu lembro como era crescer sem a Central da Morte, mas também estou há 10 anos com a Central da Morte na minha vida. Seria esquisito sair dela. Fico imaginando que seria como trocar meu iPhone por um celular velho de flip que só mostra quem está ligando e nada mais. Enfim, me arrependo de não ter tentado me matar antes de a Central da Morte existir. Só assinei o serviço porque achei que eu receberia a ligação e acabaria me sentindo em paz, mas eles nunca ligam. Agora me sinto preso e acho que sair da Central me daria liberdade para tentar morrer.
RESUMÃO: Você já cancelou a Central da Morte e tentou acabar com a própria vida? O que aconteceu?

Não penso mais na vida sem a Central da Morte. Era uma época muito diferente, quando meu pai estava vivo e eu tinha medo de morrer, algo muito distante de agora, em que minha vida foi definida por ter matado meu pai e estou desesperado para morrer. Se ao menos eu pudesse voltar a ser aquela criança que estava voando para o Brasil com a mãe, com medo de o avião cair antes que ele pudesse chegar ao set para conhecer seus atores preferidos e gravar sua cena num filme. Hoje em dia esse tipo de medo é impossível, a não ser que você decida cancelar sua assinatura da Central da Morte como o cara do fórum está pensando em fazer. Já pensei em cancelar minha assinatura pelo mesmo motivo, mas perdi a oportunidade. Deveria ter feito isso quando eu tinha dezoito anos, antes de tentar suicídio, em vez de agora, aos dezenove, quatro meses após minha primeira tentativa. Nenhuma mentira sobre por que decidi cancelar a assinatura iria colar com minha mãe ou Rolando; eles ficariam desconfiados. Consigo esconder muita coisa dos dois, mas tudo tem limite. Já me acostumei com a presença da Central da Morte, ainda mais sabendo que há uma janela de oportunidade para eu executar meu plano suicida antes da ligação. Ainda assim, leio os vários comentários para ver se alguém achou útil essa ideia de cancelar a assinatura da Central da Morte.

AindaAqui6790 publicou sua pergunta há uma hora e já recebeu trinta e poucas respostas, o que é bastante coisa para um site em que as pessoas geralmente só despejam traumas ou se gabam do quanto a vida está melhor e de que seguiram em frente. A maioria dos comentários é de gente o motivando a continuar enfrentando a vida, o que não surpreende, mas, se aquela publicação fosse minha, contando para um monte de estranhos o quanto eu quero morrer, a última coisa que eu gostaria de ler seriam motivos para viver. Aposto que um dia aquelas pessoas se sentiram assim também, mas como podem esquecer o quanto é sufocante ter um monte de gente que você não conhece tentando te salvar?

Procuro algum comentário que de fato responda à pergunta:

EstouTentando
Eu sentia que a Central da Morte estava me travando, então desativei minha conta. Achei que teria mais coragem, mas nunca senti tanto medo na minha vida.

OceanoSayre
Caaaaara não faz isso. Sabe qdo as pessoas ficam arrogantes pq a central da morte n liga? Como se pudessem fazer qualquer coisa no mundo? Adivinha só: não podem fazer nada. Não podem nem se matar qdo a central da morte está fora da jogada. Eu fui saltar de paraquedas e pulei do avião sem meu instrutor e me senti LIVRE despencando para a morte mas o cara SALTOU E ME SALVOU. Foi tipo filme de espião. Vou falar uma coisa. Sua hora vai chegar. A

minha tb. N sei quando e nunca vou saber pq nunca mais assinei a central da morte, mas me sinto melhor sem saber. Sair ou não sair da central da morte é escolha sua. Vc pode voltar depois, se quiser. Só dá mais uma chance para a vida.

Christi_Jenkins
Perdi meu amor verdadeiro no primeiro dia da Central da Morte. O William ia me pedir em casamento na Times Square, mas, em vez de se tornar meu noivo, ele se tornou o primeiro Terminante a morrer na história do mundo. Um homem mascarado (QUE AINDA NÃO FOI IDENTIFICADO OU PRESO!!!) atirou na garganta dele e o William morreu nos meus braços. Se você assistiu àquela série CHAMADAS PERDIDAS MORTAIS já conhece a história do William porque o primeiro episódio é sobre ele. Entendo que era tarde demais para ligar pra ele, mas o William só morreu porque o assassino dele viu a Central da Morte como um sinal do apocalipse e surtou. Tem muito sangue nas mãos do Joaquin Rosa. A começar pelo do William. E um pouco do meu também. Tentei me machucar de todas as formas possíveis. Todo dia que a Central da Morte era celebrada por não fazer nenhuma cagada, eu me machucava ainda mais. Eu odeio a Central da Morte do fundo do coração e nunca me arrependi de ter cancelado aquele serviço de merda. As pessoas acreditam mesmo que a Central da Morte só errou com doze pessoas em DEZ ANOS? Que eles têm um histórico PERFEITO e só teve UM ÚNICO DIA em que as coisas deram errado? FALA SÉRIO! Acorda, gente! A Guarda da Morte está certa, não dá para confiar na Central da Morte. Olha quanto livre-arbítrio você perdeu. Não quero que você morra, AindaAqui6790, mas quero que você viva sem a Central da Morte. Se liberte, arrume um terapeuta das antigas (eles costumam ser mais pró-naturalistas) e não deixe a Central da Morte te impedir de nada nunca mais.

Não assisti a nenhum episódio de *Chamadas perdidas mortais*, mas depois de ler a resposta da Christi, não me surpreende que a mulher cujo parceiro virou o primeiro Terminante a morrer agora seja uma pró-naturalista.

Continuo rolando a página e paro no comentário de uma moderadora, esperando que vá encerrar o tópico, mas na verdade ela também opina.

DeirdreClayton (Moderadora)
Oi, AindaAqui6790. Me chamo Deidre Clayton e criei o Quase-Terminantes como um recurso para quem está lutando contra pensamentos suicidas. Te encorajo a buscar a ajuda de um profissional, um amigo ou um vizinho, mas entendo que talvez você não faça isso, então só queria dizer que você pode conversar com a gente. Sou sobrevivente de várias tentativas de suicídio. Eu costumava trabalhar na Faça-Acontecer, onde lidava com Terminantes o tempo todo, e eu tinha muita inveja deles. Por diversas vezes, quis mostrar que a Central da Morte estava errada e, um dia, tirei a Central da Morte da equação para poder sentir aquela liberdade de novo. Queria tomar uma decisão sem saber se eu iria falhar. Não vou entrar em detalhes sobre como eu estava planejando tirar minha vida, mas, antes mesmo que eu pudesse tentar, uma mulher me salvou. Tudo o que ela fez foi me ouvir, coisa que, como eu a conheço melhor agora, sei que não deve ter sido fácil, porque a tal mulher ama falar, mas eu finalmente me senti conectada com alguém que escutou como eu estava arrasada por viver nesse mundo. Desde então, decidi criar raízes. Voltei a assinar a Central da Morte. Estou cultivando a minha vida e alimentando meu coração com muito amor-próprio. Estou até construindo a vida com uma mulher que me faz feliz todos os dias em que não sou uma Terminante. Venho dedicando minha vida a salvar os outros porque, não importa quais de nossos sonhos se realizem, sei que ainda temos aqueles momentos difíceis em que torcemos por uma ligação da Central da Morte. Saiba que sempre estaremos aqui para te ajudar a desistir de ser um Terminante. Te envio todo o meu amor, AindaAqui6790, e espero que seu apelido continue sendo verdade por muitos, muitos anos.

Se AindaAqui6790 se parecer minimamente comigo, não vai sentir conforto algum ao ler sobre como pode encontrar a vontade de viver após alguém impedir que se mate. Por que a vida não pode apenas não ser horrível a ponto de as pessoas quererem morrer? Não sei quantas vidas Deirdre Clayton e o site dela já salvaram, mas aposto que, ao se gabar de sua história de amor, ela foi a gota d'água de que AindaAqui6790 precisava.

Continuo lendo mais gente indecisa sobre cancelar a assinatura da Central da Morte quando um zumbido alto me assusta. É só a máquina de lavar, mas meus antidepressivos me deixam alerta. Coloco o notebook no sofá e avanço pelo corredor para colocar as roupas para secar. Não, esquece. Preciso ativar mais um ciclo de lavagem porque ainda encontro manchas vermelhas nos lençóis molhados. Elas são leves, porém óbvias o bastante para que minha mãe ou Rolando percebam caso lavem minhas roupas de cama. Estou despejando uma dose extra de alvejante quando a porta da frente se abre e minha mãe entra. Meu coração acelera, como se ela estivesse prestes a me flagrar limpando uma cena de crime. Eu me apresso para trocar o alvejante pelo sabão líquido e começo a despejar na máquina, sem querer fazendo o pequeno compartimento transbordar.

— Oi, Pazito — diz minha mãe, tirando a bolsa do ombro e o par de Crocs dos pés.

Fecho a máquina de lavar e ligo o novo ciclo antes de entrar na sala de estar.

— Oi, mãe. Por que voltou pra casa tão cedo?

Aposto que ela só queria ver como eu estava.

Minha mãe suspira ao se sentar no sofá, ao lado do meu notebook... que ainda está aberto na página do Quase-Terminantes. Basta uma olhada para a esquerda e já era. Ela vai ficar preocupada e nunca mais vai me deixar sozinho de novo. Começo a armar uma mentira sobre como eu estava lendo a respeito de pessoas que abriram empresas para a geração pós-Central da Morte e então decidi checar o site da Deirdre Clayton. Mas minha mãe não olha para o notebook, porque simplesmente fecha os olhos, como se estivesse com dor ou algo do tipo.

— Meu chefe me mandou para casa.

— Por quê? — pergunto, me sentando entre ela e o notebook, fechando o computador.

— Não estou me sentindo bem. Acho que pode ser intoxicação alimentar.

— O que você comeu?

— Levei as sobras do jantar de ontem, a salada de atum e ovos.

Tipo, num dia qualquer aquele prato já seria arriscado, mas comer as sobras dele? Perigoso. Odeio como minha mãe come aquela salada para economizar. É melhor que o Rolando arrume logo um emprego para que ela possa comer comidas fresquinhas pelo resto da vida. Queria muito ser um astro do cinema com uma conta bancária insana só para poder comprar para a minha mãe uma casa maior, um carro melhor e contratar um chef de cozinha particular. Amaria poder oferecer todos os mimos que ela merece.

Hoje vi no noticiário que a Central da Morte está realizando um sorteio para o aniversário de dez anos, no qual os participantes podem ganhar uma assinatura vitalícia do serviço. Só consegui pensar em como não falta muito para a minha mãe precisar cancelar minha assinatura. Se economizar o dinheiro que ela gasta com a minha saúde mental e parar de pagar 900 dólares da minha assinatura anual da Central da Morte, ela vai poder usar essa grana para comprar as coisas de que precisa: sapatos que sejam tão confortáveis quanto Crocs, só que mais bonitos, como aqueles que vi ela procurando na internet; um colchão novo para que ela não acorde com dor nas costas; jantares em restaurantes decentes; um jardineiro para cuidar do quintal, assim ela pode plantar alimentos frescos; e aquele vestido de noiva lindo que eu fico triste só de pensar, já que não estarei aqui para levá-la ao altar em dezembro.

A melhor coisa que posso fazer pela minha mãe é morrer logo.

— Posso te ajudar com alguma coisa? — ofereço.

— Ainda tem aquela sopa de cenoura com gengibre?

Dou uma olhada no armário da cozinha, onde ainda há um monte de sopas que Rolando comprou porque ficou em pânico durante a quarentena na pandemia. Encontro a última lata de cenoura com gengibre e, enquanto a sopa esquenta no micro-ondas, não consigo deixar de esconder no meu quarto a tampa com a borda afiada para usá-la para me cortar mais tarde. Volto para a sala carregando uma bandeja com a tigela de sopa e água no copo térmico preferido da minha mãe.

— Obrigada, Pazito.

— Imagina. Se precisar de mais alguma coisa, estou no meu quarto.

— Fica aqui me fazendo companhia? Juro que não é contagioso.

Lembro de todas as vezes em que minha mãe ficou do meu lado quando eu estava doente. Não só quando eu estava com algum mal-estar no corpo, como uma febre ou dor de barriga, mas também quando minha cabeça não estava tão bem, tipo na vez em que ela se recusou a sair do meu lado quando fui internado, mesmo com os médicos alertando que uma mulher de quarenta e nove anos teria menos chance de sobreviver à Covid caso pegasse a doença por continuar ali. Minha mãe estava disposta a morrer para cuidar de mim, mesmo se fosse a última coisa que ela fizesse. É por causa desse tipo de amor que eu deveria dizer a ela que preciso ficar sozinho no meu quarto ou inventar qualquer outra mentira, para que eu continue criando uma distância na nossa relação antes que eu morra. Para que ela se lembre de todas as vezes em que não fiquei ao seu lado e, ainda assim, ela ficou bem. Mas simplesmente não consigo. Talvez sejam os antidepressivos extras trabalhando dobrado para conter meus impulsos autodestrutivos, mas não consigo sair do lado da minha mãe.

— Pode deixar, mãe — digo, pegando meu notebook e me sentando ao lado dela no sofá.

Há um brilho nos olhos da minha mãe, e parte meu coração ver como ela está feliz de ficar perto de mim. Tento não pensar no que vai acontecer quando eu estiver morto no final do mês: como minha mãe vai lamentar minha morte pelo resto da vida, mesmo se o resto da vida dela durar apenas alguns dias, caso ela cumpra a promessa de se matar depois de eu me suicidar.

NOVA YORK
ALANO
14h53 (Horário de verão da Costa Leste)

Estou no Saldão do Cemitério com Ariana e Rio.

Não consegui voltar a dormir depois do surto do meu pai sobre o vazamento do *Spyglass*, então, quando Ariana nos convidou para procurarmos móveis para o nosso futuro apartamento, aproveitei a oportunidade para sair da cobertura. Ela sempre usa o aplicativo do Saldão do Cemitério e em geral sabe reconhecer quais vendas valem a pena. Essa está acontecendo num prédio baixo no Upper East Side, e foi anunciada on-line pela filha de um leiloeiro que morreu mês passado e passou a vida inteira colecionando tesouros. Está tão cheio que ou as pessoas não estão me reconhecendo por trás dos óculos escuros, ou elas não se importam, mas se isso acabar mudando, meu guarda-costas estará escondido entre os visitantes e vai logo partir para a ação.

— É melhor nem ler, meu bem, está uma loucura só — diz Ariana enquanto inspeciona um móvel lindo, feito para guardar um toca-discos e uma coleção de vinis, que não caberia em nenhum canto do apartamento dela. Ariana bate na madeira antes de se concentrar em pufes de veludo. — Eles escreveram alguma coisa sobre você não ter usado as palavras certas para salvar aquele Terminante, como se isso tivesse sido o motivo de ele morrer.

— Você acabou de falar para o Alano não ler a matéria e depois contou o que escreveram — critica Rio.

Ariana se levanta do pufe, cobrindo a boca com as mãos.

— Foi mal — diz ela, a voz abafada.

— Tudo bem.

Em momento algum cheguei a pensar que o suicídio de Harry Hope fosse minha culpa. Ele sempre estivera destinado a morrer, mas talvez não precisasse morrer tão cedo. Será que Roah Wetherholt teria sido capaz de acalmar Harry Hope se tivesse sido a pessoa responsável pela ligação? E os outros mensageiros? Acredito que qualquer um deles teria tido uma reação melhor que a minha, exceto Andrea Donahue, óbvio. Ela teria escutado o tiro, desligado e ligado para o Terminante seguinte sem nem pestanejar.

— Sua mãe leu a matéria? — pergunto.

— Eu mostrei. Ela falou que a Central da Morte deveria processar o *Spyglass* por todas aquelas mentiras.

A Central da Morte deveria processar Andrea Donahue pelas mentiras dela. Estaríamos no nosso direito. Me enoja saber que ela está mentindo sobre tudo isso para Ariana.

— Quem você acha que dedurou? — pergunta Ariana, testando se uma espreguiçadeira é confortável, embora ela não tenha quintal e nós também não planejemos ter. — Minha mãe acha que foi um dos novatos.

Cada nova mentira que Andrea conta para encobrir os próprios rastros me deixa com mais raiva.

— Acho que não foram eles — retruco, cerrando os dentes.

— Então, quem foi?

Respiro fundo enquanto admiro a sanca do saguão.

— Não sei.

Subimos as escadas até um dos quartos de hóspedes, onde há mesas com relíquias eletrônicas. Videocassetes, tocadores de DVD, um walkman, pagers, um balde cheio de celulares da Nokia, telefones fixos, computadores da Dell, tamagotchis, PlayStation 1 e muito mais.

Os olhos escuros de Rio são atraídos por um PS4 empoeirado como se o videogame fosse um fantasma. E meio que é.

— Eu sei — digo, apoiando a mão no ombro do Rio.

— Sabe o quê? — pergunta Ariana.

Espero Rio falar, mas no fim respondo por ele, já que tantas vezes meu amigo ficou feliz por eu ter me encarregado de explicar isso.

— Esse foi o primeiro console que Rio e Lucio dividiram quando eram crianças.

Ouvi muitas histórias de como Lucio incentivava o Rio a jogar o modo história na dificuldade máxima e nunca deixava ele vencer qualquer jogo de corrida para que Rio sempre aproveitasse ao máximo a sensação da conquista, algo que os pais dele nunca incentivaram.

— Queria ainda ter o nosso — comenta Rio, pegando o PlayStation.

Se aquele PS4 ainda existisse antes do Lucio morrer, Rio o teria, já que nunca jogou fora as coisas do irmão.

Eu li livros sobre como ajudar amigos no processo de luto só para ter condições de ajudar o Rio. Me deparei com conselhos bastante divergentes, então sempre optei pelo que me parecia certo. Me oferecia para escutar, mesmo quando ele não estava pronto para falar. Eu o chamava para sair do apartamento porque sabia como aquele quarto tinha se tornado assombrado. Também havia um processo de tentativa e erro, tipo quando me ofereci para levar o Antonio ao cinema para distrai-lo um pouco e Rio ficou chateado porque achou que eu estava assumindo as responsabilidades dele como irmão mais velho. Como se Rio estivesse falhando com a memória de Lucio. A coisa mais importante tem sido nunca fazer pouco caso dos sentimentos dele. É por isso que não conto sobre meu medo do luto dele se transformar num transtorno de acumulação.

Rio devolve o PS4 ao lugar.

— É estranho pensar que vão existir jogos e objetos juntando poeira no mundo sem o Lucio jamais os ter experimentado quando ainda eram novidade. — A passagem do tempo é coisa demais para ele processar. — Preciso pegar um ar.

— Quer companhia? — ofereço.

— Não, obrigado — responde Rio, saindo.

— Não é melhor a gente ir atrás dele mesmo assim? — pergunta Ariana.

— A não ser que você queira que ele grite com a gente, não — digo.

Já me vi diante daquela reação.

Ariana aceita a derrota e olha para todos os objetos antigos sob uma nova luz.

— Um dia a nova invenção do seu pai estará em uma dessas mesas — sussurra ela.

Fico feliz por minha amiga ter esperado a gente estar sozinho antes de sussurrar isso. Só Ariana sabe sobre o Projeto Meucci porque a escalei para participar do anúncio que vamos filmar semana que vem. Ao contrário da atriz original, que agora foi substituída, Ariana topou assinar o termo de sigilo numa boa, e está proibida de falar sobre o produto com qualquer pessoa, incluindo a própria mãe. Tomara que Ariana não tenha puxado da mãe o hábito de vazar informações.

É estranho imaginar a invenção do meu pai juntando poeira em gavetas ao redor do mundo antes de ser vendida em Saldões do Cemitério no futuro. Só espero que algo mais potente tome seu lugar. Acredito que será um projeto supervisionado por mim, isso se eu não for demitido com todo mundo hoje à noite.

Depois de passar por todos os quartos e não encontrar nada de interessante, Ariana nos leva até o andar de baixo, na sala de jantar, onde bandejas com louças de porcelana estão dispostas numa mesa comprida. Mantenho a cabeça abaixada porque há outras pessoas aqui, e não sei a opinião delas sobre mim ou sobre a Central da Morte, em especial depois da matéria no *Spyglass*. O agente Dane caminha ao redor da mesa antes de se posicionar em frente a um espelho de parede, observando com a maior discrição todos que entram e saem.

Ariana se inclina sobre um conjunto de xícaras vintage.

— Meu bem, olha essas aqui. São maravilhosas.

Espio por cima dos óculos escuros para admirar os detalhes florais.

— São mesmo.

— Que bom que vocês gostaram — diz uma senhora num tom tão sábio que eu me sinto como se Anna Wintour tivesse elogiado minha jaqueta jacquard de algodão com botões de madrepérola. A mulher parece muito sofisticada com sua camisa branca de gola alta e sem mangas, jeans escuros com um vinco bem marcado e um colar com esmeraldas, uma peça que deve morar dentro de um cofre quando não está no pescoço dela, lhe conferindo uma aparência de rainha. — Eu amo esse conjunto desde que eu era garotinha.

Ariana se anima.

—Você é a vendedora? Chiara?

— Isso, eu mesma — confirma ela, balançando as mãos antes de pegar uma xícara com estampa de rosas. — Minha mamãe organizava os melhores chás da tarde para mim e para os meus bichinhos de pelúcia.

— A minha também!

— Como toda boa mãe faz.

Ariana também pega uma xícara, esta com estampa de girassóis.

— Pode parecer idiota, mas foi fingindo que eu era garçonete numa loja chique de chás, anotando o pedido da minha mãe, entornando suco de maçã em todas as xícaras e levando para ela o mesmo biscoito repetidas vezes, que descobri como é divertido atuar. Eu amava tanto que minha mãe me colocou num curso de atuação aos fins de semana quando eu tinha quatro anos... — Ariana lacrimeja ao contar essa história que nunca ouvi antes. — Achei que ela só estava tentando me fazer brincar com outras pessoas, já que meu pai não estava mais com a gente, mas ela assistia a todas as aulas e nunca deixou de apoiar meu sonho.

Agora as lágrimas escorrem pelo rosto, enquanto ela diz com esforço:

— E eu vou começar a estudar em Juilliard em setembro...

Fico parado, surpreso, enquanto Chiara dá um abraço apertado em minha amiga.

Toda vez que Ariana compartilha uma história incrível sobre a mãe dela, fico confuso. É como se eu estivesse encarando um autorretrato do Van Gogh e Ariana dissesse que é Pablo Picasso. Fatalmente ela estaria errada, mas talvez fatos não signifiquem muita coisa quando estamos falando de relações. Talvez relações sejam mais como arte, onde cada pessoa enxerga algo diferente. Por exemplo, eu vejo Andrea Donahue como uma criminosa, já Ariana vê a mãe como uma heroína. Quem sou eu para ditar o que ela deve ver? Quem sou eu para dizer ao Rio que ele precisa parar de ver Dalma Young como a responsável por causar seu luto? Preciso ser melhor em respeitar as perspectivas das outras pessoas, especialmente dos meus melhores amigos.

— Você pode levar essas, querida. De graça — diz Chiara, juntando as xícaras para Ariana.

— Não, faço questão de pagar — responde Ariana, pegando o dinheiro.

— Guarda isso! — Chiara nos leva até uma sala de embrulhos onde, com todo o cuidado, coloca as xícaras numa caixa pequena. — Faça um chá da tarde com sua mãe em homenagem à minha, está bem?

Ariana abraça a caixa.

— Obrigada, Chiara.

Saímos da casa. Rio está sentado no primeiro degrau. Ele não gosta que os outros perguntem como está quando sai para pegar um ar, o que, na verdade, é a desculpa que usa quando precisa chorar. Eu o ajudo a se levantar e o agente Dane nos escolta de volta até o Lincoln Navigator preto, onde nosso motorista, Felix Watkins, está esperando para deixar todo mundo em casa.

Em geral, prefiro eu mesmo dirigir pela cidade, mas estou cansado demais e não quero lidar com o risco de causar um acidente em que machuco alguém ou mato um Terminante, ainda mais um Terminante para quem eu mesmo liguei. As pessoas chamam isso de "ser morto pelo mensageiro", coisa que, até onde sabemos, já aconteceu cinco vezes na história da nossa empresa. O mais recente foi num acidente numa terça-feira, 5 de setembro de 2017. Aquele dia já estava difícil porque, depois de um verão intenso com Rio, sentimentos unilaterais foram declarados e não correspondidos. Precisei lutar para que continuássemos sendo melhores amigos — nada mais, nada menos — e, assim, não perdêssemos um ao outro. Quando nos despedimos, recebi uma ligação da minha mãe dizendo que ela e meu pai estavam indo para o escritório porque um dos mensageiros mais novos, Victor Gallaher, tinha atropelado um Terminante, Rufus Emeterio (o mesmo daquela matéria na revista *Time* sobre

Últimos Amigos). Ele alegou ter sido um acidente, mas a gravação da chamada de Victor Gallaher com Rufus Emeterio mostrava que ele se portou com zero profissionalismo e de maneira emotiva, o que foi suficiente para que fosse demitido e preso, já que a polícia estava investigando o caso como ato criminal. Nunca mais esqueci que, só porque você não está morrendo, não significa que não pode arruinar sua vida num piscar de olhos, tal qual uma morte súbita.

Do banco de trás do carro, Ariana abraça a caixa de xícaras com muita força, como se seus braços fossem um cinto de segurança. Durante todo o percurso até sua casa, ela compartilha mais lembranças de personagens que fingia ser quando era criança, tipo uma enfermeira cuidando de Andrea quando a mãe nem estava doente, a dona de uma lavanderia cobrando uma moeda de Andrea para que ela pudesse usar a própria máquina de lavar e uma professora corrigindo as tarefas antigas de Andrea e dizendo que ela fez um bom trabalho. Eu não daria nenhum adesivo de estrelinha para o trabalho da Andrea Donahue como mensageira, mas não dá para negar que ela merece alguns em seu papel de mãe.

Depois de deixar Ariana e Rio em casa, pego meu celular e vejo uma notificação do *New York Times*: "Medalhista de ouro olímpico Caspian Townsend é assassinado por um paparazzo." Fico tonto ao ler sobre Caspian Townsend, de vinte e sete anos, tentando aproveitar ao máximo seu Dia Final com Eris Bauer, a esposa grávida de vinte e nove anos, e seu filho de quatro, Champion Townsend. Com os paparazzi acampados em frente à casa de Caspian Townsend desde as 3h15 da madrugada, com até a família sendo perseguida e os advogados dele sendo subornados por detalhes sobre o testamento, além dos fãs enchendo as ruas com lembrancinhas para serem autografadas, não me surpreende que as coisas tenham ficado feias quando ele teve sua privacidade desrespeitada durante metade do seu Dia Final. Há alegações conflitantes sobre quem deu o primeiro soco, mas Caspian Townsend provou o porquê de ter conquistado a medalha de ouro ao lutar contra seis fotógrafos agressivos antes de ter seu crânio esmagado por duas câmeras... na frente do filho e da esposa grávida.

O celular cai da minha mão.

Estou muito tonto. Se conseguisse falar, pediria ao Watkins para parar o carro, mas sinto que não tenho o direito de falar nada depois de me sentir parcialmente responsável pelo que acabei de ler — e também pelo que não li.

Faltam alguns fatos na matéria.

Fatos são importantes.

O fato em questão é que Caspian Townsend não teria que passar seu Dia Final lutando e morrendo numa batalha por privacidade se Andrea Donahue não o tivesse lançado aos abutres.

21h35

Todos os mensageiros foram convocados mais cedo para a Central da Morte hoje.

Assim que entraram no prédio, cada mensageiro e seus pertences pessoais foram inspecionados pela equipe de segurança, com revista, raio X corporal, detectores infravermelhos em busca de câmeras escondidas, além de monitores de radiofrequência para dispositivos de escuta. Celulares e eletrônicos foram confiscados e trancados num cofre no subsolo. Representantes do RH interrogaram cada mensageiro na presença do meu pai, da minha mãe ou dos dois. Depois de liberados, a segurança escoltou os mensageiros para a sala de reunião, onde ninguém tinha permissão para falar. Tudo o que podiam fazer era reler o termo de sigilo que assinaram quando passaram pelo processo de seleção e foram contratados; meu pai me incumbiu de destacar as consequências em todos os quarenta e quatro contratos, para que todo mundo, eu incluso, se lembrasse do que estava em jogo — multa, demissão, prisão — ao trair a Central da Morte.

Nos últimos trinta minutos, meu pai está explicando as regras operacionais da empresa.

— Nós nunca violamos a morte nem a vida de ninguém. Ninguém, esteja vivo ou morto! — A voz do meu pai está ficando rouca de tanto gritar, mas segue poderosa o bastante para que ele não precise subir no palanque às suas costas.

Ele arregaça as mangas enquanto se aproxima dos mensageiros que estão suando, ou roendo as unhas, ou petrificados. Meu pai aponta para mim, no canto, onde permaneço de pé com minha mãe.

— Caso vocês não saibam, aquele é meu filho. A privacidade dele foi violada ontem à noite enquanto fazia um trabalho importante que apenas nós, aqui na Central da Morte, podemos fazer. E ainda assim, *alguém*, um de *vocês*, que recebem um salário pago *por mim*, decidiu ganhar dinheiro em cima da angústia dele! Espalhar mentiras sobre ele. Fazer com que ele parecesse fraco. Caso vocês tenham a oportunidade de continuar trabalhando aqui, nunca mais irão violar a privacidade do meu filho. Inclusive, esqueçam o nome Alano Angel Rosa. Se um repórter ou qualquer pessoa perguntar sobre meu filho, sua resposta deve ser "Que filho?". Caso não consigam cumprir com esse gesto mínimo de decência humana, terão que lidar com meu poder inesgotável!

Eu é que não gostaria de estar recebendo esse sermão.

Meu pai desfaz o nó da gravata e recupera o fôlego.

— Estamos entendidos?

Alguns mensageiros assentem, nervosos, mas ninguém diz nada.

— ESTAMOS ENTENDIDOS?!

Todos os mensageiros dizem que sim.

— Vamos ver, então — responde meu pai. Ele caminha até Fausto Flores. — Qual é o nome do meu filho?

Fausto está suando.

— Que filho?

Meu pai assente antes de caminhar até Roah Wetherholt.

— Qual é o nome do meu filho?

— Que filho?

Ele caminha até Andrea Donahue.

— Qual é o nome do meu filho?

— Que filho?

Meu pai não se mexe.

—Você sabe o nome do meu filho. Qual é?

Andrea parece confusa.

— Que filho? — repete ela, se questionando se é isso mesmo que deveria responder.

—Você sabe qual filho. Conhece ele há anos. Ele é o melhor amigo da sua filha. Me diga o nome dele, sra. Donahue.

O coração dela deve estar tão acelerado quanto o meu.

— Que filho?

— *Meu* filho. Alano. Angel. Rosa. — Meu pai se agacha em frente a Andrea Donahue, e embora esse seja o tom mais suave que ele usou a noite inteira, a sala está quieta o bastante para escutá-lo dizer: — Esse é o nome do meu filho, que você vendeu para os meus inimigos ontem à noite enquanto trabalhava para mim.

Todos, incluindo eu, ficam em choque. Durante a tarde, contei para os meus pais sobre a violação de Andrea Donahue depois de ler sobre Caspian Townsend sendo assassinado na frente da esposa e do filho. Não sei quantas vezes ela vazou as mortes de Terminantes famosos, mas eu sabia que não poderia deixar aquilo acontecer de novo. Meu pai ficou furioso, mas insistiu em colocar todos os mensageiros sob investigação para que entendessem até onde ele seria capaz de ir para encontrar um culpado. Então, ele planejou confrontar Andrea em particular.

Os planos mudaram.

— Não sei do que o senhor está falando — mente Andrea Donahue. Então, ela aponta para mim. — Ele está mentindo, e se o senhor estiver me usando de bode expiatório para a negligência dele, vou processar e tirar tudo o que o senhor tem.

Meu pai ri, um som tão assustador quanto o silêncio que se deu após Harry Hope dar um tiro em si mesmo.

—As chances de eu acreditar mais na sua palavra do que na do meu filho são tão ínfimas quanto as de você me vencer no tribunal.

— Acha mesmo? Você não tem nenhuma prova dessas acusações, Joaquin.

Ele se levanta de novo, gigante na frente dela, que continua sentada, e fala com os demais mensageiros.

— Eu alertei todos vocês sobre o meu poder inesgotável. A sra. Donahue é esperta em bancar a inocente até que se prove o contrário, mas, com a mesma certeza que eu tenho de que todos os Terminantes para quem ligamos irão morrer, estou confiante de que ela irá perder no tribunal. Nosso sistema de segurança gravou a sra. Donahue deixando a central de ligações às 2h20 da manhã, depois de alertar Caspian Townsend sobre seu destino, a fim de vender a história para o *Spyglass*, uma atitude que não apenas infringe o contrato de sigilo da empresa e constitui uma violação antitruste ao trocar informações com um concorrente pró-naturalista. Além disso, as ações dela também resultaram no trágico assassinato do sr. Townsend esta tarde. — Meu pai encara Andrea de cima. — A senhora está certa ao dizer que ainda não tenho provas dessa acusação, mas eu confio nos meus advogados para conseguirem as informações necessárias do seu celular e registros bancários, provando que tanto eu quanto meu filho estamos dizendo a verdade.

Andrea Donahue se levanta.

— Você está me acusando de ganhar dinheiro em cima dos mortos. Isso não lhe parece familiar?

— Chegou a sua hora, Andrea — intervém minha mãe, dando um passo para a frente. — Chegou há bastante tempo, mas perdoamos sua negligência em respeito aos nossos filhos. Mas já basta.

— Eu trabalho aqui desde o começo — declara Andrea Donahue. — Se tentarem me demitir, vou contar ao mundo tudo o que eu sei sobre a Central da Morte.

Meu coração está a mil. Será que essa ameaça tem um fundo de verdade? Repasso todas as minhas interações com ela e sei que eu nunca disse nada, mas estou ciente de que nem todo mundo precisa receber diretamente informações sigilosas. Às vezes, as pessoas escutam conversas alheias.

Meu pai balança a cabeça.

— Você não sabe de nada, sra. Donahue. Se soubesse, já teria vendido essas informações há um bom tempo. Então eu não vou *tentar* demitir a senhora hoje. Vou simplesmente demiti-la e ponto-

-final. Está demitida. Nunca mais bote o pé neste prédio enquanto estiver viva, e nem depois disso.

Andrea se vira para os outros mensageiros.

— Tenham cuidado com cada passo que vocês derem. Este tirano tem um espião de olho em todos vocês — diz ela, apontando para mim. Ela se aproxima, e o agente Dane fica de guarda, como se Andrea pudesse me atacar; não duvido muito de que fosse tentar.

— Você arruinou a vida dela.

— Não mesmo. Foi a senhora quem arruinou.

— Vá embora — ordena meu pai. — Não fale com meu filho nem diga o nome dele, nunca mais!

Andrea zomba e, enquanto é escoltada até a saída pelo meu guarda-costas, ela murmura:

— Isso não acaba aqui.

Eu já sabia que não acabaria ali, mas ouvi-la dizer aquilo me dá calafrios. Quero correr e ligar para Ariana antes que Andrea tenha a oportunidade de pegar seu celular lá embaixo, mas eu não saberia o que dizer. Como contar para minha amiga quem a mãe dela é de verdade? Isso se Ariana sequer acreditar em mim, ainda mais sem provas.

Meu pai se vira para os mensageiros.

— Sou eternamente grato pelo trabalho essencial que todos vocês fazem aqui. Vocês são o coração da Central da Morte, mas que esta noite sirva de alerta. Se eu sentir qualquer sinal de problemas, a demissão será rápida.

Os mensageiros são dispensados.

Fico sozinho com meus pais.

— O que aconteceu com seu plano de conversar com ela em particular? — pergunto.

— Ameaças feitas em particular não intimidam os outros — responde ele. — Se uma pessoa está disposta a trair um contrato como se fossem apenas palavras num pedaço de papel, sem medir as consequências, todos precisam ouvir a repreenda diretamente de mim para que entendam a força do que estão enfrentando.

— Isso vai custar a amizade da minha melhor amiga.

— Uma tragédia, mas vale a pena para proteger esta empresa.

— Joaquin — adverte minha mãe. — Antes de ser seu funcionário, Alano é seu filho.

— Ele é meu tudo — responde meu pai, e a declaração parece tão vazia quanto palavras num pedaço de papel, mesmo vindas diretamente dele.

Meu destino na Central da Morte está me custando o futuro que tanto desejo.

22h14

Liguei para Ariana quatro vezes, e ela não atendeu.
Será que a Central da Morte matou a nossa amizade também?

23h32

Não faltaram mensageiros para suprir a demanda da Central da Morte esta noite, mesmo após a demissão da Andrea Donahue, então voltei para casa. Além do mais, o turno de ontem já arruinou minha vida o suficiente. Nem meu pai me faria passar por tudo aquilo de novo.

Estou no meu quarto, aninhado com Bucky e lendo *O que saber sobre quem está morrendo por dentro*, o livro de psicologia da dra. Aysel Glasgow, que fala sobre o tratamento de pacientes suicidas. Peguei do escritório do meu pai para identificar sinais caso eu venha a tentar salvar alguém com pensamentos suicidas, mesmo se for apenas um Terminante que eu queira que tenha um Dia Final mais longo. Há muitos traços meus que identifico ali também.

Alguém bate na porta do meu quarto.

— Pode entrar — grito.

O agente Dane entra.

— A srta. Ariana está aqui.

Jogo o livro para o lado. Adquirir habilidades que poderiam salvar uma vida é urgente, mas salvar minha amizade também é.

— Pode deixar ela entrar.
— Ela está lá embaixo.
— Diga ao sr. Foley para mandá-la subir.
— Infelizmente não posso permitir isso. O sr. Rosa não quer visitas no apartamento no momento.
— Qualquer visita ou só a filha da Andrea Donahue?

O agente Dane fica quieto.

—Vou com você até lá embaixo.

Desço de elevador com o agente Dane, ciente de que ele não irá desafiar as ordens do meu pai, mesmo nós dois sabendo que Ariana não é a criminosa.

O saguão possui um lustre de diamantes, um balcão de mármore branco na frente, plantas em vasos e quatro poltronas de couro preto sobre um tapete bordô, mas não há ninguém aqui exceto o porteiro. O sr. Foley deve estar confuso com o fato de Ariana não poder subir, já que ela esteve na cobertura tantas vezes nos últimos três meses que eu já havia dito a ele que nem precisava interfonar antes de liberar a entrada dela, mas ele continuava interfonando mesmo assim por causa das regras do meu pai.

— Boa noite, sr. Foley. A Ariana já foi embora?
— Creio que ela esteja lá fora, senhor.

Paro na porta giratória.

— Pode esperar aqui dentro? — pergunto ao agente Dane.
— Preciso ficar de olho em você.
—Você não precisa me proteger da minha melhor amiga.

O agente Dane estuda as janelas, a porta manual e a porta giratória.

— Se mantenha à vista.

Atravesso a porta giratória e encontro Ariana recostada na parede.

— Oi — digo, nervoso.

Cumprimentá-la com um abraço me parece estupidez, mas pelo menos Ariana assente.

Ela está com as mãos nos bolsos do casaco largo de moletom. Tem dificuldade de colocar as palavras para fora.

— Não posso mais subir? É sério isso? Seu pai acha que eu vou te matar?

— Desculpa. Meu pai está reforçando a segurança. Acabei de descobrir.

Ela se impulsiona para longe da parede e dá um passo na minha direção.

— Por quê... por que você não me contou?

— Queria ter contado, mas, depois de não ter reportado o crime da Andrea quando deveria ter feito, precisei seguir o protocolo.

Não preciso contar para Ariana sobre a decisão do meu pai de transformar Andrea Donahue num exemplo para que os outros mensageiros não repitam os erros dela, mas minha amiga precisa ouvir a verdade da minha boca. Explico como flagrei Andrea Donahue vendendo a história para o *Spyglass* e como nós fizemos um acordo de que eu não contaria o que vi a ninguém, contanto que ela nunca fizesse aquilo de novo, mas não consegui ficar com a consciência tranquila depois de Caspian Townsend ser assassinado pelos mesmos paparazzi que compraram a história de Andrea.

Ariana me encara com os olhos marejados.

— Tem alguma prova?

Minha palavra deveria bastar, mas revelo que as câmeras de segurança mostram Andrea saindo da central de ligações após alertar Caspian Townsend sobre o destino dele. Os advogados do meu pai irão obter mais evidências.

— Se isso tudo for verdade, que mal faz? — pergunta Ariana.

— Ela ligou para um homem avisando que ele iria morrer e acabou se tornando a responsável pela morte dele. Tudo por cinco mil dólares.

— Cinco mil dólares que vão me ajudar a realizar meus sonhos.

— Você não quer que seus sonhos sejam pagos com dinheiro sujo de sangue. Quer?

— Não, mas eu me empenhei muito para transformar meu sonho em realidade, e agora já era. Nem todo mundo tem pais ricos, Alano. — Ariana levanta as mãos, como se estivesse em apuros. —

Desculpa, ainda tenho permissão para usar seu nome ou preciso esquecer também?

Eu nunca vi este lado dela antes.

— Não me transforme no inimigo, Ariana.

— Você fez minha mãe ser demitida!

— Sua mãe cometeu um crime — digo, com tranquilidade, torcendo para que ela se acalme.

Ariana começa a chorar.

— Sei que ela errou ao vender aquelas histórias, e sinto muito por isso, mas será que ela merece mesmo ir para a cadeia por dizer a verdade? Ela é tudo o que eu tenho.

— Você tem a mim. Vamos conseguir nosso apartamento e...

Ariana solta uma risada sarcástica.

— Meu bem... Alano, nós estamos do lado de fora porque o Joaquin não me deixa subir, e você ainda acha que ele vai te deixar morar comigo? Deixa eu te contar uma coisa: se nós tivermos dez guarda-costas como colegas de apartamento, observando cada movimento meu ao seu redor, é melhor eles pagarem o aluguel.

— Eu também não quero isso.

Ariana seca as lágrimas, borrando a maquiagem.

— Então é uma pena que nossos pais tenham decidido nosso futuro e arruinado nossa vida.

Estou chorando. Não gosto de chorar na frente dos outros porque meu pai diz que isso ensina às pessoas como elas podem nos magoar, mas magoar minha melhor amiga é pior ainda.

— Podemos começar do zero.

— Alano, eu *preciso* começar do zero porque seu destino arruinou o meu.

— Então vamos reescrever nossos destinos juntos.

— Não tem como esquecer que eu sou uma garota sem futuro porque meu melhor amigo é o herdeiro da Central da Morte. — Ariana chora tanto que está abraçando com força o próprio corpo.

— Você pode não conseguir ter uma vida diferente, mas eu posso. Adeus, Alano.

Ela vai embora, ignorando minhas súplicas para que fique e converse comigo, e então vira a esquina, desaparecendo.

Quero odiar a Central da Morte por afastar Ariana de mim, mas a empresa também é o que nos uniu. Talvez a Central tenha o poder de nos salvar. Há inúmeras histórias de amigos, famílias e casais que se afastaram, mas, quando alguém recebe o alerta, a primeira ligação é para aquela pessoa com a qual não tem contato há séculos. Por outro lado, há histórias trágicas nas quais alguém descobre que uma pessoa amada morreu sem fazer as pazes, mesmo quando a Central da Morte a presenteia com o tempo que a possibilitaria fazer aquilo. Espero que eu e Ariana tenhamos um desfecho melhor.

Estou prestes a voltar para dentro quando alguém me chama.

É um garoto mais ou menos da minha idade. Ele está vestindo jeans escuros e uma regata preta por baixo da jaqueta. O cabelo penteado para trás com gel combina com a roupa, quase como se ele estivesse prestes a estalar os dedos pela rua e cantar uma música de *Amor, sublime amor*. Pessoalmente, eu teria escolhido botas em vez dos tênis de corrida, mas ele é atraente o bastante para que a maioria das pessoas repare apenas no seu rosto e não nos seus pés. Não faz bem o meu tipo, mas consigo entender o apelo. Olhos castanhos, maçãs do rosto proeminentes, maxilar redondo e lábios irresistíveis, apesar do inferior estar sujo de sangue como se ele o estivesse mordendo. Há algo familiar nele também, mas não sei identificar o quê.

— Nossa, é você mesmo — diz o garoto.

— Oi. Como vai?

— Estou em choque. Nunca imaginei que conheceria você ou qualquer pessoa da sua família para poder dizer o que a Central da Morte significa para mim — fala o garoto, estendendo a mão.

O agente Dane sai correndo do prédio e se posiciona entre nós como um escudo humano.

— Para trás — ordena.

Os olhos do garoto se enchem de pânico.

— Desculpa, desculpa, desculpa!

— Está de boa, Dane — falo.

Esse é o código para quando não estou incomodado com determinada interação. Não é só minha saúde física que importa, minha reputação também, pelo bem da Central da Morte. Às vezes fico desconfortável perto de alguns fãs, em geral adultos com opiniões fortes e nenhuma noção de limite, e preciso ir embora sem parecer grosseiro, então o agente Dane vira o cara malvado no meu lugar. Mas esse é apenas outro adolescente. Alguém que eu inspirei. Um momento como esse é até bem-vindo depois da noite que tive.

— Sinto muito — digo ao adolescente enquanto o agente Dane relaxa. — O trabalho dele é me proteger.

O garoto assente.

— Certo — responde ele, ainda encarando o agente Dane com um olhar inseguro.

Me viro para o agente Dane.

— Pode nos dar um pouco de espaço? Só um minuto.

O agente Dane analisa o garoto enquanto se afasta, se posicionando como o porteiro do prédio.

— Qual é o seu nome? — pergunto.

— Jonathan — diz ele, colocando a mão no bolso.

Passos estrondosos ecoam na calçada, e a mão do agente Dane segura o pulso de Jonathan antes que ele consiga tirar o que quer que seja do bolso.

— É só meu celular — acrescenta Jonathan. — Eu ia só pedir uma selfie, desculpa.

Devagar, o agente Dane puxa o celular do garoto para fora do bolso. Jonathan parece desconfortável.

— Tem problema?

— Seria um prazer — afirmo, dando um tapinha no punho do agente Dane para que ele solte o menino. — Quer que o Dane tire uma foto nossa?

O medo no olhar de Jonathan persiste.

— Prefiro selfies — diz ele, e eu leio as entrelinhas.

— Pode esperar lá dentro? — peço ao agente Dane. — Não vou demorar a entrar.

— Apenas após revistá-lo, sr. Alano.

Aí já é ridículo, e estou prestes a dizer isso quando Jonathan aceita se submeter à inspeção. Isso por si só já prova a inocência dele, mas o agente Dane insiste em revistá-lo de cima a baixo; faz Jonathan levantar os braços e o apalpa todo, dentro e fora da jaqueta, checando na altura do cós e, por fim as pernas, como se ele não fosse enxergar o volume de uma arma naquela calça jeans justa. Depois de não encontrar ameaças, o agente Dane volta para dentro, me observando pela janela do saguão.

— Sinto muito por tudo isso — me desculpo.

— Faz sentido. Você é *o* Alano Angel Rosa.

Há algo desconcertante em ouvir meu nome completo, ainda mais depois da noite que tive, em que meu pai proibiu os mensageiros de falarem meu nome para sempre.

— A Central da Morte já fez muito por muita gente. Meu tio foi uma das primeiras pessoas a assinar o serviço por causa da tanatofobia intensa que tinha. Você sabe o que é isso?

Assinto. Óbvio que sei. Os casos de ansiedade provocada pelo medo da morte variam de brandos a severos, mas precisa ser bem intenso para alguém receber o diagnóstico de tanatofobia. Não é à toa que ele se inscreveu na Central da Morte para ter um pouco de paz.

— Como ele está agora?

— Morto — replica Jonathan, com os olhos lacrimejando.

— Sinto muito pela sua perda.

— Meu pai nunca esteve presente, mas meu tio foi muito importante. Era o exemplo do tipo de homem que quero ser. Já faz quase dez anos, e ainda dói como se ele tivesse morrido ontem.

Quase dez anos.

— Quando ele morreu? — pergunto, com o coração acelerado.

O garoto me encara, percebendo o reconhecimento no meu olhar.

— No primeiro Dia Final. Mas não é como se ele soubesse que aquilo iria acontecer.

Cai a ficha de por que o garoto é familiar. Não era por causa de sua aparência, que mudou desde que vi fotos dele na internet há três anos, quando era franzino e loiro e não o moreno musculoso na minha frente com um rosto de traços mais bem definidos. O nome "Jonathan" também me confundiu, já que o nome dele de verdade é Mac Maag. Mas foi a voz dele que reconheci, de ontem de manhã, quando me ligou para me ameaçar — "Eu vou matar você, Alano Angel Rosa" —, um alerta que eu não merecia, já que o tio dele morreu sem um alerta também.

Mac Maag declarou que queria me dizer o que a Central da Morte significa para ele.

Acho que quer mesmo é me mostrar.

Uma lâmina salta da capa do celular dele, chocante por si só. Ela quase atinge meu pescoço, mas giro o cotovelo para bloquear o ataque, como o agente Dane me ensinou. Nenhuma aula de muay thai poderia me preparar para o aço raspando meu antebraço, rasgando a pele. A dor pungente me leva de volta ao meu aniversário de catorze anos, quando estava fazendo escalada pela primeira vez e escorreguei, caindo com a coxa sobre uma pedra afiada e manchando a montanha com meu sangue, assim como estou fazendo com a calçada agora. Uma coisa é ser treinado para lutar, outra é ter que colocar em prática. Golpeio a perna dele com um chute baixo antes de voltar à minha posição. Me arrependo na mesma hora, porque isso não é um combate corpo a corpo, é uma briga de faca. Eu deveria ter chutado com mais força para empurrá-lo, ou o derrubado com um chute giratório, porque tudo o que fiz foi deixá-lo de joelhos, na altura perfeita para esfaquear minha barriga.

Mac Maag está enfiando a lâmina fundo no meu abdômen quando o agente Dane surge do nada e o derruba.

Minha ferida está queimando, ou pelo menos essa é a sensação que tenho. Caio no chão com dor, engasgando ao tentar respirar enquanto arranco a lâmina — o celular com uma lâmina — do corte. Só escuto meu coração batendo e meu assassino gritando "Morte à Central da Morte!" sem parar. Mas, enquanto encaro o celular ensanguentado, sei que vou receber meu alerta também.

LOS ANGELES
PAZ
21h52 (Horário de verão do Pacífico)

Estou mexendo no celular feito um zumbi quando vejo que o herdeiro da Central da Morte, Alano Rosa, está em situação crítica após uma tentativa de assassinato realizada por um Guarda da Morte maluco. Este mundo é violento e imprevisível até para o filho do homem que criou a empresa que prevê a morte.

Quem poderia esperar por isso?

Alano Rosa foi ao meu julgamento, mas nós estávamos em lados opostos do tribunal e nunca nos conhecemos.

Na época, invejei a vida que ele teria pela frente.

Agora, invejo o quão perto ele está da morte.

NOVA YORK
24 de julho de 2020
ALANO
00h56 (Horário de verão da Costa Leste)

A Central da Morte vai me ligar a qualquer momento avisando que estou prestes a morrer.

Venho perdendo e recuperando a consciência, sempre despertando com uma dor ardente que me faz querer voltar a dormir. O porteiro, sr. Foley, ligou para a emergência assim que o agente Dane saiu do prédio para me ajudar. Eu teria morrido se não fosse pela chegada rápida da polícia, que deteve meu agressor, e pelo agente Dane, que estancou minha ferida até a ambulância chegar, mas não me restam dúvidas de que vou estar morto em breve.

Meus pais chegam na sala de emergência antes de eu morrer, e os dois seguram minha mão, meu cabelo, meu rosto, dizendo que estão aqui.

— Te amo, Alano — diz minha mãe aos prantos.

— Vai dar tudo certo, *mi hijo* — murmura meu pai.

Ele me dá permissão para morrer, para descobrir o que acontece depois desta vida. É melhor assim. Não serei capaz de arruinar mais amizades. Estarei livre de toda a minha dor e das coisas que não consigo esquecer. Morrer também é trágico. Já saltei de paraquedas, escalei montanhas, voei de parapente e fiz mergulho de profundidade, mas nada disso é sinônimo de viver. Não de verdade. Eu trocaria todas as minhas aventuras ao redor do mundo por um relacionamento amoroso com alguém que se torne meu mundo, com quem todos os dias sejam uma aventura. Mas nunca viverei essa vida. Ainda assim, eu achava que o herdeiro da Central da Morte pelo menos teria um Dia Final decente.

Por sorte, já deixei uma cápsula do tempo para os meus pais.

Ano passado, no dia 2 de setembro, minha família compareceu à inauguração da Loja Tempo-Presente, um estabelecimento para Terminantes que querem deixar algo especial para seus entes queridos, mas não podem gastar seu precioso tempo comprando em diferentes estabelecimentos ou esperando na fila do correio para enviar presentes para outros cantos do país. Os lojistas conseguem personalizar qualquer item e até colocar gravações dos Terminantes em alguns dos objetos.

A primeira filial foi aberta em Chicago, construída em frente ao Millennium Park, uma área bem movimentada (e tão valorizada que só conseguiram pagar o aluguel graças ao nosso investimento no projeto). O fundador, Leopold Miller, recebeu nosso financiamento de Aprimoramento do Dia Final, criado para apoiar novos negócios que pretendem melhorar o Dia Final dos Terminantes. Fizemos uma visita à loja, sendo acompanhados por câmeras de várias emissoras do país. A operadora de câmera da WTTW estava tão perto do meu rosto que minha mãe enganchou seu braço no meu e me puxou, assim como fez a vida inteira quando meu espaço pessoal não era respeitado. Isso foi bem quando Leopold Miller estava contando ao meu pai sobre as cápsulas do tempo.

— A Tempo-Presente não é apenas para aqueles que estão morrendo — disse Leopold Miller, falando mais alto para as câmeras, conforme as instruções do meu pai. Na verdade, Leopold era um senhor mais velho de poucas palavras que, por uma boa causa, tinha adotado uma postura de vendedor naquele dia. — Embora eu encoraje os Terminantes a fazerem da Tempo-Presente sua primeira parada no Dia Final, nossas portas estão abertas para qualquer um que queira preparar cápsulas do tempo para seus entes queridos com antecedência.

— A Tempo-Presente preserva o *seu* tempo no Dia Final — completou meu pai, apontando para a câmera, para todos os telespectadores em casa.

Segui o conselho do Leopold quando uma Tempo-Presente foi aberta em Nova York, no dia 1º de dezembro, um dia antes da volta às aulas. Rolou uma campanha bem agressiva durante o período de festas de fim de ano, com anúncios no metrô e outdoors que diziam NÃO ESPERE ATÉ O ÚLTIMO MINUTO. DÊ TEMPO DE PRESENTE HOJE! e FAÇA SUAS DESPEDIDAS DURAREM PARA SEMPRE. Eu estava fazendo compras de fim de ano com Rio para o irmãozinho dele, mas comprar uma cápsula do tempo era algo que eu precisava fazer em particular, então fui sozinho.

Cheguei na Tempo-Presente por volta das sete, e era a franquia mais lotada que eu já tinha visto, ou seja, oito clientes e dois funcionários tentando atender todo mundo. O caixa não me conhecia ou estava estressado demais para me reconhecer, então consegui comprar minha cápsula do tempo discretamente, pagar em dinheiro vivo e voltar para casa correndo para prepará-la.

Minha cápsula vai se destrancar mais tarde, hoje à noite, quando eu morrer, contendo uma mensagem de despedida para os meus pais sobre como sou grato pela vida que eles me deram (algo que estou reavaliando no momento, no meu leito de morte), instruções para que deixem o Bucky cheirar meu cadáver (para que ele entenda que eu morri em vez de pensar que o abandonei) e minha confissão de algo que jurei para mim mesmo que levaria para o túmulo.

Odeio não ter tido a chance de abraçar Bucky ou de acariciar as orelhas dele uma última vez, mas também não vou conseguir encarar meus pais quando descobrirem que não sou, nem de longe, o filho perfeito que eles acreditam que eu seja.

— Qual o estado dele? — pergunta minha mãe a uma enfermeira. — Ele está tão pálido... — acrescenta ela, chorando.

— Ele perdeu muito sangue, mas as principais artérias do abdômen estão intactas — diz a enfermeira Yasi.

— Cadê a dra. Garcia? — pergunta meu pai.

— Acho que a dra. Garcia não está de plantão esta noite.

— Ela não estava até eu ligar pessoalmente para o hospital e exigir a presença da cirurgiã mais experiente da equipe. Descubra onde ela está e transfira meu filho para um quarto privativo — declara meu pai, virando as costas para ela. — É um absurdo que ele ainda esteja exposto dessa forma.

— Por favor — acrescenta minha mãe à enfermeira Yasi, que sai na mesma hora.

— Senhor — ouço o agente Dane dizer.

— *Você* — diz meu pai. Uma palavra sussurrada e eu já sei que o que vem em seguida não é a gratidão que o agente Dane merece. — Em nenhuma circunstância meu filho deveria ter vindo parar num hospital quando estava sob seus cuidados. Ele poderia ter sido morto.

— Peço perdão, sr. Rosa. Eu revistei o agressor, mas não o celular.

— Esse erro quase matou o Alano.

— Eu entendo. E não irá se repetir.

— Se dependesse de mim, você já estaria demitido, mas Naya, por algum motivo que eu não compreendo, quer te dar mais uma chance.

— Porque você salvou a vida do Alano — explica minha mãe.

— Peço desculpas por não ter confiado nos meus instintos, sra. Rosa. Nunca mais irei falhar com a senhora, com o senhor ou com o Alano.

Meu pai solta um grunhido.

— Se alguém sequer tossir perto do meu filho, você será demitido. Agora vá vigiar a entrada da emergência.

— Sim, senhor.

Preciso assumir a culpa, já que o agente Dane estava só obedecendo ao que lhe pedi, ou quem sabe vou até jogar um pouco da culpa no meu pai por ele não ter permitido visitas na cobertura para começo de conversa. Mas, toda vez que tento falar, minhas palavras ficam sufocadas sob os meus gemidos.

— Relaxe, *mi hijo*, você vai sobreviver — diz meu pai. Ele se aproxima mais e sussurra: — Hoje não é seu Dia Final, Alano. Isso eu já sei. Isso eu sei.

2h37

Hoje meu pai quebrou as regras por mim.

Depois de descobrir que um Guarda da Morte tentou me assassinar minutos antes da meia-noite, ele correu para o call center da

Central da Morte, onde Roah Wetherholt assumiu como líder do departamento de mensageiros em plantão após a demissão de Andrea Donahue. Meu pai exigiu ver a lista completa de Terminantes do dia. Este privilégio nunca era dado a ninguém, nem mesmo ao presidente dos Estados Unidos. Não até esta noite, quando meu pai leu a lista inteira para ter certeza de que meu nome não estava lá.

Pelo visto, sou especial.

— Você precisa ser protegido a qualquer custo — declara meu pai após a dra. Garcia terminar de suturar os ferimentos e voltar para casa.

Estamos no conforto de um quarto privativo, um upgrade bem maior do que o necessário, mas o campo da medicina ainda é muito grato pelos avanços em suas práticas, preservações e recursos permitidos pela Central da Morte.

— Falando nisso... Naya, alguma atualização da equipe sobre o contato com Carson Dunst?

— Não, Joaquin. Não vamos conseguir nada esta noite. Vamos viver o agora — pede minha mãe, sentada na minha cama e segurando minha mão.

— Por que ele não está atendendo a nossas ligações? Eu só queria conversar — comenta meu pai.

Mas seu olhar agressivo diz outra coisa.

— Você precisa se acalmar. Alano está bem.

— Ele mandou um assassino atrás do nosso filho! — É raro meu pai aumentar o tom de voz com a minha mãe. — O que ele ia achar se eu fizesse a mesma coisa com a filha dele?

Mais chocante do que meu pai ter pensado nesta ameaça é o fato de ele a dizer em voz alta. Por conta dos segredos da minha família (os mesmos que meu pai planeja me contar quando eu for mais velho), fui criado para agir como se todos os lugares em que eu estivesse fossem grampeados. Já fomos traídos antes, infelizmente, e, apesar disso tudo, meu pai está ameaçando executar a mesma vingança com Bonnie Dunst, filha do candidato a presidente cuja campanha se baseia em acabar com a Central da Morte.

Minha mãe também percebe o deslize do meu pai.

— Você não está falando sério, Joaquin — declara em voz alta, mas seu verdadeiro alerta está no olhar. — Só está nervoso, como qualquer pai teria o direito de estar.

— É óbvio que não estou falando sério, Naya — retruca ele, mas os punhos cerrados deixam transparecer sua verdadeira intenção. — Jamais daria a eles o mártir que tanto querem.

Leio as entrelinhas. Olho por olho, filho por filho.

— Não se preocupe, pai. Ainda estou vivo — digo, meio grogue.

Já me senti melhor mentalmente, mas estou bem fisicamente graças aos cuidados da dra. Garcia.

Uma vez que descobri que eu iria sobreviver e que meu agressor não acertou nenhuma das artérias principais, minha maior preocupação foi perder o movimento dos membros superiores. Porém, minha artéria braquial saiu intacta, então a única mudança será uma nova cicatriz.

— Além do mais, se eles tivessem me matado, só teriam me transformado num mártir para a Central da Morte.

— Eles teriam feito muito mais que isso — sussurra meu pai.

Porém não diz o que aconteceria. Ele não poderia dizer, nem mesmo em família. Mas seu olhar homicida explica tudo, e permanece em sua expressão pelo restante da noite, bem depois da ligação da Central da Morte que nós não deveríamos saber que não aconteceria.

4h25

A médica de plantão nos aconselhou a passar a noite no hospital, mas meu pai não confia em ninguém. Basta um funcionário ou paciente revelar nossa localização e outro assassino pode chegar para concluir o trabalho. Nós sabemos que eles não serão bem-sucedidos esta noite, mas meu corpo não aguentaria mais danos.

Após receber alta, tenho toda a Central de Proteção a meu dispor, formando uma barreira ao redor de mim e da minha família enquanto saímos do hospital noite gelada adentro, onde nosso carro está esperando. Meu pai continua tão furioso com o agente Dane que permite que somente o agente Andrade vá no mesmo veículo que nós. É absurdo, mas preciso que meu pai se acalme antes de eu comprar essa briga.

Minha mãe tira meu celular da bolsa.

—Você tem algumas chamadas perdidas.

Analiso o histórico do celular e ligo para a pessoa responsável por todas elas.

— Alano? — Rio atende, como se estivesse com medo de alguém estar ligando para dar más notícias.

— Sou eu — digo, grogue.

— Achei que você tinha morrido. Ninguém dizia nada. Tentei ligar para os seus pais, e para o Dane, e...

A voz dele parece ainda mais alta por causa da minha enxaqueca.

— Segurança máxima aqui — interrompo.

—Você está bem? A Central da Morte te ligou?

— Não. Eu vou sobreviver.

Rio respira fundo.

— Preciso te ver. Em qual hospital você está?

—Acabamos de sair do hospital. Estamos a caminho de casa.

— Não, você não está indo para casa — intervém meu pai, abaixando o próprio celular.

Com certeza os remédios me fizeram entender tudo errado, mas até Rio escuta meu pai. Ele também fica confuso.

— Como assim? — pergunto.

— Ninguém sobrevive a uma tentativa de assassinato na porta de casa e depois volta para lá.

Quero argumentar que contamos com um quarto de segurança reforçado e de ponta, mas ele só faria diferença se estivéssemos em risco dentro da cobertura. Eu fui atacado na frente do prédio.

— Para onde vamos, então?

— Para outro lugar — responde meu pai, sem oferecer mais explicações enquanto eu continuo ao telefone, como se Rio não fosse confiável, sendo que ele foi a única pessoa que ligou para ver se eu estava bem.

Ariana não ter ligado é ainda mais devastador do que uma ligação da Central da Morte.

— Quanto tempo você vai ficar longe? — pergunta Rio.

— Não sei.

Não faz sentido ele perguntar isso sabendo que não terei respostas.

Mais uma vez, não estou no controle da minha vida.

E sem o único amigo de quem preciso, mais do que nunca.

LOS ANGELES
24 de julho de 2020
PAZ
3h03 (Horário de verão do Pacífico)

A Central da Morte ainda não ligou, porque não vou morrer hoje e, de acordo com as notícias, Alano Rosa também não.
 Que saco ser a gente.

NOVA YORK
A L A N O (Horário de verão da Costa Leste)
6h07

Embarcamos no nosso jatinho particular, que está sendo preparado para a decolagem rumo a Los Angeles, onde ficaremos escondidos até termos que voltar para o Baile da Década. Estou na frente com vários agentes da Central de Proteção e meus pais. Bucky está seguro no quarto, sendo monitorado pelo agente Dane, coisa que meu pai está tratando como um insulto, mas eu quero que meu guarda-costas cuide do meu cachorro também. É 24 de julho, e faz exatamente dez anos que Bucky foi adotado. Não consigo acreditar que quase morri no aniversário de adoção dele.

Mal consigo acreditar que quase *morri*.

Minha mãe me ajuda a afivelar o cinto de segurança.

— Você contou para a Ariana que estamos partindo?

— Ela não se importa — respondo, encarando a pista lá fora.

— É óbvio que se importa — insiste ela, ocupando o assento ao lado do meu pai.

Se Ariana se importasse, teria ligado.

— Vai dar tudo certo, *mi hijo* — diz meu pai, bebendo um refrigerante em vez do típico uísque.

Quase explodo, porque ele não sabe de tudo. Mas essa é a última reação que alguém pode querer dentro de um avião, mesmo em um que ainda não decolou, mesmo no dia em que temos a garantia de que não iremos morrer, já que nenhum de nós recebeu um alerta à noite. Em vez disso, fecho os olhos e, quando estamos no céu, a última coisa na qual penso antes de cair no sono é como minha morte teria sido fácil se eu tivesse deixado meu pescoço exposto para o assassino.

LOS ANGELES
PAZ
14h45 (Horário de verão do Pacífico)

Infelizmente, estou vivo o bastante para dizer à minha psicóloga como eu gostaria de estar morto por fora do mesmo jeito que me sinto por dentro. Em geral, não admito para Raquel quando estou tendo pensamentos suicidas intensos, mas é como se minha guarda estivesse baixa depois de toda a automutilação desta semana e o desespero a respeito do meu futuro condenado ao fracasso. No começo de cada sessão, Raquel sempre pergunta como foi a semana, e minha resposta tende a um resumo do tipo "nos episódios anteriores...", como se minha vida fosse uma série de TV. Enquanto nos aprofundamos na rejeição para atuar em *Coração de ouro*, eu sinto, de verdade, que a última semana foi o penúltimo episódio da minha vida. Só mais uma semana até o final da série, onde haverá um funeral... como na maioria dos melhores programas.

Mais sete dias até eu poder me matar no décimo aniversário de morte do meu pai. Preciso segurar a barra por mais esse tempinho, fingindo que sou o Paz Sobrevivente, ou qualquer merda do tipo, tanto faz.

Raquel está sentada na minha frente, em sua poltrona de couro bege. Ela tem uns trinta e cinco anos, por aí, com mechas cor-de-rosa no cabelo loiro, e o braço fechado com tatuagens de silhuetas de coelhos saltitando por sua pele marrom-clara. Sempre oferece um sorriso acolhedor, que eu não entendo, afinal, as pessoas não entram neste consultório aconchegante o dia inteiro para se livrar de seus fardos pesadíssimos? Eu costumava me questionar se ela também estava morta por dentro, como eu, e era esperta o bastante para lucrar com a dor dos outros sem se sentir afetada, mas agora tenho certeza de que ela tem a vida nos eixos.

— Estou orgulhosa de você — elogia Raquel.

— Por quê? Eu não fiz nada.

— Isso mesmo. Teria sido mais fácil seus pensamentos suicidas resultarem em comportamentos destrutivos, mas você não se machucou nenhuma vez. Se sentiu tentado a isso?

Não lhe contei sobre toda a automutilação violenta.

— Aham — respondo, porque não sou tão bom ator a ponto de sustentar a mentira de que a ideia não passou pela minha cabeça.

— Compreensível. Você deveria estar orgulhoso também, por ter sido gentil consigo mesmo. De quais formas você praticou o autocuidado essa semana?

Passei mais tempo me machucando do que me cuidando, mas até que fiz algumas coisas.

— Coisas pequenas. Passei um tempo com a minha família. Tomei meus remédios. Falei sobre meus sentimentos. Assim por diante.

Raquel assente.

— Só coisas ótimas.

— Mas isso não é o bastante para salvar alguém a longo prazo, né? Quer dizer, eu já fiz todas essas coisas antes e ainda assim tentei me matar.

— Não, mas, ainda assim, você escolheu demonstrar amor por si próprio.

O conselho me deixa irritado. Qualquer um pode dizer que eu devo me amar. Minha mãe não deveria estar desperdiçando dinheiro com uma coisa dessas.

— Eu odeio ter que me esforçar tanto para me amar — digo entre os dentes, o que é uma das coisas mais honestas que já falei para minha psicóloga. — Para todas as pessoas é tão fácil, elas só acordam e vivem a vida delas, mas não é assim que acontece comigo.

—Você não é o único a sentir esse tipo de dor, mas sei que essa deve ser a impressão que você tem — argumenta Raquel, algo que ela deve dizer toda hora para seus outros pacientes suicidas. — Tem uma coisa que eu venho querendo conversar com você, e espero que te dê um pouco de clareza. Um diagnóstico, se você estiver aberto a isso.

Faço uma careta.

— Que foi? Você acha que sou doido ou algo do tipo?

— De jeito nenhum, e você também não deveria achar isso.

— Eu não acho que sou doido, mas todo mundo acha que eu sou.

— Está tudo conectado, Paz. Você já ouviu falar sobre o transtorno de personalidade borderline?

Nunca ouvi, mas não me parece coisa boa.

— O que é isso? Tipo, múltiplas personalidades?

Raquel faz que não com a cabeça.

— Pessoas com transtorno de personalidade borderline, ou TPB, são conhecidas pela dificuldade em lidar com comportamentos impulsivos, súbitas mudanças de humor e falta de controle sobre as próprias emoções. Em geral, recebem o diagnóstico errado de transtorno bipolar, até por outros terapeutas, mas a bipolaridade se manifesta em uma série de episódios, enquanto o TPB está sempre presente e é muito mais delicado. Algo pequeno pode ter um efeito emocional devastador e mesmo se, racionalmente, a pessoa não acha que aquilo afeta a própria reação, pode ser bem difícil de se acalmar. Há chances de o transtorno ser hereditário, pode ser que venha do lado do seu pai, considerando tudo o que você me contou sobre a criação dele, mas acredito que o seu TPB seja decorrente do trauma de infância. Não apenas do incidente com o seu pai, mas de todos os abusos que você vivenciou e que te levaram a matá-lo, e de tudo o que aconteceu desde então.

Parece uma daquelas cenas num livro de fantasia em que alguém descobre que herdou poderes mágicos dos ancestrais, só que eu estou descobrindo que fui amaldiçoado com um transtorno mental graças ao meu pai e ao meu trauma.

Perco o fôlego.

— E isso é ruim?

Raquel está sorrindo por algum motivo misterioso.

— Óbvio que não. Algumas das minhas pessoas favoritas têm TPB. Sou especialista em pacientes borderline também.

— Recebi a recomendação para me tratar com você por causa da minha questão com pensamentos suicidas. A gente não sabia que eu... espera, minha mãe sabe que eu tenho TPB?

— Não, isso é confidencial, assim como tudo o que acontece nas nossas sessões. Considerando nossa relação aqui, enquanto conversávamos sobre as suas ideações suicidas, eu estava procurando a raiz da questão. E tudo indica que seja TPB.

— Então, há quanto tempo você já sabe disso sobre mim?

— Desde o nosso primeiro mês trabalhando juntos — responde Raquel, com a maior tranquilidade, como se fosse supernormal ela ter guardado um segredo de mim e sobre mim por três meses.

Estou prestes a ter uma das "súbitas mudanças de humor".

— E por que você só está me dizendo isso agora?

— Um diagnóstico de TPB pode ser muita coisa para o paciente processar, então eu precisei confiar que você seria capaz de cuidar de si mesmo fora deste consultório. O jeito como você vem se controlando, apesar das adversidades, me mostrou que você estava pronto para receber esta informação. O que eu gostaria de abordar daqui em diante são seus desafios em se amar. Este transtorno é a causa de muitas sensibilidades que interferem na sua autopercepção. Um vazio e um desamparo provocados pela maneira como os outros percebem você. Medo de abandono, que pode soar estranho, mas pode ter surgido após a morte do seu pai. E a tentativa de suicídio, é lógico. Por causa do TPB, tudo o que você sente é mais intenso. Quando você se sente bem, fica ótimo. Mas quando se sente mal, fica no fundo do poço.

É como se eu sentisse tanto o auge da felicidade quanto o da tristeza.

— É por isso que às vezes eu sinto tanta coisa... e me sinto morto por dentro?

Raquel assente.

— Podemos trabalhar juntos para te proteger mais, daqui para a frente.

— Me proteger do quê?

— De um impulso a outro comportamento inconsequente, como automutilação, drogas e bebidas, sexo sem proteção...

Em outras palavras, me proteger de mim mesmo e de alguns impulsos aos quais já cedi.

Talvez eu devesse contar à Raquel sobre a automutilação e sobre ter feito sexo com dois caras do aplicativo Último Amigo, e até sobre a minha segunda tentativa de suicídio. Mas, se tudo sobre o diagnóstico for verdade, o mais importante é perguntar como ela vai me salvar disso para que eu possa escapar de todos os impulsos que me levam a esse tipo de comportamento.

— E qual é a cura?

— Não existe cura para TPB.

E são destinos cruéis como esse que fazem eu me sentir morto por dentro, e à beira das lágrimas.

— Não tem cura?

— Apenas tratamentos. Se você estiver disposto, eu adoraria iniciar você na TCD, terapia comportamental dialética. É um programa de seis meses feito para te dar as ferramentas que você precisa para se cuidar durante as circunstâncias mais extremas. O grupo se reúne uma vez por semana, o que pode ajudar a fazer com que você não se sinta tão sozinho enquanto lida com o diagnóstico. Eu também sou uma das conselheiras que comanda o programa, então podemos sempre discutir como você está se sentindo nas nossas sessões individuais. — Raquel se inclina para a frente com um sorriso contido. — É lindo ver como as pessoas saem da TCD se sentindo muito mais no controle da própria vida, mas não posso te forçar a isso, Paz. Tem que ser uma escolha sua.

Eu já estava na contagem regressiva para o meu tão desejado Dia Final, sofrendo porque tinha a impressão de que sete dias era muito tempo. Nem ferrando vou escolher viver por mais seis meses, só na esperança de que eu possa viver ainda mais com um transtorno mental incurável.

O relógio marca três da tarde e eu me levanto do sofá.

—Você não precisa decidir hoje — diz Raquel. — Me ligue se tiver qualquer dúvida ou se alguma coisa estiver te preocupando. Pode contar comigo.

— Claro. Obrigado — agradeço com sinceridade.

Ela se esforçou, de verdade.

— Nos vemos semana que vem — fala Raquel.

Não nos vemos, não, sinto vontade de dizer.

Em vez disso, minto pela última vez.

— Até semana que vem.

16h15

Passo todo o caminho de volta para casa questionando quem eu sou.

Não me sinto real, é como se eu fosse a porra de uma marionete, com os fios sendo puxados pelas emoções, e não há nada que eu possa fazer além de ficar pendurado, indo para onde quer que elas me levem. Esse diagnóstico me fez questionar tudo. Sempre que eu me sentia deprimido ou irritado e acabava me automutilando, será que era por alguma coisa séria mesmo ou era só meu TPB aumentando a proporção das coisas? Além disso, e o meu pai? Será que ele tinha TPB quando o matei? Será que foi um impulso fora do meu controle?

Ou era só eu mesmo?

Arrasto os pés até a porta de casa, mas não entro. Não sei como falar disso com a minha mãe. Ela já se sente culpada por não ter largado meu pai mais cedo, então vai surtar quando descobrir que sou doente da cabeça por causa dele. Vou manter isso em segredo, assim como faço com todas as outras coisas que poderiam partir o coração dela.

Entro em casa e encontro minha mãe e Rolando abraçados no sofá. De primeira, acho que minha mãe está rindo, mas então percebo que está chorando no ombro dele. Ela suspira quando a porta se fecha atrás de mim e me encara como se eu fosse um fantasma.

— Pazito. — Minha mãe seca as lágrimas. — Oi, filho. Como foi a terapia?

Tem alguma coisa rolando, mas ver minha mãe tentando disfarçar faz com que eu me sinta uma criança de novo, durante todas aquelas vezes em que ela brigava ou apanhava do meu pai. Olho para Rolando, tentando decifrar qualquer traço de culpa na expressão dele porque, se ele quebrou a promessa de nunca bater na minha mãe, eu mato ele...

É só um pensamento.

As pessoas pensam isso o tempo todo, até aquelas que nunca matariam alguém.

Mas eu já matei, e meus impulsos descontrolados podem acabar me fazendo matar de novo.

— O que está acontecendo? — pergunto, com o coração acelerado.

— Eu não estava me sentindo bem, então fui ao médico — diz minha mãe, e depois fica quieta.

Isso não vai ser bom. A Central da Morte vai ligar para a minha mãe em breve, mas quando?

Rolando aperta a mão dela.

— Não quer tirar um tempo para pensar antes? — sugere ele.

— Quê? Não! — grito. —Você está morrendo, mãe? Você precisa me contar agora, não pode...

Ela se levanta do sofá, silenciando Rolando enquanto ele pede para eu me acalmar. Minha mãe segura meus braços, e meu corpo treme.

— Não estou morrendo, Pazito. — Ela abre um sorriso delicado e me encara com os olhos vermelhos chorosos, acariciando minha bochecha. — Estou grávida.

Muitos pensamentos rodopiam pela minha cabeça, junto a uma emoção enorme que cresce no meu coração, mas não sei se minha expressão vai demonstrar, nem sequer se é verdade, mas eu sinto.

— Tá de brincadeira... Foi isso mesmo que o médico disse? Tem certeza? Porque...

— Porque eu sou velha? — completa minha mãe com uma risada, como se soubesse como aquilo é absurdo. — Tenho quarenta e nove anos. É raro, mas é possível engravidar nesta idade.

— Mas é assustador — comenta Rolando. — Era isso que estávamos conversando agorinha. Sobre as muitas complicações.

— É assustador, mas a vida é assustadora. — Ela aperta minha mão. — Eu estava com muito medo quando te coloquei no mundo, e hoje em dia você é minha maior alegria. — Minha mãe me leva até o sofá e me faz sentar entre ela e Rolando. — Essa era a última coisa que eu esperava ouvir do médico, então temos muito a conversar enquanto família.

—Vai ser do jeito que você quiser, mãe.

— Te criei direitinho. — Minha mãe dá uma cotovelada de brincadeira no Rolando. — Eu não criei ele direitinho?

Há muitas pessoas na internet que não concordariam com a minha mãe, mas Rolando concorda.

— É, Glo, claro. Mas precisamos ter certeza de que isso é o melhor para a família. Eu te amo há trinta anos, e costumava sonhar em ter um bebê com você. Ainda é um sonho, mas tenho medo de nós perdermos você se a gravidez for de risco. — Ele coloca a mão na barriga dela. —Vocês dois, na verdade.

Não acredito que tem uma vida crescendo dentro da minha mãe neste exato momento.

— Faremos os exames de pré-natal. Muitos exames — garante minha mãe, querendo tanto aquilo que me faz lembrar quando eu era criança e implorava para ter um cachorro, mas meu pai não deixava. — Queria que a Central da Morte pudesse prever abortos espontâneos, mas teremos que lidar com isso à moda antiga. Se os médicos alertarem que a gravidez é de risco, eu faço um aborto. Seria difícil, mas eu faria. Saibam que eu amo vocês demais para deixá-los.

— Que bom, porque eu quero continuar te amando por muitos, muitos anos — responde Rolando, apoiando a mão na aliança dela.

Minha mãe me encara.

— O que você acha, Pazito?

—Você ama ser mãe — digo.

— E sempre serei mãe graças a você. Como você se sente sobre ser o irmão mais velho?

Não sei como me sinto sobre ser o irmão mais velho porque não sei quais sentimentos são meus e quais pertencem à minha doença. Talvez a gravidez seja o jeito que a vida deu de me pedir para ficar mais um pouco por aqui. Para ir à terapia comportamental dialética tratar meu transtorno de personalidade borderline. Para melhorar para que possa cuidar do meu irmãozinho ou irmãzinha. Essa criança vai ser tão sortuda de ser criada pela minha mãe e pelo Rolando... minha vida teria sido infinitamente melhor se o Rolando fosse meu pai.

Essa gravidez também parece mais um sinal, um sinal que está fazendo aquela emoção no meu coração crescer, crescer e crescer.

— Tudo nisso me deixa feliz — afirmo.

Os olhos da minha mãe se enchem de lágrimas e, com o maior sorriso do mundo, ela me puxa para um abraço.

— Bem que estávamos precisando de um pouco de felicidade, não acha?

Estou feliz pela minha mãe.

Estou feliz pelo Rolando.

E, mais importante, estou feliz por mim mesmo, porque agora que minha mãe terá um novo filho para cuidar, posso me matar em paz.

Hoje à noite.

ALANO
19h54

Não mereço a vida que tenho. Eu sempre soube disso, mas agora é ainda mais nítido, depois de ter sobrevivido a uma tentativa de assassinato.

É impossível achar que mereço os privilégios de embarcar no jatinho da família para ir de Nova York até Los Angeles para me recuperar (e me esconder) em uma mansão enorme nas montanhas, com oito quartos, uma sala de cinema, uma sala oculta com câmeras de segurança e tudo que preciso para o caso de alguma catástrofe, quadra de tênis, piscina de borda infinita, uma garagem com plataforma giratória e uma vista da cidade que faz com que eu me sinta um deus, observando diretamente do céu. O fato de não morarmos aqui é absurdo, um desperdício tenebroso de dinheiro, o que chega a ser criminoso. Mas aqui não parece de fato minha casa, não mesmo. É mais como uma prisão, me impedindo de viver a vida quando eu deveria estar atrás das grades, numa cela minúscula pelas coisas que fiz em segredo.

Estou sentado na beira da piscina, com as pernas na água e a cabeça do Bucky no meu colo. Encaro a cidade. As colinas escuras abaixo de nós, a parte de trás do letreiro de Hollywood a quilômetros de distância, os incontáveis prédios em meu campo de visão. Pedi para ficar sozinho para tentar processar tudo de horrível que aconteceu nas últimas quarenta e oito horas, mas escuto alguém se aproximando. Imagino que seja um dos meus pais, mas é meu guarda-costas.

— Desculpe incomodar, sr. Alano — diz o agente Dane.

— Meu pai quer que você me proteja do Bucky? — pergunto.

Bucky levanta a cabeça, e faço carinho atrás das orelhas dele.

— Não. Vim me desculpar por ontem à noite. Eu não deveria ter saído do seu lado. Você poderia ter morrido.

Olho para o curativo no meu braço e me lembro da dor ardente daquele corte, e de ser esfaqueado no abdômen.

— Não tinha como saber que aquele garoto era um assassino, que havia uma lâmina escondida no celular.

— Era… É minha responsabilidade prever ameaças. Serei mais cuidadoso no futuro. Mesmo que isso signifique carregar alho e água benta por aí e inspecionar as gengivas de todo mundo, para o caso de serem vampiros.

Em qualquer outro dia, aquilo teria me feito rir, mas eu estava com a cabeça cheia demais, todo o caos dos últimos dias repassando na minha mente em um ciclo sem fim: o choro de alívio de Harry Hope e depois o tiro que tirou a vida dele; contar aos Terminantes que eles morreriam e o luto de saber que agora estão todos mortos; flagrar Andrea Donahue cometendo crimes e ser o responsável pela demissão dela; e, por fim, brigar com minha melhor amiga pouco antes de lutar contra um assassino. Tudo isso, de novo e de novo e de novo, a ponto de me fazer pensar o quanto eu queria adentrar as sombras, algo que só tinha me acontecido uma vez antes.

— Você está bem, sr. Alano? — questiona o agente Dane.

Não posso dizer o que quero fazer, já que o trabalho do meu guarda-costas é me proteger de todas as ameaças, incluindo eu mesmo.

— Na verdade, não.

— Quer conversar?

— Você já faz coisa demais. Não precisa dar uma de terapeuta também.

— Acho que eu deixei a desejar. Me deixe compensar por ontem à noite.

Quando o agente Dane foi designado como meu guarda-costas, eu achei que a gente nunca conversaria sobre assuntos pessoais, apenas sobre questões de segurança. Fico feliz que não seja o caso. Sei que ele cresceu aqui em Los Angeles e tinha um relacionamento à distância de dois anos quando se mudou para Nova York, em 2016, para ficar com a namorada dele, que terminou o namoro dois meses depois. Sei que ele queria passar o aniversário de vinte e um anos em Las Vegas, mas caiu numa terça-feira, 19 de março, durante o isolamento social, então ele acabou só jogando pôquer on-line com os amigos. E sei que ele é um ótimo ouvinte — presta atenção em tudo, não apenas no perigo.

— Tem sido difícil entender quem eu deveria ser — digo.

Olho para a cidade como se a resposta estivesse em um daqueles prédios, ou em alguém dentro deles. Mas não dá para saber.

— Tem algum motivo em particular?

— Quer saber? — respondo, me virando para ele. — É o motivo pelo qual você jurou me proteger.

O agente Dane assente.

— É uma grande responsabilidade. Vai demandar muito de você.

— Mais do que já demanda. Tenho inveja dos filhos de presidentes. Eles sofrem durante um tempo, mas um dia o mandato dos pais acaba e eles vão voltando de pouquinho em pouquinho ao anonimato, assim como os outros membros de qualquer primeira-família. Eu nunca terei isso. Conforme o tempo passar, só vou me tornar ainda mais poderoso, mais reconhecido. Meu pai espera que eu crie um filho do mesmo jeito que fui criado. Mas não é como se um dia eu fosse ter a chance de começar uma família, já que você é pago para afastar qualquer pessoa que me cumprimenta.

O agente Dane segura o riso, como faz quando está trabalhando — ou seja, sempre em que eu estou por perto.

— Sinto muito.

— Eu mereço viver minha própria vida antes de dizer aos outros como devem viver antes de morrerem.

— Precisa mesmo se reconectar com quem o senhor é de verdade, sr. Alano. Essa semana podemos ir até a Árvore da Sabedoria. Eu sempre ia lá quando precisava refletir. Tem até uma caixa de diários ao lado da árvore para as pessoas escreverem, mas é melhor levar o seu, já que você perderia o anonimato se mencionar que é o herdeiro da Central da Morte.

Por causa de quem eu sou, não posso nem fazer parte de uma comunidade de desconhecidos numa folha de papel.

Já basta.

— É uma ótima ideia — concordo.

Mas não irei outro dia. Vou até a trilha da Árvore da Sabedoria hoje à noite.

Sozinho.

PAZ
20h44

Abro meu exemplar de *Coração de ouro* e encaro a mensagem de Orion.
Continue vivendo.
Arranco a página do livro e a rasgo ao meio.

ALANO
20h45

Vou começar a aproveitar minha vida quando eu quiser, do jeito que eu quiser.

Um dos meus maiores erros é agir como se ser filho de alguém importante significasse se comportar como uma criança que precisa de permissão para tudo. Mesmo quando era pequeno, não tive uma infância como as outras crianças, porque fui forçado a crescer rápido demais. Agora tenho dezenove anos, mas parece que os acontecimentos terríveis desta semana me fizeram envelhecer. Quero envelhecer com lembranças felizes, que possam silenciar aquele tiro que vai ecoar na minha mente para sempre, o choro desesperado de estranhos e amigos, a lâmina saltando da capa do celular de um assassino para me matar.

Essas são algumas das tragédias que me inspiraram a realizar a maior mudança em mim mesmo, assim como as perdas que meus pais sofreram na tentativa de me conceber inspiraram a criação da Central da Morte. Meu pai queria proteger o mundo da dor insuportável do luto, da morte inesperada de alguém. Ao fazer isso, ele passou a controlar minha vida de um jeito sufocante, que me forçou a me adaptar para ter liberdade.

Termino de preencher um formulário no aplicativo da Central da Morte e leio a mensagem que aparece na tela:

A Central da Morte sente muito em perder você como membro, Alano Rosa.

Enquanto estiver vivo, estaremos sempre aqui para acabar com a incerteza sobre a sua morte, caso queira reativar o serviço.

É isso.

Para garantir que eu possa traçar meu próprio destino, o herdeiro da Central da Morte agora vai viver feito um pró-naturalista.

PAZ
21h09

Estou escrevendo minha carta de suicídio.

É a primeira que escrevo. Não tive tempo para isso antes das minhas duas tentativas, porque foram bastante impulsivas, mas estou escrevendo com tanta facilidade que é como se eu tivesse passado a vida inteira a preparando. O que não deixa de ser verdade.

Mãe, eu te amo. Já menti sobre muitas coisas, mas isso é verdade.

Me desculpa por não ter me despedido pessoalmente. Não podia correr o risco de mudar de ideia. As pessoas adoram encher a boca para dizer que sou muito jovem e que as coisas vão melhorar quando eu for mais velho, mas isso não faz sentido para mim.

Se eu sou tão jovem, por que minha vida parece tão longa?

Acho que finalmente tenho uma resposta. Hoje, na terapia, fui diagnosticado com transtorno de personalidade borderline. Sei que é uma doença, mas parece mais uma possessão demoníaca que me impede de tomar boas decisões. A pior parte é que não dá para me exorcizar, então estou condenado a causar um inferno por onde quer que eu passe. O demônio nasceu por causa do trauma, da genética ou de ambos, sei lá, mas isso não é culpa sua, mãe. É culpa do meu pai, como todas as outras coisas ruins. Ele já arruinou minha vida por completo, mas não vou deixá-lo continuar arruinando a sua.

Estou feliz que você e Rolando vão ter um bebê. Assim, terão alguém para fazer companhia. Mas sinto muito que o bebê será filho único. Mãe, acredita em mim, é melhor assim. O bebê poderá ter a vida que eu nunca tive. Ele vai herdar os genes do Rolando, que são de anjo, em vez dos genes demoníacos do meu pai.

Esse será seu recomeço. Você vai ter a vida que sempre mereceu.

Você é uma sobrevivente, mãe. Desculpa não ser mais como você. Eu puxei meu pai e, assim como ele, preciso morrer para tornar o mundo um lugar mais seguro.
Obrigado por ser a melhor parte da minha vida. Te amo, mãe.
Para sempre seu,
Pazito

Dobro o papel manchado pelas lágrimas e escondo dentro do meu exemplar de *Coração de ouro*. Sei que a carta de suicídio vai partir o coração da minha mãe quando ela a encontrar, mas pelo menos vai entender que o meu coração já está partido há anos, e que não dava para continuar vivendo assim.

Quero ir até o quarto dela e abraçá-la uma última vez, mas tenho medo de olhá-la, pensar no bebê e me enganar achando que as coisas vão melhorar, quando, na verdade, só vão piorar cada vez mais. Não. A melhor coisa que posso fazer pela minha mãe é morrer, assim ela terá a vida dela de volta. E a melhor coisa que posso fazer pelo bebê é garantir que ele não cresça numa casa com uma arma, como eu cresci.

Abro meu armário, pego a arma que venho escondendo e saio de casa. Amanhã será meu Dia Final.

PARTE DOIS
O DIA FINAL, QUER A CENTRAL DA MORTE QUEIRA OU NÃO

A Central da Morte nunca erra.

— Joaquin Rosa, criador da Central da Morte

A Central da Morte nunca erra.

— Mensageiros da Central da Morte

A Central da Morte nunca erra.

— Todos os sobreviventes do Quase-Terminantes

PAZ
23h42

Aprendi no Quase-Terminantes que, não importa o quanto alguém queira se matar, sempre haverá um fator que mantém a pessoa viva. E é isso que impede a Central da Morte de ligar.

Passei pela primeira intervenção quando minha mãe acordou de um pesadelo e me encontrou bêbado e dopado no chão do quarto. Ela me levou às pressas para o hospital antes que eu morresse. Depois, na minha segunda tentativa de suicídio — no mesmo lugar para onde estou indo agora — aconteceu algo que me deixou com medo de sobreviver com ferimentos que tornariam minha vida ainda mais difícil caso eu tentasse de novo. Agora, tenho certeza de que dará certo. A única coisa que pode me impedir antes mesmo de eu tentar é o que, com sorte, vai tirar minha vida: a arma.

Usei uma arma certa vez, mas isso não quer dizer que eu seja especialista. E não é como se eu tivesse pedido ajuda para o vendedor do mercado clandestino de quem comprei a arma quando fui ao centro da cidade, no dia em que minha mãe e Rolando acharam que eu estava me divertindo num fliperama a que nunca fui (e ao qual agora nunca mais irei). Apesar de ter tirado as balas e as colocado num bolso separado na minha mochila, ainda estou com medo de que a arma sem munição e com a trava de segurança acionada possa, de alguma forma, disparar um tiro nas minhas costas e me paralisar. Parece idiotice, eu sei, mas se não estou destinado a morrer, significa que alguma coisa está destinada a me salvar.

Então estou fazendo tudo o que posso para garantir que nada vá me impedir de ir até o fim.

Em vez de chamar um carro de aplicativo e arriscar ser parado pela polícia, ou acabar num acidente que não seja fatal, caminho por mais de uma hora e meia até o Griffith Park. Evitei as pessoas na rua, com medo de roubarem minha mochila e levarem a arma. Li no Quase-Terminantes que um homem estava indo para casa tirar a própria vida com uma arma novinha quando foi abordado pela polícia. A aparência dele coincidia com a descrição de outro homem que havia acabado de assassinar um Terminante nas redondezas, e a noite que ele passou na cadeia sendo investigado o fez mudar de ideia após ser liberado. Bom para ele, mas essa não é a minha história.

O Griffith Park tem uma trilha bastante popular — e também é onde tentei me matar por impulso mês passado, no meu aniversário, e onde, desta vez, vou até o fim. O parque já estava fechado desde as seis da tarde, mas aquilo não me impediu de pisar no meu último cigarro da vida, escalar o portão e pular; fiquei aliviado quando caí do outro lado sem torcer o tornozelo. Seria um jeito idiota de ser pego. Liguei a lanterna do celular para avançar pela trilha de terra íngreme e desnivelada, tropeçando mais vezes do que consigo contar. Uma hora depois, aqui estou.

O letreiro de Hollywood. É aqui que vou me matar.

Há um portão atrás do letreiro proibindo o acesso. Estou prestes a pular quando escuto alguma coisa — ou alguém? — atrás de mim. Eu me viro e encaro a escuridão da trilha que leva até a Árvore da Sabedoria, mas não vejo ninguém. Suspiro, aliviado por não ser algum vigia aparecendo para se tornar o fator que vai impedir minha morte. Salto por cima do portão que, no meu aniversário, achei que iria me eletrocutar ou algo assim, mas isso não aconteceu naquela noite nem agora. Nem mesmo um alarme soou naquela dia quando caminhei até o letreiro enquanto o sol se punha no horizonte. Dizem que Los Angeles tem os melhores seguranças, mas ninguém nunca bateu na minha porta para me processar ou me prender. Se alguém estiver de olho desta vez, espero que eu esteja morto antes que me peguem. Derrapo pela colina íngreme e caio de bunda no chão, com medo de tropeçar além do letreiro e acabar adentrando a escuridão. Afundo as unhas e os tênis na terra, tentando frear, e bato numa pedra, o que finda o movimento. De todas as formas de ser salvo, essa foi uma das boas.

Seco o suor da região dos olhos. Estou na base do letreiro de Hollywood e seus treze metros de altura. Começo a subir a escada de serviço até o topo da letra H. Sinto meu coração acelerar, assim como no meu aniversário, mas desta vez não caio no meio do caminho, arranhando e machucando minhas pernas e meus braços, perdendo todo o ar. Continuo subindo, degrau por degrau, até chegar à plataforma do topo. Imaginei que eu ficaria de pé, destemido e saltando para a morte, mas está ventando tanto que tenho medo de ser soprado escada abaixo, bater em todos os degraus e ficar apenas gravemente ferido. Eu me agarro à plataforma e engatinho até o centro, sentando na beirada.

É uma vista linda de Los Angeles. A Cidade dos Sonhos. Todo mundo sonha com alguma coisa, até quem já desistiu de sonhar. Olho para as estrelas cintilantes, desejando que elas tivessem realizado os meus, mas sou o único neste mundo que pode me dar o que quero.

Abro a mochila e pego a arma. É uma pistola preta, do mesmo modelo que usei para matar meu pai, de acordo com as várias reportagens. Por isso que me pareceu tão predestinado quando comecei a planejar o suicídio no meu aniversário e acabei encontrando este exato modelo no site do mercado clandestino. Vendi livros, videogames e até uma foto autografada pela internet para conseguir pagar pela arma. Eu me perguntei se, de alguma forma, nos quase dez anos que se passaram, essa poderia ser a mesma arma que usei para atirar no meu pai. Inspeciono-a de novo, como se pudesse encontrar minhas digitais ou minha assinatura ali. Nunca vou saber se essa é a pistola que usei contra o meu pai, mas com certeza é a que usarei em mim mesmo.

Reviso meu plano mentalmente.

Se existe um mundo cruel em que sobrevivo a isso, então Orion e os produtores babacas podem dizer adeus ao filme deles. Afinal, quem vai querer saber da história de um personagem fictício imortal de dezenove anos, quando existe um imortal de dezenove anos na vida real? Para a sorte deles, isso não vai acontecer. O filme vai ter um ator não muito bom interpretando a Morte e eu estarei morto. Talvez eu devesse ter escrito uma carta de suicídio ou gravado uma Última Mensagem para todas as pessoas de Hollywood que não me deram uma segunda chance. Mas elas não precisam de uma carta de suicídio. Hollywood já sabe, porque meu sangue estará na mão deles — e no letreiro também.

Mantenho o aperto firme, segurando a arma. Eu me levanto, as pernas trêmulas. *Não olha para baixo, não olha para baixo, não olha para baixo.* Foco o céu noturno, apesar de sentir meu olhar tentando descer, como se meu corpo estivesse tentando me salvar, tentando me assustar, me impedir de fazer isso. Estou suando — não, estou chorando. Odeio ter sido amaldiçoado, condenado a uma vida tão dolorosa. Queria que as coisas fossem diferentes, mas elas não são.

Pego o celular e confiro a hora: 23h59.

Vou disparar a arma em um minuto, exatamente à meia-noite.

Talvez eu ouça a Central da Morte ligando um milésimo de segundo antes do disparo.

Aponto a arma para minha cabeça e encaro o celular.

Meu dedo se ajusta ao gatilho, pronto para puxar.

— Não pula! — grita alguém.

Alguém que está aqui em cima comigo.

Afasto a arma da cabeça e aponto na direção da voz.

Um garoto.

Seco as lágrimas com a mão que segura o celular e viro a lanterna para ele.

Quem está atrapalhando meu Dia Final não é um garoto qualquer.

É o herdeiro da Central da Morte.

Vinte minutos antes
ALANO
23h39

Nas três horas depois de cancelar meu plano da Central da Morte, a vida já estava muito mais empolgante.

Assim que meus pais foram dormir mais cedo, para descansar antes que meu pai tivesse que ir à filial da Central da Morte em Los Angeles de madrugada, entrei no meu carro escondido e fugi. Eu deveria poder circular por aí quando bem quisesse, afinal, qual era o sentido de me dar uma BMW de presente de aniversário de dezoito anos? Eu sabia que a equipe de segurança seria obrigada a notificar minha saída, e foi por isso que programei minha fuga para o momento em que eles estavam patrulhando as colinas. Dirigi por vinte minutos com os vidros abaixados, o vento esvoaçando meu cabelo, e gritei noite adentro.

Estacionei a uma quadra de distância do Griffith Park, que fica fechado durante a noite, mas não deixei isso me impedir de rastejar por debaixo do portão. A trilha até a Árvore da Sabedoria não foi fácil na minha condição, mas com determinação (e algumas pausas no meio da caminhada por causa do abdômen ferido) cheguei em segurança. Fico de pé na rocha, sob a bandeira ondulante dos Estados Unidos, admirando a vista maravilhosa de Los Angeles iluminada durante a noite. Senti uma alegria boba ao observar os estúdios da Universal, onde o Castelo Milagro dos filmes de Scorpius Hawthorne se erguia com orgulho, mas o que surpreende de verdade é a majestosa Árvore da Sabedoria. Ela parece um pinheiro qualquer, mas saber que é a única sobrevivente de um incêndio a torna muito mais poderosa. Deve ser por isso que ela tem tantos outros nomes, como a Árvore Mágica, a Árvore dos Desejos, a Árvore Generosa e a Árvore da Vida. Há um espírito de rebeldia nesta árvore que se recusou a morrer, com o qual consigo me identificar.

Por meia hora, fiquei sentado encostado no tronco da Árvore da Sabedoria, lendo os diários que ficam guardados numa caixa verde de munição. Algumas pessoas são mais simples, anotam apenas o nome de seu grupo de trilha, mas outras escrevem cartas de amor, poemas, segredos, conselhos e até mesmo fazem desenhos. (Meu favorito é o de uma coruja azul que lembra aquela coruja do Duolingo. Ela já me parabenizou e me julgou muitas e muitas vezes desde que comecei a aprender outros idiomas quando a plataforma foi lançada, em 19 de junho de 2012.) Prestei mais atenção nos conselhos de vida, sobretudo porque agora estou traçando meu próprio caminho: um anônimo recomendou que eu começasse um diário para escrever as coisas pelas quais sou grato, mas nunca senti muita necessidade de ter um diário; Persida e Carlos anotaram o lembrete de que os melhores casais também são melhores amigos, algo em que acredito desde pequeno, vendo meus pais; D'Angelo disse "leia, leia, leia" e aprenda algo novo todos os dias, o que eu já venho tentando fazer; alguém que se identificou apenas como A disse para nunca dar poder demais a alguém, um conselho que me atinge com tanta força que parece que o Alano do Futuro viajou no tempo só para que eu pudesse ler esse recado; com lágrimas nos olhos, Lena encoraja aqueles que estão apaixonados a aproveitarem enquanto podem, junto com uma observação sobre como ela ainda ama um homem chamado Howie, que já morreu, o que me deixa curioso para saber quem eles eram só para descobrir se Lena e Howie conseguiram ficar juntos antes que ele falecesse; e outro anônimo aconselha a escolher seus amigos com sabedoria, o que me faz congelar e encarar o horizonte, porque sempre acreditei ter feito isso com Ariana.

Posso até ser um sobrevivente, assim como a Árvore da Sabedoria, mas isso não significa que quero ficar sozinho. Mas não tenho como saber se vou ficar bem por muito tempo. Confiro meu relógio, são 23h40. Os últimos minutos em que sei que não vou morrer. Não significa que alguém não vá tentar me assassinar de novo, bem aqui, agora. Mas também significa o que todos os outros dias significaram: viver.

Esse sentimento grandioso inspira minha contribuição para o diário: *Crie seu próprio destino rumo ao desconhecido*. Hesito ao assinar porque, gostando ou não (e eu não gosto), sou o Alano mais famoso do mundo. Isso pode acabar indo parar na Central da Morte e causar problemas com a imprensa. Na verdade, esse pensamento me faz assinar meu nome. Com orgulho. Cansei de deixar a Central da Morte comandar minha vida.

Devolvo o diário à caixa e começo a andar de volta até meu carro, descendo uma trilha estreita por alguns minutos. Penso em pegar algo para comer, ou talvez visitar outro ponto turístico, mas escuto uma movimentação. De primeira, acho que é um animal, o que me assusta porque não sei se golpes de muay thai são efetivos contra leões-da-montanha. Avisto um garoto de costas — cabelo claro, magro — carregando uma mochila. Eu provavelmente conseguiria vencer uma briga contra ele, mas fico nervoso mesmo assim, então me escondo atrás de um arbusto antes que ele se vire.

Sinto o coração acelerar, observando-o pela pequena fresta entre as folhas e os galhos. Ele olha na minha direção, mas não me vê. Em vez disso, pula um portão e desaparece.

Fico com um mau pressentimento. Eu deveria ir embora, mas me esgueiro até o portão, observando o garoto subir a escada do letreiro de Hollywood. É improvável que ele só esteja ali planejando admirar a paisagem tão perto da meia-noite. Com receio, meu peito grita que é alguém prestes a cometer suicídio. Então, ouço um disparo e, por um momento, acho que o garoto se matou, mas percebo que é apenas uma lembrança vívida demais do suicídio de Harry Hope. Não consegui salvar Harry, mas posso tentar salvar este garoto.

Eu *vou* salvar este garoto.

Eu venci meu medo de altura, mas escalar o portão e subir a escada não me parece uma boa ideia, ainda mais porque estou entrando num território desconhecido que pode ter consequências no meu próprio destino. No entanto, não posso ser atormentado por outra lembrança de alguém morrendo por algo que fiz — ou que deixei de fazer.

Assim que chego ao topo do letreiro de Hollywood, grito:

— Não pula!

Se eu sair daqui vivo, nunca mais vou questionar quando alguém me acusar de saber meu Dia Final. Afinal, fiz algo muito inconsequente. Agora um garoto que estava prestes a acabar com a própria vida aponta uma arma para mim, como se nós dois compartilhássemos a vontade de morrer.

Agora
25 de julho de 2020
PAZ
00h00

A Central da Morte vai me ligar esta noite. Mas e o herdeiro da Central da Morte?

Será que ele vai morrer também?

Será que eu vou matá-lo?

Isso não pode ser verdade; deve ser uma alucinação. Não existe outro motivo para Alano Rosa, dentre todas as pessoas do mundo, aparecer de repente no topo do letreiro de Hollywood bem no momento em que arrumei um jeito infalível de cometer suicídio apesar da existência da Central da Morte. Minha psicóloga não mencionou nada sobre alucinações serem um dos sintomas do TPB. Talvez sejam, talvez não, talvez ver coisas seja só mais um problema do meu cérebro doente. Eu poderia puxar o gatilho e descobrir se o que estou vendo é real. Se Alano não for uma alucinação, talvez eu devesse matá-lo, como uma forma de atingir Joaquin Rosa por todas as vezes em que a Central da Morte arrumou um jeito de me prender nessa vida quando eu só queria morrer.

Não, Alano não é meu pai tentando espancar minha mãe até a morte. É um garoto inocente, da minha idade. Eu não mataria alguém por vingança, esse desejo deve ser por causa do TPB. Mas o que eu sei sobre a minha própria vida? Estava errado sobre como minha cabeça funciona, talvez só esteja mentindo para mim mesmo sobre ser um assassino de sangue-frio.

— Por favor, não atira — pede Alano Rosa.

Agora o garoto não está mais pedindo para que eu não me mate; está pedindo para que eu não o mate. Com as mãos erguidas, ele tenta manter o equilíbrio em meio ao vento forte que passa por nós dois. Ele não quer cair... não quer morrer. Querer viver deve ser bom pra caramba.

Abaixo a arma.

— Some daqui — digo, com a voz trêmula.

Alano não se afasta. Continua parado.

— O que você está fazendo? — questiono. — Vaza, Alano!

— Não. — Ele dá mais alguns passos adiante. — O que você está fazendo aqui em cima?

— O que parece que estou fazendo? — pergunto, balançando a arma.

— Parece que você está tentando se matar. — Alano estica o corpo, semicerrando os olhos, quase como se tivesse a possibilidade de ter entendido tudo errado, e eu estivesse aqui no letreiro de Hollywood só para observar as estrelas e talvez atirar nelas. — Espera. Paz Dario?

Quase não respondo, mas meu nome estará nos noticiários amanhã de qualquer forma.

— Sim. Sou eu.

— Não reconheci de primeira por causa do cabelo loiro — explica Alano, dando mais um passo na minha direção. — Mas eu nunca esqueço rostos.

— A gente nunca se viu — retruco.

— Isso não impediu você de me reconhecer.

Isso é ridículo, é óbvio que sei quem ele é. Alano é famoso por causa da Central da Morte. Mas estou sendo ridículo também, é lógico que ele sabe quem eu sou. Sou famoso por ter matado meu pai.

Não é por isso que eu quero ser conhecido, mas é só por isso que sempre serei lembrado.

A arma volta a apontar para a minha cabeça, como um ímã.

— Por favor, não atira — repete Alano, dessa vez pelo meu bem.

— Conversa comigo, Paz.

— Você não me conhece! — grito.

— Sei que não conheço você, mas...

Alano hesita, tão imóvel que não dá para saber se ainda está respirando. Observo-o, e, pela primeira vez desde que o reconheci, de fato olho para ele. Não me importei em fazer isso antes, ainda não me importo, mas é inevitável. Está escuro demais para reparar na cor dos olhos dele, mas há algo familiar naquele olhar enquanto ele me encara como se eu fosse um fantasma. Seu cabelo castanho-escuro está penteado para trás, e o vento forte faz Alano tremer em sua calça jeans azul rasgada, mas o brinco de pedrinha na orelha esquerda continua balançando. Ele está a poucos passos de mim. Sou alguns centímetros mais alto que ele, porém Alano é mais musculoso. Seus braços são magros, definidos, com veias saltadas no braço esquerdo, enquanto o outro está enrolado num curativo branco; a facada do Guarda da Morte. Apesar disso, o que mais me chama a atenção é sua camiseta, que tem a estampa de um esqueleto fumando um cigarro. Isso lembra o que eu estava prestes a fazer.

A arma continua pressionada na minha têmpora, e quero puxar o gatilho.

— Mas o quê? — pergunto, arrancando-o do torpor.

— Eu sei como é querer muito o Dia Final — fala Alano, por fim, depois do que pareceu uma eternidade. Então, o tempo congela de novo quando ele completa: — Eu também já tentei me matar.

ALANO
00h03

A Central da Morte pode não me ligar, mas não preciso dela. Pelo jeito, hoje é meu Dia Final. O do Paz também. A única diferença entre nós é que eu quero viver, embora nem sempre tenha sido assim.

— Você tentou se matar? — indaga Paz.

Ele abaixa a arma.

Não me surpreende Paz se questionar por que alguém com uma vida que parece tão glamourosa tentou se matar. Mas esse é um dos motivos de eu nunca ter contado para ninguém sobre minha tentativa de suicídio. Na verdade, não exatamente. Na teoria, eu contei para um monte de gente.

No Halloween passado, Rio fez uma festa estilo blackout no porão dele para comemorar seu aniversário de dezoito anos. As primeiras duas horas foram dedicadas a todo mundo desfilar as fantasias, mas, quando as luzes se apagaram, as pessoas começaram a gritar seus segredos. Uma garota admitiu ter traído o namorado. Um garoto mentiu sobre a Central da Morte. Rio contou que não era hétero, o que obviamente eu já sabia. Ariana confessou sentir saudades da ex-namorada, que ela nunca mais tinha procurado ou respondido. Gritei que eu tinha tentado me matar na semana anterior. Alguém perto de mim perguntou se eu estava bem, e outra pessoa correu para acender a luz e ver se eu estava em perigo, então corri para o outro lado do porão e fingi que não havia sido eu.

Mas agora, no topo do letreiro de Hollywood, Paz Dario parece me enxergar como o sobrevivente que eu sou.

— Sim — respondo.

A confissão é como soltar o ar depois de muito tempo. Mas tenho medo de ter compartilhado o segredo com alguém que o levará para o túmulo a qualquer momento.

— Desce comigo, Paz? Podemos conversar sobre o que trouxe você aqui — acrescento.

Ele balança a cabeça.

— Não, acabou pra mim.

— Ainda não. Só senta aqui comigo.

Eu me agacho com cuidado. Um movimento em falso e vou cair em direção à morte. Eu me sento sobre a viga e me apoio segurando nas laterais. Minhas pernas balançam, e sinto um calafrio aterrorizante percorrer minha coluna. Posso até ter um espírito rebelde agora, mas não sou inconsequente. Estar tão no alto é absolutamente assustador, ainda mais sem saber qual é meu destino, e embora a situação esteja ressuscitando meu medo de altura, vou ficar sentado aqui pelas próximas três horas até saber que a Central da Morte não vai ligar para ele.

Paz continua de pé.

— Como você tentou se matar? Foi assim também? — Ele encara a arma, se engasgando no próprio choro. — Ou assim? — questiona ele, se virando para a profundeza escura lá embaixo.

Ele estremece. Medo é um bom sinal. Se Paz está com medo de morrer, há esperanças de tirá-lo daqui vivo.

— Senta-aqui-que-eu-te-conto-tudo — digo bem rápido, quase como se fosse uma palavra só, porque o tempo é precioso.

É o melhor que posso fazer. O livro de psicologia sobre tratar pacientes com ideação suicida ficou em Nova York antes que eu pudesse ler mais. Não foi minha culpa, já que eu estava me recuperando de um esfaqueamento, mas fico bravo comigo mesmo por ter pegado aquela biografia do Van Gogh na estante do meu pai em vez do guia de gerenciamento de crise que me lembro de ter visto, mas achei que nunca iria precisar. Teria sido muito mais útil neste momento, em vez das várias anedotas depressivas do Van Gogh, como o fato de que, apesar de toda a fama que ele ganhou depois de morrer, só conseguiu vender uma das suas mais de novecentas pinturas em vida. A injustiça faria qualquer artista frágil colocar uma arma na cabeça.

Paz olha para mim, depois para baixo, e decide se sentar em vez de saltar. Estamos frente a frente, a vários passos de distância. Isso me faz lembrar de quando eu brincava de gangorra no parquinho antes da Central da Morte existir, só que nenhuma das crianças estava segurando uma arma.

— E aí? — pergunta Paz, limpando a coriza que escorreu do nariz. — Conta como você fez.

Não quero reviver minha tentativa de suicídio, mas tenho medo de que Paz tire a própria vida caso eu não cumpra minha palavra.

— Eu ia pular de um prédio — respondo.

Não digo onde. É deprimente demais e muito pessoal. E, mesmo se não fosse, sinto um aperto forte no peito ao admitir isso em voz alta pela primeira vez. A lembrança me invade em detalhes, como de costume. Era 24 de outubro, uma quinta-feira. O céu estava limpo, uma linda despedida.

— Eu desisti e, ironicamente, quase morri mesmo assim — continuo —, porque fiquei quase sem ar de tão assustador que foi chegar tão perto da morte. Ainda bem que peguei minha bombinha de ar antes que fosse tarde demais.

Paz semicerra os olhos.

— Ainda bem?

— Ainda bem — repito. — Eu queria viver, Paz.

— Não. Você nunca realmente quis se matar, Alano.

Tento contar para Paz tudo de ruim que aconteceu na minha vida, tudo que me levou a tentar pular de um prédio, mas lutar para que ele respeite minha tentativa de suicídio não vai impedi-lo de se matar.

— Acho que suicídio é menos sobre querer morrer e mais sobre querer uma vida melhor. Não sei pelo que você está passando, mas sinto muito — digo, tentando ser o mais delicado possível, como se estivesse desarmando uma bomba.

— Não é culpa sua — retruca Paz.

Talvez ele não esteja completamente desarmado, mas pelo menos não explodiu.

— Quer me contar de quem é a culpa? — pergunto, gentil.
— Do meu pai — responde ele.

Sei muita coisa sobre o Paz por causa do julgamento dele, do documentário e das minhas próprias pesquisas ao longo dos anos. Estou prestes a perguntar sobre Frankie Dario, mas ele completa:

— É culpa do seu pai também.

É, ao mesmo tempo, surpreendente e óbvio. Meu pai tem sido culpado por tanta coisa na última década, que eu entendo de onde vem a raiva de Paz.

— É porque a Central da Morte também serve como ferramenta de prevenção ao suicídio? — As palavras saem de mim como se eu estivesse numa coletiva de imprensa. O que eu odeio.

— Já tentei me matar antes — confessa Paz. Ele começa a respirar mais rápido, como se tivesse sido ligado na tomada. — Engoli meus antidepressivos com álcool e sobrevivi. Depois eu tentei pular desse letreiro no meu aniversário, mas a Central da Morte não ligou e eu me assustei. — Paz está hiperventilando, pronto para explodir. — Se eu atirar na minha cabeça e cair desta altura, vou morrer, certo? — Lágrimas furiosas escorrem pelo lindo rosto dele. — Ainda mais se eu fizer isso antes que as ligações da Central da Morte terminem, né? Por favor, Alano, por favor, me diz que eu vou morrer.

Parte meu coração vê-lo implorando por permissão para se matar. Mas não tenho uma resposta.

— Não há garantia de que você vá morrer — digo, embora não tenha motivo para o plano dele não funcionar.

Mas eu nunca diria isso, porque a verdade pode literalmente matá-lo. Além do mais, já aconteceram vários acidentes bizarros de pessoas que tentaram contrariar a Central da Morte. Nossa, poderia ser como foi a morte de Van Gogh — ele deu um tiro no peito, mas não atingiu nenhuma artéria principal. No fim das contas, o médico não conseguiu remover a bala, o que causou a infecção que matou Van Gogh dois dias depois. Paz poderia passar por um terrível milagre como aquele.

— Respira fundo e...

De repente, minhas palavras são abafadas pelo barulho alto de um helicóptero voando em nossa direção. Feixes de luz nos iluminam como holofotes, procurando quem está arrumando confusão. O helicóptero está bem próximo agora, e as hélices lançam um vento forte.

— Polícia de Los Angeles — anuncia um oficial pelo alto-falante. —Vocês estão numa área proibida e devem deixar o local agora.

Paz se levanta depressa, e de primeira acho que ele vai seguir as instruções. Mas Paz encara a queda alta e cheia de pedras à sua frente. Estou com medo de que siga com os planos de tirar a própria vida. Grito para que ele pare, mas Paz não me escuta por causa do som do helicóptero. Num piscar de olhos, rastejo pela viga e luto para me equilibrar contra o vento enquanto me levanto. Tento agarrar Paz, mas tenho medo dele tropeçar e nós dois morrermos juntos. Em vez disso, estendo a mão.

—Vem comigo! — imploro.

— Por quê?

— Porque nós não nos conhecemos só para que eu pudesse presenciar sua morte! Acho que nos conhecemos hoje por causa do...

— Por causa do quê?

Digo a única coisa que faz sentido:

— Do destino!

PAZ
00h07

Destino.

O herdeiro da Central da Morte acredita que foi o destino que nos uniu no meu Dia Final… Quer dizer, no que será meu Dia Final, se eu me der um tiro e morrer agora mesmo. Mas, a não ser que Alano Rosa seja um ceifador disfarçado, não há outro motivo para o nosso encontro. E se Alano é um ceifador, ele manda muito mal no trabalho, já que está tentando me manter vivo.

A voz do oficial da polícia de Los Angeles ecoa pelo alto-falante:

— Esse é o último aviso!

Puxar o gatilho seria tão fácil, ainda mais com a ameaça dos policiais. Afinal, o que eles vão fazer? Jogar meu cadáver na cadeia por invasão de propriedade? Mas Alano disse que não há garantia de que eu vá morrer. Cacete, como essa situação não é uma garantia?

Alano está com o braço estendido para mim, e eu seguro a mão dele. Juntos, atravessamos a viga, a mão dele apertando a minha durante o caminho, como se estivesse com medo de cair ou de eu mudar de ideia.

Quando alcançamos a escada, Alano desce primeiro, e eu aciono a trava de segurança da arma e a coloco na mochila. Em partes, me sinto um fracassado ao descer a escada, degrau por degrau, como se não pudesse vencer na morte assim como não consigo vencer na vida. Parece que tudo está perdido, e é decepcionante quando meus pés tocam o chão, como se eu tivesse desperdiçado minha única chance de morrer.

O helicóptero continua apontando o holofote em nossa direção, e por isso consigo ver melhor os olhos e os cílios longos de Alano. Seus olhos têm duas cores diferentes — o esquerdo é castanho, o direito é verde, como se tivesse uma floresta no olhar. Além das cores, vejo alívio também.

—Você fez uma ótima escolha — declara Alano com convicção.

— Não, foi a maior burrice, uma tremenda burrice — grito. — Vão me prender por invasão de propriedade e posse de arma. Vou parar numa cadeia ou num hospício.

Não sei o que seria pior, só sei que não vou ter escolha, já que decidi não tirar a droga da minha vida.

— Talvez — diz Alano. — Mas só se eles pegarem você. Me segue.

Alano corre para a escuridão, mas o holofote continua em mim. Fico imóvel, o coração acelerado apesar de querer que ele parasse de bater. Mas se não consigo morrer, vou precisar correr para ter uma vida menos estressante. Disparo para longe da luz, sentindo meu coração bater ainda mais forte.

À frente, Alano escorrega numa pequena inclinação e tropeça até uma pedra, e então consigo alcançá-lo. A luz está ziguezagueando atrás da gente, cada vez mais perto, então continuamos correndo. Nunca estive tão fora da trilha como agora. Estamos nos aprofundando na montanha, em meio à natureza, ofegantes. Nós nos escondemos sob as árvores, que nos dão uma cobertura maior, e então nos espremos entre os arbustos que arranham nossos braços, segurando galhos um para o outro, abrindo caminho até a cidade. Algo pequeno — um lagarto — passa em cima do meu pé, e sinto arrepios. Odeio a variedade de animais e insetos dessa cidade. Em Nova York, só temos ratos e baratas, mas em Los Angeles há muitos mosquitos, lagartos e aranhas ao redor das casas. Sem falar nas cobras, coiotes e leões-da-montanha nestas trilhas. A possibilidade de morrer ainda é real se um desses gatos gigantes acabar me pegando.

Olho para o alto e, quando não escuto mais o helicóptero, a única luz que vejo é a da lua.

— Acho que despistamos eles.

— Que bom. — Alano tosse. Está apoiado numa árvore, apertando a barriga. Se não me engano, é onde ele foi esfaqueado. —

Porque eu... — A mão dele vai até o bolso da calça, mas não consegue pegar o que procura. — Não consigo res-respirar. Asma — sibila.

Eu me apresso para ajudar, arrancando a bombinha de dentro do bolso apertado da calça jeans e levando direto até a boca dele. Bombeio o remédio para os pulmões dele. Alano inala, me encarando. Tudo já estava intenso demais sem o olhar dele. O jeito como Alano luta para respirar me faz pensar em sua tentativa de suicídio. Ele não me contou o porquê, nem onde, nem quando, só que ia pular de um prédio e então teve um ataque de asma antes de se salvar, assim como eu estou o salvando agora, bombeando o remédio de novo e de novo até ele sinalizar com o polegar que está tudo bem. Alano recosta a cabeça na árvore, relaxando. Meu coração continua acelerado. A última coisa que preciso na minha ficha criminal é ter matado o herdeiro da Central da Morte. E a última coisa que Alano quer é morrer.

— Obrigado — agradece Alano, soltando o ar.

Nos dez ou sei lá quantos minutos que passei com Alano, já quase o matei duas vezes. Enquanto isso, ele está tentando me manter vivo. É melhor que ele fique longe de mim.

— Por que você acredita que o destino nos uniu? — pergunto.

— É difícil imaginar qualquer outra coisa. Alguém tentou me assassinar, o que fez com que eu me rebelasse contra as medidas de segurança para me proteger, porque quero viver a vida do meu jeito. Só que encontrei você prestes a tirar sua vida. Se não é coisa do destino, é o quê, então?

— Sei lá, uma grande coincidência? Uma história que você está contando para si mesmo?

— Não sou escritor, mas sou leitor. — Alano encara o céu noturno. — Algo no nosso encontro me pareceu escrito.

— Onde? Nas estrelas?

Alano volta a olhar para mim.

— É possível.

Olho para o céu, procurando uma constelação que tenha nosso formato, mas só vejo estrelas espalhadas.

— Não vejo nada assim.

— Talvez você veja as coisas de um jeito diferente depois que eu te contar um segredo — diz Alano. Ele parece estar se preparando para compartilhar o segredo, ou se arrependendo de ter comentado sobre isso, mas sabe que não tem como voltar atrás. — Hoje, pela primeira vez na vida, cancelei meu plano da Central da Morte.

— Mentira — retruco.

Alano coloca a mão no coração, como se isso significasse algo para mim.

— É verdade.

— Quer dizer que você quase foi assassinado por um pró-naturalista e, 24 horas depois, se tornou um deles? Como isso aconteceu?

— Eu já vinha pensando nisso há muito tempo. Para ser sincero, é como se minha vida estivesse se preparando para este momento desde que a Central da Morte começou a existir. Ser o herdeiro da empresa me dá muitos privilégios, mas também atrapalha muito a vida que eu quero ter, então decidi dar um basta nisso. Não serei mais definido pela Central da Morte, mesmo que isso signifique viver à moda antiga — explica Alano.

Ele se senta numa pedra e me conta sobre sua ida até a Árvore da Sabedoria, seu primeiro ato para viver a própria vida.

— Eu não deveria estar lá, mas estava. E logo hoje, entre todos os dias possíveis. Quando vi você subir no letreiro, precisei fazer uma escolha: arriscar minha vida para salvar você ou simplesmente deixar você morrer.

E eu teria morrido. Isso parece uma verdade agora.

— Eu nem deveria estar aqui hoje — digo, provando a teoria de Alano. — Planejava me matar no aniversário de morte do meu pai.

— O aniversário do primeiro Dia Final — fala Alano.

É a mesma coisa.

— Então quem eu devo culpar pela minha vida de merda? O destino ou a Central da Morte?

— Por que não os dois? — sugere Alano, sincero. — Seu futuro descarrilhou no primeiro Dia Final. Se a Central da Morte tivesse feito seu trabalho e ligado para o seu pai, as coisas teriam sido diferentes.

Já pensei nisso antes. Até escrevi na minha carta para o meu pai no mês passado, depois de sobreviver à minha segunda tentativa.

— Às vezes acho que foi melhor assim — respondo. — Meu pai não teria morrido tranquilo. Talvez, se soubesse que iria morrer, teria arrumado tempo para de fato matar minha mãe e meu padrasto. Quem sabe até me matar também, sei lá.

Odeio a culpa que sinto por ter assassinado alguém que não consigo afirmar que não seria capaz de me matar também.

— Talvez a Central da Morte não ter ligado tenha sido coisa do destino também — diz Alano.

— Então eu deveria agradecer à Central da Morte pela minha vida de merda, é isso?

Alano se levanta e caminha na minha direção, galhos se quebrando sob os pés dele.

— Sinto muito que sua vida tenha perdido o rumo por causa de um erro da Central da Morte.

— Preciso te perguntar uma coisa.

— Você quer saber como a Central da Morte funciona — diz Alano, já balançando a cabeça.

— Não, quero saber por que a Central da Morte *não funcionou* no primeiro Dia Final.

Alano volta a olhar para as estrelas como se estivesse prestes a me dizer que foi coisa do destino, mas então fala:

— Não sei.

— Sério? Seu pai nunca contou para você?

— Meu pai nunca me explicou como a Central da Morte funciona, muito menos algo sobre o erro do sistema — responde Alano, encontrando meu olhar de novo. — O que sei é que estou feliz por você estar vivo, Paz. Espero que a gente consiga continuar assim.

Alano me puxa para um abraço, e eu odeio como é bom ser abraçado. Ele é como um cobertor ponderado, feito para me acalmar quando estou me sentindo péssimo. Mas já passei por isso antes, já estive embaixo de cobertores ponderados, já apertei bolas antiestresse, já falei sobre isso na terapia, já tomei remédios, já fui abraçado por estranhos — já tentei de tudo. Eu me afasto do toque dele.

— Não, nada mudou. Eu sempre acho que vou melhorar, mas isso nunca acontece. E estou cansado, muito cansado. — Minha respiração fica mais ofegante. Se eu me importasse com a minha vida, teria pegado a bombinha do Alano. — Eu sinto demais e ao mesmo tempo estou morto por dentro, Alano. Preciso descobrir como morrer enquanto ainda há tempo.

Alano fica em silêncio. Ele também está aceitando a derrota. Eu não posso ser salvo.

— E se a gente fizesse um acordo? — questiona ele, baixinho.

Aceitou a derrota coisa nenhuma.

— Não — respondo, dando as costas para ele.

Alano segura meu pulso.

— Você vai querer escutar. Sério.

— O quê?

— Você quer morrer hoje, mas eu quero que você fique vivo. Vamos deixar o destino decidir o que acontece. — Alano confere o relógio. — É 0h20. Ainda dá tempo de a Central da Morte ligar. Se isso acontecer, você segue seu caminho, acho. Se não, você fica comigo, e se eu não te convencer de que a vida vale a pena até o fim do dia, antes da meia-noite, deixo você em paz.

— Não. Não consigo viver mais um dia inteiro — retruco.

Alano olha ao redor, como se estivesse pensando em alguma coisa.

— Beleza. Me dá até 2h50.

— E depois você me deixa livre?

— Vou fazer algo muito melhor, Paz. — Alano respira fundo. — Vou ajudar você a se matar.

ALANO
00h20

Mesmo se eu quisesse, nunca vou esquecer a primeira vez que presenciei uma morte.

Foi em 6 de setembro de 2011, cinco dias depois de nos mudarmos para a cobertura em Manhattan. Meus pais compraram o lugar por pouco menos de doze milhões de dólares depois do primeiro ano de sucesso da Central da Morte. Lá de cima, com vista para o Central Park e o reservatório, meu pai achava que deveríamos ser coroados como a realeza de Nova York. Escutei minha mãe dizer que iria dormir mais tranquila sabendo que ninguém conseguiria invadir o apartamento a não ser que fossem espiões subindo de rapel por trinta andares. Eu tinha muito medo de altura, mas o jardim do terraço era muito tentador, já que eu queria observar as estrelas com um telescópio que ganhamos da NASA em gratidão por a Central da Morte ajudar na preparação de astronautas para as missões.

Na tarde de terça-feira seguinte, minha incrível tutora sra. Longwell tinha acabado de ir embora depois da nossa segunda aula do novo ano letivo. Voltei para o quarto e estava abrindo meus brinquedos dos Transformers quando um pássaro bateu na janela. Contei para a minha mãe e nós fomos ao jardim do terraço para investigar se o pássaro estava bem. Bucky farejou o pássaro até encontrá-lo gravemente ferido embaixo de um arbusto. O bico do passarinho estava pendurado no rosto pequeno e ensanguentado, uma pata pendia quebrada e as asas estavam caídas, o impedindo de voar para longe como estava tentando fazer. Tentei cuidar do pássaro com minha mãe. Então meu pai apareceu, após encerrar mais uma ligação em que o governo o pressionava para dar vantagens ao Exército estadunidense e não enviar alertas da Central da Morte para os países que eles enfrentassem nas guerras.

— O que é isso? — perguntou meu pai, ainda frustrado com a ligação. Ele inspecionou o pássaro. — Pobrezinho. Vamos dar um jeito nisso.

Achei que iríamos levá-lo a um veterinário, mas meu pai jogou um tijolo no pássaro.

Chorei a noite inteira.

— Ele poderia ter se recuperado, pai — disse quando ele apareceu no meu quarto naquela noite para se desculpar. — Seu trabalho idiota não sabe nada sobre a morte dos animais.

— Ninguém merece viver sofrendo. Eu o ajudei, filho.

Agora, a lição do meu pai ressoa em mim.

—Você vai me ajudar a me matar? — pergunta Paz.

Em qualquer outra circunstância, eu teria adorado ver os olhos castanho-claros de Paz cheios de esperança daquele jeito. Mas, dada a situação, eu odiei.

E o que odeio ainda mais é a minha proposta. Mas tempos difíceis pedem medidas difíceis.

—Você está com medo de sobreviver a mais uma tentativa, não está? Vou garantir que isso não aconteça. É o mínimo que posso fazer para compensar todo o impacto negativo da Central da Morte na sua vida.

Paz funga, contendo o choro, e seca as lágrimas.

—Você não está só me enrolando, né? Porque se estiver, eu vou...

Não sei o que ele está sugerindo — ou ameaçando —, mas não importa.

— Espero que você mude de ideia, mas estou falando sério. Só que é uma via de mão dupla. Você precisa prometer que vai me tratar como alguém disposto a ajudar você.

Paz observa as montanhas como se estivesse analisando suas opções. Olha o letreiro de Hollywood, onde pode tentar completar seu plano e arriscar sair com vida, ou escolher viver duas horinhas comigo para não continuar com vida caso falhe ao tentar se matar. Fico aliviado quando ele se vira e assente.

— Beleza. Prometo — diz ele.
— Perfeito. Vamos para o meu carro. Posso levar você para onde quiser.

Desço a colina, mas não escuto Paz me seguindo.

— Sua vez — pede ele, ainda parado no mesmo lugar. — Prometa.

A súplica naquela palavra está sufocada, porém viva. É estranho pensar que as pessoas em geral imploram para não serem mortas, mas Paz está implorando para não continuar vivo. Penso mais uma vez no dia em que testemunhei minha primeira morte, e no quanto eu queria que aquele pássaro pudesse voar de novo. Em como eu posso tentar cuidar de Paz e fazê-lo viver, mas ele pode acabar me usando como seu tijolo.

— Prometo.

PAZ
00h50

Duas horas até eu morrer — seja por conta própria, seja com a ajuda de Alano.

Honro minha promessa contando sobre minha vida de merda.

Recapitular minhas decepções e meus sofrimentos para Alano é como uma sessão de terapia, só que, em vez de estar em um consultório, estou descendo uma montanha com uma arma carregada na mochila. Ele é um ótimo ouvinte, e valida meus sentimentos quando relato o quanto me senti excluído nesses últimos dez anos. Depois de eu compartilhar todos os detalhes da rejeição dolorosa dos produtores de Orion, Alano para de repente.

— Mas eles tinham adorado seu teste!

— Não o bastante para me darem uma chance.

— Eu teria escolhido você — fala, voltando a andar.

Enfim saímos da mata e chegamos à trilha que vai nos levar de volta à rua.

— Você não viu minha audição — argumento.

— Mas já vi você atuando. Eu era muito fã dos filmes do Scorpius Hawthorne. Estava assistindo ao último no primeiro Dia Final. — Alano olha para trás e sorri. — Destino?

— Não é coisa do destino um menino de nove anos assistir a um filme do Scorpius Hawthorne.

— Talvez não, mas eu acho que você estava ótimo nele.

— Jura? Todos os três minutos?

— Três minutos em que você corre pelo Castelo Milagro lançando feitiços.

Levamos um dia inteiro para filmar aquela cena, e a magia foi acrescentada na pós-produção.

— É, acho que sim.

Antigamente eu via minha participação no filme com a mesma admiração de Alano. Havia uma animação inocente que fazia o Castelo Milagro não parecer um set, nem minha varinha parecer um objeto cenográfico. Fui escolhido entre três mil crianças para ser o pequeno Larkin Cano, ainda que tenha sido por apenas um dia. Aquilo foi muito mágico, mas agora só me sinto *muito* impotente.

Pulamos o portão.

— Sinto muito que você não tenha conseguido o papel — diz Alano.

— Tudo bem — respondo, como se não fosse nada de mais.

Alano para bem embaixo de um poste e se aproxima de mim. Vejo o suor escorrendo perto de seu olho direito, o verde.

— Nosso tempo juntos pode ser limitado, então não é bom reprimir seus sentimentos. Vai, me diz como você está se sentindo de verdade.

— Tudo bem — concordo, achando que vamos continuar andando e conversando, mas Alano fica parado, esperando. — Se algum dia existiu um filme que eu senti que estava no meu destino, era esse. Só que isso não aconteceu, e não dá para acreditar em como eu fui idiota de achar que minha volta por cima seria escrita pelo cara que perdeu o namorado por causa do meu pai. Agora não me resta esperança alguma. — Recupero o fôlego. — É isso que você quer?

— Não quero que você se sinta assim, mas que bom que está sendo sincero — responde Alano, seguindo pela rua em direção ao único carro parado em frente a um prédio residencial. — Saber que você não vai estar no filme me deixa feliz por nunca ter lido o livro. Então não vou ler nem assistir.

— Não, tudo bem, tenho certeza de que vão escalar algum ator bom.

Alano para do lado da porta do motorista. Ele ergue a sobrancelha.

— O filme não vai ser tão bom sem mim — admito, porque é o que eu acredito.

— Não é só o filme que não vai ser tão bom sem você.

Não respondo. Só sinto alguma coisa — algo *bom* —, algo que não mereço sentir.

Alano entra no carro. Como eu fico parado, ele abre a porta do passageiro. Já faz uns meses que não entro no carro de um desconhecido, coisa que desde pequeno me ensinaram que era um comportamento digno de Dia Final, mas eu fazia mesmo assim porque me dava a sensação de estar vivo nos meus Dias Não Finais. Ouvi meu coração disparar quando entrei no carro do homem que me vendeu a arma. Agora entro no carro de Alano, sabendo que não será tão arriscado quanto daquela vez. Ele dirige uma BMW branca que é preta por dentro. É muito chique, ao contrário do Toyota Camry xexelento da minha família. Sinto um cheiro sutil de carro novo. O da minha família fede a fumaça de cigarro e aromatizadores, e foi justamente por isso que minha mãe e Rolando conseguiram comprá-lo por um preço bom.

— Coloca o cinto, por favor — pede Alano.

Eu o encaro.

— Você não vai morrer sob os meus cuidados — explica ele.

— Não por enquanto.

— Não mesmo.

Boto a porcaria do cinto.

O carro é todo equipado, tem desde janelas escuras a aquecedores de assento, câmeras e alto-falantes, mas não demonstra personalidade alguma. Não vejo nada que me conte algo sobre Alano. Podem falar o que for da lata-velha da minha família, mas não há como negar que é a nossa cara: tem um penduricalho de madeira no retrovisor representando o coquí, um sapinho muito amado em Porto Rico, uma almofada no banco do motorista, porque Rolando reclamava de dor na bunda, e também tínhamos no painel um bonequinho de estatueta do Oscar, que minha mãe comprou para me inspirar, mas pedi para ela tirar aquilo, então ela trocou por um boneco do presidente Page. Viu? Personalidade.

— Você devia dar uma decorada no seu carro — sugiro. — Comprar um aromatizador ou um dado de pelúcia para pendurar no retrovisor. Alguma coisa.

Alano dá a partida, e o motor liga. Faz bem menos barulho que o carro da minha família.

— Isso é ilegal na Califórnia, porque pode obstruir a visão dos motoristas. E a equipe de segurança da minha família proíbe. Não querem que nossos veículos sejam fáceis de identificar. A princípio, eu queria um carro vermelho de aniversário de dezoito anos, mas meus pais compraram um branco porque a maioria dos carros é branco, assim tenho mais chance de despistar possíveis ameaças. Deixei pra lá. De qualquer forma, só dirijo esse carro quando estou em Los Angeles.

Não invejo o perigo que envolve a vida de Alano, mas invejo seus presentes. De aniversário de dezoito anos, Rolando me deu uma carteira enfeitada com um monograma para guardar todo o dinheiro que eu não tenho, e minha mãe me deu uma câmera nova e uma *ring light* para eu gravar as audições que nunca dão em nada. Tento não pensar no quanto o carro de Alano deve ter custado. Uma fortuna que fica enfurnada numa garagem, enquanto minha família tem um carro velho que pode quebrar a qualquer momento, apesar de minha mãe precisar dele para ir trabalhar — e para o bebê.

Ainda não caiu a ficha de que ela está grávida. Tenho evitado pensar muito nisso. Não quero pensar se desta vez o bebê vai se parecer com ela, já que eu puxei ao meu pai. Nem se minha mãe vai honrar minha morte colocando meu nome como o nome do meio do bebê. E se ela vai dar ainda mais personalidade ao carro com um adesivo dizendo BEBÊ A BORDO.

Estou tão imerso em pensamentos que nem me dou conta de que Alano já está dirigindo há um tempo.

— Espera, a gente não chegou a decidir aonde vai — falo.

Se eu estivesse no carro de qualquer outro estranho, provavelmente teria receio de ser assassinado, mas ainda não chegou a hora de Alano me matar.

— Só quero levar você para bem longe do letreiro de Hollywood antes que você possa virar a próxima Peg Entwistle — responde, observando a montanha se afastar pelo retrovisor.

— A próxima quem?

Ele morde o lábio.

— Ah, achei que você soubesse dela. Deixa pra lá.

— Quem é?

— Acho que é melhor a gente não tocar nesse assunto.

— Beleza, então vou pesquisar — falo, pegando o celular.

— Não... — Alano suspira.

— Quem é? — pergunto pela última vez.

— A garota do letreiro de Hollywood. Peg Entwistle. Ela era uma atriz famosa da Broadway que se mudou para Los Angeles em 1932 para tentar fazer uma transição dos palcos para as telas. Não teve muita sorte. Esperou surgir uma oportunidade por meses, mas o telefone nunca tocou. Em setembro, ela desistiu. Subiu no letreiro de Hollywood e pulou.

Parece uma história inventada, então fico tentado a procurar sobre ela no Google. Mas por que Alano mentiria a respeito disso? Na verdade, eu até entendo ele deduzir que eu soubesse quem Peg Entwistle era. Também já sonhei em me tornar uma estrela de Hollywood. Esperei por ligações (de mais de um tipo) que nunca recebi. E o que é mais bizarro ainda: estava prestes a ter o mesmo destino que ela. Dá até para imaginar a manchete se eu morresse: "Paz Dario, o garoto do letreiro de Hollywood."

— Quantos anos ela tinha? — questiono.

Se Alano disser dezenove, vou voltar para aquele lugar e pular de lá. Isso sim seria o destino, o que estava escrito nas estrelas.

— Vinte e quatro.

Isso não me faz querer viver mais.

— Viu? As coisas não melhoram — retruco. — Não tenho a menor condição de esperar mais cinco anos.

Paramos no semáforo. É a minha chance de quebrar a promessa.

— Não estou pedindo cinco anos. Pedi duas horas — fala ele.

— Como se fosse mudar alguma coisa.

— Viver um dia a mais pode ser justamente o que muda tudo — diz Alano.

A luz vermelha do semáforo brilhando no rosto dele se torna verde, mas ele não dirige. Não tem nenhum carro bloqueando a passagem, nem nenhum atrás buzinando. Não sei se Alano se importaria se tivesse.

— Tem uma lenda em Hollywood que diz que, no dia seguinte de Peg Entwistle ter se matado, uma carta chegou a convidando para um papel num filme sobre uma mulher que era levada a cometer suicídio. Não há provas disso, mas pode ser verdade. Jamais saberemos.

— Quer dizer então que Orion vai ligar amanhã para contar que os produtores mudaram de ideia?

— Só tem um jeito de descobrir — responde Alano, avançando com o carro.

Essa tal lenda de Hollywood mais parece uma mentira que Alano inventou para que eu continue vivo, mas pego o celular para pesquisar e vejo que é verdade, assim como tudo sobre Peg Entwistle. Até o mês da morte bate com o que ele mencionou.

— Como você sabe disso tudo? — indago.

— Gosto de aprender sobre o mundo. Assisti a muitos documentários, mas na maior parte do tempo, eu leio. Um ou dois livros por semana, mais ou menos.

— Então por que não leu *Coração de ouro*? Acha grande demais ou algo assim?

— Não, eu leio bem rápido. É só que curto mais não ficção. Mas talvez a gente possa criar um clube do livro para ler *Coração de ouro*, que tal?

Sei bem onde ele quer chegar.

— Aham, claro. Vamos ver se você consegue ler um livro de novecentas páginas antes de eu morrer daqui a duas horas.

— Se é assim que você quer passar nosso tempo juntos, eu toparia. Não me incomodo de conhecer você melhor através do seu livro favorito.

Talvez minha teoria da alucinação sobre o transtorno de personalidade borderline seja verdade, afinal. Porque não tem como alguém assim existir de verdade. Há uma grande chance de eu ainda estar no letreiro de Hollywood, imaginando tudo isso.

Alano interrompe o silêncio:

— Quer mesmo passar nosso tempo juntos assim?

Se eu quisesse continuar vivo, talvez fizesse um clube do livro com Alano. Mas não quero.

— Não, é só que... — começo. — Eu passei mais tempo pensando em como morrer do que no que eu faria antes de morrer.

— Então como deveríamos começar este possível Dia Final? — Alano levanta o dedo, me silenciando antes de eu responder. — Mas você não pode sugerir nada que force hoje a ser o Dia Final.

— Droga.

Sempre pensei em atuar, e por isso tentei conquistar meu papel dos sonhos, mas não deu em nada. Passei um tempo com minha mãe e meu padrasto. Só isso. Tento me inspirar no que meus Últimos Amigos fizeram em seus Dias Finais. Não sou religioso, então não quero ir para a igreja nem nenhum outro templo como quando acompanhei meu primeiro Último Amigo, Amos, até a sinagoga que ele frequentava na infância. Eu me lembro de ter me divertido muito com meu terceiro Último Amigo, Darwin, em um fliperama em Hollywood em que ele recebeu prioridade em todas as filas por causa do passe de Dia Final, mas não estou no clima para jogar.

— Não sei — falo.

— Tive uma ideia. Quer saber ou prefere ser surpreendido?

— Tanto faz.

Alano digita um endereço na tela do GPS do carro. Olha pelo retrovisor, e torço em segredo para pegar o retorno e me levar de volta para o letreiro de Hollywood, mas ele continua seguindo adiante.

Volto a ficar cismado com Peg Entwistle e leio sobre ela no celular para descobrir mais paralelos entre nós dois, o que vai manter meu foco no objetivo. Então encontro a transcrição de sua carta de suicídio:

Tenho medo, sou covarde. Peço desculpas por tudo. Se eu tivesse feito isso muito tempo atrás, teria poupado bastante sofrimento. P. E.

Vivi muito tempo me sentindo morto por dentro, mas nunca quando alguém está falando sobre seus percalços na vida. Eu me esforço para não chorar depois de ler as últimas palavras de Peg, certo de que, seja o que for que Alano esteja planejando para nós dois, vou confiar no sofrimento de Peg e me poupar do meu próprio sofrimento.

1h14

É, Alano perdeu mesmo a noção se acha que me trazer à Hollywood Boulevard vai me salvar.

— Sei que a gente não se conhece muito bem, mas você já deveria ter sacado que isso não vai funcionar.

Alano estaciona.

— Olha...

— Por que eu viria a Hollywood no meu Dia Final?

— Em minha defesa, a gente se conheceu no topo do letreiro de Hollywood.

— Eu estava lá para me matar! Você me trouxe aqui para eu me matar?

— Não. Trouxe você aqui para se inspirar.

— Tudo bem, beleza, vou procurar outra maneira de me matar.

Alano gesticula para eu respirar fundo com ele, mas eu me recuso. O suspiro dele sai alto e frustrado.

— Talvez tenha mesmo sido uma ideia idiota trazer você aqui, mas sua dor é profunda demais, e eu não quero perder tempo fingindo que ela não existe. Comecei a ler um livro de psicologia chamado *O que saber sobre quem está morrendo por dentro*. No primeiro capítulo, a dra. Glasgow traz uma imagem muito bonita sobre tratar pensamentos negativos como ervas daninhas que precisam ser arrancadas para que boas sementes possam ser plantadas. Sempre vai ter ervas daninhas no seu jardim enquanto elas ainda tiverem raízes, mas você pode semear e cultivar flores também. — Ele respira fundo de novo, soltando o ar de um jeito mais estável. — Não quero cavar um túmulo mais fundo para você, Paz. Só estou tentando ajudar você a sair dele.

Olho para as janelas escuras, imaginando a Hollywood Boulevard como meu terreno baldio de ervas daninhas, flores mortas e plantas secas, feito o meu quarto. Tentar transformar isso em flores é cansativo, como se eu fosse passar o resto da vida arrancando as ervas daninhas — suado, com queimaduras por causa do sol e completamente triste — e ainda assim nunca conseguir salvar o jardim. Mas Alano não está me pedindo para fazer a faxina de uma vida inteira. Só está me incentivando a abrir espaço para uma única flor.

Solto o cinto e piso na calçada, saindo do carro dele para Hollywood.

Hesitante, Alano sorri e se junta a mim.

— A gente vai fazer isso mesmo? — questiona ele.

— O que exatamente a gente vai fazer?

— Quanto mais uma flor é exposta à claridade, mais depressa ela desabrocha.

Eu o encaro.

— Vou voltar para o carro.

Alano ri.

— Eu queria saber mais sobre você e sua jornada na atuação.

— Para alguém que não quer perder tempo, você deveria só ter dito isso.

Ele ri de novo. Não estou nem tentando fazer graça, só falando a verdade.

Não acredito que Alano está me aguentando. Dá para ver que ele está se esforçando muito para não precisar cumprir a promessa que fez. Preciso me recompor e cumprir minha parte do acordo, mesmo se me abrir não passar de uma performance. Afinal, foi por isso que criei o Paz Feliz.

— Eu me mudei para cá no ano passado. Achamos que seria um recomeço — falo de um jeito leve e despreocupado, como se já estivesse plantando mudas no meu jardim, mas na verdade as ervas daninhas estão arranhando e apertando meu coração. — E depois da estreia de *Chamadas perdidas mortais*, minha vida foi destruída mais uma vez.

— Sinto muito — diz Alano.

Não consigo engolir o lamento, porque nada disso foi culpa dele — no máximo, de seu pai.

— Aposto que a série foi péssima para a sua família também — comento.

Alano fica em silêncio. Deve estar prestes a falar algo misterioso, como se os negócios da família dele fossem sigilosos ou algo do tipo, mas ele se abre comigo.

— Meu pai não se preocupou muito com a possibilidade de as pessoas se voltarem contra a Central da Morte. A empresa tem um histórico impecável desde o primeiro Dia Final. Mesmo assim, ele conversou com os produtores na esperança de cancelarem o projeto para proteger as famílias envolvidas, que teriam suas feridas desnecessariamente reabertas. — Ao passar pela faixa de pedestres, vejo a culpa no rosto de Alano. — Famílias como a sua.

— Minha mãe e meu padrasto torceram para que meu episódio relembrasse as pessoas da minha inocência, mas só me queimou outra vez, como se eu fosse uma ameaça. Nenhum empresário ou agente quis me representar. Fui rejeitado por vários estúdios de atuação. Fiquei desesperado para atuar em alguma coisa, para provar que ninguém ligaria se eu estivesse atrelado a algum projeto. Mandei testes para tudo que puder imaginar. Trabalhos audiovisuais de universitários, comerciais e até para uma sequência do *Sharknado*.

Alano estremece de vergonha alheia.

— Eita. Quer mesmo um filme de furacão e tubarões na sua página do IMDb?

— Não quero que meu último trabalho seja como eu mesmo em um documentário sobre quando assassinei meu pai.

À medida que andamos por Hollywood, mais difícil se torna ficar aqui. Não venho para esta área da cidade desde o ano passado, embora quase tenha sido arrastado para cá recentemente por uma Última Amiga, Marina, porque, de todos os lugares aonde poderia ir, ela resolveu que queria visitar o museu Madame Tussauds em seu Dia Final, mas mudou de ideia. Sempre que minha família precisa passar por aqui de carro, eu fecho os olhos. Dói demais ver os outdoors, os cinemas de rua e as estrelas na Calçada da Fama.

Atravessamos a rua, e à esquerda, entre a Hollywood Boulevard e La Brea, fica a escultura Four Ladies of Hollywood, que visitei com minha mãe e Rolando quando nos mudamos para cá. Conto a Alano que começamos a passear pela Calçada da Fama por lá, já que minha mãe queria ver a estátua de bronze da Marilyn Monroe no topo do gazebo da escultura e Rolando queria uma foto com a estrela do Elvis Presley. Foi a primeira de uma centena de fotografias, porque eles surtavam sempre que viam as estrelas de suas celebridades favoritas, como se estivessem lá de carne e osso em vez de serem apenas nomes gravados em latão.

— Sonhei muitas vezes com o quanto seria incrível ter minha própria estrela — falo, resistindo à tentação invejosa de pisotear as estrelas dos outros. — Não por minha causa, mas pela minha mãe. Ela ficaria muito orgulhosa, provavelmente acamparia nas ruas para contar a todo mundo que passasse que a estrela em que pisaram é do seu filho. — Já sofri com o tanto que vivi apenas porque era isso o que minha mãe queria, mas também há momentos em que vivi só porque queria dar orgulho a ela. — Nunca terei uma estrela.

Alano para, apontando para uma estrela sem nome.

— E essa aqui?

— Só está aí esperando gravarem o nome de alguém.

— Pode ser você, Paz!

— É, eu não acho que o comitê vai me dar uma estrela por uma mísera cena como Larkin Cano, ainda mais porque nem deram uma estrela póstuma a Howie Maldonado por interpretá-lo em oito filmes.

— Não por Scorpius Hawthorne, ao menos não só por isso. Você vai ganhar uma estrela por todo o trabalho que ainda vai fazer — fala Alano.

Começo a protestar porque ele não está me entendendo, mas Alano me pede para ouvi-lo, e é o que faço em vez de discutir.

—Você tem razão, só precisa de uma oportunidade para provar que as pessoas estão erradas a seu respeito. Por exemplo, o Robert Downey Jr. Ele já foi preso por posse de cocaína, heroína e uma Magnum calibre .357 descarregada. As pessoas falam sobre isso ou sobre ele ser o Homem de Ferro? E o Tim Allen, então? Para mim, ele é o Buzz Lightyear, não um traficante de drogas. E não vou nem mencionar Hugh Thompson, que está concorrendo à vice-presidência mesmo tendo difamado a Central da Morte tantas vezes, embora nunca tenha se inscrito. O primeiro Dia Final vai sempre ressoar na sua vida, mas acredito que, com o tempo, você consiga fazer as pessoas se lembrarem de quem você realmente é.

Fico me perguntando se Alano ainda planeja assumir a Central da Morte. Se não, ele daria um ótimo coach de desenvolvimento pessoal, talvez até um psicólogo. Conversar com ele lembra as minhas sessões com Raquel, quando ela me encorajava a seguir em frente, mas significa ainda mais vindo dele, porque Alano é um estranho que não está sendo pago para ouvir sobre minha vida de merda. Pela primeira vez, conversar sobre minha vida não está custando nada à minha mãe. Pelo contrário, está dando a ela mais tempo comigo.

— Tudo bem, mas Hugh Thompson não é uma estrela de Hollywood — rebato. — Ele também não tem uma estrela.

— Tem razão. Também não sei se os outros que mencionei têm — responde Alano, acanhado.

— Talvez fosse melhor você pesquisar em vez de espalhar fake news, como Hugh faz.

Alano fica boquiaberto.

— Pesquisa aí no seu celular.

— Pesquisa no seu, ué.

— Está desligado, para que meus pais e meu guarda-costas não me rastreiem.

Não vou arriscar que o levem embora antes de chegar minha hora de morrer, então pesquiso os atores.

— Beleza, o Tim Allen tem uma estrela, mas o Robert Downey Jr., não.

— Um crime tão grande quanto você também não ter uma — fala ele.

— Não, para de tentar me bajular. Você não vai ganhar meu voto.

— Então fico feliz que você vá estar vivo no outono para não votar em mim — diz Alano, piscando com o olho verde.

Sorrio para ele, como pratiquei milhões de vezes como o Paz Feliz, mas parte do gesto parece ser verdadeiro, e eu odeio essa parte porque é esperançosa, e ter esperança é tão perigoso quanto um menino de nove anos com uma arma. Lembro que Alano acredita que as estrelas no céu preveem o destino, que contam histórias, mas ele está contando a versão resumida dos fatos, ignorando as partes caóticas. Tipo como o Robert Downey Jr. tinha quarenta e poucos anos quando virou o Homem de Ferro, e eu não consigo viver nem mais vinte horas, muito menos vinte anos. Ou como Hugh Thompson só conseguiria construir uma plataforma política ao mentir sobre a Central da Morte, por causa do erro histórico deles. Essa sim é a verdade nua e crua.

Continuo andando sobre as estrelas, consciente de que nunca vou ter a minha.

Chegamos perto do El Capitan, um dos primeiros cinemas de Hollywood, que tem uma placa deslumbrante promovendo *Viúva Negra*. O filme foi lançado no mês passado, depois de um leve atraso por causa do susto do coronavírus. Assisti a alguns vídeos da Scarlett Johansson e da Florence Pugh surpreendendo os fãs na noite de estreia. Fiquei com inveja de todo mundo — pareceu tão fácil para as atrizes entrarem e saírem ao som de aplausos em um cinema, e as pessoas eram tão sortudas de uma exibição comum ter se tornado uma experiência extraordinária, um presente por simplesmente estarem em Hollywood.

Mas nada dói mais do que o que não vivi doze anos atrás.

— A première mundial de *Scorpius Hawthorne e os funestos imortais* foi aqui — conto.

— Uau — diz Alano, assimilando a vista do cinema como se fosse um fato curioso. — Foi legal?

— Não vim. O estúdio convidou a gente, mas meu papel era pequeno demais para arcarem com o custo das passagens. Não tínhamos dinheiro, então minha mãe teve que recusar.

Mais um lembrete de que minha vida tinha limites antes mesmo do incidente, que a única coisa boa que já aconteceu comigo foi eu conseguir um papel em um filme que não pude celebrar com os outros atores.

— Que droga. Mas você conseguiu ver o filme no cinema?

— Sim... — Hesito, sentindo algumas flores desabrocharem no meu terreno baldio mental. — Minha mãe ficou chateada por não irmos à première, então planejou uma para mim no fim de semana de estreia. Ela convidou toda a minha turma da escola. Não lembro de muita coisa, só que fomos ao cinema num sábado de manhã com capa de bruxo e gravata de grampo para dar um toque especial. Ah, e minha mãe comprou papel de presente vermelho da lojinha de 1,99 e espalhou na frente do cinema como se fosse um tapete. — Fico embaixo da placa do El Capitan. Não me sentindo mais mal por ter perdido a première. — Nossa, fazia anos que eu não pensava nisso. É engraçado como as lembranças se perdem, né?

— Aham. — Alano olha para a placa também, como se percebesse que minha lembrança é melhor do que o que imaginei. — Parece que sua mãe ama muito você — comenta ele, voltando a olhar para mim ao seguirmos pelo quarteirão. — Imagino que ela sempre tenha apoiado seu sonho de ser ator, certo?

— Nossa, sim. Até quando a aula era pura bagunça e os professores pediam para que fingíssemos ser ovos mexidos na frigideira ou qualquer baboseira assim. Meu pai é que não me levava a sério até eu entrar para o filme. Ele me tratava como uma criança que queria ser algo impossível, tipo um cavaleiro ou um dinossauro. Minha vida teria sido muito diferente se minha mãe não tivesse me levado àquelas aulas no fim de semana, às audições, ao Brasil para as filmagens, e a todas as outras coisas... Talvez eu fosse mais feliz.

É triste pensar nisso, mas é verdade. Eu poderia ter superado o sonho de me tornar um ator conhecido, como em geral acontece quando as crianças crescem e param de fingir ter bracinhos de tiranossauro rex. Eu poderia ter arrumado um trabalho qualquer, como caixa em uma loja ou garçom, só para conseguir uns trocados. Talvez meus colegas de trabalho tivessem virado meus amigos. E talvez esses amigos tivessem virado mais que isso. Minha vida poderia ter sido diferente.

— Mas não é culpa da sua mãe por apoiar seus sonhos, Paz — diz Alano com delicadeza. — Ela só está fazendo a parte dela. É muito bonito o tanto que ela acredita em você.

Ele deve achar que sou um monstro que culpa a mãe por tudo, mas não é isso. Nunca culpei minha mãe por não ter se separado do meu pai, independentemente de quantas vezes ela tenha se desculpado por isso. Nunca a culpei por sermos tão pobres, porque eu via os sacrifícios que ela fazia para pagar as contas. Mas tem uma coisa pela qual eu a culpo, sim. Algo que não sei nem como dizer sem me sentir ainda pior. Só revelo o que é quando alcançamos o quarteirão de estrelas seguinte, depois de passarmos por um homem que tenta vender maconha para a gente e por uma mulher ficando chapada.

— Às vezes é difícil viver por uma pessoa que me ama tanto.

Alano fica em silêncio, e eu espero ele me julgar, porque, caramba, como a minha vida deve ser difícil, tendo uma mãe que me ama.

— Eu entendo.

— Mesmo?

— Nasci depois de nove anos de tentativas e doze abortos espontâneos. Meus pais nunca disseram isso, mas às vezes acho que minha mãe estava disposta a morrer tentando engravidar e que meu pai concordava com essa decisão. Nunca entendi como podiam se amar tanto e ainda assim deixar a morte tomar um espaço tão grande, sobretudo por alguém que nem existia. — Alano balança a cabeça, como se ele mesmo não achasse que a própria existência valia todo esse risco. — Meus pais dizem que sou o milagre deles. Morreriam de tristeza se um dia descobrissem que quase me tornei uma tragédia.

Paro de repente, bem em cima de mais uma estrela provisória.

— Eles não sabem que você tentou se matar?

— Não. Minha tentativa foi muito impulsiva. Teria surpreendido a eles tanto quanto me surpreendeu. Não sei como eu sequer daria início a essa conversa com os meus pais, sabendo de tudo que eles passaram para me ter. Então nunca falei com ninguém… — Alano dá de ombros. — Até agora.

— Ninguém sabe?

— Ninguém além de você, Paz.

— Nunca falou disso nem na terapia?

— Não estou fazendo terapia agora, mas gosto de pensar que eu confiaria na pessoa a ponto de contar meu segredo.

— Não se preocupe com seus segredos, eles vão morrer comigo.

— Eu preferiria que eles vivessem com você — diz Alano. — Os seus também podem viver comigo.

O olhar dele é intenso. Quero desviar o rosto, mas não consigo porque é como se ele estivesse me hipnotizando para contar tudo.

— Pode confiar em mim — garante em um sussurro ou um grito, não sei.

Estou tão absorto pela forma como Alano está me olhando que meu rosto fica corado.

— Minha mãe ameaçou se matar — falo, depressa. No mesmo instante, sinto o aperto em meu coração afrouxar. — Foi depois de eu tentar me matar.

— Qual vez?

Esqueci que contei sobre minha segunda tentativa de suicídio quando ainda estávamos no topo do letreiro de Hollywood. É mais um dos meus segredos, algo que também escondi da minha psicóloga, só que Alano está conhecendo meu verdadeiro eu, e há certo conforto em alguém saber minha história antes que eu morra.

— Depois da primeira.

— A overdose de antidepressivos — conclui ele, não em tom de pergunta.

Alano realmente é um bom ouvinte.

— Depois da lavagem estomacal, minha mãe ficou aliviada, mas também transtornada. Não brava, mas muito triste. Ela sempre gostou de planejar as coisas, fantasias de Halloween, aquela première… mas disse que não faria planos de viver em um mundo sem mim. Guardei esse segredo, até mesmo dentro de casa. Não quero que meu padrasto saiba que a existência dele não é o suficiente para ela, e não tenho coragem de jogar na cara dela o quanto ouvir isso foi injusto. — Minha respiração fica ofegante, pesada, como se eu estivesse sem fôlego, e meu rosto está molhado de suor e lágrimas. — Eu amo tanto minha mãe, Alano, mas odeio minha vida ainda mais.

Os olhos de duas cores de Alano estão marejados. Não consigo olhar para ele, então fito sua camiseta com o esqueleto fumando um cigarro, pensando que logo, logo serei apenas uma pilha de ossos.

— Parece que sua mãe não consegue suportar a ideia de viver sem você. Mas esse é um peso imenso para se carregar... para se arrastar, na verdade. O que fez você mudar de ideia, já que se sente pronto para...?

— Deixar ela morrer também? É que minha mãe não vai mais se matar.

— Por que não?

— Ela está grávida — respondo. Ainda me surpreende isso ser verdade, e não uma mentira que estou contando para conseguir o que quero. — Descobri hoje.

Alano fica confuso.

— Pelo visto não é impossível para a minha mãe engravidar — continuo.

— Não, eu sei. Em abril, uma mulher de sessenta e oito anos deu à luz depois de fazer uma fertilização in vitro, e uma outra que diziam ter entre setenta e dois e setenta e cinco teve um parto normal em outubro do ano passado, mas... — Alano fecha os olhos e cerra as mãos em punhos, como se estivesse prestes a brigar consigo mesmo por se deixar levar por curiosidades aleatórias. — Eu *sei* que é possível, mas não entendo por que acha que outro filho poderia substituir você.

Dou de ombros.

— Minha mãe só precisa ser a mãe de alguém.

— Ela quer ser a *sua* mãe pelo máximo de tempo possível.

É provável que ela ainda viva uns trinta anos, talvez quarenta se tiver sorte, mas nem conheço a sensação de viver trinta anos, e nunca quero descobrir.

— Dei a ela dezenove anos. Talvez o filho novo dê mais alguns.

Tenho certeza de que meu irmão mais novo um dia vai ser mais velho do que sou hoje. Vai poder cuidar tão bem da minha mãe a ponto de ela se esquecer de mim.

— E se ela perder o bebê? — indaga Alano. — Existem muitos riscos para gravidez em idade avançada...

— Para! — grito, fechando os olhos e cobrindo as orelhas.

Não quero ouvir sobre os fatos em que evitei pensar a todo custo.

As mãos de Alano envolvem as minhas, baixando-as com gentileza.

— Desculpa. Eu só queria me certificar de que você pensou direito.

— Não quero pensar direito — respondo, afastando as mãos das dele. — Não quero pensar na minha mãe tendo um aborto espontâneo e perdendo os dois filhos, beleza? Ela não vai ser forte como sua mãe. Não tenho dúvidas de que ela vai tirar a própria vida, e eu não posso pensar nisso.

Mas agora não consigo pensar em outra coisa.

Quando passei aqueles três dias na ala psiquiátrica, fui atormentado pela ameaça da minha mãe. Minha imaginação foi a mil, pensando em como ela se mataria se cumprisse a promessa. Primeiro pensei que ela imitaria meu suicídio, numa maneira quase doentia de querer se aproximar de mim na morte. Depois eu a imaginei se colocando em perigo, talvez se jogando do carro em movimento ou ateando fogo ao próprio corpo. Mas não acho que seria rápido assim. Aposto que minha mãe pararia de cuidar de si mesma — se recusaria a comer, se entupiria de bebidas alcoólicas, abandonaria Rolando — e depois de um tempo o coração dela entenderia o recado e morreria. Essa morte lenta e infeliz é como eu me sinto todos os dias, e não desejo isso para a minha mãe.

— Não quer conhecer o bebê? — pergunta Alano, me arrancando dos pensamentos.

Da mesma forma que não quero estar aqui para descobrir quem vai ser escalado como a Morte, é melhor que eu não saiba mais sobre a criança que vai me substituir. Só que é inevitável. Reluto contra as lágrimas, pensando em segurar o bebê, fazer careta para que ele ria, ensinar palavrões e em tudo que posso fazer para impedir que a vida dessa criança seja desolada como a minha.

— Nunca vou conseguir me matar se eu precisar ser o irmão mais velho dessa criança — falo.

Alano assente devagar.

— Conversar com você faz eu entender melhor meus pais. É muito incrível o quanto você ama alguém que ainda nem existe. Tanto que você quer morrer agora porque sabe que vai colocar essa nova vida acima da sua.

Não consigo mentir em voz alta, nem para mim mesmo, porque Alano foi certeiro.

— Amo tanto essa criança que não quero estragar a vida dela. Ela vai ser mais feliz sem mim.

— Se acha mesmo isso, então deveríamos fazer com que ela saiba que você a amava — propõe Alano.

Ficamos em um suspense enigmático antes de seguirmos pelo quarteirão.

Num piscar de olhos, essa viagem ao passado se tornou uma montanha-russa de tudo o que faz eu me sentir culpado.

1h45

— Você já foi para a Arena de Viagens pelo Mundo? — questiona Alano.

Ele ainda não me contou aonde vamos, mas esta é a terceira tentativa de puxar assunto desde que falamos sobre a gravidez da minha mãe. Primeiro Alano me perguntou sobre meu filme favorito que não seja da franquia do Scorpius Hawthorne, mas não respondi. Ele disse que é fã de tudo que o Christopher Nolan faz, mas que o favorito é *Amnésia*. Acho que esse é o filme contado de trás para a frente. Sei lá, não assisti. Em seguida, quis saber se já viajei para algum lugar fora Nova York, Los Angeles ou Brasil, e a resposta é não. Agora lá vai ele de novo, falando sobre as arenas que são basicamente versões muitíssimo tecnológicas do parque temático Epcot da Disney.

— Fui uma vez — digo, mas não quero entrar em detalhes. — E você?

— Fui algumas vezes com os meus pais, durante as turnês de imprensa da Central da Morte, e acho que é bem legal para Terminantes, mas não aprofunda muito em nenhuma cidade estrangeira. Seria como ir para a Times Square ou para Hollywood e voltar para casa achando que conheceu Nova York e Los Angeles, quando na verdade só teve uma experiência turística. O que você achou?

— Não foi um dia muito bom — falo.

— O que aconteceu? Você... Ah. Que idiota. Achei que você tinha ido para se divertir. De acordo com a administração, a maioria das pessoas vai para lazer, superando Terminantes em oitenta e quatro por cento. Você foi com um Terminante?

Eu queria levar esse segredo patético para o túmulo, mas quem se importa.

— Fui com um Último Amigo — confesso.

— Muito legal da sua parte.

— Não é, não. Só estava me sentindo muito sozinho e sabia que os Terminantes também estariam desesperados por um amigo, então topariam sair com um assassino.

— Você não é assassino, e essas pessoas sabiam disso. Quantos Terminantes foram?

— Seis.

— Caramba.

— É muito?

— É algo subjetivo, claro. A revista *Time* publicou uma matéria bem interessante sobre quem se voluntaria para ser Último Amigo de alguém. Foi um especial para o aniversário de cinco anos do app. Deram várias estatísticas sobre a frequência com a qual essas pessoas ajudam os Terminantes. A maioria se voluntaria só uma vez, se muito. Seu amigo Orion Pagan nunca usou o aplicativo, apesar de a história de amor dele ter inspirado a criação da plataforma, mas o recordista, Teo Torrez, se voluntariou mais de cento e trinta vezes para honrar o filho, que viveu o melhor Dia Final que podia graças a seu Último Amigo.

—Você disse...

— Cento e trinta vezes? Aham.

— Isso é muita coisa! Seis não chega nem perto.

— Seis é um número bem alto para alguém que não quer mais viver.

Não mereço esse crédito, porque não sou nada nobre.

— Eu estava me sentindo sozinho.

— Mas você não precisa mais se sentir assim. Sempre vou estar aqui.

— Sempre não é muito tempo.

— Então vou ser seu Último Amigo até o fim — promete Alano.

Nunca pensei em me inscrever para arrumar um Último Amigo, porque já tive experiências horríveis naquele app, ainda mais da última vez. Acho que Alano vai ser melhor do que os Terminantes com quem fiz amizade, mas já quebrei a cara muitas vezes.

— O que aconteceu na sua visita à Arena de Viagens? — pergunta ele.

— Fui com uma menina chamada Robin... — Fico me sentindo mal por não me lembrar do sobrenome dela. — Ela morreu em Paris. A Paris da Arena, óbvio.

—Você viu?

Assunto delicado.

— Não. A gente estava junto havia algumas horas, e eu estava tentando animá-la, mas lá pelas duas ou três da tarde ela ficou nervosa, começou a suspeitar de que talvez eu mesmo fosse matá-la. Ela me pediu para ir embora, e eu fui. Descobri na internet que ela morreu poucos minutos depois. Deu algum problema na simulação do rio Sena e...

— E ela foi sugada para uma parte perigosa da piscina, não foi? — interrompe Alano. — Robin Christensen.

— Espera, como sabe disso? Você conhecia ela?

— Li uma matéria. Talvez a mesma que você leu.

Eu não me lembrava do sobrenome de Robin mesmo tendo passado cinco horas com ela, mas Alano lembrou apenas por causa de uma simples reportagem.

—Você gosta de ler sobre mortes?

— Gosto de ler sobre a vida real — explica. — Ainda mais sobre quem morreu por conta de parceiros da Central da Morte. Minha família fica de olho nisso, assim como em qualquer um afetado pela empresa.

— Como no primeiro Dia Final — digo, sentindo o peso do trauma e tirando a mochila do ombro para pegar algo dentro.

Alano se aproxima tão rápido que acho que ele vai me atacar, mas só segura meu braço.

— Não faz isso — implora ele.

— O quê?

— Atirar em si mesmo.

Por pouco — pouquíssimo! — não dou uma risada na cara dele.

— Não vou fazer isso — retruco, me soltando dele e pegando o maço de cigarro e o isqueiro.

Alano suspira, aliviado. Estou prestes a tragar o cigarro, tentando buscar alívio também. Mas ele o derruba da minha mão.

— Ei! Quer que eu pegue a arma?

Apesar da ameaça, Alano ri.

— Estou tentando fazer com que você fique vivo.

— Um cigarro não vai me matar hoje.

— Mas pode matar você em alguns anos.

— Só vou continuar vivo por mais algumas horas.

— Tenho um motivo maior para manter você vivo por muito mais tempo — diz ele, pegando o maço e jogando no lixo.

Aponto para o esqueleto fumante na camiseta dele.

— Para alguém que não quer que eu fume, você está me provocando até demais.

Alano baixa o olhar para a camiseta.

— *Kop van een skelet met brandende sigaret* — fala ele, seguindo pela rua como se não percebesse que acabou de falar outra língua.

— Copi-van-e-blá-blá-blá... de cigarro?

— Em holandês quer dizer "Caveira com cigarro aceso". Van Gogh fez essa pintura quando estudava na Academia Real de Belas-Artes, mas largou porque...

— Você fala holandês? — interrompo, mais interessado nesse fato do que na vida de Van Gogh.

— *Een beetje* — responde Alano. Em seguida, traduz, tímido: — Um pouco. Sempre estudo antes de visitarmos países a trabalho ou a lazer.

— Quantas línguas você fala?

— Sou fluente em francês, alemão, português, italiano, tailandês, russo, chinês e Língua de Sinais Americana. E estou estudando japonês, persa e holandês.

Achei que ele fosse listar três línguas, talvez quatro.

— Só isso?

— E inglês e espanhol, obviamente, por causa dos meus pais. Acredito que você também.

— Não, sou um péssimo descendente de porto-riquenhos. Minha mãe e meu padrasto falam espanhol, mas eu só sei inglês mesmo.

— Se precisar de um professor, conheço um bom — oferece Alano, levantando a mão.

Será que é assim não ter um cérebro que atrapalha suas emoções e arruína sua vida? Sobra tempo para aprender línguas e fatos sobre Van Gogh, Peg Entwistle e Terminantes desconhecidos? Isso me faz querer dar meia-volta e pegar meus cigarros no lixo.

— Por que a camiseta, então? — indago, ainda com vontade de sentir a fumaça entrando nos pulmões.

— Ninguém sabe por que Van Gogh pintou, mas estudiosos consideram a pintura uma *vanitas*.

— *Vanitas*? Isso também é holandês ou uma das outras línguas que você fala?

— É latim, e essa eu não sei falar.

— Ainda.

— Ainda — repete Alano, como se de fato quisesse aprender uma língua morta. — *Vanitas* são obras de arte que seguem a linha natureza-morta e usam objetos simbólicos da morte. Em geral são crânios, às vezes flores murchas. O intuito é lembrar quem as contempla da própria mortalidade. É similar à ideia de *memento mori*, que significa "lembre-se de que morrerá" em latim. Meu pai quase usou isso para nomear a empresa, mas quis algo original.

Não dou a mínima para essa curiosidade sobre a Central da Morte, mas depois de descobrir o significado por trás do esqueleto fumante, parece que estou olhando para um espelho.

— Não acha estranho estar tentando evitar minha morte enquanto usa uma camiseta que me lembra de que vou morrer?

— Não sou vidente, Paz. Não me vesti hoje sabendo que passaria a noite com um garoto que quer tirar a própria vida. Coloquei a camiseta para lembrar a mim mesmo de que preciso viver enquanto posso. Mas se incomoda tanto assim...

Alano para e tira a camiseta, ficando seminu no meio da rua. Em seguida, vira a peça do avesso. Observo seu corpo o tempo todo — os ombros esculpidos; o pelo ralo no meio do peitoral definido; a atadura que envolve seu abdômen; o V marcado, sumindo dentro da calça jeans. Não ligo para a mancha de sangue seco no curativo. Já vi coisas piores em mim mesmo, mas o corpo dele é simplesmente... melhor. Quero morrer, mas meu coração ainda está batendo, e bombeando muito sangue no momento. É como se meu coração fosse um isqueiro e eu, um cigarro. O fogo começa na minha cabeça e desce queimando tudo até chegar no meu...

Com um sorriso, Alano me pega olhando.

— Você estava só tentando me fazer tirar a camiseta? — pergunta ele, jogando a peça por sobre o ombro. — O que for preciso para deixar você feliz.

— Seu corpo não é um antidepressivo.

— Mas ajuda?

Odeio como os filmes de Hollywood sempre perdoam atuações ruins só porque a pessoa é atraente. Já me perguntei algumas vezes se eu também seria perdoado se fosse gostoso. Isso me deprimiu no passado e está me deprimindo de novo agora.

— Não. Na verdade, faz eu me sentir ainda pior por não ser assim.

— Foi mal.

Alano veste a camiseta de novo, do avesso para que eu não veja o esqueleto fumante.

Quando me acalmo, pergunto:

— Como está se sentindo? Depois do ataque?

— Ah, estou indo. É um milagre meus pontos não terem aberto, já que fiz esforço físico. Talvez abram quando a gente sair no soco para eu defender sua beleza.

Certo, Alano com certeza está se esquivando, mas não está fazendo efeito, porque um elogio não vai salvar minha vida, assim como o corpo dele também não vai.

— É melhor aproveitar a oportunidade, você tem menos de duas horas comigo.

— Bem, talvez nossa próxima parada faça você mudar de ideia. Já estamos quase lá.

Alano desiste do flerte, se bem que eu teria gostado disso em outro momento. Talvez em outra vida, uma na qual o transtorno de personalidade borderline não me fizesse duvidar dos meus próprios sentimentos. Não posso sentir coisas boas, não posso ser feliz. Minha mente é um campo minado e não há lugar seguro; tudo detona ainda mais minha depressão. É por isso que, por mais carinhoso e lindo que Alano seja, a próxima vez que ele tirar a camiseta vai ser porque ela estará suja com respingos do meu sangue.

Descemos uma rua, e ele enfim para.

— Chegamos.

Estamos em frente a uma lojinha antiga, com uma fachada de madeira listrada em marrom e amarelo. A vitrine mostra prateleiras de relógios ao lado de caixas de presente coloridas embrulhadas em laços bege. Tem uma placa com os dizeres ABERTO 24 HORAS na porta vermelha e uma maior ainda no alto:

LOJA TEMPO-PRESENTE
NADA COMO O PRESENTE... PARA DAR UM PRESENTE!

— Vai me dar um presente? — pergunto.

— Você não conhece a Tempo-Presente?

— Não.

— São relativamente novos. A primeira loja foi inaugurada em Chicago em setembro do ano passado.

— Essa parece ser velha.

— O fundador queria que as lojas tivessem um aspecto convidativo e aconchegante para os Terminantes.

— Não entendi. Por que é uma loja para Terminantes?

— É seu Dia Final, Paz — diz Alano, dando uma piscadinha ao abrir a porta. Um sininho toca. — Por que não entra e vai ver por conta própria?

Se vamos agir como se de fato fosse meu Dia Final, preciso colocar o Paz Terminante para jogo. Entro na loja, que está aquecida e tem cheiro de caixas de papelão. Nunca vi tantos relógios na vida: relógios de parede, de pêndulo, de coluna, cucos, relógios digitais e até mesmo relógios de sol. Há também um armário de vidro cheio de relógios de pulso com dezenas de pulseiras. Não tem ninguém atrás do balcão, mas vejo uma mulher de meia-idade conversando com um idoso na área de vendas.

— Já atendo vocês — grita ela para nós.

— Tudo bem — falo, e me viro para Alano. — Ainda não entendo como esta é uma loja para Terminantes.

— O que acha que estão vendendo? — pergunta ele.

— Relógios, acho.

— Estão vendendo tempo. — Alano vira uma ampulheta de bronze e vê a areia vermelha caindo. — Terminantes nunca têm tempo para fazer tudo o que precisam em seus Dias Finais, nem mesmo as pessoas que por um milagre recebem a ligação à meia-noite e só morrem às 23h59. Não há nem ao menos a chance de fazer despedidas elaboradas. A Tempo-Presente é uma loja versátil para Terminantes que querem deixar algo especial para seus entes queridos, mas não podem gastar seu precioso tempo comprando em diferentes estabelecimentos ou esperando na fila do correio para enviar presentes para outros cantos do país. É possível personalizar os relógios e até mesmo inserir gravações em alguns objetos.

— Alano se vira para mim. — Eu trouxe você aqui para que possa deixar uma mensagem para o bebê.

— Tipo o quê?

— O que quiser. Uma palavra sábia de irmão mais velho. Poderia até ser algo simples como "eu te amo".

Talvez eu aconselhe a criança a nunca atirar em ninguém.

Olho nas prateleiras, sem encontrar nada especial até ver um relógio cuco laranja, vermelho e amarelo, esculpido como uma chama. Aperto um botão e uma fênix de porcelana sai das portinhas, ressoando. É uma ideia fofa — embora um pouco assustadora — para os Terminantes, ainda mais para quem acredita em reencarnação, mas não tenho nenhuma mensagem de renascimento para o bebê. Talvez eu possa recomendar os livros de Scorpius Hawthorne, já que tem o fantasma divertido de uma fênix que assombra o Castelo Milagro no segundo volume. Mas é bobo. Será que essa é mesmo a mensagem que quero deixar depois de morrer? Leia uma saga de fantasia que todo mundo vai ler até o fim dos tempos? E, só para não esquecer, aproveita e assista aos filmes, para ver seu irmão mais velho, ok?

Não. Preciso continuar procurando alguma coisa interessante.

— E esses aqui? — sugere Alano, me chamando para ir até ele ver três relógios de coluna: o primeiro é tradicional, feito de madeira; o segundo tem uma pegada *steampunk* com engrenagens de metal expostas; e o terceiro é fantasioso, com tons de verde e dourado e um formato curvilíneo, como se fosse do País das Maravilhas.

— Gostou de algum? Talvez você possa deixar um para sua família.

— Não — respondo.

— Tudo bem. Por sorte, eles têm mais opções.

— Não, não quero deixar um relógio desses para a minha família.

Afinal, não seria horrível para a minha mãe ter um lembrete de hora em hora de que eu não apenas morri, como também tirei minha própria vida?

— Quer comprar outra coisa para eles? — indaga Alano.

— Eu já deixei uma carta para a minha mãe — digo, dando as costas para ele.

— Uma carta de suicídio? — pergunta Alano, vindo atrás de mim no corredor. —Você deveria deixar uma lembrança mais bonita.

Passo tanto tempo quieto que poderia jurar que o mundo havia congelado, se não fosse pelos relógios de pêndulo fazendo barulho.

— E se eu quiser que minha mãe apenas se esqueça de mim e siga a vida dela?

Atrás de mim, Alano pousa as mãos nos meus ombros, me fazendo parar.

— Sua mãe poderia viver até os cem anos, e ainda assim nunca iria esquecer você — fala ele no meu ouvido.

Em seguida, Alano me vira, me fazendo ficar de frente para ele.

Amo tanto minha mãe que paro de discutir com Alano sobre isso. Vasculho a loja em busca de algo para todo mundo da minha família.

Vou até o armário de relógios de pulso para ver se algo chama minha atenção. Tem uma prateleira só com itens de personagens — Snoopy, Mickey Mouse, Homer Simpson, Scorpius Hawthorne (mas nada de Larkin Cano) e Mario, entre muitos outros —, e estou prestes a me virar quando vejo um relógio analógico do Pac-Man com uma pulseira de silicone retrô.

— Meu padrasto me chama de Paz-Man o tempo todo — comento, pegando o relógio.

Se Rolando estivesse em seu Dia Final, eu adoraria que ele me desse este relógio de presente com uma gravação de voz me chamando de Paz-Man. Assim eu poderia guardá-lo comigo para sempre.

Continuo andando e encontro uma ampulheta de quinze minutos com areia preta e branca.

— Isso me lembra *Otelo* — falo.

— A peça de Shakespeare?

— O jogo de tabuleiro. Jogo com a minha mãe desde pequeno. Agora o bebê vai poder fazer isso.

— Que fofo — diz Alano.

Encontrar algo para a minha mãe é o mais difícil, embora eu saiba que ela ficaria feliz ganhando qualquer coisa de mim, tipo um relógio personalizado com meu rosto ou um alarme com a minha voz desejando bom-dia, só para dar forças para que ela siga em frente. Tem um relógio de lembranças em uma mesa próxima, e nele se pode digitar inúmeras memórias queridas, que vão se repetindo em alguns intervalos. Só que, a menos que Alano me convença a viver muito mais, não tenho tempo para escrever todo momento bom que passei com a minha mãe. Então lembro que ela prefere coisas simples que dão conta do recado. Carro simples, sapatos simples. Escolho um medalhão de ouro com um relógio no compartimento ornamentado e um espaço para uma foto pequena.

— Minha mãe vai amar isso aqui — falo, pensando em como ela levaria o pingente para o túmulo.

— É lindo. Você é um ótimo filho — responde Alano.

Um ótimo filho continuaria vivendo pela mãe, mas ao menos estou dando a ela algo melhor para guardar; algo que não seja minha carta de suicídio.

Levo tudo para a seção de presentes, repleta de papéis de embrulho coloridos e fitas bege que vi na vitrine, junto a cartões e caixinhas brancas que parecem os detectores de fumaça lá de casa.

— Só um minuto — pede a funcionária, que está terminando de passar os itens do idoso no balcão.

Ela tenta devolver o cartão de crédito, mas o homem não está prestando atenção.

O idoso, com um boné dos Knicks na cabeça careca, pega uma caixa cor-de-rosa.

— Ainda dá tempo?

— Garanto que chegará ao seu filho logo pela manhã. Só preciso esperar até as três para chamar um motorista para ir a São Francisco.

— Não, não o pacote. — Ele é alto, mesmo inclinado sobre o balcão. Parece estar se inclinando ainda mais. — Ainda dá tempo de acertar as coisas?

— Se existe um momento para tentar, é agora.

O homem solta a caixa e pega o cartão de crédito, colocando-o na pochete.

— Obrigado, Margie.

— É uma honra poder ajudar — responde a moça. — Sinto muito pela sua perda, Richard.

O Terminante — Richard — sai fungando da loja. Não sei o que aconteceu entre ele e o filho, mas o que quer que tenha sido, parece que há alguma mágoa.

É inevitável pensar se existe algo que meu pai poderia ter me dito em suas últimas horas para compensar o trauma que nos causou. Um pedido de desculpas? Me aceitar como eu sou? Uma gravação rápida dizendo que me ama muito? Nem consigo me lembrar da última vez que ele falou que me amava. Mas como eu poderia acreditar nas palavras dele, que jurou amar minha mãe e ainda assim a tratou tão mal?

Talvez haja algumas coisas neste mundo que nunca podem ser acertadas, nem mesmo em uma vida longa, e com certeza não em um Dia Final.

— Posso ajudar? — oferece Margie, vindo para a seção de presentes.

— Vai ser só isso aqui — falo, colocando sobre a bancada o relógio de pulso, a ampulheta e o pingente.

— Se não for muito indelicado perguntar, você é um Terminante?

— Aham — minto.

— Sinto muito pela sua perda.

Sonhei por muito tempo em ouvir essas palavras, um sinal de que eu estaria morto em breve. Sinto que poderia chorar de felicidade e tristeza ao mesmo tempo.

— E você? — indaga Margie a Alano, semicerrando os olhos. Ela arqueja alto, reconhecendo-o. — Alano Rosa? Ah, não, querido, você também é um Terminante?

Alano balança a cabeça.

— Não, senhora — replica, embora não tenha certeza disso. — Estou aqui dando apoio ao meu Último Amigo.

— É muito generoso da sua parte. Fiquei preocupada depois de ver o incidente da Guarda da Morte no jornal. Se cuida, está bem?

— Farei o possível, senhora.

É difícil não levar para o lado pessoal, já que Margie fica mais sentida pela possível morte de Alano, mesmo sabendo — ou melhor, acreditando — que *eu* vou morrer. Não ser o filho famoso de alguém famoso não quer dizer que não tenho valor. Mas Alano não pensa isso a meu respeito. Como já fui um Último Amigo seis vezes, sei que essas amizades nem sempre funcionam, e é uma droga saber que alguém escolheu você como companhia nas últimas horas de vida e vocês não se dão bem, o que fez a pessoa perder seu tempo precioso. Mas Alano não está me fazendo perder tempo. Na verdade, ele está literalmente me ajudando a comprar mais tempo.

—Você escolheu presentes belíssimos — comenta Margie, lembrando que existo. Ela observa o futuro pingente da minha mãe. — Fez bem em vir cedo. Este é o último do estoque. Se tivesse chegado lá pelas seis ou sete, quando a maioria dos Terminantes já viveu o próprio luto e criou coragem para vir aqui, acho que já teria sido vendido.

Fico em silêncio.

— A mãe dele vai amar — fala Alano.

Margie bate no peito como se seu coração estivesse dilacerado.

— Ah, coitadinho. Se quiser gravar uma mensagem, sempre que sua mãe abrir vai ouvir sua voz. É como aqueles cartões em que dá para gravar um recado. Aqui também temos desses, se preferir — diz ela, virando para a seção de cartões.

—Vai ser o pingente mesmo, obrigado — respondo.

— Pode preencher isto para mim, meu bem? — pede Margie, me entregando um formulário.

A Tempo-Presente pede algumas informações pessoais, o nome que quero gravar nos presentes ("Pazito" no pingente da minha mãe, "Paz-Man" no relógio de Rolando, "Paz" na ampulheta do bebê) e as informações dos destinatários (tudo será enviado para meu endereço, e torço muito para que minha mãe não sinta que a casa está assombrada depois que eu morrer). Em seguida, Margie me entrega três caixas brancas, que são gravadores. Vou gravar os recados agora, e depois eles serão transferidos para cada objeto.

—Vou deixar você mais à vontade — fala Margie, retirando-se para a frente da loja.

— Eu também — diz Alano, indo para o canto com os relógios de coluna.

Fico sozinho com os presentes e os gravadores. Meu peito está apertado, e quero muito um cigarro para relaxar, mas preciso fazer isso. Começo com o áudio para o bebê, que vai ser o mais fácil.

— Oi, aqui é seu irmão mais velho, Paz. Jogue *Otelo* com a mamãe. Deixe ela ganhar quando estiver triste. Ela merece sorrir. Eu te amo — falo, sem conseguir imaginar uma pessoa que não conheço, mas acreditando no meu amor pelo bebê.

Coloco o primeiro gravador ao lado da ampulheta.

Ainda estou criando coragem de gravar a mensagem para a minha mãe, então a gravação seguinte é de Rolando.

— Oi, Rolando, aqui é o Paz-Man. Mantenha minha mãe viva e faça dela uma mulher feliz. Se não fizer isso, vou te assombrar como os fantasmas do Pac-Man. Eu te amo.

Coloco o segundo gravador ao lado do relógio, sabendo que Rolando adoraria a ideia de eu assombrá-lo, ainda que não acredite em fantasmas.

Por fim, chega a hora da mensagem para a minha mãe, mas em vez de pegar o gravador, seguro o pingente e penso em qual foto usar para torná-lo especial e o que posso dizer para fazer minha mãe continuar a viver. Ela ama uma foto de quando eu era criança, vestindo um blazer azul e short branco, mas talvez ela queira me ver como sou agora, no máximo de idade que atingi. Talvez na minha gravação eu devesse me desculpar por não ser forte o suficiente, ou apenas dizer que a amo diversas vezes até acabar o tempo da mensagem. E então percebo que não importa o que eu vá escolher: este é um presente que nunca vou ver minha mãe abrir.

Pego o gravador, planejando falar do fundo do coração — mas sou detido pelo barulho de vidro quebrando, que faz meu coração disparar tanto que parece que estou correndo em direção aos braços da morte. O alarme de segurança apita e Margie grita, mas nada impede um homem com máscara de caveira de entrar na loja com um cassetete de aço. Eu me abaixo atrás do balcão, me perguntando se é assim que vou morrer; só espero que um único golpe na cabeça seja o bastante para me matar.

— O TEMPO ESTÁ ACABANDO! — grita o homem. — MORTE À CENTRAL DA MORTE!

Eu me preparo para morrer, mas olho para o outro lado da loja e vejo Alano muito assustado.

O Guarda da Morte está prestes a matá-lo.

ALANO
1h58

Achei que fosse meu destino salvar a vida de Paz, mas talvez meu destino seja morrer com ele.

Estou me escondendo do Guarda da Morte, agachado atrás de um relógio de coluna, o rosto encostado tão perto da superfície de mogno que consigo ouvir os tique-taques baixinhos em meio ao alarme de segurança, à voz de Margie lá fora gritando por ajuda e à pressão que sinto nos ouvidos. No reflexo de outro relógio, observo o invasor estraçalhando os itens da loja com o cassetete enquanto clama repetidas vezes pela morte da Central da Morte. Não tem a menor chance de eu sair dessa vivo.

Por sorte, já preparei minha cápsula do tempo para os meus pais...

Ah, não. A cápsula do tempo está conectada ao meu número de registro da Central da Morte, o que significa que agora que desativei minha conta, não vai ser possível acionar a abertura do dispositivo. Minhas mensagens de despedida e meu segredo vão morrer comigo.

De uma só vez, todos os relógios começam a tocar, badalar, chilrear e ressoar, numa cacofonia de tempo mais alta que o alerta da Central da Morte que eu deveria estar recebendo hoje. O relógio de coluna no qual estou encostado é tão alto e desconcertante que eu caio e fico desprotegido. Dou sorte, porque o invasor está ocupado demais acertando o relógio de coluna mais barulhento de todos. O cara é grande demais para tentar enfrentá-lo, mas eu poderia chegar de fininho e atingi-lo com um relógio menor ou aquele tijolo imenso no chão que tem a frase A CENTRAL DA MORTE NÃO É NATURAL escrita a giz. Assim, Paz e eu teríamos tempo suficiente para escapar, e a polícia para resolver isso.

No quinto soar do gongo, estou pronto para atacar o Guarda da Morte quando vejo Paz se escondendo à beira do balcão, com um olhar vazio. É a mesma expressão que vi em seu rosto quando ele estava pronto para se matar no letreiro de Hollywood. Não confio que ele não vá fazer nenhuma burrada, então corro abaixado até o balcão e aceno na frente da cara dele para despertá-lo do torpor. Ele me fita.

— Tudo bem? — pergunto sem emitir som.

Há uma fúria nos olhos dele.

Preciso conseguir defender nós dois. Atrás do caixa, há lâmpadas guardadas em uma prateleira, que poderíamos jogar no homem, além do presente embrulhado que Richard comprou para o filho e precisa ser protegido custe o que custar. Mas acho que a caixa de ferramentas feita de lata, debaixo do balcão, pode ser nossa melhor chance.

— Fica aqui — sussurro no ouvido dele.

Meus ferimentos suturados doem quando me arrasto até a caixa de ferramentas. Fico com medo de fazer barulho demais, então sincronizo os movimentos com a sequência do alarme de segurança: abrir a tampa, levantar a bandeja, pegar o martelo e a chave-inglesa para usarmos contra o invasor.

Depois me viro e vejo que Paz tem seu próprio plano para nos salvar: ele está colocando as balas na arma.

PAZ
2h02

Minha arma está carregada com três balas.

A primeira para o Guarda da Morte.

A segunda para mim.

A terceira para que Alano consiga me matar de vez, se eu não morrer logo de cara.

Talvez Alano tivesse razão e fosse mesmo coisa do destino nós dois nos conhecermos, mas ele errou o motivo. Não tem nada a ver com me convencer a continuar vivendo. E, sim, em me dar uma morte melhor. Em vez de eu só me matar e acabar virando o Garoto do Letreiro de Hollywood, posso levar comigo esse filho da puta da Guarda da Morte, e aí Alano vai viver para contar a história de como salvei sua vida. Talvez salvar o herdeiro da Central da Morte seja o que enfim fará as pessoas me chamarem de herói. Talvez eu acabe sendo lembrado como assassino para sempre. Quem se importa? Não vou estar aqui para ver meu nome sendo difamado na internet. Só espero que meu sacrifício torne a vida da minha mãe melhor.

Estou prestes a ficar de pé e atirar no Guarda da Morte quando Alano para bem na minha frente. Ele apoia uma chave-inglesa e um martelo no chão. Deve ter entendido que minha arma é o que vai tirar ele dessa. Alano se inclina e encosta a bochecha na minha, suor no suor, me lembrando das duas vezes em que transei, e percebo como me sinto mais morto por dentro agora do que nessas duas ocasiões.

— Não faz isso — sussurra Alano no meu ouvido.

— Eu preciso — digo em voz alta.

Alano se retrai em pânico, estremecendo como se o Guarda da Morte tivesse me ouvido, mas só escuto o som fora de compasso dos diferentes gongos e de vidro sendo estilhaçado. Mais barulho. É só para isso que esses Guardas da Morte servem: fazer barulho. Ficam falando por aí que todo mundo deveria ser pró-naturalista e gritam pedindo o fim da Central da Morte. Está na hora de fazer esse Guarda da Morte calar a boca.

Estou me levantando, mas Alano me puxa para baixo de novo e pressiona meu ombro contra o balcão enquanto tento me desvencilhar dele. Não entendo por que está me detendo, posso meter uma bala nesse invasor antes que ele possa ferir alguém.

Alano está chorando, o medo vivo em seus olhos, mas sua atenção não está mais ao redor, está fixa em mim. Ele se aproxima mais, e eu tenho o pensamento idiota de que ele está prestes a me beijar durante este momento de vida e morte, mas Alano ignora meu rosto e seus lábios tocam minha orelha de leve.

— Você não é assim — diz ele, tão baixinho que é só para eu ouvir, mas suas palavras pesam no meu peito como se eu estivesse pegando alguém em quem confio na mentira.

— Você não sabe quem eu sou — choramingo.

— Então continue vivo e me conte. Por favor — implora Alano.

Ele relaxa o aperto no meu ombro e suas mãos descem devagar pelo meu corpo... minha clavícula, meu coração acelerado, minha costela... até as mãos envolverem a minha. Ele está tentando separar meus dedos, mas seguro a arma com tanta firmeza que ele vai ter que usar a chave-inglesa se quiser vencer.

— Me dá a arma — pede ele. — Eu cuido de você.

Primeiro, acho que Alano está dizendo que vai atirar em mim, bem aqui e agora.

— Não, deixa só eu matar ele. Você vai ficar bem, só faça com que eu morra, por favor... — falo.

— Não — interrompe Alano, e eu vejo as lágrimas escorrendo pelo seu rosto quando ele se afasta. — Se você tiver que morrer hoje à noite, viva mais para que eu conheça melhor a pessoa por quem vou ficar de luto.

Por um momento, juro que morri. É como se meu cérebro e meu corpo tivessem se desligado. Relaxo e abro as mãos para que Alano pegue a arma, mas não devo estar morto, porque meu coração e meus pulmões ainda estão funcionando, me mantendo vivo por mais tempo para o meu Último Amigo. Mesmo na cara do perigo, Alano ainda está protegendo minha vida, até colocando a própria em risco. Ele vê alguma coisa em mim, ou talvez não só uma coisa, mas *tudo*. Pensei que eu o estivesse pegando na mentira sobre não saber quem eu era. Mas, no fundo, eu é que era o mentiroso ao fingir não ser nada além de um assassino que merece morrer.

Passos pesados se aproximam do balcão e mais vidro é estilhaçado, caindo sobre nós como uma chuva. O Guarda da Morte nunca esteve tão perto. Temos talvez um minuto antes de sermos descobertos, mas o mais provável é que seja uma questão de segundos.

Alano estuda a arma em suas mãos como se estivesse tentando descobrir se tem coragem de nos proteger ou se estamos prestes a morrer juntos.

Não aguento ver isso. Fecho os olhos, derramando lágrimas ao imaginar minha mãe e Rolando ninando o bebê. Uma vida feliz, como a que eu jamais tive a oportunidade de ter. Ao meu redor, a destruição continua, e me preparo para a morte, sabendo que vou encontrar felicidade lá; só espero que não doa demais.

Então ouço sirenes.

Sinto os passos pesados no chão ficando mais leves.

Quando abro os olhos, vejo Alano espiando por cima do balcão.

— Ele foi embora — anuncia, tirando caquinhos de vidro do cabelo. Ele enfia a arma na minha mochila e a joga no ombro, depois se levanta. — Temos que ir também.

Fico sem reação. É isso? Sobrevivemos e agora vamos continuar vivendo?

— Paz, vem logo! Os policiais não podem descobrir que estamos com uma arma.

E, assim como quando estávamos no topo do letreiro de Hollywood, pego a mão de Alano. Damos a volta no balcão e corremos pela loja, que parece ter sido atingida por um tornado, com as mesas derrubadas e o vidro reluzindo no chão. Pulamos um relógio de coluna aos pedaços e disparamos até a porta, esbarrando em Margie.

— Ah, vocês dois estão bem — fala ela, mais chocada ainda ao me ver vivo.

Também me sinto assim.

— Estamos bem, mas precisamos ir — responde Alano.

Margie aponta para a viatura a uma quadra de distância.

— A polícia vai precisar de testemunhas...

— Ele não tem tempo — interrompe Alano, levantando minha mão. — Quem sabe quanto tempo vão levar para interrogá-lo? Ou pior.

A polícia pode me confundir com o criminoso. O que eu de fato seria, se Alano não estivesse aqui.

— Saiam daqui! — ordena Margie, com lágrimas nos olhos.

Ela nos empurra para longe, nos presenteando com mais tempo.

Eu me sinto um pouco culpado por mentir sobre meu Dia Final e fugir da cena do crime com uma arma, mas isso não nos impede de voltar para a Hollywood Boulevard, onde nossos pés pisoteiam as estrelas de latão por muitos e muitos quarteirões, meus dedos entrelaçados nos de Alano durante todo o percurso.

2h08

Depois de não conseguir recuperar o fôlego quando paramos de correr, Alano por fim solta minha mão para usar a bombinha. Ele ainda está parado ao meu lado, mas não ter ninguém me segurando faz eu me sentir um balão prestes a sair flutuando noite afora. Sei que isso é bobagem. Não porque não sou um balão, mas porque, se eu fosse, Alano escalaria a escada de incêndio de um prédio e pularia do telhado para me pegar, ainda que fosse melhor para mim estar entre as estrelas.

Quando ele consegue voltar a respirar direito, Alano guarda a bombinha e saímos andando, nos afastando cada vez mais de seu carro. Não sei aonde vai me levar, e talvez nem ele mesmo saiba.

Alano me perguntou se estou bem e não me pressionou quando não respondi. Fora isso, ficamos em silêncio, só fazendo companhia um ao outro. Cada vez que cruzamos uma rua, sinto vontade de me aproximar mais dele, talvez até pegar sua mão de novo. Se eu lhe dissesse que segurar sua mão me traz uma sensação de segurança, ele a estenderia em um piscar de olhos, mas não posso ceder, não quando estou tão perto de conseguir o que realmente quero. Ainda mais porque vou precisar de Alano para me ajudar a conseguir isso.

Checo a hora: são 2h10. Quarenta minutos até eu estar livre para morrer.

Até Alano ter que estourar o balão.

Ele me vê conferindo o horário no celular.

— Alguma última coisa que você queira fazer?

Não respondo.

— Quer que eu escolha?

Não respondo.

— Está com fome?

Não respondo.

Não estou tentando me fazer de difícil, e Alano deve saber disso, porque não me força a desabafar e ser honesto. Aquele incidente na Tempo-Presente foi intenso, e ainda estou processando muita coisa na minha cabeça, sobre quem realmente sou e o que quero de fato. Aposto que Alano já está planejando reativar sua inscrição na Central da Morte depois de tantas escapadas por um triz.

Eu o sigo até um drive-thru aleatório e percebo que ele me trouxe ao Matar a Fome de Hollywood, onde os funcionários se vestem de personagens mortos famosos. Nunca tinha vindo aqui, mas levando em conta que comecei a noite no topo do letreiro de Hollywood e depois passei pela Calçada da Fama, o Matar a Fome de Hollywood parece o lugar ideal para terminar a noite e minha vida.

O anfitrião está vestido de Morte, se a Morte comprasse suas roupas em uma loja de conveniência durante o Halloween.

— Bem-vindos ao Matar a Fome de Hollywood, mortais — fala ele em uma voz sinistra e boba. — Se não quiserem conhecer o destino de certas almas famosas que estão flutuando por aqui hoje, prestem atenção ao meu Anexo de Almas Arruinadas antes de matarem a fome conosco.

O papel pregado em uma prancheta é ainda mais forçado que a fantasia do cara, mas eu leio mesmo assim:

Anexo de Almas Arruinadas
A produção de hoje contará com
spoilers dos seguintes filmes:

Star Wars: Episódio VI — O retorno do Jedi (1983)
O rei leão (1994)
Armageddon (1998)
Vingadores: Ultimato (2019)

— Tudo bem, vamos comer aqui mesmo — responde Alano.

Ele não pergunta se eu concordo, mas não tem por que me importar com spoilers de filmes quando estou tentando me matar.

A Morte nos entrega cardápios.

— Cavem suas próprias covas, uma alma assombrará vocês em breve.

— Como é que é?

A Morte deixa o sotaque forçado de lado.

— Sentem onde quiserem. Logo, logo um atendente vai até vocês.

O salão é iluminado com luz baixa, e todas as mesas têm candelabros de plástico. Passamos por um garçom que mais se parece com o Leão Covarde do que com o Mufasa a caminho de uma mesa nos fundos, próxima à cozinha, onde o Homem de Ferro sai e entrega sundaes a um menininho e um idoso. Um dos dois deve ser Terminante, não vejo outro motivo para uma criança estar fora de casa tão tarde, só se for a morte de alguém mesmo. Não quero pensar em qual dos dois é o Terminante, mas não consigo impedir meu cérebro de ficar obcecado com pensamentos intrusivos que torcem para que seja o menino, assim ele seria poupado da tristeza que é crescer neste mundo cruel onde as pessoas matam sem motivo e te odeiam quando você mata por um bom motivo.

—Você ficou a fim de comer alguma coisa? — pergunta Alano, lendo o cardápio.

Na parte de cima, está escrito FOME DE MATAR, lá embaixo aparece um rodízio especial para Terminantes, sob o título FOME ANTES DE MORRER. Também tem um adendo de que Terminantes devem informar todas as suas alergias e assinar um termo de consentimento antes de receberem qualquer prato.

Darth Vader vem à nossa mesa com um caderninho.

— A Força está forte nesta mesa. — O sujeito abaixa a cabeça para Alano. — Eu *não sou* seu pai, mas admiro o trabalho dele. Pode compartilhar seu pedido comigo, pois sou seu... garçom.

Eu jamais estaria tão desesperado para atuar a ponto de vir trabalhar aqui.

— Um hambúrguer vegano, uma porção de batata-doce frita e uma Coca, por favor — pede Alano.

— Coca, não Pepsi? Você pertence ao Lado Sombrio — comenta Darth Vader, anotando o pedido. — E você?

Não respondo e afasto o cardápio.

— Eu acho perturbadora a sua falta de apetite — responde Darth Vader.

Alano entrega a Darth Vader nossos cardápios.

— Foi mal, Vader, meu amigo aqui é um Terminante.

Não consigo ver os olhos do cara por trás da máscara, mas não restam dúvidas de que Darth Vader está me encarando.

— Sinto muito pela sua perda — fala ele em sua voz normal, saindo do personagem.

Pelo visto, tem hora e lugar para interpretar mortos no Matar a Fome de Hollywood. Darth Vader deixa o termo e uma caneta sobre a mesa antes de ir para a cozinha entregar o pedido.

Alano está passando o olho pelo restaurante quando diz:

— Foi no Halloween de 2017. Quando abriram o Matar a Fome de Hollywood. Minha família foi convidada para a inauguração, mas meu pai achou que era espalhafatoso demais. Fiquei aliviado por não precisarmos vir. O Halloween é minha comemoração favorita. Posso botar uma máscara e ter uma noite normal com os meus melhores amigos. Mas, enfim, aquele foi meu primeiro Halloween com eles, e nós escolhemos uma fantasia em grupo. Eu fui o Homem-Aranha, e Rio e Ariana foram o Venom e a Gata Negra. Até levei meu cachorro, Bucky, e coloquei patinhas de aranha nele...

— Eu ia matar aquele Guarda da Morte — digo por fim, como se estivesse prendendo a respiração há séculos, e a sensação é a mesma de quando conversei sobre minha sexualidade com a minha mãe, que já suspeitava que eu era gay.

Alano pode já saber disso a meu respeito, mas, dentre todas as coisas inúteis de que ele se lembra, *disso* ele parece ter se esquecido.

— Hoje era para ser o meu Dia Final, não o seu. Eu teria matado aquele homem para te salvar, mas você me impediu. Quer morrer também?

— Não, não quero. Na verdade, quero viver. Quero que nós dois fiquemos vivos — responde Alano. O olho castanho e também o verde me fitam enquanto tremo de raiva. — Tem dois motivos pelos quais eu te impedi de matar aquele invasor. O primeiro é que eu não queria entregar um mártir de mão beijada para a Guarda da Morte.

— Um mártir? Mas ele não era ninguém importante — retruco.

— O martírio teria dado fama a ele. Um nome a ser celebrado. A Guarda da Morte já mente demais, mas se eles pudessem apontar para um mártir que inegavelmente foi assassinado por um de nós (quer dizer, o herdeiro da Central da Morte ou um garoto conhecido por matar um homem que nem mesmo tinha se inscrito no serviço da empresa), isso poderia ter afetado as eleições para presidente. — Alano respira fundo e acrescenta, baixinho: — Talvez até a própria Central da Morte, para sempre.

Estou prestes a perguntar como uma morte poderia ter tanto poder assim quando me lembro da inesquecível mancha de sangue que marcou a minha vida. Uma morte pode mudar a vida de uma pessoa. A morte de um mártir pode mudar a vida de todo mundo.

Estou tão fora dos eixos que não consigo nem salvar as pessoas direito. Eu teria matado aquele Guarda da Morte e depois atirado em mim mesmo, imaginando que eu morreria como um herói, mas na verdade teria arruinado o mundo onde minha mãe e Rolando vão criar seu novo filho ou filha.

— E qual era o segundo motivo para não me deixar matar o cara? — pergunto.

Espero ouvir que sou um bosta ainda maior do que eu imaginava.

Alano observa minhas mãos do outro lado da mesa.

— Eu quero que você nunca mais tenha sangue nas mãos, mesmo se for morrer logo.

Penso nele segurando minha arma.

— E as suas?

Alano fica tenso.

— O que tem elas?

— Você ia atirar nele?

— Se fosse preciso, mas eu não atiraria para matar.

— Viu só? Você não é um assassino.

— Sou, por sua causa — responde Alano com pesar. Ele encara o teto, sem conseguir olhar para mim. — Pelo menos vou ser, em breve.

— Não faça eu me sentir culpado por esperar que você honre a sua parte do trato. Eu te dei algumas horas para mudar minha vida, mas ainda assim quero morrer — declaro, pronto para desabar e começar a chorar. Preciso desviar do rosto de Alano porque não posso ver seus olhos ficando marejados. — Cara, você pode nem precisar me matar. Vai ver eu consigo sozinho. Mas se não der certo, você pode mentir sobre como precisou atirar em mim para se defender ou algo assim. Ninguém duvidaria de você. Meu legado é a morte.

Odeio este mundo e todo mundo nele. Fora minha mãe e Rolando. E o bebê.

E Alano.

Eu sem dúvida alguma odeio o Darth Vader quando ele volta para a nossa mesa com uma bandeja de comida e refrigerantes.

— Foi mal, mas preciso mesmo daquele termo assinado antes de colocar isso na mesa — fala ele em sua voz normal. — É a política do estabelecimento.

Estou prestes a assinar o termo para que Alano possa comer quando ele me detém.

— Não precisamos fazer isso — diz ele, mandando o Darth Vader embora.

— Pode comer, eu não ligo.

— Temos vinte minutos antes de ir embora. Sei exatamente como quero que a gente passe esse tempo.

— Como?

Alano vira o termo e indica o verso em branco da folha.

— Escreve aí o obituário que você acha que vai ser publicado depois que você morrer hoje à noite.

— Espera aí, por que...

— O tempo está passando, Paz. — Alano me entrega a caneta. — Escreve.

ALANO
2h30

Talvez eu não consiga salvar o Paz.

Estou tentado a quebrar minha promessa e pedir para um dos garçons ligar para a polícia e deter Paz. Não quero machucá-lo ou matá-lo, assim como também não quero que ele se machuque ou se mate, mas só restam vinte minutos para ele então ter cumprido sua parte do acordo e esperar que eu faça o mesmo. Se Paz for mandado a uma instituição médica para receber a ajuda necessária, não vou precisar agir. É óbvio que não avancei muito naquele livro de psicologia, mas nas primeiras páginas a dra. Glasgow fala sobre a importância de não trair a confiança de uma pessoa suicida. Se eu desrespeitar o nosso acordo, ele vai continuar vivo, mas que tipo de vida terá se achar que o mundo está cheio de mentirosos e traidores?

Esse exercício precisa funcionar.

Paz está escrevendo com fervor, lágrimas raivosas caindo sobre o obituário antes de ele deslizá-lo para mim sobre a mesa.

— Pronto. É isso que algum cuzão vai escrever a meu respeito.

Pego a folha e a rasgo ao meio sem ler nem uma palavra.

— Que isso, cara?

— Não ligo para o que estranhos vão dizer a seu respeito — digo, chamando um astronauta e pedindo mais um termo. Viro o papel. — Aqui.

— Quer que eu escreva o meu próprio obituário? — pergunta Paz.

Não é incomum para Terminantes escreverem os próprios obituários, assim podem controlar o que é publicado sobre eles, mas quero que Paz vá além.

— Quero que escreva o obituário que você amaria que o mundo lesse a seu respeito se viver até os cem anos.
— Cem anos?
Entrego a caneta para Paz.
— Se você não vai vivê-la, eu quero que saiba como sua vida dos sonhos poderia ter sido.

PAZ
2h34

Escrever o obituário para a minha vida dos sonhos é mais deprimente do que escrever minha carta de suicídio.

Na primeira versão, que Alano rasgou, escrevi que vou ser mais lembrado por pegar uma arma do que por segurar uma varinha, que provaram minha inocência e ainda assim fui tratado como uma ameaça, que vou deixar para trás a mãe e o padrasto que todo mundo me odiou por salvar, que eles vão ter um filho ou uma filha que vai ser melhor do que eu fui, que a polícia ainda está investigando o suicídio — mas, cá entre nós, uma vez assassino, sempre assassino — e que todo mundo vai ficar feliz por desta vez eu só ter matado a mim mesmo.

Agora tenho o desafio de imaginar um futuro no qual tudo deu certo para mim, e cada linha parece uma mentira, porém, quanto mais escrevo, mais eu queria que fosse a pura verdade.

Quando termino, deslizo sobre a mesa a folha marcada com minhas lágrimas.

Alano a devolve.

— Lê pra mim.

É uma idiotice sem tamanho, mas leio meu obituário:

— Em 21 de junho de 2101, finalmente recebi a ligação da Central da Morte no meu aniversário de cem anos. Minha vida era um inferno, mas, com uma reviravolta digna de cinema, acabei tendo uma vida divina. Desde criança, sempre amei atuar, mas minha carreira deu uma esfriada depois de eu matar meu pai no primeiro Dia Final para salvar minha mãe e Rolando. As pessoas me maltrataram por anos, mas foi Hollywood que arruinou meu destino quando não fui escalado para o filme *Coração de ouro*, de

Orion Pagan, porque os produtores acharam que eu seria um risco à bilheteria. Mas adivinhem só? Não desisti. Continuei fazendo um teste atrás do outro e fui escalado para uma franquia estrondosa que virou um sucesso de bilheteria. — Sei que é mesquinho da minha parte, mas eu adoraria mandar um dedo do meio para Hollywood.

— Depois, quando eu estava com trinta e poucos anos, escrevi um filme sobre meu trauma de infância chamado *Sem planos para o Dia Final*, com o qual ganhei um Oscar pela interpretação que ao mesmo tempo me dilacerou e me curou. Fiz o papel do meu pai. E, com cinquenta e tantos, tive a honra de ganhar uma estrela na Calçada da Fama de Hollywood.

As fungadas de Alano me distraem, mas ele me pede para continuar. Está ficando cada vez mais difícil imaginar o quanto esse futuro seria a vingança e a autorrealização perfeitas.

— Em meu leito de morte, estou cercado pelos meus entes queridos, incluindo meu marido, a quem jamais machuquei e que me protegeu de mim mesmo; meus filhos, que cresceram em uma casa sem uma arma; meus netos, que ainda não consigo acreditar que existem mesmo depois desse tempo todo; meu irmão já crescido, que lembra muito minha mãe e Rolando, os dois de quem ainda sinto saudade todos os dias, e meu Último Amigo, Alano Rosa, que me encorajou a viver quando eu estava desesperado para morrer — leio, aos prantos.

Este obituário é real demais, como se eu tivesse sido escolhido para o papel do Paz Idoso e agora estivesse filmando minha última cena. Termino com minhas últimas palavras:

— Sorri quando a Central da Morte me ligou, mas não porque eu estava livre de todo o sofrimento, mas pela paz que originou meu nome, e a paz que enfim encontrei em minha longa vida.

Estou inconsolável após imaginar meu trabalho dos sonhos, minha família dos sonhos, minha vida dos sonhos e até minha morte dos sonhos.

— Eu adoraria conhecer o Paz de cem anos — comenta Alano, com lágrimas escorrendo pelo rosto também. — Você gostaria de se tornar ele?

Desejo essa vida tanto quanto tenho desejado uma ligação da Central da Morte.

Confiro a hora no celular: 2h49. Um minuto até o combinado para acabarmos com o meu sofrimento. E meu sofrimento continua aqui, acabando comigo e me dizendo que nunca mais vou voltar a atuar, que nunca vou me apaixonar, que nunca vou ser feliz. Que tudo o que me aguarda é uma vida de dor e que preciso encerrá-la enquanto posso.

— Esse obituário é uma fantasia. Eu jamais vou ser o Paz Feliz — digo, chorando.

Alano se aproxima mais de mim no banco e pega minhas mãos.

— Mas eu quero que seja. Talvez não pareça tão simples quanto escrever em um papel, mas não é impossível. Estou aqui para ajudar você a se tornar a versão mais feliz de você mesmo.

Vejo a hora mudando.

— Olha, já são 2h50; chegou a hora de a gente ir, só me ajuda a morrer logo — imploro, como uma criança cansada suplicando por algo que vai fazê-la se sentir melhor até enfim poder descansar.

— Espera, para e pensa melhor...

— Não! — grito, arrancando minhas mãos das dele.

Todo mundo fica observando a gente. Não tem por que eu sentir vergonha quando estou prestes a morrer, mas é o sentimento que bate. Só gosto quando é Alano me encarando, não esses desconhecidos sussurrando como se tivessem sacado quem somos. E o que quero dizer é que o mais provável é que eles só conheçam Alano. Mesmo se eu não estivesse loiro e fosse mais fácil me reconhecer com o cabelo escuro, sou um meio-termo entre alguém que nunca alcançou a fama de verdade a ponto de ganhar um Oscar e alguém que só é famoso por matar o pai. Estou cansado de pensar esses pensamentos e de sentir esses sentimentos. Fico tentado a pegar a arma e traumatizar todas essas pessoas atirando na minha cabeça bem aqui e agora, mas o que faço é pegar a mochila e sair correndo para a porta, dando o fora dali para tratar de ir morrer como quero.

É um péssimo sinal a Central da Morte não ter ligado, mas ainda há tempo para morrer.

ALANO
2h51

Se eu ficar, não serei responsável pelo suicídio de Paz, mas, se eu for, posso ser acusado de homicídio.

Não, eu não aceito que isso termine com a morte de Paz.

É um ótimo sinal a Central da Morte não ter ligado. Quer dizer que ainda resta tempo para salvá-lo.

Corro atrás de Paz pelo drive-thru, e ele vira uma esquina, sumindo de vista. Disparo o mais rápido possível, os pontos no meu abdômen ameaçando se romper. Entro em um beco que fede a lixo e mijo. Há uma silhueta obscura bastante parecida com a que encontrei mais cedo no topo do letreiro de Hollywood.

Um garoto com uma arma apontada para a cabeça.

PAZ
2h54

Aqui pode não ser o letreiro de Hollywood, mas ainda vou morrer em Hollywood.

    Durante a infância, eu jurava que cada cantinho de Hollywood seria glamouroso, mas esta cidade é tão coberta de maquiagem, injeções e vestidos caros quanto as estrelas que se beneficiam dela. Tem o aluguel altíssimo, que ninguém tem dinheiro para pagar, mas se a pessoa não sacrificar tudo para dar um jeito, dizem que não é ambiciosa o suficiente. Tem os nomes de celebridades em estrelas de latão para distrair os pedestres dos moradores de rua que pedem ajuda nas sarjetas. Tem todos os favores horríveis e absurdos para realizar seus sonhos. E aí tem as portas para sonhos que, depois de fechadas, nunca mais podem ser reabertas, não importa o quanto você tente e no que acredite.

    Minha arma está encostada na minha cabeça, e estou pronto para morrer nesta cidade assassina de sonhos.

    — Paz, não faz isso. Por favor — pede Alano, se aproximando devagar.

    Eu me afasto.

    — Desculpa — digo, liberando a trava de segurança.

    Um aperto no gatilho e tudo vai acabar, mas meu dedo está imóvel.

    — Me dá a arma — fala Alano, esticando a mão. — Deixa que eu cuido disso, então.

    — Não, você não vai cuidar disso. Vai acabar fugindo ou algo do tipo.

    —Você cumpriu com sua parte, agora vou cumprir com a minha — declara ele, se virando para as estrelas.

Será que Alano ainda acha que estávamos destinados a nos conhecer? Será que ele aceitou que deve me matar?

Alano se aproxima devagar, e eu não me esquivo. Ele está tão perto que consigo enxergar a dor nos seus olhos, o suor escorrendo de sua testa até a boca. Sinto o quanto ele está ofegante e o toque de seus dedos quando pega minha arma pela segunda vez esta noite. Ele não foge. Dá um passo para trás e posiciona a arma na minha testa, entre meus olhos. Meu coração está tão disparado que talvez pare antes que a bala saia da câmara.

— Feche os olhos — sussurra Alano.

Dou uma última olhada nele antes de obedecer. Encaro a escuridão e espero ela desaparecer também.

A qualquer momento, estarei morto, talvez agora, ou agora.

— Estou muito orgulhoso por você ter escolhido sua vida hoje à noite — diz Alano.

Não abro os olhos, só ouço sua voz, me perguntando se ele está me contando uma história para fazer eu me sentir menos sozinho, como minha mãe fazia quando me botava para dormir.

— Você não só salvou sua vida quando desceu do letreiro de Hollywood, mas também a protegeu quando pegou a arma e decidiu não matar o Guarda da Morte. Poderia ter destruído tudo, mas não fez isso porque seu coração não é o de um assassino.

Começo a acreditar que ele está fazendo um elogio fúnebre, já que nunca terei um velório.

— Depois de ouvir seu obituário lindo, preciso implorar uma última vez para você escolher sua vida. — A voz dele falha quando luta para fazer as últimas palavras saírem. — Não me faça olhar para o seu corpo caído hoje quando eu poderia estar ao lado da sua cama daqui a oitenta anos.

Não consigo acreditar que um estranho possa me querer vivo tanto assim, que ele me veja como alguém digno de estar vivo, mas isso alivia uma tensão que acumulo no corpo a vida toda.

Não sei que horas são, se já é tarde demais para eu morrer hoje ou se sequer tenho o poder de escolher sobreviver, mas, na verdade, nem quero saber. Só preciso saber que nesta noite o desespero de Alano para me ver no futuro está me inspirando a escolher a vida.

Abro os olhos, minha visão ainda turva por causa da arma, até eu segurá-la. Alano não a solta.

— Tudo bem — digo, baixando a arma devagar, acionando a trava de segurança e colocando-a no chão. — Eu estou bem.

Essa é a melhor forma de me descrever. Não estou nem perto de estar feliz, mas o mais importante é que estou longe de ser um caso perdido.

Alano solta todo o ar do mundo e leva a mão ao coração enquanto cai de joelhos. Juro que ele está morrendo até soltar um soluço de felicidade.

— Ai, meu... Droga! Quero dar graças a Deus ou algo assim, mas não sou religioso. Eu achei mesmo que você... que eu ia ter que...

Com a arma já no chão, não acredito em tudo que Alano e eu passamos esta noite com esse treco maldito. Também não acredito que ele estava mesmo disposto a honrar sua promessa maluca.

Eu me ajoelho e aperto os ombros dele.

— Desculpa ter feito você passar por isso.

— Antes isso que a alternativa.

Imagino Alano olhando meu corpo caído do alto. Depois imagino nós dois idosos.

— Cara, eu não estou de todo convencido sobre esse negócio de futuro distante, mas quero tentar... vou tentar.

— Você só precisa viver um dia de cada vez. Uma hora você chega lá.

— E você vai me ajudar? — pergunto, baixinho.

Não digo que não consigo imaginar a vida sem ele.

Quer dizer, sem a ajuda dele.

— Sou todo seu — declara Alano, o que não ajuda meu coração a se acalmar. — Qualquer coisa para tornar real a vida que você descreveu no seu obituário. E sei por onde deveríamos começar.

ALANO
3h42

Salvar Paz me faz sentir como se eu tivesse quebrado uma maldição que tem me atormentado, uma na qual eu mando o ceifador à casa das pessoas. Talvez a sensação fosse inevitável enquanto eu estivesse dedicando minha vida à Central da Morte.

O tempo todo em que dirijo para Echo Park, ainda não estou acreditando que Paz está vivo. No banco do passageiro, ele está praticamente só olhando pela janela. Não o forço a falar. Acho que ele também ainda está processando o fato de que está vivo.

Estaciono a algumas quadras de um alojamento de pessoas em situação de vulnerabilidade. A Central da Morte recebeu muitas críticas ao longo dos anos por não ser acessível à comunidade desabrigada, mas isso será corrigido após o anúncio do Projeto Meucci. Tomo nota deste alojamento para garantir que nosso diretor de gerenciamento de produtos esteja ciente dele antes de me lembrar de que minha posição na Central da Morte é incerta. Ainda não me demiti formalmente, mas meu pai pode me despedir quando descobrir que desativei minha conta. Esse é um problema para depois; quero estar presente no aqui e agora com Paz.

Seguimos para uma trilha vazia exceto por uma pessoa correndo. O lago está escuro e belo sob o luar e há pedalinhos para aluguel, no formato de cisne, balançando presos ao deque, mas não é por isso que estamos aqui.

—Você sabe dos Quase-Terminantes? — pergunta Paz.

É bom ouvir a voz dele de novo, embora me deixe triste, porque ele está falando da plataforma para sobreviventes de suicídio que tentaram desmentir a Central da Morte.

— Sei. Você está registrado lá?

— Nunca deixei comentários nem nada do tipo, mas estava estudando todos os planos falhos de suicídio para bolar o meu. Aprendi com os erros que impediram as pessoas de serem bem-sucedidas, mas eu não tinha como ter previsto que o herdeiro da Central da Morte apareceria do nada para me salvar, como se fosse um anjo da guarda ou um super-herói. Duvido que alguém acreditaria em mim se eu compartilhasse essa história no Quase-Terminantes, mas não ligo. Sei a verdade — Paz continua andando com a cabeça baixa, como se não conseguisse me encarar —, e a verdade é que seus pais estão certos. Você é mesmo um milagre, Alano.

Depois de momentos complicados com os meus melhores amigos, sou mais do que grato por um estranho me enaltecer tanto. Não, não um estranho. Meu novo amigo.

— Seu elogio significa muito pra mim — admito quando paramos próximo ao lago. — É o tipo de coisa que eu estava precisando ouvir.

Paz pega a mochila e retira a arma. Não estou nervoso. Confio que ele vai pôr nosso plano em ação. Ele a esvazia e as três balas rolam em sua mão.

— Desculpa por ter apontado a arma pra você — diz Paz.

— Obrigado por não ter atirado.

— Obrigado por salvar minha vida.

— Sinto muito por não ter aparecido antes.

— Tudo bem, você está aqui agora.

— Sim, estou aqui agora.

Pego as balas e as jogo no lago como se estivesse tentando fazer pedrinhas quicarem na superfície da água.

Paz fica só com a arma.

— Não assusta tanto agora que está vazia.

— Por favor, não guarde isso como algum tipo de suvenir bizarro.

— De jeito nenhum. Vou usar aquele obituário como bússola para a vida que quero ter. Isso significa nunca mais ter armas em casa. Não quero que meus futuros filhos repitam a história ou tenham acesso fácil a uma arma quando as coisas ficarem difíceis.

Paz joga a arma no lago.

Fico feliz com o quanto ele acabou de dificultar as coisas para o ceifador.

— Como se sente? — pergunto enquanto voltamos para o carro.

— A salvo de mim mesmo. E você?

— Orgulhoso de você.

— Não, estou falando de não saber seu destino.

Já passou bastante das três da manhã, o que significa que, embora a gente saiba que Paz não vai morrer hoje, não há garantia de que o mesmo vale para mim. A adrenalina da intensidade das experiências desta noite certamente está se esvaindo agora que a gente se livrou da arma e eu consigo examinar melhor o que estou sentindo e pensando.

— Só preciso de alguns ajustes, pois cresci com a segurança que a Central da Morte confere. E preciso continuar me lembrando de que algo ruim poderia acontecer a qualquer momento. Também não quero que o medo me domine, da mesma forma que não quero que a Central da Morte me controle, então estou focando em tocar minha vida.

— Você fala de um jeito tão libertador. Talvez eu devesse largar a Central da Morte também — comenta Paz.

Essa ideia me preocupa. Paz acessa o Quase-Terminantes com frequência e já planejou se matar três vezes sem um alerta da Central da Morte.

— No fim das contas, a vida é sua, mas eu gostaria que você pensasse um pouco melhor. Está se sentindo seguro de si mesmo hoje à noite porque sabe que não pode se matar. Tenho medo de que você se torne uma ameaça ainda maior para si mesmo sem a Central da Morte para te impedir.

Paz assente.

— É, acho que você tem razão. — Ele parece desanimado com o que falei.

— Espero que um dia você se sinta saudável o suficiente para cancelar a assinatura da Central da Morte, se ainda quiser.

— E espero que cancelar sua conta seja tudo que você espera que seja.

Eu também. De verdade.

PAZ
4h13

— Paz, acorda.

Por um momento, fico na dúvida se não sonhei tudo, como se eu pudesse ter despencado na subida do letreiro de Hollywood e desmaiado, mas, quando abro os olhos, vejo Alano Rosa no banco do motorista e minha casa pela janela. Tudo aconteceu de verdade.

— Foi mal — digo, meus olhos ainda sofrendo para se abrir. — Por quanto tempo eu dormi?

— Não foi muito. Vinte minutos só, mas já passa das quatro. É melhor você ir para a cama.

— É, tá certo. — Tiro o cinto, mas não saio do carro. Tenho medo do que pode acontecer quando eu acordar de novo sem Alano ao meu lado. — Quando você volta para Nova York?

— Acho que na quarta-feira de manhã. Temos que estar lá para o Baile da Década na quinta.

Hoje é sexta... não, já é mais de meia-noite, então é sábado. Ele vai embora daqui a quatro dias. Já não me parece tempo suficiente. Mas agora ele está aqui e tem uma coisa que quero perguntar, mas não sei como vou ficar se ele me rejeitar.

— Eu queria poder ler sua mente — comenta Alano, apoiando a cabeça no encosto do banco.

— Não queria, não. É muito triste e assustador aqui.

— Ainda assim, eu queria saber o que você está pensando. Isso não mudou só porque nosso trato acabou.

Não consigo olhá-lo na cara quando pergunto:

— Quer me ver de novo mais tarde?

— Quero muito — responde Alano, o que me deixa muito feliz. — Mas...

— Tá de boa — respondo, em uma atuação zero convincente.

Abro a porta do carro, mas ele segura meu ombro.

— É que preciso conversar com os meus pais à tarde sobre minha decisão de desativar a Central da Morte, e também descobrir como isso vai impactar o resto da minha vida — conclui Alano. — Mas à noitinha eu vou estar livre. Quer marcar alguma coisa?

Fico com tanta vergonha da rapidez com que o julguei que ainda não consigo encará-lo.

— Paz? Olha pra mim — pede ele, baixinho.

Eu me viro e vejo um sorriso em seu rosto cansado.

— Eu não menti quando disse que quero estar presente na sua vida.

Saber que vou ver Alano mais tarde torna a ideia de acordar menos amedrontadora, mas ainda assim não consigo alcançar aquele nível de felicidade que senti antes, é como se eu tivesse sido bloqueado.

— Tenho um transtorno psicológico — admito de uma vez, metade de mim torcendo para que Alano não se assuste e me abandone, a outra me sabotando para que seja justamente isso que aconteça. — Transtorno de personalidade borderline. Descobri ontem à tarde. Eu tenho mudanças bruscas de humor e esse tipo de coisa, mas talvez você já saiba tudo a respeito.

— Na verdade, não estou tão familiarizado assim com o transtorno de personalidade borderline, mas obrigado por me contar.

Começo a respirar fundo e meu coração acelera, estou irritado com o meu cérebro por me ferrar assim.

— Não estou tentando botar pressão para você sair comigo, sei o quanto isso é difícil. Eu tenho que conviver comigo mesmo e, bem, minha vida é uma droga.

Alano fica em silêncio. Ele deve ter se arrependido de não ter me deixado sair correndo do carro agora há pouco ou de ter me ajudado a descer do letreiro de Hollywood, porque eu dou um trabalhão. Mas isso é só o que meu cérebro me diz, porque o que Alano responde é:

— Eu também teria tentado fazer de hoje o meu Dia Final se tivesse passado por tudo que você teve que enfrentar, mas nós dois estamos vivos e decididos a viver. Na verdade... — Ele se estica por sobre meus joelhos, abre o porta-luvas e vasculha o compartimento até encontrar uma caneta grossa preta. — Vamos criar um contrato oficial. — Alano assina o nome no próprio curativo, depois me entrega a caneta. — Podemos nos curar juntos. Chega de tentar viver nossos Dias Finais. Vamos fazer uma promessa de viver nossos Dias Iniciais.

Bem no comecinho da terapia, Raquel mencionou a importância de reprogramar atitudes negativas na nossa cabeça. Ela recomendou que eu sempre encontrasse o lado positivo e, se fosse difícil, bastava que eu mudasse a forma como estava me sentindo. Assim, em vez de dizer "quero desistir da vida", eu poderia trocar isso por "quero viver".

Na época me pareceu um recurso fajuto, mas eu só precisava fingir que tinha adotado aquela postura por uma hora por semana. Hoje estou jurando me comprometer de verdade com a vida, dentro e fora da terapia, com ou sem Alano.

Meus Dias Não Finais serão meus Dias Iniciais.

Pego a caneta também, segurando o braço enfaixado de Alano e, com delicadeza, assino meu nome ao lado do dele.

— Aos começos — diz Alano.

— Aos começos — emendo.

Gosto de ver nossas assinaturas próximas uma da outra.

— Me passa seu número? — pede Alano.

— 718245... — Paro porque ele fica me encarando. — Você não vai anotar?

— Números de telefone são simples. Vou me lembrar — assegura ele.

Dou meu número para ele, e na mesma hora Alano o repete para mim. Ele pega meu celular e digita o dele.

— Só para garantir.

Não acredito que acabei de passar meu número para Alano Rosa e pegar o dele, que criamos um contrato para nos curarmos juntos, nem em qualquer outra coisa sobre esta noite.

— Estou bem animado para ver você mais tarde — comenta Alano.

— Eu também.

O mundo em que estou entrando agora é novo, desconhecido. Um onde não vou atrás da Morte, e sim fujo dela. Tudo graças a Alano, que me trouxe aqui para que eu sonhe alto, pare e sinta o cheiro das rosas ou qualquer coisa cafona do tipo. Mas não sei como confiar em mim mesmo neste mundo novo enquanto ainda arrasto meu mundo antigo comigo, como meu transtorno de personalidade borderline, que pode fazer eu ficar perdidamente apaixonado num piscar de olhos, ou só me fazer pensar que estou apaixonado. Estou sentindo muitas coisas no momento, mas não sei como dizer o que é ou não real. Como o fato de que olhar para Alano me faz gostar de respirar. Como o fato de Alano ser tão lindo faz eu querer pintar o retrato dele para usar em uma camiseta. Como o fato de que quero alcançar estrelas no formato dele e cheirar rosas que têm o formato dele. Como o fato de que quando me despeço, quero beijá-lo como se eu estivesse morrendo. E como o fato de que já sinto saudade dele quando seu carro se afasta e de como estou feliz porque vamos nos ver de novo.

Como posso saber se isso tudo é verdade?

Não sei, mas agora tenho tempo e Dias Iniciais para descobrir.

ALANO
4h38

Por que o destino esperou tanto para juntar nós dois?
    Paz e eu temos a mesma idade. Crescemos em Nova York. O que sei é que era para termos nos conhecido em 15 de agosto de 2010, porque meu pai queria se desculpar em pessoa pelo erro da Central da Morte, como tinha feito com as outras famílias afetadas, mas Gloria Medina cancelou de última hora porque achou que não fosse o momento certo, e nunca remarcou. O mais próximo que eu tinha chegado de Paz antes desta noite foi durante seu julgamento. A princípio, minha mãe não queria que eu fosse, mas ouvi meu pai dizendo que era bom para a reputação da Central da Morte que aparecêssemos em família. Naquele dia, eu só queria ajudar Paz, que parecia tão assustado naquele tribunal, assim como hoje no topo do letreiro de Hollywood.
    As histórias que se ouve sobre Dias Finais são incríveis. Terminantes se apaixonando antes de morrer. Sacrifícios extraordinários para que outras pessoas possam viver. As histórias que sempre me comoveram mais são as de pessoas que passaram a vida inteira na órbita umas das outras, mas só se conectaram de fato no final graças à Central da Morte. Isso me faz lembrar que, embora a empresa tenha causado bastante mal, muita beleza nasceu por causa dela também.
    Esta noite não foi o fim da história de Paz. Foi o começo de um novo capítulo para ele... para nós.
    Estou orgulhoso dele por escolher viver e de mim por ajudá-lo a tomar essa decisão. Se bem que, se ele tivesse cobrado que eu o matasse, eu teria feito isso, por pior que fosse.
    Se as pessoas são cruéis assim com Paz por matar uma pessoa, o que fariam se descobrissem que tenho muito mais sangue nas mãos?

PARTE TRÊS
DIAS INICIAIS

O começo é sempre hoje.

— Mary Shelley

PAZ
12h00

Doze horas atrás, tentei fazer com que este fosse meu Dia Final. Agora estou acordando no meu primeiro Dia Inicial.
    Desligo o alarme, que soou a cada dez minutos na última hora. Ainda estou grogue, e o brilho da tela do celular machuca meus olhos, mas me faz acender por dentro quando leio uma mensagem de Alano: *Aos começos*, mandou ele às 5h02. Estou tentado a responder com uma sequência longa demais de sorrisinhos, mas me contenho. **Aos começos** ☺, envio.
    Enquanto vou acordando, ainda estou surpreso por estar vivo. Não era para eu ter dormido aqui ontem à noite nem para ter feito minha cama hoje de manhã, nem aberto minhas cortinas para deixar a luz do sol entrar. Era para eu estar morto aos pés do letreiro de Hollywood; fico me perguntando se meu cadáver já teria sido descoberto.
    Assim que abro a porta do quarto, minha mãe me chama para a sala de estar, onde está no sofá com Rolando, assistindo ao noticiário.
    — Bom dia — cumprimento.
    — É manhã para você, mas tarde para nós — diz minha mãe, tomando seu chá de ervas.
    — Então boa tarde — corrijo com um sorriso. — Como está se sentindo?
    — Continuo enjoada, mas pelo menos agora sabemos o motivo. — Minha mãe leva a mão à barriga.
    Um dia, vou estar vivo para sentir o bebê chutando. Para segurá-lo recém-nascido. Para cuidar como um irmão mais velho à medida que ele ou ela for crescendo. E tudo o que surgir dali em

diante, até a vida adulta, e também quando for mais jovem que eu, ao lado da minha cama quando eu morrer aos cem anos.

— Glo e eu estávamos nos perguntando uma coisa — começa Rolando, sério. Ele sem dúvida alguma vai perguntar o que eu estava fazendo fora de casa tão tarde da noite. — Para que ligar o alarme se você vai ignorar o barulho por uma hora?

Dou risada, e nem é só para não ter que responder, é porque acho graça mesmo.

— Eu só precisava de mais tempo para me recompor — respondo.

—Tá tudo bem? — pergunta minha mãe.

É engraçado como ela desconfia mais de mim quando estou felizinho do que quando estou fingindo felicidade.

Digo a verdade.

—Tô, sim.

— Ficou acordado até tarde?

Nessa hora, posso mentir descaradamente e dizer que passei a noite toda em casa maratonando alguma série nova, mas quero contar a verdade... uma versão dela, pelo menos. Só não consigo me abrir a respeito da minha tentativa de suicídio sem causar pânico.

— Eu saí com uma pessoa ontem.

Rolando desvia a atenção de um comercial de um novo aparador de grama.

— Quem?

Estou indeciso, sem saber se deveria admitir, mas não consigo evitar. É como se dizer o nome dele me provocasse um pico de serotonina.

— Alano Rosa.

Os dois ficam quietos. É engraçado vê-los tentando processar essa informação.

Minha mãe arregala os olhos.

— Alano Rosa? Você estava com Alano Rosa? C-c-como? Por quê?

É agora que preciso deixar a criatividade falar mais alto.

— A gente se conheceu na internet — minto.

— Na internet? Tipo em um aplicativo de relacionamento? — pergunta minha mãe.

Já faz muito tempo que me assumi para ela e Rolando, mas, fora alguns crushes no primeiro ano do ensino médio, nunca tive a oportunidade de falar sobre interesses concretos.

— A gente só deu uma volta, mas, como ele está na cidade apenas por alguns dias, vamos sair de novo hoje à noite.

Mal posso esperar. Já quero que o dia todo passe rápido.

— O pai dele é bem complicado — comenta Rolando, dando a impressão de que quer cuspir no chão. — Esse Alano tem uma cabecinha melhor?

— Aham — respondo, pensando na cabeça linda de Alano: os cílios longos que tentam, mas não conseguem esconder o olho verde e o castanho; as sobrancelhas grossas que afinam nos cantos; os lábios bem marcados que formam o sorriso mais lindo do mundo; e o cérebro que sabe de tudo, incluindo como salvar uma pessoa a segundos de se matar. E aí penso no resto do corpo preso àquela cabeça.

— Pazito? — chama minha mãe.

Peço desculpas com um sorriso.

—Você já tem idade o suficiente para fazer as próprias escolhas, mas ainda assim eu preferia que você tivesse nos avisado que ia sair de casa tão tarde.

— É verdade, foi mal.

—Você se divertiu?

— O começo foi meio complicado, mas depois melhorou.

— O que vocês dois fizeram?

Neste instante, começa uma reportagem na TV que pode responder à pergunta por mim. A âncora do jornal está falando sobre a invasão à Tempo-Presente de ontem à noite. O pânico engole minha felicidade feito um buraco negro. Eu deveria distrair os dois do noticiário, mas fico paralisado. Meu foco só fez Rolando aumentar o volume, e eles estão prestes a ouvir meu nome e o de Alano em alto e bom som.

Uma imagem pixelada do Guarda da Morte atacando um relógio de coluna aparece dividindo a tela com a apresentadora.

— Podemos ver o suspeito usando uma máscara de crânio, idêntica à que foi usada por muitos criminosos violentos no primeiro Dia Final. Um tijolo com os dizeres A CENTRAL DA MORTE NÃO É NATURAL foi encontrado na cena do crime, e a polícia o incluiu na investigação. A Central da Morte emitiu um comunicado para que todos tomem mais cuidado em negócios afiliados à empresa, sobretudo após o ataque da Guarda da Morte a Alano Rosa em Nova York, duas noites atrás. A lojista da Tempo-Presente, Margaret Hunt, disse que ninguém se feriu ontem à noite, mas que a maior parte da sua propriedade infelizmente foi danificada.

Fico aliviado pelo nome de Alano só estar envolvido no incidente anterior e não porque estávamos na loja quando tudo isso aconteceu, mas o episódio na Tempo-Presente ainda pode acabar nos ferrando. Eu seria o maior prejudicado. Se existem gravações do Guarda da Morte lá, também deve haver de nós dois. Incluindo de mim, com a arma. E quanto aos presentes que eu estava preparando para a minha família? Será que ainda serão enviados para cá? Nem cheguei a pagar por eles. Talvez tenham sido destruídos. Não sei, mas se eu for lá pessoalmente, a lojista vai jurar de pé junto que sou um fantasma.

— Paz. — Rolando estala os dedos. — Tá tudo bem?

Não tem como esconder o pânico com um sorriso falso, eles vão ver a mentira estampada na minha cara.

— São tempos assustadores.

— Como está Alano? — pergunta minha mãe.

A princípio fico desconcertado, mas ela só está perguntando por conta da tentativa de assassinato. O problema é que passamos tanto tempo falando sobre mim que percebi que não sei muito sobre Alano. Fico me sentindo idiota e até muito errado diante de tudo que sinto por ele, como se não passasse de atração física ou meu transtorno de personalidade borderline alterando minha percepção da realidade.

— Ele está bem, só cheio de ataduras — respondo. Lembro que assinei o curativo de seu braço para selar uma promessa de que eu continuaria tendo recomeços, mesmo quando for difícil, mesmo quando eu me afundar em buracos depressivos, como agora.

— Que bom saber que ele está bem — comenta minha mãe. Ela se levanta do sofá.

— Mãe, senta. Está precisando de alguma coisa?

— É você que está. — Minha mãe vai para o quarto e volta com o frasco de fluoxetina. — Como está se sentindo? Um comprimido, dois comprimidos ou três comprimidos?

— Isso é alguma cantiga infantil, por acaso? — pergunta Rolando.

Minha mãe reprime a risada.

— Não vamos fazer piada com saúde mental.

— Foi mal, Paz — desculpa-se Rolando.

— Tudo bem, foi engraçado.

Os comprimidos fazem barulho no frasquinho. Uma parte de mim não quer tomá-los porque me sinto melhor do que o habitual, mas quero estar bem e funcional para aproveitar meu tempo com Alano, para conhecê-lo melhor sem remoer meu trauma.

— Vou tomar dois.

Engulo os remédios com um sorriso.

Em seguida, dou à minha mãe o abraço que não dei ontem à noite.

— Eu te amo, mãe.

— Também te amo, Pazito.

Este Dia Inicial já começou muito bem, mas só vai melhorar quando eu vir o Alano.

ALANO
14h46

—Você fez o quê?

Não é a primeira vez que meu pai grita comigo hoje.

Antes de sair de casa para ir à empresa ontem à noite, meu pai entrou no meu quarto e só encontrou Bucky na cama. Ele vasculhou pessoalmente toda a mansão, incluindo o terreno, mas não conseguiu me encontrar no cinema, nem no spa, nem na piscina. Ele ligou para o meu celular e torceu para que só estivesse desligado porque eu tinha me esquecido de carregar o aparelho. Em seguida, foi até a garagem e notou que meu carro tinha sumido também. Foi aí que a segurança averiguou as gravações e me viu saindo e só voltando para casa às cinco, quando a polícia já estava à minha espera.

Primeiro pensei que a polícia estava lá para dar auxílio em alguma busca, mas não. O Departamento de Polícia de Los Angeles me reconheceu — e apenas a mim — no topo do letreiro de Hollywood. Passei a manhã conversando com policiais, cooperando com as investigações deles de todas as formas que não revelassem a identidade do "garoto loiro com a arma". Tudo o que eu disse foi que encontrei um garoto que estava mal, consegui o convencer a descer em segurança e que agora ele está vivo. Tive o privilégio de me safar com apenas uma advertência porque sou filho do meu pai. A Central da Morte reduziu os tiroteios policiais não fatais em 72 por cento desde 2010, agora que eles se sentem confiantes para apaziguar situações conturbadas sem terem receio de acabar morrendo. Os Estados Unidos ainda estão atrás de outros países nesse quesito, mas o presidente Page enfatizou esse progresso em sua campanha à reeleição. Se Paz e eu não tivéssemos escapado da Tempo-Presente naquela hora, poderíamos ter colocado essa estatística em risco.

Quando a polícia foi embora às 7h10, eu estava tão exausto que mal conseguia manter os olhos abertos, mas despertei quando meu pai chamou nossos guarda-costas para a sala de estar. Ele os rechaçou por me perderem de vista, mas as coisas ficaram ainda mais tensas quando ele se dirigiu ao agente Dane.

— Por acaso você tem algum motivo oculto para querer que meu filho seja morto?

— Não, sr. Rosa.

— Não estou pagando o suficiente para que proteja o meu filho?

— Está, sim, sr. Rosa.

— Então por que falhou em protegê-lo duas noites seguidas?

— Eu não sabia que o sr. Alano tinha saído da propriedade.

— Sua ignorância poderia ter resultado na morte dele. Não permitirei que isso volte a acontecer. Está demitido — declarou meu pai.

O agente Dane conseguia manter a pose sisuda durante muitas interações, mas dessa vez não pôde mascarar seu choque.

— Senhor? — perguntou, e se virou para a minha mãe como se ela fosse defendê-lo, mas ela continuou em silêncio.

Eu, não.

— Não foi culpa dele. Dane queria ir junto comigo à Árvore da Sabedoria mais para o fim da semana, mas eu saí escondido.

Meu pai se voltou para mim.

— E se você tivesse morrido teria pagado o preço com a própria vida, mas estou cansado de pagá-lo para manter você vivo quando ele é tão incompetente.

— Estou vivo, pai! Eu teria morrido se Dane não tivesse detido o assassino.

— Um assassino que nunca nem deveria ter chegado tão perto como chegou — rebateu meu pai, virando para a chefe de segurança. — Ariel, escolte Dane para fora da mansão.

Tentei protestar, mas Dane aceitou seu destino, saindo por conta própria antes mesmo que eu pudesse pedir desculpa. Já foi ruim o bastante provocar a demissão de Andrea Donahue quando foi por justa causa, mas fazer Dane ser despedido só porque eu dei um perdido em todo mundo é cem vezes pior.

Eu me recusei a voltar a falar com o meu pai, embora ele tivesse vindo atrás de mim no corredor e gritado na porta do meu quarto até minha mãe forçá-lo a me dar espaço e me deixar descansar. Apesar da exaustão, o sentimento de culpa me impediu de pegar logo no sono. Fiquei de chamego com Bucky na cama, chorando pelo fato de que eu ter salvado a vida de uma pessoa acabou custando o emprego de outra.

Consegui dormir por três horas antes de acordar de um pesadelo no qual eu jogava gasolina em Dane Madden e o incendiava. Não tinha como adormecer de novo depois disso.

Agora estou sentado à mesa de jantar com meus pais, comendo o almoço preparado pela nossa chef particular. Dei mais uma vez a notícia que eu sabia que causaria uma nova erupção.

— Desativei minha conta da Central da Morte ontem à noite — repito, mantendo o tom estável.

Meu pai tamborila os dedos em seu copo com refrigerante de gengibre, como se desejasse que a bebida virasse mezcal. Ele está prestes a explodir de novo quando se vira para minha mãe.

— Naya, ele perdeu o juízo, foi isso mesmo?

— Não fale de Alano como se ele não estivesse bem aqui — retruca minha mãe.

— Eu não acho que ele esteja. Um filho nosso não cometeria uma idiotice dessas.

Eu me contenho e não grito, querendo ser mais ponderado que meu pai.

— Um filho seu não consegue viver a vida como bem entende — digo.

Ele semicerra os olhos.

— Como pode você se esquecer assim da vida que tem? — Ele não espera por uma resposta. — Você pulou de paraquedas em Dubai. Escalou uma cachoeira congelada no Canadá. Nadou com tubarões na Austrália. E essas são apenas algumas das suas muitas aventuras, todas à sua escolha, todas elas organizadas por nós para você. Se isso não é deixar que você viva sua vida, então o que é?

Não tem como esquecer nada do que ele mencionou. Venci meu medo de altura pulando daquele avião sobre as ilhas Palm, em Dubai, e escalando as cataratas Helmcken, no Canadá. Ainda enfrentei meu medo de infância de ser devorado por tubarões ao viajar para o parque de conservação nas Neptune Islands, na Austrália, para nadar com tubarões-brancos imensos. Consegui fazer tudo isso graças à Central da Morte, mas talvez eu nunca mais tenha essa paz de espírito se não reativar minha conta.

— Como não entende, pai? Tudo isso não é viver. Eu por pouco não morri cheio de arrependimentos no meu leito de morte.

Os olhos castanhos da minha mãe ficam marejados.

— Acho que essa é a pior coisa que já ouvi na vida — diz ela, esticando o braço para apertar minha mão. — Como podemos mudar isso?

Está evidente que meu pai está prestes a tentar quebrar o copo na mão, mas está mordendo a língua para ouvir o que tenho a dizer.

— Preciso de independência para explorar minha vida como eu bem quiser. Estou cansado de ser tratado como se fosse uma criança que precisa de proteção 24 horas por dia enquanto também tenho que ser um homem de negócios que precisa superar todas as expectativas projetadas em mim como se eu já fosse herdar a Central da Morte amanhã.

Meu pai passa a mão pelo cabelo que está ficando grisalho, pronto para arrancá-lo.

—Você não poderia ter escolhido um momento pior para colocar esses impulsos à prova, Alano. Já não basta estar fugindo da proteção logo uma noite depois de sobreviver a uma tentativa de assassinato. Você já parou para pensar nas graves consequências, a nível global, que podemos enfrentar caso alguém descubra que você desativou sua conta da Central da Morte?

—Você não pode esperar que as decisões da minha vida sejam guiadas pela receita líquida da sua empresa, pai. A internet não entrou em colapso quando Bill Gates proibiu os filhos de terem acesso a ela, e as vendas de iPad não despencaram quando Steve Jobs baniu o aparelho na própria casa. A vida e a morte do império não giram em torno de mim.

A dor nos olhos do meu pai engole sua raiva por um momento. Aquele breve instante basta para me assombrar.

— Se serve de consolo, não está nos meus planos falar disso abertamente — acrescento.

— Você contou para o garoto misterioso de ontem à noite? — indaga ele.

Meu silêncio é alto demais.

— Imprudente, isso é de uma inconsequência abismal. O que impede esse estranho de vender seu segredo?

Entendo o receio depois do que aconteceu com Andrea Donahue.

— Ele não é assim.

— Você não o conhece! — Meu pai bate o punho na mesa. — Você quer ser tratado como adulto, mas está agindo feito uma criança. A política de tudo que está em jogo aqui não é brincadeira. Se isso vazar, você não vai ter privacidade. Vai estampar a campanha do nosso inimigo, como se nossos serviços fossem tão desnecessários e perigosos que o próprio herdeiro rejeitou o seu destino. Sua escolha, por si só, vai garantir a eleição de Carson Dunst, que vai trabalhar sem fim para arruinar tudo que construí, tudo que criei para que você jamais tivesse que passar pelo mesmo sofrimento que eu e sua mãe enfrentamos.

Ele se levanta e começa a se afastar, o que talvez seja melhor mesmo, mas então se vira de repente.

— Sua vida pode não ser exatamente o que você queria, e agora sua morte também não respeitará os nossos desejos para você. Não saber da sua morte é um castigo a sua mãe e eu, e apenas a nós dois, e talvez você não se importe com isso porque não vai ter um Dia Final para viver o luto de si mesmo, mas sua morte assombrará nós dois pelo restante de nossa vida. — Meu pai pousa uma das mãos sobre o coração. — Só não quero nunca ter que conhecer seu fantasma, *mi hijo*.

Depois disso, ele vai embora de vez.

Fico sentado pensando que, se é assim que meu pai reage à notícia de que um dia posso morrer sem mais nem menos, ele não conseguiria lidar com o fato de que já tentei me matar. Lembro do Paz me contando que sua mãe ameaçou cometer suicídio caso ele acabasse com a própria vida. Acredito que meus pais tentariam viver um pelo outro, mas a possibilidade de qualquer um dos dois tentar tirar a própria vida também me parte o coração.

— Estou sendo egoísta — admito.

Minha mãe aperta minha mão.

— Seu pai também está, mas todo mundo tem o mesmo objetivo; todos só querem o melhor para você. Ele não está pronto para ouvir o que você tem a dizer, mas eu estou. Não movi céus e montanhas para te trazer a este mundo para que você acabe não amando a própria vida.

A capacidade da minha mãe de sempre ser benevolente comigo é o motivo pelo qual ela foi a primeira pessoa para quem eu me assumi.

Falo de como essa última semana foi difícil entre toda a tensão com Ariana, o trauma do meu primeiro turno como mensageiro, quase ter sido assassinado bem na frente de casa e o fato de por pouco ter conseguido salvar uma vida ontem só porque eu estava no lugar certo, na hora certa.

— Não aprovo isso de você sair escondido, Alano, mas você tem razão quando diz que é seu direito sair de casa quando der na telha e que, se tivesse pedido permissão, nós teríamos negado. Você ainda assim consegue reconhecer o motivo pelo qual estamos tão apreensivos? Por que nossa confiança em você está tão abalada? Você não desativou a Central da Morte e foi dormir. Você saiu de casa sem guarda-costas, invadiu a propriedade alheia, escalou o letreiro de Hollywood ilegalmente e passou a madrugada pelas ruas com um estranho armado. Isso não nos faz confiar nas suas escolhas, e francamente me deixa preocupada com seu bem-estar mental.

Minha mãe sempre me criou com delicadeza e pulso firme. Eu nunca quis entrar em discussões com ela, e estou sempre disposto a ouvi-la dizendo as coisas difíceis de ouvir.

— Como assim, meu bem-estar mental? — pergunto, nervoso. Minha mãe repara na minha inquietação.

— Eu vi o que o trauma de lidar com o trauma alheio fez com muitos dos nossos mensageiros e como o estresse já afetou você no passado. Tenho medo de você estar à beira de um surto psicótico.

Meu impulso é negar que um surto psicótico esteja a caminho, como se isso invalidasse meus pedidos por liberdade, mas aí me lembro que há casos de psicose no lado do meu pai da família. Meu avô teve Alzheimer, o que o levou a perder a noção da realidade nos estágios mais avançados.

— Foi devastador vê-lo paranoico e imprevisível daquela maneira — lamentara meu pai.

A doença também o afetou, e ele compartilha sua experiência em sua biografia, a ser lançada. Por isso, acabei pesquisando tudo possível e imaginável sobre o assunto, em especial a probabilidade de eu também vir a ter Alzheimer. Se alguém de fato estivesse me dando o diagnóstico de um surto psicótico, poderia argumentar que minha luta por independência no fundo é o resultado de não pensar de modo lógico, dormir mal, ter sentimentos intensos, ser impulsivo e possuir uma visão distorcida da realidade. Quero tanto resistir a este alerta levantado pela minha mãe, mas é mais difícil negá-lo quando me lembro de que traumas e ferimentos físicos podem ser gatilhos e desencadear surtos psicóticos, e que minha própria realidade foi colocada à prova muitas vezes ao longo dos anos por causa do meu cérebro.

— Tudo bem. — É tudo que consigo dizer.

— Acha que é possível eu estar certa?

— Pessoas em surtos psicóticos não sabem reconhecer quando estão tendo um episódio.

— O que está sentindo?

— Impotência — respondo. E empatia por Paz, que está sofrendo com o próprio diagnóstico, o qual eu estava estudando deitado na cama antes do almoço. — Eu cancelei a assinatura da Central da Morte para reaver o controle da minha vida, e agora é como se tudo que fiz também estivesse fora do meu controle. Eu achava que meu cérebro já tinha me dado problemas o suficiente, mas... — Eu me engasgo com as palavras.

— Você é brilhante, Alano, mas não está imune aos perigos da vida. Sempre vamos querer proteger você, filho, mesmo quando você se sentir sufocado pelo nosso cuidado. Isso também significa proteger sua sanidade. Seu pai e eu vamos nos esforçar para aliviar o peso que colocamos nas suas costas.

Solto um suspiro de alívio.

— Obrigado, mãe.

— Ainda não estou feliz com a sua saída ontem à noite, mas deu tudo certo no final, e você ter salvado a vida de um garoto e voltado para casa vivo significa que tudo acabou bem mesmo.

— Ele me chamou de milagre, igualzinho a como vocês me chamam.

Minha mãe sorri.

— Eu gostaria de saber mais sobre esse garoto — pede ela antes de voltar a comer o rigattoni com molho de tomate picante.

— Ele não teve uma vida fácil, e por isso é tão forte hoje em dia, mas acredito que ele vá ser feliz. Só precisa de uma ajudinha.

— O mesmo vale para todos nós — opina ela, entre uma garfada e outra. — Como ele se chama?

Olho para o nome de Paz assinado junto ao meu no curativo.

— Paz Dario.

Ela abaixa a cabeça como sempre faz quando está tentando se lembrar de alguma coisa, como se esperasse encontrar a resposta escrita diante dela.

— De onde eu conheço esse nome? — Em seguida, ela levanta a cabeça. — O menino do primeiro julgamento.

— Que perdeu o pai — digo.

— Que matou o pai — emenda ela, preocupada. — Foi ele que você salvou?

Nos meses que antecederam o julgamento, ouvi conversas entre meus pais e seus advogados. Todos concordavam que Paz era inocente e só tinha matado o próprio pai em autodefesa, mas meus pais foram aconselhados a se concentrar nos sucessos alcançados pela Central da Morte desde os erros do primeiro Dia Final. No momento, minha preocupação é que minha mãe esteja julgando o caráter de Paz da mesma forma como estranhos têm feito a vida toda dele.

— É, eu salvei Paz e não me arrependo.

Minha mãe percebe que estou na defensiva.

— Desculpa. É óbvio que estou aliviada por você ter salvado a vida de Paz. Só fui pega de surpresa e estou receosa de ele não ser a melhor companhia para você.

— Paz não é uma ameaça. Ele só matou o pai porque tinha nove anos e estava assustado. Agora ele tem mais autocontrole.

— Ontem à noite ele quis se autodestruir, Alano. Se não tomar cuidado, ele vai destruir você também.

Não gosto que ela já esteja o difamando.

— Paz poderia ter se vingado da Central da Morte, mas não o fez.

— Se acha mesmo que ele não lhe fará mal, então acredito em você.

— Tenho certeza disso. Ele até jogou fora a arma porque está decidido a viver. E eu vou ajudá-lo.

— Vocês vão sair de novo?

— Hoje à noite.

Ela fica desconfortável.

— Não vou impedir você de vê-lo, porque me parece que Paz precisa de você na vida dele, mas... — Ela começa a chorar e aperta minhas mãos. — Proteja seu coração caso não consiga salvar esse garoto para sempre. Você pode ser o nosso milagre, mas não faz milagres.

O conselho da minha mãe mais me parece uma ameaça. Quero acreditar nos Dias Iniciais... eu preciso acreditar, pelo meu bem e pelo de Paz, mas o que acontece se eu não proteger meu coração e Paz quebrar nosso pacto? E se a psicose estiver deturpando meu juízo e me fazendo pensar que sou apto a salvar uma pessoa que, na verdade, pode estar destinada a se destruir? Por que isso me faz querer ir ao terraço e subir no parapeito do telhado?

PAZ
16h12

Mais tarde, quando Alano me perguntar como foi meu primeiro Dia Inicial, vou deixá-lo muito orgulhoso.

    Primeiro, eu me papariquei com muito amor, mesmo quando me despi antes do banho e me senti mal por meu corpo não ser como o de Alano. Tomei uma ducha refrescante e gostosa, sem esquentar a água para me queimar. Lavei e hidratei o rosto e aproveitei para espalhar creme do pescoço aos dedos dos pés. Passei vaselina nas cicatrizes das coxas para que sarem mais rápido. Preparei uma salada de quinoa com tofu torrado, legumes e verduras. E, quando meu momento de autocuidado terminou, foi a vez de me dedicar à casa. Não só limpei meu quarto como também aparei a grama do quintal para que minha mãe possa ter seu jardim de novo. Pensei que talvez pudesse ser uma boa para ela ter um pouco de tranquilidade durante a gravidez, um lugar para ler ou onde possa plantar sementes para que mais flores possam crescer com ela. Ontem à noite, a ideia de cuidar de um jardim mental me parecia exaustiva, mas agora eu estava ali, sendo castigado pelo sol de verdade em um jardim de verdade, o que fez minha mãe chorar lágrimas de felicidade de verdade.

    Enquanto minha mãe e Rolando bebem seus chás gelados no quintal, ligo para a Tempo-Presente para pedir a Margie para cancelar meu pedido, já que não morri e não estou tentando morrer em um futuro próximo, mas a chamada vai direto para a caixa postal:

— Olá, você ligou para a Tempo-Presente da Hollywood Boulevard. A loja estará fechada nos próximos dias enquanto fazemos reparos após um lamentável ato de vandalismo. Se precisar de nossos serviços, por favor visite as unidades de Malibu e Los Feliz. Agradecemos a preferência.

A ligação é encerrada, então nem consigo deixar uma mensagem.
Fico exausto por conta de todo o trabalho e do sol, então me deito na cama. Estou me coçando para mandar mensagem para Alano de novo, talvez até uma selfie para que ele responda com uma dele até a gente se ver de novo, mas estou tentando não forçar a barra. O que não me impede de jogar seu nome na internet para ficar vendo o seu rosto.

Abro o Instagram e encontro seu perfil verificado — @AlanoRosa — e, embora ele só tenha trinta postagens, possui 3,4 milhões de seguidores. Tem atores de Scorpius Hawthorne que apareceram em todos os oito filmes e não têm nem metade dos seguidores de Alano. Desço a tela, vendo seus posts mais recentes: Alano na lojinha de um museu enquanto segura um pôster de um campo de girassóis pintado por Van Gogh (a legenda: *Plante alguma coisa. Pinte alguma coisa. Crie alguma coisa. Transmita uma mensagem com tudo o que fizer.*); a sombra de Alano unida a outras duas (a legenda: *A.A.R: Alano + Ariana + Rio*); e Alano segurando uma urna cinerária laranja-ferrugem do Urna que Orna, um estúdio de cerâmica e experiência espiritual, onde as pessoas que optam por serem cremadas podem criar o recipiente onde suas cinzas irão descansar para sempre (a legenda: *Saber que vou continuar vivo em minha própria arte, mesmo após meu Dia Final, fez com que eu me dedicasse de coração a ela.* EDITADA PARA ACRESCENTAR: *Hoje não é meu Dia Final! Decidi ser proativo. Peço desculpas àqueles que se preocuparam.*). Vejo algumas postagens mais antigas e fico com muita vontade de perguntar a Alano como foi pular de paraquedas em Dubai e como ele soube que era possível escalar cataratas congeladas, porque isso é novidade para mim, e por que ele arriscou a própria vida — ou ao menos os próprios membros — para nadar com tubarões.

Antes que eu continue nessa, saio do perfil dele. Não quero descobrir mais sobre o Alano com o @AlanoRosa. Quero que ele me conte sobre sua vida por conta própria.

Não consigo mais me segurar e mando uma mensagem:
Que horas hoje à noite? ☺

ALANO
16h34

Estou no quintal, brincando de jogar bolinha para o Bucky, quando Paz me manda mensagem. Ele quer saber que horas vamos nos encontrar mais tarde. Falar com ele é uma dose de endorfina muito bem-vinda. Ainda não sei quando o verei, mas sei que ninguém vai me impedir. Meu pai pode até tentar, mas é por isso que minha mãe foi conversar com ele sobre os meus planos, porque não estou interessado em discutir a inocência do Paz. Ela espera — e eu também — fazer com que meu pai pense melhor, para que eu possa viver a vida que mereço sem abalar a família.

Bucky volta com a bola de tênis na boca, mas não a solta. Desde filhote, ele sempre queria que eu pegasse a bola da boca dele antes de jogar de novo. Pelo menos Bucky não me faz ter que correr tanto atrás dele, agora que está mais velho. Entre o cachorro ofegante, minha barriga doendo e meu braço não dominante cansado, jogo a bola o mais longe que consigo pela última vez.

Estou prestes a responder a mensagem do Paz, mas o agente Andrade atravessa o quintal. Deve estar vindo me convocar para o escritório do meu pai. Ainda estou irritado e furioso com a demissão do meu guarda-costas. Dane está ignorando minhas ligações, o que é compreensível. Perdeu seu sustento só porque eu decidi me rebelar. Com o agente Andrade na minha cola, acho que nunca vou conseguir fazer algo como ontem à noite.

Antes de se tornar chefe da Central de Proteção, o agente Ariel Andrade foi um policial que ficou conhecido nos noticiários do país após encontrar os criadores de um canal de vídeos extremos chamado Bangers, em que Terminantes desesperados por conseguir dinheiro para seus entes queridos se matavam de diversas maneiras por entretenimento. Os terríveis espectadores contribuíam diariamente com o montante, mas apenas o Terminante mais votado como "melhor suicídio" recebia a fortuna, e os outros morriam em vão. (Odeio imaginar Paz se inscrevendo nesta competição cruel se ela ainda existisse hoje.)

Depois de dois meses de investigação, o colega de Andrade, policial Remy Graham, recebeu a ligação da Central da Morte em 4 de julho de 2017. O oficial Graham fez a corajosa escolha de trabalhar em seu Dia Final, vendo uma oportunidade de colaborar com Andrade uma última vez e acabar com o Bangers no exato dia em que os céus estariam cheios de fogos de artifício por causa do Dia da Independência dos Estados Unidos. Os dois seguiram uma pista até a Ponte Williamsburg, onde o trânsito estava parado por causa de um Terminante competindo no canal de suicídio, Carmy Castellon. O homem tinha instalado duas câmeras no local, uma rampa para a moto e amarrado fogos de artifício no peito. Graham tentou impedir Carmy Castellon, mas foi empurrado da ponte e se afogou. O Terminante ganhou pontos extras por matar um policial e pela sincronia fenomenal ao voar da ponte e detonar os fogos de artifício, morrendo numa explosão horrível e garantindo a premiação em dinheiro.

No Natal, Andrade se disfarçou de Terminante e se infiltrou na competição, desmascarando sua origem. Meu pai sempre odiou como o Bangers explorava o poder da Central da Morte, então quando Andrade estava pensando em seus próximos passos após fazer justiça pela morte de Graham, ele o convenceu a ser seu guarda-costas e chefiar a nova equipe de segurança, a Central de Proteção. Andrade trabalha lealmente para a nossa família desde 17 de janeiro de 2018.

—Você tem visita, sr. Alano — diz o agente.

Ninguém sabe que estou aqui.

—Visita?

— Sr. Rio Morales.

Quase deixo o celular cair.

— Ele está aqui? Agora?

O agente Andrade assente.

— Sim, senhor. Está na varanda da frente. Seus pais estão se preparando para recebê-lo também.

Se eu não me apressar, meu pai vai chegar primeiro e o expulsar daqui. Corro pelo quintal e atravesso a casa com o agente Andrade e Bucky me seguindo. Chego na porta assim que meus pais estão passando por ela. Vou para o lado de fora, ultrapasso meus pais e a agente Chen e descubro que Rio está mesmo aqui. Bucky passa direto por mim e corre até meu amigo.

— Oi — cumprimenta Rio, acariciando Bucky.

— Ele já foi revistado? — questiona meu pai, entrando na minha frente.

— Sim, senhor — diz a agente Chen.

— Por inteiro — acrescenta Rio, enfiando sua camisa do Luigi para dentro da calça jeans. — Senti falta do Dane. Cadê ele?

— O ex-agente Madden não trabalha mais para a nossa família — responde meu pai.

— Imagino que esse seja um código para "foi demitido" — brinca Rio.

— Ninguém mexe com o meu filho — retruca meu pai, afiado.

— O que traz você aqui? — pergunta minha mãe, se voltando para Rio.

— E ainda sem avisar — completa meu pai. Ele se vira para mim. — E sem ter sido convidado, correto?

Confirmo com a cabeça, relutante.

— Dá para pegar leve? — peço.

Rio olha para meu braço enfaixado e seus olhos ficam marejados. Tenho certeza de que ele vai pedir licença para dar uma voltinha, só para ninguém o ver chorando, mas Rio luta contra as próprias emoções.

— Alano não avisou onde estava, mas eu entrei naquela conta bizarra do Twitter que rastreia o jatinho particular de vocês. E cá estou eu. — Ele estica o pescoço para observar a mansão. — Casa maneira.

Meu pai se vira para o agente Andrade.

— Fale com o Twitter.

Espero que ele não esteja sugerindo acabar com o Twitter inteiro.

Minha mãe se aproxima e abraça Rio.

— Que bom ver você. Obrigada pela dedicação em verificar como o Alano está, embora tenha passado dos limites — fala ela, beliscando a bochecha do Rio. — Sei que foi um gesto carinhoso, mas, no futuro, por favor, respeite nossa privacidade. Combinado?

— Pode deixar, Naya — replica Rio.

—Vamos deixar vocês conversando aqui fora... — declara minha mãe, levantando de leve a sobrancelha para me avisar que Rio não é bem-vindo dentro de casa.

Não gosto de como estão tratando meu amigo, como se Rio tivesse facas nos dedos e câmeras nos olhos, mas estou muito feliz em vê-lo.

Minha mãe engancha o braço no do meu pai.

— E nós vamos terminar nossa conversa lá dentro — afirma ela, olhando para meu pai.

Ele permanece parado.

—Você vai permanecer sob a supervisão do agente Andrade — anuncia meu pai. — Nós vamos conversar depois da minha ligação com... — Ele hesita, sem querer revelar na frente de Rio que tem uma ligação agendada com o presidente Page. —Vamos conversar depois.

Meus pais entram, a agente Chen volta a seu posto na entrada da garagem, e o agente Andrade se posiciona perto do chafariz, observando Rio através dos óculos escuros.

— Eu vou tomar um tiro se abraçar você forte demais, a ponto de parecer que você está desmaiando? — indaga Rio.

— Não. Só não peça uma selfie com um celular que tem uma lâmina escondida.

— Que tal dardos venenosos escondidos?

— Que tal você só me abraçar?

Rio me envolve em um abraço apertado, me levantando do chão. Solto um grunhido de dor, mas não aceitaria menos que isso.

Essa proximidade é tão familiar e necessária... Quando ele me coloca no chão, não me solta. Nossos rostos ficam enterrados no pescoço um do outro.

— Precisava ver você vivo — disse ele.

— Estou vivo.

— Mas você está com uma cara péssima. — Rio me encara. — Seus olhos estão mais vermelhos do que verde e castanho.

— Não tenho conseguido dormir direito — respondo, indo até a mesa empoeirada da varanda.

Bucky descansa o rosto nos meus pés, se escondendo do sol.

— Tudo isso tem sido bem assustador — completo.

Não explico que minha mãe acha que estou à beira de um surto psicótico, porque na verdade não estou pronto nem para admitir isso para mim mesmo. Mas conto a ele toda a história de Mac Maag.

— Isso tudo aconteceu depois do lance com a Ariana? — questiona Rio.

Assinto.

— Ariana indo embora teria sido uma das minhas últimas lembranças.

— Ela ligou para você?

— Não — respondo. — Você conversou com ela?

— Ela ficou aliviada em saber que você está bem. Mas já deveria ter falado com você a esta altura.

Quanto mais tempo Ariana demora, mais imperdoável fica.

— Ela deveria estar aqui também — comento.

— Só eu não basta? — retruca Rio, brincando.

— Nossa amizade nunca esteve em risco. — Suspiro. — Acho que nós três não vamos mais morar juntos.

Rio se inclina para a frente com as mãos unidas.

— Ainda podemos conseguir um lugar só nosso, Alano. Eu adoraria. Posso ser seu novo guarda-costas e... — Ele inspeciona o curativo no meu braço. — Pode assinar isso aí? Sei que não é um gesso. Quem é essa pessoa? Esse nome com P?

Hesito, mas não dá para mudar de assunto sem fazer alarde.

— Esse nome com P é uma pessoa que conheci ontem à noite.

Rio franze as sobrancelhas grossas.

— Ah, é um garoto? Um garoto-*garoto*? Um garoto-gay ou um garoto-não-gay? Viajei até aqui porque estava preocupado, mas você já deu até uns beijos depois de uma tentativa de assassinato? Não me dá motivo para querer matar você também.

Seguro o riso.

— Calma. Não tenho nada desse tipo para contar.

Bem, tenho *algumas coisas* para contar. Compartilho os pontos principais dos eventos de ontem, o que só levanta mais perguntas.

— Você subiu no letreiro de Hollywood? Só porque ele era bonito?

"Como você convenceu ele a descer?"

"Qual é o nome dele?"

"Você fugiu de um helicóptero?"

"Vocês se beijaram?"

Respondo a todas as perguntas ofegantes dele.

— Por que você está fazendo tanto mistério com a identidade desse cara? — indaga Rio.

Pelos mesmos motivos que minha mãe está conversando com meu pai sobre isso, e não eu.

— Não quero que você julgue ele — explico.

— Não vou julgar.

Eu me preparo.

— É o Paz Dario.

Leva um instante para a ficha do Rio cair.

— O assassino?

— Ele não é assassino.

— Ele matou o pai. Não fizeram até um documentário sobre ele?

— Foi só um episódio numa série documental, não um documentário inteiro. E é uma produção pró-naturalista, aliás. As milhões de pessoas que assistiram à série podem não ter visto que Paz foi declarado inocente no tribunal, mas eu testemunhei com meus próprios olhos.

Talvez eu não seja capaz de convencer todo mundo, mas posso fazer meu melhor amigo cair na real.

— Paz matou o pai dele em legítima defesa — insisto. — E ser tratado como um assassino de sangue-frio é um dos motivos que o levaram até o letreiro de Hollywood ontem à noite.

Rio parece prestes a deixar o assunto para lá, mas então se inclina para a frente de novo.

— Paz tem sorte de ter sido salvo por você, mas você está saindo com uma vítima do primeiro Dia Final depois de ter sido quase assassinado por outra vítima do primeiro Dia Final. Você confia tanto assim na Central da Morte a ponto de se achar invencível?

Será que Rio perguntaria isso se soubesse que estou vivendo feito um pró-naturalista? Ou ficaria ainda mais alarmado por eu estar saindo com alguém que ele chama de assassino?

Eu me lembro da arma apontada para mim.

— Paz teve a oportunidade de me matar, mas não matou.

— Isso é bizarro. E não me deixa nem um pouco mais calmo.

— Paz está determinado a viver, e é por isso que a gente transformou meu curativo num contrato para os Dias Iniciais — digo, olhando para ele mais de perto.

— Você assinou também... — observa Rio.

Um dia vou contar a ele que tentei me matar ano passado, mas agora não é a hora.

— Assinei o contrato como uma promessa de ajudar o Paz — falo, o que em parte é verdade. — A gente vai se ver de novo hoje à noite.

— Então é um encontro — afirma Rio.

— Não. — Não oficialmente, pelo menos.

— Mas você gosta dele. — De novo, não é uma pergunta.

Às vezes Rio acha que sabe como eu penso. Só que ele nem sequer sabe tudo a meu respeito. Tudo que já fiz e tudo que posso fazer... mas eu estaria mentindo se dissesse que Rio está totalmente errado nessa.

— Não dá para dizer que eu gosto do Paz. Ainda nem conheço ele direito.

— Você pode não acreditar em amor à primeira vista — responde Rio, confiante. — Mas talvez Paz acredite.

— Paz não se apaixonou por mim quando estava prestes a dar um tiro na própria cabeça.

Rio dá de ombros.

— Como você pode saber, já que ainda não conhece ele direito?

Nunca tive um namorado de verdade, mas às vezes parece que Rio foi o primeiro. Éramos tão afetuosos um com o outro que meus pais e os pais dele não acreditaram quando dissemos que não estávamos namorando. Acho que teríamos sido um casal incrível, mas então fizemos um acordo de sermos apenas melhores amigos, garantindo assim que estaríamos para sempre na vida um do outro.

—Vou conhecer melhor o Paz — digo, delicadamente.

— Então tome cuidado para não iludir ele — aconselha Rio, corajoso o bastante para me olhar nos olhos. — Não quero que você vire um cadáver porque confiou na pessoa errada, em alguém que não está bem da cabeça.

Como aconteceu com o irmão dele.

Odeio a implicação de que Paz pode ser perigoso como aquele Último Amigo assassino só por causa da saúde mental dele. Lembro a mim mesmo que Rio só está falando das ideações suicidas do Paz, e não do transtorno de personalidade borderline. Ele não sabe do diagnóstico do Paz. E não importa se Rio é meu melhor amigo — segredos pertencem a seus respectivos donos e às pessoas em quem eles confiaram para compartilhá-los. Com razão, Paz ficaria chateado se eu comentasse sobre como o cérebro dele funciona, assim como eu me sentiria traído se Ariana espalhasse o segredo sobre como o *meu* cérebro funciona, algo que confidenciei a ela no Natal de 2018, quando completamos dois anos de amizade. Tirando meus pais e meu pediatra, que já faleceu, ninguém mais sabe, nem mesmo Rio.

— Vou tomar cuidado — garanto. — Obrigado por ser meu amigo.

— Pode sempre contar comigo.

Espero que esteja dizendo a verdade. Odiaria perder meu melhor amigo por causa de sentimentos que não posso controlar.

— Tem planos para amanhã? — indaga ele. — Tenho dois ingressos para o parque da Universal que comprei para te animar. Isso antes de saber que você estava fazendo amizades no letreiro de Hollywood.

Ignoro a piadinha.

— É muito gentil da sua parte — digo. — Vou falar com meu pai. Obviamente, as coisas andam meio tensas. — Também fico preocupado em ir para um parque de diversões sem a certeza de que não irei morrer. — Mas o parque da Universal parece bem divertido.

Nós nos levantamos e damos um abraço. Bucky bate com o rabo nas nossas pernas.

— Não seja morto pelo garoto bonitinho — diz Rio, beijando minha bochecha. — Quero ver você amanhã.

O amanhã não é garantido. Talvez eu esteja vivendo meu Dia Final agora, e é tão impossível saber isso quanto descobrir o que significa os lábios de Rio se demorarem no meu rosto mais do que de costume, ou ler o que está de fato escrito nas estrelas para mim e Paz. Tudo que sei é que enfim voltei a me sentir empolgado com o futuro, e estou com medo do meu pai ficar no meu caminho.

PAZ
17h02

Dias Iniciais são uma palhaçada, não passam de uma mentira que Alano me contou a noite inteira e que eu contei a mim mesmo o dia inteiro.

Para ser sincero, eu deveria ter sido mais esperto. Promessas são mentiras ainda maiores do que Dias Iniciais. Meu pai prometeu amar minha mãe na saúde e na doença e depois tentou matá-la. Orion jurou que iria falar bem de mim para os produtores, mas não aguentou o tranco. E Alano me fez assinar um contrato no curativo dele, e, apesar de eu saber que não era um documento de verdade, pensei que manteria sua palavra.

Só que Alano não me respondeu nada desde a primeira mensagem.

Aos começos, ele enviou às 5h02.

Doze horas atrás.

Não entendo. Será que eu fiz alguma coisa? Disse alguma coisa? Ou deixei de dizer alguma coisa? Eu me perguntei se minhas mensagens não estavam sendo enviadas, então mandei para minha mãe e Rolando fotos dos dois descansando no quintal e eles receberam no mesmo instante.

Inventei outras justificativas para Alano ainda não ter respondido. Talvez ele esteja dormindo, já que ficamos na rua até tarde e ele estava com *jet lag*. Talvez tenha perdido o celular e não decorou meu número como achou que faria. Talvez tenha arrumado encrenca por ter fugido de casa ou por salvar um caso perdido como eu. Ou talvez Alano tenha morrido.

Espero estar errado sobre Alano ter morrido, quase tanto quanto espero estar errado a respeito da minha outra teoria devastadora

— talvez Alano não esteja me dando um perdido, vai ver ele só era uma alucinação esse tempo todo.

Esses pensamentos conflituosos me fazem pesquisar o transtorno de personalidade borderline. Encolhido sob o cobertor ponderado, meu medo se confirmou: pessoas com TPB podem ter alucinações causadas por estresse (check), isolamento social (check), medicamentos (check), traumas (check) ou ferimentos físicos (eu mesmo me machuquei, então... check). O Alano-Alucinação chegou até a mencionar que sua aparição no topo do letreiro de Hollywood era uma grande coincidência. Ele chamou de destino. Mas eu prefiro chamar de surto. Uma última tentativa desesperada do meu corpo, cérebro ou alma para sobreviver.

Repasso a noite na minha cabeça — o letreiro de Hollywood, a Hollywood Boulevard, a Tempo-Presente, o restaurante Matar a Fome de Hollywood, o Echo Park — e tento preencher as lacunas de com quem eu conversei além do Alano, e de como andei pela cidade se não por causa do Alano, e a mão de quem segurei quando estávamos fugindo do perigo se não a do Alano.

Então jogo o cobertor de lado e corro até meu armário para conferir uma coisa.

Minha arma não está lá. Então não imaginei ter jogado fora, mas me arrependo.

Não, eu não me arrependo de ter jogado a arma fora. Eu me arrependo de não ter puxado o gatilho.

JOAQUIN ROSA
17h15

A Central da Morte não ligou para Joaquin Rosa, porque ele não vai morrer hoje, mas ele teme que a Guarda da Morte possa lhe trazer o alerta em breve. Ou pior, trazer o alerta para sua esposa ou seu filho. Bem, seu filho escolheu não usar mais o serviço, o que é frustrante, mas a ameaça da morte segue presente mesmo assim.

Joaquin está conversando sobre o assunto com o presidente dos Estados Unidos.

— Não é tão simples — diz o presidente Page na ligação protegida. — O agressor de Alano estava buscando vingança por causa do primeiro Dia Final. Não há provas de que ele tem qualquer ligação com Dunst.

— Você precisaria de provas caso alguém atacasse o Andrew, sr. presidente? — pergunta Joaquin, transformando a questão em algo pessoal, fazendo o presidente Page imaginar alguém cortando e apunhalando seu filho. — A resposta é não, porque o senhor é inteligente e sabe que não existe atos de violência aleatórios quando se trata do presidente ou da sua família, não existe coincidência quando se tem inimigos que odeiam tudo o que você representa. Pode investigar o quanto quiser, mas o senhor não vai encontrar nenhum cheque assinado pelo Dunst ou nenhuma promessa de favores, tirando o mundo que ele pretende restaurar para seus fanáticos pró-naturalistas.

Um mundo em que o presidente Page não estará mais no poder.
Um mundo em que a Central da Morte não existirá mais.
Um mundo em que ninguém saberá quando vai morrer.

Enquanto o presidente Page reitera sua estratégia de campanha — afinal, é falta de educação interromper os outros, ainda mais o presidente —, Joaquin anda de um lado para o outro em seu escritório na mansão, um cômodo grande, porém simples. Uma mesa de madeira de carvalho e uma cadeira de couro ficam em frente a uma estante de livros. Ao puxar o décimo volume de sua enciclopédia, uma porta para uma sala escondida se abre, feita para prender qualquer intruso que consiga passar pelas defesas da Central de Proteção. Uma ameaça que lhe parece mais provável do que nunca, o que lhe preocupa, mas é por isso que existem outras salas como aquela espalhadas pela mansão.

O carrinho de bebidas ao lado da janela, com os uísques e as tequilas favoritas de Joaquin, é tentador. Nenhuma delas foi jogada fora ou doada, já que ele não pisava naquela casa desde antes de parar de beber, em seu aniversário de cinquenta anos. Uma dose de Clase Azul e Joaquin se sentiria melhor, só uma dose. Essa quantidade de álcool não faz ninguém apagar. Ele pega a garrafa e serve a dose, mas antes que a primeira gota caia, avista Naya tomando sol ao lado da piscina, seguindo o pedido de Joaquin para que ela relaxasse enquanto ele se estressava, em vez de os dois ficarem sofrendo juntos pelo bem-estar de Alano. O sol pode não ser tão delicioso como tequila, mas Joaquin se inspira a escolher o calor na pele em vez da ardência na garganta. Talvez ele até fique lá fora esperando o pôr do sol, a que poderá assistir com Naya, algo que faziam com frequência na cobertura, antes da vida ficar ocupada demais.

— Acredite quando digo que a Central da Morte é uma organização valiosa para o nosso país — fala o presidente Page, concluindo seu discurso demorado, a voz com pinceladas de autoridade, como se estivesse em frente a um comício de eleitores e não falando com um indivíduo que, mais do que qualquer um, conhece o valor da Central da Morte.

— Sei disso — afirma Joaquin.

— Imagino que saiba também das deficiências da sua empresa — diz o presidente.

As garrafas de uísque e tequila podem acabar em breve, caso Joaquin atire todas contra a parede só de raiva.

— Como assim?

— O império que você construiu é impressionante, mas nem todo mundo quer viver nele.

— O mesmo pode ser dito sobre a nação que o senhor governa — retruca Joaquin.

Essa não é a primeira interação acalorada entre o criador da Central da Morte e o presidente ao longo dos anos, mas Joaquin reconhece que é a mais pessoal.

— Exato, Joaquin. Líderes mundiais não são capazes de criar uma utopia, independentemente do quanto nos dediquemos a produzir uma para a sociedade. Minhas intenções com o país são genuínas, assim como as suas com a Central da Morte. Isso não significa que não falhamos ao moldarmos este novo mundo. Há estadunidenses e Terminantes que estão desapontados com a nossa liderança, respectivamente. A diferença é que meus apoiadores estão vivos para me dizer no que falhei.

Joaquin encara o uísque, desesperado por uma bebida.

Tem sido impossível viver lucrando com a morte sem se sentir assombrado.

Joaquin escrevera sobre isso em sua biografia, *Central da Morte e vida*, que será publicada em 4 de agosto, quatro dias após o aniversário de dez anos da empresa. Há um embargo bem restrito por causa dos segredos que sua editora vem anunciando para gerar mais interesse do público. Joaquin tem certeza de que o segredo que os leitores mais esperam descobrir é o método que a Central da Morte usa para prever o destino de um Terminante. A editora implorou para que o livro não fosse apenas uma celebração comovente dos Dias Finais, mas a revelação do maior segredo do mundo e do homem que o criou. Joaquin leu nas entrelinhas: vendas nas alturas caso ele compartilhasse com o público o que não compartilhou nem com o próprio filho. Discutiu a possibilidade com Naya, que sabe o segredo desde quando ficou grávida de Alano, mas ela não deixou Joaquin ceder à pressão.

— Quando essa porta se abrir, não poderá mais ser fechada — lembrou Naya.

Há muitas portas que Joaquin não abrirá para os seus leitores, mas abrirá para o presidente Page agora.

— O senhor está errado, presidente. Os mortos falam comigo. Desde o começo.

Por quase dez anos, Joaquin Rosa é assombrado por fantasmas. Ele é atormentado pelos Terminantes com os quais a Central da Morte falhou, em especial os Doze da Morte. Médicos acreditam que as aparições não passam de distúrbios psicológicos causados pela pressão e pelo trauma do trabalho, mas não importa. A realidade é que Joaquin vê os fantasmas, e não se surpreenderia se eles fossem exatamente isso, considerando tudo que já viu e que outras pessoas não veem. Ele tentou tratar a questão com terapia, psiquiatria, aconselhamento e até mesmo exorcismo, e embora as sessões tenham ajudado com a depressão — o exorcismo arrancou dele uma boa risada —, os fantasmas continuam assombrando Joaquin dia e noite. Álcool era o tratamento mais efetivo. Agora ele está tentando manter um diário, e descobriu que, assim como a escrita da biografia, há certa liberdade em colocar palavras no papel, mas, diferente do livro, ele jamais publicará os registros do diário para o mundo. Na verdade, ele os queima assim que termina de escrever, para que nunca sejam lidos por ninguém, nem mesmo Naya e especialmente Alano. O fantasma de um homem não deve assombrar outro.

Mas o presidente Page não interpreta Joaquin tão literalmente.

— Espero que seus fantasmas não possam votar, porque a pesquisa interna prevê uma eleição apertada por conta do crescimento recente do movimento pró-naturalista. Não devemos condenar Dunst diretamente por suas crenças, ou podemos acabar deixando insatisfeitos os pró-naturalistas que não estão muito preocupados com a Central da Morte e ficariam felizes em votar em mim.

Os políticos têm uma habilidade de fugir da responsabilidade de suas decisões que sempre impressionou — e perturbou — Joaquin. Tal traço não faz parte da sua natureza. Depois do primeiro Dia Final, ele tirou um tempo só para pedir desculpas pessoalmente aos entes queridos dos afetados pelos erros da Central da Morte — ou pelo menos tentar, já que sua presença foi rejeitada por três das doze famílias. Por mais difícil que tenha sido, Joaquin aguentou firme porque era o certo a fazer; ele até torcia para que o homem do Texas que apontou uma arma em sua cabeça tivesse encontrado um pouco de paz ao vê-lo implorar para continuar vivo num dia que poderia ter se tornado seu Dia Final não previsto, como o da jovem filha daquele sujeito.

— O foco é converter os apoiadores do Dunst — afirma Joaquin. — E expor o vigarista que ele é.

— Infelizmente, a realidade é que poderíamos flagrar Dunst com as mãos sujas de sangue e seus apoiadores fiéis ainda votariam nele pelo simples falo de que ele é antiCentral da Morte.

O sistema está corrompido quando um homem pode cometer um crime e ainda assim ser elegível à presidência.

Se Joaquin quer que o mundo se transforme numa utopia, ele mesmo precisaria concorrer à presidência para consertar o sistema, assim como reconstruiu a experiência de vida e morte.

Ele conhece bem as responsabilidades, já que trabalhou junto do presidente Reynolds em muitas questões, a mais famosa delas quando garantiu que trabalhadores de certos setores fossem obrigados a se registrarem na Central da Morte para a segurança de todos. Desde pilotos de avião até motoristas de ônibus, policiais a bombeiros, dublês a guarda-costas, e todos os funcionários do governo. A Central da Morte previu o Dia Final do presidente Reynolds, mas o que ninguém esperava é que ele seria assassinado por seu segurança, que estava ressentido por ter sido forçado a se inscrever na Central da Morte para poder trabalhar. Foi por isso que o presidente Reynolds se tornou um dos fantasmas de Joaquin.

O assassinato ditou o tom da eleição deste ano.

Após o presidente Reynolds ser morto, seu vice assumiu o poder, e o presidente da câmara dos representantes se tornou o novo vice-presidente: Andy Page e Carson Dunst, respectivamente. Joaquin testemunhou em primeira mão os embates da dupla — Dunst tentou desfazer todas as leis assinadas por Reynolds. Não foi surpresa Page ter se afastado de Dunst no fim do mandato. Com ajuda de uma nova vice, Clea Paquin, Page garantiu seu primeiro mandato oficial como presidente e, juntos, os dois buscam a reeleição este ano. Tudo o que o presidente Page precisa fazer é vencer seu antigo vice-presidente.

Se Dunst vencer a eleição, Joaquin irá se candidatar contra ele na próxima.

Há uma batida à porta. Joaquin abre e encontra Alano de pé ali. Os dois têm muito a conversar, mas Joaquin levanta um dedo pedindo que o filho espere. Em seguida, fecha a porta na cara dele.

— Espero que você não tenha perdido sua confiança — diz o presidente Page.

— Você terá meu voto nestas eleições — fala Joaquin.

— Sem ressalvas?

Joaquin fica quieto até ter certeza de que está fazendo o presidente suar frio.

— Nenhum candidato representa tudo o que precisamos — declara ele, por fim. — Se preciso escolher entre o homem que está mandando assassinos atrás do meu filho ou o homem que está fazendo bem pouco para impedir isso, então escolho o mal menor. Mas saiba que qualquer um que não respeita a vida do meu filho é mau aos meus olhos.

Então, Joaquin Rosa desliga na cara do presidente dos Estados Unidos.

Mais tarde, ele vai pedir conselhos para Naya sobre como lidar melhor com suas frustrações e decepções, sabendo que não pode retirar seu apoio ao presidente Page sem se mostrar a favor de Dunst. Por enquanto, respira fundo e chama Alano para o seu escritório.

— Como foi a visita inesperada? — pergunta Joaquin.

— Muito boa — responde Alano, se sentando.

— Você contou seu segredo para o Rio?

— Não.

Isso é um alívio.

— E como foi a ligação? — questiona Alano.

— Boa. — Joaquin não quer seu filho sabendo que ele não é importante para o presidente. — Questões confidenciais sobre a empresa.

— É seu jeito de me dizer que estou demitido?

— Ainda dá para demitir você? Achei que sua vida fora da Central da Morte significava mais do que só cancelar o serviço.

— Ainda não bati o martelo, mas fique à vontade para me adicionar na sua relação de demissões.

Joaquin detesta quando Alano fala assim, como se ele fosse um ceifador cruel que sente prazer em tirar a vida das almas em sua lista.

— Nada disso me deixa feliz.

— Pela velocidade que você demitiu pessoas essa semana, parece que sim — retruca o filho.

— Demiti todas elas porque estou furioso! — vocifera Joaquin.

Ele odeia gritar com Alano. Odeia como sua raiva o controlou depois do almoço, quando socou a mesa. Odeia quem colocou ou possa acabar colocando seu filho em perigo.

— Se eu pudesse demitir a Morte para que ela não viesse buscar você um dia, eu a deixaria desempregada e observaria o universo implodir.

— Nem você é tão poderoso assim — diz Alano.

— Nem eu sou — concorda Joaquin, odiando como aquilo é verdade. — Dito isso, a demissão do Dane foi para o seu bem.

— Você está se esquecendo de todas as vezes em que ele me protegeu.

— Talvez, se você não tivesse se rebelado, ele não teria precisado provar seu valor quando mais precisou.

Alano suspira.

— Concordo. Foi culpa minha. Ele não deveria ter sido punido por isso. Gostaria que o Dane fosse recontratado como meu guarda-costas.

Joaquin recosta na cadeira de couro.

— Por que eu concordaria com isso?

— Você tem razão em não me deixar andar por aí desprotegido. Eu iria morrer antes de encontrar a vida que eu quero. E o único guarda-costas que vou aceitar é o Dane. Posso manter você e a Central de Proteção informados, ou posso pagar o salário dele do meu bolso e você não vai saber para onde estou indo e vindo, ou quem participa da minha vida.

Essa negociação é mais um momento de orgulho, Joaquin deve admitir. Mostra que Alano ainda tem um pouco de bom senso.

— Vou pensar nesta proposta — declara ele, querendo pensar nos seus próprios termos primeiro, o principal sendo que, se o agente Madden falhar em proteger Alano de novo, não terá mais uma chance. Entretanto, apenas a presença do agente Madden jamais será o suficiente para protegê-lo. — Você consideraria voltar com sua assinatura da Central da Morte?

— Não.

— Não?

— Pelo menos agora, não. Se quero mesmo saber como seria minha vida fora da Central da Morte, significa que vou viver longe dela. É o que eu já disse antes. Não vou tornar essa informação pública, mas tenho o direito de contar para as pessoas próximas a mim.

— Quanto mais você falar disso, maiores são os riscos de vazar para a imprensa e para a Guarda da Morte. Espere e verá.

— Meus amigos não querem que eu morra — vocifera Alano. — Eles não vão dizer nada.

Há muito tempo Joaquin tem dificuldade para confiar nas pessoas, e isso o torna ou cuidadoso ou paranoico demais. Contudo, independentemente, ambos os comportamentos levam ao mesmo pensamento: nunca confie em ninguém além de sua esposa e seu filho. O cuidado — ou paranoia — só ficou mais forte nos últimos tempos, o fazendo questionar se Naya e Alano são mesmo de fato confiáveis, em especial Alano.

Como Joaquin poderá compartilhar o segredo extraordinário e revolucionário por trás do poder da Central da Morte com Alano, se eles discordam de coisas tão simples que colocam a vida deles em risco?

Talvez ele nunca precise fazer isso.

— Me diga uma coisa, *mi hijo*. Você ainda se imagina herdando a Central da Morte?

Alano reflete por tempo o suficiente para seu tom mudar, indo da irritação defensiva para um timbre mais suave e pensativo.

— Para ser sincero, eu não sei, pai. Tenho outros desejos, mas me pergunto se qualquer coisa que eu fizer será mais importante do que tudo que a Central da Morte faz para o mundo. É quase como se eu tivesse que sacrificar tudo. Todas as minhas necessidades profissionais, pessoais e até mesmo românticas.

Joaquin queria poder relaxar também, conforme as chamas do seu filho vão se apagando, mas a conversa sobre romance só desperta preocupações maiores. Mais cedo, Naya conversou com Joaquin e contou que o garoto misterioso de Alano era ninguém menos do que Paz Dario. Com isso, veio a preocupação de não expressar as aflições que queimavam dentro dele agora sobre como a vida do filho poderia estar ameaçada por um garoto cujos impulsos já causaram uma morte antes, e podem causar mais mortes de novo. Joaquin já ordenou que a Central de Proteção fizesse uma checagem de antecedentes, mas o maior alerta que encontraram foi quando Paz Dario matou aquele terrível abusador doméstico e assassino, coisa que todo mundo com acesso ao Google poderia achar.

— Esses sentimentos românticos são pelo Dario? — questiona Joaquin.

— Não sei. Talvez.

— Naya disse que você quer vê-lo hoje, mas creio que essa não seja uma decisão sábia — fala ele, torcendo para que o filho compreenda.

Alano não compreende, é claro.

— A sua empresa é construída na base do *carpe diem*, *memento mori*, essas coisas. Mas acho que isso só serve para quem compra seus serviços, né?

— Você nunca precisou pagar um centavo para a Central da Morte — lembra Joaquin, porque Alano tem uma assinatura vitalícia. Ou melhor, *tinha*.

— Não estou falando de dinheiro, mas do que eu acredito.

O fracasso em fazer o próprio filho acreditar na missão da empresa forma um nó na garganta de Joaquin, que ele gostaria de engolir com uma dose de uísque.

— É uma pena que você não acredite na Central da Morte, mas quase três bilhões de pessoas aceitaram nossos avisos para que vivam antes de morrer. Entretanto, meu trabalho como seu pai é manter você vivo pelo máximo de tempo possível.

— E a minha felicidade, pai? Isso não faz parte do seu trabalho também?

— Claro que sim — diz Joaquin, sincero. — Mas eu prefiro você vivo e furioso do que feliz e morto.

Joaquin já considerou por muito tempo os riscos de ser um pai controlador, ainda mais ao observar como Alano procura Naya para conversar sobre assuntos pessoais — como quando ele se assumiu, coisa que Joaquin aceitou muito bem quando soube, e agora essa questão de Paz Dario. Mas tudo o que ele consegue pensar é como este mundo seria muito mais terrível caso o filho morresse. Se um dia Alano parasse de falar com Joaquin e seguisse uma vida feliz com uma pessoa e seus filhos, Joaquin terá feito um bom trabalho. Um trabalho que, então, Alano irá entender por conta própria e talvez deixe Joaquin voltar para a sua vida.

Alano parece prestes a chorar, algo que sempre parte o coração de Joaquin, mas também o faz entender como o filho sente as coisas, indo tão longe a ponto de ensiná-lo que o choro pode ser percebido como uma fraqueza, e usado como uma arma contra ele.

— Por que você sempre quer me manter longe de alguém que precisa de um amigo? — questiona ele.

Um pensamento — um medo — atinge Joaquin ao pensar no porquê de Alano estar tão conectado com este desconhecido.

— Você tem vontade de morrer? — indaga Joaquin.

Ele observa o filho com atenção, ciente de que Alano demonstra quando mente. Isso nunca mudou, desde quando ele era pequeno, quando mentia sobre coisas de criança, como quando disse que Bucky comeu todos os biscoitos, ou quando colocou a culpa de um vaso caro quebrado na empregada. Ele fixa o olhar em Alano, que permanece imóvel, encarando o pai de volta.

— Não tenho vontade de morrer — responde Alano com honestidade. — Por quê?

— Então por que insiste tanto em se colocar em perigo? Por que não se preserva, assim como eu?

— Não acho que minha vida seja valiosa, digna de proteção. Se hoje for meu Dia Final, eu vou morrer insatisfeito, e seria culpa sua.

Há um impulso para revidar, outro para virar uma garrafa inteira de uísque, mas Joaquin absorve o peso do que seu filho disse: se ele morresse hoje, morreria infeliz. Joaquin falhou como pai.

Todos buscam um motivo para viver, não existe uma alma no mundo que não busque isso; até mesmo aqueles que querem se matar permanecem vivos pelos motivos certos.

Joaquin precisa saber o que faz o coração de Alano bater mais forte.

— Me diga, *mi hijo*. Como seria o Dia Final dos seus sonhos?

Faz um tempo que Joaquin não faz esta pergunta para Alano. A última vez foi no aniversário de dezessete ou dezoito anos do filho, se sua memória não lhe falha. O Dia Final dos sonhos de Joaquin não mudou desde o início da Central da Morte, mas isso não significa que seu filho não tenha crescido e queira mais.

— Quero viver uma vida que valha a pena ser lembrada. — Os olhos de Alano se iluminam, como se ele estivesse imaginando seu Dia Final agora. — Não quero que meus pontos altos sejam as coisas legais que eu fiz. Trocaria saltar de paraquedas em qualquer lugar no mundo por um passeio no parque com minha alma gêmea sem pensar duas vezes. Quero crescer e envelhecer com alguém que, no meu Dia Final, vai segurar minha mão quando eu morrer.

Tal pai, tal filho.

O Dia Final dos sonhos de Joaquin é simples, em que tudo já foi dito e tudo já foi vivido. Não haverá necessidade de ir à Arena de Viagens pelo Mundo, à Faça-Acontecer ou à Tempo-Presente. Não haverá necessidade do aplicativo Último Amigo, porque Joaquin estará em seu leito de morte, segurando a mão das duas pessoas que ele ama mais do que a vida em si.

Alano quer um amor assim também. Um amor que nenhuma empresa é capaz de vender.

Joaquin sente que deveria abraçar o filho, mas não sabe se Alano aceitaria o gesto. Mas eles podem continuar conversando.

— Vamos discutir o que podemos fazer para te manter vivo, assim você pode ter uma vida digna de ser lembrada.

Joaquin Rosa fará de tudo para garantir que seu filho não se torne um dos fantasmas que o assombra.

PAZ
17h58

Não tenho mais uma arma, mas ainda tenho minha faca.

    Horas atrás, quando eu estava vivendo um momento de autocuidado, escutei uma voz idiota me mandando devolver a faca para a cozinha, porque eu não precisaria mais dela, mas fui esperto o bastante para não obedecer. Abro a gaveta e pego a faca, puxando meu short para cima. As cicatrizes na minha coxa parecem o chão de um filme de terror, em que alguém tenta se libertar usando as unhas; faz sentido para mim. Estou prestes fazer mais um corte, como uma marcação, mas estou pronto para ferir um novo lugar. Como a sola do meu pé. Sim, seria ainda melhor, porque vou conseguir esconder as cicatrizes e cada passo dolorido irá me lembrar de nunca mais acreditar em mentiras idiotas. Sinto meu coração acelerar ao tirar a meia e enfiar na boca para que minha mãe e Rolando não ouçam meus gritos. Pressiono a faca contra a sola do pé, já me encolhendo; vai doer, eu sei que vai, mas preciso fazer isso, e tem que ser agora.

    Só vou melhorar me machucando.

    Estou a um milésimo de segundo do primeiro corte quando meu celular toca; quase não escuto por causa do som do meu sangue pulsando. E não acredito quando vejo que é Alano quem está me ligando.

    Ele está me salvando de mim mesmo de novo.

    — Alô? — atendo no mesmo instante, como se estivesse com medo dele sumir de novo caso eu demore.

    — Oi, Paz. É o Alano. — Cinco palavras. Só cinco palavras do Alano e eu consigo respirar de novo. — Desculpa ter demorado tanto para ligar. Foi um dia e tanto. Como você está?

    Como eu estou?

— Estou bem — respondo, devolvendo a faca para dentro do meu diário e fechando a gaveta. — O que aconteceu por aí?

Alano suspira.

— Foi um dia cheio de brigas com os meus pais.

— E você ganhou as brigas?

—Todos ganharam e perderam — responde Alano com tristeza antes de se animar. — Para resumir, ainda podemos sair mais tarde, mas preciso estar em casa antes da meia-noite. Tipo a Cinderela.

É engraçado, mas minha mente não me deixa rir. Há um motivo para isso.

— Antes da meia-noite? Seus pais acham que sou uma ameaça?

Espero espera Alano respirar fundo.

—Você não é uma ameaça para mim, Paz. As outras pessoas são, ainda mais agora que meu destino é imprevisível. O acordo foi que meu guarda-costas recontratado precisa me acompanhar em todo lugar aonde eu for.

— Então seu guarda-costas também vai no nosso… — Hesito antes de dizer "encontro", já que este não é o caso. — Ele vai sair com a gente?

— Tem problema? Dane vai ficar longe.

— Não, imagina.

— Se você não quiser, eu entendo.

— Não, não, tudo bem. Sério — minto.

Quero Alano só para mim, mas entre a companhia de um guarda-costas e Alano tendo que voltar para casa antes da meia-noite, vou aceitar o que for possível.

— Obrigado por entender. Saio daqui a pouco e te aviso a hora que eu for chegar. E então podemos nos divertir em mais um Dia Inicial.

Depois que desligamos, encaro meu pé, imaginando como ele poderia estar agora. Estremeço. Alano chegou bem na hora para salvar minha vida e meu corpo ontem à noite, e também agora. Parece até magia. A Central da Morte liga para que as pessoas vivam antes de morrer, mas Alano me liga para me manter vivo e bem.

E isso me assusta.

GLORIA MEDINA
18h39

A Central da Morte não ligou para Gloria Medina, porque ela não vai morrer hoje. E ela valoriza muito não ter recebido a ligação, porque planeja viver uma vida longa.

Faz uma década desde que Gloria assinou escondido a Central da Morte para ela, para o ex-marido e para o filho sem sequer saber se o serviço de fato funcionava. Tinha passado tanto tempo se preparando para um fim definitivo nas mãos de Frankie que precisava ter certeza de quando sua hora chegaria, assim poderia se despedir direito de Pazito. Gloria não planejou que Pazito matasse Frankie no primeiro Dia Final, um incidente que assombra sua família até hoje, mas isso permitiu que ela continuasse vivendo, que visse o filho crescer e, agora, a família crescer também.

Hoje, Gloria Medina está com o verdadeiro amor de sua vida, Rolando Rubio. Ela não deixou seu coração se abrir tão fácil assim. Dizia a si mesma, de novo e de novo, que Rolando jamais a machucaria. Mas, ainda assim, já havia acreditado na mesma coisa em relação a Frankie. E acreditou cada vez que Frankie disse que nunca mais a machucaria. E continuou acreditando de novo, de novo e de novo, mesmo quando seu coração partido lhe dizia que o homem que ela amava não era mais alguém que a protegia. Era seu agressor. Mas Rolando é diferente. Ele sempre se importou com a felicidade dela, mesmo quando isso custava o bem-estar dele. Talvez tenha sido difícil ver Gloria começar sua família e ter seu primeiro filho com um homem que ele detestava, mas Rolando sempre esteve ao lado dela e de Pazito. Gloria sabe que ele será um pai excelente para o bebê que estão esperando juntos.

O bebê que ela espera que chegue ao mundo, pelo menos.

Ela está muito nervosa com a gravidez, receosa de que algo aconteça com o feto que está crescendo dentro dela, assim como se sentia quando Frankie a agredia quando estava grávida de Pazito. Hoje em dia, depois de refletir, ainda há muitos momentos em que Gloria desejou ter deixado o Frankie. Um dos maiores foi quando Frankie ficou tão irritado com Gloria a ponto de quase ter matado Pazito antes que o filho pudesse ter a chance de viver. Rolando jamais faria algo assim. Gloria já pensou o mesmo em relação a Frankie, então esperou um tempo até ter certeza de que Rolando era o homem certo.

Certa noite, muitos anos atrás, durante uma discussão sobre o que fazer quando Pazito estava sendo desprezado naquela escola católica, Gloria percebeu como nem sequer piscou ao ouvir Rolando erguer a voz porque estava irritado com os professores. Nem quando Rolando se levantou bravo da mesa da cozinha, nem quando ele colocou as mãos nela — porque ele estava apenas entrelaçando as mãos deles. Foi ali que ela soube que podia começar a abaixar a guarda. Que, se quisesse, poderia até mesmo desativar a Central da Morte, porque estaria segura com seu novo amor.

Naquela noite, Gloria Medina beijou Rolando Rubio, um beijo que já guardava dentro de si há décadas.

Eles se beijaram por tanto tempo que Pazito saiu do quarto e os flagrou. O filho estava no quarto que os três dividiam, e quando os avistou na cozinha, ficou aterrorizado pela mãe, mas também apavorado ao pensar no que teria que fazer com Rolando caso ele colocasse a mãe em perigo. Aquilo partiu o coração de Gloria, mas ela garantiu a Pazito que Rolando a estava ajudando a ficar bem. Que eles estavam seguros.

Nos dias que seguiram, Gloria explicou ao Pazito que ela e Rolando se tornariam parceiros de vida. Que Pazito não precisava mais chamá-lo de tio Rolando, e que, caso se sentisse confortável, poderia até chamá-lo de pai.

— Não quero outro pai — rebateu Pazito. — E se eu matar ele também?

Gloria nunca comentou sobre essa conversa com Rolando.

— Isso não vai acontecer. Ele nunca vai ameaçar nossa vida — respondeu Gloria.

—Você também pensava isso do meu pai — retrucou Pazito.

Não era verdade, é claro. Ela sabia que havia a chance de Frankie acabar com a vida dela, mas escolheu acreditar que ele mudaria. Ela estava errada.

Gloria estava errada a respeito de Frankie, mas está certa a respeito de Rolando.

Horas depois de descobrir que estava grávida, ela cutucou Rolando depois de dar um beijo de boa-noite e perguntou se ele gostava do nome Armonía, se fosse menina.

— Assim minha filha terá um nome que traz tranquilidade e harmonia — falou ela.

Rolando se sentou na cama, animado, com o maior sorriso do mundo no rosto, pensando em mais nomes para o bebê.

— E se for menino?

Ah, como Gloria adoraria criar outro menino.

— Não sei. O que você acha?

— Sempre amei o nome Ruben — disse Rolando. — Ruben Rubio.

— Ruben Rubio-Medina — corrigiu Gloria.

Ela já havia decidido que, quando se casasse com Rolando, iria manter seu nome, mas aceitava tranquilamente registrar o bebê com o sobrenome de Rolando na frente do seu, porque era gostoso dizer Ruben Rubio em voz alta.

Ainda assim, Gloria tem medo de se apaixonar por qualquer nome agora, antes de saber se o bebê vai ficar bem. A Central da Morte não consegue prever algo assim, então a melhor maneira de cuidar do bebê é cuidar de si mesma.

O médico recomendou uma alimentação rica em vitaminas, pediu para ela se manter hidratada e, o mais importante, mandou Gloria controlar o estresse. Comer e beber bem é fácil, mas viver sem estresse é desafiador. Gloria odeia conferir a caixa de correio, porque sabe que haverá contas lá. Ela precisa diminuir o volume de trabalho, mas só pode fazer isso quando Rolando conseguir um emprego, o que vai permitir que ela saia de licença sabendo que os boletos serão pagos. Mas isso não será o fim do seu estresse. Verdade seja dita, não existem músicas relaxantes, caminhadas ao ar livre ou banhos quentes que impeçam Gloria de se preocupar com Pazito.

Gloria sabe mais sobre o filho do que deixa transparecer. Ele é um ator maravilhoso, mas isso não significa que ela não veja o sofrimento por trás de toda a atuação. Gloria sabe que Pazito está infeliz.

As mães sempre sabem.

Quando Pazito sai do quarto, vestido para encontrar Alano Rosa, Gloria sente uma mudança nele, uma empolgação genuína que ela sentia falta de ver no filho.

— Está bonitão para o encontro — elogia Rolando.

— Não é um encontro — responde Pazito.

Ele não está na defensiva, apenas sendo cuidadoso, algo que Gloria aprecia depois do episódio perigoso meses atrás. Mas ela tem certeza de que Pazito quer que a noite de hoje seja um encontro.

— Espero que você se divirta — fala Gloria, se levantando do sofá para acompanhar o filho até a porta.

— Não precisa ficar me olhando sair, mãe.

De novo, não está na defensiva. Ela percebe que ele não quer passar vergonha, embora Gloria sinta falta dos dias em que Pazito sorria de volta para ela ao sair de casa, um sorrisão, porque ele amava o cuidado da mãe.

— Tudo bem, Pazito. — Gloria puxa o filho para um abraço e beija a bochecha dele. — Se cuida.

— Beleza, mãe.

— Eu te amo.

— Eu também te amo — responde Pazito.

Ele acena para Rolando e vai embora.

Gloria não consegue se conter. Dá uma espiada pela janela, vendo Pazito ir até Alano Rosa, que está de pé na frente do carro. Ela espera que o encontro-que-não-é-encontro seja bom.

— Por favor, não magoe meu filho — sussurra Gloria, torcendo para que, de alguma forma, Alano possa ouvir.

Gloria sabe como o amor pode ser perigoso.

PAZ
18h44

Saio de casa e encontro Alano encostado no carro. O fato de que ele está aqui me faz perder o fôlego. Inspiro o ar fresco, fazia tempo que respirar não era tão bom assim. Isso tudo tem a ver com Alano, coisa que preciso resolver logo porque ele não mora em Los Angeles e vai embora em breve, e não sei o que será de mim quando ele se for. Mas, por enquanto, diminuo a distância entre minha casa e o carro dele, e ele diminui ainda mais ao me puxar para um abraço.

Odeio quando o espaço entre nós volta a nos separar.

— Feliz Dia Inicial — diz Alano. — Quase desejei Feliz Noite Inicial, mas nem parece noite ainda. Parece que o céu daqui não funciona muito bem.

O céu ainda está azul, com luzes rosadas e alaranjadas do pôr do sol começando a surgir. O verão aqui é assim. Só que estou mais focado em Alano. Ele está com uma jaqueta de capuz preta folgada e calças de moletom ainda mais folgadas.

— Esquece o céu. Por que você está vestido assim? Vamos para algum lugar frio?

Alano olha para a própria roupa, como se tivesse se esquecido do que estava vestindo.

— Escolhi roupas básicas. Nada de *vanitas* que possam ser gatilho.

Gosto de como ele pensa em tudo. Preciso mesmo de alguém como Alano em minha vida. Então me lembro dele tirando a camisa e penso em como eu realmente preciso muito, muito, muito de alguém como ele na minha vida.

— Espero que não tenha problema — fala ele, depois de encarar a própria jaqueta um pouco mais.

Odeio o fato de você estar vestido, ainda mais com roupas largas que escondem seu corpo, é o que quero dizer. Mas o que digo de fato é:
— Parece confortável. — Preciso parar de imaginar Alano pelado. — Então, aonde vamos?
— Planejei uma surpresa para ajudar você a voltar a viver com tudo. — Em seguida, Alano se vira e acena para um carro preto estacionado no fim do quarteirão. — Primeiro, deixa eu apresentar você ao agente Dane.
O veículo estaciona atrás do carro de Alano e, de dentro dele, sai o guarda-costas. Ele também está todo de preto, mas muito mais formal em um terno sob medida. Ele é mais novo do que eu imaginava, mais ou menos da nossa idade.
— Prazer, sr. Paz — cumprimenta Dane. Suas palavras são gentis, mas seu olhar é intenso. — O sr. Alano solicitou que eu desse espaço para vocês, mas caso haja qualquer sinal de perigo, me avise. Por ligação, mensagem ou grito.
Ele coloca a mão dentro do terno e puxa um cartão, mas eu não pego porque, assim que o terno se abre, vejo o coldre de uma arma.
Menos de uma hora atrás eu estava no meu quarto lamentando ter descartado a minha arma, então ver outra tão de perto me faz lembrar o motivo que me fez sentir falta da minha. Queria morrer porque eu já deveria estar morto, mas Alano me convenceu a continuar vivendo, e agora estou vivo, mas isso não basta, nunca bastará, nada nunca será o bastante. Não sou forte a ponto de lutar contra Alano, muito menos contra Dane, que é três vezes mais musculoso, mas talvez eu possa dar sorte, pegar a arma, me dar um tiro, ficar sangrando na porta de casa e morrer depois da meia-noite.
Alano aperta meu ombro.
— Está tudo bem?
Saio do torpor.
— Sim, sim. Tudo bem.
Pego o cartão de Dane, que não tem nada além do número de celular, nem mesmo o nome dele.
O guarda-costas nos encara, demorando seu olhar em mim, como se eu fosse uma pessoa instável. Ele é bem perceptivo.

—Vamos sair em um minuto. Obrigado, Dane — agradece Alano, o dispensando. Assim que o guarda-costas volta para o carro, Alano me pergunta o que houve. — Não diga que está bem quando você não está.

Não vou mentir, ainda mais quando ele sabe que estou mentindo.

—Vi a arma dele e comecei a pensar no quanto eu ainda quero morrer. — Não há vida na minha voz. — Sou péssimo com Dias Iniciais.

—Você não é péssimo com Dias Iniciais. Para começo de conversa, esse é o seu primeiro. Vamos descobrir tudo no caminho. — Alano levanta a manga e mostra o curativo que assinamos ontem. — E, mais importante, nosso contrato é para *vivermos* nossos Dias Iniciais, e não para fingirmos que não são difíceis. Você pode não gostar do que está sentindo, mas deveria estar orgulhoso de si mesmo por se abrir. Acredito de verdade que a honestidade é o caminho para nós mantermos você seguro.

Então Alano segura minha mão, que não está segurando uma arma, e a aperta até minha vontade de morrer sumir.

— Obrigado por se importar comigo — digo. — Faz com que eu me importe comigo também.

— É assim que deve ser. A gente se conhece há menos de 24 horas e você é uma das pessoas mais fortes que eu já vi.

— Forte? Você me conheceu quando eu estava prestes a tirar minha vida.

— Mas você escolheu continuar vivendo. Isso exige força.

Alano passa a mão em meu braço como se estivesse sentindo o quão forte eu sou, o que, a julgar por meus músculos, não sou nem um pouco. Mas o toque dele faz com que eu me sinta poderoso mesmo assim.

— O transtorno de personalidade borderline é o que está mais confundindo você agora — continua ele —, mas vai ficar estável assim que começar a fazer terapia comportamental dialética para focar seus traumas e regular melhor suas emoções durante momentos de crise, ou então terapia do esquema para acabar com os comportamentos nocivos que só estão botando mais lenha na fogueira.

Alano vê a confusão estampada no meu rosto. Noite passada ele não sabia nada sobre TPB e agora já é um especialista? Não sei o que é terapia do esquema, e quem tem o transtorno sou eu.

Envergonhado, acrescenta:

— Andei pesquisando sobre o transtorno de personalidade borderline.

— O quê? Quando?

— Ouvi um podcast voltando para casa ontem à noite e li alguns artigos científicos hoje à tarde antes do almoço. Comprei alguns livros pela internet também.

Alano deve ser um mentiroso, porque nem ferrando isso é verdade.

—Você está zoando.

— Nem um pouco.

— Por que você pesquisou sobre isso? — questiono. — Quer ser uma enciclopédia ambulante que sabe de tudo?

— Enciclopédias não sabem de tudo — responde Alano, rindo.

Reviro os olhos.

— Beleza. Mas por que fez isso?

— Porque eu gosto de conhecer você.

— Até as partes que me fazem dar medo?

— Você todinho — diz Alano, com o olhar intenso. — Não quero ser mais uma daquelas pessoas idiotas que trata você como alguém que você não é. Como alguém assustador. Quero entender você de verdade. O que deixa você bravo, o que faz você sorrir, o que deixa você triste, e até mesmo o que faz você subir no letreiro de Hollywood com uma arma. Assim eu posso te ajudar a nunca mais fazer isso. Quero ser uma enciclopédia ambulante sobre Paz Dario, alguém que vai fazer você se lembrar do seu potencial para que possa se amar até desejar viver para si mesmo.

Quando recebi o diagnóstico ontem à tarde, jurei que valeria a pena acabar com a minha vida por causa disso. TPB tem altos e baixos, curvas sinuosas, picos muito significativos e quedas muito intensas. O que significa que posso ser levado a me levantar e não apenas voltar a cair, mas despencar com tudo, pior do que da vez anterior, não importa o quão cuidadoso eu seja. Preciso lembrar que a questão não é ficar mal o tempo todo, é me certificar de que não vou permanecer assim. E até eu aprender a me levantar sozinho, Alano vai me estender a mão.

Enquanto aprendo a me amar, é inevitável não surtar com a possibilidade de me apaixonar por ele, e me questionar se isso vai me fazer bem ou partir meu coração.

ALANO
18h52

Como ser amigo de alguém com transtorno de personalidade borderline?
    Hoje, essa foi uma das perguntas mais importantes para a qual tentei encontrar respostas. Pode ser difícil achar um consenso entre as diversas opiniões que achei em artigos científicos, blogs e podcasts, mas tudo o que vi até agora parece concordar que a melhor maneira de ajudar um amigo com transtorno de personalidade borderline é validar as emoções, identificar os gatilhos e encorajar ajuda profissional, tanto para beneficiar a pessoa como para criar limites e proteger a si mesmo.
    No fim das contas, o melhor jeito de ser amigo de alguém com transtorno de personalidade borderline é apenas ser um bom amigo.
    Já passei pelo processo complicado de convencer Paz a viver, mas agora é hora dos Dias Iniciais o ajudarem a salvar o futuro que parecia tão perdido para ele, a ponto de deixá-lo desesperado para morrer. Espero que meu plano o ajude a colocar a vida de volta nos trilhos.

PAZ
19h22

Chegamos no destino do nosso primeiro Dia Inicial: o píer de Santa Mônica.

Durante o caminho, contei a Alano como meu Dia Inicial estava indo. Não comentei sobre a automutilação, já que ainda não me abri quanto a isso — uma hora eu vou —, mas falei que fiz minha rotina de autocuidado, lavei roupa e ajudei minha mãe a aparar a grama. Ele ficou orgulhoso de mim, como eu imaginava. Também contei que tentei entrar em contato com a Margie da Tempo-Presente, e parece que ele também tentou e caiu na caixa postal. Vamos ligar de novo só para garantir que nenhuma imagem das câmeras de segurança de nós dois com a arma acabe vazando.

Então, ao estacionarmos, Alano me disse como o Dia Inicial dele começou com a polícia na porta de casa porque ele foi reconhecido no letreiro de Hollywood. Apesar de ter feito a coisa certa, os pais dele ficaram bravos por ter arriscado a vida por mim.

— Ainda bem que ninguém sabe que estávamos na Tempo-Presente com aquele invasor — comenta ele enquanto passamos por baixo da placa do píer de Santa Mônica e descemos a ladeira. — Meu pai teria mandado a polícia me prender só por segurança.

Em vez disso, temos um guarda-costas seguindo a gente.

— Desculpa quase ter feito você ser preso — digo.

— Pela sua vida, vale a pena ir para a cadeia — responde Alano.

— Pela sua também.

— Obrigado por acreditar nisso.

Ainda não sei tudo o que levou Alano a querer pular de um prédio, e espero que ele se abra comigo como eu me abri com ele. Mas, por enquanto, estou dando espaço.

— Então, seu melhor amigo apareceu de surpresa? — falo.
— Um dos meus melhores amigos, sim. É complicado. Tudo bem se falarmos disso depois? Prefiro me divertir com você agora.
— Um convite desses não dá para recusar — digo, lançando um sorriso para ele.

Caminhamos pelo píer. A roda-gigante já está iluminada, apesar do dia ainda não estar totalmente escuro. Os tons azul e rosa do céu se misturaram num roxo lindo, e as nuvens brilham, alaranjadas, como se estivessem em chamas até abrir espaço para a noite. O cheiro salgado vai se intensificando conforme as ondas da praia ficam mais barulhentas. Na frente do restaurante Bubba Gump tem um carrinho de doces, então pegamos balinhas azedas e algodão-doce para o jantar mais açucarado do mundo. Quase entramos no fliperama, mas há muitas apresentações ao ar livre, como um trio de break dance que reuniu uma multidão, um mímico que reconhece Alano e imita ter recebido uma ligação antes de se fingir de morto, e uma garota tocando violão e cantando no microfone. Ela está fazendo um cover de "Lover", da Taylor Swift, e duas mulheres mais velhas dançam juntas e se beijam intensamente. A ideia de chamar Alano para dançar essa música com o pôr do sol ao fundo me dá um frio na barriga, mas estou tão sem palavras quanto aquele maldito mímico. Alano coloca algumas notas na capa do violão da garota, e continuamos andando até minha parte favorita do píer, onde há jogos em barraquinhas, a montanha-russa e a roda-gigante. Pode não ser uma dança romântica, mas eu não me importaria em ficar sozinho nas alturas com Alano. Em vez disso, ele para na frente de um lugar inesperado.

A Faça-Acontecer é uma construção simples de tijolos brancos e há uma placa com os dizeres EMOÇÃO SEM RISCOS! em cima da porta. Essa empresa de realidade virtual foi construída pensando nos Terminantes, mas muitas pessoas acabam vindo também por causa da segurança, da acessibilidade e até mesmo do preço. Agendar experiências na Faça-Acontecer não é barato, mas é muito mais em conta mergulhar virtualmente na Grande Barreira de Coral diretamente de Los Angeles do que viajar para a Austrália e alugar o equipamento para fazer isso de verdade — e sem precisar se preocupar com uma água-viva queimando a perna de alguém até a morte.

— Vou mesmo ter que agir feito um Terminante de novo no nosso primeiro Dia Inicial? — pergunto.

— Estava pensando num tipo diferente de atuação — diz Alano, apontando para uma placa:

TEMOS VAGAS!
A Faça-Acontecer está contratando para os seguintes cargos:
Recepcionista (período integral)
Guia de experiências (período integral)
Segurança (período integral)
Atores (de todas as idades e currículos)
para a nova Experiência Faça-a-Vida-Acontecer
Treinamento começa em agosto (meio-período)
Prioridade para candidatos disponíveis durante a madrugada e de manhã cedo.

Inscrições on-line ou aqui mesmo.

— Espera. Eles estão contratando atores?

— A Experiência Faça-a-Vida-Acontecer é um programa de expansão da empresa para além das aventuras seguras, criando momentos pessoais importantes que talvez um Terminante possa não ter vivido. Que pode ser qualquer coisa, desde trocar votos de casamento até vencer um Pulitzer, tudo na frente dos amigos e familiares para que eles possam guardar o momento com carinho também — explica Alano, se virando de costas para o estabelecimento e me olhando nos olhos. — E eles precisam de atores. Esse pode não ser seu papel dos sonhos, mas o papel que você interpreta para os Terminantes pode transformar o sonho deles em realidade.

Encaro a placa de novo, imaginando as possibilidades infinitas de quem posso me tornar para os Terminantes.

— E se for muito difícil lidar com isso emocionalmente?

— Sou a última pessoa nesse mundo que irá te julgar. Eu deveria ter confiado em meus sentimentos e não ter aceitado trabalhar como mensageiro — diz Alano, fechando os olhos e estremecendo, como se estivesse revivendo a lembrança. Ele se balança para espantar o pensamento. — Para os Dias Iniciais, pensei em te mostrar outra forma de atuar até conseguirmos colocar você de novo nas telonas. Além do mais, você já se voluntariou para ser um Último Amigo, então achei que conseguiria passar mais tempo com Terminantes. Mas, no fim das contas, você se conhece melhor do que ninguém.

Cada fôlego que eu não queria respirar está me enchendo aos poucos. O treinamento começa mês que vem, o que significa que precisarei continuar vivo depois do aniversário de morte do meu pai — ou seja, não posso me matar. Esse emprego pode se tornar algo que me motiva, algo que me dá propósito nos Dias Iniciais mais difíceis. Eu iria atuar, e não só isso — Alano tinha razão quando falou que já provei que os Terminantes se sentem à vontade comigo. Depois, sinto o ar indo embora de mim. Meu problema não são as pessoas que estão morrendo. São as que estão vivas.

— Mas não vão me contratar.

— Por que não? — pergunta Alano.

— Ninguém vai contratar um assassino para passar o dia com Terminantes.

—Você foi declarado inocente.

— Meus registros criminais são confidenciais, mas isso não impede as pessoas de me reconhecerem mesmo assim. — Se ao menos o que aparecesse no Google quando pesquisam meu nome fosse as coisas de Scorpius Hawthorne, e não os detalhes do meu julgamento. — Mas tudo bem, obrigado por tentar...

Alano segura meu braço antes que eu possa me afastar.

—Tentar não custa nada. Esse é um lugar de emoção sem riscos, não é?

— Pois é, as emoções da Faça-Acontecer são mais desafiadoras, tipo paraquedismo virtual e escalada, coisas que as pessoas não deveriam fazer no Dia Final. Duvido que vamos encontrar uma sessão de realidade virtual para procurar emprego.

—Você esqueceu que os Terminantes também são conhecidos por abraçarem os perigos da realidade, mesmo em seus Dias Finais. Se eles estão dispostos a morrer fazendo o que amam, por que você não estaria disposto a viver fazendo o que ama? Qual é a pior coisa que pode acontecer?

— Rejeição — admito, baixinho.

É parte de ser ator, afinal.

— E qual é a melhor coisa que pode acontecer?

— Conseguir o emprego.

Isso mudaria minha vida. Não apenas mudaria — poderia salvar minha vida.

— A escolha é sua — diz Alano.

— Beleza, mas vou usar meu nome artístico só por precaução.

Ele apoia seu braço enfaixado no meu ombro, se aproximando para me incentivar.

—Você não deveria esconder quem é, Paz Dario. Se não aceitarem você, tem quem aceite.

É difícil pensar assim quando tantas pessoas fazem com que eu me sinta mal, mas preciso parar de dar a elas poder sobre mim.

— Você tinha que dar palestras motivacionais para garotos suicidas — falo.

— Só se eu puder apresentar evidências de que os meus discursos funcionam.

Sorrio, me jogando de cabeça nesse Dia Inicial e entrando na Faça-Acontecer. Parece um fliperama de alto nível. Há quatro telas de TV mostrando as opções de experiência, quiosques para reservas, sofás de couro preto, luzes baixas e uma placa de neon amarelo que anuncia FAÇA-ACONTECER atrás do balcão vazio.

— Eu meio que amei esse lugar — digo, limpando a areia do píer no tapete.

— Que bom, porque parece que eles estão precisando de ajuda.

As portas se abrem e Dane entra.

— Sr. Alano, o senhor sabe que não pode...

— Só vamos pegar um formulário de inscrição para o Paz — interrompe Alano.

— É melhor esperarmos lá fora.
Sinto meu coração acelerar.
— O que está acontecendo? Estamos em perigo? — indago.
— Não, não — diz Alano. — Meu pai sugeriu que eu evite estabelecimentos para Terminantes depois dos últimos ataques da Guarda da Morte.
— Foi uma instrução — diz o agente Dane. — Parte do acordo.
— Não tem problema. Vai ser rapidinho.
— Sr. Alano…
Um homem mais velho com uma camisa polo amarela da Faça-Acontecer aparece no corredor, e Dane nos protege no mesmo instante — protege Alano, na verdade.
— Oi — diz Alano por cima do ombro do Dane.
— Bem-vindos à Faça-Acontecer — diz o homem, desconfiado, como se pudéssemos oferecer alguma ameaça. Ele semicerra os olhos e reconhece Alano. — Alano Rosa? Nossa! Que prazer. Me chamo Ross, sou o gerente dessa unidade.
Alano dá a volta no guarda-costas e cumprimenta o homem com um aperto de mão.
— Oi. O prazer é todo meu, sr. Ross.
O funcionário arregala os olhos.
—Você não é um Terminante, né? — questiona ele, menos empolgado.
Assim como ontem na Tempo-Presente, Alano tranquiliza o gerente da Faça-Acontecer, explicando que só está acompanhando um amigo.
— Na verdade, nós vimos o anúncio de vagas.
Ross olha para Dane, imaginando que alguém com o porte dele esteja aqui pela vaga de segurança, e depois se vira para mim, sem dúvidas me imaginando atrás do balcão, recebendo clientes. Ele não sabe que sou um assassino. Ainda.
— É para mim — digo. Então, penso duas, três vezes antes de acrescentar: — Eu me chamo Paz.
Espero até Ross reconhecer meu nome, mas ele só abre uma pasta.

— Qual é a vaga do seu interesse?
— Ator — respondo.
É bom dizer essa palavra de novo.
— Ele é um ator fantástico — comenta Alano.
Sorrio com o elogio, apesar de ser baseado num trabalho de quando eu tinha seis anos. (Ainda assisto aquele filme e acho que minha atuação continua boa).
Ross me entrega o formulário de inscrição para a vaga.
— Imagino que você já esteja familiarizado com a Experiência Faça-a-Vida-Acontecer. Há muitos papéis para um jovem como você: primeiro encontro, amigo na formatura, filho jogando bola com o pai.
Trêmulo, penso na ideia de jogar bola com meu pai, sabendo que eu nunca poderei fazer isso quando meu Dia Final chegar.
— Paz — chama Alano.
Saio do meu transe.
— Sim, desculpa. Estava só imaginando todas as possibilidades. Sou o cara certo para o trabalho, posso me adaptar a qualquer papel.
Ross assente.
— Perfeito. Assim que der, me entrega o formulário preenchido. Assim podemos analisar seu currículo e marcar um teste. Estamos recebendo muitos interessados. — Então, ele murmura: — Acho que os atores dos parques da Disney estão cansados de se fantasiar de Mickey e Elsa.
Há um brilho malicioso no olho verde de Alano.
— Seria complicado demais agendarmos o teste do Paz para hoje? — pergunta ele.
Antes que Ross ou eu possamos analisar a proposta, Dane intervém:
— Sr. Alano?
— Quero ajudar o Paz a conseguir uma vantagem sobre os concorrentes — explica Alano, como se Dane fosse um irmão mais velho que precisa relaxar um pouco em vez de um guarda-costas que jurou mantê-lo a salvo.
Ross coça a cabeça, pensativo.

— Adoraria abrir uma exceção em gratidão à sua família, mas, infelizmente, estou com poucos funcionários hoje, então não tem ninguém para contracenar com o Paz. Acabei de perder um ator à tarde porque ele achou o trabalho muito... difícil.

Aposto que "difícil" significa "devastador". É preciso ser forte para lidar com Terminantes, ainda mais em troca de um salário mínimo. Eu só faria isso pela minha sobrevivência e felicidade.

— Obrigado mesmo assim — digo, balançando o formulário. — Vou preencher isso aqui e...

— Posso atuar com Paz — oferece Alano.

— Deixa pra lá — falo, com medo de que ele estrague tudo.

— E se eu e Paz fizermos uma experiência? Poderia servir como o teste dele? — pergunta Alano.

— Depende de quais personagens vocês forem interpretar — responde Ross.

— Que tal dois garotos num primeiro encontro? — sugere Alano, e agora fico nervoso por motivos diferentes. — Você mesmo disse que Paz poderia interpretar um papel assim. Posso ser o Terminante e Paz, o interesse romântico. Isso é, se Paz estiver de acordo.

Caramba, é óbvio que eu quero ter um encontro com você, é o que eu quero dizer, mas o que digo é:

— Eu topo.

Se ao menos Ross soubesse como eu mandei bem nesse "eu topo", ele teria me contratado na mesma hora.

O funcionário sorri e diz:

— Nossa empresa existe para fazer momentos assim acontecerem.

O Agente Dane se aproxima do balcão.

— Para a segurança do sr. Alano, preciso saber se tem outras pessoas nas instalações. Tem algum Terminante que agendou uma sessão por agora?

— Estamos vazios. Clientes são sempre bem-vindos, mas é raro recebermos Terminantes no início da noite, sabe?

É aterrorizante pensar que a maioria dos Terminantes de hoje já está morta ou vai morrer dentro de poucas horas.

— Ficarei de olho — garante o agente Dane, tenso, para Alano.

Alano rejeita a oferta de Ross para uma inscrição gratuita e vai comigo até o quiosque. Folheamos o contrato digital de oito páginas, e eu me pergunto se algum Terminante já leu aquilo tudo e mudou de ideia. A questão é: até onde sabemos, Alano não está apenas interpretando um Terminante, mas também pode ser um. É melhor que ele não morra no nosso encontro, seja de mentira ou não, ou isso acabaria de vez com os Dias Iniciais. Alano passa pelas opções, semicerrando os olhos de um jeito muito fofo ao ler as descrições de canoagem no Grand Cânion, escalada no Everest, surf em vulcões na Nicarágua, e flutuar na órbita da Lua.

— Já tive muitas aventuras no mundo real — diz Alano. — Alguma dessas chama sua atenção?

Você, quero dizer, mas a única coisa mais assustadora do que ser rejeitado no teste da Faça-Acontecer é ser rejeitado por Alano.

Dou uma olhada no catálogo e descubro que a Faça-Acontecer agora oferece experiências de fantasia e ficção científica, como um ataque de feiticeiros em que precisamos atirar bolas de fogo e conjurar raios contra orcs que possuem um tesouro roubado.

— Podemos fazer um de fantasia, se está cansado do mundo real — digo.

— Por mais legal que pareça ser um feiticeiro ao lado de um ator incrível de Scorpius Hawthorne, talvez seja melhor não lutarmos para sobreviver enquanto tentamos nos conhecer melhor — fala Alano, se aproximando para sussurrar: — A gente meio que já fez isso ontem à noite.

Como alguém falando tão baixinho faz meu corpo inteiro querer gritar?

Esse encontro não vai exigir nem um segundo de atuação.

— Que tal cavalgarmos? — sugiro.

— Isso tem a ver com um certo filme vencedor do Oscar sobre caubóis gays? — questiona Alano.

— Írra!

Quando vejo a tela de pagamento, congelo. Só o meu ingresso vai custar quatrocentos e trinta dólares. O que vai me deixar com apenas setenta dólares na conta. Sei que um encontro assim não tem preço, mas não me parece uma boa ideia gastar dinheiro de verdade em um encontro de mentira que só estamos fazendo na esperança de que um dia eu possa voltar a ganhar dinheiro de verdade.

Alano passa seu cartão, pagando os dois ingressos.

— Por minha conta, já que fui eu quem convidou — diz ele, entrelaçando seu braço no meu.

Posso contar todas as mentiras que eu quiser, mas meu corpo sempre transmite a verdade: meu rosto fica corado e sinto meu coração acelerar porque, para variar, algo bom está acontecendo comigo, e uma felicidade se espalha por mim, me fazendo querer dar pulinhos, como na primeira vez que minha mãe me levou a uma audição — como se eu estivesse muito mais perto da realidade em que quero viver.

Somos guiados por um corredor com três telas pequenas em cima de cada porta aberta, mostrando prévias das diferentes experiências que podemos encontrar lá dentro. Os cenários são tão incríveis que me sinto transportado cada vez que passamos por uma sala: montanhas de areia que levam a um tanque de água de quase um metro e meio de altura com uma prancha de surfe; adereços cenográficos de armamento medieval, candeeiros brilhantes e um trono com armaduras para que os Terminantes fiquem imersos como cavaleiros defendendo seus castelos sombrios; uma projeção do espaço sideral, fantasias de astronauta e uma nave do tamanho de um tanque; uma esteira de escalada se mistura perfeitamente com o Monte Everest em 3-D, cercado por neve falsa de alta qualidade usada em filmes de grande orçamento; e então, nossa jornada, completa com cavalos robôs, pedras de espuma, arbustos artificiais e projeções de um pôr do sol alaranjado.

Recebemos óculos de realidade virtual, um colete de resposta tátil para sentirmos as vibrações e luvas para que nossos avatares estejam sincronizados com nossos movimentos. Inspiro o cheiro de grama e de rio, simulados por um difusor cinza escondido entre as pedras de espuma. Em seguida, subo na sela muito real e muito desconfortável do cavalo.

Assim que nos afivelam, ligamos os óculos de realidade virtual e eu escolho meu avatar — um garoto de pele clara, cabelo cacheado, camisa xadrez azul e calça jeans — e não perco tempo com acessórios.

Sou banhado por uma luz branca. Nas aulas de atuação, somos ensinados a criar nossa própria quarta parede ao nos virarmos para a câmera, porque olhar diretamente para a lente quebra a ilusão para o público, mas, graças aos óculos de realidade virtual, não preciso imaginar nada: estou cercado por árvores verdíssimas que sobem até o límpido céu azul, e a trilha à frente tem pegadas de casco que dão uma profundidade maior à história deste mundo virtual. Então, de repente, Alano aparece num cavalo — mais ou menos. O avatar dele tem cabelo castanho comprido, que escorre pelas costas da camisa xadrez preta, e ele usa um chapéu de caubói e um lenço no pescoço; queria estar olhando para o Alano de verdade.

— Tentem ignorar minha presença — orienta Ross, o que me arranca ainda mais desta realidade, como o celular de alguém tocando no meio de uma apresentação de teatro. — Sempre temos os guias presentes para auxiliar os clientes. Só esqueçam que estou aqui e aproveitem o primeiro encontro.

O som ambiente é ativado, e ouvimos pássaros cantando, esquilos correndo e o galope das montarias num rimo constante, perfeitamente sincronizado com o movimento suave dos nos nossos cavalos robôs. Não, cavalos robôs não — cavalos de verdade. Não amo o método de atuação de Sanford Meisner, mas amo o que ele diz sobre como atuar é viver sob circunstâncias imaginárias. É isso que eu faria num set de filmagem de verdade, e é isso que a Faça-Acontecer espera que eu faça quando me contratarem como ator para os Terminantes. Ignoro tudo o que não estaria em uma floresta de verdade — o difusor, o som, Ross nos observando como um diretor — e finjo que não estou num teste; ajo como se estivesse de fato num primeiro encontro com o Alano de verdade, e não com esse personagem virtual.

— Fiquei feliz quando você me chamou para sair — digo. Isso não é roteirizado.

— Fiquei feliz por você ter aceitado — responde Alano.

Espero que isso também não seja roteirizado.

A parte boa é que o enredo trata de dois garotos que estão num primeiro encontro. Como nunca fui a um encontro de verdade, ficar sem jeito é um ponto a meu favor. Mas agora é impossível não me perguntar se Alano já teve encontros antes.

Meu corpo começa a transparecer a verdade cruel, como se eu tivesse mentido antes ao dizer que estava bem: meu rosto fica corado de novo. Desta vez, é de vergonha por ter sido idiota a ponto de achar que Alano queria esse encontro porque está interessado em mim; meu estômago revira como se eu fosse passar mal, e minha respiração fica pesada como se eu tivesse sido arremessado do cavalo e meu coração tivesse sido pisoteado. Vou passar a vida inteira só sentindo o gostinho do mundo onde quero viver, sem nunca o experimentar de verdade.

Hesito, me lembrando do conselho da minha psicóloga sobre o que fazer quando começo a ter pensamentos negativos. Raquel diz que se não consigo identificar uma história na minha cabeça com um dos meus cinco sentidos, ela não é real. Neste caso, não ouvi Alano falar que está fazendo isso por pena. Não o vi olhar para mim com nojo, como se eu não passasse de um assassino que merece morrer sozinho. E não senti ele me empurrando, como se não valesse a pena me salvar.

Se eu quiser saber alguma coisa, posso perguntar a Alano, mas meus sentidos que se danem. Não preciso ouvir as histórias de Alano sobre seus encontros de verdade enquanto ele viaja pelo mundo de verdade, ou ver fotos dos caras gostosos com quem ele já saiu.

— Há quanto tempo você sabe que gosta de garotos? — questiona Alano.

Tento me acalmar e lembrar dos fatos: Alano me chamou para sair. Ele disse que ficou feliz por eu ter aceitado. E agora quer saber mais sobre mim. Só porque estamos num mundo virtual, não significa que esse momento não pode ser real.

— Eu meio que me dei conta de que era gay aos nove anos — começo. — Acho que foi no Dia da Independência dos Estados Unidos, ou em alguma outra data comemorativa em que se faz churrasco. Minha mãe estava me levando ao parque, e eu vi um garoto chorando na rua. Não me lembro de como ele era, só me lembro de sentir um friozinho na barriga, algo que me disse que ele era diferente. — É estranho refletir sobre essa experiência de descoberta natural, ainda mais sabendo que tudo se tornou um inferno semanas depois, quando eu estava lidando com o fato de ser um assassino em vez de ser gay. — E você?

— Acho melhor eu levar minha resposta para o túmulo — responde Alano com leveza.

— Ah, vai? Sou eu, você pode falar.

— É por isso que eu não deveria dizer nada!

— Eu vim até aqui só por você — insisto, conforme nossos cavalos atravessam uma clareira que dá em um vale aberto, onde o sol começa a se esconder lentamente atrás das montanhas. — Você precisa me contar, vai!

Alano ri.

— Promete que não vai fugir galopando?

— Prometo.

— Eu tinha uma quedinha por você — confessa Alano.

Ainda bem que estou amarrado nessa droga de cavalo, senão teria caído.

— Você está de brincadeira.

O avatar de Alano me encara.

— Olha para mim. De verdade. — Retiro os óculos e vejo que Alano já fez o mesmo. É tão bom ver o Alano de verdade e seu sorriso de verdade, ver que ele está tão perto que eu posso esticar o braço e segurar a mão dele. — Falei que eu estava assistindo ao filme do Scorpius Hawthorne no primeiro Dia Final, lembra? A verdade é que eu estava revendo, só por causa de você.

Mesmo sem os óculos, o jeito tímido como Alano permanece parado parece uma performance que talvez ele esteja fazendo para Ross, então é melhor eu entrar na atuação também.

— Então foi amor à primeira vista? — indago.

— Não acredito em amor à primeira vista — rebate Alano, e é como um balde de água fria.

— Sério? Porque o Alano Criança estava revendo um filme de três horas só para ver o Paz Criança numa cena de três minutos.

— Eu gosto do processo — explica Alano, radiante. — Entendo o conceito de se apaixonar à primeira vista. Terminantes fazem isso o tempo todo, embora eu sempre me pergunte quantos desses casais teriam sobrevivido fora do Dia Final, quando não há uma onda de desespero para viver intensamente antes de morrer. Não tem como saber e, talvez, seja melhor assim. É bom acreditar que alguém encontrou a alma gêmea enquanto ainda havia tempo.

— Então, no que você acredita?

— Acredito na amizade primeiro, para garantir que iremos gostar um do outro quando nós nos apaixonamos.

É impossível não me imaginar como parte desse *nós*.

— Funcionou para os meus pais — continua Alano. — Eles se conheceram em 15 de agosto de 1988. Os dois tinham dezoito anos. Meu pai escutou minha mãe rindo numa cafeteria e, lá no fundo, soube que se não conhecesse aquela garota, iria se arrepender pelo resto da vida. Todo mundo achou que ele era maluco por acreditar no próprio sentimento daquele jeito e por não ter desistido quando minha mãe pediu para que fossem apenas amigos, por exatos dezoito meses, antes de começarem a namorar. Depois de concordar com um jantar no Dia dos Namorados, ela deu ao meu pai apenas uma regra: nada de pedir em namoro no Dia dos Namorados porque ela achava muito cafona. Assim que deu meia-noite, meu pai não perdeu nem um minuto sequer antes de fazer o pedido, e eles estão juntos desde então.

É uma história legal, mas é meio revoltante para mim saber que Joaquin Rosa conheceu sua alma gêmea aos dezoito anos e teve uma vida normal. Enquanto isso, venho querendo tirar minha própria vida desde sempre por causa de um erro da Central da Morte. Acho que, se as coisas derem certo entre mim e o filho dele, vou conseguir superar isso.

— Minha mãe e meu padrasto começaram como amigos também. Ela só casou com a pessoa errada.

— Ainda bem que eles se acertaram antes que fosse tarde demais — comenta Alano.

Meu futuro irmãozinho ou irmãzinha é prova de que minha mãe e Rolando ainda estão recuperando o tempo perdido.

— Agora que eu já me abri, é sua vez de me contar se você já me achava gato antes — diz Alano.

—Você não falou que eu sou gato — rebato.

— E preciso mesmo? Não foram seus feitiços demoníacos que me conquistaram. O Alano Criança achava o Paz Criança um gato, assim como o Alano de dezenove anos acha o Paz de dezenove anos um gato.

Esse encontro de mentira está começando a parecer real demais.

—Você já pensou em mim antes? — questiona Alano.

Desde que nos conhecemos, sinto que só sei pensar nele. Mas é esquisito que a gente meio que só se conhece por causa dos holofotes que sempre estiveram sobre nossa vida.

— É meio impossível não pensar em alguém tão famoso quanto você — respondo. — Para ser sincero, eu te invejava muito. Você tinha tudo.

— Ninguém tem tudo. Todo mundo tem seus segredos, ainda mais as pessoas famosas. É o único jeito de sobreviver quando todo mundo vive de olho na gente — diz Alano, agindo como se o cavalo de mentira o tivesse balançado com força, e meneia a cabeça discretamente na direção de Ross, como um lembrete de que não pode dizer tudo o que tem vontade.

Sou tão acostumado às pessoas não confiarem em mim, que não consigo entender o quanto deve ter sido difícil crescer sem confiar nas pessoas ao meu redor.

— Sei que a grama do vizinho é sempre mais verde — continua ele —, mas eu queria ter crescido como uma criança normal.

— Eu também — concordo, embora sejamos lados diferentes da mesma moeda. A criança famosa e a criança infame. — Espero que não tenha sido horrível o tempo todo.

— Não, não foi. Pude viver de formas que as pessoas sonham por toda a vida. Viajei pelo mundo, fui aos melhores restaurantes, às festas mais legais. Fui criado com muitos privilégios, mas há coisas que o dinheiro não compra. Ou melhor, acho que compra agora — diz Alano, gesticulando como se só estivéssemos juntos por causa da Faça-Acontecer. — Mas eu trocaria muitas das aventuras incríveis que vivi sozinho por momentos cotidianos com um namorado. Ficar sentado no sofá maratonando uma temporada nova de uma série a que já assistimos há anos. Revezar na hora de passar protetor solar nas costas um do outro. Aprender algo novo todo dia. Acordar e conversar sobre os nossos sonhos.

Tudo isso parece extraordinário para mim.

— Sabe o que mais eu quero? — pergunta Alano.

Espero que ele diga "você".

— O quê?

Alano sorri.

— Antes de eu morrer, queria saber se você me acha gato.

Dou uma risada. Uma risada sincera, daquelas tão gostosas que a gente nem acredita.

—Você ainda tem tempo para descobrir — provoco.

Durante o restante da nossa simulação de passeio, compartilhamos fatos da vida, quase como se fôssemos namorados de verdade aprendendo coisas novas sobre o outro: ele pintou o cabelo de roxo quando tinha quinze anos, e queria poder deletar todas aquelas fotos da internet, ou só da própria memória mesmo; meu meio de transporte favorito é o trem, mas os cavalos de mentira até que dão para o gasto; ele saltou de paraquedas em Dubai, o que eu obviamente já tinha visto no Instagram, mas não digo nada; menciono que quero muito conhecer Porto Rico; ele já fez teste para tocar clarinete na banda da escola no ensino fundamental, mas não se saiu muito bem; eu só sobreviveria num cenário pós-apocalíptico se meu grupo precisasse de um ator para servir de entretenimento; e nós dois amamos tudo que diz respeito à chuva — a sensação, a beleza e como o mundo fica com um cheiro diferente depois que ela passa.

— Gosto de flores — digo. — Mas nunca recebi nenhuma, obviamente.

— Que tipo de flores você gosta? — questiona Alano, como se estivesse prestes a sair galopando para buscar. — Rosas? Tulipas? Dálias? Lírios?

— Na verdade, eu não sei.

— Pode roubar minha flor favorita, se quiser. Lírio-do-vale. Simboliza renascimento. É meio que a flor perfeita para Dias Iniciais.

— E um presente de despedida generoso no seu Dia Final — digo, e nossos cavalos desaceleram até pararem, e as caixas de som ficam em silêncio.

Nosso primeiro encontro acabou.

Ross aplaude e vem nos ajudar a desafivelar as selas.

— Paz, você foi fantástico. Intrigante, charmoso, ligeiro. Aposto que ainda vou ver você muito por aqui. Vamos preencher sua inscrição.

Alano manda um toca-aqui no ar do outro lado da sala, mas queria que estivéssemos mais próximos, e de fato nos tocando.

Voltamos para a entrada da Faça-Acontecer, onde preencho o formulário com Alano me observando todo orgulhoso. Há uma pergunta se tenho algum antecedente criminal a declarar. Digo que não, porque meu registro é confidencial. Entrego a papelada para Ross e olho ao redor do saguão, me imaginando por aqui várias vezes, me tornando um camaleão que realiza os sonhos de todo Terminante.

Depois que Ross me entrega seu celular para que eu tire uma foto dele com Alano, saímos da Faça-Acontecer, e voltamos para o píer. Lá, Dane volta a nos seguir.

— Foi tão divertido — diz Alano. — Me saí muito melhor do que quando gravei as 73 perguntas para a *Vogue*.

Preciso pesquisar isso depois, sem dúvida.

— O quão sincero você foi lá dentro?

— Cem por cento. — Alano hesita. Ele olha para a placa do Pacific Park enquanto entramos na área de jogos do píer. — Não tenho motivos para mentir para você. Foi tudo verdade. O primeiro encontro. A flor favorita. A quedinha que eu sentia por você quando era criança. Tudo.

— Nossa, que doideira. Por que você não me contou dessa quedinha por mim ontem à noite?

Alano me encara, arqueando uma sobrancelha.

— Nós estávamos um pouquinho preocupados — retruca ele, e então percebo que o topo do letreiro de Hollywood não é exatamente o melhor lugar do mundo para confessar uma paixonite de infância. — Defini muito bem as prioridades ontem à noite, e tenho novas prioridades agora. Incluindo viver a vida que eu quero. O que envolve primeiros encontros inesquecíveis com meu novo amigo, que é um gato.

Tudo bem, tudo bem, tudo bem, tudo bem, acho que vai dar tudo certo. Quer dizer, Alano talvez esteja de fato dando em cima de mim? Eu estava surtando ainda há pouco porque achei que ele jamais gostaria de alguém como eu. Mas Alano não apenas está dando sinais, como está me chamando de gato sem qualquer discrição. E, sim, ele também me chamou de amigo, mas ele quer ser amigo antes de ser namorado. Isso me dá coragem o bastante para comentar sobre o passado romântico dele.

— Ainda estou chocado que você nunca teve um encontro antes.

— Por quê?

— Porque você é... você. Alano Rosa. Herdeiro da Central da Morte. Viveu tanto e nunca namorou?

— É por ser o herdeiro da Central da Morte que eu nunca fui a um encontro. Na minha vida é muito mais fácil escalar montanhas e saltar de paraquedas do que confiar completamente em alguém.

— Você já chegou perto de confiar em alguém?

Ele assente.

— No fim das contas, as estrelas não se alinharam — diz Alano, com um desconforto no rosto antes de se virar para mim. Eu me pergunto quem partiu o coração dele, ou o coração de quem ele partiu. — E olha quem fala. Nada de encontros?

— Não. Os garotos não fazem fila para sair com um psicopata parricida.

— Impossível que todo mundo que te conheceu acredite nisso.

— Não faço faculdade. Não tenho emprego, e não posso nem entrar em aulas de teatro. Só conheço garotos quando estou em cima do letreiro de Hollywood.

— E você nunca mais vai subir lá de novo — declara Alano, com firmeza, mas com carinho. — O jeito como você aceitava ser tratado é coisa do passado. Estamos rumo ao futuro, um Dia Inicial de cada vez.

Pela primeira vez numa eternidade, não estou contando os dias para me matar. Em vez disso, estou contando os dias para que eu e Alano passemos de amigos para namorados.

ALANO
20h32

Estamos no final do píer, observando o sol se pôr no oceano escuro.
— Sua presença tem um efeito tranquilizador. Como essas ondas — comenta Paz.
— Eu bem que estou tentando.
É ótimo saber que Paz me vê dessa forma, mas dá um trabalhão manter essa postura calma, ainda mais desde a noite em que fiz as ligações na Central da Morte. Às vezes, de repente, eu me vejo forçado a lidar com uma enxurrada de lembranças que ameaçam me afogar. É tão difícil focar na minha vida sabendo tudo o que sei e que não deveria saber, tudo o que fiz e que não deveria ter feito. Tenho conseguido manter meus pés no chão aprendendo o máximo que posso sobre o mundo para enganar meu cérebro e obrigá-lo a focar nas curiosidades aleatórias que cataloguei em vez dos meus muitos traumas. Um dos incidentes traumáticos mais antigos e mais sombrios insiste em reaparecer na minha mente esta noite.
Paz dá as costas para o mar e me encara.
— Gostei do seu brinco.
Fico grato por ter outra coisa na qual pensar.
— Foi presente do meu pai quando me abri sobre minha sexualidade — digo, passando o dedo pelo cristal de dois centímetros e meio que uso na orelha desde 10 de junho de 2016. — Meus pais já sabiam sem eu precisar dizer nada, mas conversei primeiro com a minha mãe porque tinha medo de decepcionar meu pai como acontecia toda vez em que minha opinião divergia da dele. Eu precisava proteger a experiência de assumir minha sexualidade, ao menos para ter uma boa lembrança relacionada a esse momento. Felizmente, eu estava errado sobre o meu pai. Ele se culpou muito

por não ter me deixado confortável o bastante para lhe contar antes e prometeu que iria melhorar. Naquela noite estávamos jantando, e eu expressei meu desejo de explorar alguns visuais novos, como pintar as unhas, furar as orelhas, talvez experimentar um vestido para ver se eu iria me sentir bem. Na manhã seguinte, acordei com um vidro de esmalte, um vestido antigo da minha mãe e esse brinco, todos escolhidos pessoalmente pelo meu pai, junto a um bilhete dizendo que me amava.

Paz parece prestes a chorar.

— Que lindo.

— É mesmo. Me arrependo de não ter confiado nele.

Paz estende a mão para o meu brinco e eu me aproximo, permitindo que ele passe os dedos pelo cristal como eu fiz; seus dedos esbarram no lóbulo da minha orelha, provocando um calafrio que desce pelas minhas costas.

— Aposto que Joaquin se esforçou ao máximo para mostrar aceitação porque você não se abriu com ele logo de cara.

— Isso mesmo. É ainda mais comovente se a gente pensar que meu pai cresceu numa época em que a maioria dos homens preferia morrer a usar um único brinco, porque as pessoas poderiam achar que eles eram gays. Era um insulto. Gosto de pensar nesse brinco como um convite do meu pai para que eu me rebelasse.

Tenho certeza de que meu pai iria querer que eu me rebelasse menos no momento.

— Acho que meu pai tentaria me trancar de volta no armário — responde Paz. Um pensamento intrusivo toma conta da minha mente, e fico feliz que Frankie Dario tenha morrido antes de ter atormentado Paz por conta de quem ele ama. — Para falar a verdade, acho que se meu pai ainda estivesse vivo, ele teria acreditado em tantas teorias da conspiração que já teria virado um Guarda da Morte.

Eu me seguro para não estremecer ao lembrar da tentativa de assassinato e mudo o foco para as muitas conversas que tive com meus pais sobre os Guardas da Morte. Nós, é óbvio, nunca vamos pintar qualquer pró-naturalista como vilão só por não escolher a Central da Morte, e nos esforçamos também para não acreditar que todo Guarda da Morte é um vilão. Aquela seita é, em maior parte, composta de pessoas suscetíveis à maioria das mentiras contadas sobre a Central da Morte. Além deles, há os seguidores que têm motivos genuínos para nos odiarem, por mais que as intenções da Central tenham sempre sido tornar o mundo um lugar melhor.

Pensando nisso, me lembro de que as pessoas são complexas e têm camadas. Meu pai me deu esta lembrança linda e também me deu uma das piores. Talvez Frankie Dario tivesse outras camadas.

— Você tem lembranças felizes do seu pai? — pergunto.

O rosto de Paz muda de neutro para bravo.

— Eu disse lembranças felizes. Com essa cara, parece que você quer brigar com alguém.

— É, quero brigar com meu pai, mas eu...

Mas ele já brigou com Frankie. E tanto venceu quanto perdeu.

Era cedo demais para pedir que Paz me contasse algo sobre o pai dele. Se não estou lhe oferecendo a Enciclopédia de Alano Rosa completa, então é justo que ele deixe algumas páginas da Enciclopédia de Paz Dario de fora também. Peço desculpas por ter tocado no assunto.

— Relaxa, tudo bem. Eu estava lembrando da vez em que ele me levou ao cinema para assistirmos a *Marley & eu*, que eu pensei que seria divertido porque...

Eu suspiro.

— Porque o trailer fazia parecer que era uma comédia?

— É! O trailer não deu nenhuma pista de que o cachorro iria morrer. E óbvio que eu saí do cinema chorando e, em vez do meu pai me mandar virar homem ou algo do tipo, ele me carregou até em casa. Poderia facilmente ter me entregado para a minha mãe quando chegamos, mas continuou me abraçando até eu parar de chorar. É tão idiota achar que isso foi algo extraordinário ou até considerar uma lembrança feliz, mas me lembro de me sentir tão seguro com ele... e fico furioso por ele não ter me dado mais lembranças assim. — Paz se balança para a frente e para trás enquanto as lágrimas escorrem. — Talvez se meu pai tivesse feito eu me sentir mais seguro, eu não teria atirado... teria pensado duas vezes... Eu, eu...

Eu o puxo para um abraço e ele chora no meu pescoço.

—Você merecia muito mais.

— Ou eu fiz por merecer — diz ele, se lamentando.

Abraçar Paz enquanto ele chora pela perda da vida que merecia ter está me matando por dentro.

PAZ
20h53

Não tenho noção de quanto tempo passou enquanto chorava por causa do meu pai, em que momento saímos da ponta do píer para nos sentarmos num banco com vista para a praia, ou por quanto tempo estou quieto. Só sei que Alano não me abandonou.
— Quer que eu leve você para casa? — oferece ele.
Tá bom, esquece. Alano *quer* me abandonar.
Dou de ombros, me desvencilhando do braço dele.
— Aham, beleza, eu vou para casa — digo, e começo a caminhar pelo píer, chateado comigo mesmo por ter flertado com Alano, por me abrir com Alano e, especialmente, por ter conhecido Alano.
Eu poderia estar morto em vez de estar aguentando essa merda. Talvez eu devesse pular no mar, já que não sei nadar.
Alano corre atrás de mim e se posiciona bem no meu caminho.
— Ei! Peraí! O que foi que eu disse de errado?
— Na verdade, você foi bonzinho demais para dizer com todas as letras. Está tentando se livrar de mim porque eu sou exaustivo.
— Paz, eu não estou mesmo tentando me livrar de você, e não acho que você seja exaustivo. Estou tendo uma noite ótima com você, mesmo quando as coisas ficam pesadas. Isso é parte de te conhecer de verdade, de ir além da fachada. Me ofereci para te levar para casa porque você estava muito quieto, e achei que preferisse ficar sozinho e eu estivesse prendendo você aqui.
É insano que Alano pense que ele está me prendendo aqui e não o contrário.
— Desculpa — digo, escondendo o rosto com as mãos.
— Não, eu que peço desculpas por ter falado do seu pai e depois ter tentado deixar você. A raiva por conta do abandono é uma

questão bem evidente para quem tem distúrbio de personalidade borderline, e eu ultrapassei esse limite. Prometo ser mais cuidadoso.

Isso é meu cérebro idiota mandando meu coração levar as coisas para o lado pessoal.

Eu odeio o TPB.

É assustador lembrar que esse sou eu tomando fluoxetina, que esse sou eu embarcando em novos começos. Mesmo com meus antidepressivos e boas intenções, quase me mutilei hoje e teve momentos em que me descontrolei. Ainda estou tentando entender se foram por um bom motivo ou apenas provocados pelo meu distúrbio.

Odeio ser um mistério para mim mesmo, mas tenho a sorte de contar com o Alano tentando me desvendar também.

— Não se desculpe, não foi culpa sua, só minha — digo, desesperado para reconquistar Alano. Tento ativar o Paz Feliz. — Vamos jogar alguma coisa.

— Não — rebate Alano com firmeza. — Seu transtorno não é culpa sua.

— Tá bom, mas vamos logo fazer algo divertido e...

Alano agarra minha mão.

— Me diz que seu distúrbio não é culpa sua.

— Meio que é, né? O TPB é criado pelo trauma, e eu atirei no meu pai, foi uma escolha minha...

— Seu distúrbio não é culpa sua — interrompe ele.

— Pelo menos uma parte da culpa eu preciso assumir porque...

— Seu distúrbio não é culpa sua.

Encaro os olhos lindos de Alano, prometendo a mim mesmo que vou tentar me enxergar como ele me enxerga. Que sempre serei sincero e mostrarei a ele quem eu sou, para que ele me perdoe sempre que meu distúrbio assumir o controle e me possuir como alguma espécie de demônio.

— Meu distúrbio não é culpa minha — declaro, com a voz embargada.

— Não, não é — diz Alano, envolvendo meus ombros com os braços de novo, provando que não está tentando se livrar de mim.

Ele só quer me manter perto.

21h47

Depois de jogarmos um monte de jogos no Pacifc Park, vamos na roda-gigante.

Entramos na cabine, e assim que a porta é fechada e trancada, somos erguidos para longe de todo mundo, até do guarda-costas de Alano.

— Eu morria de medo de altura — comenta Alano, enquanto flutuamos devagar na direção do céu. — Não era acrofobia, mas quase isso. Eu me recusava a entrar no escritório do meu pai na Central da Morte a não ser que as persianas estivessem fechadas. Eu não andava em montanhas-russas. Implorava a meus pais que evitassem pontes porque eu tinha certeza de que iríamos cair e morrer, mesmo sem termos recebido os alertas da Central. Quando eu tinha dez anos, nós nos mudamos para uma cobertura, o que não ajudou muito. A subida lenta no elevador me fazia perceber o quanto estávamos longe do chão. Era uma tortura, mas nada era pior do que voar.

— E o que fez você superar o medo?

— Eu tinha mais medo de perder as coisas boas da vida — responde Alano, na maior tranquilidade, enquanto subimos cada vez mais alto. Parece tranquilo, apesar de existir, sim, a possibilidade de ele cair da cabine e morrer. — Se eu não conseguisse encarar grandes alturas, não poderia viajar, nem fazer trilhas, nem viver em paz dentro de casa. Terapia de exposição ajudou. É difícil ter medo de voar depois que você já saltou de paraquedas.

— Ou escalou uma cachoeira congelada.

— É... — Alano levanta o rosto, piscando, como se estivesse processando meu comentário. Ele sorri. — Eu nunca te contei das cataratas Helmcken.

Ih, verdade, isso faz parte do que vi no Instagram de Alano e que não deveria saber.

— Nossa, olha como estamos alto — provoco, espiando o píer lá embaixo.

Alano ri.

—Você estava me stalkeando na internet? Talvez por me achar gato?

Encaro o sorriso de "te peguei no flagra" dele.

— Não sei do que você está falando.

Alano se levanta e a cabine balança. Mando ele se sentar, mas ele continua sorrindo.

—Você quer mesmo que eu morra sem saber a verdade?

— Tá bom, beleza, eu acho você um gato, Alano.

Meu coração está batendo muito rápido quando Alano solta um uivo triunfante. Não me acalmo quando ele enfim se senta, porque agora ele está do meu lado, nos desequilibrando.

— Agora posso morrer feliz — declara Alano.

—Também... com esse rosto, você está roubando.

— Roubando?

— É, você tem um olho de cada cor. Isso deixa qualquer um mais gostoso.

— Então agora eu sou gostoso?

O quão alto é alto demais para que uma pessoa pare de receber oxigênio? Vou chutar que é a altura em que estamos agora.

— Sinceramente, Paz, isso significa muito para mim. As crianças me zoavam por causa da minha heterocromia. Falavam que eu era um E.T. com olhos esquisitos que podia prever como as pessoas iriam morrer. Isso até virou uma teoria idiota sobre como a Central da Morte tinha prendido um E.T. numa banheira para prever os Dias Finais.

— Isso é bem idiota, mas não gostar dos seus olhos é mais idiota ainda. — Lembro de estar na base do letreiro de Hollywood quando os holofotes do helicóptero iluminaram os olhos do Alano. Seu olhar foi muito marcante naquele momento, e é muito marcante agora. — Seus olhos de alienígena com poderes psíquicos são demais. Queria ter também.

— Eu não ia querer isso. Porque aí eu não poderia olhar para os olhos que você já tem.

— Meus olhos não têm nada de especial.

— Tá de brincadeira? Eles me lembram uma planta...

— Deixa eu adivinhar, uma planta morrendo que precisa de água?

Alano ri.

— Não, uma orquídea cymbidium. Meu pai deu uma dessas para minha mãe no aniversário de namoro deles, dia 15 de fevereiro. O tom era tão lindo. Uma cor entre marrom e bronze.

— Que jeito poético de dizer "castanho-claro" — brinco.

— Não há nada de errado com poesia.

Agora estamos no topo da roda-gigante e, em vez de observar o céu escuro ou o mar, Alano me encara com seus olhos de E.T. com poderes psíquicos; o direito, verde como folhas brilhantes, e o esquerdo, escuro como o tronco de uma árvore. (Toma um pouco de poesia.) Alano pode não ser capaz de prever os Dias Finais, mas talvez esteja prevendo o futuro, ou imaginando um. E eu não apenas torço, mas acredito que ele esteja me vendo no seu futuro, assim como eu o vejo no meu. E por que eu não veria? Não há futuro sem Alano.

Seu olhar de alienígena com poderes psíquicos segue até os meus lábios antes de voltar aos meus olhos.

Sim. É o que meus olhos marrons de orquídea cymbidium respondem por mim.

Fechamos os olhos ao nos aproximarmos, e a roda-gigante de repente nos leva para baixo. Nós nos agarramos um no outro para não perder o equilíbrio, rindo e gritando com os outros passageiros enquanto o brinquedo ganha velocidade. O vento gelado vai chicoteando nosso rosto, e, depois de mais duas voltas rápidas, desaceleramos até parar.

Odeio não termos nos beijado, mas foi tão divertido. A melhor parte é que Alano ainda não soltou minha mão.

— Ei — digo, parando enquanto atravessamos o píer. — Estou muito feliz por você ter superado seu medo de altura antes de subir o letreiro de Hollywood.

Alano se encolhe de leve, como se estivesse imaginando o que poderia ter rolado... *quem* poderia ter rolado lá de cima... se ele não tivesse aparecido lá.

— Gosto de pensar que eu teria ido atrás de você mesmo assim.

— Um completo desconhecido.

— Um desconhecido com uma vida que vale a pena salvar. Você é mais do que um desconhecido agora.

Meu coração bate ainda mais forte do que quando estávamos suspensos no céu.

— O que eu sou agora?

— Alguém que eu espero poder continuar conhecendo para sempre — responde Alano.

Em vez de se aproximar para um beijo, ele me puxa para um abraço apertado.

Não há palavras, mas eu leio nas entrelinhas: *Não se mate.*

Não é como a ameaça da minha mãe. Alano está implorando. Mas ele não precisa.

Não consigo pensar num motivo melhor para continuar vivendo que ter uma vida com Alano.

ALANO
22h27

Ainda não acredito em amor à primeira vista, mas acredito que é possível se apaixonar em um dia.

No caminho de volta até a casa do Paz, fiquei quieto enquanto focava no trânsito. Eu odiaria que tudo entre nós acabasse tão cedo por descuido meu. Foi bom porque também tive a oportunidade de processar todos esses sentimentos grandiosos. A felicidade que sinto toda vez que conquisto a confiança de Paz durante suas crises, sabendo que superá-las levará a momentos incríveis. A incerteza quanto a beijá-lo ou não, já que nenhum de nós está em seu melhor momento emocional. E o quanto eu queria viver como se nunca mais fosse ter outra chance. Sinto o luto pelo fim do nosso primeiro Dia Inicial quando estaciono na frente da casa dele.

— Chegamos — aviso.

— Três estrelas para essa corrida — comenta Paz.

— Três estrelas?

— Cheguei em segurança, mas o motorista é calado demais.

— A maioria dos passageiros prefere motoristas calados.

— Talvez quando o motorista não é interessante.

— Ele era gato, pelo menos?

Paz sorri.

— Ele era gostoso pra caramba.

— Seu motorista gostaria de se desculpar por não preencher o silêncio com curiosidades interessantes. Ele estava muito preocupado em manter você vivo e também frustrado com o guarda-costas.

Depois da roda-gigante, o agente Dane insistiu que era hora de irmos para que eu estivesse de volta na mansão antes da meia-noite.

Já quebrei uma regra hoje ao entrar na Faça-Acontecer e estaria disposto a quebrar mais uma apenas para continuar com Paz.

— O Dane só está fazendo o trabalho dele, certo?

— Um trabalho que ele já perdeu por causa de mim. Meu pai vai demiti-lo de vez caso ele cometa outro erro.

— Seu pai também está fazendo o trabalho dele. — Paz toca meu brinco de cristal. — Ele te ama. Lembra?

Assinto, mas só consigo pensar em como quero que Paz encoste em mim de novo. Nem que seja só outro toque rapidinho. Ou que a gente dê as mãos. Que nossos lábios se encontrem. Eu só preciso de mais.

—Você não tem que trocar isso aí? — pergunta ele. Paz aponta para a minha atadura, assinada com nossos nomes.

O curativo não está nas melhores condições

— Na verdade, preciso. Sempre a cada 24 ou 36 horas.

— E isso é…

— Hoje à noite.

O silêncio recai entre nós dois, e eu me pergunto se o universo está prestes a responder às minhas preces pelo toque de Paz. Por uma segunda chance de um primeiro beijo.

— Eu tenho gaze e pomada lá dentro. — Paz interrompe o contato visual.

Não consigo entender se ele está tímido, envergonhado ou nervoso.

— Posso correr lá dentro e buscar. Ou você pode entrar, e eu te ajudo — oferece ele baixinho, como se estivesse se preparando para a decepção, como se o convite não tivesse feito meu coração bater ainda mais rápido. — Eu pego lá rapidinho, sei que você precisa ir embo…

— Eu adoraria sua ajuda — interrompo.

Meu único empecilho é o guarda-costas. Saímos do meu carro e eu caminho até o veículo do agente Dane enquanto Paz espera na porta de casa. O guarda-costas abaixa o vidro e pergunta se está tudo bem.

— Por favor, não diz "não" para o que eu vou pedir agora — imploro, com as mãos unidas.

— Parece que você já tem sua resposta.

—Vou entrar rapidinho na casa do Paz. Ele vai trocar meu curativo — explico, estendendo o braço para que ele veja que a atadura já está se desfazendo nas pontas. —Volto em dez minutos. Quinze, no máximo.

O agente Dane balança a cabeça em negativa.

—Você sabe que não posso permitir isso, sr. Alano. Já conferimos os antecedentes da mãe e do padrasto do Paz, mas não revistamos a casa.

— E nessa conferência vocês descobriram algum indício de que os pais dele são perigosos?

— Não, mas...

— Eu vou ficar bem. Se o Paz fosse me matar, já teria feito isso ontem à noite, quando tinha uma arma.

— Como você sabe que ele não tem outra arma lá dentro?

— Porque ele não tem.

—Você sabia que aquele cara tinha uma lâmina no celular?

Fico quieto. É injusto comparar Paz com Mac Maag, mas sei que para quem está olhando de fora, ainda mais se a pessoa for um guarda-costas, é um comentário mais do que pertinente. Tanto Paz quanto Mac Maag perderam familiares sem o menor aviso no primeiro Dia Final. Se um garoto me iludiu antes de tentar me matar, o que impede outro de fazer o mesmo? Rio levantou essa questão também.

O agente Dane sai do carro.

— Embora, pessoalmente, eu não acredite que o sr. Paz seja uma ameaça, é meu trabalho presumir que ele é. Já fui demitido por confiar nos seus instintos e por deixar você sair do meu campo de visão. Agora você me fez ser contratado de novo para garantir a sua segurança. Minha intenção é fazer meu trabalho bem-feito.

Estou acostumado a tratar o agente Dane mais como um irmão mais velho superprotetor, e não exatamente como guarda-costas. Mas fica evidente que sua recontratação não vai me deixar esquecer de novo da função que ele desempenha.

— Meu tempo com o Paz é limitado, e não tem como eu saber o que o futuro reserva para nós dois se eu não o conhecer melhor.

Aceito os riscos se isso me aproximar do que eu quero para a minha vida.

O agente Dane espia Paz como se estivesse avaliando o garoto.

—Você pode até estar disposto a aceitar os riscos, mas, se alguma coisa acontecer com você a partir de hoje, isso vai me custar não só o emprego, mas toda a minha carreira. Ninguém vai me contratar se o herdeiro da Central da Morte morrer sob a minha vigilância. É por isso que não posso deixar você fora de vista.

— Entendo — aceito, me virando para me despedir de Paz.

— Mas, se o sr. Paz me convidar para entrar e permitir que eu conduza uma busca no imóvel, posso dar a você um tempo limitado com ele antes de retornarmos para a mansão — oferece o agente Dane.

Me viro com um sorriso enorme.

—Você é o melhor guarda-costas do mundo!

— Sua obediência é o que tornará você o melhor cliente do mundo. Agora deixe eu fazer meu trabalho para que você possa viver sua vida.

PAZ
22h34

Não acredito que Alano Rosa está na minha casa — e que o guarda-costas dele está fazendo uma busca por armas.

Bom, não era assim que eu imaginava trazer um garoto para casa pela primeira vez, mas é o que temos para hoje.

Antes de chamar qualquer um para dentro, bati na porta do quarto da minha mãe e alertei ela e Rolando que tínhamos visitas. Minha mãe ficou toda boba com a chegada de Alano, e eu sou bem grato por isso, já que alguns pais reagiriam muito mal a uma situação assim. Mas eles com certeza ficaram meio desconfortáveis com o guarda-costas querendo revistar nossa casa. No fim das contas, não temos nada a esconder e acabamos aceitando. Alano precisa dessas precauções. Minha mãe e Rolando estão mudando de roupa para algo mais apresentável do que uma camisola e uma regata com cueca boxer, e estarão aqui a qualquer minuto. Nada do que eles possam dizer vai me deixar mais envergonhado do que o que nossa casa já diz sobre nós.

Apesar de eu ter limpado as coisas hoje, continuo inseguro para caramba. Nunca que eu conseguiria fazer um trabalho tão bom quanto os empregados da família do Alano. Também tenho plena noção de que eles devem ter toda uma equipe, não só uma pessoa, para limpar, seja na mansão daqui ou na cobertura em Nova York. Nossa casa é tão pequena que Dane praticamente terminou de inspecionar a sala, já que só temos espaço para a TV, um sofá de três lugares, uma mesa de jantar pequena, uma mesinha de centro menor ainda e um armário com fotos da família. Ele abre o móvel e encontra apenas nossas mantas e nossos cobertores extras.

Mais do que tudo, me sinto idiota por ter convidado Alano para entrar. Eu estava tão desesperado para continuar com ele que imaginei que iríamos direto para o meu quarto, onde eu trocaria os curativos do braço e da barriga dele e, talvez, pudéssemos nos beijar em paz. Não achei que precisaria ver o guarda-costas dele procurando por armas que nem existem, ou passando seu detector infravermelho em busca de câmeras, tudo isso só para que a gente possa ter alguns minutos de privacidade.

Alano não está esperando na porta conforme foi instruído. Está conduzindo a própria inspeção nos retratos emoldurados da família nas prateleiras do armário.

— Posso ver? — pergunta ele.

— Fica à vontade.

Ele examina fotos antigas de mim no Halloween, quando me fantasiei de Scorpius Hawthorne com seu manto carmesim com o emblema de fogo e a cicatriz pintada na minha testa. Eu saí para pedir doces com um balde em formato de crânio.

— Que fofo — comenta ele com um sorrisão que me faz esquecer todas as minhas inseguranças, mesmo enquanto Dane inspeciona as gavetas da cozinha. — Esse manto é incrível. Você pôde ficar com um desses depois de gravar o filme?

— Não, isso foi antes de eu ser escalado. Minha mãe que fez a fantasia.

Alano aproxima a fotografia do rosto.

— Parece tão profissional.

— Aposto que você já teve umas fantasias incríveis feitas sob medida.

Ele assente.

— É, mas nada feito pela minha mãe. Isso é muito especial.

Posso não morar numa mansão multimilionária que provavelmente tem passagens secretas, mas tenho uma mãe incrível disposta a fazer tudo por mim.

— Talvez sua mãe possa fazer fantasias de Halloween para a gente este ano — sugere Alano.

Preciso lutar contra cada instinto que, aos berros, está me dizendo que já estarei morto antes do Halloween, mas não é tão difícil imaginar eu e Alano com fantasias combinando... uma fantasia de casal.

Ouço passos no corredor e minha mãe e Rolando aparecem com seus roupões.

— Oi — cantarola minha mãe. — Bem-vindo a...

Dane vem tão rápido do balcão da cozinha até o corredor que parece mais uma ameaça do que um protetor. Na mesma hora, Rolando entra na frente da minha mãe, que se assusta.

— Pega leve, agente Dane — diz Alano. Comanda, na verdade.

— Eles estão nos cumprimentando.

Isso não deixa Dane mais tranquilo. Ele pergunta a minha mãe e a Rolando se concordam com uma revista pessoal, o que, para ser sincero, me deixa muito irritado, mas os dois concordam, e passam por essa situação por mim. Não acredito que estão sendo apalpados dentro da nossa própria casa, como se fossem perigosos.

— Sinto muito por tudo isso, sra. Medina e sr. Rubio — insiste Alano, envergonhado de verdade. Ele mexe a boca pedindo desculpas para mim também.

— Tudo bem — diz minha mãe, após ser liberada. — Você precisa se cuidar e permitir que as pessoas cuidem de você. — Ela abre os braços. — Acho que agora também estou liberada para te abraçar, caso você queira.

Alano sorri ao se posicionar entre os braços da minha mãe.

— Que prazer conhecê-la, sra. Medina.

— Me chame de Gloria, por favor.

— Meus pais me matariam — replica Alano.

— Seu guarda-costas não vai deixar eles fazerem isso — brinca Rolando, cumprimentando Alano com um aperto de mão. — Ou, pelo menos, vai dar um susto neles — acrescenta, olhando para Dane, que voltou a revistar a cozinha. — Enfim, que bom te ver. Você não vai se lembrar de mim, mas nos conhecemos brevemente antes do primeiro Dia Final. Eu era mensageiro...

— Eu me lembro, senhor — diz Alano. — Desculpe por interromper. Foi falta de educação.

Rolando dispensa o que ele chamou de "falta de educação" com um gesto.

—Você se lembra mesmo de mim?

— Foi depois da primeira simulação para todos os mensageiros. Era para ter uma comediante no dia, para animar todo mundo, mas ela não apareceu, então minha mãe me levou até a sala de bem-estar para colorir com todos os mensageiros, porque achou que ver uma criança se divertindo poderia ser um bom lembrete de como a vida continua depois daquelas ligações estressantes. Você elogiou o vestido e o smoking que eu desenhei.

Rolando sorri, radiante de orgulho.

— Nem acredito que deixei uma impressão tão boa assim. Com certeza gosto mais de você do que do seu velho.

— Rolando! — repreende minha mãe. — Mais respeito, por favor.

—Tá tudo bem — diz Alano. — Já ouvi coisas muito piores sobre o meu pai. Em sua defesa, Rolando, é bem comum mensageiros se demitirem depois do primeiro dia de trabalho. Eu mesmo fiz isso essa semana. Achei que sabia onde estava me metendo depois de passar quase dez anos ouvindo histórias dos outros, mas foi impossível me recuperar daquilo, foi muito difícil. — Os olhos dele ficam marejados, e tenho certeza de que voltou a se lembrar do momento em que aquele Terminante se matou. Alano meneia a cabeça para parar de pensar nisso. — Meus parabéns por ter aguentado o primeiro Dia Final ainda sem saber o verdadeiro peso daquele trabalho.

Rolando aperta a mão de Alano de novo e dá um tapinha nas costas dele.

— Talvez eu dê outra chance para a Central da Morte quando você estiver no comando — diz ele com uma risada.

— O senhor seria bem-vindo — responde Alano.

Torço para que Rolando espere sentado por um emprego na Central da Morte, já que Alano não vai herdar a empresa tão cedo, isso *se* herdar.

— Quer beber alguma coisa? — oferece minha mãe. — Chá? Água?

Percebo Alano lançando um olhar na direção da minha mãe e do meu padrasto. Dane balança a cabeça de leve, como se minha mãe e Rolando tivessem olhos na nuca.

— Não estou com sede, mas obrigado — diz Alano, mudando de assunto ao elogiar nosso lustre superbásico.

Aposto que Alano está com vontade de beber alguma coisa, mas o guarda-costas não quer que ele corra o risco de ser envenenado. Não é à toa que Alano já está de saco cheio da interferência da Central da Morte na vida dele.

— Enfim, vou ajudar Alano a cuidar do machucado dele no meu quarto — explico.

Dane bloqueia o corredor.

— Preciso inspecionar o cômodo primeiro.

Isso é ridículo, mas faço o sinal de joinha para Dane. Não é difícil descobrir qual dos quartos é o meu, mas aponto mesmo assim.

— Desculpa — diz Alano.

— Relaxa.

Vou fazer essa invasão de privacidade valer a pena, porque assim que eu e Alano ficarmos sozinhos, vou confessar que gosto dele. A gente ia se beijar na roda-gigante, não é coisa da minha cabeça. Sim, fomos interrompidos, mas se eu for encarar a interrupção como um sinal de que não deveria ter acontecido, é melhor eu escalar o letreiro de Hollywood de novo e me matar como ia fazer antes do Alano interferir.

Certo? Realmente não sei se vou acabar com o coração partido. Também não vou saber se estou perdendo um grande amor caso não me arrisque.

Arrisque muito.

— Parabéns, aliás — diz Alano para minha mãe e Rolando. — Paz me contou a notícia maravilhosa de que vocês estão esperando um bebê.

Minha mãe sorri, surpresa.

— A gente não combinou de guardar segredo, Pazito? — questiona ela.

— Foi mal, mãe. Deixei escapar.

Alano leva as mãos à boca e murmura um pedido de desculpas. Minha mãe fala que ele é fofo e explica que a gravidez só é segredo porque ela está nervosa com os riscos. Alano se redime tagarelando sobre aquelas estatísticas que compartilhou comigo ontem à noite, a respeito de mulheres mais velhas que minha mãe que tiveram uma gravidez de sucesso. Observo minha mãe e Rolando ficarem cada vez mais impressionados com Alano e esperançosos quanto ao bebê.

— Existe alguma chance de você ter poderes psíquicos e ser capaz de prever a vida? — pergunta Rolando, repousando a mão sobre a barriga da minha mãe, que todos nós esperamos que cresça e cresça.

— Infelizmente, não — diz Alano, em tom de desculpa.

Se minha mãe perder o bebê, não sei se iremos sobreviver. O medo me faz pensar em automutilação e...

Ai, merda.

Minha faca.

Minha faca escondida na mesa de cabeceira.

Minha faca escondida na mesa de cabeceira do meu quarto.

Minha faca escondida na mesa de cabeceira do meu quarto onde Dane está procurando por armas.

Isso é ruim, ruim pra cacete. Se Dane encontrar a faca, vai me classificar como uma ameaça para Alano, e minha mãe e Rolando vão me classificar como uma ameaça para mim mesmo. Posso acabar perdendo Alano, e Dane pode ajudar a me deter até que eu seja transferido para uma instituição de prevenção ao suicídio.

— Vou ver se o Dane está terminando — aviso, correndo na direção do meu quarto.

Não duvido de que Alano vai ficar bem, sozinho com minha mãe e Rolando; ele é capaz de falar com qualquer um sobre qualquer coisa, mas não poderei falar com ele sobre assuntos importantes ou amenidades se eu for pego.

Paro na entrada do quarto. A porta do closet está aberta, e o baú onde escondi minha arma permanece fechado. Dane levanta o colchão, bem ao lado da mesa de cabeceira onde está meu exemplar de *Coração de ouro*, embaixo da luminária.

— Ei, precisa de alguma coisa? — pergunto, nervoso.

Eu deveria estar bancando o Paz de Boa ou o Paz Totalmente Inocente, mas estou suando.

Dane devolve meu colchão ao estrado.

— Quase terminando, sr. Paz.

Ele abre a mesa de cabeceira e eu engulo meu grito antes que escape. É por isso que preciso ser o Paz de Boa. Quase pergunto o que ele achou do meu quarto, mas Dane é esperto e não engoliria a versão do Paz Totalmente Inocente. Ele investigaria melhor e encontraria a faca, e não acreditaria na minha performance de Paz Eu Só Tenho Aquela Faca Para Me Mutilar, embora seja verdade.

— Isso é meu diário — digo, esperando que ele respeite minha privacidade.

Não sei se dar acesso a Dane também levaria à ideia de que ele tem permissão de lê-lo para garantir que não escrevi nenhum plano maestral para assassinar Alano.

— Minha mãe me deu o diário porque sou suicida — continuo, antes que Dane possa pegá-lo e perceber que o peso não condiz com um caderno normal.

É bem mais leve, já que cortei todas as páginas para esconder a faca, porque sabia que minha mãe e meu padrasto iriam respeitar minha privacidade.

— Tem um monte de frases motivacionais. — Eu me apresso em acrescentar. — A maioria é bem idiota, mas algumas até que fazem sentido. — Isso é uma mentira não apenas porque não há mais página nenhuma, mas também porque todas as citações ali me deixaram bem irritado.

— Sinto muito pelo seu sofrimento — diz Dane, fechando a gaveta.

Sinto o mesmo alívio intenso que só experimento após ceder ao anseio de me automutilar. Espero poder encontrar um alívio mais saudável num Dia Inicial futuro. Talvez até hoje à noite, quando eu e Alano nos beijarmos.

Dane procura por câmeras escondidas antes de assentir.

— Obrigado pela cooperação, sr. Paz.

— Sem problemas.

Assim que Dane sai, levo um momento para respirar fundo e me recompor. Foi por pouco.

Alguém bate à porta. Dou meia-volta e meu coração acelera de novo.

— Oi — cumprimenta Alano, de pé na soleira da porta, já de olho no meu quarto. — Seus pais são uns queridos.

Sempre tive dificuldade em considerar Rolando meu pai. Não tem nada a ver com ele em si, porque Rolando é um padrasto incrível e o parceiro afetuoso que minha mãe merece, mas existe uma barreira psicológica que não consigo superar. Quase como se eu não quisesse colocar Rolando mentalmente no mesmo lugar que meu pai por causa do que fiz com ele... algo que eu faria de novo com Rolando caso ele se tornasse uma ameaça para minha mãe. Não comento nada disso com Alano. Apenas agradeço.

— Não vai me convidar para entrar? — pergunta Alano.

— É... peraí. Como vou saber que você não é um vampiro que precisa de um convite?

— Bom, a regra é sobre convidar vampiros para dentro da casa, não do quarto. Se bem que a família Eden da saga Anoitecer não precisou de convite. Eles também são lindos e ricos. Eu poderia ser um deles — comenta Alano, dando um passo à frente como se para provar que tem razão.

Meu coração está acelerado porque um garoto finalmente entrou no meu quarto e, quer saber? Talvez ele seja mesmo um vampiro como Edgar Eden. Seu interesse romântico humano, Zella Raven, não sabia que vivia entre vampiros, lobisomens e fadas. Ela nem sequer tinha a Central da Morte em seu mundo, seja lá como isso funcione. Até onde sei, Alano e sua família são seres mágicos.

— Não seria divertido se eu te transformasse em vampiro? — pergunta Alano.

— Provavelmente seria muito divertido, mas a imortalidade é meu maior pesadelo.

— Só porque você não tem alguém que vai te impedir de pegar a luz do sol.

Nem menciono que os vampiros da saga Anoitecer brilhavam como vaga-lumes sob o sol em vez de entrarem em combustão. Estou ocupado demais pensando no meu mundo de fantasia preferido. A história do Imortal em *Coração de ouro* me fez ser grato por saber que, embora eu viva por muito tempo, não viverei para sempre, mas vê-lo se apaixonar pela Morte mostrou que a eternidade pode valer a pena desde que haja alguém especial com quem compartilhá-la... como Alano acabou de dizer. Espero... não, tenho certeza... de que Alano está sugerindo que ele pode ser esse meu alguém.

— Agora que estou aqui, vai rolar um tour pelo quarto? — pergunta.

— Claro, só que vai ser bem rápido. — Aponto para minha planta morrendo, para a câmera que usei para gravar meu teste e para minha coleção de livros, peças e jogos. — Prontinho!

Alano me olha feio.

—Vou te dar uma estrela por esse tour horrível.

— Do que mais você precisa? Um tour pela cama?

Ele sorri.

— Isso com certeza renderia mais estrelas.

Mando ele calar a boca quando, na verdade, o que quero dizer é "vamos nessa!".

— Posso, por favor, fazer um tour decente pelo quarto? Preciso pesquisar para a minha Enciclopédia de Paz Dario.

— É só um quartinho minúsculo.

—Até as menores exposições de um museu contêm um monte de histórias. Seu "quartinho minúsculo" pode revelar muito sobre você. Eu adoraria saber o que cada coisa significa.

— Nem todas as minhas histórias aqui são boas.

— Todos temos histórias das quais não nos orgulhamos — replica Alano. — Mas que valem a pena serem contadas mesmo assim.

O quarto da maioria das pessoas são como seus santuários, e acho que meu quarto já foi isso também, mas, em vez de noites usando máscaras faciais, escrevendo no diário e rezando, eu ficava à espera de uma ligação da Central da Morte, me mutilando e desesperado para morrer. Para não deprimir Alano, mostro minha coleção de Scorpius Hawthorne: minha edição em capa dura de *Scorpius Hawthorne e os funestos imortais*, autografada por Poppy

Iglesias; as fotos Polaroid que tirei com o elenco (especialmente a minha favorita em que eu e Howie Maldonado estamos segurando a famosa varinha de ferro); as páginas emolduradas do roteiro que usei no set.

Alano quer saber mais sobre minha decoração monocromática. Sendo bem sincero, cores vibrantes me deixavam irritado, então foquei no preto e branco, ainda mais depois que minha psicóloga sugeriu que a falta de cores quentes poderia contribuir para o meu mau humor. A grande planta-zebra deveria ajudar, embora esteja mais marrom do que verde, e veremos se ela volta à vida com meus esforços durante esses Dias Iniciais.

Vemos meu closet, os jogos de videogame (Rio, o melhor amigo dele, está jogando a sequência de *Sumiço Sombrio*), peças, livros, e mostro a pasta na minha escrivaninha com os curtas que escrevi e imprimi, como se fosse fazer alguma coisa com eles um dia. Talvez agora eu vá.

E, quando chegamos na minha cama, quase aponto para a faca na mesinha de cabeceira, ou para o lugar no chão onde minha mãe me encontrou depois da minha primeira tentativa de suicídio, mas perco a coragem.

— Esse é meu cobertor ponderado. Ele é bem pesado — digo. — É feito para parecer um abraço, ou algo do tipo.

— Imagino que você não se sinta abraçado por ele.

— Não é a mesma coisa.

— Concordo cem por cento, nada supera uma conchinha de verdade.

Eu transei duas vezes na vida, e fico pensando em quantas vezes Alano já transou… e com quem. Essa é uma fronteira que iremos cruzar à medida que formos descobrindo mais um sobre o outro.

Alano pega meu exemplar de *Coração de ouro* na mesinha de cabeceira.

— Posso ver o autógrafo do Orion? — pergunta, abrindo o livro.

Dois pedaços de papel caem. Corro para resgatá-los.

— O que é isso? — questiona ele.

Falo para mim mesmo que não devo ter vergonha da minha história. Entrego o autógrafo rasgado em que Orion me mandou continuar vivendo.

— Eu rasguei na noite em que conheci você.

Alano analisa a página rasgada como um historiador.

— Fico feliz em saber que você está seguindo o conselho dele.

— Não estou vivendo por causa dele.

— Ainda assim. É um conselho muito bom. E se colarmos de volta no livro? Eu adoraria que você tivesse esse lembrete na próxima vez que o relesse.

Eu estava dividido entre guardar a folha ou não, mas dava para ver que algo dentro de mim não era capaz de jogar aquilo fora quando eu estava limpando o quarto. Não sei se um dia conseguirei reler esta história, ainda mais quando anunciarem o elenco, as fotos do set começarem a vazar e o filme chegar aos cinemas, mas isso pode ser o lembrete que salvará a minha vida. Pego fita adesiva na mesa e colo o autógrafo de Orion na parte de dentro do livro.

— Parece que o livro está machucado — comento.

— Ou que está se curando — responde Alano. Ele aponta para a outra página, que está saindo do meu bolso. — E isso aí? É o quê?

Essa eu não entrego a ele.

— Minha carta de suicídio.

O modo superprotetor de Alano vem à tona.

— Por que você guarda isso? Não está planejando precisar dela de novo, está?

— Não, não estou planejando nada disso, mas... não sei o que o futuro me reserva. Se nada mudar e eu não conseguir sobreviver, minha mãe vai saber que, de tanto que eu a amava, não pude deixá-la sem saber do meu sofrimento. Ou talvez os Dias Iniciais deem certo e essa carta de suicídio seja um lembrete do quanto eu vou ter melhorado.

— Espero mais do que tudo que seja a segunda opção, Paz.

— Eu também, Alano.

Ele oferece um sorriso sincero antes de voltar a observar meu quarto.

— Bom, obrigado pelo tour cinco estrelas. Aprendi muito sobre você.

— Agora você tem que me convidar para conhecer o seu quarto.

— Meus pais não estão permitindo visitas no momento, nem mesmo meu melhor amigo que voou até aqui, mas, para ser sincero, você não está perdendo muita coisa. Meu quarto em Nova York representa melhor quem eu sou. O daqui ainda precisa de uns toques pessoais.

— Vai fazer alguma coisa amanhã? Conheço um mercado de pulgas incrível que rola todos os domingos, e tem muitas antiguidades legais, joias, roupas.

— Eu adoraria. Você sabe se abre cedo? Amanhã eu vou no parque da Universal com o Rio.

Fico chateado porque o domingo dele já está reservado para o melhor amigo... sendo que ele vai revê-lo em breve, já que Alano volta para Nova York na quarta. Porém, mais uma vez, aceito o que dá.

— O mercado de pulgas abre às dez, fica em Melrose. Talvez você possa mexer seus pauzinhos como herdeiro da Central da Morte para que ele abra mais cedo.

Alano ri.

— Não quero abusar dos meus privilégios já que não tenho certeza de que vou topar o papel de herdeiro. Consigo chegar lá às dez, e saio para o parque da Universal às onze. Você acha que uma hora é suficiente?

Duvido que seja, mas não posso arriscar que Alano volte atrás.

— Aham, a gente passeia rapidinho.

Alguém bate à porta. É Dane.

— Já são onze horas, sr. Alano. Precisamos ir embora.

— Só mais dez minutos — pede Alano, mostrando a atadura. — Paz ainda precisa fazer meu curativo.

— Dez minutos — responde Dane, voltando para a sala de estar.

— Só dez minutos? — pergunto a Alano.

De repente, uma hora não me parece tão pouco assim.

— Desculpa. É só para eu me manter na linha com meus pais. Vai por mim, eu queria poder dormir aqui. Eu poderia conversar com você a noite toda.

—Você pode, se quiser — digo tão rápido que parece que estou roubando a fala de outro ator. — Quer dizer, você podia ficar aqui comigo, a gente faz uma caminha no sofá para o Dane.

Alano ri.

— É uma oferta muito tentadora, mas meu pai provavelmente demitiria o Dane por permitir isso numa casa que não passou por uma inspeção completa. Talvez outra noite?

—Talvez outra noite — repito, esperançoso.

Entro no closet, onde escondo ataduras, gazes, lenços e vaselina para que minha mãe e Rolando não questionem por que esse tipo de material acaba tão rápido. Eu e Alano nos sentamos na beirada da cama. Queria ter tempo para me deitar com ele, para dizer o quanto gosto dele, mas acho que isso vai ter que esperar até amanhã de manhã no mercado de pulgas. Por enquanto, retiro com cuidado o curativo do braço dele e me contenho para não dar um grito. Há sangue seco e encrostado, e um hematoma roxo-azulado ao redor da ferida suturada. Uma coisa é praticar esse tipo de ferimento em mim mesmo, mas é doentio saber que alguém fez isso com o garoto que eu gosto.

— Se doer, me avisa — digo, limpando com cuidado a área ao redor do ferimento antes de passar a vaselina.

— Seu toque é delicado, enfermeiro Paz.

Minhas coxas discordam.

Pressiono a ferida com a gaze e enfaixo o antebraço dele.

— É nojento te oferecer minha atadura antiga? — pergunta Alano.

— Tipo, é, mas também é um contrato legal. Não podemos jogar fora.

—Talvez você possa guardar num lugar seguro, com a sua carta de suicídio.

Acho que já sei qual é o lugar perfeito.

Estou prestes a guardar minhas coisas para curativos quando Alano me chama de volta.

— Paz? Ficou faltando aqui. — Alano se levanta da cama e ergue a camisa alto o bastante para me mostrar o curativo ao redor do abdômen. — Tudo bem se você não quiser...

Vou para o lado dele tão rápido que parece que fui teletransportado.

— Qual é o melhor jeito de fazer isso? Quer segurar sua camisa?

— Vai fazer meu braço doer. Você se importa se eu tirar?

— Sem problemas — digo.

Alano tira a camisa, e ver o peito nu dele mais uma vez faz eu desejar ainda mais que ele passasse a noite aqui. Eu fecharia a porta se não estivesse com medo de Dane arrombá-la aos chutes, mas vou precisar dela inteira para a próxima vez que Alano vier.

Dou uma volta ao redor dele enquanto solto a atadura do abdômen, como uma pequena dança. Desta vez, preciso de ainda mais delicadeza, já que os esparadrapos estão quase colados na pele. Alano se encolhe de dor, especialmente na área perto de onde a lâmina o perfurou. Ele respira, ofegante, me dizendo que está bem, mas eu sei que remover curativos pequenos de arranhões no joelho e de feridinhas dói para caramba, e que tirar esparadrapos de machucados maiores, como os das minhas coxas, dói ainda mais. Não consigo nem imaginar como deve ser dolorido levar uma facada.

Apoio a mão no ombro dele, me equilibrando antes de tirar o último curativo.

— Vai doer — aviso.

— Puxa de uma vez. Não quero prolongar esse momento.

— Tem certeza?

— Vai doer de qualquer forma. Melhor que seja rápido.

Juntos, respiramos fundo enquanto encaramos os olhos um do outro. Minha mão aperta o ombro dele, e eu amo tanto a sensação da pele do Alano que quase o puxo para mais perto. Em vez disso, parto logo para a ação e arranco o curativo, e o corpo dele se tensiona sob o meu toque. Ele morde o lábio inferior enquanto bate os pés no chão de tanta dor. Quase choro de raiva olhando para aquela ferida horrível, mas me apresso em secar o sangue e aplicar a pomada para aliviar um pouco a dor.

— Desculpa, desculpa. — Não paro de repetir.

— Não é culpa sua.

— É que eu odeio machucar você.

—Você só está me machucando para me curar.

As palavras ecoam na minha cabeça enquanto dou três voltas em Alano com a nova atadura, para que fique bem ajustada. Termino bem na frente dele. Os olhos verde e castanho de Alano passeiam entre meus olhos e meus lábios. Ele apoia a mão na minha cintura e me puxa para mais perto. Isso é tudo que quero, e eu deveria estar sorrindo ou o beijando, mas, em vez disso, eu solto:

— Eu me mutilo.

Alano se endireita e eu me afasto.

—Você... o quê?

— Eu não curo ninguém, apenas me machuco. Muito. É assim que eu lido com meus Dias Não Finais. Como eu vinha lidando com eles este ano, antes de conhecer você — digo, baixinho. — Ninguém sabe.

Alano fica parado, sem mexer um músculo sequer até vestir a camisa de novo. Me pergunto se ele está prestes a ir embora, porque uma coisa é sair com um garoto suicida com transtorno de personalidade borderline, outra é sair com alguém que também vem se automutilando. Mas Alano não é um idiota. Ele subiu no letreiro de Hollywood para salvar um suicida desconhecido. E agora caminha até mim. Ele me dá um abraço que faz com que eu me sinta a salvo de mim mesmo.

— Obrigado por confiar em mim — sussurra Alano. — Sinto muito que você esteja passando por isso sozinho.

Parte de mim espera que Alano confesse que também já se mutilou, uma vez que ele também tentou se suicidar, mas a confissão não vem. Me sinto aliviado e culpado.

— Desculpa por despejar tudo isso em você, eu só não quero mentir pra você e quero muito parar de fazer isso comigo mesmo.

— Sua história merece ser contada, e eu pedi pela versão completa — diz Alano, afrouxando o abraço para me olhar nos olhos de novo. — Da próxima vez que você tentar contrariar a Central da Morte, vou estar do seu lado. Mesmo se eu estiver do outro lado do mundo, vou estar do seu lado.

— Eu acredito em você — afirmo, o que talvez seja a coisa mais poderosa que já senti na vida.

Mesmo que Alano não esteja fisicamente em Los Angeles, sei que posso ligar para ele a qualquer hora, quase como se ele fosse minha central particular de prevenção ao suicídio, mas melhor ainda, porque a pessoa do outro lado da linha se importa comigo mais do que qualquer estranho poderia se importar.

— Prometo que vou parar com a automutilação. Hoje à noite vou devolver a faca para a cozinha — digo.

— Onde ela está agora?

— Na minha mesinha de cabeceira.

— O Dane não conferiu...?

— Transformei meu diário num compartimento secreto.

Alano observa a mesinha como se houvesse um mal terrível ali.

— Primeiro são celulares com lâminas escondidas, agora diários. Que mundo perigoso é esse em que estamos vivendo?

— Desculpa. Eu devolveria agora, mas o Dane provavelmente vai me dar um tiro se eu sair do quarto segurando uma faca.

Alano se encolhe só de pensar. Então segura minha mão.

— Estou muito orgulhoso de você, Paz. Esse é o melhor jeito de terminar nosso primeiro Dia Inicial.

Não acho que seja o melhor jeito, mas é promissor para caramba. Só preciso aguentar firme, dia após dia, noite após noite.

— Você vai ficar bem esta noite? — pergunta Alano.

— Vou, acho que vou. — Pela primeira vez, acredito em mim mesmo. — Se alguma coisa mudar...

— Me liga.

— Ligo.

Nós nos abraçamos por um bom tempo, mas não tanto quanto eu gostaria, porque o guarda-costas do Alano volta para me afastar dele de novo. Para ser sincero, nunca teríamos tempo o bastante. Nem mesmo se fôssemos vampiros.

Alano e eu vamos até a sala de estar, onde minha mãe e Rolando dizem que ele é bem-vindo para voltar quando quiser, antes de nos despedirmos. Observo Alano caminhar até o carro, acenar uma última vez e ir embora. Só que estou fazendo exatamente o que minha mãe faz toda vez que eu saio quando ela me provoca por isso. É aí que noto que esse é o jeito dela de mostrar que se importa comigo, e meu jeito de mostrar que eu me importo — muito, muito mesmo — com Alano.

Na noite passada, Alano encarou o céu noturno e sugeriu que nossa história estava escrita nas estrelas, e eu não vi isso na hora, mas as constelações estão brilhando pra cacete agora.

Antes da meia-noite, quando sou o único acordado, honro minha promessa para Alano e retiro a faca da gaveta, levando-a direto para a lava-louça. Se eu me sentir tentado a me machucar de novo, vou abrir o diário e encontrar minha carta de suicídio e a atadura do Dia Inicial em vez da faca. E posso ligar para Alano, óbvio, o que é motivo mais do que suficiente para me manter respirando.

Por enquanto, abraço o diário junto ao peito e caio no sono, sem ficar acordado na esperança de que a Central da Morte me ligue.

26 de julho de 2020
A L A N O
10h36

A Central da Morte ainda não pode me ligar. Meu pai está incomodado com isso, mas eu não. Inclusive, não diria que minha vida mudou da água para o vinho desde que cancelei a inscrição, mas acredito que estou no caminho certo. Em grande parte, graças ao Paz.

O Mercado de Pulgas de Melrose — mais conhecido como Mercado de Melrose pelos moradores da região, como Paz — é um comércio impressionante que fica em frente à Fairfax High School. Ainda bem que não perdi a oportunidade de vir aqui durante essa viagem a Los Angeles. Nada chamou a atenção de Paz enquanto seguíamos de uma barraca à outra, mas já comprei incenso de âmbar, velas reutilizáveis, um desenho do píer de Santa Monica (no estilo semelhante à obra de Pierre-Auguste Renoir), um buquê de flores 3-D que vai sobreviver na minha ausência, uma camisa com uma vibe meio anos 2000 de três morcegos voando em direção à câmera e um cristal de quartzo verde que dizem ser bom para a estabilidade emocional. É impossível ver tudo que está à venda em uma hora, e esse tempo nem mesmo é suficiente para ficar sozinho com o Paz antes de eu precisar ir encontrar Rio no parque da Universal Studios, mas estou aproveitando o máximo possível.

Estamos em uma barraca para a qual a vendedora nos chamou, dizendo:

— Venham reivindicar seus nomes!

A princípio, achei que seria uma experiência única, tipo uma leitura de aura, mas a mulher só está vendendo pequenos objetos com o nome das pessoas. Já sei que não vou comprar nada aqui.

Paz gira um suporte de ímãs.

— Sempre um Pat, mas nunca Paz.
— Sempre um Alan, mas nunca Alano.
— Minha mãe já deu sorte, mas Rolando não.
— Eu já vi ímãs de Joaquin, mas nunca de Naya.
— Que droga, Naya é um nome lindo. Acho que só não é mais comum porque os pais devem saber que as filhas ficariam decepcionadas em lojinhas assim.

Por educação, eu me despeço da vendedora com um aceno de cabeça quando saímos da barraca — seguidos pelo agente Dane, que já deve ter visto muitos ímãs de Dan enquanto procurava o próprio nome — e vamos em busca da nossa próxima parada.

— Decidi o que vou fazer em vez de administrar a Central da Morte — declaro.

— E o que é?

— Vou abrir um clube secreto para quem sofreu as indignidades de nunca ver o próprio nome em objetos personalizados. No Primeiro Dia, todos vão receber ímãs, chaveiros, lápis, diários, canecas, garrafas d'água, mochilas e tudo o mais.

— Será que a Beyoncé pode participar?

— É uma história inventada. A Beyoncé pode se apresentar no começo de todas as reuniões do clube.

— Ok, eu topo. Vamos falar sobre o quê?

— Nada em especial, mas ainda assim vamos manter segredo para que todas as pessoas que têm nomes comuns saibam como é se sentir excluído.

— "Alano" deve significar "gênio", porque é uma ideia brilhante.

— Em alto-alemão antigo significa "precioso", o que, para ser sincero, combina bem com a forma como fui tratado a vida toda — comento, virando para dar um sorrisinho para meu guarda-costas particular. — Meu nome é o cognato espanhol de "Alan", que significa "belo". Infelizmente, meu nome não quer dizer "gênio" em língua nenhuma.

— Eu acho você um gênio precioso e belo, Alano — diz Paz, evitando olhar na minha direção, como se o gelo no fundo de seu copo de limonada fosse mais fascinante do que um flerte direto.

— E eu acho você a personificação da paz.

— Mesmo se a gente contar todas as vezes em que eu quis me matar?

— Não, não nesses momentos, mas sem dúvidas nos momentos depois de você ter decidido viver — respondo, lembrando do meu coração disparado quando vi Paz com a arma na cabeça no letreiro de Hollywood e no beco. Afasto a lembrança com o alívio das duas vezes em que ele abaixou a pistola e de quando a jogou fora. — Você está fazendo jus ao significado do seu nome. Talvez eu consiga achar um símbolo da paz aqui para você levar para casa enquanto eu não inauguro meu clube.

— Eu odeio o símbolo da paz, na verdade.

—Você não pode odiar esse símbolo, Paz.

— Eu odeio o símbolo da paz, Alano.

Se ele fosse qualquer outra pessoa, como Rio, eu brincaria que ele não tem salvação mesmo. A última coisa que quero é que Paz fique com isso na cabeça, ainda que seja só uma piada. É muito fácil acreditar que existe verdade por trás do humor.

—Tá bem, você odeia o símbolo da paz, mas gosta de presentes? Quero comprar alguma coisa para você.

— Por quê?

— Para te agradecer por me trazer aqui.

— Não precisa.

— Mas eu quero. Pode ser?

Paz hesita. Eu quase volto atrás, mas ele responde:

— Só se eu também puder dar alguma coisa pra você.

Já comprei bastante coisa aqui no mercado, mas aceito. Combinamos de nos encontrar na saída às 10h55. Eu deveria aproveitar esses dez minutos com Paz, mas quero mesmo que ele tenha algo para segurar bem firme quando eu não estiver por perto.

O agente Dane vê Paz sair correndo, alarmado, e eu explico a situação. É óbvio que ele não sai de perto enquanto bisbilhoto as barracas. Mesmo de óculos escuros, já fui reconhecido três vezes agora de manhã. Primeiro no food truck onde Paz e eu compramos raspadinhas de limonada, depois pelo artista que me vendeu o desenho do píer de Santa Monica, e por último quando eu estava comprando o cristal. Aceitei prontamente quando os vendedores pediram para tirar foto comigo e falaram do impacto positivo da Central da Morte na vida deles, mas o tempo todo eu senti Paz e o agente Dane observando-os, sem saber se os estranhos estavam sendo sinceros ou me atraindo a uma falsa sensação de segurança para que pudessem me esfaquear com um picador de gelo, um lápis afiado ou uma faca de obsidiana.

São tantas opções de lugares para comprar e o tempo está tão curto que mergulho nas minhas lembranças com Paz para decidir o que seria um bom presente. De cara, penso no estresse e na depressão dele, mas duvido que bolas antiestresse, livros de colorir e *fidget spinners* funcionariam para manter Paz longe do letreiro de Hollywood ou aquela faca de cozinha longe de sua pele (eu inevitavelmente ainda remoo isso, já que fico me perguntando qual parte do corpo ele cortava e só posso descartar os braços, o pescoço e o rosto — que já sei que não têm cicatrizes). Paz sugeriu que eu colocasse um difusor aromático no meu carro, então posso comprar algo para o carro dele. Só então me dou conta de que nem sei se Paz dirige ou se só pega caronas com Gloria Medina e Rolando Rubio (e agora comigo). Passo por uma barraca que vende molduras e considero comprar uma para Paz colocar seu elogio fúnebre dos sonhos, mas ele não vai poder expor aquele texto até conversar com os pais a respeito do que aconteceu. Tem uma barraca vendendo adesivos, e em outro mundo esse coração amarelo brilhante teria sido um presente fofo para comemorar o livro favorito dele e seu papel na adaptação cinematográfica, mas, se vivêssemos nesse mundo, Paz e eu não teríamos nos conhecido quando nos conhecemos. Por sorte, nós de fato nos conhecemos, mas esse adesivo pode cutucar uma ferida, então continuo minha busca. Há uma livraria pequena vendendo volumes em diversas línguas, e penso que seria muito divertido aprender uma língua estrangeira com Paz ou ajudá-lo a aprender uma que eu já fale, como espanhol, para ele se sentir menos como um "péssimo descendente de porto-riquenhos". Vai ter que servir, porque só me restam três minutos. Antes que eu possa entrar, uma coisa chama minha atenção na barraca ao lado, algo tão perfeito que eu compro logo, antes que outra pessoa possa passar na minha frente, porque isso é tão destinado a Paz que é quase como se tivesse o nome dele gravado.

Corro para a saída, onde vejo Paz correndo rumo ao portão, abraçando um saco de papel. Não tenho tempo de tentar adivinhar o que pode ser antes de nos reencontrarmos.

— Oi — fala ele, secando o suor da testa.

Respiro fundo quando sinto um aperto no peito.

— Alguma chance de você ter me comprado um novo par de pulmões?

—Tá tudo bem? — pergunta Paz. — Precisa da bombinha?

— Não, estou de boa, mas obrigado por se preocupar.

— Digo o mesmo.

Depois de aprender mais sobre Paz ontem à noite, conhecer seus pais, explorar seu quarto e quase beijá-lo, voltei para casa pensando no quanto gosto dele. Somos bons um para o outro como amigos, e aposto que também seríamos incríveis namorando, mesmo se tivesse que ser à distância. Se isso funcionasse por alguns meses, o que me impediria de passar mais tempo aqui em Los Angeles para ficar com ele? Com certeza a Central da Morte não me impediria. Só quero ter certeza de que de fato estou no estado mental certo para cuidar de Paz tanto quanto cuido de mim mesmo. Se minha mãe estiver certa em relação a esse surto psicótico, vou ter que reavaliar tudo, não importa quanto as coisas pareçam reais no momento.

E, só para deixar claro, elas parecem muito reais no momento.

— Fecha os olhos — peço. Quando Paz faz isso, tiro o presente da minha ecobag e abro aos pés dele. — Dá dois passos para a frente e abre os olhos.

Paz faz o que digo e olha para baixo — não, na verdade, ele encara demoradamente seu tapete em formato de estrela amarela.

— Inspirado na nossa caminhada pela Calçada da Fama — explico.

— Como... o quê... onde foi que você encontrou isso?

— Uma barraca da Era de Ouro de Hollywood que vende itens de sets. A vendedora disse que esse tapete foi objeto cenográfico de algum episódio-piloto que nunca chegou a virar uma série.

Paz fica envergonhado quando percebe que todos estão olhando para nós, pois estamos bloqueando a saída. Ele começa a pisar fora do tapete.

— É melhor a gente...

—Você deveria se acostumar com as pessoas olhando para você — interrompo, posicionando-o de volta no centro da estrela. — Você vai ser famoso um dia, Paz, pelos motivos certos. Aproveite o sossego por essas pessoas ainda não estarem importunando você com pedidos de fotos e autógrafos.

Um sorriso surge e rapidamente some.

— Ninguém nunca mais vai me escolher para papel nenhum, Alano. Muito menos algo que valha uma estrela.

— Isso só o tempo dirá, Paz. Até lá, você vai colocar esse tapete ao lado da cama para todos os dias ir dormir e acordar lembrando que é uma estrela. Nos dias em que isso for difícil, saiba que eu tenho a convicção de que essa não vai ser sua última estrela. E que a próxima vai ter seu nome gravado nela, quando Hollywood enfim celebrar você.

Dessa vez, o sorriso de Paz volta à vida e dura mais tempo.

— É muito fofo da sua parte, de verdade. Espero que goste do seu presente. Eu não tinha dinheiro para as coisas superlegais que vi, mas acho que isso vai...

Pego o saco de papel da mão dele.

—Vou amar.

— Não precisa, pode odiar.

Tiro o presente, e não sei como Paz pôde pensar que eu odiaria um vaso de cerâmica marrom no formato de crânio.

— É um vaso de *vanitas*, mas não sei se conta, porque você disse que são obras de arte de natureza-morta, mas isso é arte. Alguém passou a vida trabalhando nele — diz Paz, nervoso, como se tivesse jogado dinheiro fora. — Mas você também disse que as *vanitases*... É assim mesmo o plural? Bem, que geralmente são crânios e flores mortas, então imaginei que pudesse colocar seu novo buquê de flores 3-D aqui. E gostei muito porque assim tem o marrom e o verde, como seus olhos de alienígena com poderes psíquicos. — Paz me fita, tentando decifrar como estou me sentindo. Acho fofo ele pensar que precisa continuar tentando me convencer de que é um bom presente. — Pensei que seria apropriado, porque agora mais do que nunca você vai precisar se lembrar de que vai morrer, já que a Central da Morte não pode mais alertar você.

Abraço o crânio junto ao peito.

— Sendo bem sincero, esse é o presente mais bem pensado que alguém já me deu.

Paz suspira.

— Sério? Não precisa exagerar também.

—Tá brincando?! Isso não pode ficar aqui em Los Angeles. Tem que ir comigo aonde quer que eu vá.

Continuamos ali, e por mais que eu quisesse que o mundo ao nosso redor desaparecesse, também percebo que todos estão nos observando e que mais pessoas começaram a me reconhecer. Paz pega o tapete em formato de estrela e saímos do mercado.

— Este é o melhor presente do mundo e o melhor começo possível para uma manhã — digo para Paz enquanto ele vem comigo até meu carro. — Nenhuma montanha-russa vai superar isso.

—Talvez um copo de azedume solar geladinho do Castelo Milagro supere tudo — comenta Paz enquanto se abana com o tapete.

Azedume solar é a bebida típica que todas as bruxas e bruxos demoníacos bebem na série de Scorpius Hawthorne no início de todos os anos letivos para despertar os poderes adormecidos pela falta de prática. Dizem que é doce, azeda, picante e para quem tem estômago forte. Estou ansioso e nervoso para ver como eu aguento em comparação a Rio.

— É gostoso? — pergunto.

— Não sei, não tinha no set para eu experimentar.

— E você não bebeu no parque da Universal?

— Nunca fui lá.

Paro de andar, a alguns metros do carro.

— O quê? Por que não?

Paz dá de ombros.

— O ingresso é caro demais para eu correr o risco de ser vaiado e expulso se alguém me reconhecer.

Viro o crânio nas mãos, sentindo pelo presente o mesmo que sinto por Paz.

— Por favor, vem comigo.

Ele ri.

— Não, é o seu momento para aproveitar a companhia do seu amigo…

—Você é meu amigo, e eu quero mais tempo com você.

— Eu também quero mais tempo com você, mas…

— Mas o quê?

Paz abaixa a cabeça.

— É que não tenho dinheiro para ir à Universal. Eu não teria ligado de gastar tudo o que tinha nos meus Dias Não Finais, mas preciso pensar diferente nos meus Dias Iniciais.

— Eu pago o seu ingresso.

— Não, não posso aceitar, é muito caro. Tá, talvez não para você, mas ainda assim.

Embora minha família tenha dinheiro para reservar o parque inteiro só para nós, acho legal que Paz não se aproveite disso.

— Eu entendo. Minha família não gosta de aceitar cortesias, não importa o quanto a intenção seja boa. — Eu me ferrei, porque agora que botei na cabeça a ideia de Paz vir ao parque comigo, não consigo me imaginar me divertindo sem ele. — Mas olha só: Rio comprou meu ingresso, só que não seria certo aceitar de graça sendo que posso pagar, então eu poderia dar a entrada para você.

—Você nem sabe se ele iria gostar que eu fosse junto.

— Ele vai amar você. — Não sei se isso é verdade, mas tecnicamente não é mentira também. Aposto que Rio vai precisar de um tempinho para se acostumar, levando em conta a reação dele depois de saber que algo romântico pode vir a acontecer entre mim e Paz, mas, no fim das contas, ele vai ver que Paz é inocente. —Vem, por favor — peço, sabendo que já quase o convenci. — Seria ótimo ter mais um dos seus tours cinco estrelas. Quem conhece o Castelo Milagro melhor do que você?

Paz revira os olhos e sorri.

—Tá bem. Mas só pra você não se perder nas masmorras.

De certa forma, eu menti para Paz.

O vaso de *vanitas* foi o segundo melhor presente que já ganhei. O primeiro é todos os momentos que pudemos passar juntos desde que ele escolheu viver.

PAZ
11h34

A Central da Morte não ligou, então posso aproveitar a vida com Alano, e é bom ele não morrer estando comigo.

Esse é apenas meu segundo Dia Inicial, mas a vida já parece mais promissora, mesmo depois do surto do transtorno de personalidade borderline de ontem (hoje ainda estamos zerados), tudo graças à pessoa mais cuidadosa do mundo. Abrir o jogo a respeito da automutilação fez mesmo com que eu me sentisse mais leve. Acho que posso me dedicar à minha promessa de nunca mais fazer isso contanto que nada muito horrível aconteça, tipo alguém machucar Alano. Ou pior.

Eu acho que não conseguiria sobreviver à morte de Alano.

E não é só isso que está me deixando preocupado.

No caminho até o parque da Universal, eu estava lutando contra a ansiedade de como posso ser tratado lá. Se eu for reconhecido, será que vão me xingar? Me atacar? Será que o guarda-costas de Alano ajudaria se algo acontecesse? Ou será que Alano lutaria para me defender e acabaria morto? Sei lá, mas, para sair desse turbilhão de pensamentos, eu me ocupei fazendo várias perguntas sobre o melhor amigo de Alano, Rio, para me inteirar a respeito da amizade dos dois. Entendi o básico do básico: como Alano conheceu Rio e o que aconteceu com a outra melhor amiga do grupinho, Ariana, antes da tentativa de assassinato.

Deixamos o carro no estacionamento do E.T. e passamos pela CityWalk, onde há lojas e restaurantes, a caminho de encontrar Rio em frente ao Voodoo Doughnut. O percurso está cheio de pessoas vestindo camisetas e aparatos de fandoms, incluindo mantos vermelhos de Scorpius Hawthorne, embora esteja um calor de lascar. Estou ficando ansioso de novo, mas nada supera o choque de nervosismo ao me deparar com a placa do Voodoo Doughnut. Nem consigo acreditar que estou prestes a conhecer um dos melhores amigos de Alano. Que estou invadindo uma tarde que era para ser só dos dois (e de Dane, né?). Das duas uma: ou isso é um bom indicativo de como Alano se sente a meu respeito ou um teste para ver como eu me enturmaria no círculo social dele.

Um cara vem na nossa direção. Estou prestes a aderir a alguma religião só para ter um deus a quem rezar, porque espero mesmo que ele não seja Rio. O garoto é lindo de parar o trânsito, e me sinto até intimidado por sua beleza. Ele tem a mesma vibe de Alano, mas é como se fosse um alter ego meio esculhambado. Tem cachos escuros desgrenhados, como se tivesse acabado de sair da cama, está vestindo uma camiseta amarrotada do Luigi e com a barba por fazer. Tudo funciona a favor dele, tipo quando as celebridades são fotografadas usando apenas uma camiseta e calça de moletom e continuam deslumbrantes. É por isso que Alano me quebra quando diz:

— Oi, Rio.

— Oi — responde o garoto, dando um abraço rápido em Alano antes de terminar a bomba de chocolate que estava comendo e lamber os dedos. Depois, ele se vira para mim. Seus olhos são tão escuros que acho que devem ser pretos. — Muito prazer, Paz. — Ele faz menção de me dar um aperto de mão, mas se lembra de que acabou de chupar chocolate dos dedos, então trocamos o cumprimento por um bater de cotovelos.

— Valeu por aceitar que eu viesse junto — digo para Rio.

— Que isso. — Ele pega sua mochila de cordão e tira uma camiseta do Mario, que joga para Alano. — Comprei pra você.

— Que máximo — elogia Alano.

Enquanto Alano rapidamente troca sua camisa branca lisa pela do Mario, Rio se vira para mim.

— Eu não sabia que você viria.

— Tudo bem — respondo.

Estou tentando não procurar problema onde não tem. É só uma camiseta. Tipo, os personagens são irmãos, não namorados.

Se tivesse alguma coisa rolando entre Alano e Rio, Alano teria me contado, ou nem sequer teria me chamado, então não posso correr o risco de comprar uma briga com Rio à toa. Se Alano tiver que escolher entre mim e seu melhor amigo, sei muito bem como isso terminaria.

Dane se aproxima, repassando o protocolo de como fará sua supervisão pelo parque. Basicamente, vai seguir Alano aonde ele for, o que já imaginávamos, mas vai permitir certas exceções, como algumas montanhas-russas e restaurantes. Se seguirmos por conta própria, a responsabilidade é nossa.

— Se virem alguém suspeito, me alertem.

— Como vamos saber se alguém é suspeito? — rebate Rio. — Nós não fomos pra escola de espiões.

— Você não queria ser investigador? — indaga Dane.

— Ênfase no "queria".

Dane reprime um suspiro.

— Gente suspeita sempre dá sinais. Pode ser um sorriso forçado para criar uma falsa sensação de segurança, falar pelos cotovelos para distrair de uma ameaça, demonstrar inquietação ou suar muito, evitar contato visual ou não parar de encarar...

— E se estiverem encarando porque somos todos lindos? — interrompe Rio.

Dane olha feio para ele.

— Você está incluso no "lindos"!

Dane continua carrancudo.

— Agora você está encarando por um tempão, então é melhor eu te denunciar pra você mesmo ou simplesmente dar no pé?

— Dar no pé — responde Alano, rindo.

Gosto da dinâmica dos dois. Hoje vai ser divertido.

Dane termina de enumerar mais pistas que alguém mal-intencionado pode dar antes de recomendar que Alano nunca tire os óculos de sol, mesmo quando estiver em algum lugar fechado, e aí Rio brinca que isso não vai levantar suspeita alguma. Mas é inegável que a sugestão faz sentido; eu não conheço Alano há tanto tempo assim, e já o vi sendo reconhecido muitas vezes.

— A última coisa — anuncia Dane. — É proibido entrar com armas no parque, então não estou armado.

Qualquer dúvida que eu tinha a respeito de Rio conhecer ou não o meu passado cai por terra, porque ele está me encarando como se eu fosse atirar nele. Espero que não seja fã da série documental. Tento ignorar o peso de seu olhar, mas não consigo. Minha mente volta a cair num buraco negro, e lembranças vêm à tona: eu atirando no meu pai, mirando a arma em Alano, a forma como eu estava pronto para matar aquele Guarda da Morte ainda que não tivesse certeza de que eu morreria também. Repito para mim mesmo que sou a maior ameaça neste grupo e que Rio tem razão de temer pela própria vida, mesmo depois de passarmos pelos detectores de metal do parque, que provam que não estou armado. Ainda assim não me sinto inocente, embora eu saiba que não tenho más intenções.

Meu coração acelera quando Alano pega minha mão e me puxa para o lado.

— Não deixe as vozes da sua cabeça azucrinarem você — diz Alano. — Volta pra mim, Paz.

A voz e o toque dele me trazem de volta à realidade, e eu me recomponho.

— C-como você sabia que eu estava pensando coisas ruins?

— Você tem uma mania que te entrega.

— Como assim?

— Você fica evasivo. Em vez de expressar os próprios sentimentos, você os guarda para si. Já vi isso algumas vezes, quando você está tão imerso na sua mente que nem consegue me ouvir te chamando.

Percebi isso a meu respeito muitas vezes, ainda mais esse ano, mas nunca pensei que fosse um traço que me entrega para os outros. Tento ressignificar aquilo, vendo pela perspectiva de que Alano me conhecer tão bem é, na verdade, uma prova da nossa conexão, mas depois noto que Rio e Dane também estão me encarando, e isso só faz eu me ver como um cara mentalmente destroçado que tem um passado perigoso e parece estar planejando o próximo ataque.

— Respira comigo — pede Alano, segurando minhas mãos.

Encaro meu reflexo em seus óculos escuros, desejando que eu pudesse ver seus olhos. Fecho os meus, me lembrando do verde na íris direita de Alano e do castanho na esquerda, cores que trazem calma como a natureza; me lembro que ele ficou feliz da vida quando dei o vaso de *vanitas* que escolhi porque combinava com os olhos dele, de que disse que foi o presente mais bem pensado que ele já ganhou e que isso me deixou supercontente, porque aposto que já ganhou presentes incríveis, pois foi criado por pais ricos. Ainda assim, meu vaso de 22 dólares comprado em um mercado de pulgas ganhou a medalha de ouro. Talvez seja burrice minha acreditar nisso, mas a menos que eu consiga identificar traços de que Alano está mentindo, assim como ele reconheceu que eu estava me distanciando, vou acreditar em cada palavra que ele disser, porque Alano nunca fez nada que me fizesse duvidar dele. Suspiro e, quando abro os olhos, vejo Alano sorrindo. Assim como o meu reflexo.

— Obrigado e desculpa — digo.

— De nada e não precisa — responde Alano.

— Será que Rio vai achar que tenho um parafuso a menos?

— Ele pode não saber da sua mania, mas todos nós temos um passado obscuro e conseguimos reconhecer quando alguém está sendo atormentado.

ALANO
12h19

Que bom que meus mundos já estão se juntando.

Ao seguirmos pelo parque do Universal Studios, meus amigos estavam falando de coisas para fazer em Los Angeles, mas Rio parou para comprar um café, já que ainda está desorientado pela mudança de fuso horário, o que levou Paz a admitir que está morrendo de fome porque não tomou café da manhã. Paramos no Jurassic Café. Rio e eu já pegamos uma mesa enquanto Paz está na fila, pedindo sua Salada Herbívora.

— Como foi ontem à noite? — indaga Rio.

Conto a mesma coisa que disse para os meus pais hoje de manhã:

— Uma das melhores noites da minha vida.

— Nada te deixou com o pé atrás? — pergunta Rio, como se fosse uma resposta apropriada.

Infelizmente, minha pesquisa indicou que muita gente ficaria com o pé atrás por conta do transtorno de Paz. O que mais me incomodou foi descobrir que alguns psiquiatras e psicólogos nem sequer aceitam tratar pacientes com transtorno de personalidade borderline porque o comportamento dessas pessoas pode ser complexo e imprevisível demais. Houve momentos ontem à noite em que Paz estava sensível por causa do transtorno, mas eu não o rejeitaria só por causa de seu trauma.

— Nem um pouco — respondo.

— Que bom. Estou surtando desde que assisti a um episódio de *Chamadas perdidas mortais* de madrugada.

Olho para ele, confuso.

— Por que você viu isso?

— Não estava conseguindo dormir.

— E essa era a única opção?

— Pior que não. Primeiro assisti a um filme aleatório no YouTube, chamado *Palhaço Canário e o Carnaval do apocalipse*. Orçamento do nível mais baixo possível.

— E o *Chamadas perdidas mortais* é do nível de desonestidade mais baixo possível. Você sabe muito bem que os produtores são pró-naturalistas com uma campanha descarada contra a Central da Morte e a favor de Carson Dunst.

Rio gesticula para eu me acalmar.

— Eu assisti à série documental porque você é meu melhor amigo e eu me preocupo. Você esteve ao meu lado quando eu precisei, e agora eu literalmente estou aqui do seu lado para te dar apoio também. — Ele acena com a cabeça para o agente Dane, que nos observa de uma mesa próxima. — Alano, você quase foi assassinado por alguém que tinha uma lâmina embutida no celular, e Dane nem se deu ao trabalho de inspecionar o meu. Duvido muito que tenha inspecionado o de Paz. E se a gente quisesse machucar você?

É como se eu fosse jogado para a lembrança da minha tentativa de assassinato. Sinto de novo a dor dilacerante da lâmina de Mac Maag rasgando meu braço e sendo fincada no fundo do meu abdômen. Estou na calçada em frente ao meu prédio, sangrando. O trauma dói tanto que eu me esforço para me afastar dele e voltar ao presente.

— Você quer me machucar, por acaso? — pergunto, embora Rio já tenha feito isso ao me lembrar do que aconteceu.

— É óbvio que não.

— Acha que Paz quer me machucar?

— Não sei, mas vou ficar de olho nele. Ele foi revistado?

— Não.

— E por que não? Eu e a Ariana sempre somos revistados, e nós não temos passagem pela polícia que nem ele.

— Corrigindo: meu pai é que faz o pessoal da segurança inspecionar vocês antes de entrarem na nossa casa. *Eu* confio em vocês, assim como confio em Paz. — Se bem que, para ser sincero, no momento confio mais em Paz do que em Ariana, já que ela não entrou em contato comigo desde que tentaram me matar e ainda me ignorou quando mandei mensagem e tentei ligar. — Estou feliz que essa é uma oportunidade para você conhecer Paz e ver de uma vez por todas que ele não é o criminoso que os desconhecidos na internet insistem que ele é.

— Mas vale investigar os fatos...

— Como está o hotel? — pergunto, interrompendo Rio.

Ele fica confuso, mas então percebe que Paz está voltando. Ele se senta ao meu lado e coloca sobre a mesa a bandeja com a salada, uma porção de batata frita para dividir e água para todo mundo.

Rio pega uma batata e diz:

— O hotel está de boa. Não consegui dormir, então passei boa parte da noite vendo TV.

— Assistiu a alguma coisa boa? — pergunta Paz.

Rio observa Paz com desconfiança quando ele não está olhando.

— Não, nada bom.

— Tem muita porcaria por aí — declaro.

— E eu não consigo papel em nenhuma delas — brinca Paz. — O que você assistiu?

Encaro meu amigo. Passaria uma péssima primeira impressão se Rio admitisse que estava vendo *Chamadas perdidas mortais* quando a existência do programa continua arruinando a vida de Paz.

— *Palhaço Canário e o Carnaval do apocalipse* — responde Rio. Ele diz que não há palavras para descrever o quanto é ruim, mas depois passa alguns minutos nos oferecendo detalhes. — Espero que você faça testes para produções melhores.

Paz suspira.

— É, na verdade eu tive um teste de química na semana passada, mas não rolou.

— Era para o quê? — pergunta Rio.

— A adaptação de *Coração de ouro*, do Orion Pagan.

Quase consigo ouvir as engrenagens na mente de Rio calculando que Orion Pagan somado a Valentino Prince resulta em uma história de amor dividida por Frankie Dario, que é subtraído do problema matemático por causa de Paz Dario, o que significa que somar Paz a qualquer filme baseado nessa equação não é a resposta certa.

Felizmente, Rio se contém.

— Ontem à noite, Paz fez teste para um trabalho legal na Faça-Acontecer — digo.

— Alano foi meu parceiro de cena — conta Paz com um sorriso largo.

— Parceiro de cena? — repete Rio.

Explico a Experiência da Faça-a-Vida-Acontecer e menciono a falta de atores.

— Interpretamos uma cena para o gerente — digo, tentando não mencionar o que foi especificamente, mas é óbvio que Rio pergunta, e não vou negar a verdade. — Uma simulação de primeiro encontro.

Como era de se esperar, Rio fica confuso ao ouvir sobre uma simulação de primeiro encontro, mas aposto que a confusão dele tem mais a ver com a minha confissão de que aquilo não foi um encontro de verdade com Paz.

— E como é uma simulação de encontro?

— A gente tenta se conhecer melhor — explico.

— Provamos ter química — acrescenta Paz.

— Mas foi só atuação — retruca Rio.

Paz dá de ombros.

— Pra mim, foi como um encontro de verdade.

— Pra mim também — concordo.

Espero que isso não soe desrespeitoso com Rio, devido ao nosso passado, mas, quando conversamos sobre como precisávamos nos comprometer com a nossa amizade e nada além disso, concordamos que quando saíssemos juntos em algo parecido com um encontro, tecnicamente não seriam encontros de verdade, já que nunca os definimos como tal.

— É um exemplo de uma experiência que Paz pode interpretar na Faça-Acontecer — acrescento.

— Não há limites para os papéis que posso interpretar — comenta Paz.

Rio olha para o nada e fica com os olhos escuros marejados antes de piscar para afugentar as lágrimas.

— Existem limites, sim. Ninguém poderia ser meu irmão — afirma ele.

Paz fica horrorizado e se desculpa prontamente.

— Não foi isso que eu quis dizer...

— O emprego não é para tentar substituir ninguém — justifico. Não é absurdo esperar que alguns clientes usem a Faça-Acontecer em decorrência do próprio luto, como eles têm o direito de fazer, mas Rio não vai ser uma dessas pessoas, o que também é direito dele. — Nem o melhor ator do mundo poderia ser seu irmão.

Fico esperando Rio se retirar para chorar com privacidade, mas ele se recompõe e respira fundo.

— No mais, o trabalho parece mesmo ser incrível — fala ele, dando continuidade ao assunto. — A gente devia contar pra Ariana sobre essa vaga. Alano te contou da nossa melhor amiga que sonha em atuar?

Paz assentiu.

— Na Broadway, né?

— Ela é muito talentosa — elogia Rio. — Né?

Ariana é mais do que qualificada para ser uma atriz da Faça-a--Vida-Acontecer.

— Fique à vontade para repassar a informação a ela — respondo.

— E se você tentasse? Seria um gesto legal da sua parte, com tudo que aconteceu.

—Vou deixar isso para você.

Seria mesmo um gesto legal, mas não importa a culpa que sinto por ter feito a coisa certa, ainda assim estou convicto de que foi o correto a se fazer. Tanto moral quanto profissionalmente. É uma pena que meu pai tenha demitido Andrea Donahue e que isso tenha interferido na minha amizade com Ariana, mas eu me recuso a investir no futuro dela se ela nem mesmo se importa se eu sobrevivi. A cada minuto que passa sem uma mensagem dela, mais eu sinto que minha melhor amiga não teria dado a mínima se eu tivesse morrido.

Depois de jogarmos conversa fora enquanto terminamos a comida, Paz devolve a bandeja e vai ao banheiro.

— Eu estou sentindo que você me odeia — comenta Rio assim que ficamos a sós.

— Eu com certeza não te odeio.

— Então por que está batendo de frente com tudo o que digo?

— Desculpa se é o que parece. Eu sou grato por você se preocupar comigo, mas estou entrando em uma fase em que preciso agarrar o que eu quero com unhas e dentes. Prefiro não encucar com o negócio da Ariana quando posso viver no presente com você, que provou que se importa comigo. E o mesmo vale para Paz.

Até dizer o nome dele provoca uma sensação linda dentro de mim. Quero cuidar dessa conexão para que ela dê frutos, mas não me sinto confortável compartilhando isso com Rio depois do beijo longo demais que ele deu na minha bochecha ontem. O gesto fez com que eu me perguntasse se aquele foi o jeito dele de se despedir dos nossos momentos íntimos à medida que abro espaço para uma pessoa nova, ou se ele está tentando reivindicar seu trono abandonado, por assim dizer.

— Amigos não conseguem desligar a preocupação um pelo outro assim, como se houvesse um botão pra isso — rebate Rio.

— Fala isso pra Ariana.

Rio não cai nessa.

— Vou tentar relaxar e deixar você viver sua vida.

— Fala isso para o meu pai.

Ele ri.

— A propósito, Paz parece ser legal. O *Chamadas perdidas mortais* errou feio.

Rio é uma pessoa de muitas opiniões desfavoráveis, e esse apoio vindo do meu último melhor amigo não só significa tudo para mim como também faz meu mundinho particular crescer exponencialmente, de modo que não vou precisar arriscar perder Rio para começar algo novo e lindo com Paz.

Escolher viver uma vida pró-naturalista pode muito bem me dar a vida que eu sempre quis.

PAZ
13h01

Enquanto andamos pelo parque temático, ninguém faz eu me sentir um assassino... nem Alano, nem seu guarda-costas, nem seu melhor amigo e nem mesmo os desconhecidos por quem passamos, mas fico tenso conforme nos aproximamos do Castelo Milagro.

Paro de repente.

— Está tudo bem? — indaga Alano, colocando a mão nas minhas costas.

— Só estou meio nervoso, com medo de alguém me reconhecer aqui.

— Acontece bastante? — pergunta Rio.

— Já aconteceu muito, ainda mais depois daquela bosta de série documental.

— Talvez alguém te reconheça como seu personagem e não...
— Rio para de falar.

— E não como eu mesmo?

— Não foi isso que eu quis dizer, desculpa — fala Rio.

O olhar de Alano está escondido pelos óculos de sol, mas tenho quase certeza de que ele está olhando feio para Rio, que se desculpa mais uma vez.

— Vamos aos fatos, Paz. Se alguém conhecer você pelo *Chamadas perdidas mortais*, dificilmente vão te identificar, porque você pintou o cabelo de outra cor. As chances de ser reconhecido por quem assistiu ao filme também são pequenas, já que você está, tipo, mais velho do que quando participou da minha cena preferida da franquia inteira. — Duvido que essa parte seja verdade, mas é fofo da parte dele dizer isso. — Você está seguro com a gente.

Respiro fundo. Essa perspectiva ajuda muito mesmo.

—Tá bem. Eu consigo.

—Você consegue — incentiva Alano.

— E se alguma coisa der errado, Dane vai fazer qualquer pessoa que importunar você ir embora rapidinho — acrescenta Rio.

Dane não nega.

Ao longo do primeiro livro de Scorpius Hawthorne, o protagonista sofre com a ideia de ser "o escolhido" porque não acredita que pode realizar a profecia para vencer uma guerra contra os demônios, mas logo entende que ser herói não significa lutar sozinho. Isso tudo graças à bruxa demoníaca vidente, Diolinda Souza, e ao bruxo demoníaco rico, Magnus Moguel (e no sexto livro descobrimos que ele é a alma gêmea de Scorpius, mas apenas se Scorpius ganhar a guerra para salvar a alma dele, o que decididamente não é o tipo de pressão que o protagonista precisava ter aos dez anos de idade). Passei muito tempo sem ter amigos de verdade, ou mesmo um futuro pelo qual eu ansiasse, mas agora tenho, graças a Alano. Nenhum mal pode me enterrar em um abismo desde que eu tenha amigos do meu lado.

Seguimos pelos portões de ferro, entrando oficialmente no reino maculado por batalhas onde a franquia de Scorpius Hawthorne é ambientada. Atravessamos uma ponte sobre um lago vermelho conhecido como Lágrimas do Diabo, passamos por um parquinho escuro que se parece com a caverna do Monstro Aranha de Sete Pernas, por robôs de dragões aquáticos que sopram névoa para ajudar a refrescar os visitantes, e, é óbvio, tem a trilha de passos reversos do Curupira, uma figura que eu pensava que Poppy Iglesias havia inventado, mas que na verdade é um personagem que existe mesmo no folclore brasileiro. Mas, em vez de afugentar caçadores que roubam da floresta, o Curupira da série aterroriza quem não tem sangue mágico e só dá passagem segura ao Castelo Milagro para bruxas e bruxos demoníacos.

E ali está ele.

O Castelo Milagro é formado por quatro torres cinza craqueladas que se inclinam umas em direção às outras, feito uma mão em garra tentando pegar o céu, assim como conta a lenda da história.

O castelo é, na verdade, a garra da Fera, o Primeiro Demônio, que ficou preso entre o submundo e o sobremundo por um feitiço, tudo isso por ter tentado acabar com o universo em um ato de fúria por demônios procriarem com bruxas e bruxos. Os Fundadores transformaram a mão do demônio antigo em uma escola para preparar futuros bruxos e bruxas para o dia em que a Fera fosse libertada, o que Larkin Cano almeja fazer no último livro e nos dois filmes finais.

Ver o Castelo Milagro tão de perto é de arrepiar, algo que eu não pude viver nem no set, porque o estúdio havia alugado outro castelo para as filmagens em áreas internas, mas era óbvio que o lado de fora daquele segundo não parecia com uma garra de demônio. Sem brincadeira, eu poderia chorar de tanta nostalgia que sinto, pelas lembranças felizes que tenho de ler a série com a minha mãe e de viver a magia do filme pessoalmente.

— O que acha? — pergunta Alano, colocando os braços ao redor dos meus ombros.

— Não quero dizer que é mágico, mas...

— Mas é mágico.

— De verdade.

Já devo ter visto pelo menos um bilhão de fotos na internet de pedidos de casamento na frente do Castelo Milagro, e a legenda sempre é alguma versão de que o maior milagre do mundo é encontrar a própria alma gêmea, e embora eu sempre tenha achado isso uma babaquice que me dava vergonha alheia, agora estou me perguntando se isso é só porque eu andava amargurado e não tinha ninguém fazendo eu me sentir feliz, poderoso e, admito, mágico também.

Alano bate uma palma.

— A primeira rodada de azedume solar é por minha conta. Paz, quanto você quer de pimenta no seu? Suave, moderada...

— Apimentado-apimentado. Passei a vida toda lidando com a comida picante da minha mãe.

Ele sorri.

— Pode deixar.

Rio olha para o alerta no cardápio.

— Pra mim vai ser...

— Zero pimenta pra você — diz Alano para Rio. — Não quero você tendo mais um surto de tosse.

— Tá — aceita ele.

Alano e Dane saem para fazer os pedidos.

— Alano proibiu você de ingerir coisas apimentadas, foi? — pergunto.

Rio dá risada.

— A gente foi jantar uma vez e eu me engasguei tanto com o molho de salsa picante que acabei apagando a vela que decorava a mesa. Isso já faz anos, mas ele registrou o evento na Enciclopédia de Rio Morales e eu nunca mais tive sossego. Mas, enfim...

De repente, sinto calor e meu peito está tão apertado que é como se eu também estivesse engasgado com pimenta. Achei que eu fosse especial para Alano com a Enciclopédia de Paz Dario que ele está criando mentalmente sobre mim, mas acho que ele faz isso para outras pessoas também... Tipo Rio... Tipo o gostoso do Rio... Tipo o gostoso do Rio que está vestido de Luigi ao lado de Alano como Mario... Será que Alano também fez aquele discurso sobre querer conhecer o verdadeiro Rio? Sei lá, sei lá, sei lá. Alano mencionou ontem à noite que ele chegou perto de confiar em alguém e acabou não dando certo. Será que estava se referindo ao Rio? Ele teria me avisado se a gente fosse sair com um cara de quem ele está a fim, né? Estou tentando não ser sugado por um turbilhão de pensamentos do tipo, já que isso tudo pode nem ser romântico... tirando a parte em que eles tiveram um jantar à luz de velas. Acho que alguns restaurantes botam velas na mesa mesmo se não for um encontro, e Alano disse que ontem à noite foi o primeiro encontro dele.

Estou sendo sugado, sugado, sugado por um turbilhão de pensamentos.

Rio abana a mão na frente do meu rosto.

— Paz?

Deixo meus devaneios de lado.

— Foi mal, eu estava pensando na história da pimenta. Eu, hein, que coisa bizarra.

Ele me olha com desconfiança.

— Eu perguntei se você ainda tem contato com o elenco de Scorpius.

— Não. Conheci eles quando eu tinha seis anos.

— E nunca mais os viu?

Da última vez que vi alguém do universo do Scorpius Hawthorne foi durante meu julgamento, não que isso fosse aparecer em *Chamadas perdidas mortais* para as pessoas ficarem sabendo, já que os produtores deixaram de fora quaisquer menções às minhas testemunhas abonatórias famosas. A primeira foi Poppy Iglesias, que tinha escrito para a minha mãe se oferecendo para viajar do Brasil aos Estados Unidos para, pessoalmente, depor a meu favor e atestar minha inocência. Teve também o protagonista da franquia, Sol Reynaldo, que falou sobre a pressão de ser uma estrela mirim e do quanto ele ficou impressionado com como me comportei ao encarar toda a intensidade de filmar um sucesso de bilheteria com orçamento de trezentos milhões de dólares. Mas o que mais chamou a atenção do júri — e a minha — foi o depoimento de Howie Maldonado, que, de todo mundo no set, foi quem mais passou tempo comigo. Howie era conhecido por ser um vilão nas telas, mas pessoalmente ele era meu herói, e eu chorei muito quando ele morreu naquele acidente de carro três anos atrás.

Não quero entrar nesses detalhes agora, então só digo a Rio que faz alguns bons anos que não vejo ninguém. Essa versão da verdade basta.

Alano volta com três copos de azedume solar. Eu agradeço, embora no fundo o que quero mesmo é perguntar se ele está escondendo alguma história do passado com Rio porque não significa nada ou porque de fato há algo a esconder. Remoer isso está me deixando amargurado, e a bebida azeda minha língua. Acabo ficando ainda mais irritado quando Rio sente a cabeça gelar depois de beber seu copo todo numa única golada, só para fazer graça... Na verdade, não, não era só palhaçada. Ele queria chamar atenção.

Na mesma hora Alano começa a listar uma infinidade de dicas para ajudá-lo a se livrar da sensação de congelamento do cérebro e pousa a mão na lombar de Rio. Por pouco não tomo tudo de uma vez também para roubar a atenção de Alano de volta.

Saio andando para o jardim da escola, que também serve de cemitério para os alunos que são mortos no castelo.

— Sou um sobrevivente — declaro baixinho à medida que os pensamentos suicidas tentam me atacar como as garras do Primeiro Demônio. — Sou um sobrevivente — repito, pensando que minha vida seria muito mais fácil se eu fosse um cadáver em um cemitério. — Sou um sobrevivente — sussurro por fim, embora não queira ser.

Alano aparece ao meu lado.

— É tudo o que você esperava?

— Não — respondo quase que com grosseria, mas Rio aparece também. — É só o começo — minto, quando na verdade me parece o fim.

— Podemos ir ver o castelo? — pede Rio, com os lábios vermelhos por causa do suco apimentado.

—Vá na frente, guia turístico — diz Alano para mim.

Não estou no clima para ser guia de bosta nenhuma, mas tenho que assumir o posto porque fui o único no grupo que leu todos os livros — Rio desistiu no quinto, e Alano não é de ler fantasia —, além do motivo óbvio: sou o único que esteve no set de filmagem real. Dane conseguiu um upgrade com ingressos VIP como medida de segurança, mas ainda assim esperamos na lentidão torturante da fila comum, porque a via expressa vai acelerar nossa passagem pelo castelo e nos fazer perder a experiência completa. Na verdade, eu preferiria que isso acabasse logo, mas tento engolir minha raiva e botar a máscara do Paz Feliz.

O Paz Feliz engana todo mundo, mas cada sorriso me machuca. Não estou feliz de verdade quando finalmente entramos no castelo porque agora não tenho como fugir, não tenho como escapulir sozinho. Não estou feliz de verdade quando passamos pelas lamparinas de bolas de cristal que preveem profecias menores ("Perigo à frente", alerta ela, como se eu já não soubesse), porque tudo que essas bolas de cristal brilhantes fazem é iluminar a forma como Rio e Alano andam grudados, ombro a ombro. Não estou feliz de verdade quando o chão treme sob nossos pés como se o Primeiro Demônio estivesse tensionando as garras, porque o medo só faz Rio agarrar Alano como se estivessem prestes a morrer em um terremoto real. Não estou feliz de verdade quando passamos a hora seguinte vendo todos os ambientes icônicos da série, como o laboratório de elixires, a câmara de treinamento e até a maldita biblioteca que parece muito idêntica à da cena que gravei porque tudo isso é falso; falso como o set de filmagem, falso como a interpretação de um personagem, falso como dois garotos fingindo que suas palavras são reais e não falas de um roteiro.

— Uma salva de palmas para o nosso guia turístico — clama Alano quando descemos o último lance de escadas para as masmorras, indo à atração que vai nos levar para fora do castelo.

—Você deveria trabalhar aqui — comenta Rio.

Forço uma risada e concordo, embora não tenha a menor condição de eu ir de um personagem no filme a um funcionário do parque temático.

Enquanto esperamos nossa vez, assistimos ao vídeo de Scorpius Hawthorne, Magnus Moguel e Diolinda Souza (interpretados pelos atores originais, que reviveram seus papéis para esta gravação extra) nos dizendo que vão precisar da nossa ajuda para deter Larkin Cano, que está tentando realizar sua profecia como Draconian Marsh para libertar o Primeiro Demônio e desfazer muitos dos milagres do castelo. Pessoas de todas as idades, à nossa frente e também atrás de nós, estão superempolgadas, mas eu não dou a mínima.

— Próximo grupo! — chama o funcionário em um sotaque bastante estadunidense, em vez de literalmente qualquer um dos sotaques sul-americanos que vemos na série.

O carrinho da atração comporta quatro pessoas, e os apoios de costas de cada um dos assentos têm a forma das asas que crescem nos alunos de Milagro em seu último ano na escola. Sentimos como se estivéssemos voando também conforme um braço robótico nos leva pela simulação. Ouvi dizer que esta atração é até mais épica do que a maioria das virtuais que a Faça-Acontecer oferece.

— Vamos na frente — sugere Rio, arrastando Alano pelo braço.

Alano se vira para me olhar, tentando dizer alguma coisa, mas Dane interrompe falando alguma porcaria sobre segurança e, quando dou por mim, estou no meu assento, preso por um cinto atravessado sobre meu corpo, ao lado de Dane. Ficar separado de Alano já é péssimo, mas ele está sentado bem na minha frente, então não vou nem poder ver suas reações, só as de Rio, que está na minha diagonal.

Por que Rio teve que segurar a mão de Alano? É o tipo de coisa que eles fazem como amigos? Acho que é o tipo de coisa que Alano fez comigo desde a noite em que nos conhecemos. Mas será mesmo que Rio só vê Alano como amigo? Será que ele ainda sente alguma coisa? E Alano? Não sei de droga nenhuma, só quero sair dessa merda e ir chorar, mas a atração começa e lentamente nos leva à escuridão, onde ventiladores sopram na gente, deixando tudo frio na mesma hora.

Seguimos o Trio conforme eles avançam pelo castelo. O silêncio é sinistro até eu ver um fantasma de verdade projetado em uma das telas: Howie Maldonado reprisando seu papel como Larkin Cano. Ele desce com suas asas de fogo e algum aquecedor escondido joga calor na nossa cara.

— MALTRATAR! — grita ele, mas seu encantamento não acerta o Trio. — O Primeiro Demônio vai acabar com todos vocês — promete ele antes de ir embora voando.

A velocidade do carrinho aumenta, nos levando pelas quatro torres, onde o feitiço de libertação que Larkin Cano lançou está despedaçando as amarras antigas que prendiam o Primeiro Demônio. O Trio luta contra gigantes de três olhos, hidras que cospem ácido e dragões de esqueleto, vez ou outra pedindo para nós gritarmos feitiços e encantamentos também para ajudá-los. Rio se acha o engraçadão gritando feitiços inventados tipo "Vá-pra-puta-que--pariu-lus!", mas o pior de tudo é Alano rindo dessa babaquice. Em seguida, enfrentamos os fanáticos da Fera, os Quebradores de

Feitiços, que lançam tantos encantamentos que nos cegam em um show de luzes, nos viram de cabeça para baixo e nos fazem girar bem rápido, depois nos derrubam no abismo, onde ficamos cara a cara com o Primeiro Demônio, mas só estou vendo Rio segurando a mão de Alano como se sua vida dependesse disso — como a minha uma vez dependeu também.

Tento arrancar o cinto para conseguir cair na escuridão, mas estou preso. O melhor que posso fazer quando Scorpius Hawthorne nos salva do abismo, nos projetando pelos ares em uma velocidade e altura tão grandes que os olhos lacrimejam, é gritar junto com todo mundo, do jeito que só faço quando estou em casa sozinho e me automutilando.

Não dou a mínima para essa batalha final na qual o Trio lança um feitiço que transforma Larkin Cano em uma gárgula que agora vive para sempre na fachada do Castelo Milagro, preso ao mestre que ele não foi capaz de libertar. Todo mundo bate palmas para a vitória, e Rio até conseguiu finalmente largar a mão de Alano para fazer isso.

Quando me solto, volto à plataforma onde Alano está aguardando.

— Se divertiu? — pergunta ele.

— Aham.

— Queria ter sentado com você — comenta ele enquanto saímos. — Quem sabe no próximo brinquedo?

— Aham — minto de novo.

Por mais que eu não queira me despedir de Alano, também não quero continuar aqui tendo que aguentar essa merda toda.

Saímos para a lojinha de presentes, e Alano quer comprar varinhas e mantos vermelhos para todo mundo. Rio pega a varinha de Magnus, e Alano escolhe a de Scorpius, como se eles fossem almas gêmeas. Eu sou o excluído que precisa se recompor ou xingar Alano por ser um escroto. Só pego uma varinha de ferro e um manto em vez de fazer cena. Pelo menos com todo mundo a caráter eu não vou mais precisar ver aquelas camisetas furrecas do Super Mario.

Fora do castelo, Rio chama a gente para uma selfie em grupo. Alano fica no meio, coloca o braço ao meu redor e me puxa para perto. Isso me faz pensar que estou vendo coisa onde não tem. Só que aí, em tempo real na imagem da câmera, eu vejo Alano colocar o outro braço ao redor de Rio. Isso mata qualquer possibilidade de eu sorrir de verdade. Se Alano der zoom na foto mais tarde, vai ver a verdade sobre como me sinto porque meus olhos não sabem mentir como a minha boca.

Viramos em uma esquina, e Alano me para, animado:

— Olha só.

Há uma gárgula de Larkin Cano; o rosto de Howie Maldonado congelado para todo o sempre. Alguém deixou flores embaixo da estátua. Já senti muito ódio pelo fato de as pessoas terem perdoado Larkin Cano por seus crimes só por causa de sua criação horrível e ainda assim não me perdoarem por matar um homem abusivo, mas fico comovido por ainda existir gente lamentando a morte de Howie, que foi um ótimo homem na vida real.

Nunca vou saber como é ter milhões de desconhecidos de luto por mim.

— Quer tirar uma foto? — indaga Alano, pegando o celular.

— Não precisa.

— Cara, você foi ele — insiste Rio. — Você deveria muito tirar uma foto.

— Vai ser como um ciclo se fechando — acrescenta Alano.

Por pouco eu não surto e grito para calarem a boca, pararem de me encurralar, saírem dali e me deixarem em paz, mas já basta de estranhos me olhando como se eu fosse perigoso; eu é que não vou dar o gostinho a eles de me verem perdendo a cabeça.

Acabo cedendo e tento não desabar quando me posiciono ao lado da gárgula.

O Paz Feliz sorri para a câmera.

ALANO
16h14

Depois de a guerra de varinhas na arena de laser tag nos abrir o apetite, agora estamos terminando de almoçar no restaurante temático de Scorpius Hawthorne mais popular do parque. A Estalagem do Inferno é mais uma réplica incrível onde todas as mesas têm caldeirões de ferro para manter a comida aquecida e os pratos apimentados vão de "baixa ardência" a "fervura de supernova".

Rio está falando muito, principalmente sobre investigações com o agente Dane, e Paz está mais na dele.

— Está tudo bem? — pergunto a Paz.

Ele não me olha nos olhos.

— Só estou cansado. Saudade dos Cafinados.

Rio se vira para nós dois com entusiasmo.

— Eu também!

No começo do ano passado, os energéticos Cafinados eram produzidos e vendidos a Terminantes que precisavam de mais energia para não se cansarem em seus Dias Finais. Os fabricantes usavam tanta cafeína para dar aos Terminantes um pico de energia de dez horas que relatórios de toxicologia provaram que essas bebidas eram a causa de indivíduos saudáveis morrerem de ataque cardíaco. Implorei para Rio parar de beber durante as aulas à noite.

— Pelo bem do coração de vocês dois, ainda bem que o Centro de Prevenção e Controle de Doenças botou um fim nessas bebidas — comento.

— Pedi um fardo na internet, mas era golpe — conta Rio a Paz.

O gerente da Estalagem do Inferno, o sr. Fabian, volta à nossa mesa como tem feito de tempos em tempos para perguntar se estamos bem, desde que o recepcionista o alertou da minha presença.

— Como estamos por aqui?

— Satisfeitos — digo.

O purê de batatas e o brócolis apimentado assado que Paz e eu comemos estavam excepcionais, levando em conta o padrão de estabelecimentos de parques temáticos.

O agente Dane bebe um golão de água para dar conta de suas asinhas de frango bastante apimentadas enquanto Rio devora duas batatas recheadas.

— Tudo estava delicioso, sr. Fabian.

O homem ri.

— Ah. Espero que tenha sobrado um espacinho para o bolo de chocolate recheado e apimentado. — Ele acrescenta: — A sobremesa é cortesia nossa, assim como toda a sua conta, sr. Rosa. Somos todos muito gratos pelo trabalho incrível que a Central da Morte tem feito.

Fico desconfortável, porque o sr. Fabian não sabe que eu desativei os serviços da Central da Morte por motivos desconcertantes. Isso só mostra que, não importa o quanto eu me distancie dos meus deveres dentro da empresa, sempre serei visto como herdeiro dela até renunciar publicamente ao título.

Até que esse dia chegue, vou agir como é esperado.

— É muito generoso da parte do senhor, mas meus pais me ligariam pessoalmente do call center da Central da Morte se descobrissem que aceitei uma refeição gratuita — garanto, reciclando a mesma brincadeira que usei durante anos, já que sempre cai bem com esses gerentes bem-intencionados.

A reação dele confirma isso.

— Mas aceitamos a sobremesa — intercede Rio.

— Nada com lacticínios para Paz e nada apimentado para Rio — relembro o sr. Fabian. — E a conta, por favor.

Paz fecha os olhos, afundando na cadeira. Fico repassando na mente as últimas horas para descobrir se eu disse algo errado. Até quero sugerir que ele vá para casa se está tão cansado assim, mas, com base no que aconteceu ontem à noite, sei que existe uma chance de ele me levar a mal e achar que não o quero aqui, quando na verdade é o oposto disso. Fico me perguntando se tem mais alguma coisa que ele está entendendo errado.

— Falei com Ariana hoje de manhã — diz Rio, interrompendo o silêncio e me dilacerando de surpresa como meu assassino.

— Sorte a sua. Ela tem ignorado todas as minhas ligações, inclusive uma de hoje de manhã.

— Ela está chateada.

— *Ela* está chateada? — repito com um leve sarcasmo.

A capacidade de Ariana de ser tão dramática é justamente o que a torna uma ótima atriz.

— Longe de mim dizer que existe um placar quando se trata da minha amizade com ela, mas as coisas nunca foram equilibradas entre a gente. Eu fui o ombro amigo da Ariana quando ela deu um perdido na Halo em vez de terminar cara a cara. E de novo quando o pai dela fingiu que era o Dia Final dele para fazer as pazes com a família.

Foram episódios complicados, ainda mais quando tive que fingir que ela estava certa ao convencer a ex, Halo, a reatar o namoro só para Ariana dar um perdido nela dois meses depois. E estou tremendo de raiva de novo ao lembrar de como o pai dela fingiu que a Central da Morte tinha ligado para ele para provar que ela ainda o amava, como se a empresa não combatesse ativamente esse tipo de sem-vergonhice. O que não é nada complicado é a forma como me senti desde a noite em que tentaram me matar.

— Sabe o que dói mais do que ser esfaqueado? — continuo. — Ter plena noção de que minha melhor amiga não se importa se sobrevivi ou não.

Paz está balançando a cabeça, como se estivesse tão enojado pela indiferença de Ariana quanto eu.

O agente Dane continua observando o restaurante, mas percebo que ele também está prestando atenção na conversa.

Rio fica no meio da briga, dividido, assim como aconteceu com seus irmãos.

— Ela se importa com você, mas nunca achou que você de fato corria risco de vida.

— Só porque não recebi um alerta? Ela deu para aderir à retórica pró-naturalista agora, é? — Lembro da minha decisão de viver a abordagem pró-naturalista e de como isso me distancia de perigos reais. — Isso é coisa de Guardas da Morte. Ela por acaso disse também que o demônio estava me mantendo vivo para que eu fosse um soldado em uma guerra profana? Que minha alma foi corrompida pela Central da Morte? Ou aquele papinho clássico de que minha família barganha com a Morte para atingir nossos inimigos?

De repente, fico preocupado que Ariana possa levar essa coisa toda para o lado pessoal a ponto de se juntar ao movimento da Guarda da Morte.

— Ela só disse que você deve saber quando vai morrer — comenta Rio.

Isso é tão frustrante que fico incrédulo, principalmente levando em conta que confiei a Ariana um segredo que não contei nem para Rio.

— Eu não sei nem nunca soube quando vou morrer, e agora mais do que nunca isso é verdade, porque eu desativei minha conta da Central da Morte — digo, tomado pela raiva, mas com a voz baixa para que ninguém mais me escute.

Rio me encara.

—Você fez o quê?

No calor do momento, esqueci que eu estava guardando esse segredo dele também.

— Essa informação não deve ser repetida para ninguém — alerta o agente Dane, como se fosse fazer Rio desaparecer neste instante.

Rio o ignora.

— Tá falando sério? Quando foi que isso aconteceu?

— Fale baixo — repreende o agente Dane.

Respondo à pergunta.

— Na noite após a tentativa de assassinato.

— A noite em que vocês se conheceram — declara Rio, virando-se para Paz. —Você é pró-naturalista também?

— Não — responde ele.

Sigo firme na minha opinião de que no momento não seria uma boa ideia para Paz cancelar o serviço da Central da Morte, mas quem sabe um dia ele possa fazer isso.

— Desculpa não ter contado — digo.

Tem alguns segredos que eu preciso guardar, mas esperava poder confiar esse a Rio quando ele parasse de ver Paz como uma ameaça.

Rio se inclina para a frente com as mãos juntas.

— Desculpa não ter contado que eu também desativei a Central da Morte.

É como se ele tivesse me empurrado. Tenho certeza de que ouvi direito porque Paz e o agente Dane também arregalaram os olhos.

—Você desativou a conta na Central da Morte? Quando?

— No dia 19 de junho — admite Rio. O aniversário de quatro anos da morte do irmão dele. Faz quase um mês que ele esconde isso de mim. — Desde o assassinato do Lucio passei a aceitar as coisas boas e as ruins sobre a Central da Morte. Por um lado, o serviço me deu a chance de me despedir do meu irmão. Por outro, a Central da Morte matou ele.

— Foi H. H. Bankson quem matou seu irmão — retruco.

— Lucio só foi atrás de um Último Amigo porque a Central da Morte disse que ele ia morrer.

Aí é que está o grande paradoxo da Central da Morte. Não haveria nenhum serial killer do Último Amigo se o aplicativo não existisse, e não existiria aplicativo se a sociedade não estivesse expandindo as experiências das pessoas que estão morrendo, e nós definitivamente não saberíamos quem morreria sem a Central da Morte. Quem pode afirmar que H. H. Bankson não teria sido um serial killer de qualquer jeito, conhecido por outra coisa, mas que ainda assim teria atacado as mesmas vítimas, incluindo Lucio Morales? E também quem pode garantir que as vítimas dele não estariam vivas e bem?

Se a Central da Morte não existisse, Rio ainda poderia ter o irmão.

Se a Central da Morte não existisse, a mãe de Ariana não poderia ter sido demitida.

Se a Central da Morte não existisse, minha vida poderia ter sido inocente.

Feliz ou infelizmente, não importa a perspectiva escolhida, a verdade é que a Central da Morte existe. Essa é uma questão com a qual também sofri por mais da metade da vida. Vi em primeira mão o bem que a Central da Morte fez, assim como o mal, mas colocar a culpa de todas as mortes na empresa seria como culpar os irmãos Wright por cada acidente de avião. Mas sei que não devo confrontar Rio em relação à sua escolha, pois isso surgiu de seu luto.

— Por que não me contou? — pergunto.

— Eu não queria ter que defender minha decisão que vai contra a empresa que você vai herdar. Nunca achei que você pudesse viver uma vida que não fosse a de herdeiro, mas olha só para você — comenta Rio com orgulho. Seus olhos castanhos quase brilham. Seu entusiasmo me lembra de Harry Hope recebendo o alerta da Central da Morte. Ambos livres da vida que levavam. — Bem-vindo de volta ao pró-naturalismo.

Minha vida sempre foi dividida em duas metades, Antes da Central da Morte e Depois da Central da Morte, mas ambas estão se fundindo e formando um cenário novo no qual minha morte voltou a ser um mistério, embora não precise ser assim.

— A vida pró-naturalista parece mesmo ser a escolha certa?

— Eu finalmente estou deixando para trás a raiva que carregava fazia anos. Esse caminho me parece certo e libertador.

— E quanto ao Antonio? Se alguma coisa acontecesse com você, você não ia querer que ele soubesse?

— Ele saber que vou morrer não vai me impedir de morrer — rebate Rio.

— Mas vai prepará-lo, assim como a Central da Morte preparou vocês dois para a morte do Lucio.

— Era tarde demais para os dois se aproximarem, mas estamos passando mais tempo juntos agora, já que meu futuro é incerto. Somos mais próximos como irmãos hoje em dia do que poderíamos vir a ser às pressas num Dia Final.

Não tenho argumentos contra esses resultados. Já li estudos que mostram que as pessoas esperam até o último minuto para adotarem certas posturas em seus relacionamentos, por acreditarem que têm todo o tempo do mundo até descobrirem que isso não é verdade. Rio está vivendo como todos nós deveríamos viver.

— Fico feliz por você — digo.

—Valeu. E você, o que fez...

— Espere — alerta o agente Dane.

O sr. Fabian vem pessoalmente nos entregar o bolo de chocolate recheado e apimentado e sorbets de framboesa para Paz e Rio.

—Tem certeza de que não podemos cobrir a conta do senhor?

—Tenho, sim, mas muito obrigado por oferecer.

Pago com meu cartão Amex Centurion e dou uma gorjeta generosa.

— Parabéns pela atenção — diz Rio ao agente Dane quando o sr. Fabian se retira.

—Você precisa aprender a ficar atento sem recorrer à visão — explica o agente Dane. — Isso pode salvar sua vida.

Uma coisa é saber os traços que entregam meus amigos (Ariana morde o lábio quando mente, Rio se inclina para a frente quando vai compartilhar verdades sem filtro, Paz fica evasivo e dissocia quando esconde seus sentimentos), mas outra é identificar o comportamento de um estranho. Ainda mais alguém que pode ser uma ameaça. Como posso saber se alguém está suando muito por causa do calor ou porque está criando coragem para me machucar? Como posso detectar desvios de padrão na fala de alguém que acabei de conhecer? Não sei, mas quero pedir livros que falem de linguagem corporal para fazer pesquisas e ter conversas mais profundas com o agente Dane sobre esse tópico fascinante. Em especial agora que sei que não consigo ler nem meus melhores amigos tão bem quanto imaginava.

— Preciso alertar a Central de Proteção acerca dessa nova ocorrência — comenta o agente Dane.

— Espera aí. Isso é algo que diz respeito apenas ao Rio — rebato.

— E a sua segurança é algo que me diz respeito. Eu teria providenciado reforços se soubesse que passaríamos o dia com um civil não registrado, o que aumenta nossas chances de atrair perigos imprevisíveis. A força tem que ser alertada — explica o agente Dane.

Ele se retira da mesa enquanto observa os demais clientes, como se alguém fosse vir correndo na nossa direção com facas de pão. Não é uma impossibilidade se formos mesmo ímãs para o perigo.

— Eu não ligo pra quem ele vá contar — garante Rio.

Mas eu ligo. Meu pai vai ficar furioso. Ele pode até ter amigos e sócios que são pró-naturalistas, mas aposto que essas conexões estão sendo avaliadas depois que fui atacado.

— Por que você desativou a sua conta? — indaga Rio.

Não me sinto confortável me aprofundando mais nesse assunto em um espaço público. Alguém pode muito bem ter escondido uma escuta na nossa mesa. Pode ter gente bisbilhotando a conversa e fazendo leitura labial.

— Preciso de uma mudança — respondo.

Rio debocha.

— Tem um gesto que te entrega quando você mente.

Fico tenso.

— E o que é?

— Você mente e eu simplesmente sei. Viu só? Eu também tenho um olho espião mágico.

Que bom que Rio não sabe de fato identificar quando minto.

— Não estou mentindo. Eu precisava mesmo de uma mudança na minha vida depois do ataque. Só não quero falar disso em público.

Ele assente, entendendo.

— Não era para vivermos assim, Alano. Tenho buscado e descoberto várias informações para ajudar a me readaptar aos velhos costumes e ver qual será nossa trajetória se as coisas não mudarem logo. Existe um potencial verdadeiro para uma ameaça apocalíptica. Se um serial killer da região conseguiu explorar a Central da Morte, o que vai acontecer quando as Forças Armadas abusarem desse poder? Vai haver uma guerra mundial. A Central da Morte por acaso tem mensageiros suficientes para o derradeiro Dia Final?

Essas tais informações que Rio alega ter descoberto não são difíceis de encontrar. Basta ligar a TV e ver Carson Dunst compartilhando as mesmas conspirações em seus comícios.

— Você vai votar a favor de Dunst? — pergunto.

— Não me decidi ainda — diz Rio.

Paz revira os olhos.

— Não, você se decidiu, sim.

— Tem muita água para rolar daqui até novembro.

— Mas se você tivesse que votar hoje, seria...

Rio para.

— Em Dunst — confessa. — Ele é o candidato que vai acabar com exigências para algumas profissões, como a aplicação da lei que obriga que os funcionários estejam registrados na Central da Morte.

— Por isso você voltou a estudar — percebo. — Você acha que Dunst vai vencer.

— Acho que ele devia vencer mesmo. Por que meu sonho de virar investigador para honrar a memória do meu irmão, resolvendo crimes e trazendo mais segurança às ruas, deveria ser restringido pela empresa responsável pela morte dele? — Em seguida, ele se vira para Paz. — A Central da Morte não arruinou seus sonhos também?

Paz começa a balançar a perna embaixo da mesa, e então finca as unhas na palma da mão. Não sei se isso configura automutilação, mas seguro a mão dele para impedir que se machuque.

— Deixa isso comigo — digo.

— Quero ouvir o que ele tem a dizer — rebate Rio.

— Você vai me escutar primeiro. Uma coisa é desativar sua conta na Central da Morte, outra é votar contra o serviço quando sabe que ele fez maravilhas por milhões de pessoas.

— Mas também custou vidas. Quantas pessoas ainda vão ter que morrer para que a gente reconheça que a Central da Morte é um experimento que falhou? Se não voltarmos a lidar com a morte como antes, talvez a gente chegue longe demais para conseguir se recuperar.

Cresci perguntando aos meus pais por que as pessoas odiavam e temiam tanto a Central da Morte.

— Ninguém quer mudar quando gosta de como a vida é — respondera meu pai.

— E quem sofre com as mudanças depois quer voltar para tempos mais simples — acrescentara minha mãe.

— Tempos que se perderam para todo o sempre — emendara meu pai.

Não tem como dizer a uma pessoa que a morte de alguém que ela ama não é um motivo válido para refazer o mundo, mas meu coração se despedaça por Rio ter caído nesses buracos de conspiração. Quero me esgueirar para dentro deles e puxá-lo para fora. Salvá-lo.

—Você consegue afirmar que não teme mais a morte? — indago.

— Quando eu morrer, já era. Não tem mais nada que eu possa fazer. Só que eu tenho, sim, medo de perder mais um irmão. — Rio começa a chorar e olha para o meu braço enfaixado. Ele pega minha mão e entrelaça nossos dedos. — Tenho medo de perder você, Alano.

De uma só vez, sou tomado por uma gratidão pelos amigos que se importam tanto com a minha vida, incluindo os dois garotos que estão segurando minhas mãos, mas também temo a bomba que explodiu no instante em que Paz viu Rio me tocar.

PAZ
16h33

Já estou de saco cheio das gracinhas de Rio.

— Tá tudo bem — diz Alano, tentando me acalmar.

Ele vai precisar de uma sorte do cacete para conseguir, porque eu é que não vou ficar aqui sentado enquanto Rio baba o ovo dos pró-naturalistas radicais como se essas pessoas não tivessem acabado com a minha vida.

Solto a mão de Alano e me viro para o melhor amigo dele.

— Eu não tenho problema nenhum com o fato de você viver uma vida pró-naturalista, e sinto muito pelo seu irmão, de verdade, mas não venha fingir que tem medo do Alano morrer quando está apoiando os filhos da puta que mandaram Guardas da Morte para tentar matá-lo. A Central da Morte destruiu minha vida no primeiro dia, e nem mesmo *eu* falo tanta merda assim.

Os olhos de Rio parecem ainda mais sombrios quando ele retruca:

— Matar só é aceitável quando é você segurando a arma?

Que golpe baixo. Estou usando todas as minhas forças para não voar no pescoço dele.

— Você precisa parar — alerta Alano a Rio.

— E ele? Ele é perigoso, bem como mostraram em *Chamadas perdidas mortais*.

Dou risada. Não acredito que ele está usando aquela bosta de série documental como argumento.

— Acha mesmo que aquilo é verdade? Eu sinto é pena de quem precisar contar com suas habilidades como investigador, considerando que você acredita em qualquer merda.

— Se você matar meu melhor amigo, eu prometo que dessa vez não vai conseguir escapar — ameaça Rio.

Alano aperta minha coxa, como se estivesse tentando me impedir de meter a porrada em seu melhor amigo, mas ele não faz ideia da pressão que está fazendo nas minhas cicatrizes.

—Você não sabe o que está falando — diz ele a Rio.

— Ah, e você sabe de tudo só porque conhece Paz há duas noites?

— É — responde Alano.

— Fala pra ele de como eu estava prestes a te salvar — digo.

— Isso não é necessário — rebate Alano.

— Acho que é, sim. Ele acha que eu sou um risco para você, quando é gente da laia dele que está querendo te atacar.

— Do que ele está falando? — pergunta Rio.

Alano fecha os olhos e balança o corpo para a frente e para trás.

— Por favor, vocês dois estão me deixando estressado. Vamos tomar um pouco de ar.

— Que gente da minha laia? — emenda Rio.

— As mesmas pessoas que matam em nome do pró-naturalismo — respondo, amando o olhar de choque dele ao perceber que eu estava protegendo seu melhor amigo mesmo quando Alano ainda não passava de um estranho para mim. — Fale o que quiser sobre eu ter matado meu pai para salvar minha mãe, mas não aja como se não fosse fazer a mesma coisa pelo seu irmão. — Odeio levar as coisas para o lado pessoal, mas foi Rio quem começou. — O que fiz foi autodefesa, assim como na noite em que eu estava pronto para arriscar minha vida para salvar a de Alano.

Os olhos escuros de Rio ficam marejados, e seu rosto cora.

— Não é arriscar a própria vida se você também está tentando morrer.

Não consigo recuperar o fôlego; tenho a sensação de que fui empurrado do letreiro de Hollywood. Ninguém nunca usou minhas tendências suicidas contra mim. Fico de pé com os punhos a postos para que isso nunca mais aconteça.

— Para, por favor! — implora Alano, me segurando.

Dane vem correndo para a mesa como se eu fosse o perigo.

— O que está acontecendo?

— Esse desgraçado não cala a boca — respondo, olhando para Rio. — É melhor eu ir embora antes que dê uma surra nesse idiota.

— Não quer dizer antes que me mate? — provoca Rio.

A Central da Morte não me ligou, mas, se Rio não parar de testar a paciência de um assassino suicida de pavio curto, ele vai acabar descobrindo que viver uma vida pró-naturalista pode muito bem significar morrer de uma maneira pró-naturalista também.

ALANO
16h39

O que eu queria ao unir meus mundos era harmonia, não essa colisão.

— Ninguém fala mais nada — ordena o agente Dane em um sussurro. — Tem civis observando e gravando. Saiam agora sem chamar atenção.

Paz se solta de mim e vai embora do restaurante bem rápido.

Saio de cabeça baixa, ignorando todos os olhares e as câmeras. Se já tinha pensado antes que meu pai ficaria enfurecido, agora então ele vai perder a cabeça quando os vídeos pipocarem. Fazia quanto tempo que os clientes estavam nos gravando? Espero que ninguém tenha registrado a menção à segunda ameaça de um Guarda da Morte.

Todos nos reunimos diante da vitrine de uma loja de balinhas azedas.

— O que foi que aconteceu lá dentro? — indaga o agente Dane.

Não sei nem por onde começar. Também não quero trazer tudo aquilo à tona de novo.

— Política — brinca Rio, mas ninguém ri nem fala nada.

O agente Dane lê a linguagem corporal de todo mundo e chega às próprias conclusões antes de prosseguir. Ele nos diz que o agente Andrade recomendou que continuássemos no parque até os reforços de segurança chegarem. No meio-tempo, quer que a gente vá a algum lugar mais discreto.

— Eu não vou para lugar nenhum com ele — diz Rio, sem olhar nem apontar para Paz.

— *Rio* — repreendo.

— Ninguém aqui está morrendo de vontade de ficar perto de você também — rebate Paz.

— *Paz*.

— Ah, você acha isso mesmo? — Rio dá um sorrisinho marrento.

— É, acho.

— Estou implorando para vocês dois pararem — digo, pegando a mão deles, embora a última coisa de que precisem é estar mais próximos. Em uma briga entre Paz e Rio, a única pessoa que sai perdendo sou eu. —Vocês dois são tão importantes para mim... Eu queria muito que vocês pudessem ser amigos, mas não vou forçar a barra. Só que preciso que vocês sejam civilizados um com o outro. — Dá para ver que não vai rolar nenhum pedido de desculpas. Nem mais momentos descontraídos no parque de diversões. — Será que dá para ser assim?

Paz se recusa a olhar para Rio, mas responde:

— Aham.

— Tá, mas não quero ele no nosso apartamento — declara Rio. — Não me sinto seguro perto desse garoto.

Os olhos castanho-claros de Paz escurecem com as lágrimas. Tenho certeza de que é porque Rio continua a tratá-lo como uma ameaça, até que ele enfim pergunta:

—Você mora com ele?

Fico tenso.

— Ainda não — responde Rio.

Nunca senti tanta vontade de usar minhas técnicas de muay thai contra um amigo, porque bastaria um golpe rápido no pescoço para Rio calar a boca. Mas não preciso de ninguém registrando um episódio de violência meu.

Paz parece enjoado, furioso, derrotado.

— Pra mim já chega — fala ele, tirando a mão da minha mais uma vez e se afastando com passos duros.

A que está se referindo? Espero que não esteja falando de mim. Mais importante ainda, espero que não esteja desistindo da própria vida. O medo do abandono é um dos sintomas mais comuns do transtorno de personalidade borderline, e não tenho a menor intenção de abandonar Paz. Ele pensar qualquer coisa do tipo pode levá-lo a se machucar. Ou pior.

— É melhor assim — comenta Rio, vendo Paz sumir na multidão.

—Você vai achar isso se ele morrer? — pergunto.

— Eu tenho mais medo de ele provocar *a sua* morte.

Rio vem na minha direção, e eu não apenas recuo como me viro para o outro lado e saio correndo atrás de Paz, para salvá-lo e também salvar nosso futuro.

PAZ
16h46

Alano está gritando meu nome, mas eu o ignoro, como devia ter feito quando estava no letreiro de Hollywood.

Passo correndo pelo Castelo Milagro e saio pelo portão de ferro, largando o manto de Scorpius Hawthorne pelo caminho, porque não quero nada que venha do Alano. Quando eu chegar em casa, vou tacar fogo no nosso contrato de Dia Inicial e em mim mesmo.

Estou com raiva dos meus pulmões idiotas por respirarem e do meu cérebro idiota por já me fazer sentir saudade de Alano, embora ele seja o motivo pelo qual meu coração idiota está despedaçado, mas fico com ainda mais raiva da minha própria idiotice por acreditar que uma vida tão dilacerada como a minha um dia poderia ser reconstruída.

Ouço passos no asfalto às minhas costas e, como se estivéssemos apostando corrida, Alano assume a dianteira. Ele me impede de avançar rumo ao brinquedo do Jurassic Park, com a mão no peito ao tentar recuperar o fôlego.

— Por favor, para — pede, ofegante.

Fico bravo comigo mesmo por não fugir, e então Alano sopra a bombinha. Dane está logo atrás de nós, e sei que ele pode se assegurar de que Alano vai ficar bem, mas ainda assim não vou embora.

Por que não posso deixá-lo morrer como ele deveria ter feito comigo?

Será que é por causa do meu cérebro idiota? Ou do meu coração idiota?

Alano se inclina sobre a cerca.

— Fala comigo.

Encaro o olho verde e também o castanho, sem permitir que eles me deslumbrem nem nada do tipo.

— Não sei o que está acontecendo entre a gente, tipo, se somos só amigos ou mais do que isso, e eu achava que tinha entendido o que você sentia por mim, mas talvez seja só meu cérebro borderline idiota me contando uma historinha irreal ou quem sabe seja você que não está me dizendo a verdade, mas eu é que não vou mentir para você: eu gosto mesmo de você, Alano. De verdade.

Desmorono e começo a chorar, porque essa é a primeira vez que declaro meus sentimentos românticos para um garoto — um garoto que salvou minha vida e me fez querer viver! E é tudo tão triste... Ele tenta me abraçar, mas eu o empurro porque só quero que Alano me abrace se não for porque se sente obrigado a me confortar.

— O pior de tudo é que eu nem sei se tenho direito de ficar chateado por você e Rio serem tão grudados e irem morar juntos, porque não sou seu namorado, mas achei que nossos Dias Iniciais fossem nos levar a isso.

Eu queria me sentir melhor depois de desabafar sobre tudo isso, mas só consigo me sentir patético. Antes eu tivesse ficado em casa, com saudade de Alano, em vez de estar aqui, sentindo falta do Alano por quem me apaixonei.

Ele fica em silêncio, provavelmente pensando em uma forma gentil de me chamar de louco por acreditar que eu tinha chances com alguém tão incrível quanto ele. Devagar, Alano se aproxima de mim, e dessa vez eu não o afasto. Quando ele seca minhas lágrimas, percebo que está chorando. Segura minhas mãos nas dele — as mesmas que me ajudaram a descer do letreiro de Hollywood, que tomaram a arma antes que eu pudesse matar um Guarda da Morte e a mim mesmo, que assinaram um contrato para viver seus Dias Iniciais comigo.

— Estou focado no futuro também, Paz. — O olhar de Alano mergulha no meu. — Um futuro para você, e um futuro com nós dois.

Meu coração dispara porque amo essas palavras, mas não sei dizer se são reais.

— Então por que não falou nada?

— Não era o momento certo. Talvez isso soe ridículo vindo do herdeiro de uma empresa que defende que as pessoas devem aproveitar ao máximo cada dia da vida delas, ainda mais quando nem sei mais o que me aguarda, mas é a verdade — explica Alano, e estou tentando me convencer de que ele não está mentindo.

— Eu também tinha que esperar até estarmos com a cabeça no lugar.

— É porque você está a fim do Rio?

— Não, é outra coisa. Só falei disso com a minha mãe, mas quero compartilhar com você também. Acho que é necessário.

Vou de estar furioso com Alano a me derreter por ele, e então sinto medo por ele.

— Está tudo bem com você?

— Na verdade, não sei — responde, o que me assusta ainda mais. — Mas não tenho dúvidas quanto ao que sinto pelo Rio. Ele é meu melhor amigo, e eu o amo muito, mas ele nunca foi meu namorado, nem nunca vai ser.

Sou atingido pelo alívio e pela vergonha de uma só vez. Fiz essa cena toda a troco de nada.

— Uau, meu cérebro é mesmo um mentiroso idiota...

— Não é bem assim, Rio e eu temos um passado. É triste e complicado, e nem sempre é fácil tocar nesse assunto porque a coisa toda foi unilateral, mas me arrependo de não ter tentado explicar antes. Seu cérebro não teria precisado preencher as lacunas se eu tivesse contado tudo antes de te jogar nessa situação. Mas, por favor, acredite em mim: eu convidei você porque não consegui imaginar aproveitar meu tempo com Rio sem sentir sua falta. Peço desculpas pela minha falta de tato ter feito você se sentir excluído, mas é você que eu quero. Estou aqui agora com você, não com ele.

Alano tem um passado com Rio, mas quer um futuro comigo.

Preciso descobrir o que fazer agora.

— Tá, mas e quanto ao Rio? Ele com toda a certeza ainda quer ser seu namorado.

— Não quer, não.

— Como você consegue ser tão brilhante, Alano, e ao mesmo tempo não enxergar o que está bem na sua frente?

— Não é nada disso, Paz. Eu juro que Rio não quer namorar comigo.

—Você não lê mentes! Como é que pode saber que...

— Porque eu pedi para namorar com ele e ele disse não — confessa Alano.

A voz dele falha, e isso parte meu coração, porque evidencia a dor que ele sente por causa de outro garoto. Eu achei que a questão unilateral tivesse sido Alano rejeitando Rio, não o contrário.

— Isso já faz três anos. Rio ainda estava de luto por causa do Lucio. Virei o escapismo dele, e ele virou o meu. Tudo ficou bem íntimo, mas nunca evoluiu para nada além disso, porque ele não sentia o mesmo que eu.

Vou ter pesadelos ao imaginar Rio deitado com Alano, me provocando por ele ser especial e eu não. Mas tem algo que me assombra mais do que a ideia de eles já terem transado.

— E o que você sentia por ele? — pergunto, nervoso.

— Eu estava apaixonado — admite Alano.

Agora odeio Rio ainda mais, porque Alano o amou.

— Então é isso — digo, me debulhando em lágrimas.

— O quê?

— O fim de nós dois. Eu já tenho fantasmas demais na minha vida, Alano. Não vou tentar vencer uma guerra contra Rio como se ele não fosse tudo que você queria.

— Isso não é justo, Paz. Todo mundo tem um passado. Coisas das quais não nos orgulhamos.

— Está me atacando por eu ter matado meu pai?

— Não, óbvio que não! Estou tentando desabafar sobre meus arrependimentos que...

— É, você se arrepende tanto de ter se apaixonado pelo Rio que vai morar com ele. Não vou ser seu namorado à distância enquanto o amor que você perdeu está no fim do corredor.

Alano tenta pegar minha mão, mas eu recuo.

— Quero explorar um futuro com você, Paz. Eu juro que Rio é coisa do passado.

Eu quero tanto acreditar nessa promessa.

— Um passado de quanto tempo?

— Eu falei. Três anos.

— Não, quer dizer... não aconteceu nada entre vocês dois desde então?

Alano fica em silêncio e olha para os lados, tentando esconder as lágrimas.

— Isso não deveria importar. Tudo que a gente viveu acabou antes de eu conhecer você.

— Quanto tempo antes? Seis meses? Um ano?

Alano fecha os olhos.

— Duas semanas.

Lágrimas quentes me cegam e sinto um nó no estômago.

—Você está tão preso no passado...

Ele começa a soluçar.

— Por favor, não fala assim, Paz. Você não faz ideia do quanto dói...

— Sabe o que dói, Alano? Ficar vivo por você!

Alano quer muito me puxar para um abraço, mas sabe que nunca vou deixar ele me tocar de novo.

— Não é para você ficar vivo por mim. Eu só queria que você vivesse por si mesmo.

— Se queria que eu vivesse por mim mesmo, deveria ter me mostrado que eu era digno de amor. — Aproximo meu rosto do de Alano uma última vez, perto o bastante para dar o beijo que agora vou morrer sem receber. —Você morreu pra mim.

As lágrimas tomam depressa o olho verde e o olho castanho de Alano, prontas para me sugar de volta, mas eu me viro para ir embora. Ele pega minha mão e me puxa com força.

Meu sangue ferve, e eu finco as unhas na palma da mão.

Eu me viro com o punho erguido e...

Eu me detenho antes de dar um soco em Alano, e ele recua. Eu o fiz estremecer de medo.

Dane aparece para resgatar Alano e o bloqueia com o corpo — protegendo-o de mim.

Giro em um círculo e vejo que o parque está cheio de pessoas me filmando.

Olho para o meu punho. Eu quase soquei o rosto de Alano mesmo? Não sou assim, eu não saio por aí surtando e socando as pessoas.

Mas por pouco não fiz exatamente isso.

E então sou atingido por um golpe ainda mais devastador: estou virando meu pai.

Todo mundo tinha razão. Sou uma ameaça à sociedade.

Nada me machuca mais do que o medo nos olhos de Alano quando ele finalmente me vê como o monstro que eu sou.

Saio correndo.

Os Dias Iniciais morreram, mas não sei como vou sobreviver aos meus Dias Não Finais sem o garoto de quem gosto — o garoto que eu amo.

PARTE QUATRO
COMO SOBREVIVER A UM DIA FINAL, QUER VOCÊ QUEIRA OU NÃO

Não estou vivo, e não vou cair

nas armadilhas da vida.

— Morte

(*Coração de ouro*, de Orion Pagan)

27 de julho de 2020
PAZ
7h57

A Central da Morte não me ligou, mas devia ter ligado, já que quase bati em seu herdeiro. Talvez Alano tenha contado o quanto eu quero morrer, então a vingança da Central da Morte é me manter vivo. Ou talvez estejam esperando o destaque midiático diminuir antes de mandarem um assassino para acabar comigo na encolha. É uma conspiração idiota, mas, de acordo com o jornal, ontem eu mostrei minha verdadeira face como Guarda da Morte, o que é só mais uma conspiração idiota, mas ninguém acreditou na minha verdade antes, então com certeza não vão acreditar agora que não posso mais me defender com o argumento de só ter sido violento uma vez para salvar minha mãe.

Levou menos de uma hora para que viralizasse um vídeo meu ameaçando dar um soco em Alano. Levou um pouquinho mais até eu ser identificado como o mais recente Guarda da Morte com sangue nos olhos, mas o estrago foi feito.

Meu nome foi parar nas manchetes e está sendo difamado nas redes sociais. O que mais me enoja nisso tudo é ver gente que apoia Carson Dunst elogiando meu surto de raiva diante de Alano. Você sabe que definitivamente fez algo errado quando esse tipo de gente te defende.

Minha mãe me pediu para ficar longe das redes sociais até a poeira baixar. Eu me recuso.

As pessoas acham que automutilação é só dor física. Ler comentários odiosos é um corte ainda mais profundo.

Abro o Twitter e digito meu nome para ver o que as pessoas estão dizendo.

@OP123original: Eu SABIA que esse Paz Dario era um Guarda da Morte!!! Todo mundo sabe que ele ama ver pessoas morrendo sem serem alertadas. O pai dele que o diga! Descanse (s)em Paz

@somenteonecessario: PAZ DARIO MEU PRESIDENTE

@manthony12: meu melhor amigo Rufus também tinha crises de raiva. não significa que ele era uma pessoa ruim. #PazDario

@PeckRealOf1c1al: caramba esse Paz Dario botou o punho pra jogo msm kkkkk quem dera ele tivesse terminado o que começou #GuardaDaMorte

@Lobichomem57: cara assisti CHAMADAS PERDIDAS MORTAIS e o pai do Paz Dario era um fdp que precisava morrer mas a Piction+ precisa fazer uma parte 2 pq o Paz tbm é um bosta

@FichaLimpaPublicidade: Paz Dario precisa de uma assessoria. Manda DM $$$

@CoruJacinto27: quem pagou o Paz Dario pra dar um trato no Alano Rosa devia ter dado instruções melhores #ficapraproxima

@MeuReiDemoniacoScorpius: dê RT se concorda que "como defender um assassino" devia fazer mais 1 temporada com o Paz Dario no elenco pq EXPERIÊNCIA é o que não falta

@VidenteDeVerdadeNY: tal pai tal filho. #PazDario

@MensageiroDasMasNoticias: mas que que o Alano Rosa tava fazendo com o Paz Dario???

Paro e encaro o último tweet. Será que alguma pessoa acreditaria que Alano e eu estávamos juntos porque ele gostava de mim? Se sim, é tão burra quanto eu.

Minha mãe bate na porta que concordei em deixar aberta e destrancada porque ela estava preocupada comigo, ainda mais levando em conta que eu não quis falar sobre o que rolou com Alano.

— Aqui, toma. — Minha mãe me dá dois comprimidos de fluoxetina e um copo d'água. Engulo o remédio, mas ela não vai embora. — Filho, a gente precisa conversar.

— Eu não quero — retruco, continuando a rolar a tela e permitir que estranhos definam quem eu sou.

Minha mãe toma o celular da minha mão e o segura longe do meu alcance.

— O que vai fazer? Me bater?

Fora ter ameaçado se matar, essa é a pior coisa que minha mãe já me disse. Posso odiar desconhecidos por dizerem "tal pai, tal filho" na internet, mas minha mãe é a única pessoa no mundo que eu nunca quero que pense isso. Bater em Alano não tem nada a ver comigo, mas aposto que meu pai disse a mesma coisa para minha mãe diversas vezes. E isso não o deteve, nem quando ela estava grávida de mim. Quero agir como se eu fosse diferente e fosse seguro estar perto de mim, mas não consigo.

— Foi o que pensei — diz minha mãe. Ela não é rígida assim comigo desde que estipulou as regras de como ela e Rolando iam ficar de olho em mim após a tentativa de suicídio. — Como a polícia não deu as caras, imagino que Alano não tenha prestado queixa, mas ainda estou apavorada, com medo de que venham bater na nossa porta a qualquer instante para tirar você de mim, e seria direito deles, já que você ameaçou Alano com violência.

Entre a crise infinita de choro de ontem à noite e ter me machucado em segredo em um nível que eu nunca havia atingido antes, mal preguei o olho, mas o que me deixou acordado foi esperar a polícia vir me prender. Foi nesse nível que minha primeira prisão me traumatizou.

Na noite em que matei meu pai, dois policiais apareceram. O mais grosseiro me encontrou acuado no cantinho do quarto. Na mesma hora, coloquei as mãos para o alto, porque é o que sempre tinha visto a polícia mandando as pessoas fazerem em séries de TV.

Queria que me vissem como um bom menino depois do que eu tinha feito, mas o policial ainda assim me algemou, dizendo que era parte do protocolo para garantir a segurança deles, o que não fazia sentido para mim, já que eles eram adultos armados e eu era uma criança de nove anos sem arma nenhuma... não naquele momento, não mais. Minha mãe implorou para que fossem cuidadosos comigo, e o policial bonzinho me arrancou das mãos do bravo, mas, em meio à comoção, eu não ouvi o alerta da minha mãe para não olhar o corpo do meu pai quando fosse levado embora.

De todos os momentos anteriores e os seguintes à morte do meu pai — desde pegar a arma no armário a atirar nele duas vezes —, só entendi de fato que eu o tinha matado quando vi o corpo caído na poça de sangue que se formou no mesmo chão em que dei meus primeiros passos em direção a ele.

Pensei que eu fosse um herói por salvar minha mãe, mas me senti um vilão quando estava sentado no banco de trás da viatura, sendo escoltado à delegacia. Todo mundo me encarou como se meu crime estivesse estampado na minha cara. Posei para a foto criminal, registraram minhas impressões digitais e fui interrogado por matar meu pai. Minha mãe achou que não tínhamos nada a esconder, então me deixou falar com o investigador antes de termos suporte legal. Mesmo respondendo a cada pergunta com sinceridade, ainda assim eu estava com medo de cometer um erro e acabar sendo tachado de mentiroso, de me indiciarem por um crime premeditado e de me prenderem pelo resto da vida.

Talvez eu devesse mesmo ter passado esses anos todos na cadeia.
— E...? — pergunto.
Não posso impedir a polícia de me prender.
— Por que você quase bateu no Alano? — insiste minha mãe.

O vídeo que viralizou mostra nós dois discutindo, mas não dá para entender o que estamos dizendo, assim como nas gravações de outros ângulos. O que está cem por cento visível é Alano segurando meu pulso quando tento ir embora e eu me virando com tudo, pronto para dar um soco nele. Eu preferiria ser preso a assistir àquele vídeo tenebroso de novo.

— Não importa.
— Eu liguei para a srta. Cielo...
— O quê? Por quê? — interrompo.
A srta. Cielo foi a defensora pública no meu julgamento.
— Caso precisemos brigar na Justiça.
— Não tem briga alguma. Eu nem fiz nada.
— Isso não significa que sua intenção não possa ser usada contra você. Em vez de pegar uma pena na cadeia, podemos ver com a sua psicóloga e sua psiquiatra de colocar você em um programa de controle de impulso e raiva para ajudar a prevenir futuras crises com terapia cognitivo-comportamental. — Minha mãe me ama tanto que não consegue nem ficar irritada comigo a ponto de me mandar para a cadeia antes de eu me tornar um terror de verdade, como meu pai. — Só posso ajudar se souber o que foi que deu em você para machucar o Alano.

O que me deu foi um transtorno psicológico por ver meu pai agredindo minha mãe. Eu fui de viver aterrorizado a me tornar o próprio terror.

— Eu queria bater no Alano porque ele destroçou meu coração — grito.

Ninguém vai preso por uma decepção amorosa, mas isso também deveria ser crime. Quero Alano sendo julgado perante a Justiça, forçado a explicar a um juiz e um júri por que pensou que podia se aproveitar da minha alma decadente.

É tudo que consigo dizer, mas basta para minha mãe entender.

— Sinto muito, Pazito.

Deixo ela me abraçar e choro ao me lembrar do quanto senti falta dela quando fui mandado para o centro de detenção juvenil no Bronx na noite em que matei meu pai. Minha garganta ficou esfolada de tanto que gritei por ela, com medo de nunca mais voltar a vê-la. Chorei tanto na minha cela que vomitei. Chorei até dormir e chorei quando acordei. E chorei quando fui solto e pude voltar para os braços da minha mãe na tarde seguinte. Aquela noite sem minha mãe — e até mesmo sem meu pai — pareceu durar uma eternidade.

E agora nada parece mais solitário do que a vida sem Alano. Estou pronto para desistir.

— Peço desculpas por atrapalhar — diz Rolando junto à porta —, mas tem várias vans lá fora.

Sei que a polícia está aqui, mas *vans*? Tipo, mais de uma? Eles mandaram a equipe da SWAT ou o Exército para prender um garoto de dezenove anos cuja única arma é uma faca que usa para machucar a si mesmo? Vou ter que fugir. E então lembro que ontem à noite eu me cortei de uma forma que nunca tinha feito antes, e não tenho a menor condição de ser mais rápido que as autoridades quando mal consigo andar. Eu me solto dos braços da minha mãe, atenuando meu andar cambaleante ao ir até a janela e puxar as cortinas.

As luzes lá de fora me cegam.

Não é a polícia que veio me prender. São repórteres que estão aqui para me destruir.

Se eu soubesse que a sobrevivência me traria a este ponto, eu teria apertado o gatilho.

ALANO
10h30

A Central da Morte não pode me ligar, mas, em vez de uma empresa que alerta os assinantes antes de eles morrerem, não seria melhor se tivéssemos um serviço que prevê quanto tempo nossos romances vão durar? Tipo uma Central do Amor. Algo que deixe todas as pessoas de sobreaviso, assim podem se preparar para terem o coração partido. Para que consigam as merecidas respostas antes do fim. Para se inclinarem e darem aquele último beijo, ou talvez até o primeiro antes de a chance ser perdida para todo o sempre. No fim das contas, não preciso de uma Central do Amor para saber que meu relacionamento com Paz estava fadado ao fracasso. É só que nunca imaginei que meu passado com Rio seria a ruína de um futuro ao qual eu achava estar destinado.

Eu me tranquei no quarto sozinho com Bucky porque fiquei sufocado com os meus pais assistindo à cobertura da imprensa e meu pai insistindo em prestarmos queixa contra Paz. Estou no notebook tentando entender a reação agressiva dele, vendo vídeos e lendo matérias a respeito de como relações românticas afetam alguém com transtorno de personalidade borderline.

Para começo de conversa, um indivíduo com esse diagnóstico pode se apaixonar depressa, reconhecer o parceiro como a alma gêmea que será a salvação de sua aflição. Também pode ocorrer um fenômeno chamado clivagem, porque ao mesmo tempo que uma pessoa borderline pode se apaixonar rapidamente, ela também pode virar uma chavinha para o ódio com a mesma velocidade, caso se sinta traída ou rejeitada. Não sei se Paz me amava, mas tenho certeza de que agora me odeia.

—Você morreu pra mim — disse ele.

Isso tem me assombrado.

Morri para Paz porque falhei em estabelecer uma comunicação eficaz, algo necessário em qualquer tipo de relacionamento, ainda mais quando seu parceiro é borderline, já que o turbilhão de pensamentos depressivos dele vai preencher, do jeito mais negativo possível, as lacunas de tudo que não for dito. Quem me dera ter dado a Paz uma Enciclopédia de Alano Rosa para que ele soubesse tudo a respeito da minha história, até as páginas que eu gostaria de poder queimar. Pelo contrário, ele teve que descobrir sobre meu passado com Rio em um momento tenso. É óbvio que Paz só vai conseguir ver Rio como uma ameaça.

— Como você consegue ser tão brilhante, Alano, e ao mesmo tempo não enxergar o que está bem na sua frente? — perguntou ele.

Não vi o óbvio porque isso tudo é novo para mim. Estou deixando meu amor não correspondido por Rio para trás e descobrindo uma atração correspondida por Paz. Estou tentando tomar cuidado com o transtorno de personalidade borderline dele e me proteger de um surto psicótico. Precisarei de alguns anos para conseguir reagir muito bem às adversidades de um relacionamento dessa natureza, mas me importo tanto com isso que quero continuar aprendendo agora.

A pesquisa me trouxe à minha maior questão: será que posso reverter esse rompimento? Tem muitas respostas boas dignas de mais reflexão, tanto para a pessoa borderline quanto para o parceiro, porém o que me parece mais urgente é garantir que Paz não esteja me colocando em um pedestal. Ele não vai me tratar como se eu fosse uma alma gêmea isenta de defeitos quando eu confessar minhas imperfeições.

Isso presumindo que ele vá me dar uma segunda chance.

— Sabe o que dói, Alano? Ficar vivo por você! — falou ele.

Meu desespero em redimir falhas do passado me motivou a convencer Paz a descer em segurança do letreiro de Hollywood e a se livrar da arma para que eu não acabasse com mais sangue nas mãos. Mas não há como negar que os Dias Iniciais foram um esforço genuíno para ajudar Paz a viver por si mesmo. Eu não imaginei que fosse me apaixonar por ele no meio do caminho ou levá-lo ao limite.

Não me arrependo de ter salvado Paz.

Só me arrependo de ter deixado a vida dele pior do que estava quando eu o conheci.

PAZ
11h05

Todas essas câmeras do lado de fora da minha casa fazem eu me sentir como se estivesse no set de um filme.

Qual papel eu deveria interpretar para conseguir que esses jornalistas deem o fora? Vou parecer um psicopata se sair sorrindo como o Paz Feliz, mas posso dar um show como o Paz Triste ficando de joelhos e implorando por perdão. Posso olhar bem para a câmera e pedir desculpas diretamente para Alano. Encerrada essa parte, continuarei lá fora esperando os repórteres me pedirem desculpas também. Estão agindo como se eu fosse igualzinho ao meu pai, um homem que fez minha mãe comer o pão que o diabo amassou durante anos, sendo que não encostei um dedo sequer em Alano. Cacete, como é que isso é justo? Não é, mas eles não dão a mínima, assim como não vão se dar ao trabalho de me pedir desculpas; só estão atrás de mais provas de que sou o Paz Louco. Vou lá dar a eles o que tanto querem e...

Não, não, não, eu não vou ser definido por este momento. Eu não sou assim...

Na verdade, eles estão certos, não é só este momento. Agora eu cometi diversas agressões...

Cometi um erro ao ameaçar bater em Alano, e por isso eu posso me desculpar...

Não, Alano é quem deveria se desculpar, porque causou muito mais danos estragando a minha cabeça...

Eu não tenho direito de bater em outra pessoa a menos que seja por autodefesa...

Não, de acordo com um monte de gente, nem mesmo em autodefesa...

Eu queria nunca ter cerrado o punho e o erguido para Alano...

Eu queria nunca ter conhecido Alano.

Meu celular vibra no bolso, me salvando da minha espiral de pensamentos. Meu coração está acelerado, torcendo para ser o garoto que eu queria nunca ter conhecido, mas é só um e-mail do gerente da Faça-Acontecer entrando em contato a respeito da vaga de emprego. Não me surpreende que Ross esteja me rejeitando para o cargo, mas fico surpreso com o quanto isso me deixa furioso. Era para essa ser a prova de Alano de que eu ainda poderia ter um futuro, e agora nunca vou saber, já que não vou ser contratado porque quase soquei Alano ou porque matei meu pai.

Eu me levanto do sofá e cambaleio até o quarto.

— Aonde você vai? — pergunta minha mãe, presa em casa comigo.

— Ligar pra Raquel.

Nada como a privacidade de uma falsa ligação para minha psicóloga para eu poder me machucar em paz.

ALANO
16h35

— O senhor tem visita.

Ainda estou acordando do meu cochilo de depressão quando o agente Dane repete o anúncio. Não faz sentido que Paz seja a visita, mas alimento esperanças quando pergunto quem é.

— O sr. Rio — responde o agente Dane.

Óbvio. Ele tem ligado e mandado mensagem desde ontem à noite. Não respondi.

Meu celular está no modo não perturbe desde hoje de manhã, porque eu não tinha mais cabeça para o tanto de mensagens querendo saber sobre o meu bem-estar após mais um ataque de ódio. E não foi bem um ataque de ódio — estava mais para um ataque de "eu te odeio". Por isso muitas pessoas ficariam surpresas ao saber que Paz é o único contato que marquei como exceção no modo não perturbe, caso ele precise de mim durante esse período tenso. Minha vontade de que um dia ele vá querer minha ajuda de novo está me afundando ainda mais na depressão.

Levanto da cama para ver o que Rio quer. Bucky me acompanha pela mansão e se estica todo quando chegamos à porta. Ele balança o rabo como se fôssemos passear. O agente Dane sai para a varanda primeiro, e Bucky corre para fora, ficando doido ao ver Rio, como se não o tivesse visto dois dias atrás. Houve uma época em que eu tinha a mesma energia para o meu amigo.

— E aí, Buckinho? — cumprimenta ele, abaixando para fazer carinho em Bucky e perdendo o equilíbrio por causa da mochila de viagem enorme. Depois, ele olha para mim. — Tudo bem?

— Não — respondo.

Fico de braços cruzados.

Rio tira a mochila das costas e se senta à mesa do pátio, esperando que eu me junte a ele.

—Você está sendo frio comigo como se eu fosse o monstro que te ameaçou.

— Paz não é um monstro.

— Ele também não é um anjo.

—Você provocou.

—Você precisava ver que ele ainda é perigoso. Estava tão iludido...

— Eu enxerguei Paz de maneiras que você não seria capaz.

— O que eu vi também importa, tá, Alano? Eu vi Paz ameaçar me dar uma surra. Assisti a vídeos dele pronto para meter a porrada em você. O que eu não vi foi seu guarda-costas dando um chega pra lá nele... — comenta Rio, se virando para o agente Dane, que escolhe ignorá-lo. — Embora Paz com certeza fosse uma ameaça.

Naquela hora, a responsabilidade do agente Dane era proteger meu corpo como se fosse o dele, ainda mais considerando que estávamos cercados por uma multidão de estranhos que poderiam ter me atacado em massa. Em momento algum passou pela minha cabeça que Paz me mataria. Se bem que eu também nunca imaginei que ele pudesse chegar perto de me bater. Para mim, a culpa disso é do transtorno de personalidade borderline, que não está sendo tratado adequadamente, e isso precisa ser resolvido para ontem. Mas assim como não vou compartilhar o diagnóstico de Paz com meus pais, isso também não é da conta de Rio.

—Você não deveria ter feito tão pouco caso da dor que levou Paz a tentar se matar — digo.

— Ele estava tentando pagar de superior quando na verdade não passa de um suicida — retruca Rio.

— E você está fazendo isso de novo agora.

— E você continua defendendo o Paz como se ele fosse completamente inocente.

Se ao menos Rio soubesse o quanto eu merecia ser chamado de Morte pelo luto que já causei às pessoas.

— Meu relacionamento com Paz não é da sua conta, mas agora eu o perdi por sua causa.

Rio se levanta da mesa e vem até mim.

— Você não pode me odiar por ser seu melhor amigo e querer te manter vivo, Alano.

Tento responder, mas ele não para por aí:

— Você tem tantas experiências de vida, mas, mesmo com a sua família lucrando em cima da morte alheia, você não sabe o que é perder alguém de verdade. — Os olhos escuros de Rio se enchem de lágrimas. — Não existem palavras para descrever o quanto a vida é dolorida sem Lucio ou a culpa que eu sinto toda vez que me divirto ou o quanto queria que eu tivesse morrido no lugar dele para que Antonio tivesse um irmão mais velho melhor. — Ele aperta os olhos, e as lágrimas escorrem pelo rosto. — É tão difícil pensar em Lucio vivo sem lembrar do corpo dele sem olhos, dos membros mutilados... — Rio balança a cabeça como se isso fosse fazer a lembrança ir embora e respira fundo antes de me encarar de novo. — Quer saber o verdadeiro motivo de eu não ter aceitado namorar com você?

Eu não fazia ideia de que a conversa ia tomar esse rumo. Sempre achei que Rio não sentisse nada por mim. Queria poder viver na ignorância, mas preciso saber a verdade.

— Por quê?

— Você sempre agiu como se fosse invencível. Não sei se foi por causa da Central da Morte ou porque você acha que sabe tudo sobre todo mundo. Ao olhar para você, tudo o que eu via era alguém que ia acabar se metendo em uma furada e morrendo de um jeito violento, e eu não conseguiria passar por isso de novo. — Os olhos escuros dele ficam cheios de raiva, tristeza e esperança, tudo ao mesmo tempo. — Eu quase perdi você, Alano, e estou tão feliz por isso não ter acontecido...

— Que bom ter um amigo que se importa.

Ele coça a cabeça e suspira.

— Não estou fazendo isso direito.

— Fazendo o que direito?

Rio pega minha mão.

— Não sou nenhum poeta, mas eu quero que a gente fique junto.

Essa declaração pode não ser poesia, mas na mesma hora me faz lembrar do elogio fúnebre do poeta Alfred Tennyson a seu melhor amigo, Arthur Henry Hallam, que morreu de maneira repentina: "É melhor ter amado e perdido do que nunca ter amado." Com esse negócio do pró-naturalismo do Rio e sua volta à forma antiga de viver, a solução dele não é se registrar na Central da Morte de novo para não me perder de repente. É viver do jeito pró-naturalista comigo, mesmo se isso significar ter que sofrer com o luto por mim após uma morte imprevisível.

Depois que Rio partiu meu coração, eu ficava todo dia remoendo o passado, me perguntando onde foi que eu tinha me enganado, confundindo nossa relação com algo romântico. Foi difícil me convencer do contrário, porque todos os sinais de que ele gostava de mim estavam ali, pelo menos de acordo com os meus pais, os dele, Ariana, o agente Dane e qualquer outra pessoa que passasse mais de cinco minutos observando a gente. Nós fazíamos caminhadas superlongas pela cidade e, sempre que precisávamos voltar para casa, fazíamos ligação de vídeo para continuar conversando até a hora de dormir. Nutríamos um interesse pelos hobbies um do outro, tipo eu jogar o videogame favorito dele e ele querer se aprofundar nas minhas curiosidades diárias. Abríamos o peito para falar de nossos problemas como nunca havíamos feito com mais ninguém. Grandes amizades também são construídas com esses elementos, mas nunca me pareceu que eu só estava conhecendo um amigo. Eu tinha certeza de que estava descobrindo minha alma gêmea.

Durante um momento de vulnerabilidade no domingo, 25 de junho de 2017, Rio me beijou.

O beijo foi uma mudança tão grande e inevitável quanto envelhecer.

— Eu esperei você dizer isso por tanto tempo — admito.

Meu coração dispara quando nosso corpo se encontra, e uma eletricidade zune entre nós dois, à qual eu já havia me acostumado, sinalizando uma mudança entre dois amigos se divertindo juntos para dois garotos buscando a intimidade de apaixonados. Rio sorri ao aproximar o rosto do meu, e seus lábios ficam a poucos centímetros da minha boca antes de eu recuar.

— Desculpa, mas eu parei de esperar — acrescento.

Superar completamente é impossível. Sempre vou amar Rio, quer eu queira ou não, mas já sobrevivi a todas as noites que passei em claro desejando que ele estivesse me abraçando. Agora outra pessoa é quem está me tirando o sono.

Rio solta a minha mão.

— Ai, que vergonha.

— Não precisa sentir vergonha. Isso não muda nada.

— Foi assim que você se sentiu quando eu rejeitei você?

Cada dia era mais difícil que o anterior.

— Não, mas a gente superou aquilo juntos.

Rio pega a mochila como se estivesse prestes a ir embora, mas me encara.

—Viajei pra cá por você. Eu estava com medo de te perder, e mesmo assim isso está acontecendo.

Só que a situação não precisa ser algum tipo de profecia que está se tornando realidade.

—Você não está me perdendo. Eu estou vivo, Rio. Eu realmente precisava de um amigo. Ainda preciso.

Seria tão bom sentar e desabafar sobre o quanto a semana tem sido pesada, como em outras vezes em que eu estava passando por um momento difícil, mas foi Rio quem acendeu a chama que explodiu meu futuro com Paz. Recorrer a ele como um ombro amigo agora seria como pedir para meu pai me impedir de pular daquele terraço quando ele próprio era o motivo de eu estar tentando me matar. Não que meu pai ou alguém saiba sobre isso.

— Está sendo difícil demais ser seu amigo agora — confessa Rio, se virando para ir embora.

É como se ele fosse meu oponente de muay thai. Minha rejeição foi um soco, mas, antes que eu pudesse bloquear, ele veio com uma joelhada e me deixou sem ar. Nós dois continuamos de pé, mas estamos machucados. Quero colocar um fim nessa luta.

— Foi você que ficou tão assustado com medo de me perder, e agora vai me dar as costas? — pergunto, seguindo Rio quando ele passa da fonte e segue para o portão. — É assim mesmo que você se sente? Se não puder me ter por completo, então não me quer na sua vida de jeito nenhum?

Rio para de repente e se vira para me encarar.

— Você espera mesmo que eu fique plantado aqui vendo você se apaixonar por outro cara?

Esse é o golpe fatal que me desnorteia por tanto tempo que só percebo que Rio foi embora quando ouço o barulho do portão se fechando com força.

Primeiro Ariana, agora Rio. Não tenho mais melhores amigos. Nem Paz.

É a maior solidão que sinto em anos.

O poeta Alfred Tennyson escreveu sobre como era melhor ter amado e perdido do que nunca ter amado, mas o que mais me cairia bem agora é um poema sobre perder tudo por causa do amor.

PAZ
17h09

Depois de me mutilar fisicamente, machuco minha mente lendo mais coisas que me ofendem na internet.

O Twitter só piorou. Em vez de me chamarem de Guarda da Morte perigoso, os ataques assumiram um tom mais pessoal. Agora sou um loiro feio. Sou a pior parte de toda a franquia de Scorpius Hawthorne. Estou explorando Alano por fama. E meu tweet preferido é que eu deveria me matar, o qual eu curto pela minha conta fake. Algum engraçadinho também criou uma conta chamada @PunhoDoPazDario, que está desafiando funcionários da Central da Morte para brigas. Alguns idiotas estão especulando que o responsável pelo perfil seja eu, mas, ainda que eu corresse lá para fora e contasse a verdade para todos aqueles repórteres, não faria diferença. Todo mundo já se decidiu a meu respeito, o Guarda da Morte feio, aproveitador e perigoso que estragou o último filme de Scorpius Hawthorne e deveria se matar.

Estou prestes a mudar de foco quando, cacete, vejo uma notícia inacreditável que ao mesmo tempo não tem nada e tudo a ver comigo: escolheram o ator para interpretar a Morte em *Coração de ouro*, e é ninguém mais, ninguém menos do que aquele filho da mãe do Bodie, que conheci antes do teste de química. Ele nem se deu ao trabalho de ler o livro e agora vai ficar famoso por causa da história.

Abro a gaveta da mesa de cabeceira e pego minha faca suja de sangue. Isso não basta. A automutilação não está ajudando. O que quero mesmo é machucar outra pessoa, e essa ideia me assusta pra cacete.

Quero meter a porrada no Bodie; quero dar uma surra nos produtores do filme; quero socar a cara do Orion.

Às vezes um pensamento é apenas um pensamento, mas às vezes eu não penso antes de agir, e, se minhas ações consistem em machucar outras pessoas, então preciso botar um fim nisso antes que eu de fato me torne meu pai.

Minha vida sempre foi difícil, mas agora mais do que nunca acredito que era para eu ter morrido antes do Alano interferir, porque tudo só piorou. É como se viajantes do tempo estivessem tentando reparar esse erro, então providenciaram essa confusão toda para emporcalhar qualquer esperança que eu pudesse ter de viver, incluindo ser xingado nas redes sociais, ter minha privacidade desrespeitada por vans da imprensa, uma rejeição pela Faça-Acontecer e a destruição completa do meu sonho de ser a Morte no filme de Orion.

Mensagem recebida.

Preciso voltar ao letreiro de Hollywood para terminar o que comecei.

ALANO
17h16

Estou tão sozinho que procuro meus pais. Encontro os dois no quarto, onde meu pai está se aprontando para a entrevista dessa noite para o *60 Minutes*, que vai acontecer no escritório da Central da Morte de Hollywood. Ele vai comentar sobre o aniversário de dez anos da empresa e divulgar a biografia que está para ser lançada. Minha mãe está tentando convencê-lo a usar o terno azul-marinho da Dior, mas vou até o closet dele e retiro o terno lilás da Chanel que ele nunca usou. Ajudar meu pai a se vestir é uma boa distração para todos os meus sentimentos.

Eu me sento no sofá-cama com Bucky e conto sobre a discussão tensa que tive com Rio. Consigo ver meus pais fazendo cálculos mentais e percebendo que estou com um total de zero amigos.

— Sinto muito, filho — diz minha mãe.

—Vai dar tudo certo, *mi hijo* — garante meu pai.

— Foi o que o senhor disse sobre Ariana — respondo. *Palavra por palavra*, eu deveria acrescentar.

— As dores da vida não se curam da noite para o dia — argumenta meu pai, olhando de relance para o meu braço enfaixado. — Mas todas vão sarar.

Os pontos vão cicatrizar e fechar minhas feridas, mas o que vai remendar meu coração e minha alma? Se eu depender apenas do tempo, vai demorar demais. Não sei se tenho forças para esperar, ainda mais do jeito que minha vida tem andado, arrastando os outros até o fundo do poço comigo.

— A que horas preciso estar no escritório mesmo? — indaga meu pai, escolhendo o relógio.

Em circunstâncias normais, eu teria o itinerário dele na ponta da língua, mas não ando tão proativo desde que tentaram me assassinar. Acesso minha caixa de entrada da empresa e vasculho os e-mails novos nos quais Aster Gomez me copiou para compromissos da Central da Morte. O mais recente trata da adaptação do livro de Orion Pagan. Ela compartilhou uma nota à imprensa, divulgada hoje, sobre o ator que vai interpretar o personagem da Morte. Mesmo sabendo que não é possível, espero ler o nome de Paz, mas o escalado para o papel é um rapaz chamado Bodie LaBoy, e Aster quer saber se deveríamos incluir o cara e o outro protagonista, Zen Abarca, na lista de convidados do Baile da Década, já que a história de Orion foi tão influenciada pelo primeiro Dia Final.

— Que horas? — repete meu pai.

— Ah. — Encontro o cronograma dele rapidamente. — Às 18h30.

— Obrigado.

Volto ao anúncio do elenco, desejando que eu pudesse ter mexido uns pauzinhos para colocar Paz no filme.

— Que cara é essa? — pergunta minha mãe.

A princípio acho que ela está falando com o meu pai, mas então ela me chama pelo nome.

— Estou preocupado com o Paz — digo, e meu pai para enquanto explico a conexão que Paz sente com o papel em *Coração de ouro*. — Ele chegou tão perto nas audições, mas não o escolheram porque a reputação dele ia gerar muita controvérsia.

— Foi um livramento e tanto para o estúdio. Colocar aquele rapaz na adaptação teria sido um tiro no pé — comenta meu pai.

O jeito como ele fala me leva de volta à noite em que impedi Paz de atirar em si mesmo e depois à noite anterior àquela, quando Harry Hope se suicidou.

— Paz já quase se matou por causa desse filme — rebato, olhando feio para o meu pai. — As condições dele só vão piorar agora.

— Condições essas que ele mesmo criou.

— O senhor culpa ele por ter atirado no pai?

— É lógico que não, mas não vou ter pena de um marmanjo de dezenove anos como tive de uma criança de nove, muito menos quando meu próprio filho foi o alvo da vez.

Meu pai fica tanto na defensiva para me proteger que não consegue ver que Paz também é filho de alguém.

— Deveríamos alertar os pais dele sobre esse risco — sugere minha mãe.

Pelo menos ela se lembra...

— Eles não sabem que Paz tem tendências à automutilação nem que tentou se matar recentemente — explico.

Ela se senta ao meu lado no sofá-cama.

— Você acha que ele pode se machucar por causa disso tudo?

— Algumas noites atrás, ele me prometeu que não faria mais isso, mas...

— Mas o sofrimento vira as pessoas do avesso.

Imagino Paz literalmente do avesso, com o coração partido preso entre os ossos da costela e cortes fundos por todo o corpo; é uma imagem que imediatamente desejo esquecer.

Depois que o agente Dane e eu fomos embora do parque de diversões ontem, acompanhados por mais três agentes da Central de Proteção, compartilhei minha preocupação com Paz se automutilar, o que não deveria ter me surpreendido, considerando que eu sabia que ele já tinha tentado se suicidar, mas ainda assim fui pego de surpresa.

— Sempre há sinais físicos e psicossociais — comentou o agente Dane antes de dar alguns exemplos comuns.

Comportamentos impulsivos, isolamento voluntário, comer em excesso ou então muito pouco e até exagerar na atividade física. Ele reparou nas mudanças de humor de Paz, mas não identificou nada físico como falhas no couro cabeludo ou o uso de mangas compridas no verão para esconder hematomas, cortes ou queimaduras que não têm explicação. A parte do corpo onde Paz se mutila é um grande segredo tanto para o olho de águia do agente Dane quanto para mim.

— Se pais tão carinhosos e atentos quanto Gloria e Rolando não estão percebendo os sinais, então Paz deve estar atuando bem pra cacete para encobrir seus hábitos nocivos.

— Ele é ator, afinal de contas — relembrei a Dane.

— Por acaso ele chegou a mencionar o método que usa para se machucar? Não encontrei nenhum objeto pontudo quando inspecionei o quarto dele.

O agente Dane ainda não sabe que seu olho de águia deixou passar a faca escondida no diário falso de Paz.

— Sei que ele se corta, mas não sei em que parte do corpo.

Nunca vi cicatrizes nos braços dele, e posso descartar as pernas porque ontem vi Paz usando short de basquete. Ainda assim, tem muitos cantos de seu corpo que nunca cheguei a explorar.

Mesmo depois de Paz quase ter me batido, eu ainda me sentia tentado a visitá-lo para ver como ele estava, mas fiquei com receio de aparecer do nada e acabar só mexendo ainda mais com a cabeça dele.

— Quer ligar para o Paz? — pergunta minha mãe.

— Naya, por que sugerir algo assim? — rebate meu pai.

— Alano está preocupado com o amigo — insiste minha mãe, com uma voz firme, mas doce.

— Inimigo — corrige meu pai, com ainda mais firmeza e sem doçura alguma. É como se Paz tivesse sido jogado na mesma categoria que Mac Maag, que de fato tentou me matar. — Se está tão preocupado com ele, *mi hijo*, então ligue a TV e veja o jornal. Os repórteres que passaram o dia todo plantados em frente à casa dele certamente vão dizer se ele saiu ou não.

Minha preocupação com Paz atinge um nível estratosférico ao saber que ele passou o dia com a imprensa de olho dele. Pego o celular e pesquiso as notícias em diferentes veículos em busca de vídeos da casa de Paz. E se ele surtar como Caspian Townsend e acabar sendo morto? Nunca me senti tão tentado a infringir o código dos funcionários e entrar em contato com o escritório da Central da Morte para confirmar se uma pessoa é ou não Terminante.

Será que Paz me contaria se hoje fosse seu Dia Final?

Remoo isso enquanto olho pela janela para o céu. Está claro demais, considerando o quanto o dia todo foi sombrio.

— Vou ligar para o Paz — declaro, ignorando os protestos do meu pai quando saio apressado do quarto deles.

Minha mãe vem atrás de mim.
— Alano — chama ela.
Continuo andando.
— Você não vai ligar — deduz ela. — Você vai até a casa dele, não é?
Paro de repente.
— Por favor, não tente me convencer a não ir — peço sem me virar.
— Mães têm o direito de se preocupar — fala ela, me alcançando e ficando de frente para mim. — Me diga por que você precisa fazer isso.
— Você me disse para proteger meu coração caso eu não conseguisse salvar Paz para sempre, mas ter certeza de que ele está vivo é proteger meu coração.
Ainda que eu esteja morto para ele.
Eu me arrependo de não ter tomado mais cuidado com o coração de Paz da primeira vez.
Minha mãe leva minhas mãos à boca e beija os nós dos meus dedos. Vejo orgulho e medo em seus olhos marejados.
— Eu te amo, meu milagre, e por mais que me assuste ver você querendo fazer milagres para os outros, eu amo seu coração por te guiar à compaixão. Esse mundo é tão difícil, e eu tive que passar por tanta coisa para trazer você a ele que me perguntei se todos aqueles abortos espontâneos não eram a forma de o mundo tentar ser misericordioso comigo. As preocupações só aumentaram quando Joaquin me contou o segredo que viria a ser a Central da Morte. Tive ainda mais medo de colocar uma criança em um mundo tão assustador, mas finalmente estava grávida de você, e não queria que isso mudasse. — Ela olha para mim como se eu fosse um recém-nascido de novo. — Mas a visão do seu pai para a Central da Morte também merecia nascer. Tivemos que dar um voto de confiança atrás do outro, e aqui estamos nós. A Central da Morte facilitou a vida para milhões de pessoas ao redor do mundo, e você trouxe mais luz à minha vida e à do seu pai. — Ela seca as lágrimas e sorri. — E acredito que você tenha trazido mais luz à vida de Paz

também. Se precisa mesmo ir se assegurar de que a alma dele não se perdeu nas trevas, não vou impedi-lo, mas — ela aperta minha mão, como fiz quando Paz e eu estávamos no letreiro de Hollywood —, por favor, volte para mim.

Espero minha mãe dizer que não vai conseguir viver sem mim, como Gloria fez com Paz, mas fico aliviado quando a ameaça não vem. Independentemente do quanto a vida se tornasse difícil caso eu morresse, quero que minha mãe continue vivendo. Paz sente o mesmo a respeito da própria mãe.

—Vou voltar para você, mãe.

— Acredito na sua intenção, mas não sei qual é seu destino. Se for encontrar Paz, você confia sua própria vida nas mãos dele?

Depois de ouvir a história da minha mãe sobre o segredo da Central da Morte, me senti ainda mais confiante em dar esse voto de confiança para ajudar um garoto que eu acredito com todas as minhas forças não ser um Guarda da Morte.

— Confio minha vida nas mãos dele.

— Então vá lá buscar sua paz de espírito. Garanta que ele não está se machucando e que não quer fazer mal a você.

PAZ
18h25

É hora de morrer antes que eu machuque mais alguém.

Tem que ser agora, antes que eu vire de uma vez por todas o meu pai, um bosta que só falava da boca para fora que nunca quis bater na minha mãe e que culpava a raiva por trazer à tona o pior lado dele. Então, às vezes, ele fingia que a agressão nunca havia acontecido, apesar dos hematomas da minha mãe. Não quero me tornar um homem que bate nos outros e não sente nada.

Preciso me impedir de continuar nessa.

A maioria das vans dos canais de notícia já foi embora, mas ainda há algumas à espreita, me esperando sair. Elas estão prestes a ser recompensadas pela paciência com vídeos meus mostrando o dedo do meio, enquanto parto para minha jornada final.

Minha mãe e Rolando estão no quarto ouvindo música de spa, numa tentativa de relaxar no meio do caos desse dia desgraçado. Preciso partir agora, assim eles não vão suspeitar mais tarde. Estou tentado a me despedir da minha mãe e dizer que eu a amo, mas a carta de suicídio que deixei embaixo do travesseiro terá que fazer isso por mim.

Por mais que eu odeie admitir — e eu odeio pra cacete —, Alano tinha razão ao dizer que, se eu tivesse que morrer, a última coisa a deixar para minha mãe não deveria ser uma carta de suicídio. Não cheguei a pagar por aqueles itens na Tempo-Presente, mas talvez a funcionária da loja ainda envie para minha mãe e para Rolando, quando ela voltar ao trabalho. No caminho para o letreiro de Hollywood, vou ligar para a loja e deixar uma mensagem pedindo que providenciem isso. Não posso ligar como eu mesmo, já que deveria estar morto, mas, por mais que imitações não sejam o meu forte, é bem provável que consiga imitar o Alano de forma convincente. Só preciso ser muito educado e contar um fato curioso sobre a origem dos relógios ou qualquer merda assim.

Pensar no cérebro sabe-tudo do Alano me deixa feliz por um milésimo de segundo, antes de eu me lembrar de como aquela boca mentirosa dele partiu meu coração e fez meu punho se cerrar.

Tudo acontece por um motivo, até ter sido salvo pelo Alano para que ele tivesse a oportunidade de me destruir. Talvez, se tivesse seguido meu plano original de suicídio, eu acabasse sobrevivendo e levando uma vida ainda pior. Não tenho mais a arma, mas talvez fosse ela que fizesse tudo dar errado da outra vez, já que armas não trazem nada de bom.

Meu novo plano é simples: saltar para a morte. Foi o suficiente para a garota do letreiro de Hollywood, então será o suficiente para me transformar no garoto do letreiro de Hollywood.

Eu não sabia nada sobre Peg Entwistle e o suicídio dela antes de conhecer Alano, mas ouvir a história me deu um pouquinho mais de confiança nesse plano. É quase como se Alano tivesse entrado na minha vida como um mensageiro poderoso que não apenas me avisa que estou prestes a morrer, mas também como.

Odeio não conseguir parar de pensar nele. A pior parte é que a maioria dos pensamentos são bons. Como Alano nunca me tratou como um assassino de sangue-frio. Como fez com que eu me sentisse compreendido e valorizado, como se minha opinião fosse válida. E como Alano se tornou um motivo para eu me levantar de manhã animado por não ter recebido uma ligação da Central da Morte. Mas parece errado pensar nas coisas boas, assim como quando Alano perguntou sobre uma memória de infância que me faz sorrir e eu falei do meu pai cuidando de mim. Preciso lembrar da parte ruim. Como meu pai agrediu minha mãe e tentou matá-la, então eu o matei primeiro. Como Alano me deixou tão furioso que eu quase dei um soco nele. Como talvez eu envelheça e tente matar a pessoa que amo.

Enquanto eu estiver vivo — com sorte, por apenas mais seis horas —, nunca vou esquecer todas as decepções pelas quais passei;

meu corpo não vai permitir, especialmente durante a jornada longa e dolorosa que me espera até o letreiro de Hollywood.

Me esforço para não chorar enquanto manco até a porta de casa, abrindo-a rápido para sair correndo, mas aí congelo.

Só posso estar alucinando, porque estou vendo o garoto que eu nunca mais deveria ver. O olho verde e o castanho me encaram em choque também. Ele está vestindo um moletom cinza e calça jeans azul larga com uma bolsa de couro marrom pendurada no ombro. Um dos seus punhos está cerrado como se estivesse prestes a dar seu golpe de vingança... ou prestes a bater na porta. Todo pensamento acelerado de vingança desaparece da minha cabeça quando noto que na outra mão ele está carregando algo tão inacreditável quanto a presença dele aqui.

Alano levanta a bolsa para me mostrar o tapete de estrela do mercado a que fomos.

— Imaginei que você pudesse precisar disso agora, mais do que nunca — diz ele, compassivamente. Não, na verdade, carinhosamente.

Descongelo, mas, em vez de pegar o tapete de estrela, desato a chorar e, embora eu não mereça tocá-lo nunca mais, pergunto, não, na verdade, imploro:

— Posso te abraçar?

— Pode.

Me encaixo nos braços dele, ignorando toda a dor que me alerta a ficar longe de caras como Alano, e caio no choro enquanto ele me aperta ainda mais contra o próprio corpo, como se fôssemos uma só pessoa.

Para os outros eu sou capaz de contar uma mentira atrás da outra, mas não posso mentir para mim mesmo: abraçar Alano me faz sentir que estou me agarrando à minha própria vida para não cair do letreiro de Hollywood.

— Paz?

Eu o abraço com ainda mais força porque estou com medo de que ele vá embora de novo.

— Oi?

— Posso entrar? Estamos sendo filmados.

Olho por cima dos ombros de Alano. Há repórteres e câmeras na rua. O agente Dane também está esperando na calçada, focado na gente como as câmeras. Damos um passo para dentro, e Alano fecha a porta ao entrarmos.

— Como você está? — pergunta Alano.

Um minuto atrás eu estava derrotado e a caminho de pular para a morte, e agora quero voar, mas sei como a vida funciona, e que só vou cair no fundo do poço de novo.

Apenas balanço a cabeça.

— Estou aqui pra você, Paz. O agente Dane vai bater na porta a qualquer momento para fazer uma inspeção... isso se você quiser que eu fique. Tem algo que você precisa esconder?

Acaba comigo como o Alano me conhece bem o bastante para suspeitar de automutilação. Fico envergonhado em assentir.

Alguém bate na porta.

—Vai lá guardar — diz Alano.

Corro sem pensar até o meu quarto, e a dor lancinante na perna é tão forte que quase caio. Tiro a faca do meu diário e Dane bate mais forte na porta enquanto estou enxaguando a faca na pia da cozinha antes de jogá-la na lava-louça. Enquanto Alano abre a porta para Dane, minha mãe e Rolando saem do quarto, e a música de spa vem ecoando pelo corredor.

Quando minha mãe vê quem está aqui, ela leva a mão ao coração.

— Por favor, não mande meu filho para a cadeia — implora, chorando.

Ela está prestes a cair quando Rolando a segura.

— Só vim ver como o Paz está, sra. Gloria — diz Alano.

— Pazito? — chama minha mãe, tentando recuperar o fôlego.

Odeio o fato de que eu quase fui culpado por um crime e ela continua lutando por mim como se eu fosse completamente inocente.

— Ele me pegou de surpresa, mãe — explico.

Ainda não acredito que ele está mesmo aqui depois do que eu quase fiz.

Dane está tenso ao pedir permissão para inspecionar a casa, mas eu não me oponho, óbvio. Só estou grato por Alano ter me avisado antes, já que aposto que Dane vai ser muito mais cuidadoso dessa vez. Apesar de eu ter me tornado um monstro que quase atacou Alano, ele ainda me confia a própria vida. E ainda se importa com a minha.

Minha mãe o abraça.

—Você está bem?

Alano assente.

— Desculpa pelo susto, sra. Gloria.

— Tenho pensado muito em você. Se precisar conversar, estou aqui também.

— Muito obrigado — diz ele.

Odeio que minha mãe e Alano tenham se aproximado por causa disso. Estou perdendo a vontade de viver mais uma vez, sabendo que nunca serei capaz de me livrar dessa vergonha.

— Precisa de alguma coisa? — oferece Rolando.

— Eu poderia ter um tempo a sós com o Paz? — pede Alano.

— Estaremos lá no final do corredor, se precisar da gente — diz minha mãe.

Não sei se ela está falando comigo ou com Alano.

Depois de ficarmos parados meio sem jeito enquanto Dane terminava a inspeção, eu e Alano entramos no meu quarto. Ele fecha a porta, outro sinal de que confia em mim. Sento na cama, e meu coração acelera quando ele se aproxima, mas Alano só coloca o tapete de estrela no chão antes de ir se sentar na cadeira da escrivaninha. Ele pode até confiar em mim, mas continua mantendo certa distância.

Ficamos em silêncio, roubando olhares, e dizemos ao mesmo tempo:

— Desculpa.

Balanço a cabeça.

—Você está pedindo desculpa pelo quê?

— Não fui cuidadoso com seu cérebro e seu coração — responde Alano, com as mãos entrelaçadas entre os joelhos, como se tivesse sido ele quem quase me atacou. — Pesquisei mais sobre o transtorno de personalidade borderline, e entendo agora como minha falta de transparência sobre o meu passado com o Rio foi um gatilho para a sua reação.

Me endireito rápido, e Alano se encolhe, como se eu estivesse prestes a bater nele de verdade. Lembro de quando minha mãe ficava assustada perto do meu pai, de como ela confundia qualquer movimento com um ataque iminente, e me abraçava tão forte que eu sentia o coração dela retumbando.

— Eu me odeio por ter quase batido em você — digo a Alano, me odiando ainda mais agora pela maneira como fiz o coração dele acelerar de medo.

Sinto que estou no tribunal de novo, só que Alano é o juiz, o júri e o carrasco.

— Estou com tanto medo de estar me tornando o meu pai, como se estivesse no meu DNA machucar as pessoas que eu... — Não consigo dizer que amo o Alano depois de quase machucá-lo. — Bem, as pessoas próximas a mim.

Alano abaixa a cabeça.

—Você cresceu com raiva reprimida e quase perdeu o controle.

— Eu já perdi totalmente o controle antes — admito.

— Como assim?

— Quando eu tinha nove anos — digo, contando a história.

Minha advogada, a sra. Cielo, fez o que pôde para que não acabássemos indo a julgamento, mas ela sempre suspeitou que seria inevitável, porque aquele seria o primeiro processo judicial no qual o envolvimento da Central da Morte influenciava a questão. Ela aconselhou minha mãe a não deixar a cidade e a tentar me ajudar a me adaptar à minha nova vida enquanto esperávamos o começo das audiências.

Falar é fácil...

Algumas semanas depois de matar meu pai, comecei o quarto ano, e as pessoas agiam como se eu entrasse na sala de aula com sangue escorrendo pelas mãos e uma arma na cintura. As outras crianças me deduravam por olhar feio para elas, quando eu só estava olhando feio para *elas* porque estavam olhando feio para *mim*. Os amigos corajosos o bastante para conversar comigo vivem fazendo perguntas idiotas, tipo se era divertido atirar, ou querendo saber mais sobre o assassinato, como se fosse uma história maneira que eu vivi no set de Scorpius. Os pais surtaram, enviando reclamações para o diretor, dizendo que suas famílias estavam perdendo o sono todas as noites ao esperarem por alertas da Central da Morte, como se eu fosse sair atirando na escola inteira. Minha mãe até concordou que eu fosse revistado pela segurança todas as manhãs, só para as pessoas se sentirem mais tranquilas, mas ainda havia a preocupação de que eu poderia pegar tesouras ou grampeadores para machucar as crianças que ainda eram vistas como crianças, diferente de mim, uma criança que machucou alguém uma vez e provavelmente machucaria de novo.

Acabei sendo matriculado em um colégio católico depois das férias de fim de ano porque Rolando achou que eu encontraria mais compaixão lá, o que foi verdade por parte dos professores, mas os pais eram ainda mais malucos. Acreditavam que o diabo estava me seguindo por toda a parte como punição por ter escolhido a antinaturalidade da Central da Morte acima do Deus deles, que era a única entidade que deveria saber quando estamos destinados a morrer. Algumas crianças me cercavam no recreio, sempre se safando com algumas advertências verbais e detenção, mas quando revidei e fiz o nariz de um garoto sangrar e soquei o dente mole de outro, fui expulso da escola antes mesmo da última aula do dia.

— Aquelas crianças, pais e educadores te trataram injustamente — opina Alano.

— Mas está vendo? Eu sempre fui violento.

— Aquilo era legítima defesa, Paz.

— Socar você não foi.

— Você vai tentar fazer isso de novo?

— N-não, não. Nunca! — digo, como se estivesse implorando num tribunal com um júri de doze Alanos na minha frente.

— Quais medidas de segurança você pode tomar para que isso nunca mais aconteça?

Ontem à noite quase cortei minha mão como punição, sabendo que eu não seria capaz de esconder as cicatrizes, o que me faria ser mandado para uma clínica de prevenção ao suicídio, para que eu fosse obrigado a aprender a nunca mais machucar ninguém, nem a mim mesmo. Então fiquei com medo de como eu me sentiria impotente num lugar assim.

Uma verdade difícil sobre ser suicida é que dá para querer morrer e temer pela própria vida ao mesmo tempo.

Como não há a menor chance de Alano aceitar um plano que envolva cortar minha mão, sei o que precisa ser feito para eu aprender a viver com esse cérebro.

— Vou contar para a minha psicóloga que eu quero... que eu *preciso* começar a terapia comportamental dialética.

— Acho que essa é a escolha certa. Quer fazer isso agora? — pergunta Alano.

Não sei se ele está me incentivando ou se não confia em mim. Alano está certo em duvidar. Eu já menti uma vez hoje sobre falar com a minha psicóloga.

Pego o celular e escrevo para Raquel, perguntando quando posso começar a TCD. Encaro as palavras. É como assinar o contrato do Dia Inicial de novo. Alguma coisa precisa mudar. Ou eu me empenho pelo tempo que for necessário até conseguir a ajuda que preciso, ou acabo com tudo agora. Aperto *Enviar* antes que eu possa mudar de ideia.

— Feito — aviso, jogando o celular no travesseiro.

— Como se sente? — pergunta Alano, soando mais como um terapeuta preocupado com meu bem-estar do que como pessoas num tribunal decidindo meu destino.

— Tenho medo de não ser o bastante. De não conseguir impedir que eu acabe me tornando o meu pai.

— Seu pai chegou a fazer terapia?
— Não.
— Seu pai chegou a mudar os próprios hábitos?
— Não.
— Seu pai chegou a pedir desculpas?

— Não.

— Seu pai chegou a se arrepender das próprias atitudes?

— Não.

— Você não pode falar em nome dos mortos, mas as atitudes do seu pai falaram por ele — declara Alano, se aproximando e se sentando ao meu lado na cama. — Mesmo que estivesse escrito em pedra que você está destinado a se tornar seu pai, você acabou de quebrar essa pedra com seu remorso, seu medo e suas ações. A TCD só vai ajudar a trazer à tona sua melhor versão.

Minha melhor versão nunca vai querer bater no Alano — ou em qualquer pessoa — outra vez.

Tento encarar os olhos dele e agradecê-lo pela compaixão que está demonstrando, mas ainda estou muito envergonhado. Preciso lutar contra essa vontade de me socar de novo e de novo até eu ficar cheio de hematomas e ensanguentado.

— Eu sinto muito, sinto pra cacete — digo, engasgando no meio da desculpa. — Prometo que nunca vou machucar você.

— Eu acredito em você. Meu medo é você quebrar a promessa que fez para si mesmo.

Odeio lembrar que já quebrei minha promessa de parar com a automutilação. Minha palavra não vale nada.

— Estou bem — minto, pois não mereço o apoio de Alano.

Eu deveria mentir e mentir e mentir até Alano ir embora daqui e ficar longe pra cacete de mim, antes que eu possa romper a minha promessa.

Alano me pega na mentira.

— Eu já sei que você estava com a faca aqui no quarto. O que aconteceu? Você estava se automutilando ou tentou se matar?

— Não, eu ia tentar hoje à noite, bem na hora que...

Alano não termina minha frase. Só fica sentado, tomado pelo peso do que poderia ter acontecido se ele tivesse aparecido cinco minutos depois. O timing do Alano sempre foi impecável. Na verdade, nem sempre. Ele não estava por perto ontem à noite quando eu poderia ter contado com a ajuda dele para me impedir de cometer um grande erro.

— Queria que você tivesse me ligado — fala Alano.

— Eu achei que você não fosse me atender — confesso, chorando e me sentindo um idiota, considerando o fato de que ele está aqui agora sem que eu tenha precisado chamá-lo.

— Você se automutilou por minha causa — diz Alano, a voz falhando. Não é uma pergunta, mas dá para ver que ele queria que fosse, e que a resposta fosse não. Mas nós dois sabemos a verdade.

— Prometo que tudo o que eu quero é cuidar de você, mas não fui cuidadoso ontem, e por isso peço desculpas. — Ele segura minha mão como se eu fosse feito de vidro. — Estou aqui agora, e gostaria de ajudar como puder.

Estou desesperado pela ajuda dele, mas é difícil, tão difícil como se eu estivesse pedindo ao fantasma do meu pai para me ajudar a desfazer tudo o que deu errado na minha vida porque eu o matei.

— Se importa de me contar como e onde você se automutilou? — pergunta Alano, depois do meu longo silêncio.

Me encolho só de lembrar.

— Não quero traumatizar você.

— Você pode não ser capaz de ver, mas eu tenho traumas e minhas próprias cicatrizes profundas. Prometo que consigo lidar com as suas. Saber disso vai me ajudar a proteger você de si mesmo.

Nunca contei a ninguém sobre como me mutilo e, no momento, sinto como se estivesse saindo do armário pela segunda vez.

— Comecei a me mutilar depois que saiu o primeiro trailer do *Chamadas perdidas mortais* — confesso, escondendo minhas mãos nas de Alano, como se estivesse correndo o risco de me machucar de novo ao reviver tudo isso. — Eu estava comendo as sobras do jantar de Ação de Graças no meu quarto quando, do nada, comecei a receber um monte de comentários no meu perfil do Instagram. Todos diziam que a verdade seria revelada, que nunca se esqueceram do que eu tinha feito, que agora, sim, eu ia me ferrar. Encontrei o trailer na internet e disse a mim mesmo para não assistir, mas não me dei ouvidos. Eu literalmente engasguei com o ar quando apareceu na tela minha foto antiga de detento, durante o segundo mais longo da minha vida.

Estou chorando tanto que preciso recuperar o fôlego só para poder continuar:

— Eu nem pensei muito, só peguei o garfo e comecei a arranhar minha coxa sem parar.

Alano apoia a testa na minha e continua segurando minhas mãos.

— Sinto muito — sussurra ele, incapaz de disfarçar a voz embargada.

— Isso foi só o começo — retomo, revirando os olhos enquanto lembro de tudo.

Continuei me mutilando durante as férias de fim de ano, mesmo depois de desativar minha conta no Instagram para não ser inundado todos os dias por comentários de ódio de pessoas que só queriam ver sangue, sem nem saberem a história inteira, ainda mais quando a única fonte delas era aquela série documental. Mas eu não precisava de desconhecidos me chamando de psicopata, assassino ou criminoso para que eu ficasse tão mal a ponto de me mutilar. Matrícula rejeitada num curso de atuação? Automutilação. Rejeitado por agentes e empresários? Automutilação. Rejeitado para um comercial? Automutilação. Aí comecei a explorar outras formas de me machucar. Do garfo de plástico para o de alumínio. Me queimei com água fervendo. Comecei a fumar. Escrevi coisas horríveis na minha pele. E, depois da minha primeira tentativa de suicídio e aqueles três dias torturantes na ala psiquiátrica, mudei do garfo para uma faca serrilhada para enfrentar meus Dias Não Finais.

— Sempre cortei no alto da minha coxa para que ninguém visse, mas ontem à noite eu quis me machucar num lugar novo.

Fecho os olhos com força, assim como fiz na noite passada enquanto sofria com aquela dor insuportável. É tão horrível que não quero contar para ele. No fim das contas, não preciso.

— Seu pé — diz Alano.

Abro os olhos em choque e olho para baixo, para ver se ainda estou sangrando.

—Você estava mancando — continua ele.

Balanço a cabeça, não porque não é verdade, mas porque estou envergonhado.

— Imaginei que, se eu sentisse dor ao andar, nunca esqueceria como é ruim ter o coração partido — digo ao garoto que partiu meu coração. Tenho muitos arrependimentos... me cortar não é nem de longe o maior deles. — Eu não deveria ter te contado isso, desculpa, não deveria ter te contado, não deveria ter te contado, não deveria ter te contado. — Isso não é nada parecido com sair do armário. Me senti bem ao assumir minha sexualidade, mas agora me sinto culpado não apenas por fazer Alano passar por isso, como também por colocar a culpa nele. — Me desculpa, vou calar a boca.

— Não precisa se desculpar. É verdade, é muito difícil ouvir isso, mas é o que eu quero.

Puxo minhas mãos para evitar que Alano continue me tocando.

— Tá bom, mas agora você sabe. É melhor você ir, estou bem, isso já é coisa do passado, obrigado.

Queria conhecer um diretor de elenco burro o bastante para acreditar nessa minha atuação pouco convincente.

Alano se levanta, e vê-lo se afastar dói ainda mais do que aquela faca cortando meu pé. Ele para na porta e tira os tênis.

— Não vou a lugar nenhum até saber que você está bem.

— Isso pode levar anos.

— Então é melhor a gente ficar confortável.

Vou até a cozinha, pego água gelada, pretzels e biscoitos amanteigados enquanto Rolando está preparando comida de verdade para o jantar. Quando volto, Alano já estendeu meu cobertor ponderado no chão para nosso piquenique. Eu já estava me privando de comida desde ontem, mas Alano pede que, se eu não cuidar do meu corpo por mim, que por favor faça isso por ele, o que é suficiente para que eu comece a encher o estômago. A dor de cabeça causada pelo choro já sumiu quando termino de contar sobre as vans dos canais de notícia, a rejeição da Faça-Acontecer e o anúncio de *Coração de ouro*, tudo acontecendo hoje como um sinal do universo para que eu me mate como forma de acabar com tanta vergonha.

— É difícil acreditar em Dias Iniciais quando suas últimas 24 horas foram assim — comenta Alano.

— Pois é.

— Mas não foi só isso que aconteceu. Se você tiver interesse e se sentir num bom momento para conversar sobre meu passado com o Rio, serei cem por cento transparente para que você tenha todas as informações de que precisa. Não quero que você continue perdido nessa história, mas podemos esperar até você ter certeza de que isso não será um gatilho. Eu só queria te oferecer a oportunidade antes de eu voltar para Nova York na quarta-feira.

Estou preocupado, com medo de saber mais, mas se há um mundo em que é possível eu ter um futuro com Alano, mesmo só como amigos, não posso ser assombrado pelo passado dele com o Rio. E, se eu for confrontar isso, a hora é agora, enquanto Alano ainda está em Los Angeles para me ancorar na realidade.

— Vamos conversar — digo, nervoso.

— Antes de começar, acho que seria útil se eu compartilhasse algumas dicas de autorregulação que venho aprendendo com um livro da Marsha M. Linehan, a psicóloga que inventou a terapia comportamental dialética — começa Alano.

Ele fala sobre os quatro módulos e as sete habilidades que vou aprender quando fizer a TCD. O primeiro módulo é *atenção plena*, que inclui observar meu ambiente sem julgamento, de modo que eu possa melhorar minha clareza mental e descrever o que estou sentindo, o que vai me ajudar a entender como lidar melhor com as emoções. O segundo módulo é *tolerância ao estresse*, que envolve uma solução temporária chamada TERR (temperatura, exercício intenso, respiração regulada, relaxamento muscular progressivo), algo que posso usar para desestressar rapidamente; Alano me pede para prestar mais atenção a isso, como se não fosse o item mais difícil de lembrar até agora. A outra metade da tolerância ao estresse é a aceitação radical, que significa aceitar a realidade para que você não se perca em espirais de negação, que é o que já aconteceu comigo no passado. Duvido muito que aceitar que minha vida é uma merda vai fazer com que eu me sinta melhor, mas veremos. O terceiro módulo é a *regulação emocional*, que começa com a ação oposta do que minhas emoções negativas estão me mandando fazer, algo do tipo: se não quero comer, eu como mesmo assim, ou se quero ficar sozinho para me mutilar, eu busco a companhia de alguém. A outra parte é checar os fatos, coisa que vou poder fazer com Alano enquanto ele me conta o que rolou com o Rio, em vez de ficar só inventando bosta na minha cabeça. E o último módulo é a *efetividade das relações interpessoais*, que deve me ajudar a comunicar o que eu quero e preciso sem, digamos, gritar com o garoto que eu amo num parque de diversões.

— Não vou conseguir me lembrar disso tudo — comento. — Não tenho o seu cérebro.

— Ainda bem que não. Meu cérebro é uma bênção e uma maldição — diz Alano, como se tivesse algo errado em aprender rápido. — Você não precisa decorar tudo o que eu disse agora. Em breve você estará estudando isso, mas até lá, eu serei seu livro falante. Lembra da habilidade TERR?

— Achei que você ia se lembrar de tudo por mim, não estou pronto para uma prova surpresa.

—Vai lá, tenta.

— Hum, *T* é de "temperatura", *E* é de "esse eu esqueci"...

Alano ri; a luz mais brilhante neste dia escuro.

— *E* é de "exercício intenso" — continua ele. — *R* é de "respiração regulada" e o outro *R* é de "relaxamento muscular progressivo". São as habilidades que vão te ajudar a lidar com ataques de pânico ou impulsos negativos. Por exemplo, em vez de se mutilar, você pode segurar um cubo de gelo por um minuto. Isso diminui a frequência cardíaca e acalma, e você vai ficar tão desconfortável que também pode ajudar com aquela vontade de se machucar, sem de fato te fazer mal. Ou, se você tiver raiva para colocar pra fora, pode sair jogando gelo no seu quarto. Destruição inofensiva.

Diferente do quase soco que o mundo inteiro já viu.

— Por que você está me ensinando tudo isso?

— Se meu passado com o Rio te der gatilhos, quero que você se autorregule. Jogue o gelo, faça uns abdominais, medite. Combinado?

Agora estou com medo da história ser pior do que eu imaginava, como se Alano e Rio tivessem se casado em um daqueles cartórios de Dia Final. Não, é agora que preciso me acalmar e checar os fatos enquanto Alano conta a história.

— Combinado — respondo.

Primeiro Alano se desculpa de novo, porque, apesar de suspeitar que eu estava gostando dele, não facilitou as coisas ao deixar de contar sobre seu passado (e presente) complicado(s) com o Rio. Então, ele começa a contar a fundo como a amizade dos dois começou.

— Conheci o Rio no velório do irmão dele — explica Alano, baixinho, como se isso fosse tranquilizar a dor de ouvir o nome do Rio. — Houve um convite aberto ao público, e eu não sabia por que a família Morales não quis mais privacidade, mas me senti compelido a ir. Então, tudo fez sentido quando Rio deu seu discurso furioso. Ele estava usando o velório como comício. A única coisa que importava para ele era conseguir mais gente que o ajudasse a caçar o serial killer do aplicativo Último Amigo. Rio passou mais tempo falando sobre vingar o Lucio do que sobre a vida do irmão. No final, fui lhe dar os pêsames. Então ele me deu um sermão porque a Central da Morte não estava usando seu poder de maneira eficiente. Eu não comprei essa briga. Só lhe dei espaço para ficar revoltado em um momento em que mais ninguém estava validando seu trauma e luto. Passei meu número para o Rio, mas ele só foi me ligar quase um ano depois, na noite de 25 de maio, horas depois do serial killer finalmente ter sido pego. A prisão não curou nenhuma das feridas do Rio. Ele estava tão furioso e triste... e vazio. Tudo mudou quando começamos a sair.

Infelizmente, conheço bem a tristeza agonizante, a raiva ardente e os buracos negros da depressão que engolem toda a felicidade e transformam a gente em uma mera sombra de nós mesmos. Também sei por experiência própria como Alano é poderoso a ponto de arrancar sorrisos, risadas e esperança daqueles que estão sentindo tudo de ruim ou absolutamente nada. Eu ficaria arrasado se perdesse a companhia dele, e enquanto Alano me conta mais sobre como sua amizade com Rio foi ganhando força, começo a entender por que Rio se sentiu tão possessivo em relação ao Alano, tão ameaçado por mim.

Naquele verão, Alano e Rio se tornaram inseparáveis, passando tanto tempo juntos que Ariana ficou irritada com Alano por não admitir que eles estavam namorando, mas Alano estava falando a verdade para a amiga. No começo, eram apenas amigos e nada mais. Alano sempre tirava Rio de casa, e eles foram se conhecendo durante longas caminhadas no Central Park, no Althea Park e na ponte do Brooklyn, e também se perdendo em bairros aleatórios, se desafiando a voltarem para casa sem contar com nenhum tipo de ajuda.

— As coisas mudaram em 25 de junho, quando estávamos nos preparando para a Parada do Orgulho.

Sinto tanto ciúme da proximidade de Alano e Rio que estou com uma vontade incrível de pegar minha faca e, por mais que eu queira fazer uns polichinelos agora, meus pés não vão aguentar, então tiro um cubo de gelo do copo e aperto com força até queimar minha mão e eu soltá-lo de volta. Alano tem razão, meu coração está desacelerando, e é difícil focar em outras coisas além de como dói segurar o gelo.

— Posso pular essa parte se você quiser — oferece Alano.

— Não, de boa, continua.

Preciso passar pelas memórias boas antes de ver como tudo acabou.

Alano parece cauteloso, como da primeira vez que tentei subir no letreiro de Hollywood no meu aniversário e depois caí da escada, mas, diferente de mim, ele se força a continuar.

— Naquela manhã, a polícia descobriu os restos mortais da última vítima do serial killer. De repente, Rio não estava mais no clima para irmos à Parada do Orgulho, mas a mãe dele não parava de assistir à cobertura da notícia nos jornais, então meu motorista nos levou para Riverdale, e nós caminhamos do Bronx até o Brooklyn. Durante aquelas nove horas, eu e Rio conversamos sobre quais eram as nossas vocações e sobre como era difícil encontrar felicidade depois de uma tragédia, especialmente uma tão brutal quanto o assassinato do irmão dele. Rio jurava que aquilo o arruinara de vez. Eu disse ao meu amigo que estava triste por não ter conhecido Lucio, por não ter conhecido quem Rio era antes de perder o irmão, mas que gostava da pessoa que estava na minha frente. A paixão dele, o luto, a curiosidade, a raiva. Cada pedacinho dele. — Alano encara minha janela, como se estivesse perdido nas lembranças. — Foi aí que nós nos beijamos como se fosse nosso Dia Final.

Enquanto Alano revisita seu passado, a impressão é de que está se apaixonando por Rio de novo, ou de que nunca deixou de amá-lo.

Eu deveria ter seguido na minha caminhada longa e dolorosa pela cidade em vez de ter ficado aqui para escutar tudo isso.

— Isso é muito especial. — É o melhor que consigo dizer.

— Era especial até que deixou de ser. Na minha cabeça, nós éramos namorados, ainda mais depois que começamos a transar, mas senti como se tivesse levado uma rasteira em setembro, quando me declarei para ele. Rio ficou surpreso. Não achava que estávamos namorando — conta Alano, sem soar apaixonado, apenas arrasado. — Nós concordamos em sermos melhores amigos e nada mais.

Cruzo os braços, lembrando de como eles se pegaram duas semanas atrás.

— E quanto tempo isso durou?

— Cerca de dois meses — admite ele, envergonhado. — Rio estava vulnerável no Halloween. Era mais um aniversário dele sem o irmão. Ele precisava se soltar e ser amado.

— Mas ele não amava você, né?

— Não, mas isso me permitiu me soltar também, fingir que ele me amava.

Não quero saber quantas vezes eles "se soltaram" juntos, mas aposto que foram muitas. Não consigo nem imaginar como é ser tão desejado por alguém, e tenho medo de nunca descobrir isso com Alano.

— Preciso ser sincero. Vocês dois se pegando por três anos parece coisa de gente apaixonada. O fato de que vão morar juntos não ajuda. Olha, eu agradeço por vir me ver, mas não sou idiota, eu entendo o que está rolando...

— Você não é idiota, mas está errado — interrompe Alano. — Minha posição na Central da Morte dificulta muito que eu confie nas intenções das pessoas, mas eu confio no Rio como alguém com quem eu posso ficar quando me sinto solitário. Como nós nos amamos, isso ajuda, mas não estamos apaixonados. — Ele se concentra nos meus olhos ao declarar isso, como se estivesse implorando que eu acredite. — Pelo menos *eu* não estou apaixonado por ele.

A raiva toma conta de mim.

—Você disse que ele não tem sentimentos por você.

— Eu não sabia que ele tinha até hoje à tarde. Rio passou lá em casa. Minha quase morte o assustou e o obrigou a confrontar seus sentimentos, mas não sinto mais o mesmo.

Meu coração começa a se acalmar. Alano me apresentou os fatos. Odeio a porcaria dos fatos, mas agora eu sei. É difícil acreditar que Alano não vai se apaixonar por ele de novo.

—Vocês ainda vão morar juntos?

— Não. Mesmo se Rio não sentisse nada por mim, agora vejo como não deixar minha história com ele no passado pode arriscar minhas chances de ter um futuro com outra pessoa.

Ontem eu jurei que nunca mais veria o Alano pelo resto da vida e que, se visse, com certeza não confiaria nele. Até me puni como se isso fosse quebrar o contrato dos Dias Iniciais, me fazendo voltar a viver meus Dias Não Finais em paz... Bem, não em paz, mas sem o inferno particular de um coração partido. Estou mais arrependido de ter cortado meu pé agora do que qualquer outra vez em que me mutilei, porque foi tudo à toa. Alano tem um passado, mas eu estava errado; ele não está tentando reviver o que já aconteceu. Ele quer seguir em frente, e eu queria estar caminhando rumo a esse futuro sem um pé mutilado, mas meu pé vai sarar, assim como meu coração.

Seguro a mão de Alano, massageando a palma.

—Você me deu muitos conselhos sobre viver os Dias Iniciais, e eu tenho um para dar pra você.

— Diga.

— Só fique com alguém que queira ficar com você — falo, chorando por causa de mais dois arrependimentos.

Se esse for o único conselho que eu der a ele, com certeza vai poupá-lo de muita dor.

— Isso é tudo o que eu quero — fala Alano, apoiando a cabeça na minha cama. — É isso que você quer?

— Eu sempre quis me sentir desejado, mas...

— Mas o quê?

Não quero segurar um cubo de gelo, quero me afundar num lago congelado enquanto penso nessas traições sobre as quais nunca gostei de falar.

— Eu perdi minha virgindade com meu segundo Último Amigo.

Carter era um garoto lindo que tinha um sonho de infância de entrar para a NBA. Ele queria passar seu Dia Final jogando basquete, então passeamos por algumas quadras e ginásios da cidade, em busca de gente que topasse jogar com ele. Ele fez uma enterrada com tanta força contra um dos oponentes que quebrou a cesta. Eu podia jurar que os cacos de vidro da tabela iriam matá-lo de alguma forma, e ele achava que aquele teria sido um jeito épico de morrer. Carter me desafiou a jogar com ele e eu mandei muito mal, mas ele se divertiu muito implicando comigo. Para falar a verdade, eu achava que estava prestes a participar de um daqueles Dias Finais mágicos e dolorosos, digno de um filme independente em que o Último Amigo que não vai morrer se apaixona pelo Terminante, especialmente quando Carter arrastou um tatame de luta livre para um vestiário vazio para transarmos.

— Ele terminou, tomou banho e foi embora sem se despedir.

— Ele é um babaca — diz Alano. — Era.

Até hoje não faço ideia de como Carter morreu. Só lembro de chegar em casa feliz por ele ter morrido, porque assim não poderia machucar nem a mim nem a mais ninguém.

Prometi a mim mesmo que nunca mais transaria com um Último Amigo. Era até difícil me imaginar transando com outra pessoa depois de levar um perdido do Terminante que tirou minha virgindade.

Infelizmente, sou um ser humano que estava solitário e queria sentir alguma coisa... alguém.

Daí aparece meu sexto Último Amigo. Pelo aplicativo, Kit me convidou para o dormitório dele, já que tinha agorafobia. Ajudar um Terminante a conhecer o mundo teria sido o sentimento mais gratificante para um Último Amigo que não vai morrer, mas quando cheguei lá, Kit não estava tentando sair. Ele me chamou de gostoso, me beijou e me levou para a cama, e eu até teria preferido conversar mais, porém ele tinha pouco tempo. Ao menos era o que eu achava.

— Ele não era um Terminante.

Há um fogo queimando a floresta nos olhos de Alano.

— Ele mentiu pra você?

— Ele me viu no aplicativo e pensou que seria gostoso transar com alguém famoso, mas não queria se dar ao trabalho de me conhecer, então fingiu ser um Terminante com agorafobia.

Agora os olhos de Alano estão marejados.

— Sinto muito por você ter passado por isso.

— E sabe qual é a pior parte?

— Pior do que esses monstros usando o Último Amigo como se fosse o Necro? Pior do que te dar um perdido? Pior do que mentir sobre estar morrendo?

— Os dois viram minhas cicatrizes e nunca perguntaram se eu estava bem. — Balanço o corpo para a frente e para trás, chorando pela maneira desumanizante como tudo aquilo aconteceu. — Imagina tirar um tempo para chamar alguém de celebridade de quinta categoria que subiu para a segunda categoria por causa de um documentário que fez a pessoa se mutilar, mas nunca perguntar se ela está bem.

Alano me puxa para mais perto, me deixando chorar no peito dele.

—Você não merecia isso, Paz.

Queria que minha primeira vez tivesse sido com alguém como Alano. Não. Queria que tivesse sido com Alano e ponto-final.

Não sei por quanto tempo Alano me abraça, mas, quando meu choro por fim se aquieta, ele não me solta. Seu queixo está apoiado na minha cabeça. Aninho o rosto em seu peito, e o movimento de inspiração e expiração dele me faz subir e descer como uma onda. Não acredito que estou tão perto do coração de Alano que dá para ouvir seus batimentos acelerados, sentir sua pulsação na minha bochecha. Nunca imaginei que fosse poder tocá-lo de novo, e agora estou mais perto dele do que jamais estive, e ainda assim não parece o bastante. Preciso de mais: agarro a nuca dele, seguro o antebraço e jogo minhas pernas por cima das dele. Quero que cada centímetro do meu corpo toque o corpo dele. E a julgar pelos batimentos, Alano sente o mesmo. Ou eu acho que sente, até ele se encolher. Eu surto, envergonhado, e o solto, dando espaço.

— Desculpa — digo.

— Não. Tudo bem. Estava gostoso, mas... — Alano sobe a manga do moletom, mostrando o braço enfaixado. — Você apertou com muita força.

Me esqueci do machucado que ainda está cicatrizando.

— Quer ajuda para trocar o curativo de novo? — pergunto, já que isso precisa ser feito a cada 48 horas.

— Minha mãe me ajudou hoje de manhã, mas e você?

— O que tem eu?

— Você já cuidou do seu pé hoje?

Lavar o ferimento no banho foi um inferno, mas talvez esteja na hora de limpar de novo. Tiro a meia e nós dois vemos imediatamente a atadura suja de sangue.

— Preciso refazer o curativo.

— Posso ajudar, se você quiser — oferece Alano.

— Não precisa.

— Eu gostaria de retribuir o favor. Eu quero.

Já foi assustador me abrir a respeito da automutilação, mas deixar Alano encarar o estrago que fiz em mim mesmo é aterrorizante. E se ele ficar com nojo de mim? E se ele não se importar, como meus Últimos Amigos? Não, não, não, não vou deixar minha mente contar mais mentiras sobre o Alano sendo que ele apareceu aqui de surpresa garantir que eu não fizesse justamente o que fiz. Quando o assunto é Alano, eu ainda tenho muito a descobrir, mas uma coisa é fato: ele se importa comigo e quer cuidar de mim.

Explico onde guardo minha velha bolsa de câmera no closet. É nela que escondo os itens de primeiros socorros. Meu estoque de gaze e vaselina está quase acabando depois dos Dias Não Finais brutais que vivi nos últimos tempos, mas o que ainda tem dá para o gasto.

Alano desfaz o curativo, e nós dois nos preparamos, sabendo que nosso futuro depende de como ele reagirá a este momento. A atenção dele recai sobre o meu pé ensanguentado e, muito embora seus olhos comecem a lacrimejar, não ignoram minha ferida. Ele limpa o sangue, aplica a vaselina com delicadeza, enrola um novo pedaço de gaze e faz o curativo.

—Você não vai precisar de pontos — diz Alano, segurando minha mão. — Vai curar com o tempo.

Sexta-feira completará dez anos que matei meu pai, e estou começando a acreditar que não existe tempo suficiente no mundo para curar aquela ferida. Talvez seja a hora de aceitar que eu sempre terei cicatrizes.

—Você falou sério quando disse que vai continuar aqui até eu ficar bem? — pergunto.

—Você acha que vai se colocar em perigo se eu for embora?

— Queria tentar uma coisa.

— O quê?

— Finalmente assistir a *Chamadas perdidas mortais*.

— E você acha que isso vai ajudar?

— Foi por causa dessa série que eu comecei a me mutilar. Talvez assisti-la me ajude a parar.

Alano para por um momento e fica olhando para o nada. Parece que está com medo de que isso vire um gatilho para mim.

— Se você acha que isso vai ajudar no seu processo de cura, então vou ficar do seu lado.

Cansei de tentar reconquistar o amor do restante do mundo.

Só quero ser amado por alguém que me vê como sou, com cicatrizes e tudo, e nunca desvia o olhar.

Só quero ser amado por Alano Rosa.

ALANO
21h17

Meu pai está furioso. Para ele, a coisa já estava feia quando saí de casa sem permissão; e ele e minha mãe discutiram. Meu pai ficou particularmente frustrado por eu estar na casa do Paz no meio da entrevista dele para o *60 Minutes*.

— Quando o mundo descobre que eu não sei que meu filho está na casa de alguém conhecido por ser um assassino, do sujeito que o ameaçou em um lugar público, isso dá motivo para as pessoas criticarem a Central da Morte. Ainda mais nesses tempos que já estão difíceis — reclama meu pai do outro lado da linha. — Você tem que ser incrivelmente egoísta para não se importar com a repercussão disso na empresa ou com o seu próprio pai levando um susto com essa escolha terrível da sua parte!

— Egoísta? — grito no quintal de Paz, e então abaixo a voz porque não quero atrapalhar a família ou os vizinhos dele. — Como vir aqui me certificar de que meu amigo não está se machucando pode ser egoísmo?

— Você fez isso por esse tal de Dario ou para aliviar o peso da própria consciência?

— Se proteger o Paz me torna egoísta, então eu sou egoísta. Parabéns, pai.

Minha mãe o interrompe antes que ele possa rebater.

— Que horas você volta para casa?

— Estava pensando em dormir aqui. Paz precisa de companhia.

— Alano, meu bem, isso é uma questão de segurança que preocupa a todos — diz ela.

— Dane está aqui. Se quiserem, mandem mais seguranças.

— Olha esse tom de voz — retruca minha mãe.

Peço desculpas. Para ela.

—Vou mandar reforços para proteger a casa, mas os pais do Paz estão cientes do risco?

— Os pais *dele*? E a gente? — interrompe meu pai. — *Eu* não concordo com isso.

— Não liguei para pedir permissão, pai. Só estou avisando. — É por conta desse jeito do meu pai que não quero mais morar com eles. — A sra. Gloria e o sr. Rolando vêm sendo anfitriões maravilhosos e cooperaram com todas as inspeções. Estão felizes que eu vou ficar aqui. Todos concordamos que minha companhia pode fazer bem para o Paz.

Meu pai pegou o celular de volta, porque a voz ecoa mais alto.

—Você não conhece essas pessoas! Como pode confiar nesse tal de Dario depois de ele ter ameaçado você?

— Ele não guarda segredos de mim.

— Do que você está falando?

—Você nunca me contou sobre a Central da Morte.

— Não saber o segredo é para o seu próprio bem — argumenta meu pai, mais furioso. — Para falar a verdade, você demonstrou que está longe de merecer a confiança de receber essa informação! Você tem se afastado não só do poder já comprovado da empresa e do seu status como herdeiro, mas agora da sua família, *mi hijo*, sendo que só queremos o melhor para você.

As palavras não significam nada depois de tudo o que eu disse e fiz para provar como estou infeliz com a vida que venho vivendo.

— Para um homem que valoriza tanto a família, você só está interessado em proteger a sua. Quando vou poder começar a minha?

—Você tem dezenove anos.

—Você tinha dezoito quando soube que queria se casar com a minha mãe. Sou mais velho, mais inteligente e tenho muito mais experiências de vida. Não sei o que o futuro reserva para mim e para o Paz, mas meu tempo com ele é limitado antes de voltarmos para Nova York, então eu vou descobrir.

Desligo na cara do meu pai.

PAZ
22h16

Alano e eu deitamos na cama juntos.

Meu quarto está escuro, exceto pelo brilho da TV, e se já é bastante difícil tentar assistir a esse documentário por si só, imagine com um garoto lindo na minha cama. Só consigo pensar em como eu e Alano acabamos de sair do banho, e agora estamos vestindo as roupas um do outro; eu, com o moletom dele, e ele com tudo meu. O ar-condicionado está no máximo porque Alano ama frio, o que mata meus sonhos de um dia ele se mudar para Los Angeles, já que ele ama o inverno de Nova York, mas é uma boa desculpa para ficarmos agarradinhos, nos esquentando, mesmo com o cobertor ponderado fazendo peso sobre as nossas pernas.

Essa talvez seja minha única oportunidade de passar uma noite assim tão perto do Alano, dividindo a cama, sozinho com ele, mas atacar meus traumas pode me deixar mais saudável e permitir que a gente possa tentar construir um futuro de verdade juntos.

Pego o controle remoto e navego pelo Piction+ até encontrar o episódio final de *Chamadas perdidas mortais*. A miniatura do episódio é minha velha foto de detento em preto e branco, respingada com gotas de sangue. O episódio já começa mal e eu ainda nem apertei o *play*. Talvez seja melhor não ver. Era para ser terapêutico, não traumático.

Alano lê minha mente.

— A gente não precisa assistir se for pesado demais para você.

Então, ele segura minha mão e o gesto me dá forças.

Minha mãe nunca quis que essa série fosse feita porque ela abriria feridas fechadas, mas as tais feridas nunca se fecharam. Talvez se fechem agora.

Aperto o *play*.

"A última chamada perdida" tem uma hora e dezenove minutos de duração. O episódio começa com fotos da cena do crime: a arma, o sangue, o cadáver. Já estou com um embrulho no estômago e tremendo tanto que Alano envolve meus ombros com os braços, me segurando bem perto.

O julgamento começou no fim de junho. É tão esquisito ver cenas do tribunal, sabendo que essa é minha história real que se tornou notícia e entretenimento para milhões de pessoas que depois simplesmente só escolhem outra coisa para assistir, como se minha vida fosse apenas algo na fila de programas que querem ver.

O tribunal estava cheio nos cinco dias do meu julgamento; eram tantos repórteres e câmeras que eu fiquei nervoso mesmo tendo a verdade ao meu lado. Na fala de abertura, o advogado de acusação argumentou que eu seria uma ameaça para a sociedade se não fosse mandado para um centro de detenção a fim de receber a reabilitação necessária para os impulsos violentos que me levaram a matar meu pai e atacar colegas de classe. A sra. Cielo contra-argumentou que os dois incidentes foram atos de defesa, e que meus históricos escolares e testemunhas abonatórias podiam confirmar que eu era uma criança boa que acabou numa posição devastadora naquela noite de 31 de julho de 2010.

Passei meu aniversário de dez anos no tribunal, sendo interrogado pelo advogado de acusação.

Sullivan Murphy já era velho naquela época, e minhas pesquisas constantes no Google dizem que ele ainda está vivo, na ativa, e, para surpresa de ninguém, representa um monte de pessoas pró-naturalistas. Em retrospecto, faz muito sentido ele não ter mostrado a menor misericórdia com um jovem aniversariante, porque aquele caso iria determinar a legitimidade da Central da Morte.

Conforme o interrogatório começa a passar na série, Alano me abraça mais forte, muito melhor do que qualquer cobertor ponderado.

— É correto afirmar que você atirou no seu pai para defender sua mãe? — pergunta Sullivan Murphy.

— Sim, senhor — responde o Paz Criança.

Bons modos não o levariam a lugar nenhum.

— Mas você sabia que a Central da Morte não havia ligado para sua mãe, certo?

— Certo, mas a Central da Morte cometeu erros naquele dia.

—Você estava ciente daqueles erros quando atirou no seu pai?

Eu estava preparado para aquela pergunta, mas ainda lembro de me sentir ficando de cabeça quente.

— Eu não sabia que a Central da Morte cometia erros quando atirei, mas foi o primeiro dia. Tudo parecia p-p-possível — gagueja o Paz Criança.

— Nós sabemos que a Central da Morte foi negligente ao não alertar o sr. Dario da morte dele. Você alertou seu pai de alguma forma antes de puxar o gatilho?

Embora eu pessoalmente saiba que o julgamento terminará a meu favor, ainda fico com os olhos cheios de lágrimas ao me assistir com dez anos inquieto no banco de testemunhas. O terno marrom apertado que há muito tempo não cabe em mim parecia estar encolhendo a cada segundo que passava, assim como estou fazendo agora, apoiado no corpo de Alano.

— Não — consegue responder o Paz Criança. — Eu não o alertei.

O advogado de acusação anda de um lado para o outro com as mãos nos bolsos, como se todo aquele julgamento fosse mamão com açúcar.

—Você atirou no sr. Dario duas vezes. Explique os tiros. Onde atirou nele? Quanto tempo levou entre o primeiro tiro e o segundo?

A câmera dá zoom no Paz Criança, enquanto lágrimas escorrem pelo rosto suado dele. Mostram o Paz Criança encarando a multidão, mas nunca mostram minha mãe, que também estava chorando como se eu estivesse prestes a ser condenado. Acho que isso teria humanizado o assassino que matou o pai e que claramente era mais próximo da mãe.

— Atirei na lateral do corpo do meu pai — diz o Paz Criança.

— Era onde você estava mirando? — questiona Sullivan Murphy.

— Na verdade, não. Eu só atirei para que ele parasse de bater na minha mãe.

— Então, a primeira bala atingiu o sr. Dario na lateral do corpo, no rim esquerdo para ser exato. E depois?

Eu estava fervendo naquele banco de testemunhas, mas comecei a sentir calafrios ao reviver o momento fatal; ainda carrego o trauma no meu corpo uma década depois.

— Aí eu fiquei em cima do meu pai e atirei de novo.

— Onde você atirou na segunda vez?

— No peito dele.

— Era onde você estava mirando?

— Era — responde o Paz Criança.

Lembro de pensar que responder à pergunta com sinceridade seria o equivalente a cair naquela casa de "Vá para a prisão" no Banco Imobiliário, e eu não tinha nenhuma carta de "Saída livre da prisão" disponível, e aquilo não era um jogo. Eu estava com tanto medo de ser preso que gritei:

— Fiquei com medo do meu pai me machucar também se ele conseguisse levantar!

Sullivan Murphy foi rápido.

— Seu pai já havia te machucado antes?

— N-não, mas...

— Sem mais perguntas, Excelência — diz o advogado de acusação, me silenciando.

Foi o pior aniversário da minha vida por anos, antes do mês passado, quando fracassei em minha tentativa de me matar.

É nesse ponto que o documentário fica ainda mais traiçoeiro. Uma coisa é deixar de fora os detalhes das mudanças de casa e do bullying que sofri, outra é omitir boa parte dos argumentos de defesa da sra. Cielo. Não há nada a respeito do meu pai descontando a raiva na minha mãe desde que eu me entendia por gente, de como aquela noite foi a primeira vez que minha mãe gritou por ajuda, então eu ajudei, ou de como eu não estava pensando se meu pai iria morrer ou não, apenas se minha mãe iria sobreviver, ou de como, mesmo depois de todo o terror que meu pai infligiu na minha mãe, eu continuava sentindo saudade dele — e sinto até hoje. Ainda bem que o júri pôde ouvir tudo, mas isso não me ajuda a existir num mundo em que milhões e milhões de espectadores não conhecem o meu lado da história.

Em que ninguém sabe a verdade.

O programa mostra minha mãe sendo chamada para depor e explicando como o crime não foi premeditado, e como a decisão dela de deixar meu pai foi simplesmente inspirada pelo primeiro Dia Final, algo que fez pessoas do mundo inteiro se questionarem a respeito de quem queriam ser e da vida que gostariam de ter vivido antes da morte. Para minha mãe, seu sonho era uma vida de amor e segurança para nós, mas Sullivan Murphy questiona a integridade dela por ter registrado meu pai na Central da Morte pelas costas dele, sugerindo que ela queria provas de que ele iria morrer antes de coordenar um ataque contra ele. A sra. Cielo aponta uma objeção, porque aquilo era especulação — e uma grande mentira —, mas isso não impede Sullivan de acusar Rolando de ter informações privilegiadas por conta do turno dele na Central da Morte no mesmo dia em que eu matei meu pai, o que possibilitaria que Rolando finalmente conseguisse ficar com o amor da vida dele.

— Não acredito que ganhamos esse caso com todas essas mentiras — digo a Alano.

— Vocês ganharam porque contaram a verdade — rebate Alano, com os braços ao meu redor.

Em vez de mostrar os depoimentos das testemunhas abonatórias, o documentário corta para uma entrevista recente com Sullivan Murphy, que agora está com o cabelo grisalho e mais rugas.

— Eles apareceram com todas aquelas celebridades — diz ele, com desdém. — A pessoa autora daqueles livros infantis, as estrelas de Hollywood. O júri caiu feito um patinho. Uma das testemunhas que me deixa frustrado até hoje é aquele tal de Orion Pagan.

Cortam para um vídeo de Orion Pagan no tribunal, sendo interrogado a respeito do meu pai. Ele leva a mão ao peito e diz:

— Aquele monstro matou Valentino.

A cena volta para Sullivan Murphy, que está balançando a cabeça.

— Foi o Terminante quem tentou matar Frankie Dario, mas pelo visto o ato de legítima defesa só importa quando é contra alguém que não acredita na Central da Morte. Sem falar que nós nunca saberemos se Valentino Prince teria se recuperado naturalmente do dano cerebral se Orion Pagan não tivesse feito uma cirurgia cardíaca para seu próprio benefício físico. E devo acrescentar benefício financeiro também, já que ele explorou aquela farsa de história de amor até virar um sucesso de vendas.

O desrespeito contra Valentino só me deixa ainda mais enfurecido por Orion ter deixado essa narrativa nociva e absurda atrapalhar o meu futuro.

O episódio mostra as últimas pessoas que foram chamadas como testemunhas: executivos da Central da Morte, incluindo os pais do Alano, que falaram sobre os Doze da Morte. Não sei se Joaquin Rosa se importava com o que aconteceria comigo tanto quanto se preocupava em proteger a reputação da própria empresa, dado todo o tempo que gastou falando do histórico perfeito da Central da Morte desde o primeiro Dia Final. A cena corta para Naya Rosa, com o braço em volta do Alano Criança.

— Olha lá você — digo.

— Olha lá eu — fala Alano.

Mesmo antes de nos conhecermos, Alano já estava do meu lado. Agora ele está me abraçando enquanto passo de novo por esse pesadelo. O documentário está quase acabando, mas espero continuar nos braços de Alano por mais tempo.

Assim que os discursos finais são encerrados, há uma trilha sonora intensa, que vai se tornando cada vez mais impetuosa e faz meu coração acelerar, principalmente quando as câmeras cortam para minha mãe e Paz Criança se abraçando muito forte; lembro de temer que aquele seria nosso último abraço. Então, a música diminui e há um silêncio sufocante antes de ouvirmos a palavra mágica:

— Inocente.

Assim como o Paz Criança, eu caio no choro, aliviado pelo documentário não ter reescrito essa parte da história, mas sabendo que minha vida se desenrolou de um jeito que parece que eles reescreveram, sim.

Fui ingênuo — não, eu fui burro pra cacete — a ponto de achar que as pessoas deixariam um garoto de dez anos tocar a própria vida uma vez que o júri reconheceu o incidente como um homicídio justificado. Mas, na verdade, o que aconteceu foi que as coisas ficaram tão ruins que eu nunca consegui seguir em frente, nunca consegui fechar essa ferida, sobretudo por causa dessa série maldita, que causou tanta dor que comecei a me mutilar.

A pior parte é que o fato de eu ter quase batido no Alano só serviu para fazer o linchamento do meu caráter em *Chamadas perdidas mortais* parecer legítimo.

Olho para minha mesa de cabeceira, desejando que minha faca estivesse ali.

— Não é justo; não é justo. — Eu choro sem parar, como o Paz Criança. — Eu nunca vou conseguir viver minha vida. — Tento me soltar dos braços de Alano. Não quero mais ser abraçado, só quero ir até a cozinha, pegar a faca e cortar, cortar, cortar, só cortar fora tudo o que me faz ter sentimentos.

Alano me segura com mais força.

— Sinto muito que você tenha vivido esse pesadelo por causa da Central da Morte — fala Alano, também chorando. — Você merecia uma vida melhor sem esse julgamento ou sem ter que matar seu pai. Ele te colocou numa posição devastadora. Não foi sua mãe, nem Rolando, ninguém além do seu pai, não importa o que essa série tosca diga. Você estava certo ao salvar a vida da sua mãe, e eu sinto muito que isso tenha custado a sua vida. Você merece paz.

Eu nunca terei paz, não com esse cérebro borderline. Não nesta vida. As ligações da Central da Morte começam daqui a pouco, e talvez eu receba uma, pouco antes do décimo aniversário da morte do meu pai, assim posso ser poupado de mais sofrimento, já que as ondas de assédio e ódio só vão continuar crescendo.

Choro por querer morrer, por querer reencarnar como o novo bebê da minha mãe e por querer o recomeço que a vitória no tribunal me prometeu.

A vontade de me mutilar é tanta que nem me importo como. Cortar. Queimar. Bater o livro de Orion na minha cabeça repetidas vezes. Qualquer coisa pode ser uma arma, o que é assustador.

— Estou com tanto medo de mim mesmo — lamento, aos prantos, odiando meu cérebro por me transformar no meu pior inimigo.

— Não precisa ter medo — diz Alano, me abraçando.

Eu sou uma espada e ele é meu escudo, me protegendo de mim mesmo.

GLORIA MEDINA
23h49

A Central da Morte não ligou para Gloria Medina, porque ela não vai morrer hoje, mas ouvir seu filho chorando sempre a faz morrer por dentro.

No final do corredor, ela escuta Pazito chorando, então sai da cama, prestes a bater na porta, mas aí escuta Alano consolando o filho. Gloria quer invadir o quarto e abraçar Pazito, mas precisa deixá-lo crescer, ser abraçado pelo garoto que se importa com ele.

Ainda assim, Gloria queria que Pazito tivesse assistido àquele documentário terrível com ela. Afinal, é a história traumática dos dois que foi documentada, e não a de Alano. Mas Gloria não tem moral para falar disso. Ela assistiu escondida a *Chamadas perdidas mortais*. Só mente para proteger as pessoas que ama. Não achava uma boa que Pazito visse o documentário tão cedo, ainda mais depois que a existência da série o levou a tentar cometer suicídio, mas ela sabia que chegaria o dia em que ele precisaria assistir.

O plano era estar preparada para isso. Ela não tinha planejado toda a dor que assistir ao documentário lhe trouxe.

Foi horrível quando teve que reviver aquele maldito e trágico dia. Ver a violência de Frankie ser justificada. Ter seu amor verdadeiro por Rolando tratado como um truque para um assassinato premeditado. E, o pior de tudo, assistir a Paz sendo tratado como um assassino de sangue-frio. Ela ligou para a advogada deles, Martina Cielo, e perguntou se deveria prestar queixa pelas mentiras e desinformações do documentário. As consequências na carreira de Pazito já eram o suficiente para construir um caso de difamação, mas Martina Cielo tinha medo de não vencer só porque Hollywood é um mercado muito subjetivo que recusa milhões de jovens talentos todo ano, e o fato de Pazito não ter conseguido trabalho depois de vencer no tribunal seria usado contra eles.

— Ainda assim, quero levar isso para a justiça — dissera Martina Cielo para Gloria, lhe dando esperança, até ela perguntar: — Mas você está disposta a fazer o Paz ter que lidar com mais um julgamento?

Depois de revisitar o passado e ver seu precioso filho num tribunal aos dez anos de idade, Gloria teve sua resposta.

Horas depois da ligação, ela se deu ao trabalho de manter uma expressão indiferente durante o jantar, uma habilidade de sobrevivência que adquirira nos anos em que criou Pazito com Frankie, mas lá no fundo ainda estava arrasada e furiosa com o documentário. No fim, queria não ter assistido sozinha. Estivera a um passo de chamar Rolando para assistir junto, mas ele já carregava a própria culpa por causa daquele dia trágico. Se Rolando não tivesse confessado que a amava naquele primeiro Dia Final, Gloria não teria tomado coragem para deixar Frankie. A briga nunca teria fugido do controle. Gloria nunca teria gritado por ajuda, e Pazito nunca teria ido ao resgate dela.

Se ao menos Gloria tivesse deixado Frankie antes...

Se ao menos Gloria tivesse pegado Pazito e fugido...

Se ao menos Gloria tivesse se livrado daquela arma...

Se ao menos, se ao menos, se ao menos.

A realidade é que Gloria permaneceu naquele casamento, assim como o arrependimento e a vergonha permaneciam com ela agora, como cicatrizes.

Infelizmente, cicatrizes não aparecem do nada. Em um primeiro momento, todas são feridas. Algumas dolorosas, outras não. O choro alto do filho faz Gloria saber que a ferida de Pazito foi aberta de novo, antes que possa sarar; ela fica grata por ser uma ferida metafórica e não física, mas dor é dor.

Um corpo precisa de um espírito de sobrevivente para se manter vivo. Só assim ele pode se curar, só assim pode fechar as feridas, só assim pode cicatrizar, e só com o tempo a cicatriz pode desbotar.

Um dia, Gloria e Pazito serão sobreviventes com cicatrizes desbotadas, mas este dia não é hoje.

JOAQUIN ROSA
23h50

A Central da Morte não ligou para Joaquin Rosa, porque ele não vai morrer hoje.

Ele está, no entanto, sozinho no escritório, longe da esposa e perto do álcool.

A sobriedade de Joaquin está sendo testada pelos ataques constantes contra Alano, assim como pela rebeldia do filho contra as medidas de segurança que dificulta cada vez mais a intenção de mantê-lo vivo nessa nova vida imprevisível. É verdade, Joaquin já desmaiou de embriaguez no passado, mas perder o sono por causa da sobrevivência de Alano também não ajuda a deixar a mente de Joaquin afiada.

Ele caminha até o carrinho de bebidas e pega um copo de shot.

Não, assim não.

Joaquin solta o copo e, em vez disso, pega a garrafa inteira.

28 de julho de 2020
ALANO
03h00

A Central da Morte ainda não pode me ligar e, felizmente, não ligaram para o Paz esta noite.

 Já faz mais de quatro horas que estou abraçando o Paz enquanto ele se recupera daquele documentário. Ele chorou, vivendo o luto pela vida que deveria ter tido. Ele tentou se libertar de mim para poder ir se machucar, mas eu não o soltei. E ele caiu em silêncios profundos a ponto de eu achar que tivesse dormido, mas está acordado. Só está sendo assombrado pelo próprio passado. Conheço bem esse sentimento. Será que Paz seria capaz de me confortar se eu compartilhar o segredo que planejo levar para o túmulo? O que me entristece ainda mais é pensar se Paz irá se levar para o túmulo primeiro.

 — Meu Dia Final está chegando — sussurra Paz.

 — Ninguém sabe o próprio Dia Final com antecedência — digo.

 Eu nunca soube, ainda mais agora.

 — É nesta sexta-feira, 31 de julho. O dia em que eu matei meu pai é quando estou destinado a me matar.

 — Você não está destinado a tirar a própria vida, Paz.

 — Estou, sim. É por isso que a Central da Morte não ligou. Ainda não chegou minha hora.

 — Agora também não é a sua hora. Vamos viver até os cem anos, lembra?

 — Não sou forte o bastante para continuar sobrevivendo, Alano.

 — Estamos construindo a sua força. Você vai começar a TCD e...

 — Não, eu... — Paz chora, seu corpo desmoronando. — Me sinto um mentiroso quando falo do futuro.

De alguma forma, estou com muito mais medo do Paz tirar a própria vida agora do que quando estávamos no letreiro de Hollywood. Ele tem essa ideia na cabeça de que deve morrer no aniversário de morte do pai. Com certeza esse sentimento de estar fadado à morte é causado pelo transtorno de personalidade borderline. Ele se comprometeu a fazer a terapia comportamental dialética, mas não é do dia para a noite que as coisas vão mudar. É um programa de seis meses, e muitos pacientes precisam de vários ciclos antes de começarem a confiar em si mesmos. Estou nervoso de lembrar isso ao Paz, sabendo que a falta de uma cura instantânea é um dos motivos pelos quais ele ia desistir de tudo na noite em que nos conhecemos. Mesmo se Paz passar o resto da noite chorando e acordar melhor amanhã, se algo der errado, ele vai entender isso como um sinal de que deve morrer na sexta, quando não estarei mais aqui para impedi-lo. Para salvá-lo.

Me recuso a deixar que Paz acredite que só existe uma única possibilidade para seu futuro: a em que ele se mata.

— Não vou voltar para Nova York — digo.

Paz congela.

— Não fala uma coisa dessas, tem o seu baile...

— O baile é do meu pai. Ele precisa estar lá pela Central da Morte, e eu preciso estar aqui para te provar que você tem um futuro que vai além de sexta-feira.

— Não precisa fazer isso, é melhor você seguir em frente...

— Não tem como seguir em frente se você morrer, Paz, e eu não vou te perder para uma profecia autorrealizadora.

Paz se vira nos meus braços para me encarar com os olhos molhados.

— Desculpa por ter dito que você estava morto para mim.

Seguro o rosto dele no meu peito e o deixo chorar.

—Você está perdoado, desde que nunca se torne morto para mim.

Ficar aqui é o único jeito de garantir a sobrevivência do Paz. E a minha.

PAZ
11h23

A Central da Morte não me ligou na noite passada, mas, se eu tivesse que morrer, adoraria partir nos braços do Alano.
 Demorei uma eternidade para pegar no sono, mas Alano passou a noite em claro comigo. E agora ele vai ficar em Los Angeles. Viro na cama, querendo abraçá-lo, mas ele não está aqui. Sinto um aperto no peito. Será que ele descumpriu a promessa e me abandonou? Confiro o celular e não há nenhuma chamada perdida, nenhuma mensagem com uma explicação. Preciso me ater à realidade. Alano não sumiria do nada. Gente que some não abraça o outro a noite inteira e implora para que você viva.
 Saio da cama para investigar, me preparando para o primeiro passo doloroso do dia, e meu pé machucado pisa no tapete de estrela que Alano colocou no chão. A esperança engole a dúvida diante do pequeno gesto dele, um lembrete de que Alano se importa comigo. Saio do quarto mancando, me endireitando quando chego na sala de estar, onde Alano está sentado no sofá assistindo ao noticiário; é como se eu tivesse viajado no tempo para um futuro em que somos namorados que moram juntos, antes de lembrar que viramos notícia no mundo inteiro.
 Alano coloca a TV no mudo.
 — Bom dia.
 Meu coração acelera, e começo a ser sugado para dentro de uma espiral.
 — Ainda estão falando merda de mim, né? — Talvez o mundo esteja se perguntando se estou mantendo Alano como refém ou se o matei. Então, antes que Alano possa dizer qualquer coisa, eu me analiso. — Certo, eu não sei os fatos, isso é... — Estalo os dedos,

tentando lembrar o termo da TCD. — Isso é o módulo de regulação emocional?

Ele sorri.

— Correto. Você também aprende rápido.

— Estão falando alguma coisa da gente? — pergunto, tentando descobrir os fatos para que eu saiba o que está rolando.

— Só que nós nos abraçamos.

— Então, nada sobre eu estar te mantendo refém ou te matando em nome da Guarda da Morte?

— Nada desse tipo. A Central de Proteção mandou as vans dos canais de notícia irem embora para termos privacidade.

— E na internet? — indago, nervoso.

— Que tal não darmos atenção a desconhecidos que criticam a nossa vida? — sugere Alano.

Leio nas entrelinhas: as pessoas estão falando merda nas redes sociais. Em vez de me magoar lendo os comentários, vou permanecer off-line.

— Boa.

— Só estava assistindo ao noticiário da manhã porque o Carson Dunst está fazendo um comício em Nova York. Fiquei curioso para saber se ele finalmente vai condenar o Guarda da Morte que tentou me assassinar.

— Duvido.

— Eu também, mas vamos esperar os fatos — diz Alano, com uma piscadinha. — Como você está se sentindo depois da noite de ontem?

— Bem. Desculpa por todo o choro.

— Não tem do que se desculpar.

— Beleza, então obrigado por me fazer companhia. — Sento ao lado dele. — Conseguiu dormir?

— Um pouco. Acordei cedo para ligar pros meus pais e avisar que não vou ao baile. Meu pai não ficou feliz com minha decisão, acredita? O agente Dane, por outro lado, está empolgado por passar mais tempo em Los Angeles. Está lá fora discutindo a logística com a Central de Proteção.

Então Alano vai mesmo, de verdade, realmente ficar aqui, mas estou com medo de tratar isso como algo que vai mesmo, de verdade, realmente acontecer.

— Tudo bem se não der certo.

— Você não quer que eu fique?

— Ah, quero muito que você fique.

Alano sorri.

— Perfeito. Enquanto eu estiver aqui como um apoio e não um obstáculo ao seu bem-estar mental, não vou a lugar algum. Falando nisso... — Ele pega uma caixa de remédios no balcão da cozinha. — Como Gloria está no trabalho e Rolando saiu para uma entrevista de emprego, fui encarregado de dar os seus antidepressivos. Quantos você toma?

A última semana foi uma bagunça, com dias em que tomei um, depois dois, e depois deixei de tomar, mas preciso voltar aos medicamentos certinho, ainda mais se quiser alcançar o estado em que não me machuco, não machuco o Alano e nem ninguém.

— Dois, por favor.

Engulo os comprimidos.

— Você tem terapia às sextas, certo?

— Isso mesmo, dr. Alano.

— Quer que eu te acompanhe na sexta?

— Está com medo de eu voltar correndo para o letreiro de Hollywood?

— Estou com medo de você fazer qualquer coisa que coloque sua vida em perigo — responde Alano com seriedade.

Se terei qualquer chance de sobreviver a essa sexta, preciso finalmente aceitar todas as pessoas que estão se esforçando para me manter vivo: minha mãe e meu padrasto, que precisam de mim para ser o irmão mais velho do bebê; minha psicóloga, que pode me ensinar a lidar com meu cérebro borderline; minha psiquiatra, que pode aumentar a dose do remédio ou prescrever algo melhor; e agora o garoto que se tornou o coach da minha vida e o escudo da minha espada.

ALANO
11h30

Bem a tempo, Carson Dunst sobe no palco do comício em Nova York.
 Conheci Carson Dunst em Washington, D.C., no domingo, 31 de março de 2013, no velório do presidente Reynolds na Casa Branca, cinco dias depois do assassinato que iniciou uma guerra política contra a Central da Morte. Enquanto todos os que compareceram estavam de luto e tristes, Dunst puxou meu pai para o canto, o culpando pelo assassinato e muitos outros crimes contra o país. Dunst condenou a Central da Morte por violar a liberdade das pessoas, e meu pai rebateu dizendo que a empresa oferece paz de espírito para que cidadãos do mundo inteiro vivam com mais liberdade do que nunca. Dunst disse que a Central encoraja pessoas a cometerem crimes violentos uma vez que sabem que vão sobreviver, e meu pai garantiu que o sucesso dos tais crimes não é premeditado. E é óbvio que Dunst declarou que a Central da Morte vai contra a ordem natural do mundo, e sua fala tinha tanto veneno que achei que ele iria cuspir na cara do meu pai.
 — Qualquer mundo que prive você dos privilégios que teve a vida toda sempre será tratado como algo não natural, mas a sua opinião não faz com que isso seja verdade — retrucou meu pai.
 Em seguida, deu os pêsames a Dunst e me levou até minha mãe e outros presentes que estavam de fato enlutados.
 Tiro a TV do mudo quando Dunst termina de acenar para seus apoiadores fanáticos e dá um passo na direção do microfone. Ele arregaça as mangas, assumindo uma fachada de americano pró-naturalista de classe média para agradar sua base de eleitores intolerantes, mesmo que venha de uma família que ganhou centenas de milhões de dólares com a indústria do petróleo.

Dunst não perde tempo e já começa falando que a Central da Morte é um experimento falho; eu me pergunto se Rio está em algum lugar naquela multidão, torcendo pela queda da Central. Dunst embarca então na mentira de sempre, dizendo que milhões de usuários estão abandonando nossos serviços.

— Meus sinceros aplausos a todos que estão enxergando a luz e voltando para os modos pró-naturalistas, mas há alguém que merece uma salva de palmas especial pela sua luta para sair da escuridão — diz Dunst.

A multidão fica em silêncio, aguardando para descobrir quem foi a mais recente figura pública entre políticos, músicos e atores que cancelou a assinatura.

— Ninguém mais, ninguém menos que o próprio herdeiro da Central da Morte, Alano Rosa!

Ouvir meu nome é tão chocante quanto Harry Hope dando um tiro em si mesmo ao telefone, tão chocante quanto o Rio confessando que quer passar a vida comigo, tão chocante quanto o Paz quase me dando um soco, mas isso é muito maior do que eu. Isso afeta o mundo.

Como Carson Dunst sabe que eu desativei a Central da Morte? Ninguém sabe...

Mentira. Muitas pessoas sabem. Meus pais. A Central de Proteção. Meus amigos.

A questão não é somente quem vazou a informação, é mais quem me odeia o suficiente para arruinar minha vida.

Todos os sinais apontam para o garoto pró-naturalista cujo coração eu parti.

— Que porra é essa? — pergunta Paz.

Assim que os gritos da multidão se acalmam, Carson Dunst continua, se gabando.

— Eu celebro a vitória de Alano Rosa, que superou uma década de lavagem cerebral e renunciou à sua parte na Central da Morte para retornar a uma vida pró-naturalista, e recebo de bom grado o voto de Alano nestas eleições para que eu possa realizar a missão crucial de acabar com a Central da Morte de uma vez por todas. Afinal, por que alguém investiria num futuro com a Central da Morte se nem o próprio herdeiro quer saber da empresa?

Mais aplausos.

Eu nunca renunciei à minha parte na Central da Morte. Isso é mentira, mas quem contou para ele a minha verdade?

— Eu não confiaria minha morte a um homem que mal consegue satisfazer a vida do próprio filho — instiga Dunst, como se meu pai fosse seu oponente político na eleição presidencial. — Se não bastasse sabermos de Terminantes que nunca morreram e de gente que perdeu entes queridos que não receberam um alerta, eu espero que a adesão de Alano Rosa ao nosso movimento pró-naturalista seja o bastante para que o povo dos Estados Unidos abra os olhos para os perigos da Central da Morte, para essa grande ameaça à ordem natural!

Estou tão ofegante que Paz corre para o quarto e pega meu inalador, mas não se trata de um ataque de asma. Estou em pânico por causa dessas mentiras contadas a troco de ganhos políticos e de todos os seus desdobramentos.

Paz segura minha mão.

— A Central da Morte não apenas falhou com seu herdeiro e com o público que confiava no poder da empresa, algo que não é natural — continua Dunst. — A Central da Morte falhou com seus funcionários também. Os mensageiros, em especial, que trabalham sob condições abusivas sem o apoio psicológico necessário para exercer essa profissão sombria. Espera-se deles que os erros sejam varridos para debaixo do tapete como forma de proteger a falsa reputação da empresa. As mentiras para manterem seus empregos não os poupam dos abusos verbais do chefe. E quem está falando isso não sou eu. Uma mulher corajosa veio até aqui hoje para usar sua voz, apesar das tentativas da Central da Morte de silenciá-la.

— Ai, não — digo.

— Que foi? — pergunta Paz.

Me sento na beirada do sofá.

— Ai, não.

— O quê? O quê?

Carson Dunst se inclina por cima do pedestal, como se fosse contar um segredinho para o país. Mas não vai. Ele vai deixar isso por conta de uma mentirosa fofoqueira.

— Uma calorosa salva de palmas para a ex-mensageira Andrea Donahue!

NOVA YORK
ANDREA DONAHUE
14h40 (Horário de verão da Costa Leste)

A Central da Morte não ligou para Andrea Donahue, passar bem.

Por dez anos, por dez malditos anos, Andrea dedicou a vida à Central da Morte, só para Joaquin Rosa a demitir na frente dos colegas, tudo porque ela abusou do próprio poder como mensageira. Supostamente.

Andrea não é delirante. Sabe que é culpada de muitos crimes, mais do que o próprio Joaquin sabe, e a investigação dele descobrirá alguns, o que justificará a demissão dela, e os demais delitos Andrea levará para o túmulo. Ela não tem medo da morte, mas teme pelo futuro da filha.

É por isso que Andrea Donahue está no comício de campanha, pronta para contar ao mundo a sua verdade (mesmo que a verdade dela seja alicerçada sobre muitas mentiras), para que possa não apenas se vingar de Joaquin Rosa, mas usar a voz para ajudar a eleger Carson Dunst como próximo presidente, tudo para que ele possa inocentá-la caso ela seja presa.

Existe no mundo alguém mais eficiente que Andrea Donahue, uma mulher que quebrou recordes de ligações em uma só noite na Central da Morte, e subiu de posição na carreira alertando não apenas os Terminantes sobre seus destinos, mas também a imprensa que pagava bem? Ela acha que não.

Atrás do pedestal, Andrea se prepara, com sua perna machucada tremendo mais do que o habitual, resultado de um medo de palco que sua filha destinada a ser atriz da Broadway jamais sentiu. Andrea está acostumada a ficar sentada em frente a uma tela, falando ao telefone com pessoas que vão morrer, uma por vez, mas no momento ela encara um mar de pró-naturalistas, alguns que são tão extremistas que chegaram a machucá-la na semana passada quando ela ainda era uma mensageira empenhada na Central da Morte.

— Fui contratada pela Central da Morte antes do primeiro Dia Final — começa Andrea Donahue, lendo os pontos que preparou nos teleprompters de vidro ao redor. Ela fala sobre servir à empresa com lealdade por dez anos antes da demissão injusta. — Joaquin Rosa ameaçou mandar me prender se eu não ficasse calada, mas nosso país merece a verdade sobre o que acontece entre as quatro paredes da Central da Morte.

Ela não possui o carisma de um político, mas garante aplausos mesmo assim, porque essa plateia não é composta apenas de pró-naturalistas que simplesmente querem viver como viviam antes da era da Central da Morte, há também Guardiões da Morte que estão com sede de sangue. Andrea só deixa os extremistas mais sedentos ao falar sobre a explosão de Joaquin ao demiti-la.

— Ele ameaçou todos os mensageiros, exigindo que esquecêssemos o nome e a existência do Alano, tudo porque alguém expôs uma preocupação legítima de que o herdeiro que Joaquin estava preparando para assumir a empresa não conseguia nem sequer exercer a mesma função que todos nós exercemos, noite após noite, ano após ano. Joaquin me fez de bode expiatório para intimidar os outros mensageiros. Se ele estava disposto a demitir uma funcionária veterana como eu, ninguém está a salvo.

Ela balança a cabeça, como se estivesse decepcionada, quando na verdade só queria sorrir pela forma como aquela plateia estava engolindo o discurso.

— Se Joaquin quiser usar seu "poder inesgotável" para prender uma mulher inocente, então faço questão de ser culpada pelo crime, porque não serei intimidada para proteger os erros da empresa quando há vidas e mortes de inocentes em jogo!

Andrea não poderia se importar menos com os Terminantes, mas aquela frase preparada pelo redator de discursos de Carson Dunst conquista mais aplausos, como se Andrea fosse mais uma apoiadora do movimento pró-naturalista, sendo que na verdade ela só se importa com aqueles idiotas porque o voto deles dará a Carson Dunst o poder de anistia.

— Uma pessoa corajosa compartilhou essa informação sobre o Alano por se recusar a ser silenciada pelas táticas de intimidação do Joaquin. Se ele queria nossa lealdade, deveria ter respeitado nossa humanidade.

Andrea está chegando ao fim do discurso e agora precisa encerrar falando a coisa mais verdadeira sobre si mesma.

— Durante a última década, me perguntaram por que eu trabalhava para uma empresa tão contrária à ordem natural do mundo quanto a Central da Morte. A resposta é simples: eu vivo e respiro pela minha filha, Ariana, e farei o que for preciso para garantir a melhor vida possível para ela.

Não que alguém tenha perguntado, mas no Dia Final dos sonhos de Andrea Donahue ela está sentada na primeira fila de uma peça da Broadway para ver a filha como protagonista. Como seria especial ver o nome de Ariana brilhando em um letreiro! Não devem existir palavras para descrever. E, depois que Ariana terminasse de se apresentar e fizesse a reverência final, Andrea poderia morrer em paz.

Mas, para viver sua melhor vida, Andrea não precisa entrar nesse joguinho da Central da Morte, como os milhares de Terminantes para os quais ela ligou ao longo dos anos. Isso virá com a queda da empresa.

Andrea aponta para a câmera, como foi instruída pelos conselheiros políticos de Dunst mais cedo.

— E quanto a você, Joaquin, pode até proteger os segredos do seu filho, mas é melhor garantir que os seus sejam enterrados bem fundo, porque todos nós temos pás e estamos dando duro para escavar tudo o que você vem escondendo do mundo, especialmente os poderes sombrios da Central da Morte!

Enquanto a plateia aplaude Andrea, ela caminha para a saída do palco, contornando Carson Dunst.

— Com licença — diz ela, trocando uma piscadinha com o próximo presidente dos Estados Unidos.

Então ela é tomada pelos gritos pedindo a morte da Central da Morte, sabendo que cumpriu seu papel na destruição da reputação da empresa, mas a destruição verdadeira ainda está por vir.

Durante uma década, Andrea Donahue encorajou Terminantes a acessarem o site da Central da Morte e preencherem as inscrições para suas lápides, e agora ela já consegue imaginar o que estará escrito na lápide da própria Central da Morte:

CENTRAL DA MORTE
31/07/2010 – 31/07/2020

JÁ VAI TARDE.

LOS ANGELES
ALANO
11h54 (Horário de verão do Pacífico)

Isso não acaba aqui.

Essas foram as palavras finais de Andrea Donahue antes de ser escoltada para fora da Central da Morte... sua última ameaça. Eu não deveria ter subestimado uma mulher que não tem nada a perder e tudo a ganhar ao se alinhar a Carson Dunst e à Guarda da Morte.

Paz coloca a TV no mudo.

— Que palhaçada.

O discurso ardiloso de Andrea misturou fatos com ficção, mas havia, sim, alguns fatos, coisa que me fez cogitar se há alguma verdade nessa história de informante da Central da Morte. Será que meu pai irritou outro mensageiro a ponto de essa pessoa estar agora munindo Andrea de informações a fim de destruir a Central da Morte de dentro para fora? Mas quem? Roah Wetherholt, que começou a trabalhar na empresa na mesma época que Andrea? E se for um mensageiro recém-contratado e mais jovem, tipo aquele Fausto Flores, de dezoito anos? Será que ele foi persuadido, subornado ou até inspirado a trair a Central da Morte depois das ameaças que meu pai fez para me proteger?

Pela primeira vez, me sinto culpado por não voltar a Nova York, já que não tem como evitar a sensação de que tudo isso é culpa minha.

Não planejei passar o dia lidando com questões da Central da Morte, mas é o mínimo que posso fazer, considerando que essa confusão também é minha.

Ligo para o meu pai, mas cai direto na caixa postal. Tento minha mãe, e ela também não atende. Tento o telefone do escritório do meu pai, mando mensagem, e ligo para o telefone pessoal de novo. Nada. Então, mando mensagem para o agente Andrade, e ele confirma que meus pais estão vivos e bem, apenas ocupados. Aposto que minha mãe vai retornar minha ligação assim que estiver disponível. Meu pai, por outro lado, talvez nunca mais fale comigo.

JOAQUIN ROSA
12h23

A Central da Morte não ligou para Joaquin Rosa, porque ele não vai morrer hoje, mas está pensando em assassinar alguém.

 Joaquin se encontra sentado à sua mesa, sozinho enquanto se questiona se seria capaz ou não de sobreviver na prisão. Se Joaquin sujar as próprias mãos, precisa estar disposto a sacrificar muita coisa: trocar as casas espaçosas por uma cela apertada; refeições luxuosas como atum-rabilho da Nova Escócia e os bacalaítos da esposa por peixe frito num refeitório; o etéreo nascer do sol de Svalbard e o dourado pôr do sol da Riviera Maya por luzes desagradáveis no teto com horário para se apagarem; viagens para El Yunque por excursões para o pátio; sua dignidade, sua sanidade e mesmo sua segurança ao estar cercado por presos que foram tolos ao usarem a falta de um alerta da Central da Morte como incentivo para cometerem crimes, como se a morte fosse o único jeito de conter uma vida. Joaquin poderia até dividir o beliche com o fantasma de sua vítima até o próprio Dia Final chegar, mas, enquanto Naya e Alano estiverem vivos, ele jamais vai sacrificar uma vida longa ao lado deles, independentemente do quanto queira matar Carson Dunst.

 Ninguém nunca deixou Joaquin Rosa tão sedento por sangue como Carson Dunst. É óbvio que, no calor do momento, algumas pessoas já enfureceram Joaquin a ponto de ele ter pensamentos intrusivos em que desejava a morte delas, até se imaginava matando algumas, mas a raiva sempre esfria, e o momento sempre passa. Com Carson Dunst é diferente. Aquele filho da puta criou um movimento que quer acabar com as maiores criações de Joaquin. Uma coisa é Dunst construir uma campanha com mentiras sobre a Central da Morte e a promessa de acabar com a empresa nacionalmente se for eleito presidente, mas, se algo acontecer com Alano, Dunst se tornará o fósforo que Joaquin usará para atear fogo no mundo.

A audácia de Dunst não é só de usar Andrea Donahue como arma contra ele, mas também de afirmar que recebe de bom grado o voto de Alano nas eleições, quando nem sequer condenou aquele jovem fanático por tentar assassiná-lo. Joaquin está tão furioso que vai pedir para Aster Gomez compilar toda e qualquer informação referente ao que ele precisa fazer para concorrer à presidência como candidato independente — e ele pretende concorrer para derrotar Dunst e até o presidente Page, que não tem se pronunciado sobre a Guarda da Morte tanto quanto deveria. Alguns podem dizer que não há tempo para que Joaquin Rosa aproveite o calendário eleitoral o suficiente para a campanha, e ele responderia que se Terminantes conseguem ter vidas gratificantes em um dia, então ele consegue mudar a própria vida entre hoje e novembro para garantir a presidência — e Dunst perdeu a cabeça se acha que Alano continuará votando nele se o pai entrar na corrida presidencial.

Pelo menos Joaquin espera que Alano vote nele.

No momento, há questões mais urgentes, como as infinitas ligações que Joaquin precisa fazer para os membros do conselho, executivos, advogados, políticos, equipe de segurança, a imprensa e seu filho, o responsável por essa bagunça. Ele se lembra do primeiro Dia Final, quando acreditava que a empresa estava prestes a colapsar antes mesmo de alçar voo. A Central da Morte sobreviveu, e Joaquin acredita — e espera — que suportarão mais esse desafio.

Talvez esses jornalistas devessem parar de cercá-lo e começar a investir na fonte verdadeira do vazamento. Ele gostaria muito de saber a resposta.

Durante boa parte da vida, Joaquin foi considerado pelos outros como alguém cauteloso demais. Paranoico, até. Como poderia não ser? Ele vem guardando o maior segredo do mundo. Não, do universo. Tirando sua esposa, as únicas almas a quem ele confiou o conhecimento dos aparatos da Central da Morte foram membros-chave da Central de Inteligência e o presidente Reynolds, todos já mortos: uma coincidência extraordinária que mantém o segredo a salvo com o casal Rosa. Essa responsabilidade faz um homem questionar todos a seu redor. Faz um homem rejeitar o Serviço Secreto e, em vez disso, criar sua própria equipe de segurança. Faz um homem limitar o número de mensageiros trabalhando nas ligações porque ter mais empregados aumenta o risco de traições — de mais casos como o de Andrea Donahue. E faz um homem questionar quem tem algum problema com sua empresa e com o seu filho.

Toda e qualquer pessoa que sabe sobre Alano ter escolhido desativar a Central da Morte é suspeita agora.

Joaquin pode, com certeza, se excluir da lista, assim como Naya, porque apenas a pior mãe do mundo colocaria em risco a segurança e o futuro do filho desse jeito. Mas, por outro lado, ela deixou Alano sair para fazer as pazes com aquele tal de Dario. Joaquin quer arrancar os próprios cabelos por questionar a integridade da esposa. Naya não persistiu depois de tantos agonizantes abortos espontâneos para arruinar a vida do filho maravilhoso deles. Com convicção, ele risca o nome da esposa de sua lista mental.

É aí que as coisas começam a ficar complicadas. Todos precisam ser interrogados, incluindo os mensageiros em Nova York, mas Joaquin suspeita que o problema venha de um grupo seleto de funcionários com mais acesso a informações sigilosas. Ele se pergunta se apenas os agentes da Central de Proteção que sabiam da informação antes do comício são os responsáveis: agente Andrade, agente Chen, e é óbvio, agente Madden. Joaquin suspeita especialmente do agente Madden, depois de sua demissão que durou onze horas, mas ele não apenas deixou Alano em casa em segurança, como reportou tudo o que aconteceu no parque temático de maneira perfeitamente alinhada com a declaração de Alano. Ninguém está fora de cogitação, mas ter que suspeitar de qualquer um dos guarda-costas que juraram proteger Joaquin e sua família o faz encarar o carrinho de bebidas mais uma vez, apesar da ressaca ter sido a pior que se lembra de ter tido nos últimos tempos.

Há quatro suspeitos que Joaquin acredita terem motivos para destruir a Central da Morte.

Ariana Donahue, filha da mulher demitida por vazar informações privadas da Central da Morte e de Alano. Joaquin teme que filha de peixe, peixinha seja. Ele não sabe ao certo como a garota teria adquirido a informação, tendo em vista que não fala com Alano desde a tentativa de assassinato, mas isso a mantém como suspeita, a seu ver.

Rio Morales, um recente pró-naturalista que acredita que a Central da Morte deve acabar e teve seu coração partido por Alano ontem. Esse é um voto com o qual Carson Dunst pode de fato contar no dia da eleição.

Paz Dario, um garoto cuja vida foi arruinada no primeiro Dia Final. Parece familiar? Mac Maag falhou na sua tentativa de vingança pelo erro da Central da Morte e o garoto da família Dario pode estar tentando terminar o trabalho de Maag. E se expor o segredo de Alano — que ele soube antes de todo mundo! — for o jeito de Paz para manter as mãos limpas enquanto permite que a Guarda da Morte faça o trabalho sujo? Por amor ao filho, Joaquin espera de verdade que não seja o caso, mas não dá para ter certeza.

E o quarto e último suspeito é ninguém menos que o próprio Alano. Ele tem tomado decisões questionáveis nos últimos tempos, mas ainda é inteligente, tão inteligente que pode estar criando estratégias para arruinar a Central da Morte, só para experimentar uma liberdade verdadeira da qual sequer poderá usufruir, já que não há outra vocação neste planeta que precisará dele tanto quanto a Central da Morte.

Joaquin quer que o filho viva a própria vida, mas não a esse custo.

Não a esse custo.

O celular de Joaquin não para de tocar.

Pela primeira vez numa eternidade, por um breve momento, num pensamento intrusivo como aqueles que o faziam desejar matar outras pessoas, Joaquin Rosa deseja que seja a Central da Morte ligando para o poupar dessa desgraça.

ALANO
15h00

Meu passado está voltando para me assombrar.

PAZ
19h44

Alano vai ficar em Los Angeles para cuidar de mim mas, na verdade, eu que passei o dia inteiro cuidando dele.

Durante as últimas sete horas, venho me esforçando ao máximo para mantê-lo ocupado, de modo que ele não fique pensando na integridade da Central da Morte sendo destruída, algo que entendo um pouco. Tenho o mantido longe dos noticiários com jogos de videogame, livros de colorir que estavam acumulando poeira desde que foram comprados pela minha mãe durante a pandemia de Covid-19; devoramos as sobras que estavam na geladeira enquanto assistimos ao segundo filme da saga Anoitecer (*Sol antigo*, o meu preferido); passamos tempo no jardim, plantando flores, árvores frutíferas, verduras e legumes. Até preparei para Alano um delicioso banho de banheira, com água bem quentinha e sais de banho para ajudar o corpo dele a relaxar depois da jardinagem, mas a água esfriou enquanto ele fazia uma lista de suspeitos na Central da Morte para que Dane e a Central de Proteção investigassem.

Sou péssimo em cuidar dos outros assim como sou péssimo em cuidar de mim mesmo.

Minha mãe conseguiu falar com Alano de um jeito que apenas uma mãe consegue. Ela chegou do trabalho, se sentou com Alano e perguntou se ele estava bem, e ele não conseguiu se safar só dando de ombros. Admitiu que estava preocupado com os pais, especialmente com Joaquin, que trata a Central da Morte como um segundo filho.

— Tenho medo de ele nunca mais falar comigo — admitiu Alano, algo que ele não havia confessado nem para mim.

— Não conheço o Joaquin, mas aposto que ele só está magoado — tranquilizou-o minha mãe. — Os melhores pais e mães são aqueles que colocam os sentimentos dos filhos em primeiro lugar, mas isso não significa que nós não temos nossos próprios sentimentos.

Queria que minha mãe se importasse mais com os próprios sentimentos, mas fico feliz que ela tenha explicado as coisas daquela forma para o Alano. Aquilo o ajudou a ver o que eu estava tentando explicar para ele o dia inteiro, mas o impacto era maior vindo de alguém que de fato tem um filho.

Então, minha mãe me envergonhou pra cacete bancando a mãezona com a gente. Primeiro, ela nos mandou tomar banho, já que estávamos os dois sujos por causa da jardinagem. Depois, pediu que ajudássemos ela e Rolando com os preparativos do jantar. Foi complicado, já que éramos nós quatro na nossa cozinha minúscula, mas ficou divertido depois que minha mãe colocou uma playlist do Bad Bunny porque toda vez que esbarrávamos em alguém, a outra pessoa se tornava nosso parceiro de dança por um segundo, mesmo se alguma coisa estivesse queimando no fogão. Minha mãe nos ensinou a fazer bolinho de feijão picante, molho de manga com abacate e nachos veganos com tortilhas recém-assadas e até vitaminas com o que sobrou da manga.

Alano e eu colocamos a mesa; os talheres são uma mistura de conjuntos diferentes, já que não somos uma família chique.

— Desculpa não ter sido muito presente hoje — diz Alano para mim.

—Você está aqui. Para mim, isso é estar presente.

— Bom, espero que minha mente alcance meu corpo. Quero criar mais lembranças divertidas com você pela cidade.

— Pesquisei algumas coisas legais que estão rolando essa semana enquanto você estava no modo Detetive Alano. O Observatório Griffith está com uma nova exposição sobre sons espaciais. Vai ter uma orquestra ao vivo no Hollywood Bowl tocando a trilha sonora do sexto filme do Scorpius Hawthorne. Amanhã, a Última Livraria vai fazer um evento com uma autora que escreve distopias.

E no final de semana podemos assistir a um filme no Cemitério Hollywood Forever.

— Um filme num cemitério?

— É, tem uma organização chamada Cinespia que, todos os verões, coloca uma tela enorme no cemitério e projeta filmes. Parece legal, mas eu sempre tive medo de ir.

— Por causa dos mortos?

— Por causa dos vivos.

Ele ri.

— Isso é a cara de Los Angeles. Eu topo. Espero que não tenha problema o agente Dane e outros agentes da Central de Proteção irem com a gente, agora que sou um alvo ainda maior.

— Relaxa, tudo bem, qualquer coisa que ajude a manter você vivo.

Alguém bate à porta da frente. Rolando olha em volta, contando todo mundo, incluindo o bebê.

— Estamos todos aqui.

— É o Dane com o Bucky — avisa Alano.

O cachorro dele vai passar a noite aqui.

Minha mãe tenta encaixar um quinto prato para Dane na mesa já lotada e volta a picar cenouras para Bucky, apesar de o cachorro já ter jantado em casa.

Estou tão empolgado por conhecer o Bucky que corro para abrir a porta, mas ele não está ali, é apenas o Dane com dois guarda-costas da Central de Proteção que eu nunca vi antes. Fico tenso, como se eles tivessem prestes a me atacar mesmo sem eu não ter feito nada de errado, ou como se estivessem prestes a levar o Alano embora, que, se for o caso, aí, sim, eu vou fazer alguma coisa de errado.

— Alano — chama Dane da porta, como se eu nem estivesse aqui. — A sua presença está sendo solicitada.

Alano se aproxima.

— Por quem?

Os guarda-costas dão um passo para o lado, revelando a realeza da Central da Morte.

— Por nós — responde Joaquin Rosa, segurando a mão de Naya Rosa de um lado e a coleira do Bucky do outro.

O criador da Central da Morte me olha feio como se eu fosse um Guardião da Morte secreto.

Eu olho feio de volta, porque Joaquin Rosa arruinou a minha vida.

ALANO
19h59

Meu cachorro corre para os meus braços enquanto meus pais continuam do lado de fora da casa do Paz, sem serem convidados a entrar.

— Não vou voltar para Nova York — digo.

Eles já estavam com dificuldade para aceitar minha decisão de ficar em Los Angeles antes do discurso da Andrea Donahue. Agora, vão me querer de volta mais do que nunca para ajudá-los a resolver todo esse caos. Eu queria poder ajudar, de verdade, mas há mais tempo entre este instante e a eleição para salvar a Central da Morte do que entre este instante e a sexta-feira que vem para salvar Paz. Preciso me manter firme.

— Oi pra você também, *mi hijo* — cumprimenta meu pai.

Minha mãe me puxa para um abraço.

— Não viemos aqui para brigar por causa de Nova York. Só viemos trazer o Bucky e nos despedir antes do nosso voo.

Só isso? O motivo da visita é quase tão surpreendente quanto a visita em si.

Percebo que Paz voltou para junto dos pais dele na cozinha. Eles nos observam com atenção. Já foi intrusivo o bastante ter o agente Dane revirando os pertences dele, mas essa família não foi consultada sobre a presença dos meus pais nem de toda a equipe de segurança.

— Volto num minuto — aviso, fechando a porta enquanto saio para a varanda da frente com Bucky correndo ao redor das minhas pernas, pedindo mais atenção.

Eu me dirijo aos meus pais enquanto os agentes da Central de Proteção se distanciam para nos dar privacidade.

— Passei o dia inteiro tentando falar com vocês.

— É uma sensação bem irritante, não é? — pergunta meu pai, arqueando uma sobrancelha. — Não queríamos deixar você sem notícias, *mi hijo*, mas estamos tentando apaziguar as preocupações infinitas dos membros do conselho e dos usuários apavorados que não sabem se nossos mensageiros são confiáveis para dar os alertas. Não vemos esse nível de medo desde o primeiro Dia Final — comenta ele, olhando para a casa, ciente de que a família lá dentro foi uma vítima desses erros. — Só o tempo dirá se as declarações que fizemos para a imprensa serão capazes de conter os danos que Andrea Donahue e Carson Dunst estão causando.

—Vocês deveriam ter retornado minhas ligações mais cedo. Eu poderia ter ajudado com a imprensa.

Meu pai cruza os braços.

— Como eu poderia saber disso se sua devoção à Central da Morte tem sido vítima de todas as suas mudanças de opinião nos últimos tempos?

Eu imito os braços cruzados dele, zombando.

— Atendendo o celular.

Minha mãe intervém pedindo um tempo com as mãos.

— Como você iria ajudar, Alano?

— Dizendo a todo mundo que eu não renunciei à minha parte e que condeno o Dunst pelas mentiras dele.

Meu pai sorri pela primeira vez esta noite.

— Por essa eu não esperava.

Minha mãe não está tão feliz assim.

—Vamos mesmo colocar nosso filho contra o líder de uma seita?

—Até crianças sujam as mãos em tempos de guerra — rebate ele.

Como foi rápida a mudança na percepção que meu pai tem de mim... de um ingrato à Central da Morte a um soldado na guerra dele contra a Guarda da Morte.

— E nós falhamos como adultos toda vez que uma criança precisa lutar por nós — declara ela, espantada. — Falando nisso, como o Paz está hoje?

— Por que não perguntamos a ele?

Paz está de pé na varanda. Não sei há quanto tempo está ali, mas parece nervoso.

— Oi. Hum, minha mãe disse que vocês estão convidados para o jantar, se quiserem.

— Não queremos atrapalhar, querido — fala minha mãe. — Mas é um prazer poder finalmente conhecer...

— Jantar me parece uma ótima ideia! — berra meu pai. — Entraremos num instante.

— Ah... tá bom. — Paz volta para dentro.

Encaro meu pai, desconfiado.

— Você vai mesmo jantar com a gente?

— Jantar de família é irrecusável, não é? — pergunta ele, ainda visivelmente magoado por eu ter escolhido a família do Paz.

— Mãe?

Espero que ela seja sensata.

— Para ser sincera, eu dormiria muito mais tranquila se eu conhecesse melhor os pais dele — admite minha mãe.

— Ainda mais agora que você está sem a Central da Morte — acrescenta meu pai.

— E vai ser um prazer conhecer o Paz também — completa ela, quase implorando.

— Tá bom. Por favor, sejam normais.

— Óbvio que seremos normais — rebate meu pai, antes de comunicar aos nossos guarda-costas que precisaremos de Andrade a postos na entrada da casa, Dane nos fundos e Chen patrulhando o quarteirão.

Enquanto caminho com meus pais até a porta, compartilho uma coisa importante:

— Não mencionem nada sobre eu ter conhecido o Paz no alto do letreiro de Hollywood. Os pais dele não sabem que ele estava planejando se matar naquela noite. E o mandariam para uma clínica de prevenção ao suicídio se soubessem.

— Talvez seja melhor do que ter você resolvendo isso — opina minha mãe. — Você não é psiquiatra e já fez muita coisa por ele, sem contar sua própria questão psicoló...

— Se a situação piorar, eu mesmo chamo os profissionais — interrompo, sem querer também virar assunto da conversa. — Por favor, respeitem os desejos do Paz por enquanto.

Ela assente, batendo à porta ao entrar.

Meu pai segura meu ombro e se aproxima do meu ouvido.

— Não se preocupe, *mi hijo*, o segredo dele está a salvo comigo — sussurra, antes de entrar.

Enquanto isso, continuo paralisado do lado de fora, sentindo o cheiro de álcool no hálito do meu pai.

PAZ
20h12

Quanto tempo pode durar uma alucinação?

Tipo, é possível eu realmente ter imaginado o Alano no letreiro de Hollywood e a alucinação estar durando tanto que agora estou vendo os pais dele dentro da minha casa? Prestes a jantarem com a gente? Também achava que alucinações só enganavam os olhos e ouvidos, mas, quando pesquisei sobre elas como efeito colateral do TPB, descobri que podem ser táteis também.

Como posso saber se algo não é real se eu consigo ver, ouvir e sentir?

A mãe do Alano é real? Naya tem mesmo uma beleza elegante que é difícil de acreditar pessoalmente, com seus olhos amigáveis, os cílios longos como os de Alano, pele marrom-clara e uma mecha prateada no cabelo preto ondulado. Consigo vê-la.

— Que prazer finalmente conhecer você, Paz.

Consigo ouvi-la. Ela segura minha mão. Consigo senti-la. Nada disso a torna real.

Observo Naya abraçar minha mãe como se elas já se conhecessem ou algo assim.

— Obrigada por nos convidar para entrar, sra. Medina — diz ela.

— Ah, é uma honra, mas vou mandar você embora se não me chamar de Gloria.

Naya ri.

— Pode deixar, Gloria. Espero que nosso filho não esteja dando trabalho.

— Ele é perfeito! Muito inteligente, educado. Vocês o criaram muito bem.

—Você também. Alano fala muito bem do Paz.

Não posso estar imaginando tudo isso, posso? Tem que ser real, mas Naya contando para a minha mãe que ela me criou bem quando eu matei meu pai e quase soquei o filho dela? Isso não faz sentido.

Então, a mão familiar do Alano toca meu ombro, me virando na direção dele... na direção do pai dele.

— Paz, esse é meu pai, Joaquin — fala ele, como se o homem que lançou a Central da Morte e arruinou minha vida num único dia precisasse de apresentações.

Joaquin Rosa parece o Alano de cinquenta anos que viajou do futuro para o presente. Cabelo castanho-escuro com alguns fios grisalhos, sobrancelha e barba espessas, lábios em formato de arco, alguns centímetros mais alto do que eu e um porte forte sob o terno vinho, mas Joaquin não carrega uma floresta inteira nos olhos como Alano, só o marrom-escuro das árvores. Enquanto ele me cumprimenta, estou certo de que Joaquin não é um Alano viajante do tempo porque odeio o toque dele.

— Prazer em conhecer o senhor, sr. Dario — cumprimenta Joaquin.

— Me chama de Paz — digo, mais cortante do que esperava.

O sorriso dele não se parece em nada com o do Alano. É errado, tão errado.

— Farei isso, Paz — fala ele, antes de pedir desculpas.

—Você está bem? — pergunta Alano.

Não respondo. Apenas sigo o criador da Central da Morte pela minha sala de estar até a cozinha, como se ele pudesse ser uma ameaça para minha família.

— Olha só quem está aqui! — exclama Rolando, estendendo a mão para Joaquin. — Não sabia que a Central da Morte estava mandando alertas pessoalmente agora.

Joaquin o cumprimenta.

— Não, não, não. Todos sabemos que já foi difícil o bastante para você ser mensageiro por telefone, Rolando. Um alerta feito pessoalmente só faria você sair para jantar e ver um filme com o seu Terminante. — Há um silêncio tenso antes de os dois caírem no riso, e eu não conheço bem Joaquin, mas a risada do Rolando com certeza é falsa. — Obrigado por nos receber. Estou animado para colocar o papo em dia, agora que o destino nos reuniu de novo. — Ele se vira para minha mãe. — E para finalmente conhecê-la, sra. Dario.

— Medina — dizemos eu e minha mãe juntos, mas minha voz soa agressiva de novo.

Com um gesto, ela me avisa que pode responder por si mesma; eu odeio quando ela é chamada pelo sobrenome do meu pai.

— De qualquer maneira, prefiro Gloria a essas formalidades — acrescenta ela.

— Minhas mais sinceras desculpas, Gloria — fala ele, e a sinceridade em sua voz parece genuína.

Minha mãe faz um gesto despreocupado, tirando uma pizza do congelador.

— *Minhas* mais sinceras desculpas por não ter comida pronta ou uma mesa de jantar maior. Em geral, somos apenas nós três, mas podemos nos acomodar na sala de estar. Garotos, peguem as cadeiras lá fora.

É a primeira vez que vejo minha mãe com vergonha da nossa casa, e quem não estaria ao colocar pizzas congeladas no forno para convidados multimilionários, ou pegar cadeiras do quintal para ter mais lugares para sentar.

— Calma — diz Alano do lado de fora, me impedindo de levar a cadeira para dentro. — Você está bem?

— Estou... não. Só estou um pouco abalado.

— Eu também. Posso pedir discretamente para eles irem embora.

— Não, está tudo bem.

A verdade é que, se um dia eu for mesmo me tornar o namorado do Alano, preciso me acostumar com o pai dele.

Alano e eu voltamos para dentro e encontramos Naya pedindo desculpas por qualquer estresse que possa estar causando, o que minha mãe nega, é óbvio, não apenas por gostar de agradar os outros, mas por gostar de planejar, e nem ferrando ela havia planejado um jantar para toda a família da Central da Morte.

— Os guardas precisam inspecionar a casa? Ou a comida? — pergunta minha mãe.

— Se a revista do agente Madden é boa o bastante para o Alano, é boa o bastante para nós — diz Naya.

Rolando começa a preparar os pratos.

— Alano também ajudou a cozinhar o jantar, então bote a culpa nele em caso de intoxicação alimentar ou morte por envenenamento.

Minha mãe dá um tapinha nas costas dele.

— Melhor guardarmos as piadas sobre envenenamento para quando eles nos conhecerem melhor.

Eu e Alano carregamos a mesa de jantar e as cadeiras para a sala de estar, convidando os pais dele a se acomodarem enquanto trazemos nosso jantar caseiro em pratos diferentes, porque não temos um conjunto completo. Esse jantar é muito empolgante para minha família, mas aposto que os pais do Alano estão sonhando com a refeição de cinco pratos que a chef deles deve estar preparando na mansão. Minha mãe e Rolando se sentam no sofá, e eu e Alano nos sentamos nas cadeiras do quintal com os pratos no colo.

Se nós dois fôssemos namorados, esse seria um baita de um encontro triplo!

Quem sabe um dia, caso a gente sobreviva a esse jantar inesperado.

GLORIA MEDINA
20h22

A Central da Morte não ligou para Gloria Medina, porque ela não vai morrer hoje.

Gloria gosta de planejar, seus documentos estão razoavelmente organizados caso o ceifador bata à sua porta, mas ela não planejara abrir sua casa para Joaquin e Naya Rosa esta noite. Eles são absolutamente bem-vindos, ainda mais agora que Gloria está hospedando o filho maravilhoso deles, mas ela se preocupa se as famílias se darão bem, considerando os desdobramentos do primeiro Dia Final e os acontecimentos recentes entre Pazito e Alano. Ela vai planejar uma noite agradável e torcer pela civilidade.

— Aos novos amigos! — brinda Gloria, e todos batem seus copos com vitamina de manga. — Agora, atacar!

As porções parecem pequenas demais para serem atacadas; tomara que a pizza fique pronta logo.

— Vocês têm vinho? — pergunta Joaquin.

— Pai — repreende Alano.

— Uma tacinha entre novos amigos — insiste ele.

— Essa é uma casa sem álcool — explica Rolando.

Desde que Pazito tomou o uísque de Rolando e tentou se matar.

Gloria sente calafrios com a lembrança, enquanto se pergunta por que Alano está repreendendo Joaquin. Será que é porque eles sabem a história do Pazito e Joaquin se esqueceu? Ou porque Joaquin tem sua própria questão com bebida, e precisa ser lembrado disso? Ela suspeita de que seja a segunda opção depois que Joaquin diz não se importar com a falta de álcool, já que Alano parece preocupado. Ela analisa Naya, temendo que talvez o temperamento de Joaquin se torne sombrio quanto mais ele bebe, assim como acontecia com Frankie, mas Naya não parece ter medo do marido. Isso não significa que não haja abuso na casa deles, só que Gloria ficará de olhos bem abertos com seus convidados.

—Vocês ajudaram a fazer o molho? — questiona Naya, mergulhando sua tortilha na tigela. É uma pergunta que parece, acima de tudo, querer distraí-los dos hábitos de Joaquin no quesito bebida.

— Gloria, Rolando, espero que não estejam mentindo sobre estarem gostando da presença do Alano aqui, porque preciso que vocês ensinem todas as receitas para ele.

— Com todo prazer. Ele aprende rápido — diz Gloria.

E ela está falando sério mesmo.

— A senhora é uma professora paciente — comenta Alano.

— E você, Paz? Gosta de cozinhar? — pergunta Naya.

Pazito dá de ombros.

— Não muito, mas nos divertimos hoje.

— Foi bom para tirarmos a cabeça dos acontecimentos mais recentes — diz Alano, bem direto.

Joaquin dá uma risadinha.

— Comer uma refeição que você mesmo preparou também ajuda muito com isso.

— Falando em trabalho... — Naya faz uma cara feia para os homens da sua família antes de relaxar a expressão e se virar para Gloria. —Você é coordenadora de admissão num abrigo para mulheres?

Gloria sorri com orgulho.

— Sou. Alano contou?

Naya fica corada.

— Sendo sincera, a Central de Proteção nos informou. Em nome da transparência, devo avisar que fizemos uma checagem de antecedentes criminais de todos vocês depois que nossos meninos começaram a passar tempo juntos. Peço perdão por isso ser tão invasivo.

— Não é mais invasivo do que o Dane mexendo na minha gaveta de cuecas — brinca Rolando.

— Nós entendemos, de coração — declara Gloria.

Se ela tivesse como, faria o mesmo para proteger Pazito. Guarda-costas, checagem de antecedentes criminais, inspeções, o serviço completo! Mas tudo o que pode oferecer ao filho é orientação, esperança, orações e uma assinatura da Central da Morte.

— Depois do jantar eu passo meu número para você — acrescenta Gloria —, assim você pode entrar em contato sempre que precisar.

— Já está salvo no meu celular para emergências — diz Naya, e elas riem. — A checagem, porém, não nos disse o que levou você até o Centro de Mulheres Persida.

Gloria sente a sombra de Frankie pairando sobre ela, como nas vezes em que ele a seguia pelo apartamento para gritar na cara dela ou fazer coisa pior. Esse medo continua vivo em seu corpo e, por mais que queira ser uma boa anfitriã que mantém o clima leve para os convidados, ela se recusa a permanecer em silêncio outra vez.

— Sei como é ser uma mulher que precisa de ajuda — relata Gloria, sem vergonha do passado. — Meu ex-marido era abusivo, mas eu sempre achei que ele fosse mudar, ainda mais quando fiquei grávida do Pazito. Ele nunca mudou, mas jamais encostou um dedo no nosso filho, então botei na minha cabeça que ser a melhor mãe do mundo significava manter a família unida. Eu não podia dar ao Pazito tudo o que ele queria, mas fiz sacrifícios para que ele pudesse pelo menos ter um pai por perto. — O coração dela bate tão forte que Gloria se pergunta se alguém é capaz de ouvi-lo em meio ao silêncio. — Nunca vou me arrepender por completo daquele relacionamento, porque ele me deu meu Pazito, mas ser a melhor mãe teria sido, na verdade, terminar com o Frankie depois que ele perdeu dinheiro numa casa de apostas em Atlantic City e descontou tudo em mim quando eu estava grávida de cinco meses. Vivi com medo do meu ex-marido até o dia em que ele morreu.

Até o dia em que Pazito matou Frankie e libertou Gloria, aprisionando seu próprio destino.

— Sinto muito — diz Naya. —Você não merecia essa violência.

— Nenhuma mulher merece violência, e eu quis ajudar as mulheres que acreditam que merecem. Como coordenadora de admissão, eu tenho o privilégio de ser a primeira a apoiar a escolha de uma mulher por recomeçar. Consigo acolher meus arrependimentos por não ter ido embora antes, sem julgá-las por terem continuado no relacionamento pelo tempo que tenha durado. — Gloria coloca a mão no peito. — Eu amava ser mãe em tempo integral, do fundo do coração, mas amo apoiar minha comunidade, mesmo que dessa pequena forma.

— Não há nada de pequeno no que você está fazendo — opina Naya.

Esse reconhecimento significa muito para Gloria, que sabe que seu trabalho não paga por uma casa com uma sala de jantar à parte, com mesa de jantar e louças combinando, mas permite que ela ajude mulheres a encontrarem novos lares, por mais humildes que sejam.

— O abrigo não é uma Central da Morte, mas tenho muito orgulho do meu trabalho — declara ela, quase chorando.

Naya se aproxima e se ajoelha na frente de Gloria, segurando as mãos dela.

— Estamos todos nos dedicando à nossa comunidade, Gloria, mas o trabalho que você faz é o que impede que nossos mensageiros liguem para as mulheres no seu abrigo antes que elas possam ter a vida que merecem.

É nesse momento que Gloria desaba, abraçando Naya enquanto chora.

— Obrigada pelas palavras. Eu sempre quis poder fazer mais.

— É o que todas as grandes heroínas querem.

Como todas as grandes heroínas, Gloria Medina é uma veterana nas guerras da vida.

Uma sobrevivente.

PAZ
20h31

Tenho tanta sorte de ser filho da minha mãe.

Quero consolar seu choro agora, mas me seguro enquanto Naya demonstra um pouco de amor. Alano com certeza puxou a gentileza da mãe.

— Você fez um excelente trabalho — diz Joaquin para a minha mãe.

É aí que percebo que ele está olhando feio para mim.

Com certeza está julgando o trabalho que minha mãe faz no abrigo, já que ela criou um filho que quase bateu no filho dele. Mas fui eu quem ergueu o punho, não minha mãe.

— Você é a melhor do mundo, mãe — declaro, olhando feio para Joaquin também.

Se Joaquin tem alguma merda para dizer sobre eu quase ter socado o Alano, ele pode vir com tudo.

Estou pronto para revidar contra a Central da Morte por ter arruinado a minha vida... e desta vez, vou bater com força.

NAYA ROSA
12h23

A Central da Morte não ligou para Naya Rosa, porque ela não vai morrer hoje.

Como ela queria que fossem verdade os boatos de que os funcionários da Central da Morte são médiuns, porque Naya gostaria de ter sabido o que o dia de hoje lhe reservava quando ela acordou. É uma bênção saber que ela não vai morrer, mas isso não a deixa de sobreaviso quando se trata das complicações da vida.

Naya achava que a parte mais difícil do seu dia seria a ligação de Alano pela manhã, informando a ela e a Joaquin que ele não voltaria para o baile em Nova York, como se o filho se sentisse na obrigação de ajudar a proteger Paz Dario de si mesmo. Ela admira o caráter de Alano. Não há motivos para celebrar os dez anos da Central da Morte quando ele sabe que a falha histórica da empresa resultou em uma vida inteira de dificuldades para Paz. Por mais triste que fosse aquela notícia, não se comparava em nada com a situação de Alano na Central da Morte ter sido exposta por Carson Dunst e Andrea Donahue.

Agora que o mundo sabe como Alano se encontra vulnerável, Naya está desesperada para que ele volte para casa com ela e Joaquin, ou que volte para a mansão, onde há um quarto do pânico caso a Guarda da Morte realize um novo ataque contra a vida dele. Mas ela não pode tentar fazer Alano mudar de ideia na base do susto, ou ele se rebelará contra ela assim como vem fazendo com Joaquin. Seria devastador se Alano morresse, e também se ele cortasse Naya da sua vida.

Há um pequeno conforto em conhecer Gloria Medina, uma mulher tão extraordinária e heroica, que traz a Naya a certeza de que Alano será amado sob a supervisão dela (e que ficará seguro, graças à Central de Proteção).

Naya rejeita o pedido de desculpas de Gloria por ter começado o jantar com um assunto tão pesado.

Gloria seca os olhos com o guardanapo.

— Bom, eu ainda não pedi para a minha equipe fazer uma checagem dos antecedentes criminais de vocês, então adoraria saber mais sobre a sua família.

— Tudo o que você precisa saber está na minha biografia — declara Joaquin.

—Vou comprar um exemplar — diz Gloria, pegando o celular como se fosse comprar naquele instante.

— Ele está brincando! — explica Naya.

Gloria fica corada.

— Ah!

— O que você gostaria de saber? — pergunta Naya.

— Como vocês se conheceram?

Faz trinta anos que Naya e Joaquin se conheceram e, embora tenham chegado a um consenso quanto ao cerne da história (com Joaquin se apaixonando pela risada de Naya quando eles tinham dezoito anos e estavam na Sip-N-Serenity, uma cafeteria charmosa no Queens que não sobreviveu à Grande Recessão), muitos outros detalhes já foram fonte de controvérsia, pois cada um defende a própria versão.

Naya diz que ela estava rindo da piada de uma amiga, e Joaquin diz que ela estava lendo um trecho engraçado de um livro.

Naya diz que ela foi receptiva à presença de Joaquin, e ele diz que Naya não deu a mínima para ele (porque, caso ela estivesse *mesmo* lendo um livro — e ela não estava! —, é óbvio que ela iria querer voltar a ler).

E Naya diz que Joaquin se ofereceu para comprar um café para ela, mas ele diz que ofereceu um bolinho.

O que Naya não diz aos anfitriões é como, independentemente da maneira como Joaquin conta essa história, brigando de mentirinha por causa dos detalhes, ela gostaria que eles soubessem a verdade. Se ao menos os dois fossem mais parecidos com o filho espetacular que têm, que captura o mundo como se carregasse sempre uma filmadora, eles saberiam não apenas se o motivo da risada de Naya era uma piada ou um livro, mas qual piada ou qual livro, assim como qual café ou qual sabor de bolinho Joaquin comprou. Essas lembranças estão perdidas, mas é indiscutível que, após trinta anos juntos, Naya deu a Joaquin toda a atenção que tinha.

— Eu me declarei primeiro — diz ela.

— Aquelas palavras tornaram a risada dela meu *segundo* som favorito — acrescenta ele.

Os dois concordam tanto neste aspecto que Joaquin até escreveu a respeito na biografia, *Central da Morte e vida,* assim como outros detalhes do relacionamento, que agora eles contam aos anfitriões — incluindo como dividiram um apartamento que mais parecia uma lata de sardinha, economizavam dinheiro para viagens de fim de semana, criaram suas tradições e apoiaram os sonhos um do outro. Sonhos insanos como a Central da Morte, que deu a eles muitos luxos, como casas e viagens.

— Nunca viajo tanto quanto gostaria — diz Gloria.

— Estamos ansiosos para a nossa lua de mel em Porto Rico — anuncia Rolando, tirando a pizza do forno.

— Bom, veremos. Parece que nossas economias vão servir para outra coisa agora.

Joaquin balança a cabeça.

— Só se vive uma vez, e você já passou boa parte da vida cuidando dos outros. Precisa cuidar de si mesma. Na verdade, vamos dar a vocês uma viagem com tudo pago para o nosso resort.

— Quanta gentileza — diz Gloria.

— Será um prazer! — responde Naya.

— Não sei se poderei ir... — Gloria coloca a mão sobre a barriga. — Estamos esperando um bebê.

Naya fica desorientada quando seu corpo — seu *coração* — lembra de todas as vezes em que enfrentou dificuldades nas gestações enquanto pessoas próximas não apenas já haviam começado suas famílias, mas estas famílias continuavam crescendo e crescendo enquanto ela ainda esperava para ter um único filho. Então, seu cérebro a chama de volta à realidade e ela se lembra do filho espetacular e celebra a notícia de Gloria com mais um brinde.

Ela escuta uma conversa entre os meninos.

—Você não contou a eles? — pergunta Paz.

— Queria respeitar a privacidade da sua mãe — diz Alano.

Ela criou o filho tão bem.

Enquanto Joaquin pede licença para ir ao banheiro, Naya pergunta como Gloria está se sentindo.

— Muito nervosa. Muito, muito, muito nervosa — responde Gloria. — É uma gravidez de alto risco, óbvio, então o medo de perder o bebê é constante.

— Eu não sabia disso — diz Paz.

Gloria se força a transmitir coragem para o filho.

— Estou bem, Pazito. É normal se preocupar.

—Você se preocupou assim quando estava grávida de mim? — pergunta Paz.

— Me preocupei, mas eu não tinha quarenta e nove anos naquela época.

— Talvez você devesse ficar no resort por nove meses. — É o que Paz diz (brinca?). Não, é o que ele diz mesmo.

— Se é isso que você precisa, podemos dar um jeito — oferece Naya. Tranquilidade durante a gravidez não tem preço. — Estou sempre aqui se precisar conversar sobre os seus medos. Sofri doze abortos espontâneos antes de engravidar do Alano.

Gloria fica chocada.

— Doze?

Naya nunca vai se esquecer da primeira vez que suas cólicas foram seguidas por um sangramento.

— Doze.

Gloria oferece seus sentimentos.

Naya fica com lágrimas nos olhos.

— Não tem um dia em que eu não imagino a vida de todos os bebês que perdi. Queria tanto ser a mãe deles. A gravidez do Alano foi assustadora. Eu não queria alimentar esperanças, nem mesmo quando ele foi sobrevivendo por mais tempo que os outros bebês. Então, Alano nasceu milagrosamente, mas meu medo de concluir a gravidez se transformou no medo de não conseguir mantê-lo vivo.

— Esse medo nunca vai embora — diz Gloria.

— Não vai, não.

Naya e Gloria sorriem para os filhos atentos, mas Naya sente uma pontada de culpa porque Gloria não sabe que Alano salvou Paz de se matar.

Será que Naya tem a responsabilidade de contar a Gloria, não como funcionária da Central da Morte, mas como mãe, que o filho dela estava literalmente à beira da morte? Naya gostaria de saber se o seu filho — o filho que ela arriscou a própria vida para trazer ao mundo — se encontrasse um dia no topo do mundo, querendo cair.

ALANO
21h04

Depois de ver minha mãe chorar pelos filhos que perdeu, tenho ainda mais certeza de que, por mais que eu possa confidenciar tudo para ela, devo levar o segredo da minha tentativa de suicídio para o túmulo.

Pelo menos é o que meu coração está me mandando fazer.

Meu cérebro sabe que não faz muito sentido.

A lógica raramente importa quando meus pensamentos alarmantes vão falando cada vez mais alto.

PAZ
21h05

O criador da Central da Morte volta e fica sabendo da novidade.

— Está animado para se tornar o irmão mais velho? — indaga Joaquin.

— Estou, mas só espero que minha mãe fique bem — respondo.

Se essa gravidez levar a vida da minha mãe, eu não sobreviverei à morte dela.

ROLANDO RUBIO
21h06

A Central da Morte não ligou para Rolando Rubio, porque ele não vai morrer hoje.

    O trabalho de mensageiro não é para os fracos de coração, disso Rolando se lembra muito bem — muito mal, na verdade. Ele prestava um serviço a seus Terminantes ao alertá-los dos seus destinos, mas era uma grande e difícil responsabilidade. Ainda se lembra de quando falou com uma adolescente, da idade que Paz tem agora, ele acredita, que estava empolgada para ter seu primeiro encontro até Rolando ligar com a má notícia de que ela iria morrer. Ele não sabe se a garota foi ao encontro ou não. E o marido cuja esposa finalmente voltaria do serviço militar no exterior, mas só semanas depois do Dia Final dele? Será que ele conseguiu falar com ela? Será que ela está bem e seguiu em frente, assim como Gloria conseguiu construir uma relação com Rolando depois da morte de Frankie?

    Dentre os vários Terminantes para os quais Rolando ligou naquele primeiro Dia Final, ele só conseguiu encontrar respostas em relação ao primeiro, Clint Suarez, um argentino rico que ele encontrou num café em Nova York de manhã cedinho, horas depois de Rolando se demitir da Central da Morte. Enquanto cada um tomava seu café, Rolando escutou a história de vida de Clint e, anos mais tarde, foi à inauguração da boate na qual Clint investiu pesado antes de morrer. Tão pesado que, na verdade, o lugar se tornou uma boate para Terminantes e recebeu o nome de Cemitério do Clint. Não servem bebida alcoólica lá, mas Rolando pediu um martíni sem álcool chamado Espresso Eterno e brindou ao Clint, o Terminante cuja sabedoria transformou a sua vida.

Se Clint não tivesse encorajado Rolando a não apenas declarar seu amor de longa data por Gloria mais uma vez, mas também alertá-la dos perigos de continuar casada com Frankie, quem sabe o que teria acontecido?

Talvez Frankie ainda estivesse vivo e casado com Gloria.

Talvez estivesse cumprindo uma pena de prisão perpétua enquanto Gloria estaria enterrada a sete palmos do chão.

Graças ao primeiro Terminante para quem ligou, Rolando está vivendo a vida dos sonhos.

Bom, talvez não exatamente a vida dos sonhos.

Na década que se passou desde que trabalhou na Central da Morte, Rolando só se arrependeu de ter pedido demissão nos momentos de dificuldade financeira. Como nos dias de hoje, em que o mercado de trabalho está difícil. Desde que foi demitido, Rolando vai para a cama todas as noites preocupado com não ter dinheiro, mas ele sabe que sua alma permanece íntegra. É isso que lhe permite levantar da cama no dia seguinte e continuar a procurar emprego, a sorrir em entrevistas e a continuar escalando e escalando até sair deste buraco financeiro, ainda mais agora que precisa sustentar seu primeiro filho.

Ele reza para que haja um primeiro filho para sustentar.

Rolando olha a barriga de Gloria e em seguida encara Joaquin e Naya.

— Dado o histórico de vocês, não há mesmo nada que a Central da Morte possa fazer para prever abortos espontâneos?

— Se pudéssemos fazer alguma coisa, nós faríamos — diz Joaquin.

— Vocês já estão fazendo algo que não se fazia antes. Por que não tentar ir além?

— Se puséssemos fazer alguma coisa, nós faríamos — repete Joaquin, mais sério. — Não queremos que ninguém passe pelo luto terrível de perder uma gestação, mas esse simplesmente não é o tipo de informação que podemos oferecer.

Rolando se inclina para a frente no sofá, quase como se fosse ficar de joelhos e implorar.

— Estou tentando manter minha família unida. Finalmente estou com o amor da minha vida, e nós estamos esperando nosso primeiro bebê juntos, meu primeiro filho, então se existir qualquer tipo de assistência da Central da Morte que possa nos preparar para a viabilidade desta gravidez...

— Não existe — interrompe Joaquin. — Isso não mudou desde quando você trabalhou na nossa empresa.

— Então por que vocês não estão avançando?

Joaquin bebe um gole demorado da vitamina e depois esfrega a testa, como se a bebida tivesse congelado seu cérebro, mas Rolando acredita que ele só esteja irritado mesmo.

— Estamos avançando e, mesmo se não estivéssemos, já trouxemos grandes avanços à sociedade.

— É uma pena — diz Rolando. Ele está morrendo de medo de perder o bebê, é óbvio, mas, acima de tudo, de perder Gloria. — E quanto ao Dia Final de alguém? Tem como saber isso, mesmo se for daqui a muitos anos?

— Você gostaria de passar pelo processo de treinamento de novo para ser relembrado das nossas capacidades?

— Você disse que a empresa está avançando — responde Rolando, tenso.

Ele se lembra do conselho de Clint no primeiro Dia Final, para que Rolando dissesse alguma coisa enquanto ainda podia proteger a mulher que amava.

Joaquin cruza os braços.

— Me diga, Rolando. De que forma você está contribuindo para a sociedade?

— Pai — repreende Alano.

— Estou só colocando o papo em dia com Rolando — diz Joaquin.

— Aposto que sua checagem de antecedentes criminais já te contou tudo — declara Rolando.

— Nossa equipe na Central de Proteção infelizmente deixa algumas coisas passarem, às vezes, e tenho certeza de que foi o caso quanto estavam procurando sobre o seu atual local de trabalho.

— Eu estava trabalhando como conselheiro de carreira na Universidade Claudi...

— Estava? — interrompe Joaquin.

Rolando fica corado.

— Fui demitido por falta de verba.

Joaquin coça a barba, como se estivesse entediado.

— Onde você está trabalhando agora?

— Estou desempregado no momento.

Naya intervém.

— O que você gostaria de estar fazendo, Rolando?

— Quero ajudar as pessoas — responde ele.

— Desempregado por quase dois meses? — questiona Joaquin. Parece que os investigadores da Central de Proteção devem ter encontrado os registros de Rolando nos últimos segundos. — É bem revelador quando o próprio conselheiro de carreira não tem uma carreira. Tem certeza de que foi demitido por falta de verba e não por incompetência? Seu histórico endossa essa teoria.

Tanto Naya quanto Alano falam para Joaquin ir com calma, e Rolando sente que Gloria e Paz estão vindo ao resgate dele também, porém, por mais humilhado que ele se sinta, não irá gritar, porque Rolando nunca quer que Gloria o confunda com Frankie, nem quer dar um mau exemplo para Paz. Mas isso não quer dizer que Rolando deixará de se defender.

— O desrespeito que você demonstra para com seus empregados...

—Você não trabalha para mim e nunca vai trabalhar para mim de novo.

— ...é exatamente o motivo pelo qual o nome do seu filho está nos noticiários hoje — completa Rolando.

Isso cala a boca de Joaquin instantaneamente.

Não tem como atacar o sucesso de um homem cuja empresa lhe rendeu dinheiro o suficiente para construir uma torre no espaço, mas, antes de ser o criador da Central da Morte, Joaquin era pai, e foi apontando aquelas falhas que Rolando arrastou o sujeito de volta para o planeta Terra.

JOAQUIN ROSA
21h12

A Central da Morte não ligou para Joaquin Rosa, porque ele não vai morrer hoje.

As várias ligações que ele recebeu acreditavam que, na verdade, a própria Central da Morte havia morrido, mas Joaquin tomou conta de seu império, fazendo de tudo para garantir que seu legado vivesse apesar das ameaças. Não gostou muito dos membros do conselho que estavam preocupados demais em relação a seu filho. Joaquin os lembrou com firmeza que não só Alano sabe melhor do que todos eles os pormenores do ramo aos dezenove anos, como também sobrevivera a uma recente tentativa de assassinato. Algum deles, por acaso, já havia passado por algo parecido? Não. Isso mexe com a mente de qualquer um, até mesmo uma mente tão brilhante quanto a do filho.

— Mas e quanto ao fato de Alano ter desativado a conta na Central da Morte? — A pergunta foi levantada diversas vezes.

Era um dos principais questionamentos, então Joaquin e sua equipe prepararam uma nota de esclarecimento, com extensa reflexão sobre o vocabulário a ser utilizado, sobre como a tentativa de assassinato feita pelo Guarda da Morte levou à "crise de nervos" de Alano. Era imprescindível para Joaquin que evitassem chamar o comportamento do filho de surto psicótico até que um profissional desse o diagnóstico, porque ele não queria membros do conselho aflitos em relação à capacidade de Alano de liderar; afinal, isso também os levaria a questionar a sanidade de Joaquin, se soubessem que ele fala com fantasmas. A explicação oficial foi feita para redirecionar a culpa à Guarda da Morte e restaurar a confiança do público na Central da Morte, no voto a Page com Paquin como sua vice e no próprio Alano.

A nota precisa ser aprovada, assinada e compartilhada por Alano, cuja reputação sairia ganhando muito com o texto depois do que com certeza foi uma semana ruim de destaque midiático. Entre a história do surto de Alano no call center em sua primeira noite atuando como mensageiro, a tentativa de assassinato, o incidente com Paz Dario e agora a exposição de seu status como pró-naturalista, o nome Alano Rosa andava causando burburinho demais nos noticiários para o gosto de Joaquin, tornando o filho mais vulnerável a cada vez que é mencionado.

Joaquin sempre vai defendê-lo, sempre vai arrumar sua bagunça, como um bom pai.

Ninguém — ninguém *mesmo* — vai usar o próprio filho contra ele.

Quem é Rolando Rubio para questionar a forma como Joaquin cria Alano?

— Está sugerindo que eu coloque em risco a vida do meu filho? — indaga ele.

— Não estou sugerindo nada — responde Rolando, friamente. — Estou dizendo que nem mesmo uma família poderosa como a sua é intocável.

— Tenho plena noção disso, porque não só um assassino tentou tirar meu filho de mim como Alano também foi ameaçado pelo seu enteado.

Um silêncio tenso se propaga, muito mais incômodo do que o sangue de Joaquin, que fervia por Rolando culpá-lo pelas traições de Andrea Donahue. Paz olha feio para Joaquin, como fez muitas vezes, mas agora ele sabe que há um perigo, como se tivessem adagas em seus olhos — como se disparasse um tiro com o olhar. Ele não é o único. Uma sede assassina também está nítida nos olhos marejados de Alano: é assim que fica o rosto de um filho quando quer matar o pai?

— Nós dissemos que não falaríamos sobre isso — rebate Naya.

Sim, eles haviam concordado em não mencionar a questão de Paz Dario quase dar um soco no filho deles, mas o clima está tenso, e Joaquin já tomou diversos goles de alguma bebida alcoólica de uma garrafinha nas idas furtivas ao banheiro, e também despejou um pouco no copo de sua deliciosa vitamina de manga. Joaquin não quebrou o acordo, mas está decidindo ignorá-lo.

— Pazito errou ao levantar a mão para Alano — declara Gloria.

— Não tem desculpa, e eu deixei isso muito claro para o meu filho. Se eu não acreditasse no autocontrole dele, não teríamos deixado Alano ficar na nossa casa e colocado o bem-estar dele em risco.

— Então entende minha preocupação por Alano, devido ao pai do Paz — comenta Joaquin.

— Pazito não é Frankie, e você não vai pintá-lo de vilão debaixo do nosso teto — retruca Gloria.

Paz começa a lacrimejar, e Alano segura a mão que quase lhe bateu.

Por que o filho está sempre escolhendo o lado daquele garoto em vez do de Joaquin?

—V-você, você sabe de tudo a respeito do seu filho? — pergunta Joaquin a Gloria, a fala arrastada ao imaginar o que poderia ter acontecido se Paz tivesse atirado em Alano quando tentou tirar a própria vida no letreiro de Hollywood.

Talvez tenha chegado a hora de Gloria descobrir como foi que os garotos se conheceram.

— *Você* não sabe tudo sobre o *seu* filho — retruca Alano.

Joaquin inclina a cabeça.

— Acha mesmo que não?

Repetindo, Joaquin sempre vai arrumar a bagunça do filho, como um bom pai.

Alano acha mesmo que não foi culpado por assassinato por pura sorte, e não porque Joaquin limpou o sangue das mãos dele?

ALANO
21h16

Pensamentos preocupantes sobre o passado estão ficando cada vez mais fortes, como um alerta da Central da Morte ressoando na minha cabeça. Sou o único que conhece minha história de verdade, independentemente do que meu pai ache.

Queria manter os assuntos da minha família em particular, mas, vendo a forma como meu pai está tratando a família do Paz, não consigo me segurar.

— É impossível você saber tudo a meu respeito quando vive tendo apagões de memória.

Em um instante, a arrogância do meu pai se esvai.

— E o que isso tem a ver?

O álcool em seu hálito. A fala arrastada. A grosseria. Nada disso é bom para meu pai, mas ninguém sabe o quanto as coisas ficam sérias depois de uma ou duas garrafas. Eu, infelizmente, já vi sua transformação sombria com meus próprios olhos.

— O senhor prometeu que tinha parado de beber — falo.

— Tem sido uma semana turbulenta — retruca ele.

— Você quebrou a promessa.

— Você também não tem sido um modelo de honra, *mi hijo*.

— Eu tenho dezenove anos. Não era para eu ser um exemplo. Esse papel é seu.

— Sou seu pai quando você quer me envergonhar, mas não quando tento protegê-lo?

Ele nem se lembra de que nem sempre me protegeu.

Minha mãe também não sabe disso, só vê que é uma discussão desconfortável. Ela vai em direção à porta e nos pede para conversarmos lá fora, depois pede desculpas à família de Paz.

— Isso também diz respeito ao Paz — diz meu pai, plantado no lugar.

— Deixa ele fora disso — rebato.

Paz aperta minha mão como se fosse uma bola antiestresse.

Como sempre, meu pai me ignora.

— O mundo inteiro está falando que Alano Rosa e Paz Dario se uniram para destruir a Central da Morte — conta ele, observando nós dois para identificar se há alguma verdade no boato. — O melhor para vocês dois é colocar um ponto-final nessas alegações de que são Guardas da Morte secretos.

É absurdo como a mídia está forçando a narrativa de que levar uma vida pró-naturalista significa odiar tanto a Central da Morte a ponto de eu ser um Guarda da Morte que quer implodir a empresa. Quanto a Paz, eu sei quem ele é de verdade, mas entendo como até mesmo pessoas bem-intencionadas podem considerá-lo um inimigo da Central da Morte com base na percepção do público.

— E como quer que a gente faça isso? — indago.

— Pedi para a equipe preparar uma nota de esclarecimento que você pode publicar, mas uma declaração pessoal tem muito mais força. Pode usar sua voz para que ninguém confunda vocês dois com os vilões nesta guerra política — sugere meu pai, olhando para Paz como se não o tivesse acusado de ser um vilão minutos atrás. — Você também tem o poder de reparar a reputação da Central da Morte.

Solto uma risada debochada.

— Foi por isso que veio aqui? Para salvar sua empresa? — questiono.

— Para proteger sua herança, *mi hijo*. A Central da Morte vai ser sua um dia.

Não sei se essa é a decisão certa.

— Talvez a Guarda da Morte tenha razão — declaro. — Talvez a Central da Morte deva mesmo morrer.

O silêncio do meu pai me dá um calafrio.

— Está falando da boca para fora, Alano — diz minha mãe, baixinho.

De fato, não acredito no radicalismo da Guarda da Morte, mas dá para entender o raciocínio por trás da crença de que o bem que a Central da Morte representa não supera o mal que ela causa.

— Não sei se o direito dos Terminantes de se despedirem da própria vida é um motivo bom o suficiente para manter a Central da Morte em funcionamento. Ainda mais se isso significar que tem uma guerra sendo anunciada — explico, tentando ser realista. — Nossos mensageiros estão traumatizados. Assassinos em série abusaram do nosso poder. A existência da Central da Morte está criando uma divisão violenta no mundo. — Mostro meu braço enfaixado. — A Guarda da Morte escolheu a mim, o herdeiro, como alvo para acabar com a Central da Morte. Pense em quantas vidas podemos salvar fechando a empresa agora. Incluindo a minha. Não quero passar a vida me escondendo da próxima tentativa de assassinato, assim como o senhor não quer meu fantasma como companhia — falo para o meu pai, porque sei que ele teme que meu fantasma o assombre mais do que qualquer outra alma. — A Central da Morte criou inúmeros milagres, mas destruiu vidas também. — Vejo as lágrimas tomarem os lindos olhos castanho-claros de Paz. — Quem sabe em vez de fazer bem aos Terminantes a gente não possa fazer o sacrifício extremo de proteger aqueles que ainda estão vivos e que nós deixamos em ruínas?

Eu incluso.

Meneando a cabeça devagar, meu pai pergunta num tom reprovador:

— Prefere mesmo ver o mundo voltando a uma era de mistério do que manter minha criação, que causa transtorno apenas a uma pequena parcela de pessoas?

— Pode ser uma parcela pequena se comparada aos milhões a quem você fez bem, mas essas falhas significaram a vida inteira de algumas pessoas.

É então que Paz se levanta.

— Eu nunca mais vou ter minha vida de volta, e é tudo culpa sua.

PAZ
21h21

Nunca pensei que eu fosse ter a oportunidade de dizer ao criador da Central da Morte que ele destruiu minha vida.

Joaquin estufou o peito para sugerir que a gente usasse nossas vozes para abafar as mentiras, mas quer saber? A verdade nunca me levou a droga nenhuma nesse mundo. Já é hora do homem responsável por tudo de horrível na minha vida finalmente ouvir meu lado da história.

— Senta, Pazito — pede minha mãe.

Estou cercando Joaquin como se fosse avançar nele.

— Não se preocupa, não vou bater nele — digo à minha mãe.

— Bom saber. Não há necessidade de guarda-costas — responde Joaquin, voltando a relaxar na cadeira. — Que bom que está mostrando autocontrole.

Estou sendo sincero. Não vou bater em Joaquin porque qualquer soco que eu der agora vai ser só mais um passo em direção a me tornar alguém como meu pai. Mas, caramba, o nariz empinado dele está tentando me transformar em uma pessoa mentirosa e violenta.

— Não confunda as coisas, Joaquin. Você merece, sim, levar uma surra depois do erro que estragou a vida de tanta gente, mas eu já vou ter que ser enterrado com a vergonha de quase ter batido em Alano. Você não vale a culpa que eu sentiria.

Ninguém me detém quando digo tudo isso para um homem tão mais velho que eu, o que é a prova de que tenho direito a esses sentimentos.

— Eu tinha um futuro brilhante antes do primeiro Dia Final — continuo, com a voz falhando. — Só tive um sonho na vida, que era ser ator, e eu me esforcei muito para realizá-lo. E, do dia para a noite — dou uma palma tão alta que minhas mãos doem e todo mundo leva um susto —, acabou tudo. Perdi meu pai e meu sonho de uma vez só. Pois é, eu matei meu pai, e faria isso de novo num piscar de olhos para salvar minha mãe, mas foi *você* quem aniquilou meu sonho e *você* quem destruiu minha vida. — Esfrego os olhos, secando as lágrimas. — E em vez de receber um pedido de desculpas, você aparece aqui do nada como se eu fosse um criminoso, apesar da minha vida ser uma merda por culpa sua.

Joaquin ergue o dedo indicador.

— Nós entramos em contato para fazer um pedido de desculpas em...

— 15 de agosto de 2010 — completa Alano.

— Em 15 de agosto de 2010, mas sua mãe se recusou a nos desculpar.

Agora minha mãe seca as lágrimas.

— Seu pedido de desculpas não ia devolver a infância dele — argumenta ela.

— Bem, só para constar, então, eu sinto mui...

— Sei que você não dá a mínima para mim — digo, interrompendo Joaquin —, mas imagine Alano como o único garoto, aos nove anos, sendo revistado em busca de armas antes de entrar na escola.

— Isso é horrível — fala Joaquin. — Eu de fato sinto...

— Sofri bullying dos alunos e fui intimidado até pelos pais deles. Mudar de escola não resolveu as coisas. Rolando precisou assumir minha educação domiciliar. Faculdade sempre esteve fora de cogitação.

— Você não deveria ter sido tratado assim. Lamen...

— E aí veio a série *Chamadas perdidas mortais*, que arruinou minha vida de novo.

— Tentamos impedir a produção, mas não conseguimos. Peço des...

— Minha vida ficou tão atormentada que eu tentei me matar! — grito, com o rosto vermelho.

Preciso me acalmar, preciso me acalmar, preciso me acalmar. Não posso perder o controle. Eu devia segurar uma pedra de gelo até queimar minha mão ou fazer polichinelos, mesmo que o pé que cortei doa. Mordo o lábio antes que eu possa enumerar a Joaquin todas as maneiras horríveis como me machuquei, porque não quero que minha mãe e Rolando saibam.

Joaquin se levanta e me fita nos olhos.

— Sinto muito, Paz.

— Não preciso mais de um pedido de desculpa! O estrago já foi feito. O que eu preciso é saber por quê.

— "Por quê"? "Por quê" o quê?

Alano me ensinou a colher fatos. É o que vou fazer.

— O que aconteceu no primeiro Dia Final para o meu pai não ter recebido a ligação dele? — pergunto.

Minha família fica quieta, a respiração de Naya se torna pesada e Alano começa a chorar. Espero que eu não esteja fazendo mal a ele soltando os cachorros para cima de seu pai, mas não teria a menor condição de Alano e eu continuarmos na vida um do outro por anos sem esse fiasco entre Joaquin e eu.

— É uma informação confidencial — fala ele.

— Isso por acaso é um código para "enchi a cara e desmaiei"? — rebato.

Os efeitos da bebida baixaram, mas dá para sentir o cheiro de álcool em seu hálito quando Joaquin responde:

— As perdas de consciência vieram depois disso, se precisa mesmo saber.

— Mas é óbvio que eu preciso saber, aquela noite arruinou minha vida. O que foi que aconteceu de fato?

— Um erro no sistema.

— As pessoas morreram e vidas foram destruídas por um erro no sistema?

— Infelizmente, sim. Mas eu me certifiquei de conseguir proteção para que isso nunca volte a acontecer.

— Isso não me serve de bosta nenhuma — falo, dando as costas a Joaquin antes que minha raiva tome conta.

Sinto meu coração disparado.

Preciso me acalmar, preciso me acalmar, preciso me acalmar.

Minha vida foi pelos ares por um erro de sistema ridículo? Isso não tem nada a ver com a vez que o cartão de memória não salvou uma audição que gravei em casa ou quando o roteiro de um teste ficou emperrado na impressora. Estamos falando da Central da Morte. Vidas e mortes estão em jogo.

Mas, olha só que coisa boa, pelo menos nunca mais vai acontecer!

Eu me sinto tonto, e meu peito está apertado. Tenho que me sentar, preciso me recompor.

— Respira fundo — diz Alano.

Ele pisca e uma lágrima escorre do canto de seu olho verde. Alano segura as minhas mãos entre as dele como se soubesse que estou usando todas as minhas forças para não atacar o seu pai, o que estou fazendo mesmo, mesmo, mesmo, porque não sou assim.

Ele respira fundo comigo e depois fala:

— Você está bem.

Eu estou bem.

Sinto meu coração desacelerar.

Solto um último suspiro longo.

— Não sou Guarda da Morte, mas faz um tempão que odeio a Central da Morte — digo, encarando Joaquin.

Alano continua segurando minhas mãos.

— E tenho todo o direito no mundo de odiar a Central da Morte e você, Joaquin — continuo —, mas não desejo mal algum a Alano, ao contrário daquele assassino idiota. E, só para constar, você também destruiu a vida dele. Está tudo uma droga, mas Alano tem me ajudado a continuar tentando mesmo assim. Minha vida não vai melhorar se eu desistir agora, e Alano me mostrou que tenho muitos motivos pelos quais viver.

Uma tempestade cai na floresta dos olhos de Alano.

— *Tantos* motivos pelos quais viver — concorda ele, baixinho.

Estou enfrentando um mundo que não me conhece, mas ainda assim me odeia. Só que vou continuar lutando até minha vida parecer meu obituário dos sonhos. Se eu acabar não conseguindo entrar para o elenco de uma franquia que vai virar um sucesso de bilheteria, ganhar um Oscar ou receber uma estrela na Calçada da Fama de Hollywood, ainda assim a vida vai ter valido a pena por causa de Alano Rosa.

E um dia — um dia muito em breve —, vou enfim contar para Alano o quanto o amo, e mal posso esperar por isso.

ALANO
21h34

Os pensamentos preocupantes sobre o passado continuam ressoando em minha cabeça como um alerta da Central da Morte, mas é como se Paz tivesse atendido à ligação e dito para o mensageiro "Hoje não!" antes de desligar na cara dele.

Em um momento em que melhores amigos estão me transformando em um desconhecido e assassinos estão tentando me matar, eu me sinto mais seguro quando estou com o garoto conhecido por seu espírito destrutivo. Porque por baixo da casca grossa, das máscaras e das cicatrizes de Paz, está o coração mais bondoso que já conheci, com muito amor para dar e receber.

Preciso superar as múltiplas incógnitas e obstáculos à frente.

Só assim Paz e eu seremos invencíveis.

JOAQUIN ROSA
21h35

Se Joaquin achava que estava perdendo o poder sobre o filho antes, agora ele tem certeza de que é completamente impotente ao ver Alano e Paz olhando no fundo dos olhos um do outro, como Terminantes que se apaixonaram em seu Dia Final.

Tudo que lhe resta é torcer para que os garotos não causem a morte um do outro.

ALANO
21h36

— Vocês me deram muito no que pensar, garotos — comenta meu pai.

Por causa do ego dele, não tenho esperança de ver alguma mudança de verdade, mas isso encerra essa noite tensa. Todo mundo recolhe os utensílios que usou e leva para a pia. O sr. Rolando lava a louça. Minha mãe troca a garrafinha do meu pai por um copo d'água. Paz e eu levamos as cadeiras da varanda e Bucky para fora. Fico feliz pelo ar fresco.

Olho para Paz.

— Como está se sentindo?

— Não sei, é estranho. Não vou mentir, quis dar uma de Hulk para cima do seu pai algumas vezes, mas usei palavras em vez de socos, e agora me sinto bem por ter feito isso. Só que foi bem chato como ele se mostrou indiferente ao erro do primeiro Dia Final. Como se não tivesse sido nada de mais.

Quase conto a Paz sobre meu pai ver fantasmas, mas não cabe a mim revelar esse segredo. Estou me preparando para compartilhar os meus em breve. Quem sabe na sexta-feira, no aniversário de morte de Frankie Dario, para que Paz não se sinta solitário com seu trauma. Por ora, ele precisa saber que meu pai tem muitos defeitos, mas que indiferença não é um deles.

— Meu pai é assombrado por esse erro há 3.650 dias.

Paz me encara e depois levanta a cabeça para o céu noturno, como se as estrelas fossem mostrar a solução da equação.

— Essa conta está bem errada.

— A matemática não erra.

Ele revira os olhos.

— Mas sua conta não bate — diz Paz. — Ainda não faz dez anos.

Meus professores de matemática sempre me disseram para mostrar o cálculo, mesmo se eu chegasse depressa ao resultado. É o que estou fazendo agora.

— Um ano em geral tem 365 dias, então se multiplicar isso por dez, você acaba com 3.650 dias, mas é preciso levar em conta que tivemos três anos bissextos, 2012, 2016 e 2020, o que é praticamente desnecessário, já que é preciso subtraí-los de novo porque estamos a três dias do aniversário de dez anos. O que dá...

— Três mil seiscentos e cinquenta dias — fala Paz.

— São 3.650 dias em que meu pai vive assombrado pelo passado.

Paz absorve tudo isso.

— Tudo bem, sua matemática faz sentido, mas não parece que seu pai se importa com o que aconteceu comigo.

— Imagino que seja difícil para ele te ver como vítima sendo que vê você como ameaça.

— Nunca vou conseguir virar o jogo — comenta Paz, ficando com o olhar vazio.

Pego sua mão e o puxo de volta.

—Vai sim, com a única pessoa que importa — digo.

Não tenho como esquecer que Paz quase bateu em mim, mas quando ele honrar sua palavra e buscar ajuda profissional, vou poder perdoá-lo. Ainda mais sabendo a raiz da raiva que ele guarda.

— Fiquei muito orgulhoso de você por tocar no assunto do primeiro Dia Final com meu pai. O pedido de desculpa dele te deu uma sensação de que agora pode seguir em frente?

— Ele se lamentar não muda o quanto minha vida foi afetada — responde Paz.

— Sinto muito. — Balanço a cabeça. — Péssima escolha de palavras.

—Tudo bem, deixa para lá.

— Paz...

Ele suspira.

— Olha, receber um pedido de desculpa do seu pai mexe muito comigo, porque meu próprio pai nunca vai se desculpar.

Se Frankie Dario tivesse recebido o alerta de Dia Final, talvez Paz tivesse recebido um pedido de desculpas. Gloria também. Jamais vamos saber.

— Já pensou em você mesmo colocar um ponto-final nisso?

— Como? Fazendo uma sessão espírita?

— Se você quiser, sim. — Pode não ser o que eu quis de fato dizer, mas respeitaria se Paz recorresse a esse tipo de prática assim como respeito qualquer um que usa esse recurso para se comunicar com seus antepassados. — Qualquer coisa que possa ajudar você a seguir em frente, ainda mais com o aniversário de morte do seu pai se aproximando.

Paz dá de ombros.

— Escrevi uma carta para ele no meu aniversário. Também era Dia dos Pais.

Nunca tinha me dado conta disso.

— E o que você escreveu?

— O que eu queria ter dito antes de atirar nele.

Fico curioso e me questiono se ele vai contar mais sobre isso, mas antes que eu possa perguntar, minha mãe surge na porta e pergunta se podemos voltar para dentro.

— Aconteceu uma coisa — avisa ela.

O pavor se espalha pelo meu peito. Chamo Bucky, e todos voltamos à sala de estar.

— O que houve?

Meu pai olha para os pais de Paz.

— É melhor conversarmos em particular — diz ele.

— Por quê? Tem a ver com Paz? Estão falando da gente no jornal?

— Não, mas... — Ele fecha os olhos, frustrado.

Minha mãe lhe entrega outro copo d'água.

— Eles vão descobrir mais cedo ou mais tarde — comenta ela.

Meu pai assente.

— Houve uma morte... — declara ele. — Ou vai haver.

Todos ficam em silêncio. Fico tonto só de pensar nas possibilidades. Quem é a pessoa que vai morrer e por que isso está deixando meus pais tão aflitos? Será algum mensageiro em Nova York? Roah Wetherholt? Uma executiva, como Aster Gomez? Ou isso tudo tem menos a ver com a inquietação dos meus pais e mais com a preocupação deles em compartilhar informações delicadas que podem partir meu coração? À medida que o medo vai tomando conta de mim, sinto que vou desmaiar.

— Por favor, não diga que é a Ariana ou o Rio — peço, à beira das lágrimas, antes de lembrar que não há como prever a morte de Rio.

Se é que ele ainda está vivo. Talvez o que aconteceu não foi um alerta da Central da Morte, mas uma ameaça feita a Rio como a que eu recebi. Será que tem alguém o ameaçando por ser próximo da minha família? Ou talvez porque somos amigos? *Éramos* amigos?

— Não, meu bem — responde minha mãe, depressa. — Não é nenhum dos dois.

Sinto que eu ainda poderia chorar, mas agora de alívio.

— Então quem é?

— Marcel Bennett — diz ela.

— Quem é esse? — pergunta Paz.

— Um novo funcionário — explico.

Marcel estava concorrendo a uma campanha do Projeto Meucci, uma iniciativa secreta da Central da Morte, antes de escolhermos outro ator, que perdeu o trabalho porque se recusou a assinar um termo de sigilo. Foi então que convenci meu pai a contratar Ariana, porque poderíamos confiar nela mesmo sem o termo. E depois tivemos que demiti-la quando sua índole se tornou suspeita, então voltamos a Marcel.

— Quando foi que isso aconteceu?

— Há poucos minutos — responde meu pai. — Marcel Bennett teve a cordialidade de entrar em contato com Aster depois de receber o alerta, nos agradecendo pela oportunidade.

A morte é a maior justificativa que existe para faltar ao trabalho.

— Sinto muito pela perda dele — falo.

— Que tragédia — diz Gloria.

— A ação está começando a parecer amaldiçoada — contempla meu pai, como se os fantasmas que ele vê estivessem conspirando contra ele. — Mas persistiremos.

As chavinhas começam a virar na minha cabeça quando me lembro de algumas gravações de testes que mandaram para nós. Muitos universitários do estado bastante talentosos e pessoas do âmbito do teatro, até mesmo estrelas da TV com currículos extensos. Eu me viro para o garoto que precisa de mais do que um pedido de desculpa para dar a volta por cima.

— E se Paz gravasse a campanha?

Meu pai e Paz olham um para o outro e, em seguida, se viram para mim.

— Um garoto acabou de descobrir que é seu Dia Final — lembra meu pai. — Não sei se é o melhor momento para discutirmos isso.

Não compro essa de meu pai achar que estou sendo indelicado. Ele já mencionou várias vezes que a vida continua mesmo quando a de um Terminante está para acabar. Na verdade, a resposta do meu pai indica que ele não quer Paz para a ação.

— Você precisa de um ator até quinta de manhã. Paz é ator — falo com firmeza.

— Certamente, mas vamos filmar na sede da empresa.

— Vamos juntos para Nova York, então — proponho, e me viro para Paz. — Você toparia?

Paz olha dos pais dele para os meus.

— Hum...

— É um trabalho pago — acrescento.

Aposto que Paz faria de graça, mas todos nós sabemos que o problema não é esse.

— Por mais que eu fosse adorar que você voltasse para Nova York, *mi hijo* — intervém meu pai —, você sabe que esse projeto é delicado.

Sei o que ele está pensando. Meu pai está preocupado com a recepção ao fato de revelar a próxima fase da Central da Morte com um porta-voz tão controverso quanto Paz. Em termos políticos, tenho que concordar com ele.

— Escolher Paz como o garoto-propaganda da nova campanha da Central da Morte vai mostrar ao mundo que não tem como nós dois sermos Guardas da Morte — rebato, sabendo já que estou conseguindo convencer meu pai. Fecho com chave de ouro apelando para a culpa: — A Central da Morte arruinou a vida de Paz e agora pode resolver as coisas.

O melhor pedido de desculpa não está nas palavras. O melhor pedido de desculpa é a tomada de iniciativa para consertar as coisas.

Meu pai olha para a minha mãe, e depois para mim.

— Gostaria de restaurar a esperança de todo mundo na Central da Morte. Não somos perfeitos. Ninguém nem nenhuma empresa é, mas fizemos bem para milhões de pessoas ao redor do mundo. — Ele se vira para Paz. — Sinto muito que a Central da Morte tenha falhado com você, mas quero lhe dar esta oportunidade junto a um convite para o baile. Assim, você pode presenciar os discursos emocionantes de pessoas a quem nossos serviços fizeram bem. Alano precisará estar presente também, é claro.

— Estarei lá — garanto antes mesmo de perguntar a Paz. — E você?

Ele passa as mãos pelos cachinhos loiros antes de se virar para Gloria.

— Mãe?

— Quando é esse evento? — indaga ela.

— Quinta-feira à noite — digo.

Gloria pega a mão de Paz.

— Se for o que você quer, eu acho ótimo, mas essa sexta-feira é... bem, você sabe. Acho que deveríamos estar juntos nesse dia, Pazito.

— Vocês também estão convidados a Nova York — comenta minha mãe, dirigindo-se a Gloria e Rolando.

— Já faltei muito ao trabalho.

— Então podemos organizar tudo para que Paz volte na sexta-feira de manhã ou arranjar um voo na madrugada de quinta-feira mesmo, logo depois do baile. Primeira classe, é claro, como fazemos para todas as nossas estrelas — sugere minha mãe, com uma piscadinha para Paz.

Fico feliz por ela ter ido no embalo da minha ideia.

Gloria assente devagar e respira fundo.

— A decisão é sua, Pazito.

Paz fica em silêncio. Eu deveria ter conversado sobre isso em particular com ele. Não quero pressioná-lo a participar de um projeto para a empresa que destruiu a vida dele, só quero que suas feridas se curem. O mundo vai ver a campanha. Talvez isso seja algo ruim. Não quero provocar ainda mais caos na vida do Paz.

Agora meu medo é de estar fazendo justamente isso.

Paz vai até meu pai. Por um momento, fico com receio de que vá bater nele, mas ele lhe oferece um aperto de mão.

— Obrigado — diz.

Ele abraça Gloria enquanto Rolando grita em comemoração.

Meu pai vem até mim e me dá um aperto de mão também.

— Ótima habilidade de negociação, *mi hijo* — parabeniza. — Saiba que levo suas palavras a sério e que sou receptivo às suas necessidades. Como sou seu pai, é inevitável que eu seja superprotetor, mas vou me esforçar para encontrar um equilíbrio, para que eu possa oferecer mais liberdade a você. Significaria tudo para mim se você considerasse voltar à Central da Morte, tanto à assinatura quanto à própria atuação na empresa, um dia.

Se eu conseguir a vida que quero, posso me imaginar liderando no futuro.

— Quem sabe? — respondo.

— Farei o que for preciso para reconquistar sua confiança — assegura meu pai.

Vai ser uma longa jornada, mas é como se tivéssemos atravessado muitos quilômetros hoje.

Meus pais combinam com Gloria e Rolando que vou para casa fazer as malas e a hora que Paz precisa estar pronto para a viagem hoje à noite. Enquanto isso, puxo Paz para a cozinha.

— Desculpa se te constrangi colocando você no centro das atenções daquela forma — digo.

— Já recebi atenção bem pior — fala Paz, depois lança os braços ao meu redor e me abraça com força. — Obrigado por me fazer voltar a ser ator, Alano.

Honrar o contrato dos Dias Iniciais é muito mais satisfatório do que minha primeira promessa para Paz, que era ajudá-lo a tirar sua vida quando ele estava desesperado por seu Dia Final.

Fico feliz por as coisas terem dado certo a ponto de eu conseguir passar com Paz o dia em que faz dez anos do maior trauma da vida dele.

— Como se sente a respeito de voltar para Nova York?

— Calhou de ser em um momento bem delicado, obviamente, mas é uma boa oportunidade para enfrentar esse fantasma.

— Talvez tenha sido tudo coisa do destino. — Em seguida, digo, baixinho: — Nunca teve a ver com a sua morte. Sempre foi para você conseguir superar e seguir em frente.

— Eu espero que sim.

Se eu puder recuperar a carreira de ator de Paz e ajudá-lo a colocar um ponto-final na história da morte de seu pai, essa viagem pode acabar curando muitas feridas.

— O que acha de levar a carta que escreveu para o Frankie?

— Por quê?

— Para dizer adeus, Paz. Nas minhas leituras de diferentes recursos para o confronto de traumas, vi que a terapia cognitivo-comportamental tem uma prática de encorajar as pessoas a escreverem cartas para deixar para trás relações tóxicas e pensamentos negativos. Algumas até queimam as cartas para acabar de vez com questões mal resolvidas. Ou podemos enterrar a carta em algum lugar em que Frankie tenha levado você. Que tal perto do cinema onde você chorou e ele levou você para casa? Você disse que essa era uma lembrança feliz.

— O prédio onde eu morava — sentencia Paz, baixinho. — Quero terminar isso onde tudo começou.

Espero mesmo que isso ajude Paz a se livrar de seu fantasma.

Quem dera queimar cartas me ajudasse a impedir meus próprios fantasmas de me assombrarem.

GLORIA MEDINA
22h22

Os melhores adeptos a planejar cada detalhe da vida estão sempre preparados, como se já tivessem visto o futuro. Mas ninguém, nem mesmo Gloria, poderia ter previsto que um jantar em família tão intenso resultaria em uma oportunidade para Pazito voltar a atuar — e vinda nada mais, nada menos que da Central da Morte!

É trágico, obviamente, que uma porta se fechando para alguém levou à outra se abrindo para Pazito. Gloria sente muito por Marcel e pela família dele. Ela sabe que o filho muitas vezes se sentiu como se sua vida e seus sonhos tivessem acabado no primeiro Dia Final, porque o que é a vida sem sonhos, mesmo quando ainda se está respirando? Mas hoje uma família está de luto pelo filho que em breve vai dar seu último suspiro, se é que isso já não aconteceu. A ideia dilacera Gloria por dentro, e como ela não pode ir a Nova York, quer ter Pazito por perto. Só que entre a influência impressionante de Alano, a segurança dos agentes da Central de Proteção, o cuidado de Naya e, sim, até mesmo a superproteção de Joaquin, Gloria sabe que Pazito vai estar em boas mãos. Que ele precisa dessa viagem para colocar a vida de volta nos eixos.

O percurso até este momento foi longo e tortuoso, mas só é possível se esquivar dos obstáculos no caminho com persistência. Gloria está feliz da vida por Pazito poder colher os frutos de continuar vivo.

Enquanto o filho toma banho e Rolando continua a busca por emprego no quarto, Gloria está arrumando a cozinha e curtindo o violão de flamenco que ressoa do aparelho de rádio. De tanto se deixar levar pela música, quase não ouve a batida na porta.

Quem poderia ser a esta hora? Será que os Rosa esqueceram alguma coisa? Ela espera que não seja nenhum jornalista atrevido querendo tirar o sossego deles.

Gloria abre a porta e encontra uma mulher que tem por volta de sua idade.

— Olá?

— Boa noite. Você é Gloria Medina?

— Sou, mas não vou falar com repórteres. Tenha uma boa noite — diz Gloria, fechando a porta até a mulher pedir que ela espere.

— Meu nome é Margie Hunt. Sou a dona da Tempo-Presente em Hollywood. — Ela pega uma caixinha verde com um laço bege no topo. — Minha loja foi atacada há algumas noites, e a faxina foi caótica, mas eu queria vir entregar isso pessoalmente junto a um pedido de desculpas e meus sentimentos.

Intrigada, Gloria inspeciona a caixa. Não é como se ela tivesse muitos amigos em Los Angeles, mas alguém a considerava tanto a ponto de tirar um tempo de seu Dia Final para mandar um presente. Seu coração se parte com a possibilidade de que tenha sido alguma mulher do abrigo, mas não encontra etiqueta alguma.

— Quem foi que mandou? — pergunta Gloria.

A dona da Tempo-Presente fica confusa.

— Seu filho…?

— Meu filho não morreu — declara Gloria.

Que coisa horrível de se dizer.

Então seu coração se parte de vez. Pazito pode até não estar morto, mas mais uma vez tentou tirar a própria vida.

PAZ
22h38

Não acredito que vou voltar para Nova York para atuar!

A campanha da Central da Morte não é um filme nem uma série de TV, obviamente, mas é um comercial que vai ser exibido em todo o mundo. Isso vai acabar com os rumores de que sou um Guarda da Morte e mostrar a todos — diretores, produtores e estúdios — que sou um ótimo ator.

Quando saio do banho (sem usar água fervente ou machucar meu pé ferido), passo um tempo limpando e hidratando o rosto para me preparar para a câmera. Com certeza vou precisar de corretivo para dar um jeito nas olheiras, mas isso é fácil de ajeitar — ao contrário do meu cabelo, que vem amarelando cada vez mais, já que não tenho usado o xampu matizador, porque não dava a mínima para a cor de gema de ovo do cabelo do meu cadáver.

Preciso voltar a me importar com a minha vida, e isso significa priorizar necessidades básicas: escovar os dentes, lavar o rosto, comer bem, beber bastante água e voltar a malhar. São formas de mostrar carinho ao corpo que nunca mais quero machucar.

Eu me visto e saio mancando pelo corredor. Preciso ver o que falta arrumar para a viagem antes de Alano passar aqui às 23h30.

Entro no meu quarto, e o cômodo está de pernas para o ar — tem roupas jogadas no chão, portas e gavetas abertas e meu colchão foi jogado de cima da cama. É como se eu tivesse sido roubado, mas por que minha mãe e Rolando, as únicas outras pessoas no meu quarto, fariam isso? E por que minha mãe está chorando no chão?

—Você tentou se matar de novo — fala ela, soluçando.

A cômoda, a porta do closet e o exemplar de *Coração de ouro* estão abertos; minha mãe está cercada por tudo que escondi dela.

O compartimento secreto do meu diário.

O obituário dos sonhos escrito no verso do termo que o Matar a Fome de Hollywood entrega a Terminantes.

Os lençóis sujos de sangue que me esqueci de lavar.

A gaze, a vaselina e os curativos para os meus ferimentos.

Ainda bem que me livrei da arma e da faca, mas nada poderia me incriminar mais do que a carta de suicídio nas mãos da minha mãe.

Isso é péssimo; horrível mesmo.

Por que resolveram fuçar minhas coisas? Por acaso Joaquin ligou para minha mãe assim que voltou com Alano para casa e contou que tentei tirar minha vida? Será que a noite toda não passou de um jogo? Essa proposta de trabalho em Nova York é real mesmo? Foi burrice minha ficar animado com a ideia de minha vida melhorar de vez; cortei meu pé para nunca mais ser idiota assim. O que mais vai precisar acontecer antes de eu aceitar que a vida é só sofrimento? Cortar meu outro pé? Minha mão? Meu rosto?

Não, não, não, não. Preciso dos fatos. Preciso saber por que minha mãe e Rolando vasculharam minhas coisas.

— O que estão fazendo aqui?

— Chegou uma entrega — responde Rolando, já que minha mãe parece incoerente. — Da Tempo-Presente.

Puta que pariu. Minha vontade de viver mudou tanto desde que fui à loja que eu ficava vez ou outra me perguntando se os itens que eu havia escolhido voltariam para me atormentar ou para servir de despedida para a minha mãe. Vejo que voltaram para me atormentar.

Será que devo dizer alguma mentira deslavada, do tipo "Não é o que parece!", embora seja exatamente o que parece? Não, precisamos de honestidade de ambos os lados. Preciso assumir o que fiz.

— Eu queria muito morrer — confesso.

— Por que não procurou a gente quando ficou mal? — pergunta Rolando.

— Porque eu estou mal todos os dias.

Ele lacrimeja.

— Eu te amo como se você fosse meu próprio filho, Paz-Man — diz ele. — Se está mal todos os dias, então todos os dias eu vou estar aqui para ajudar você.

— Essa é a última coisa que eu quero. Eu odiei vocês ficando em cima de mim para evitar que eu tentasse me matar de novo. Vocês não saíam do meu pé. Eu não podia nem dormir sozinho...

Rolando pega os lençóis imundos e grita:

— É por causa disso aqui!

Ele nunca tinha levantado a voz para mim. Parece tão surpreso quanto eu.

Rolando respira antes de voltar a falar:

— Faz quanto tempo que você tem se machucado?

Eu deveria mentir, seria melhor se eu mentisse.

— Desde novembro — admito. Explico que a automutilação começou depois que o trailer de *Chamadas perdidas mortais* foi lançado, quando já estava na cara que minha vida se tornaria completamente impossível de viver. — E eu tinha razão.

Minha mãe chora, balançando o corpo no chão. Aposto que ela pensava que isso tinha começado depois da minha primeira tentativa de suicídio em março, não meses antes.

— Você continua fazendo isso? — indaga Rolando.

— Tenho tentado parar.

— Quando foi a última vez que você se machucou?

Eu realmente deveria mentir, porque toda vez que sou sincero é como se eu estivesse cortando minha mãe.

— Ontem — falo, porque estou tentando mostrar a eles que sou honesto, e isso não é uma artimanha do Paz Feliz. — Eu estava de coração partido e me odiando por quase ter batido no Alano.

Rolando encara o sangue nos lençóis.

— Onde é que você estava se machucando?

Aí já é demais.

— Isso é particular.

— Privacidade é um luxo reservado para masturbação e para o que você escreve no diário. Não para automutilação!

— No pé — responde minha mãe por mim.

Ela fala como se eu não estivesse aqui. Como se eu tivesse morrido.

Rolando assente.

—Você não bateu o dedinho na cama. Você se cortou.

— É.

— Mas você não está mancando assim desde novembro. Onde mais?

— Isso não está ajudando, só está torturando minha mãe!

— Você não deixar a gente ajudar você é o que tortura ela! Pode ficar bravo por não ter tido privacidade depois de tentar se matar, mas proteger você é nossa responsabilidade. Queremos ver você tendo uma vida longa e...

— É tudo que eu queria também. Mas, porra, isso não estava nem perto de acontecer! — grito, cedendo às lágrimas ao me lembrar de tudo que me levou a escalar o letreiro de Hollywood. — Nada mudava na minha vida, mas tudo estava dando certo para vocês. Vocês ficaram juntos. Noivaram. Compraram a casa. Agora tem um bebê a caminho. Vocês têm uma vida feliz, mas eu não tenho nada!

—Você tem a gente — retruca Rolando.

Não é o suficiente, assim como ele não seria o suficiente para a minha mãe se eu tirasse a minha vida.

— Preciso ter meu próprio círculo, meus próprios amigos, mas ninguém me chamava para festas nem para encontros, porque eu era o esquisito da escola que tinha matado o pai. Caramba, eu fiquei tão solitário que comecei a sair com Terminantes do aplicativo Último Amigo. Isso não é vida.

Minha mãe chora ainda mais, como se tivesse falhado comigo, mas não é verdade, eu escrevi exatamente isso na minha carta.

— As coisas vão melhorar — garante Rolando, e espero mesmo que isso seja verdade, mas é muito irritante ouvir algo assim quando preciso que tudo melhore agora. —Você ainda é tão jovem.

— Mas me sinto tão velho.

O tempo passa de um jeito diferente quando você quer que todos os dias sejam o último.

Minha mãe se levanta do chão devagar, chorando tanto que quase se desequilibra. Ela empurra Rolando quando ele tenta ajudar. Seu rosto está vermelho, e ela balança a carta de suicídio.

— Era assim que você ia se despedir, Pazito?

Nunca imaginei que viveria para descobrir que minha carta de suicídio ficou uma porcaria. Em minha defesa, tentei personalizar o pingente da Tempo-Presente para a minha mãe antes de o Guarda da Morte destroçar a loja, mas duvido que também teria ficado bom.

— Não tinha como eu me despedir pessoalmente, mãe. Desculpa.

— Como é que vou confiar no seu pedido de desculpa ou acreditar em qualquer coisa que você diga se você tem andado mentindo para mim? Se fiquei sabendo do seu diagnóstico de borderline na carta de suicídio? Se descobri que você estava se machucando pelo sangue na roupa de cama? Do que mais eu não sei?

— Eu estava fora de mim, e ainda estou tentando descobrir quem sou, ainda mais depois do diagnóstico, mas tudo mudou depois que o Alano me salvou. Agora é como se eu enfim conseguisse enxergar um futuro...

— Como assim o Alano salvou você? — pergunta minha mãe.

Falei merda.

— Ele salvou você do suicídio? Onde?

Tenho medo de continuar sendo honesto, sabendo o quanto isso vai machucar minha mãe. Por isso passei o ano todo mentindo tanto, mas já chegamos longe demais para voltar atrás.

— Em cima do letreiro de Hollywood — falo, e minha mãe parece prestes a desmaiar. — Sei que parece assustador, mas Alano chegou na hora certa. Se não fosse por essa tentativa de suicídio, ele nem estaria aqui na cidade. Naquele dia, ele disse que estava escrito nas estrelas que iríamos nos encontrar, e eu não concordei na hora, mas agora concordo. Ele tem me ensinado muito sobre a vida, e até que enfim tenho voltado a me animar com o futuro.

Minha mãe larga a carta e estende as mãos para mim. Eu as seguro. Ela me aperta.

— Eu te amo, meu Pazito, mas você não pode sair correndo para Nova York. Todos nós precisamos trabalhar juntos, em família, para superarmos isso. Para buscar o tratamento de que você precisa.

— Tipo o quê, uma clínica de prevenção ao suicídio? — pergunto, afastando minhas mãos como se estivesse prestes a fugir.

— O que for necessário para você melhorar.

— Prefiro morrer antes de ir para um lugar desses — falo, o que, para a surpresa de ninguém, é a pior coisa que eu poderia dizer, mas estou perdendo o controle da discussão. — Olha, desculpa, eu falei da boca para fora. Já liguei para a minha psicóloga e vamos começar um processo de terapia comportamental dialética. Vai ser intenso, mas Alano está me ajudando a me preparar.

— Ele é muito inteligente, mas não é psiquiatra. Você precisa de ajuda profissional.

— Sim, e vou começar o tratamento quando voltar de Nova York.

—Você não vai para Nova York, Pazito.

Tenho dezenove anos, não preciso de permissão.

Passo pela minha mãe e pego a bolsa que arrumei. Estou prestes a sair de casa mais cedo. O único jeito que tenho para provar que não estou indo a Nova York para me matar é voltar vivo e com novas oportunidades.

Minha mãe bloqueia a passagem.

—Você vai ficar.

Isso consegue ser mais infantil do que Joaquin querendo provar que é mais homem do que eu a noite toda.

— Mãe, me dá licença, por favor.

— Não.

Eu me viro para Rolando.

— Dá para falar com ela?

— Eu concordo com a Gloria — diz ele. — O melhor é você ficar com a gente.

Mas é claro.

— Mãe, eu vou viajar.

— Não, você não vai.
— Eu vou, sim.
— Não vai, não.
—Vou, sim.
— Não vai! Não vai! Não vai!
— Mãe, me dá licença!
Ela me fita com lágrimas nos olhos.
— Ou o quê, Pazito? Vai, pode me bater igual ao seu pai.
Nunca comecei a chorar tão rápido na vida. Não é só o fato de ela ter me comparado ao meu pai, é que ela está me olhando como se eu fosse mesmo agredi-la.
— Matei meu pai para salvar você, mãe — falo, soluçando. — Isso arruinou minha vida, mas fiz isso porque eu te amo. Porque você gritou por ajuda. Porque você precisava de um herói. Mas agora está me tratando como se eu fosse um vilão.
— Ai, Pazito. Me descul...
— Ia gostar se eu culpasse você por não ter largado ele?
— Queria ter feito isso — diz minha mãe, levando a mão ao peito. — Todos os dias me arrependo de não ter ido embora.
— Mas não foi, e agora minha cabeça está toda ferrada.
Em algum outro universo, minha mãe largou meu pai, eles se divorciaram e talvez eu o tivesse visitado nos fins de semana por alguns meses antes de isso ir diminuindo pouco a pouco até acabar. Minha mãe e Rolando ficaram juntos, meu pai apodreceu naquele apartamento, e eu tive uma vida boa. Mas é nesse inferno que eu vivo, onde fui castigado tantas vezes.
Minha mãe parece assombrada e envergonhada.
— Achei que eu estava fazendo o melhor para você.
— Não, mãe, eu não estou culpando você! Meu pai é que era o babaca que torturava você.
— Independentemente do que você sinta, eu sempre vou me arrepender de não ter ido embora antes de o meu filho de nove anos ter precisado me salvar. Agora estou implorando para você me deixar fazer meu trabalho como mãe e cuidar de você. Eu te amo demais para viver sem você, Pazito.

É como se eu estivesse acordando no hospital depois da minha tentativa de suicídio, algemado à cama.

— Por isso preciso mentir! Você não aguenta me ver sofrendo.

— Mãe nenhuma aguenta isso!

— Mas você não é só mãe! Você merece ter sua vida. Passou anos presa naquele casamento por minha causa, mas finalmente está livre do idiota do meu pai. Você precisa me deixar ser livre também. Só que eu sei que não vai fazer isso, então até quando estava no fundo do poço eu me forcei a continuar vivo. E então eu fiquei tão feliz por ter outro bebê a caminho, porque isso significa que você não vai poder levar sua ameaça adiante.

Ela leva a mão à boca. Sabe muito bem do que estou falando. Mas Rolando, não.

— Que ameaça?

— Que ela também vai se matar caso eu me mate — conto.

Agora Rolando sabe que a mulher com quem ele vai se casar, a mulher com quem ele se preocupa tanto, não viveria por ele se eu tirasse minha vida.

— Glo?

— Eu te amo, mas ele é meu filho — fala ela, quase como se tivesse vergonha de admitir isso.

— E o nosso filho? Você não escolheria viver pelo nosso filho?

Minha mãe coloca as mãos na barriga e fecha os olhos, chorando. Tenho medo de o bebê não ser o suficiente. De que minha mãe dê à luz e deixe a criança com Rolando. De que minha morte arruíne a vida de todo mundo, até a do bebê.

Eu deveria ter levado esse segredo para o túmulo.

Em vez de abraçar minha mãe ou de me desculpar por estragar o relacionamento dela, passo correndo enquanto ela chora e cambaleio o mais depressa possível para sair de casa.

— Pazito! Pazito, volta aqui! — grita minha mãe, me seguindo para fora. — Pazito! PAZITO!

Corro tão rápido que meu pé cortado está gritando de dor, mas preciso recuperar minha vida, nem que isso signifique deixar minha mãe para trás antes que ela a torne impossível de viver.

NOVA YORK
29 de julho, 2020
P A Z
15h35 (Horário de verão da Costa Leste)

A Central da Morte não me ligou, porque não vou morrer hoje, mas o filho da minha mãe, Pazito Dario, morreu.
 Nunca pensei que ela pareceria uma estranha.
 Depois de sair de casa ontem à noite, corri por algumas quadras e acabei indo parar em frente aos poços de piche. Quando Alano enfim parou com o carro e me encontrou, eu estava péssimo: meu pé, minha cabeça e meu coração doíam. Ele me abraçou e eu chorei por sabe-se lá quanto tempo até precisarmos encontrar sua família e a Central de Proteção.
 Chegamos ao hangar onde o jatinho particular da família Rosa estava, mas só fomos liberados para seguir viagem depois das três da manhã, quando tivemos certeza de que ninguém havia recebido o alerta da Central da Morte (exceto Alano, obviamente). Foi fácil me manter ocupado, porque Alano me levou para um tour no interior do jatinho, projetado por sua própria mãe.
 — Bem-vindo ao *Voo Seguro* — disse Alano.
 Era o nome que os pais haviam dado ao jatinho, porque na época Alano ainda tinha medo de altura.
 Imaginei que fosse menor, com talvez umas quinze poltronas, vinte no máximo, mas a cabine principal é espaçosa e comporta sessenta pessoas em poltronas de couro sintético com ampulhetas da Central da Morte costuradas no apoio de cabeça. Tem doze suítes a bordo, e a menor é maior que meu quarto. Todos os banheiros privativos têm chuveiros, penteadeiras, os roupões mais macios que já senti e chinelos felpudos. Em seguida, fomos para o andar

de cima — andar de cima! —, onde há duas cozinhas com chefs particulares, duas salas de estar, uma adega, uma sala de reunião, um pequeno cinema e uma sala de videogame que foi sendo incrementada à medida que Alano crescia.

Outra coisa que nunca achei que fosse encontrar em um avião é um quadro — vários, na verdade. Os pais de Alano queriam prestar homenagem a alguns de seus inovadores prediletos: Antonio Meucci e Alexander Graham Bell, pelos avanços na telecomunicação que são o alicerce da Central da Morte hoje; Ada Lovelace por ter escrito o primeiro algoritmo a ser processado por uma máquina; Max Planck, um físicista conhecido como o pai da teoria quântica; Albert Einstein, por tudo o que fez; e o psicólogo Herman Feifel, que deu início ao movimento de morte moderno que fez as pessoas repensarem a própria mortalidade, permitindo que a Central da Morte levasse essa conversa a outro patamar.

Depois de algumas horas de voo, paramos de jogar *Mario Kart* e *Super Smash Bros.* para descansar um pouco, mas eu não queria dormir. Alano pode ter viajado nesse jatinho 134 vezes (ele contou) desde os treze anos, mas essa pode ser minha única chance de viver tudo isso. Dormir teria sido um desperdício quando eu poderia ter passado o tempo todo jogando videogame, assistindo a filmes na telona ou tomando banhos quentinhos a mais de doze mil metros de altura, mas, quando Alano me convidou para dormir com ele e Bucky, embora eu pudesse ter ficado em um quarto separado, me joguei na cama com ele.

— Não quero ir embora nunca — falei para Alano.

— Nem eu — concordou ele. — O mundo real está lá embaixo.

Ficar naquele jatinho que parecia mais um palácio no céu dava a impressão de que estávamos vivendo alheios ao tempo e ao espaço, ainda mais quando acordamos e vimos o nascer do sol pela janela. A vista me fez repensar se o paraíso não existe mesmo.

Durante o café da manhã com os Rosa, Naya delicadamente me incentivou a me acertar com a minha mãe, porque alguns problemas são grandes demais para serem deixados para o Dia Final. Também foi muito sincera e disse que entraria em contato com ela durante a viagem, quer estivéssemos nos falando ou não, porque, enquanto mãe, ela odiaria não saber o que está acontecendo com o filho. Não tive argumentos para rebater, e no fundo me senti grato por minha mãe saber que estou bem.

Em seguida, antes de pousarmos, Alano e eu fomos tomar banho — cada um em um banheiro, óbvio, infelizmente —, porque não queríamos perder tempo ao chegar em Nova York, já que os pais dele querem que Alano volte para casa antes que fique tarde demais, até mesmo com Dane o protegendo.

Ajudamos a refazer as ataduras um do outro e colocamos os cintos para a aterrissagem. Observei a cidade durante todo o pouso. Eu me lembro de ter deixado Nova York para trás quando nos mudamos para Los Angeles, pensando que minha vida mudaria para melhor. Tudo só piorou, mas finalmente vejo um progresso promissor — como um ator com dificuldade de entrar no personagem e enfim conseguindo.

O vislumbre da vida de Alano foi coisa de louco. Jatinhos particulares, guarda-costas, chefs particulares, motoristas particulares, mas ainda assim não chega perto do tanto de privacidade que Alano gostaria de ter. Entendo por que alguém que tinha medo de altura agora gosta de ficar no céu, ainda mais quando estamos voltando à cidade onde ele quase foi assassinado.

Onde matei meu pai.

No aeroporto LaGuardia, um carro buscou Joaquin e Naya para levá-los à sede da Central da Morte, outro levou Bucky para a casa deles com as malas de todo mundo e um terceiro deixou Alano, Dane e eu em Manhattan para a prova de roupas de Alano.

Enquanto ele está no provador com os estilistas, perambulo pela Saint Laurent, tentando adivinhar o valor das peças. Perco toda vez, errando por centenas, às vezes milhares de dólares. Não sei quanto a Central da Morte vai me pagar pela campanha, mas eu é que não vou dar seiscentos dólares em meias a menos que elas me proporcionem uma velocidade sobrenatural ou algum superpoder. Pego uma calça de moletom de três mil dólares e percebo que o segurança está me observando. Será que acha que vou roubar? Ou está me reconhecendo como o assassino do meu pai?

Antes que eu possa pensar demais, Alano sai do provador.

— O que acha? — pergunta ele, ainda usando a calça jeans azul e a camiseta verde que destacam a floresta em seus olhos.

— Hum. Meio casual demais para um baile. Mas você gostou?

Alano flexiona o braço, e eu levo um instante para perceber que ele está mostrando o tecido de seda preta enrolada em seu braço enfaixado e não o músculo da largura de um punho.

— Amei — respondo.

Não estou falando do tecido.

— Esse tecido me parece mais sofisticado — comenta Alano, soltando e devolvendo ao estilista. — Mas não é ideal para contratos que mudam vidas.

— Cadê o visual completo? — questiono.

— Amanhã você vai ver — responde ele, dando uma piscadinha.

Eu obviamente não tenho roupas para um baile, já que nunca tinha sido convidado para um evento chique, mas Alano vai bancar o estilista com o próprio guarda-roupa quando formos até a casa dele.

Entramos no carro, e eu pergunto onde é a próxima parada.

— O parque. Preciso desabafar um pouco.

— Fiz algo errado?

— Não, é coisa minha. Eu estou construindo a Enciclopédia de Paz Dario — explica Alano, esticando a mão sobre o banco para pegar a minha. — É justo que você tenha as páginas que faltam da minha.

ALANO
16h04

A Central da Morte ainda não pode me ligar, mas talvez isso mude.

    Voltar para Nova York traz certa apreensão, mas isso pode ser resolvido se eu souber que não estou prestes a morrer. O que não significa que ninguém vai tentar me matar de novo, mas estou interessado em saber se vou continuar vivo agora que meu futuro parece promissor. Meu cérebro já é bem exagerado sem mais essa paranoia desnecessária. Até mesmo na Saint Laurent eu me perguntei se era possível que os estilistas tivessem algum ressentimento contra a Central da Morte a ponto de sacar uma faca. Todo mundo foi gentil, é claro, mas quando a notícia de que voltei para Nova York se espalhar, não tem como garantir que não vá haver uma nova tentativa de assassinato. Quero saber se há chances de sobrevivência, e isso só a Central da Morte pode oferecer.

    Não estou nervoso apenas para fugir de inimigos, mas dos meus melhores amigos também.

    Paz e eu entramos no Althea Park, e me lembro das vezes em que vim para cá com Ariana e Rio. Foi aqui que Ariana me contou que tinha entrado na Julliard e onde Rio mencionou seu sonho de ser detetive. Espero que eles consigam viver suas vidas, por mais que me entristeça saber que não seria bem-vindo em qualquer teatro em que Ariana estivesse se apresentando ou que tenho mais chances de ver Rio se ele estiver investigando a Central. Preciso me concentrar na minha vida também, só que é difícil fazer isso na cidade que me traz tantas lembranças de duas pessoas que não querem mais falar comigo.

    Só espero que Paz ainda me queira por perto depois que eu compartilhar os segredos que ando escondendo.

PAZ
16h09

Não venho ao Althea Park desde o primeiro Dia Final.

Andar — mancar, na verdade — por este parque é como atravessar um túnel do tempo. Não consigo nem ficar irritado por meu pé me fazer caminhar devagar, porque está me dando a oportunidade de absorver o quanto este lugar mudou na última década — árvores com placas, quiosques interativos, um parquinho maior para as crianças —, e conto a Alano sobre a última vez que estive aqui.

Tinha saído de uma audição para um comercial de algum brinquedo educativo. Rolando havia ligado para a minha mãe depois de largar o trabalho na Central da Morte, inspirado a ser ousado como todo mundo naquele dia. Ele foi almoçar com a gente no restaurante Desiderata, e depois descobri que foi lá que Rolando se declarou para a minha mãe da primeira vez, na época em que eles ainda estavam na faculdade. Depois viemos ao Althea Park, e enquanto eu me divertia no trepa-trepa, como uma menina agora está brincando com quem imagino que sejam sua mãe e seu avô, minha mãe e Rolando tiveram uma conversa séria.

— Eles estavam em um desses bancos aqui — conto a Alano, me perguntando se tinha sido no banco azul no qual estamos sentados. — Rolando estava insistindo que minha mãe se divorciasse do meu pai pela segurança dela. Ela se inspirou, e o resto é história.

— Que incrível — responde Alano. — Ele ajudou a salvar a vida da sua mãe.

Eu deveria mandar uma foto de nós dois aqui no parque para a minha mãe, para que ela saiba que estou bem, mas não consigo. É como se meu cérebro não mandasse o sinal para meu corpo pegar o celular. Acho que ainda estou chateado demais com tudo que aconteceu.

— Senti saudade de vir aqui — falo.

Foi péssimo sair do apartamento em Manhattan para ir morar com Rolando no Queens, mas, de qualquer forma, todos me tratariam de um jeito diferente se eu tivesse continuado a ir aos lugares de sempre. A pizzaria ao lado costumava mandar pãezinhos de alho extra porque gostava do meu pai, mas, um tempo depois de eu matá-lo, minha mãe terminou de empacotar as coisas no apartamento antigo e foi até lá para jantar, só que acabou saindo escorraçada antes que pudesse fazer o pedido. Alguns meses após o incidente, voltamos ao estúdio para continuar as aulas de teatro, mas, quando vimos que minha foto tinha sido tirada da Parede da Fama, entendemos que a professora não queria mais saber do menino que ela ajudara a conseguir um papel em uma das franquias mais bem-sucedidas de todos os tempos. E por mais que eu amasse este parque, não dava mais para brincar aqui porque eu não aguentava ser visto como uma ameaça pelas crianças e os pais delas. Foi então que vi nossa mudança ao Queens como um novo começo, onde eu poderia ir a um novo parque, brincar no trepa-trepa, descer no escorregador e ser uma criança sem que ninguém conhecesse meu rosto.

— Foi uma escolha inteligente — comenta Alano. — Eu sofri bullying aqui.

— Por quê?

— Era Dia da Independência dos Estados Unidos, três dias depois de o presidente Reynolds ter anunciado a Central da Morte. Ainda não havia Ordem Pró-Naturalista nem Guarda da Morte, mas as pessoas ficaram com medo de como a vida mudaria quando começássemos a prever mortes. Eu me tornei um alvo. As crianças me empurraram. Uma me deu um soco. Todas elas disseram que eu deveria morrer.

Odeio qualquer um que machuque Alano.

— Pena que eu não estava aqui, eu teria dado um jeito neles por você — falo.

Aquela com certeza foi uma época de bancar o herói.

— Valeu. Foi bem triste. Saí chorando e... — Alano para e encara a amarelinha no chão, mas eu não acho que ele esteja prestando atenção em nada. Está imerso em pensamentos. — E acho que você estava aqui, Paz.

— Hum... o quê?

— No nosso primeiro encontro na Faça-A-Vida-Acontecer, você mencionou que percebeu que era gay quando tinha nove anos.

— Aham...

— Você achou que tinha acontecido no Dia da Independência, em um parque.

— Isso.

— Você por acaso estava no Althea Park em 4 de julho de 2010?

Levo um tempo para lembrar, porque minha família às vezes fazia churrasco no Central Park ou em Riverdale, mas aquele ano com certeza passamos o feriado no Althea Park.

— Eu estava aqui. Meu pai estava na churrasqueira e enchendo o saco do Rolando por ter se candidatado a uma vaga na Central da Morte. Minha mãe mandou eu ir brincar para me tirar de perto de tantos palavrões.

— Então quer dizer que...

— Que nós dois estávamos no Althea Park ao mesmo tempo.

— A única coincidência ainda mais surpreendente é Alano ter me encontrado no letreiro de Hollywood. — Espera, espera, espera. Você não acha que eu fui o menino que te socou no parque, né? Naquela época eu nunca tinha brigado.

Alano balança a cabeça.

— Não, eu sei quem ele era. E também não poderia ter sido você porque eu não acho que a gente esteve aqui ao mesmo tempo. Você pode ter chegado bem quando eu estava indo embora.

— Por que acha isso?

— Você disse que percebeu que era gay quando viu um garoto chorando na rua. Não se lembra do rosto dele, mas falou que ele te deu uma sensação de frio na barriga, o que te levou a crer que havia algo diferente com você — lembra Alano. — E se o menino que estava chorando fosse eu?

Obviamente, sei como Alano era quando criança, mas na época eu não o conhecia. Acho que aquele menino de pele clara e cabelo escuro poderia mesmo ser Alano. Meio que consigo imaginá-lo agora, mas a cena é um tanto imprecisa. Não sei se estou enfiando Alano na lembrança ou não, e não é como se eu pudesse confiar no meu cérebro.

— Acho que é possível — respondo.

Ele sorri.

— Se eu estiver certo, então quer dizer que fomos o despertar gay um do outro — afirma ele.

O Alano Criança viu o Paz Criança no filme de Scorpius Hawthorne e o Paz Criança viu o Alano Criança no Althea Park.

Alano e eu crescemos sabendo um do outro, mas e se a gente pudesse mesmo ter se conhecido antes da inauguração da Central da Morte? Será que poderíamos ter nos conhecido se a Central da Morte nunca tivesse existido? E se a família dele não tivesse vindo ao parque naquele dia? E se tivessem vindo e Alano não tivesse sofrido bullying porque não havia motivo para as outras crianças o provocarem, e ele ainda estivesse no parquinho quando eu chegasse? E se Alano e eu tivéssemos nos conhecido no Althea Park e ficado na vida um do outro desde então?

— Não sei se foi isso que aconteceu — falo, retribuindo o sorriso. — Mas gosto da teoria.

— Eu amo essa teoria — concorda Alano, olhando entre minha mão e meus olhos.

Sinto meu coração acelerar.

— Queria que você tivesse ficado mais no parquinho — comento. — A vida poderia ter sido tão diferente...

— Eu também. Se bem que ir embora do Althea Park explica por que não me lembro de ter visto você naquele dia.

— Por que lembraria? — questiono.

Afinal, vai saber quantas crianças estavam brincando?

— Era sobre isso que eu queria falar com você. — Alano respira fundo e balança o pé. — Tenho um segredo que ninguém sabe, mas eu...

Ele para de falar quando aquela mulher, a menina e o idoso se aproximam devagar. Depressa, Dane nos bloqueia, e eu chego mais perto de Alano também, pronto para protegê-lo caso essa família, embora pareça inocente, tente fazer alguma coisa.

— Desculpa atrapalhar — diz a mulher, abraçando a menina que parece ser seu clone. As duas têm pele marrom-clara, cabelo liso escuro e os mesmos olhos castanhos. — Minha filha queria dizer oi.

— Não está atrapalhando — responde Alano. Ele diz a Dane para não se preocupar, e o guarda-costas recua. Em seguida, se vira para a menina. — Oi. Como você se chama?

— Penny. — Ela semicerra os olhos para Alano e depois olha para a mulher. — Acho que não é ele, mamãe.

— Na verdade, sua mãe está certa. Eu sou Alano. Prazer, Penny.

— Minha mãe falou que seu nome é Paz.

Alano cora.

— Ah — diz ele, se virando para mim.

Sinto meu coração disparar. Olho para a mulher.

— Seu nome é Paz Dario, né? — pergunta ela.

Agora eu me preparo.

— É...

— Pensei mesmo que tinha reconhecido você do jornal.

— Se você for alguma maluca da Guarda da Morte...

A mulher faz um som de repreensão e ri.

— Ai, não, a nossa família não é sem-noção. Meu nome é Lidia. Semana passada, comecei a assistir aos filmes de Scorpius Hawthorne com a Penny para homenagear o aniversário do padrinho dela. Era para vermos só o primeiro, mas ela ficou bem doente e quis mais, então fizemos uma maratona. Fiquei assustada com o tanto que ela virou fã do Larkin Cano.

Estou sem palavras. Já faz um tempão que ninguém vem me cumprimentar porque gosta de mim.

Penny se anima.

— Gostei quando você lançou o feitiço no professor Indigo e aquela cobra de fogo comeu ele por dentro — comenta a menina.

Alano ri.

— Não ficou com medo?
— Eu não tenho medo de nada — responde Penny.
— Ah, é, mocinha? — questiona o idoso. — E os seus pesadelos?
— Os pesadelos são quando estou dormindo, tio Teo. Não dá para ser corajosa dormindo!

O homem ri.
— Muito esperta, Penny.

A menina se senta no banco ao meu lado.
— Foi legal lançar feitiços? — indaga ela.

Não sei se devo manter a ilusão de que a mágica era real; é como se eu estivesse me perguntando se preciso mentir sobre o Papai Noel.
— Foi bem divertido.

A magia não precisava ser real para que a diversão fosse.
— Meu tio Mateo amava os filmes — conta Penny.
— Amava os livros ainda mais — comenta Lidia. — Sem ofensa.
— Minha mãe falou que eu sou pequena demais para ler os livros — reclama Penny, balançando as perninhas.
— Tudo bem, você pode ler quando for mais velha — digo. — Quem sabe com o seu tio Mateo?
— Não dá. Meu tio Mateo morreu.

Não sei o que dizer, então fico em silêncio.
— Mateo era o padrinho dela — explica Lidia. — E filho do Teo.
— Sinto muito — falo. — Como... quer dizer, quando ele morreu?

A última pessoa aqui que eu esperava que respondesse é Alano, mas ele diz:
— Foi em 5 de setembro de 2017.

Teo e Lidia o encaram.
— Como sabe disso? — pergunta Teo.
— *Cacete*, como você sabe disso? — indaga Lidia.
— Ih, mamãe, palavra feia — sussurra Penny.
— Reconheci vocês por causa dos nomes. Li a matéria da *Time* sobre Últimos Amigos — conta Alano. — O senhor tem um recorde impressionante, Teo. Acho incrível como você, Lidia e os Plutões

honram suas perdas fazendo com que os Terminantes não fiquem sozinhos em seus Dias Finais.

Ficamos surpresos com a forma como Alano soltou essas informações do nada.

Lidia e Teo se entreolham.

— É o que o Mateo teria feito por nós e o que o Rufus teria feito pelos amigos dele — afirma Lidia.

— Eu estava em coma quando meu filho morreu — lembra Teo, enquanto seus olhos se enchem de lágrimas. — Sem a Central da Morte, Mateo teria morrido sozinho. Mas ele e Rufus viveram um Dia Final lindo. Sou grato à sua família por possibilitar isso.

Alano assente.

— Imagina. Sabe, eu nunca fui um Último Amigo, mas Paz já, algumas vezes.

— É mesmo? — questiona Teo.

— Não tantas quanto o senhor — digo, o que é óbvio, caso contrário ele não seria o detentor do recorde. — Acho que vocês são as pessoas boas do Último Amigo. Tem muita gente ruim naquele aplicativo.

— Está falando daquele assassino? — indaga Lidia. — Mateo morria de medo daquelas histórias. Lia toda matéria que aparecia no jornal.

— Não. Quer dizer, sim, daquele homem também, mas as pessoas também se aproveitam do aplicativo de outros jeitos — falo, pensando nas minhas duas experiências horríveis, com um Terminante de verdade e um falso. — É só que é bom ver gente usando a plataforma para o bem.

Teo assente.

— Conheci muitas pessoas na vida que foram tratadas de forma injusta — declara ele. — Isso me dói o coração, mas posso descansar sabendo que ajudei a tornar as últimas horas de algumas dessas pessoas mais leves. Farei isso pelo máximo de tempo que conseguir, em homenagem ao meu filho.

Se eu tivesse morrido, de jeito nenhum que meu pai passaria o resto da vida me honrando. Para ser sincero, é mais provável que ele passasse o resto da vida atrás das grades por ter sido o motivo de eu estar morto. Quem quer que esse tal Mateo tenha sido, tinha um ótimo pai.

Ver um ente querido morrer não é fácil. Penny perdeu o padrinho. Lidia perdeu o melhor amigo. Teo perdeu o filho. Fico me perguntando se houve momentos em que Teo e Lidia não sabiam se conseguiriam continuar respirando. Ou mesmo se queriam. Se Lidia não tivesse Penny, será que teria desejado tirar a própria vida, como minha mãe? Será que ficaram de olho em Teo com medo de ele se matar depois de acordar e descobrir que o filho estava morto? Não sei, mas, mesmo que quisessem ter morrido, eles ainda estão aqui, respirando mesmo assim.

— Se importa de tirar uma foto com a Penny? — pede Lidia.

Por um momento, acho que ela está falando com Alano, antes de me lembrar de que Penny, por algum motivo, é minha fã.

— Eu adoraria — respondo.

A menina pega um graveto para a foto e o segura como se fosse uma varinha.

— Xis!

Sério, é a coisa mais fofa que já vi, um vislumbre da vida que eu poderia ter tido se tivesse ficado famoso por ser o ator mirim do filme de Scorpius Hawthorne e não por você-sabe-o-quê. Isso me dá esperança do que pode acontecer depois de eu gravar a campanha da Central da Morte.

Lidia lacrimeja.

— Mateo teria ficado tão feliz com isso.

— Mateo *está* muito feliz com isso — corrige Teo, olhando para o céu.

Eles nos agradecem por sermos tão atenciosos com Penny e voltam ao parquinho, onde a garotinha usa o graveto para lançar feitiços na mãe.

— Muita coisa mudou desde que você foi hostilizado neste parque, celebridade — comenta Alano.

Deveria ligar para a minha mãe e contar para ela que existem pessoas que me acham legal, mas temos coisas mais urgentes a resolver.

— Estou aqui me corroendo de curiosidade. Preciso saber do segredo.

— Claro. Não quero esconder nada de você. É o meu cérebro.

— Tem a ver com a forma como você sabe de tudo?

— Eu não sei de tudo.

— Mas chega perto. O que é? Você tem um QI elevado? É um E.T.?

— Não sou um E.T. Pelo menos, não que eu saiba.

— Então você é só superinteligente.

Alano cora.

— Tecnicamente, sou um gênio.

— Isso não é segredo. Ninguém precisa ser um gênio para saber que você é um gênio.

— É um pouco mais complexo. Meus pais e meus professores desconfiaram que minhas habilidades eram fora dos padrões e passei por um teste de QI quando tinha seis anos. A Escala Wechsler avaliou minha compreensão verbal, minha percepção visual de espaço, a forma como eu resolvia problemas, minha memória funcional e meu modo de processar informações. A pontuação média é entre 90 e 109. Eu tirei 130, o que me categorizou como uma pessoa superdotada junto a dois por cento da população. A psicóloga suspeitava que eu tivesse memória eidética, mais conhecida como memória fotográfica, mas quando voltei a fazer o teste quatro anos depois com outro profissional, ele identificou algo ainda mais raro.

Certo, então posso desconsiderar a possibilidade de Alano ser um E.T., mas talvez ele seja um bruxo demoníaco da vida real. Para ser sincero, se a Central da Morte tem algum tipo de habilidade secreta, talvez todos os Rosa também tenham.

— Você tem poderes mágicos ou algo assim?

Quanto mais ele demora para responder, mais suspeito que seja verdade. Como se eu estivesse prestes a descobrir que Alano Rosa é a versão Clark Kent de um Super-Homem que tem voado por aí sem ser notado.

Alano respira fundo diversas vezes e fecha os olhos com força.

— Desculpa. Isso é mais assustador do que sair do armário. Só contei esse segredo para uma única pessoa, fora meus pais.

Sinto um aperto no peito.

— Rio?

— Não. Ariana.

Espero que Ariana não dê com a língua nos dentes como a mãe dela e guarde o segredo de Alano, mas sei que eu vou guardá-lo a sete chaves. Estico o braço e seguro a mão dele.

— Pode confiar em mim, Alano. Mas saiba que não precisa me contar.

— Se alguma coisa vai rolar entre nós dois, então eu preciso contar — diz ele, me fitando com o olho castanho e o verde. Depois, respira fundo e força a vista como se o sol o estivesse atrapalhando. — Tenho o poder de me lembrar de todas as coisas — conta, acanhado.

Ele acabou de me dizer que tem o poder de se lembrar de tudo? Isso existe?

Faz sentido, mas ao mesmo tempo não faz sentido algum.

— Como assim? — pergunto.

— Tenho hipertimesia, também conhecida como síndrome da supermemória. Existem mais ou menos cem casos documentados dessa habilidade; eu não sou um deles, porque meus pais não querem que ninguém saiba. Dá para imaginar o motivo. Se fui atacado por ser o herdeiro da Central da Morte, o que aconteceria se alguém soubesse que tenho esse poder? Meus pais temiam que alguém pudesse tentar me dissecar se soubesse que eu sei de tudo, assim como a Central da Morte. Mas não é verdade. A Central da Morte não sabe tudo sobre a morte, e eu não sei tudo sobre a vida. Não sobre a vida toda, pelo menos. Diferente da memória eidética, que é caracterizada por lembranças de curto prazo, eu consigo me lembrar da minha vida toda.

— Calma, calma. Você lembra da sua vida todinha? Tipo, até de quando tinha um ano de idade?

— Da minha vida toda.

— Está de brincadeira.

—Vai, pode me testar.
— Como eu testaria você?
— Pergunta qualquer coisa sobre a minha vida. Pode ser bem específico.

Olho ao redor, sem nem saber por onde começar. Acho que aqui, no parque.

— Beleza. Quem foi o garoto que te deu um soco?
— Patrick Gavin, que mais tarde ficou conhecido como Peck quando entrou para uma gangue. Ele foi preso numa terça-feira, 5 de setembro de 2017, por tentar matar Rufus Emeterio no Cemitério do Clint, e Rufus foi salvo. — Alano aponta para Teo. — O filho daquele homem, Mateo, foi quem o salvou. E eu só sei disso porque essa mulher... — Agora aponta para Lidia. — Foi a testemunha citada no relatório da polícia que eu li num sábado, 9 de setembro de 2017, exatamente às 11h12. Não que eu pudesse ter dito tudo isso agora há pouco sem parecer ainda mais um stalker após saber sobre as experiências deles no Último Amigo, que foram citadas naquela matéria da revista *Time*, publicada numa segunda-feira, 20 de julho, às dez da manhã, mas que eu só fui ler na pausa para o almoço às 12h46, quando comi um pouco do rigattoni que tinha sobrado da noite anterior, no escritório do meu pai.

Alano me olha com um sorriso que diz "Viu, só?". Mas ele não fala mais nada. Está sério.

Tenho vontade de pesquisar o relatório da polícia ou encontrar a matéria da revista para ver se o horário bate com o que Alano disse, mas não é necessário.

— Então se eu perguntasse qual foi a primeira coisa que eu te disse, você saberia?

Não sei nem se *eu* me lembro.

Alano assente.

—Você baixou a arma depois de eu pedir para você não atirar em mim. Com a voz trêmula, você falou "Some daqui". Eu não me mexi, então você gritou "O que você está fazendo? Vaza, Alano!". Eu estava morrendo de medo, mas me aproximei. Foi então que reconheci você. Eu disse "Não reconheci de primeira por causa do cabelo loiro. Mas eu nunca esqueço rostos". A verdade é que eu nunca me esqueço de nada.

Alano Rosa sabe de tudo. É por isso que eu sempre pensei nele como uma enciclopédia ambulante. Começo a reviver minhas próprias lembranças, não com marcações de hora, dia e outros detalhes específicos, mas o suficiente para me ajudar a ver Alano de uma nova perspectiva: ele sabe tanto sobre Peg Entwistle, a moça do letreiro de Hollywood, como se tivesse sido seu biógrafo; sabe das estrelas de Hollywood que deram a volta por cima apesar de terem um passado cabeludo; sabe várias línguas, e eu nem me lembro quais são porque eu não tenho essa habilidade; sabe sobre as mulheres que ficaram grávidas com idade avançada; sabe exatamente quando a Tempo-Presente abriu; sabe o dia exato em que era para Joaquin ter conhecido minha mãe; e sabe ainda mais sobre o transtorno de personalidade borderline, embora não fosse familiarizado com o assunto até eu comentar do meu diagnóstico. Qualquer pessoa poderia saber tudo isso também, mas quantas teriam todos esses fatos na ponta da língua, como se fosse algo tão trivial quanto o próprio nome?

— Isso é muito maneiro — digo.

— Como todos os superpoderes, esse dom tem um lado ruim — fala Alano, virando o rosto de novo. — Conseguir me lembrar de tudo significa nunca me esquecer de nada. Quando estou revivendo um momento, é como se eu estivesse viajando no tempo de volta ao dia e sentindo tudo aquilo de novo. As coisas boas e as ruins.

— Então quando eu te perguntei sobre o menino que te deu um soco...

— Foi como se eu estivesse revivendo aquele dia.

Em vez de desenterrar o assunto, eu mesmo deveria ter socado Alano — ah, droga, eu quase fiz isso. Já me odeio por quase ter batido nele, mas não conseguiria sobreviver sabendo que ele reviveria aquele soco para sempre. Ainda assim, saber que cheguei perto de agredi-lo é algo que vai assombrá-lo da mesma forma.

— Desculpa quase ter batido em você. Desculpa, desculpa — peço, como se ele fosse se lembrar apenas do meu arrependimento.

Alano aperta minha mão, como se soubesse que estou prestes a ser sugado para um tornado violento de pensamentos.

— Aceitei seu pedido de desculpas porque essa é a única forma de eu seguir em frente e criar lembranças melhores em vez de ficar preso nas ruins.

Penso em algumas lembranças ruins que poderiam ter acontecido, como Alano me ver atirando na minha própria cabeça no letreiro de Hollywood, ou ele mesmo atirando em mim. É, ninguém esqueceria essas lembranças terríveis, mas apenas Alano as reviveria como se estivessem acontecendo naquele mesmo instante. E não é só a violência que traumatiza as pessoas. Palavras também fazem um belo de um estrago.

— Sinto muito mesmo por ter dito que você tinha morrido para mim.

— Para ser sincero, essa foi a segunda pior coisa que você me disse naquele dia.

Eu estava furioso naquela discussão, vai saber o que eu disse no calor do momento. Não consigo pensar no que é pior do que dizer ao garoto que a gente ama que ele morreu. Será que foi que eu me arrependia de ter continuado vivo por ele?

Não. Caramba, não.

Eu me lembro do momento em que Alano começou a soluçar.

— Eu disse que você estava preso no passado.

— E eu respondi "Por favor, não fala assim, Paz. Você não faz ideia do quanto dói...". Agora você sabe por quê, mas não contei sobre o meu poder para que você se sinta culpado. Na minha hipertimesia e no seu transtorno de personalidade borderline, nós dois não podemos fugir do passado, mas temos que conhecer um ao outro se vamos construir um futuro juntos. — Ele chega mais perto no banco, tão próximo de mim que nossos ombros se tocam. — Quero mesmo um futuro com você, mas preciso te proteger tanto quanto preciso proteger a mim mesmo de ter um surto psicótico. É muito difícil segurar as pontas enquanto eu tento me ater ao presente, mas minha mente acaba sendo levada para outra época, assim como eu também não tenho sossego nem mesmo dormindo porque minhas lembranças nítidas desencadeiam pesadelos horríveis. Acho que surtei depois daquela quinta-feira, à 0h03, quando ouvi Harry Hope dar um tiro em si mesmo, e quando menos de um dia depois Mac Maag por pouco não me matou. — Alano está tremendo e se contorcendo, como se alguém tivesse disparado um tiro e aquela faca ainda estivesse alojada dentro dele. — Fico preso no tempo, numa realidade em que alguém está tentando me matar de novo e de novo e de novo...

— Lembra do nosso primeiro encontro? — interrompo, salvando Alano dessas lembranças horríveis e da dor que elas provocam. — E de quando a gente ficou rindo na roda-gigante? E cozinhando com a minha mãe e o Rolando, dançando Bad Bunny? E do quanto você ficou feliz quando eu te dei aquele vaso de *vanitas*?

Alano relaxa, perdido em lembranças. Seu olho castanho e o verde lacrimejam.

— Obrigado.

— Eu sempre vou salvar você, e você sempre vai me salvar — digo, entrelaçando os dedos nos dele, como uma promessa que não pode ser quebrada. — Não se esqueça disso.

O sorriso inesquecível de Alano volta.

— Não vou esquecer.

Quero tanto me inclinar e beijar ele... É como se meu peito estivesse em chamas, mas preciso me controlar.

— Eu topo levar as coisas com calma para garantir que a gente esteja bem da cabeça — digo.

— Obrigado mesmo por isso. Fiquei com receio de tocar nesse assunto com você porque não queria que ficasse com a impressão errada. Estou mesmo tentando ter cuidado, e me arrependo de quando fui imprudente. É fácil para mim decorar um livro inteiro, mas inteligência emocional só se aprende com a experiência. Vamos ter pedras no caminho, mas vamos superá-las juntos.

Vai chegar uma hora em que, quando eu cair num daqueles meus buracos de pensamentos ruins por causa de algo que Alano disser, vou me libertar deles assim que lembrar que ele quer um futuro comigo, embora saiba que isso vai vir com altos e baixos.

— Obrigado por se abrir em relação a isso tudo. Seu segredo está em boas mãos, obviamente — falo, quase mencionando como não vou contar nem para a minha mãe, mas lembro que não estou falando com ela no momento. — Era tudo que você tinha para me contar?

— Na verdade, tem mais uma coisa — responde Alano, depois hesita. Não consigo saber se ele está preso no passado ou apenas refletindo. — Não sei se você…

Sinto um dos meus turbilhões de pensamentos idiotas rondando.

— Não sabe se eu o quê?

— Não sei se você vai achar que estou sendo invasivo, mas sei que tempo é uma questão primordial para você enfrentar o fantasma do seu pai. Você vai filmar a campanha amanhã antes do baile e voltar para Los Angeles para passar o aniversário com a sua mãe.

Assim, não sei se isso ainda vai rolar, mas essa decisão vai ter que esperar um pouco mais.

— Por que eu acharia que está sendo invasivo por isso? — pergunto, nervoso.

— Um dos motivos pelos quais escolhi o Althea Park é porque fica a dez quadras do seu antigo prédio — explica Alano.

— Eu nunca mencionei meu endereço.

Se cheguei a fazer isso, esqueci.

— Não, mas sei por causa de quando meu pai deveria ter vindo conhecer você e sua mãe.

Que loucura. Vou levar um tempinho para me acostumar com isso.

— Enfim — continua Alano —, pesquisei na internet e vi que alguns apartamentos estão disponíveis para alugar. Um deles é o 6G — diz ele. Depois, acrescenta com a voz mansa: — E eu marquei uma visita.

Meu apartamento antigo está vago.

— Eu não vou me mudar de volta para lá.

— Claro que não. Se quiser voltar para o apartamento para confrontar o fantasma do seu pai, estarei com você. Se não quiser, também não tem problema algum. Posso cancelar com a imobiliária e a gente segue o plano original.

— Para que horas você marcou? — questiono.

Alano dá uma olhada no relógio.

— Para daqui a vinte minutos.

É cedo demais, está muito em cima da hora, não sei se consigo, ou se eu deveria.

Alano me lembra de que eu não preciso fazer isso.

— Só conheço você há cinco dias — diz ele —, mas você me mostrou tanta força nesse tempo... Desceu do letreiro de Hollywood. Se candidatou a um novo trabalho para atuar usando seu nome verdadeiro. Se comprometeu a fazer a terapia comportamental dialética. Assistiu ao *Chamadas perdidas mortais*. Enfrentou meu pai. Continuou sobrevivendo, mesmo quando o poço ia ficando cada vez mais fundo. A única coisa que ainda te prende é o fantasma do seu pai. Você nunca vai se esquecer dele, mas pode deixar a culpa no passado para que ele não possa mais te assustar. — Alano dá um sorriso gentil. — Se for demais para encarar agora, vou estar lá, do seu lado. Não esquece: eu sempre vou salvar você, e você sempre vai me salvar.

Se eu quiser botar um ponto-final nisso antes do aniversário de morte do meu pai, é agora ou nunca.

Eu me levanto e dou o primeiro dos muitos passos dolorosos pelo parque, só para poder fechar minha ferida ainda mais dolorosa.

ALANO
17h

Descobri que tenho hipertimesia numa sexta-feira, 18 de março de 2011, às 17h37.

Pelos últimos nove anos, quatro meses e onze dias, somente quatro pessoas souberam da minha condição, que chamo de "poder" desde uma sexta-feira, 18 de março de 2011, às 17h44, e a primeira pessoa da minha lista, a dra. Angelica Knapp, me disse que alguns indivíduos com hipertimesia na verdade não veem essa habilidade como um superpoder. Esses indivíduos não tinham dez anos, como eu. Agora sou mais velho, mas continuei chamando a condição assim. A dra. Knapp foi muito gentil, confiável, e levou este segredo para o túmulo quando morreu em 4 de janeiro de 2013.

As próximas duas pessoas na lista são meus pais, obviamente. Considerando a dificuldade de me conceber, eles ficaram estarrecidos por terem um filho tão naturalmente dotado.

No jantar daquela noite (purê de batata com molho branco, ervilhas, cogumelos e rabanete tostado), meus pais tiveram a primeira conversa comigo a respeito de manter a hipertimesia em segredo. Eles tinham receio de que as pessoas pudessem achar que meu poder vinha da mesma fonte de inteligência da Central da Morte, mas agora que sabíamos que meu QI veio da minha condição, seríamos respeitosos com os outros alunos, rejeitando homenagens baseadas em boas notas. Na época, isso não me pareceu justo. Posso ter tido vantagens em história, ciências e literatura, mas, ao longo dos anos, eu precisava conferir todas as informações para o caso de as minhas fontes originais estarem equivocadas. Também tive desafios em matérias abstratas como matemática, já que manter o foco na equação era difícil quando meu cérebro se deixava levar por detalhes aleatórios, como o que a professora estava usando no dia em que ensinou aquele tópico específico.

À medida que fui crescendo e passei a trabalhar na Central da Morte, comecei a usar meu poder de maneira bastante eficiente. Fazia atas de todas as reuniões, mas minhas anotações eram só para as pessoas não desconfiarem de mim; comecei a usar pequenos quadros brancos e tablets porque odiava o tanto de papel que era gasto nesse capricho.

Quando fui promovido a assistente executivo numa quarta-feira, 1º de julho, às 9h43, meu pai falou:

— Seu trabalho é saber tudo o que for possível. — Depois, ele me deu uma batidinha no ombro. — Até que chegue o momento de você saber o que antes era impossível. — Isso significava que muitas vezes eu estava presente em ligações confidenciais e em reuniões com líderes globais, atuando como o gravador pessoal do meu pai de tudo que era dito, e por quem.

Também significa que, com base no quanto aquelas informações eram confidenciais, alguma coisa maior ainda impede meu pai de me contar o segredo da Central da Morte. Ele diz que está esperando até eu ficar mais velho e que só quer me manter em segurança, mas este poder me fez amadurecer mais rápido, e minha vida tem sido ameaçada com uma frequência preocupante. Deve haver outro motivo pelo qual ele não quer revelar o segredo da família.

A última pessoa na lista é Ariana Donahue. Contei a ela o segredo em 25 de dezembro de 2018, depois de fazermos anjos de neve no Central Park por volta das 16h30. (Só não sei o minuto exato porque não estava olhando para o relógio, mas posso afirmar que o sol estava se pondo atrás das árvores sem folhas.) Ariana invejou meu poder, porque ela adoraria ler uma peça atrás da outra e imediatamente se lembrar de todas as falas, mas se divertiu testando minha memória e se sentiu honrada por eu ter confiado o segredo a ela. Espero que isso continue assim, apesar de não sermos mais amigos. Se ela tivesse contado a alguém, imagino que a esta altura já teria chegado à imprensa.

Durante nove anos, quatro meses e onze dias, apenas meu pai, minha mãe, a dra. Knapp e Ariana souberam disso. Hoje, Paz foi acrescentado a essa lista curta.

Confiar é uma habilidade frágil, e é por isso que depois de contar sobre minha hipertimesia, não consegui criar coragem para compartilhar meu outro segredo quando ele perguntou se eu tinha mais alguma coisa para contar.

As pessoas têm limites para o tanto que conseguem perdoar.

PAZ
17h28

Meu prédio antigo é como uma casa assombrada. Tenho medo de entrar, como se eu fosse passar por uma parede de teias de aranha, tropeçar em esqueletos e ver fantasmas, mas o único susto que levo é com a corretora de imóveis aparecendo para nos convidar a entrar. Ela logo reconhece o herdeiro da Central da Morte, mas não a mim. Não que eu fique incomodado com isso, mas ela fica conversando sobre a Central da Morte com Alano e Dane, me deixando a sós com meus pensamentos enquanto dou o primeiro passo para dentro do prédio; queria que Alano estivesse segurando minha mão, ou quem sabe minha mãe.

O prédio não passou por nenhuma reforma significativa, apenas algumas pinturas; as paredes amarelas horrendas agora estão brancas, e o acabamento marrom agora é preto. Odeio admitir, mas este lugar tinha mais personalidade quando meu pai era o administrador. Aposto que os moradores não se importaram nem um pouco de trocar a cor pelo elevador que funciona, algo que meu pai ficava dizendo que ia resolver; vai saber se ele teria honrado essa promessa.

O elevador é apertado, então deixo Alano, Dane e a corretora subirem. Estou muito ansioso de qualquer forma, e a terapia comportamental dialética indica que exercício físico é uma boa forma de desestressar. Subo os degraus, tentando me lembrar de quais rangem, algo que Alano saberia se morasse aqui, ou mesmo se tivesse visitado o lugar uma vez sequer. Quando chego ao segundo andar, ouço Alano e os demais saindo do elevador. Escuto as vozes deles conforme continuo subindo.

Paro no quinto andar.

— Está sem ar? — pergunta Alano, um lance acima. Não respondo. Ele desce correndo. — Está tudo bem? Quer dar meia-volta e ir embora?

Estou tremendo, mas não porque estou com medo de subir. É porque estou me lembrando do que — ou melhor, de quem — rolou aqui.

— Foi aqui que Valentino... — digo.

Não consigo completar a frase, mas Alano entende. Meu pai empurrou Valentino nestas escadas, e ele caiu bem onde estou. Valentino pode ter morrido no hospital, tecnicamente falando, mas sua vida acabou aqui. Faz dez anos, mas é estranho que não haja nada aqui que homenageie Valentino Prince, o primeiro Terminante, o garoto que me ouviu gritando por ajuda e enfrentou meu pai até eu conseguir pegar a arma e...

— Está tudo bem — garante Alano, me puxando para um abraço.

Mordo o lábio porque não quero chorar.

— Está tudo bem? — indaga a corretora.

— Dê um momento a eles — pede Dane.

Até ele sabe o que está acontecendo.

Preciso me recompor.

Não tem placa alguma aqui para Valentino, mas isso não significa que ele tenha sido esquecido, e nunca vai ser, graças ao livro de 912 páginas de Orion, assim como o filme no qual não vou estar.

— Tudo bem, vamos lá — falo.

Subir o último lance de escadas é como escalar uma montanha, mas preciso chegar ao topo.

A corretora abre minha porta — quer dizer, minha antiga porta — e me dá as boas-vindas ao lugar que foi minha casa por nove anos, mas eu não entro. Ela deve estar bem confusa, sem entender por que um possível locatário está levando tanto tempo para ver o apartamento. A mulher fica parada à porta, me contando sobre os novos eletrodomésticos, como se a máquina de lavar roupas e a secadora nova fossem me deixar empolgado.

— Posso só dar uma olhada no apartamento? — pergunto, embora não saiba se consigo ir adiante.

— Com certeza — concede ela, continuando à porta.

Alano entra e estende a mão para mim. Eu a seguro e sigo adiante.

É isso.

Meu antigo lar. A cena do crime.

O apartamento é menor do que eu me lembrava, mas não sei se é porque moro em uma casa agora ou só porque cresci. Tudo continua igual, exceto pelos armários novos da cozinha, as novas molduras da janela e o que devem ser novas tábuas para assoalho, porque duvido que tenham conseguido tirar o sangue daquela madeira velha. Dou a volta no ponto onde meu pai morreu como se seu cadáver ainda estivesse deitado aqui, e mostro a Alano o guarda-roupa em que meu pai escondia a arma, o quarto dos meus pais e o meu. Não é grande coisa, mas pelo menos pude brincar com os meus trenzinhos e varinhas mágicas aqui. Era onde eu vinha me esconder quando as coisas ficavam feias.

— O que acham? — pergunta a corretora.

Alano vai até ela e diz:

— Ainda estamos pensando. Vamos conversar em particular, se não se importa.

— É claro.

Alano fecha a porta e fala, baixinho:

— Leve o tempo que precisar.

Não quero levar tempo algum, quero dar o fora daqui.

Mas tiro a carta do bolso e a desamasso. Se o contrato dos Dias Iniciais era minha promessa para continuar vivo, este papel era minha promessa de morrer a qualquer custo no dia em que completa dez anos da morte do meu pai.

Minhas mãos começam a tremer como se meu pai estivesse aqui agora. Dá para imaginá-lo bebendo cerveja e assistindo à TV, com os pés apoiados no cesto de roupas para lavar, como se fosse um pufe. Eu tinha o costume de falar com ele sobre o que havia aprendido na escola e nas aulas de teatro, mas ele não me ouvia direito, e não sei se está me ouvindo agora, mas o objetivo é desentalar as coisas da minha garganta.

Começo a ler a carta:

— "Oi, pai. Hoje é meu aniversário de dezenove anos. Também é Dia dos Pais. Nunca tentei conversar com você antes, não porque não sei se pode me escutar, mas porque imaginei que não fosse querer. Por que você ia querer me ouvir, não é mesmo? Eu matei você. Mas, porra, nem precisa se preocupar, logo eu vou morrer também." — Paro para recuperar o fôlego à medida que tudo o que senti escrevendo a carta ressurge. Eu estava tão triste, e ao mesmo tempo tão confiante... — "Saí para caminhar depois que minha mãe e Rolando me deram presentes, mas só consegui pensar em como a única coisa que eu queria era morrer. Foi então que vi o letreiro de Hollywood e pensei que poderia dar esse presente a mim mesmo. Não havia como eu sobreviver depois de pular daquela altura, mas nem consegui subir e já caí no chão. Fiquei com medo de morrer do jeito errado, e decidi fazer um plano infalível para morrer direitinho. Esse vai ser um presente para nós dois, quando eu tirar a vida do seu assassino no seu aniversário de morte." — Encaro as últimas duas palavras, sem querer lê-las, como se fossem desfazer tudo, mas é inevitável, então digo: — "Eu prometo."

Lágrimas caem na carta.

— Está tudo bem? — pergunta Alano.

Era para isso encerrar o ciclo, mas esta ferida não está nem perto de fechar. A sensação é de que só abri o machucado de novo, usando minhas unhas como facas. E agora estou cavando as palavras que nunca pensei em escrever, dizer ou mesmo pensar.

— Eu te odeio.

— O quê? — questiona Alano.

Encaro a carta como se fosse meu pai ali.

— Odeio você por ter feito de mim uma pessoa violenta. Eu jamais teria pegado uma arma ou levantado a mão para alguém se você não estivesse na minha vida. — Quem dera eu tivesse sido criado só pela minha mãe, alguém que sempre mostrou força sem precisar colocar as mãos em outra pessoa. — Um pai deveria ser um modelo para o filho, mas você é um exemplo de quem eu não quero ser.

Choro e rasgo o papel, a carta que coloca toda a culpa em mim como se eu estivesse errado em salvar a vida da minha mãe, como se eu devesse ter esperado para encontrá-la morta, como se eu tivesse algum outro recurso aos nove anos para impedir meu pai de matá-la. Queria que tivesse existido algum outro jeito. Queria que ele tivesse feito escolhas melhores. Queria que ele só tivesse sido meu pai.

— "De alguma forma, ainda te amo e sinto saudade, mesmo que você tenha acabado com a minha vida" — continuo. — "Mas também estou feliz que você não esteja mais vivo para me ferrar, porque vou continuar vivendo. Quer você queira ou não!"

Desabo com tudo no chão, chorando e socando os pedacinhos de papel, gritando.

A porta se abre, e Dane entra correndo, surpreso por Alano estar seguro.

Alano me ajuda a me levantar e envolve meus ombros com o braço.

— Precisa de alguma coisa?

— Quero ir embora — digo entre lágrimas.

— O que está acontecendo aqui? — pergunta a corretora.

—Vamos continuar procurando — fala Alano. — Peço desculpa por desperdiçar seu tempo.

Cada degrau que desço é mais um passo que dou para me afastar da cena do crime, da promessa que fiz a mim mesmo e ao meu pai de tirar minha vida. E quando entramos no carro e damos partida, estou deixando para trás a casa assombrada, o fantasma do meu pai e minha culpa.

Matei meu pai para salvar a vida da minha mãe, mas dizer adeus está ajudando a salvar a minha.

ALANO
18h27

Vamos direto do antigo apartamento de Paz para o meu, onde tem seis seguranças da Central de Proteção esperando fora do prédio. Estão mandando as pessoas atravessarem a rua, e quando não há mais ninguém no quarteirão além de quem é pago para me manter vivo, o agente Dane enfim abre a porta do carro e nos deixa sair. Ele ainda está tentando me apressar para dentro como se pudesse haver um atirador escondido, mas eu congelo.

A mancha de sangue — do meu sangue — na calçada do prédio está desbotada, quase como se esse ponto tivesse sido descolorido. Eu tinha certeza de que não veria isso ao voltar para casa. É difícil tirar sangue de concreto, mas temos recursos para dar um jeito nisso. Por que não usaram uma lavadora de alta de pressão ou limpadores enzimáticos para remover a mancha de sangue? Ou se não, por que um pintor não refez a calçada toda? Ou então, por que não mandaram uma equipe de construção quebrar esta parte da calçada com uma britadeira para eu não ser obrigado a ver essa imagem tão dolorosa? Não preciso deste lembrete para saber que foi aqui que quase sangrei até morrer.

Sou transportado de volta à noite em que tentaram me matar. Não me conformo que Mac Maag tenha burlado minha hipertimesia ao usar um nome diferente e mudado a aparência desde que vi fotos dele cinco anos atrás, quando tinha quinze anos. Se ao menos eu tivesse reconhecido sua voz quando ele me ameaçou de morte por telefone, eu não estaria tendo que olhar para o meu próprio sangue.

Paz também não estaria agarrando minha mão. Ele fica em silêncio. Sabe como é olhar para sangue, tanto do pai quanto o dele.

Por algum motivo, ver a mancha enfurece tanto Paz que ele aperta minha mão.

— Eu poderia ter perdido você antes mesmo de te conhecer — fala ele.

Se eu tivesse sido assassinado, Paz teria se matado em Los Angeles. Nós dois teríamos morrido sem jamais nos conhecermos.

É um pensamento assustador, mas é a verdade nua e crua. Uma realidade alternativa terrível.

—Você não me perdeu — digo. — E eu não perdi você.

Nós dois estamos aqui, cercados por seguranças da Central de Proteção que têm a missão de me manter vivo, mas é quase como se Paz e eu estivéssemos nos tornando os guarda-costas um do outro.

No entanto, os riscos são mais altos.

Se um de nós acabar morrendo, o outro vai precisar lutar muito para sobreviver.

PAZ
18h31

Não acredito que finalmente estou prestes a entrar na casa de Alano. Fica mais fácil de acreditar depois que os seguranças da Central de Proteção começam a me revistar como se eu tivesse arrumado câmeras ou armas secretas durante nossa saída supervisionada. Até Alano acha que é exagero, mas, para ser sincero, eu entendo, eles precisam me tratar como criminoso para manter os Rosa seguros. Relaxo depois de ter sido liberado, sabendo que eles não têm motivo para suspeitar que vou machucar alguém.

Na porta de entrada do apartamento, Bucky, o melhor cachorro do mundo, está nos esperando. Alano e Bucky estão extasiados por se verem, como se não tivessem estado juntos horas atrás. O cachorro está feliz até mesmo por me ver depois de ficarmos deitados juntos no jatinho, mas ele corre de volta para Alano, que pega as patinhas dele e o coloca de pé como se estivessem dançando. Ainda não sei por que Alano tentou se matar, deve ser difícil tirar a própria vida quando se tem um cachorro que ama você tanto assim. Eu deveria pensar em adotar um.

— Entra — convida Alano.

Qualquer cobertura tão pertinho do Central Park seria surreal, ainda mais se os donos fossem uma família que viaja num jatinho como o deles, mas ainda assim fico de queixo caído.

As janelas vão do chão ao teto e são tão altas que dão um visual amplo para a sala de estar. Há dois sofás, uma espreguiçadeira, uma TV gigante, inúmeras plantas e flores, um piano enorme que pertencia à avó de Alano, o violão de Naya e uma lareira. E embora haja muitas fotos emolduradas nas paredes, em cima da lareira, no rack e na mesa de centro, a que mais chama atenção é um retrato dos Rosa pintado com tinta a óleo. Estão usando ternos, mas não precisam de coroas para parecerem da realeza.

— Foi ideia do meu pai quando fiz dezoito anos — explica Alano. — Ele quis celebrar o nosso legado.

Ele parece envergonhado, então me mostra a cozinha gourmet, onde conheço a chef Lily. Fico maravilhado com as ilhas de mármore, a adega vazia, um forno a lenha para pizza e todos os demais equipamentos típicos, só que não são nada típicos, porque minha torradeira não tem um visor touchscreen para eu estipular precisamente o quanto quero que minha torrada fique douradinha, e minha geladeira com certeza não tem uma câmera interna para eu saber o que tem dentro sem precisar abrir. A despensa está estocada com comida orgânica e doces, caso os Rosa precisem ficar trancados em casa durante um apocalipse.

Não devia ter botado os pés na sala de jantar, porque fiquei me sentindo mal por ontem à noite ter feito esses megamilionários se sentarem em cadeiras que não combinam, compradas de segunda mão, quando estão acostumados a esta mesa gigantesca com uma dúzia de cadeiras iguais, um lustre de cristal e uma ampulheta de dois metros que Naya mandou fazer para os jantares em família, porque ela sentia que não estava passando muito tempo com Joaquin e Alano à medida que todo mundo ficava mais velho e mais ocupado. Jantar com meu pai era basicamente ficar sentado no sofá com ele enquanto comíamos assistindo à TV.

Alano continua a me mostrar os demais cômodos do primeiro andar: a academia onde ele treina e pratica muay thai com Dane; a sala de presentes, que é repleta de ótimos itens para dar como presentes de última hora; a sala de jogos com máquinas de pinball à moda antiga, uma mesa de sinuca e todos os consoles de videogame possíveis; a biblioteca onde Alano gosta de ler e estudar línguas, que tem até uma escada na estante, na qual eu brinco porque em segredo ainda tenho nove anos de idade; e o centro de bem-estar equipado com spa, meditação, massagens, banhos de gelo e ioga.

Conforme Bucky sobe à frente para o andar de cima, onde ficam todos os quartos, Alano me explica que antes havia uma ala para funcionários, mas como Joaquin queria mais privacidade, comprou apartamentos no prédio para a equipe mais confiável, incluindo seguranças da Central de Proteção, assessores do lar, empregados domésticos, cozinheiros, motoristas e os personal trainers dele e de Naya. Assim, todo mundo está a postos caso os Rosa precisem de alguma coisa, mas os funcionários também podem viver suas vidas particulares com suas famílias.

Esta ala agora é apenas para visitas, o que nos últimos tempos são basicamente os amigos de Alano. Sinto meu peito apertar ao pensar na extrema improbabilidade de Rio ter se hospedado em um desses quartos na época em que ele e Alano ficavam. Mas não adianta deixar Rio me atingir quando ele não está mais na vida de Alano, mas eu estou.

Os quartos de visitas seguem a temática da natureza, mas, antes que eu possa escolher entre o quarto tropical, o da montanha, o de inverno ou algum outro, Alano me leva direto para o quarto da floresta chuvosa, onde já estou instalado porque ele sabe que sinto falta da chuva. O papel de parede simula uma floresta, e os aromatizadores de ambiente nas cômodas dão ao quarto um cheiro de chuva de primavera. Tem um aparelho que ressoa um som agradável que vai de chuvisco a temporal, deixando tudo muito vívido. A cama é de madeira, e o cobertor sobre o colchão é de um verde-sálvia com travesseiros felpudos marrons. Algum funcionário já pendurou minha mochila junto de minhas três camisas, a calça jeans, o short de basquete e colocou minhas cuecas e meias em uma gaveta. O banheiro privativo é estilizado com bambu — bandejas de bambu caso eu queira ler na banheira, pratos de bambu para deixar acessórios, dispenser de bambu para o sabonete líquido e moldura de bambu no espelho.

— O que acha? — pergunta Alano quando saio do banheiro.
— É tão relaxante.
— Isso faz você querer acrescentar mais cores ao seu quarto?
— Ah, com certeza.

A vibe preto e branco agora me passa uma energia insossa demais.

— Parece que vamos ter que voltar ao Mercado de Melrose — fala ele, sorrindo.

Fico feliz de estarmos confrontando os nossos passados e lutando pelo nosso futuro.

—Você ainda não me mostrou seu quarto — comento.

— É mesmo. Espero que chegue aos pés do tour cinco estrelas que você me deu do seu.

— Assim, aposto que sua Siri ou sua Alexa podem fazer isso, caso você seja um péssimo anfitrião.

— Pior que a minha família não tem assistentes de inteligência artificial, já que esses aparelhos sempre ouvem mais do que devem.

— Então cabe a você arrasar na apresentação do quarto.

Alano me conduz pelo corredor, e quando abre a porta de seu quarto, imagino que vou encontrar algo futurístico e cheio de tecnologia, com os melhores consoles, tablets e TVs que o dinheiro pode comprar, mas não tem nem uma única tela ali. Na verdade, é superminimalista.

— Bem-vindo ao meu santuário — anuncia Alano.

É a melhor forma de descrever este quarto, que é tão pacífico. As paredes são todas de um tom creme, exceto por uma, que tem uma pintura de amanhecer geométrico. A luz natural entra por entre as cortinas de linho laranja vibrante, assim como a roupa de cama. Uma porta leva à sacada. O cheiro no ar é de terra molhada, graças aos palitos de incenso de sálvia. Também tem pedras, rochas e cristais de todas as formas e tamanhos espalhados pelo quarto. Uma escrivaninha com cadernos. Uma pequena fonte no formato de um garoto bebendo água. Plantas bonsai e lírios-da-paz no chão e banquetas de madeira. Lâmpadas de sal do Himalaia. Almofadas felpudas para meditação. Uma estátua de pomba usando os colares de Alano, e seus anéis, pulseiras e brincos estão dentro do ninho. Polaroids penduradas em um canto como se fossem um sorriso. O relógio de aço com uma superfície de ouro-rosé chama a atenção, já que todo o resto é tão natural, mas, para ser sincero, o que mais me desconcerta é a cama de bambu alta bem no meio do quarto de Alano.

— Por que aí?

— Todos me mandam tomar cuidado com meus arredores desde que tenho nove anos — explica ele, sentando na cama com Bucky. — Levei isso a sério durante os primeiros anos da Central da Morte. Na escola, eu sempre ficava perto das paredes e dos cantos para que ninguém pudesse chegar de fininho e me atacar. Eu odiava me sentir tão paranoico, ainda mais dentro da minha própria casa. Precisava de um recomeço, algo que fosse ajudar minha cabeça, então criei este santuário onde nenhum inimigo pode me machucar. Coloquei a cama no centro para que parecesse minha ilha particular, onde eu me sentia tão livre que não precisava ficar prestando atenção no que se passava ao meu redor. E então me cerquei de plantas, folhas, pedras e madeira. Aqui eu me sinto seguro nesse mundo perigoso.

Seria um prazer ficar preso em uma ilha só com Alano. Na verdade, levaríamos Bucky, já que ele jamais tentaria arruinar nossas vidas e nossa felicidade, ao contrário de desconhecidos na rua e na internet.

— Essa vibe idílica também é o motivo de você não ter eletrônicos aqui?

— Meu cérebro já é hiperativo demais. — Alano se levanta da cama e coloca o celular dentro de uma caixinha na escrivaninha, depois pega um caderno. — Em vez de absorver mais notícias ruins antes de dormir, escrevo em meu diário para descarregar os pensamentos.

Eu deveria mesmo ter escrito no meu diário em vez de me machucar.

— E isso ajuda? — pergunto.

— Às vezes. É fácil pensar demais em coisas negativas, então faço o melhor que posso para focar nas lembranças boas. É quase como construir uma represa na minha mente. Mas no fim das contas, tem algumas palavras que nunca vão te abandonar, não importa quantas vezes você as escreva — diz Alano, imóvel, como se estivesse revivendo palavras difíceis nesse momento.

Fico me perguntando se tem a ver com quando Ariana o rejeitou ou quando ele rejeitou Rio.

Ou com quando eu o machuquei dizendo que ele está preso no passado.

— Deve ser difícil viver assim — comento.

— É por isso tenho este santuário. Para me ajudar a encontrar um pouco de paz.

— Você arrasou na decoração. Tem uma cama aconchegante, uma fonte, suas fotos... espera, por que você tem fotos? Seu cérebro é meio que uma câmera, né?

— Só porque consigo me lembrar de tudo, não quer dizer que lembretes dos meus momentos favoritos não venham a calhar. Além do mais, pode não ser assim para sempre.

— Como assim? Você vai arrancar as fotos?

— Não, um dia eu posso me esquecer desses momentos — explica Alano, o que é uma virada brusca desde quando ele me contou que se lembra de tudo. — Meu avô, Jacinto, teve Alzheimer cedo. Começou uns quatro meses depois de eu ter nascido, quando ele tinha apenas cinquenta anos. Ele ficava me chamando de Joaquin, e não reconhecia meu pai. O cérebro foi se deteriorando ao longo dos três anos seguintes antes de ele morrer, muito mais cedo do que os médicos previram.

É esquisito pensar na família que criou a Central da Morte sendo pega de surpresa com a morte de alguém.

— Mais ou menos de dois em dois anos, meu pai e eu vamos às melhores clínicas para fazermos exames genéticos detalhados — continua Alano. — Como ele está para fazer cinquenta anos e tem tido as síncopes, ficou bastante preocupado durante os exames que fizemos em fevereiro, mas não estamos dando sinais da doença ainda.

— Mas você acha que pode ser bom se tiver Alzheimer um dia? Alano balança a cabeça.

— Não diria que seria bom. Não desejo Alzheimer a ninguém, nem a mim mesmo. Mas aceito que possa ser inevitável, por causa do meu histórico familiar. Saber que um dia posso conseguir esquecer é algo que me consola, já que não sei como é. A hipertimesia pode ser muito difícil de se lidar, ainda mais em estados de estresse. É como se a represa que custei tanto a construir pudesse desabar a qualquer instante e me inundar de lembranças horríveis e da sensação que elas trazem. Será que quero mesmo morrer com as lembranças de uma vida inteira? Parece melhor esquecer os momentos mais tristes da vida.

Depois de tantas conversas sobre chegarmos aos cem anos, nunca imaginei que Alano carregasse mais vida consigo do que qualquer outra pessoa, seja em que situação for. Ele lembra o Imortal de *Coração de ouro*. Às vezes, Vale se arrependia de se apegar tanto aos mortos, pois sabia que ficaria acorrentado ao luto para sempre. Entendo muito bem por que Alano não quer estar em seu leito de morte relembrando a vez que tentaram assassiná-lo, assim como eu não quero lembrar de atirar no meu pai ou de todo o mal que causei com armas, facas, punhos e palavras. Nossas vidas não se resumem aos momentos ruins.

— Eu odiaria que você perdesse suas lembranças boas — falo, sonhando com lembranças de momentos que ainda não aconteceram, como o nosso primeiro beijo, a gente namorando, o nosso casamento, a família que vamos construir, e, por fim, nossa morte juntos, bem velhinhos.

— Não terei controle algum sobre o que vou esquecer, mas depois de ver como meu pai ficou com o meu avô, quero que minha família tenha as ferramentas necessárias para me ajudar a reencontrar as memórias — fala Alano, como se não fosse loucura ele ter aprendido a se preparar para uma vida com Alzheimer com base nas coisas que viu aos três anos de idade. — Jacinto não era lá uma pessoa muito sentimental. Ele não guardava roupas de bebê, nem mechas de cabelo, nem mesmo um álbum de fotos antigas. Meu pai pegou objetos do apartamento do meu avô para tentar exercitar a memória dele. Encontrou uma pedra no guarda-roupa com uma data escrita na caligrafia da minha avó: 18 de agosto de 1969. O dia do casamento deles. Eles se casaram jovens porque Pilar estava grávida, e todas as vezes em que Jacinto segurava a pedra, ele se lembrava do dia mais feliz de sua vida. Meu pai o enterrou com a pedra.

Fico todo arrepiado. Aposto que Joaquin deve ter ficado muito feliz ao ver o pai falando das origens da família, em vez de ser tratado como um estranho.

— Então todas essas pedras são especiais? — pergunto, olhando ao redor.

— Eu que encontrei cada uma, as rochas e os cristais, no mundo todo, mas não são tão especiais a ponto de eu achar que serei enterrado com elas — responde ele, depois aponta para as Polaroids. — Se eu um dia começar a me esquecer das coisas, são essas lembranças que quero guardar.

Vou até as fotos, e, sem sair da cama, Alano me conta sobre elas: a primeira é dele usando beca e capelo, porque apesar de ter feito o ensino médio por ensino domiciliar, seus pais ainda assim comemoraram a colação de grau em casa; Alano com binóculos, embarcando em um safari para ver animais selvagens no Serenguéti; Alano no que parece ser apenas uma praia, mas é a Costa dos Esqueletos, o que pelo jeito é um lugar na Namíbia, embora o nome me faça pensar que é uma ambientação dos livros de Scorpius Hawthorne; Alano sem camisa na Lagoa Azul, na Islândia, sem uma única cicatriz no corpo; e então fico paralisado quando vejo uma foto de Alano, Ariana e Rio vestidos como Homem-Aranha, Gata Negra e Venom.

— Foi no Halloween de 2017.

Dou uma de Alano e faço as contas na minha cabeça, porque tenho quase certeza de que ele mencionou que a primeira vez que ficou com Rio depois de ter o coração partido foi nesse Halloween. Sinto um aperto no peito, vendo o sorriso dos três, e me pergunto se Alano quer guardar este momento para sempre porque assim pode transar com seu primeiro amor mentalmente quantas vezes quiser. Preciso me afastar, porque não quero fazer cena no santuário especial de Alano, e já causei mal psicológico e físico demais. No entanto, me afastar também seria um gesto dramático. Então o que devo fazer? Fico parado aqui, chateado porque Alano tem um passado com uma pessoa de quem não gosto? Se ele vai ficar na minha vida, não posso dar uma de Paz. Preciso continuar melhorando; preciso continuar enfrentando meus fantasmas.

— Sente saudade deles? — pergunto.

Alano hesita, como se soubesse que a resposta pode ser um gatilho para mim.

— Pode falar a verdade — peço.

— Sinto, sim — admite.

Eu me contorço por dentro, embora já soubesse a resposta.

Nunca tinha tido melhores amigos. Não sei se Alano me considera assim, mas eu com certeza o considero. Se nossa amizade sobreviveu a tanta coisa, aposto que ele vai conseguir se acertar com Ariana e Rio uma hora ou outra, e se Alano e eu começarmos a namorar, eu é que não quero ficar em um pé de guerra com os melhores amigos dele.

—Talvez seja bom você tentar conversar com eles — digo, torcendo para não estar dando um tiro no próprio pé.

Alano se levanta da cama e olha para a foto do Halloween, como se ela não estivesse registrada em sua memória.

— Quantas vezes tenho que tentar falar com a Ariana, que não me ligou quando quase fui assassinado? Ou com o Rio, que me mantinha como amigo sabendo que eu era apaixonado por ele, mas no segundo em que o jogo virou ele parou de querer falar comigo?

A julgar pelas lágrimas que brotam nos olhos de Alano, sei que ele quer seus melhores amigos de volta em sua vida.

— Se hoje fosse seu Dia Final, você ligaria para eles? — questiono.

Ninguém sabe quando vai ser o Dia Final de Alano. Ele poderia morrer neste exato momento com um ataque de asma ou acabar abrindo o crânio nessa fonte ou... droga, não quero pensar em mais possibilidades de ele morrer. A questão é que cabe a ele viver como se pudesse morrer a qualquer instante.

— Eu ligaria para eles — responde Alano, deixando a Polaroid no lugar. — Temos mais lembranças boas do que ruins, mas sinto receio de que, mesmo se a gente se resolver, nossa amizade nunca mais vá ser a mesma.

— Talvez fique até mais forte. Como acho que a nossa ficou depois de tudo.

Alano assente.

— Com certeza estamos mais fortes. Inclusive, preciso colocar uma foto sua nesta parede. Eu não estive lá muito inspirado para acrescentar fotos. As coisas têm sido tão difíceis, ainda mais nesses últimos meses, mas você é alguém de quem sempre quero me lembrar.

Sinto meu coração acelerar, e meio que quero chorar de felicidade também. Nunca imaginei que alguém fora minha mãe e meu padrasto pudesse ser legal a esse ponto comigo. Que pudesse ser tão amoroso.

Alano arqueja e abre um sorriso.

— Já sei o objeto perfeito para aparecer na sua foto — diz ele, saltando por cima de uma banqueta de madeira e correndo até o closet. Ele volta com o vaso de crânio que comprei para ele no Mercado de Melrose junto do buquê de flores 3-D que ele comprou. — Meu vaso de *vanitas*!

Queria ter o poder de Alano de reviver em alta definição a lembrança de dar este presente a ele, mas vou curtir esse momento de felicidade enquanto ele coloca as flores dentro do vaso.

Poso na frente da parede do pôr do sol, abraçando o vaso bem junto ao peito.

Alano mira a câmera Polaroid.

— Diga "lembre-se de que morrerá!". — E, quando olho confuso, sem entender por que ele está falando de *memento mori* em vez de só me pedir para sorrir, ele tira a foto e começa a gargalhar. — A sua cara... ficou... impagável.

—Vou queimar essa foto.

Alano dá batidinhas na cabeça.

—Vá em frente. Ainda tenho tudo guardado aqui.

— Então vou queimar seu cérebro também.

— Por favor, não faça isso. Prometo que a foto não está ruim. Só engraçada.

Alano me mostra a foto revelada e, tudo bem, estou com cara de tonto, mas vê-lo rir de novo me faz não dar a mínima. Esta foto um dia pode ter o poder de fazer Alano se lembrar dos bons momentos, e eu quero ser lembrado por fazê-lo feliz em vez de apontar uma arma para a minha cabeça, mostrar feridas de automutilação ou quase socá-lo.

Ele prende a Polaroid junto das outras.

— Pronto. Você acrescentou paz ao meu santuário.

— Preciso fazer jus ao nome.

Só espero que eu possa trazer paz à vida de Alano e continuar encontrando sossego na minha.

23h39

O resto da noite passa voando.

Primeiro, Alano fez eu me sentir como um ator famoso quando estava me arrumando para o baile com roupas chiques do seu closet enorme. Ele selecionou algumas peças e me fez prometer falar caso eu não gostasse de algo. Então foi o que fiz. O terno preto clássico não me pareceu especial o bastante para o evento. O terno dourado reluzente era, talvez, especial demais. A capa vermelha que era para ser uma referência aos meus dias de Scorpius Hawthorne me deixou com um visual mais Chapeuzinho Vermelho. Depois das mais diversas seleções e combinações, eu me apaixonei por uma camisa preta de veludo com listras de lantejoulas brilhantes e a echarpe que cai como uma gravata, combinada com calças pretas de alfaiataria e mocassins pretos com solas extraconfortáveis para proteger minha ferida.

E então a chef Lily serviu macarrão com gengibre, gergelim e tofu, que comemos sozinhos do lado de fora do quarto de Alano, no jardim do terraço, já que seus pais ainda estão ocupados na Central da Morte. Durante o jantar, Alano contou mais detalhes sobre a hipertimesia — a história de seu diagnóstico, como foi para estudar, mais altos e baixos. Ele ficou envergonhado por falar tanto, mas na verdade eu amei cada segundo, porque não só o foco não estava em mim como também descobri mais coisas sobre ele.

Depois, Alano me preparou um banho quente porque queria que eu sentisse como é o luxo de uma banheira grande o suficiente para acomodar minhas pernas enormes. Acendeu uma das velas que comprou no Mercado Melrose e me emprestou um esfoliante corporal e óleo de camomila para mimar meu próprio corpo.

Eu poderia me acostumar com esta vida. E não estou nem falando das roupas sofisticadas, das refeições gourmet, nem dos banhos chiques. Só amo passar o dia todo com Alano.

Agora estamos de volta ao quarto dele, iluminado apenas pelas lâmpadas de sal do Himalaia, e não só estamos em seu quarto, como em sua cama, lutando contra bocejos e perdendo toda vez.

— Foi mal — digo depois que outro bocejo escapa, interrompendo a história de Alano sobre o dia em que os pais o surpreenderam com Bucky, que já está no décimo quinto sono deitado nos nossos pés. — Juro que não estou entediado.

— Eu sei. Hoje foi um dia cansativo.

Para ser sincero, nem sei que horas meu corpo pensa que é. Coço os olhos, tentando ficar acordado.

— Beleza, então alguns pirralhos estavam enchendo o saco e seus pais deram um cachorro para animar você...

Alano ri.

— Pode ir dormir, Paz.

Eu deveria mesmo, porque preciso gravar a campanha amanhã de manhã, mas quero continuar ouvindo Alano contar sua história.

— Então, tinha alguns pirralhos pegando no seu pé e...

— Minha vida extremamente difícil ficou mais fácil depois que Bucky chegou. Não ficou fácil de fato, é claro, mas deu uma bela aliviada — diz Alano, sorrindo para Bucky, sonhando que está correndo. — Nunca imaginei que seria tão difícil fazer amizade à medida que as pessoas foram se acostumando com a Central da Morte, mas meus pais, sim. Estou começando a suspeitar que posso ler cem livros sobre parentalidade e ainda assim não vou estar mais bem preparado que eles, que nunca leram sobre como criar um filho na era da Central da Morte.

Só agora me dou conta de que, sim, ser pai e mãe deve ser difícil, mas nos últimos dez anos, minha mãe, Rolando, Naya e Joaquin com certeza tiveram desafios que ninguém jamais vai saber. Como se cria um filho que matou o pai? Como se cria um filho cujo pai reescreveu as regras da morte? Como se cria filhos que tentaram tirar a própria vida porque viver ficou difícil demais? Não que Naya e Joaquin saibam como as coisas chegaram a ficar feias para Alano. Nem eu sei o que aconteceu para levá-lo àquele ponto, mas, independentemente da fórmula mágica para se criar um filho que quer se matar, duvido que um pai e uma mãe deveriam ameaçar tirar a própria vida como chantagem.

— Está dormindo? — questiona Alano.

Nem percebi que tinha fechado os olhos.

— Foi mal, estou acordado. Só estou pensando no quanto deve ter sido difícil me criar, e como continuo dificultando as coisas para a minha mãe.

— Não foi culpa sua. Foi culpa da sociedade.

— E da Central da Morte, sem ofensa.

— E da Central da Morte — sussurra ele. Alano fica tão quieto que acho que ele dormiu, mas está encarando o teto. — Se hoje fosse seu Dia Final, você ligaria para a sua mãe?

Algumas horas atrás, fiz essa pergunta para Alano em relação a seus amigos, e agora ele a está devolvendo para mim.

Se a Central da Morte me ligasse agora, teria uma voz em minha cabeça me dizendo para me vingar da minha mãe e não contar que estou prestes a morrer. Mas não importa o quanto eu esteja bravo, amo demais a minha mãe para fazer algo tão cruel.

— Ela seria a primeira pessoa para quem eu ligaria — confesso.

É a verdade, mas não significa que preciso falar com minha mãe agora, ou que ela quer mesmo falar comigo.

A vida é difícil quando seu maior crime é amar demais alguém.

— E você? — indago. — Se hoje fosse seu Dia Final, você ligaria para o seu pai?

ALANO
23h47

Se hoje fosse meu Dia Final, será que eu ligaria para o meu pai?
    Quinta-feira, 24 de outubro de 2019. O dia em que tentei tirar minha vida. Daqui do meu quarto, dava para ver que o céu estava azul lá fora. Não tinha recebido um alerta, mas ainda assim estava determinado. Não me deixei pensar na minha mãe nem em Bucky. Só no meu pai, que me fez querer morrer. Não havia motivo para uma carta de suicídio, porque ele saberia o que havia me levado ao limite.
    — Houve uma época em que eu não teria ligado para o meu pai — digo.
    Eu me concentro no presente porque não quero reviver momentos horríveis que levaram à minha tentativa de suicídio. Revisito minha mente e confirmo que nunca contei isso para o Paz.
    — Comprei uma cápsula do tempo na Tempo-Presente — digo.
    Paz solta um som de reprovação.
    — Aquele lugar…
    Se Margaret Hunt não tivesse entregado os presentes de Paz diretamente nas mãos da sra. Gloria, ele não estaria em guerra com a mãe agora.
    Sou transportado de volta à Tempo-Presente, quando eu estava me escondendo atrás do relógio de coluna enquanto o Guarda da Morte destruía a loja. Aquele medo de morrer continua comigo, me jogando de repente de uma lembrança à outra: a tentativa de assassinato, que me motivou a desativar a conta da Central da Morte, o que me fez ir escondido até a Árvore da Sabedoria, o que me levou a escalar o letreiro de Hollywood para salvar Paz, o que me traz de volta ao presente com ele.

— Comprei a cápsula do tempo em 1º de dezembro — digo, me lançando de volta ao passado e às lembranças ruins.

— Quando destrava?

A pergunta me traz de volta à realidade, já que se trata de um futuro desconhecido.

— Depende de quando eu morrer.

— Ela vai ser destravada quando você morrer?

— Em teoria, mas como está atrelada ao meu perfil da Central da Morte, a conexão foi corrompida. Preciso sincronizar novamente a cápsula ao meu número de registro.

Ele semicerra os olhos cansados para o relógio.

— Não é muito grande. O que cabe ali? Uma carta?

— Uma gravação de voz, como a tecnologia usada nos objetos que você escolheu.

— É pessoal demais se eu perguntar o que foi que você disse? — questiona Paz.

— Uma despedida para os meus pais. Instruções para cuidarem de Bucky. E... — Encaro meu reflexo turvo na superfície do relógio, mas, na minha mente, vejo a lembrança que encaixotei. — Uma confissão.

Paz arregala os olhos de leve ao ouvir isso.

— Uma confissão? Quer conversar sobre isso?

— Eu deveria, mas já estraguei minha vida mais do que precisava.

Sinto meu coração disparar, ouvindo os tiros ecoarem.

Paz se estica para apertar minha mão e fala:

— Só porque estou me esforçando para viver, não quer dizer que você não possa mais confiar em mim para levar seus segredos para o túmulo.

Confiar não é o problema.

— Sou grato por isso.

— Sem pressão, óbvio, mas, enquanto isso, talvez seja melhor deixar seus segredos em um lugar seguro, já que a cápsula do tempo não vai mais destravar.

— Isso não vai ser um problema.

— Por que não?

Olho no fundo dos olhos castanhos de Paz.

— Sinto que ver potencial no futuro que quero me fez entrar numa jornada espiritual. Quero saber se vou continuar por aqui para viver esse amanhã. Vou reativar a Central da Morte para ficar mais tranquilo.

Agora Paz se senta de vez.

— Está falando sério? Mas e o seu pai?

— Ontem ele me pediu a oportunidade de provar que pode me dar espaço para viver minha vida. E eu acredito nele — explico, o que soa poderoso e relaxante.

Não quero estar em guerra com meu pai. Isso só torna tudo mil vezes mais difícil e nos leva de volta a um estado em que estaria disposto a morrer sem que ele soubesse, só por vingança. Além do mais, meu pai faz de tudo para me manter vivo. Tenho sorte de ter um pai que é superprotetor em vez de destrutivo, como o de Paz.

— Gosto da ideia de saber que você vai sobreviver ao dia — comenta ele.

— Gosto da ideia de você gostar disso — respondo. Vejo a hora no meu relógio. — Faltam dez minutos para a meia-noite.

— Seus últimos dez minutos vivendo feito um pró-naturalista.

— Só se eu reativar a conta a tempo — respondo, me levantando para pegar meu celular da caixa de segurança e voltar para a cama.

Abro o aplicativo da Central da Morte e começo a preencher meu perfil.

Meu pai vai ficar tão feliz de saber que voltei.

Viver de modo pró-naturalista foi dilacerante para ele, e por mais que tenha sido libertador para mim, não vale esse problema todo que está causando entre a gente ou no restante do mundo. O presidente Page e os membros da diretoria da empresa não saem do pé do meu pai, argumentando o quanto minha escolha é severa, uma escolha que fez meus pais ficarem presos na empresa até tarde hoje. As pesquisas apontam que eleitores que ainda não se decidiram estão tendendo ao voto em Carson Dunst, já que eu ter desativado a Central da Morte foi um grande indicativo dos perigos do serviço. O agente Andrade precisou colocar mais seguranças dentro e fora do prédio agora que o mundo sabe que estou vulnerável. Uma rápida olhada nas redes sociais mostra desconhecidos parabenizando minha escolha pelo lado pró-naturalista, o que me faz sentir falta dos dias em que estavam ameaçando minha vida. Não quero que minha existência cause dor a mais ninguém. Amanhã de manhã vou postar a declaração de que tornei a assinar o serviço para abafar as preocupações a respeito da minha relação com a Central da Morte.

Envio as informações para voltar com meu perfil e recebo um alerta de erro, dizendo que minha conta já está ativa. Será que eu não estava sendo pró-naturalista esse tempo todo? Não tem como, recebi a confirmação de cancelamento na sexta-feira, 24 de julho, às 20h45 do horário de verão do Pacífico. Deve ser um erro. Reviso o histórico da conta e vejo que meus alertas voltaram na terça-feira, 28 de julho, à 1h49 do horário de verão do Pacífico. A menos que eu esteja começando a perder a memória, eu não fiz isso. Então quem...

Não consigo respirar, e não sei se preciso de ar ou da minha bombinha de asma.

Meu pai não vai ficar feliz ao descobrir que voltei a assinar a Central da Morte, porque ele mesmo reativou a minha conta pelas minhas costas.

Isso é uma violação absurda não só da política da empresa, mas também da nossa relação.

Eu me levanto e arremesso o celular na parede do pôr do sol, quebrando o aparelho. Minha reação surpreende e assusta Paz e Bucky, e até a mim mesmo. Nunca tinha feito algo assim em um acesso de raiva.

— O que houve? — pergunta Paz, me seguindo pelo quarto.

Parece que o ar não chega aos meus pulmões, como se meu pai estivesse apertando meu peito para eu não respirar.

— Ele nunca vai me deixar viver a minha vida — digo, e repito isso até lágrimas quentes queimarem meus olhos.

— Quem? — indaga Paz, tentando me acalmar, mas continuo me soltando dele.

— Meu pai!

Não importa o quanto eu me sinta independente, meu pai sempre vai usar o poder dele para me submeter às suas vontades.

Saio para o jardim do terraço e caio de joelhos, arquejando. Não é asma. Estou sufocando por causa de uma crise de ansiedade. Paz me segue, mas deixa Bucky dentro do quarto.

— Fala comigo — pede ele.

— Ele me inscreveu na Central da Morte de novo. Contra a minha vontade.

Isso não tem nada a ver com a vez em que meu pai me chamou para conversar sobre a empresa naquela segunda-feira, 28 de junho de 2010, antes da Central da Morte ter sido anunciada oficialmente numa quinta-feira, 1° de julho. Até mesmo naquela época meu pai teve a decência de me perguntar se eu gostaria de ser registrado junto do resto da família, uma escolha que ele não precisava respeitar quando eu era menor de idade. Isso não tem a ver nem mesmo com quando meu pai abusou do próprio poder para se assegurar de que eu não morreria no hospital depois da tentativa de assassinato de Mac Maag. Esta decisão é uma violação grave demais, e é impossível aceitá-la. Até encontraria meios de perdoá-lo se ele tivesse feito isso depois de Andrea Donahue e Carson Dunst terem se unido para expor minha posição de pró-naturalista, mas de acordo com a data no aplicativo, meu pai fez isso quando eu estava na cama com Paz, impedindo-o de machucar a si mesmo. Ele deve ter tido medo de Paz ser perigoso para mim, mas ele é a verdadeira ameaça na minha vida.

— Entendo que isso seja muito, muito difícil — fala Paz. — Mas preciso que você respire. Nunca vi você assim.

Não me sinto assim desde 24 de outubro.

Este é um sinal de que a minha vida nunca ia dar certo, de um jeito ou de outro.

Olho para as estrelas, me perguntando se Paz tinha razão quando disse que não estávamos destinados a ficar juntos. Torci para que o nosso encontro tivesse sido parte de um plano superior para nos salvar, mas não é. Nossa ruína é iminente, e foi assim desde o começo.

O tempo se confunde entre o antes e o agora, este momento e as lembranças. É como viajar no tempo na velocidade da luz. Eu me sinto tonto, e meu truque de pensar no futuro para conseguir me concentrar no presente está comprometido. Agora só vejo a escuridão. Não há futuro para uma pessoa responsável por mais mortes do que pode imaginar. Não existe uma vida dos sonhos para alguém assim.

É assim que se sobrevive a um Dia Final. Você nem sabe que estava seguro o tempo todo.

Vou provar que meu pai está errado. Ele controlou minha vida, mas não vai controlar minha morte.

Memento mori. Memento mori. Memento mori.

Lembre-se de que morrerá. Lembre-se de que morrerá. Lembre-se de que morrerá.

Eu me lembro de que preciso morrer.

Eu lembro. Eu lembro. Eu lembro.

Esse é o meu futuro e, quando volto ao presente, me vejo na beira do terraço. Só mais um passo à frente e eu despenco de trinta andares e vou morrer onde quase fui assassinado.

Meu pai me forçou a aceitar os alertas da Central da Morte. Mas vou morrer sem receber um.

30 de julho de 2020
PAZ
00h00

A Central da Morte ainda não ligou, mas seu herdeiro está prestes a se matar.

Esse é o surto psicótico que Alano temeu o tempo todo, o estalo que muda tudo.

— Alano, isso não é seguro, desce daí — peço, tentando falar como se não fosse nada de mais, como se houvesse uma chance de ele ter esquecido que está no parapeito do terraço.

Ele não responde. Continua encarando a cidade.

Será que foi assim que minha mãe se sentiu quando me encontrou bêbado e drogado, à beira da morte?

Como posso tirar Alano daqui? Será que eu deveria lembrá-lo de que ele tinha medo de altura? Será que a hipertimesia pode trazer as antigas lembranças e fazer o medo parecer real de novo? Mas e se eu fizer isso e ele surtar e cair para a frente? Puta merda, cacete, droga. E se eu for atrás de ajuda? Até eu voltar correndo para dentro e encontrar Dane naquele apartamento gigantesco, Alano pode ter se jogado. Preciso de alguma interferência, como o helicóptero que apareceu quando eu estava no letreiro de Hollywood. Não, o helicóptero não me salvou. Foi Alano. Ele escalou o letreiro quando eu não passava de um desconhecido e salvou minha vida. Agora tenho que ser o que vai salvar a vida dele.

Preciso ser cuidadoso. Tenho medo de sem querer fazer algo que o leve a cair antes que possa mudar de ideia, antes que eu possa fazê-lo mudar de ideia. O que Alano falou para que eu voltasse atrás? Não tenho a memória dele, e aqueles poucos minutos em cima do letreiro de Hollywood foram tão intensos. Ele me pediu para não pular. Ele me reconheceu — não, ele me *viu*, tipo, me enxergou de verdade. Disse que já tinha tentado se matar também. Que já tinha ido parar lá em cima.

Não sei o que fazer, e Alano também não sabia, mas foi tão natural para ele. Preciso ser honesto, falar com o coração.

— Alano, eu sei o que você está passando — falo. Droga, eu sou péssimo nisso. É a verdade, mas nem eu estou me levando a sério. Pareço um ator interpretando um negociador de crise em alguma série de TV ruim, não alguém que de fato conhece a dor dele. — Sei como é querer morrer. Se sentir impotente. Sentir que o mundo vai tomar todas as decisões por você e nunca dar vitória alguma. Mas você me mostrou que eu tenho mais poder do que teria imaginado.

— Meu pai tem ainda mais — retruca Alano.

— Você não pode deixar ele usar o poder dele contra você.

— Não tem como impedir. Ele mesmo falou: ele tem um poder inesgotável. Sempre vai abusar disso e dizer que é pelo meu bem.

— Você não precisa dele!

Alano começa a balbuciar algo a respeito de quando Andrea Donahue foi demitida. Ou a repetir alguma coisa sobre como todo mundo esquece o nome dele. Ele fecha os olhos e balança a cabeça, mas eu não esqueço seu nome. Eu grito "Alano" repetidas vezes até ele abrir os olhos de novo, porque tenho medo de que se esqueça de onde está e caia. Ele abriu os olhos. Voltou para mim.

— Alano, se eu posso ter um recomeço, você também pode — digo.

— Meu pai nunca vai me deixar fazer isso. A única vida que ele quer que eu tenha é a que planejou para mim.

— Ele quer você vivo, Alano, só isso. Ficaria arrasado se soubesse que você está aí em cima agora, pensando em morrer.

— Toda vez que eu subi aqui foi por causa dele.

— Como assim?

— Era 24 de outubro de 2019. Uma quinta-feira. O tempo estava lindo. Céu aberto. Uma quinta-feira — fala Alano, como se não soubesse que está se repetindo. — Eu estava tirando uma folga das aulas porque me sentia sufocado com as histórias de todo mundo. As pessoas me contam as dores delas e nada disso sai da minha cabeça, nunca. Não consigo calar todas as histórias.

Queria nunca ter contado nada a Alano, queria ter me matado minutos antes de ele aparecer, ou esperado até completar dez anos de morte do meu pai, qualquer coisa que tivesse impedido a gente de se conhecer, sabendo o tanto que minha dor torturou Alano, que não merece nada disso.

— Meu pai estava bêbado em plena luz do dia — continua Alano. — Senti o cheiro de tequila quando ele abriu minha porta e começou a gritar comigo no meu santuário. Eu não estava atingindo as expectativas dele. Não estava assumindo mais responsabilidades do que conseguia aguentar. Não estava pronto para liderar a empresa se algo acontecesse com ele. Minha memória era uma vantagem quando convinha, mas ele nunca de fato teve empatia pelos meus sentimentos. Eu o enfrentei. Ele queria que eu treinasse para ser mensageiro, embora eu tivesse dito que não queria, porque seria traumatizante demais. Ele me falou para ser forte como ele mesmo tinha sido quando fundou a empresa. E então eu encarei um dia como mensageiro e um homem se matou enquanto falava comigo, e agora aquele tiro nunca mais vai sair da minha cabeça!

Alano estremece como se uma bala tivesse acabado de passar por ele. Ele se contorce tanto que tenho certeza de que vai cair para trás, mas consegue se equilibrar.

— Ele me colocou em perigo! — continua. — Era isso que eu estava evitando. Só que ele vê a morte como parte da vida e queria me jogar no fogueira. Mas eu não queria me queimar. Meu pai ficou tão furioso que disse que se eu não consigo ver o valor em fazer as ligações, então talvez não mereça saber quando ele morrer. Que eu o decepcionei tanto que ele queria morrer sem que eu soubesse. — Alano está soluçando. — Foi então que decidi que eu me mataria e ele também não saberia. Mas se eu tivesse colocado o plano em prática, minha morte teria sido um mistério completo para o meu pai, porque ele se esqueceu da conversa toda, por causa da bebida. Sou o único que sabe. O único que lembra.

Estive tão bravo com a minha mãe por ameaçar se matar caso eu tirasse minha vida, e esse tempo todo Alano lutou em segredo contra esses sentimentos de Joaquin o intimidando e dizendo que ele era uma decepção tão grande que o fazia querer se matar. Alano sobreviveu à tentativa de suicídio. Mas Joaquin só ferrou ainda mais a vida do filho desde então.

Não sei se Alano vai sobreviver desta vez.

Não vale a pena viver por mim.

Tentar me conectar com ele não funcionou. O que mais ele fez para me salvar?

As estrelas chamam minha atenção. Alano disse que foi o destino que nos uniu. Acho que pode não ser o suficiente viver por mim, mas foi o que Alano tentou naquele dia. Eu me lembro de ele gritar para mim no letreiro de Hollywood que acreditava que o destino tinha unido nós dois. Preciso lembrá-lo disso.

— O destino não uniu a gente para eu ver você morrer — falo, fazendo o melhor que posso para ecoá-lo.

Alano se vira, de costas para a cidade.

— Talvez tenha sido por isso, sim.

— Não, você mudou minha vida...

— Você deveria me matar, Paz! Mac Maag teve razão em me atacar. Você deveria se vingar...

— Não dou a mínima para a Central da Morte ter destruído minha vida, só quero salvar a sua!

Alano balança a cabeça e fecha os olhos, dizendo algo que não faz sentido a princípio, até eu perceber que ele está recitando o que falei para o fantasma do meu pai:

— "Odeio você por ter feito de mim uma pessoa violenta. Eu jamais teria pegado uma arma ou levantado a mão para alguém se você não estivesse na minha vida... De alguma forma, ainda te amo e sinto saudade, mesmo que você tenha acabado com a minha vida. Mas também estou feliz que você não esteja mais vivo para me ferrar, porque vou continuar vivendo. Quer você queira ou não!" Você deveria viver, Paz. Você deveria mesmo viver. Você deveria me matar e viver.

Será que fazer Alano se sentir culpado ajudaria? Não tem a menor possibilidade de eu continuar vivo se ele cair misteriosamente do jardim do terraço bem na noite em que me trouxe para a casa dele pela primeira vez, ainda mais porque sou o único que sabe que ele já tentou tirar a própria vida. Ninguém vai acreditar em mim. Mas não acho que culpa seja a saída agora, só não sei o que fazer.

O que mais Alano falou para mim?

O acordo!

— Alano, você precisa me dar três horas. — E por mais que eu odeie dizer isso, espero que eu não precise cumprir a promessa. — Você precisa me dar até as 2h50, como fiz com você. Se isso não bastar, eu mesmo empurro você daqui.

— Não.

— Por favor. Podemos ir aonde você quiser, fazer o que você quiser.

— Eu só quero ir lá para baixo — fala Alano, observando a rua.

As pernas dele tremem.

Estou perdendo a discussão, e vou perdê-lo também.

— Este não é seu Dia Final, Alano.

— É, sim, Paz. Eu sinto muito. Por favor, cuida do Bucky e se cuida.

Não penso duas vezes, só corro e pulo no parapeito, a alguns metros de Alano. A grade chega à altura dos meus joelhos, o que não é tão alto para impedir alguém de cair, não que alguém devesse estar aqui em cima por livre e espontânea vontade, para começo de conversa. É mais alto que o letreiro de Hollywood. Eu me sinto próximo demais das estrelas e da lua. E sei que não tem como sobreviver a esta queda.

Fico me perguntando se vou ouvir nossos celulares tocando com alertas da Central da Morte a qualquer instante.

— O que está fazendo? — pergunta Alano.

Dou alguns passos em direção a ele.

— Sempre vou salvar você, e você sempre vai me salvar. Lembra?

Alano se lembra do nosso acordo, mas desta vez não sorri.

—Você não deveria me salvar. Não era para você me querer vivo.

— Não sou um daqueles idiotas que querem você morto.
— Mas deveria.
— Alano, eu odiava ser um sobrevivente até conhecer você — digo, me aproximando. — Agora você me faz ir dormir torcendo para a Central da Morte não me ligar, e fico empolgado em acordar todo dia. — Estendo a mão, querendo que ele a segure. — Tenho orgulho de ser um sobrevivente por sua causa.

Alano ignora minha mão.
—Você deveria se esquecer de mim, Paz. Vá viver sua vida.
Diminuo o espaço entre nós dois e sinto meu coração disparar.
—Você é inesquecível, Alano. — Choro, odiando ver a dor nos olhos lindos dele. Seguro sua mão e entrelaço nossos dedos. — E eu não vou viver sem você.
—Você precisa continuar vivo.
Tentei seguir os passos dele, já que Alano conseguiu me salvar, mas nada disso está surtindo efeito. Preciso seguir o que outra pessoa me falou.
— Se você tirar sua vida, Alano, eu também vou me matar.
Foi por isso que minha mãe disse aquilo. Não foi para que eu me sentisse culpado. Ela estava dizendo a verdade. Sei, no fundo do coração, que não posso ver Alano pulando daqui sem querer pular também.
Ele balança a cabeça.
— Não faça isso comigo — responde Alano. — Eu falei que só queria que você vivesse por si mesmo.
— E eu quero a mesma coisa para você, mas sei o quanto a vida pode ser difícil. Se não tiver forças para continuar, então não vou te impedir, mas também não vou viver sem você, então é melhor fazermos isso juntos de uma vez.
Aperto a mão dele, e minhas pernas tremem.
—Vai por mim, você não quer uma vida comigo. Não vai acabar bem.
— Então a gente devia botar um fim nisso agora — sugiro. — Hoje foi um Dia Final intenso, mas, antes disso...
Movimentos bruscos são perigosos, mas isso não me impede de enfim beijar Alano. Se vamos cair e morrer agora, espero que nos-

sas bocas continuem grudadas. Alano corresponde ao beijo. Eu me afasto devagar e dou um sorrisinho triste, fitando seus olhos lindos.

— Se estamos prestes a morrer — digo —, eu precisava saber como é beijar o garoto que eu amo.

Alano me encara como se estivesse prestes a dizer que estou mentindo.

—Você me ama?

— Não se faça de sonso, sabe-tudo.

O lábio inferior dele treme.

— Eu também te amo, Paz.

Dou um sorriso. Agora sou o Paz Feliz, mas não é atuação. Pensei que eu morreria antes de ouvir um garoto dizer que me ama. A sensação... é como voar. E num piscar de olhos, é justamente essa a sensação que tenho quando nossos pés deixam a beirada do terraço. Não resta mais nada a fazer senão aceitar que perdi esta luta para salvar a vida de Alano e a minha. Viver por mim não valia a pena, mas valeu a pena ser amado, ainda que apenas por alguns dias. Só que não perdemos, porque não caímos para a frente, em direção à rua — na verdade, tombamos para trás, no terraço.

Alano ofega após nos salvar e olha para as estrelas. Rolo para cima dele, envolvendo-o em meus braços para abraçá-lo, contê-lo, segurá-lo e jamais soltá-lo.

Hoje não é nosso Dia Final.

Alguns Terminantes conseguem viver Dias Finais perfeitos, mas nem todo mundo tem uma vida na qual é possível ter um Dia Final feliz. Alguns de nós têm feridas, mentes e corações que precisam de mais de um dia para sarar. Dias, semanas, meses, até mesmo anos. Esse tempo pode sufocar, e planejar o futuro pode ser como contar mentiras, mas o amor nos salvou hoje, e contanto que a gente fique junto, o amor vai nos manter vivos.

ALANO
00h07

A Central da Morte não me ligou para dizer que vou morrer hoje, mas eu quero viver.

Meu mundo se tornou assustador quando fui enterrado vivo por tantas lembranças, e eu quis morrer. Mas Paz me salvou. A coragem dele, a rebeldia, o beijo, a declaração, tudo isso são lembranças que me fazem querer continuar vivo.

Mas também existem lembranças que me fazem sentir culpado por viver.

Se eu tivesse morrido, minha cápsula do tempo teria destravado e o segredo que tenho guardado a sete chaves teria sido revelado.

A questão é que eu me lembro da minha vida toda. Isso inclui antes de eu ter nascido, em teoria. Pode ser que ninguém ache significativo eu me lembrar de estar no útero, exceto pelo fato de que, embora seja verdade que meu pai nunca me contou o segredo da Central da Morte, ele contou para a minha mãe quando ela estava grávida. Sei o segredo desde antes de nascer, antes que eu pudesse assimilar as palavras, antes que eu pudesse entender o que foi dito. Meus pais pararam de falar sobre o segredo ao meu redor quando eu tinha quatro anos, porque tinham medo de que eu o internalizasse, o que só me fez guardar meu próprio segredo deles.

No primeiro Dia Final, entrei no Grande Cofre da Central da Morte para ver o segredo por conta própria.

Eu não deveria ter entrado lá. Se não tivesse feito isso, os Doze da Morte talvez ainda estivessem vivos. Vai saber.

Tudo que sei é que o amor não vai ser suficiente quando Paz descobrir que arruinei a vida dele.

PAZ E ALANO ESTARÃO
DE VOLTA EM

NINGUÉM SABE QUEM MORRE NO FINAL

AGRADECIMENTOS

Depois de um dos anos mais tristes da minha vida — se não o mais triste —, estou genuinamente surpreso por ter sobrevivido para terminar de escrever este livro e para homenagear as pessoas extraordinárias que me deram apoio.

Em primeiro lugar, meu melhor amigo, Luis "LTR3" Rivera, que sempre foi o maioral. Ele salvou minha vida quando me ligou do nada uma vez. Eu tinha 21 anos, e ele não fazia ideia de que tinha feito isso até anos mais tarde, quando finalmente comecei a me abrir em relação ao quanto eu vinha sofrendo desde a adolescência. Luis, obrigado por me fazer parar e pensar, e obrigado por sempre vir me socorrer inúmeras vezes desde então. E obrigado por trocar um milhão de ideias comigo sobre este livro, e pelas pausas para jogarmos pingue-pongue. Te amo muito.

Minha mãe, Persi Rosa, que me ligou quando eu estava me sentindo uma farsa sempre que precisava falar sobre o futuro. Obrigado por cruzar o país de última hora para estar do meu lado quando as coisas ficaram difíceis demais. Sobrevivemos a muita coisa, mãe. Eu te amo muito, muito, muito, muito, muito, muito, muito, muito, muito, muito.

Minha agente, Jodi Reamer, que sabe decifrar meu humor nos primeiros segundos de uma ligação. Não subestimo minha sorte de ter uma agente que me incentiva a priorizar a saúde mental em detrimento dos manuscritos, ainda mais no caso de um livro tão pessoal, que exigiu tanto de mim antes de começar a me trazer alguma satisfação. Obrigado por sempre me lembrar do meu valor nos momentos em que me senti inútil. Jodi merece todos os cubos de gelo que o mundo tem a oferecer.

Minha editora, Alexandra Cooper, que foi tão compreensiva durante meu processo caótico e enquanto eu tentava curar meu coração. Ainda não acredito que esta história infinita chegou ao fim. (Mais ou menos!) Obrigado por ler tantas encarnações desta história infinita, em tantos estágios diferentes. Lembra de quando Paz e Zen se conheceram no app Último Amigo, de quando Paz conheceu Orion no lançamento do livro e de quando Paz era o único narrador da primeira parte? Foi divertido, algo só nosso. Tenho tantas cenas excluídas que elas dariam outro livro, mas graças ao toque sensível e atento de Alex, aperfeiçoamos a melhor versão da trama de Paz e Alano.

Minha publisher, Rosemary Brosnar, que chegou chegando para ajudar o livro a cruzar a linha de chegada. Penso sempre na conversa que tivemos naquela feira literária em 2016, quando ela me mostrou não só o quanto se importa com o trabalho, mas também com as pessoas por trás dele. Tenho muita sorte de ser publicado por alguém com um coração tão grande quanto o de Rosemary.

Minha assistente, Kaitlin López, por tudo que fez pelos meus últimos cinco livros e por todo o resto. As coisas teriam dado muito errado nos meus livros e na minha vida sem ela.

Minha família da Writers House: Cecilia de la Campa, Alessandra Birch e Sofia Bolido, agradeço por tudo que vocês fazem para que eu possa fazer o mundo chorar em mais de trinta línguas. E Anqi Xu pela atenção aos detalhes no mundo real e no fictício.

Minha família da HarperCollins: Allison Weintraub, pelo apoio extra nas questões editoriais e administrativas; David Curtis, por mais uma parceria com o artista Simon Prades, que deu ao livro uma capa fenomenal; Michael D'Angelo e Audrey Diestelkamp, por sempre fazerem o marketing desses livros tristes ser divertido; Samantha Brown e Jennifer Corcoran, por espalharem a palavra da Central da Morte; Patty Rosati e as equipes de divulgação para escolas e bibliotecas, por tudo o que fazem — principalmente agora; Kerry Moynagh e a equipe comercial, por realizarem meu sonho de entrar em livrarias e encontrar minhas histórias nas prateleiras; Shona McCarthy, Erin DeSalvatore e Allison Brown, por passarem décadas de suas vidas na produção desse livro gigantesco para que eu pareça mais inteligente do que de fato sou; Rich Thomas, por ser um bruxo dos bastidores, mas um bruxo de verdade que lança magia de verdade nos meus livros; e Liate Stehlik, que assumiu a liderança e fez todo mundo sentir que sempre esteve com a gente.

Minha família da Epic Reads: Sam Fox, Sonia Sells, Emily Zhu, Maureen Germain e Rain McNeil, por inventarem coisas divertidas para gravar quando vou ao escritório. E Blake Hudson, Luke Porter e Blake Buesnel por filmarem tudo.

Meu agente de direitos audiovisuais, Jason Richman da UTA, por acreditar em mim desde o começo.

Minha psicóloga, Rachel, pelo diagnóstico que me ajudou a entender meu cérebro e por todo o trabalho que ela faz pelo meu coração. Lembro de quem eu era antes de fazer terapia baseada na empatia, mas não sinto saudade de ser aquela pessoa. Que venham muitos mais anos de crescimento e sobrevivência.

Meu cachorro, Tazzito Sem-Nome-do-Meio Silvera. A companhia dele me fez aguentar a pandemia, e seu carinho me protegeu de mim mesmo. Amo meu Papacito Man.

Meus amigos: Anita Lashey, Arvin Ahmadi, Jedd Kasanoff, Tyler Alvarez e Robbie Couch, por toda a torcida e por sempre me deixarem desabafar, chorar e até mesmo sumir quando preciso; Jordin Rivera, por toda a ajuda, e Georgia e Miles pelos abraços e afagos necessários enquanto eu escrevia este livro; Alex Aster por sempre andar neste monociclo comigo; David Arnold, por me deixar mandar vídeos de unboxing insanos todo mês; Jasmine Warga, por conhecer muito bem este trabalho; Nicola e Dave Yoon, por continuarem me mostrando o amor que quero ter; Sabaa Tahir, Victoria Aveyard, Marie Lu, Tahereh Mafi e Ransom Riggs, por sempre, sempre, sempre se importarem; Dhonielle Clayton, Patrice Caldwell e Mark Oshiro, pelo grupo cheio de risadas e de preocupação com o intestino alheio; Angie Thomas, por me avisar quando não sou eu mesmo; Ryan "Bom dia, Charlie" La Sala, por passar horas ao telefone me ouvindo falar comigo mesmo sobre como reescrever este livro; Jeff Zentner, pelo aconselhamento legal (fictício);

Amanda Diaz, Michael Diaz e Cecilia Renn, por estarem comigo desde o início; Sandra Gonzalez e Mike Martinez, por me amarem tanto que às vezes evito a companhia deles por nem sempre sentir que mereço esse amor; Victoria Mele e Ben Miseikis, por manterem meu corpo são durante prazos cruéis, mantendo minha mente sã também; Scarlett e Cooper Hefner, pelos rolês de distanciamento social em um momento que provou para mim que vocês seriam para a vida toda; e Elliot Knight, por ser o Alano do meu Paz muitas vezes ao longo dos anos.

Quanto aos meus amigos que não estão mais na minha vida, mas já me ajudaram a salvá-la, vocês sabem quem são: obrigado.

Um agradecimento especial a Lauren Oliver, que foi a primeira a me incentivar a ligar para uma linha de prevenção ao suicídio uma década atrás. Ambas as ligações salvaram minha vida.

E mais um agradecimento especial a Lisa, a Vidente. Tudo que ela previu sobre meu futuro marido, os filhos que teríamos e a vida que eu levaria me deixou muito animado para pagar para ver em um momento em que eu estava profundamente suicida. Lisa, a Vidente, suas previsões não se realizaram quando você disse que elas aconteceriam, mas ainda assim você salvou minha vida. Foram sessenta dólares bem gastos.

Para todos os livreiros e bibliotecários que me apoiaram nesta última década, sou muito grato por vocês terem mantido meu sonho vivo e revigorado.

E, por fim, para todos os meus leitores, mas principalmente para os que já bateram de frente com a vida. Vocês sabem quem são. Eu sei quem vocês são. Há muitos outros capítulos nas nossas histórias, então, por favor, não fechem o livro. Continuem virando para a página seguinte, e a seguinte, e a seguinte.